फ्रांसीसी प्रेमी

(उपन्यास)

फ्रांसीसी प्रेमी

तसलीमा नसरीन

वाणी प्रकाशन

वाणी प्रकाशन
4695, 21-ए, दरियागंज, नयी दिल्ली 110 002

फ़ोन : +91 11 23273167 फ़ैक्स : +91 11 23275710

शाखाएँ

अशोक राजपथ, पटना 800 004, बिहार

कॉफ़ी हाउस कैम्पस, महात्मा गांधी मार्ग, इलाहाबाद 211 001, उत्तर प्रदेश

महात्मा गांधी अन्तरराष्ट्रीय हिन्दी विश्वविद्यालय, वर्धा 442 001, महाराष्ट्र

सुल्तानिया रोड, मोतिया पार्क, भोपाल 462 001, मध्य प्रदेश

www.vaniprakashan.in
marketing@vaniprakashan.in
sales@vaniprakashan.in

FRANSISI PREMI
by Taslima Nasrin

ISBN : 978-93-5229-499-2
Novel

संस्करण 2002, 2005, 2012
आवृत्ति 2020

मूल्य : ₹ 399

जयंत प्रिंटरी, एलएलपी, मुम्बई-02 में मुद्रित

वाणी प्रकाशन का लोगो मक़बूल फ़िदा हुसेन की कूची से

अनुक्रम

दमदम से शार्ल द गोन

लाल बनारसी साड़ी, नाक, कान, गले और हाथों में सोने के गहनों से सजी लड़की हवाई-जहाज से उतरकर दाएँ-बाएँ, सामने-पीछे देखते हुए चलायमान सीढ़ी पर झटके खाती हुई, उधर चल दी जिधर बहुत से लोग जा रहे थे; जहाँ शोरगुल सुनाई पड़ रहा था। शोर एक कोने में बन्द हो गया था—एक के पीछे एक करके लम्बी सर्पाकार पंक्ति थी। जैसे राशन की दुकानों पर दाल आदि मिलती हैं ना! लाइन छोड़कर लड़की भी आगे जाना चाहती है। आदमी कह रहे थे—"ओ लड़की! ओ लाल साड़ी! पीछे जाओ, पीछे जाओ।" लड़की थूक से होठ तर करती हुई पीछे चली जाती है—सबसे पीछे, सर्वहारा के बीच।

सर्पाकार पंक्ति जल्दी-जल्दी आगे बढ़ती है।

केवल अन्तिम हिस्सा अटका हुआ है।

लड़की माथे के कुमकुम, माँग का सिन्दूर, भीगे हुए अधरों के साथ, दो के सामने जा खड़ी होती है—एक काला और दूसरा गोरा। लड़की काले को छोड़कर गोरे व्यक्ति की तरफ़ बढ़ती है, मानो अमावस्या को पाँवों से रौंदती हुई ज्योत्स्ना की तरफ। काला पुकारता है 'ओ लड़की! ओ लाल साड़ी! इस तरफ!' लाल साड़ी कान से सुनती है पर समझती नहीं। गौरवर्ण के सामने त्रिभंग होकर खड़ी हो जाती है—सुविनीत सुस्मिता! क्या देवी दुर्गा की तरह नहीं लग रही? एक बार नज़रें उठाती है। देवी के लिए गौरवर्णी का कोई महत्त्व नहीं। गोरा आदमी नज़र नहीं उठाता। काले की तरफ़ इशारा करता है। लाल साड़ी वाली लड़की के कानों में समझ का चाहे दोष हो, दृष्टि में दोष नहीं हैं। दो क़दम बायीं तरफ़ जाते ही सामने काला! बाएँ जाने में उसके पाँव नहीं उठते, मन भी नहीं हटता।

काला तो ठहरा काला ही। ऊपर से गजदन्ती! लड़की 'हिश्श्' करती है। 'पासपोर्ट।' गजदन्ती का गम्भीर स्वर गमगम करता है। लड़की गहरे नीले रंग का पास-पोर्ट काले के सामने रख देती है। अजगर का सिर, छाती, पेट पकड़कर लोग जिस तरह पार चले जाते हैं। गजदन्ती खप से पकड़कर गप से हैट में रख लेता है।

सियार का काला बच्चा–भारतीय मगरमच्छ का बच्चा! मानो यक्ष का धन पा लिया हो। टोप को आगे, पीछे, अन्दर से देखते-देखते लड़की काले की लाल जिह्वा से लार टपकते देखती है।

'टिकट..." फिर आवाज़ आयी।

इस बार टोप नहीं था। लड़की काले की हथेली पर दो टिकट रख देती है–'दमदम, शार्ल द गोल, दमदम'–बाईस फ़रवरी-इक्कीस मार्च निन्यानवे!

मगरमच्छ का बच्चा मशीन में चला जाता है–एक बार, दो बार, तीन बार।

"यहाँ क्या करने आई हो?" बुड़बड़ाहट!

"गृहस्थी बसाने..." सूखे अधर हिलते हैं।

"किस होटल में रहोगी! नाम क्या है..." बुड़बुड़ाहट

पिता के होटल से निकलकर स्वामी के होटल में जाएगी–लाल साड़ी। एक होटल से दूसरे होटल में, जीवन-यापन के लिए।

"पता..." बुड़बुड़ाहट।

काग़ज का एक पुर्जा काले की हथेली पर रख देती है–एक सौ बारह रु. द फूबो सानदानी, पेरिस, सात पाँच शून्य एक शून्य।

"मनी कितना है। फिर बुड़बुड़ाहट। दो सौ डॉलर हथेली में बन्द हो जाते हैं।

"और कितने हैं...!"

लड़की झोले में हाथ डालकर रेज़गारी तलाश करती है...बासी फूल, फटी हुई चिट्ठी, दो बटन और मूँगफली का ठोंगा। अध-खाया सन्तरा, साथ में बारह सौ पचीस रुपए मिलते हैं।

"रुपए...?"

"हाँ... रुपए... भारत के रुपए" लड़की का स्वर तीखा।

गजदन्ती ने ऐसे सिक्के नहीं देखे थे। गौरवर्णी की नज़र रुपयों पर पड़ी। नाक सिकुड़ गयी मानो कचरे के ढेर से दुर्गन्धपूर्ण विष्ठा लाकर रख दी गई हो।

लड़की के पीछे-पीछे लम्बी सर्पाकार लाइन 'हिस्स' करती हुई। अजगर की मानिन्द लम्बी लाइन–हाँसफाँस करती हुई लोगों की छाती, शरीर को जलाती हुई। कि यह 'लाल' मुसीबत सामने न होती तो बहुत पहले लाइन तोड़ देती। उनकी तरह लड़की ख़ुद को भी मुसीबत सोचती है।

गौरवर्णी सफ़ेद चिबुक हिलाकर, गोरी अँगुली उठाता है। "एइ लाल साड़ी! तुम उस कोने में जाकर खड़ी होओ।"

मुसीबत टल गई... कोने में।

नई सर्पाकार पंक्ति फिर बन जाती है। वही सिरा, वही पूँछ। किसी का भी पास-पोर्ट मशीन में नहीं डाला गया। किसी के झोले में हाथ नहीं डाला गया। रुपए नहीं निकाले गए। किसी को कोने में नहीं भेजा गया–लड़की के अतिरिक्त। लड़की

एक कोने में। लड़की सोचती है, जाने किस चिड़ियाखाने का पिंजरा है। अदृश्य पिंजरे के अन्दर लड़की को देखते हैं—काली आँखें, काले केश, काले रंग की विचित्र जीव! लड़की ज़मीन पर आँखें गड़ाए रखती है। अपराधी की तरह।

अजगर रूपी पंक्ति के अन्त तक जाकर गजदन्ती जब गोरे की तरफ़ झुककर हँसता है, तो लड़की दो क़दम आगे बढ़कर, सीमा तोड़कर पार कर लेते गौरवर्णी से खुशामद के स्वर में कहती है, "सब चले गए... मैं नहीं जाऊँगी?" सुनते ही गौरवर्णी दाएँ-बाएँ सिर हिलाता है। सिर हिलता रहता है... यानी तुम नहीं जाओगी या कि गौरवर्णी के मन में गीत की कोई पंक्ति आ रही है जिसे स्वर न देना उसके लिए सम्भव न हो।

गौरवर्णी का सिर हिलते देख गजदन्ती काँच के कमरे से बाहर आया "चलो...।" बड़बड़ाहटा

गजदन्ती ठहर जाता है। काँच के नहीं—इस्पात के एक कक्ष में—पीछे-पीछे लाल साड़ी। कमरे में दो कुर्सियों पर नीली पोशाकों में दो गोरे आदमी—एक प्रौढ़, दूसरा युवा। प्रौढ़ व्यक्ति के हाथ में यक्ष का धन सौंपकर गजदन्ती निकल जाता है। युवक हँस रहा था। लड़की को देखकर हँसी, प्रसव की वेदना की तरह अधरों में ही अटकी रह गई। प्रौढ़ ठहरा नपुंसक, प्रसव-वेदना कहीं नहीं...नाक, गाल, नेत्रों में। बल्कि इस्पाती चेहरे पर कोई हाव-भाव नहीं कि धक्का दो तो हड्डियाँ तो चकनाचूर होंगी ही, अँगुलियाँ भी टूट जायेंगी... कुछ इस तरह।

प्रौढ़ व्यक्ति टूटी-फूटी अंग्रेजी में बोला, "फ्रैंच जानती हो?"

"नहीं।"

"क्या जानती हो...?"

"अंग्रेजी।"

"अंग्रेजी नहीं चलेगी।"

लड़की इस्पात की दीवार के सहारे टिक गयी। आश्चर्य से कभी दाएँ देखती...कभी बाएँ।

संसार के किसी कोने में अंग्रेजी भाषा का व्यवहार नहीं होता इसको गुमान नहीं था। कलकत्ता-निवासी के लिए होश सँभालते ही सभ्य और सभ्य होने के लिए अंग्रेज़ी जानना ज़रूरी होता है। उसका विश्वास था कि सभ्य लोग, चाहे किसी भी देश के हों... अनर्गल चुस्त अंग्रेजी बोलते हैं।

"तुम्हारी अपनी भाषा क्या है?" प्रौढ़ ने तीखे स्वर में पूछा।

"बांग्ला।" लड़की क्षीण स्वर में कहती है।

"बांग्ला से नहीं चलेगी।" लड़की यह सुनने के लिए प्रस्तुत थी। लड़की को निराश करता हुआ प्रौढ़ बोला, "दुभाषिया की व्यवस्था करनी होगी।"

दुभाषिया लड़की को प्रश्न-बाणों से जर्जरित कर देगा।

सन्तोषजनक हुआ तो विचार-मंडल उसे मुक्त करने की घोषणा कर देगा, अन्यथा जहाँ का माल—वहाँ भेज दिया जाएगा।

कठोर और प्रसव-वेदना से पीड़ित दो आँखें लड़की को सिर से पाँव तक घूर रही हैं। दोनों आँखें ज़रा बन्द करके वह लड़की को एक कुर्सी पर बैठने का संकेत देता है। बनारसी साड़ी, माथे पर सिन्दूर का कुमकुम, सूखे होठ लिये वह कोने की कुर्सी पर जा बैठती है। वहाँ तीन चेयर पड़ी हैं। दीवार से सटी हरे रंग की एक कुर्सी पर लम्बा चोग़ा पहने एकदम काले रंग वाला व्यक्ति बैठा है। उसके सिर पर घने बाल ही नहीं बल्कि जटा-सी है। एक चेयर छोड़कर लड़की बैठ जाती है। आदमी ज़िराफ़ी गरदन बढ़ाकर खरखरे स्वर में कहता है, ''मैं सेनेगालि का... तुम?''

लड़की अनसुनी करती है। नज़रें इस्पात की दीवार पर टिकी हैं। खड़े हुए लोगों का कर्कश स्वर रुकने का नाम नहीं ले रहा। 'तुम किस देश की हो?'

दीवार पर नज़रें जमाए, फीका स्वर हवा में उड़ा देती है... ''मैं सेनेगालि की नहीं हूँ।''

''सेनेगालि की नहीं...'' कहने से अहंकार की एक चिड़िया उड़कर उसके बाएँ कन्धे पर बैठ गई। लड़की बायाँ कन्धा हिलाना तक नहीं चाह रही। कन्धा बिना मोड़े तिरछी नज़रों से खड़े हुए लोगों के कद, आकार-प्रकार से अधिक बड़े से बैंगनी रंग का बैग देखती है जो बुने हुए हैंड बैग से गन्दी बोतल निकाल कर पीठ पीछे हिप्पोपोटोमस के सिर पर बोतल उँड़ेल देता है। पानी की आधी बोतल उस पर गिर पड़ती है। ज़िराफ़ी गरदन वाला फिर लड़की की तरफ़ आया, ''पानी पियोगी?''

''नहीं।''

ज़िराफ़ी का स्वर फिर उभरा। ''तुम्हारा पासपोर्ट नकली है क्या?''

''नहीं...'' आवाज़ में चिढ़न थी।

''तुम चीन देश की हो?''

''नहीं।''

''समझ गया...पाकिस्तानी!''

लड़की उठ खड़ी होती है। कन्धे की चिड़िया कन्धे पर रही।

दीवार का सहारा लेकर दीवार की तरफ़ एकटक देखती रहती है। कमरे में एक गोरे आदमी के घुसते ही लड़की की नज़रें उठती हैं। गौरवर्णी सेनेगालि के पास वाली चेयर पर बैठता है। लड़की कन्धे की चिड़िया गोरे की तरफ़ उड़ाती है। ज़िराफ़ी निश्चिन्त हो पास आ बैठता है। गोरे के तेल से चीकट कपड़ों से पेशाब की बदबू आ रही है।

वही दुर्गन्ध आराम से सूँघता हुआ वह पूछता है, ''तुम किस देश के हो?''

''रूस।''

फिर दुर्गन्ध... ''तुम्हें किसकिए रोक रखा है?''

आदमी हँसकर पीले दाँत निपोरता हुआ उत्तर देता है, "मॉस्को।"

ओह...अच्छा तो तुम मॉस्को में रहते हो?

वह 'नहीं' में सिर हिलाता है।

"मालूम है...मेरे एक चाचा मॉस्को गए थे। बड़ा सुन्दर शहर है। मेरे 'दादा' (बड़े भाई) तो शायद अगले वर्ष मॉस्को घूमने जाएँगे।

आदमी पीले दाँत निपोरता है।

पेशाब की दुर्गन्ध में लड़की की नाक फिर डूब जाती है।

"मैं भारत से आई हूँ। तुम कभी भारत गए हो?"

आदमी 'नहीं' में सिर हिलाता है।

पेशाब की दुर्गन्ध से हटकर लड़की कहती है, "वाह...किस शहर गए हो बताओ तो...कलकत्ता गए हो?"

आदमी उत्तर देता है...पेरिस।

"ओह, तुम पहले भी पेरिस आए हो? मैं पहली बार...।" लड़की उत्तर की आशा नहीं कर रही थी किन्तु उत्तर आया—'मॉस्को' लड़की अब नाक, मुँह ढँक लेती है। इसके तीसरे प्रश्न का उत्तर क्या होगा आसानी से अन्दाज़ा लगा सकी थी। प्रश्न के लिए कितनी देर प्रतीक्षा करनी पड़ेगी, मालूम है?

...ब्लादिमिर अलेक्ज़ैण्ड्रोविच स्वोलिन्स्कोविच! इधर प्रसववेदना कहने की इच्छा और इस्पात मिलकर गड़बड़ बड़बड़ करके फ्रेंच बोलता रहा तो लड़की को एक भी शब्द समझ नहीं आ रहा था। एक घंटा पैंतालीस मिनट बाद नीले पोशाक में एक आदमी तीन आसामियों की तरफ़ चेयर घुमाता है। लाल साड़ी की तरफ़ निर्देशात्मक अँगुली उठाता है। साफ़ अंग्रेजी में कहता है। "तुम्हें वापस जाना होगा... अपने देश... समझ गईं?" युवक के चेहरे पर अब कुछ कहने की इच्छा शेष नहीं थी। मस्तक पर तीसरा नेत्र खुल गया था, वह भी निश्चित है।

लड़की भयभीत हो, खड़ी हो गई। "दुभाषिये की बात कह रहे थे उसका क्या हुआ?"

"दुभाषिया मिला नहीं।"

लड़की अपने पास-पोर्ट, टिकट आदि यक्ष के धन की तरह वापस मिलने की प्रत्याशा कर रही थी कि नीली पोशाक वाला कठोर प्रौढ़ एक और गौरवर्ण को लेकर कमरे में घुसा। वह चुइंगम चबा रहा था। वह सिर से पाँव तक निरीक्षण करता है, पलकें तक नहीं झपका रहा। तीसरा नेत्र भी खुला है।

चुइंगम चबाते-चबाते, लड़की से पूछता है, "क्या नाम है?"

"किसका?"

"तुम्हारा।"

"नीलांजना मंडल।"

“पेरिस क्यों आयी हो?”

“गृहस्थी करने।”

“किसके साथ।”

“स्वामी के साथ।”

“स्वामी का नाम क्या है?”

“किशनलाल।”

“आयु।”

“ठीक से मालूम नहीं, मुझसे दसेक वर्ष बड़े होंगे?”

“तुम्हारी उम्र क्या है?”

“सत्ताइस।”

“वह यहाँ कितने दिन से हैं।”

“कौन?”

“तुम्हारा स्वामी।”

नीलांजना गरदन हिलाकर कहती है, “...शायद पन्द्रह वर्ष से।”

“तुम्हें ठीक-ठीक नहीं मालूम?”

“नहीं।”

“वह उसी देश का नागरिक है?”

“यही सुना है।”

“करता क्या है?”

“सुना है व्यवसाय करता है।”

“सुना है... पक्का नहीं मालूम?”

“किसने कहा है कि वह तुम्हारा स्वामी है?” होठों के कोने में चुइंगम अविश्वास की झलक देता है।

नीला दाएँ-बाएँ देखती, विनीत स्वर में कहती है, “मैं कह रही हूँ एक महीना पहले हमारा विवाह हुआ है।”

“सरनेम (पदवी) तो एक नहीं है।” चुइंगम वाले अधरों से अविश्वास दाहिनी आँख पर आ बैठता है।

“एक नहीं है... कारण...” नीला थूक निगलती है।

“क्यों?”

“मैंने जान-बूझ कर पति की पदवी अंगीकार नहीं की।”

नीला की छाती धड़क रही थी। इसके पति-परमेश्वर ने तो कभी नहीं बताया कि एक ही ‘सरनेम’ न हो तो सर्वनाश! कहा था नाम-पता रखो, विवाह का काग़ज हाथ में रखो, यों ज़रूरत तो नहीं है, पर सावधान व्यक्ति कभी मार नहीं खाता। कानून सम्मत पास-पोर्ट, कानून सम्मत वीसा और क्या चाहिए।

न माँगने पर भी नीला झोले के अन्दर हाथ डाल कर लम्बा काग़ज निकाल कर कहती है, "यह देखो... हमारे विवाह का सर्टिफ़िकेट!"

"किसके विवाह का...?" इस्पातमुखी पूछता है।

काग़ज इस्पातमुखी की तरफ़ बढ़ाते हुए नीला कहती है, "मेरा और किशनलाल का।"

युवक काग़ज पर एक नज़र डालता है। हाथ में नहीं लेता बल्कि झपटकर ले लेता है। चुइंगम वाला कम प्रौढ़वपसी व्यक्ति कुछ क्षण इस्पातमुखी से जल्दी-जल्दी कुछ कहता हुआ नितम्ब हिलाते-हिलाते पीछे-पीछे चला जाता है। अब कितनी देर इस कोने में बैठना होगा, जानने के लिए वह युवक की तरफ़ देखती है। कमवयसी की स्थूल भंगिमा नीला को आशा या निराशा का संकेत नहीं दे रही। उसके बाद वही कोना, वही प्रतीक्षा। अब ब्लादिमिर अलेक्ज़ैन्ड्रोड्रोविच नीला के दिमाग में घूमता रहता है। नीला को लगता है कि इस्पात के कमरे में बैठे-बैठे ही इसका जीवन बीत जाएगा। अपना अस्तित्व भी क्रमशः दुर्वह होता जा रहा है, न कमरे से बाहर जा सकती है न एक जगह बैठी रह सकती है। वह उठ खड़ी होती है। कमरे में टहलती है, नज़रें दरवाज़े पर जमी हैं। छुटकारा दिलाने के लिए कोई आएगा इस उम्मीद में। युवक इशारे से स्थिर बैठने को कहता है। स्थिर तो वह अवश्य हो जाती है किन्तु उस स्थिरता में अस्थिरता दुगनी दौड़ लगाती है। अन्ततः इस कोने से नीला दूर चली जाए तो बच जाए। चाहे कलकत्ता हो...कलकत्ता।

दो-एक कदम बढ़ाकर वह युवक से पूछती है, "अपना सूटकेस वगैरह कहाँ से लूँगी? किस हवाई जहाज़ से लौटना होगा—इसका कुछ प्रबन्ध किया है?"

युवक कोई उत्तर नहीं देता। मानो यह कोई प्रश्न ही नहीं। या फिर कोई प्रश्न करने का अधिकार किसी अन्य को चाहे हो, नीला को नहीं है।

"मुझे लेने के लिए मेरे स्वामी के आने की बात थी। वे अवश्य बाहर प्रतीक्षा कर रहे होंगे। उन्हें यहाँ बुलवाया जा सकता है?" जिसे लक्ष्य करके नीला कहती है, वह मुँह का एक कोना बड़े यत्न से खोलता है, चिमटी से काले तम्बाकू की गोली लेकर, बाएँ हाथ से ऊपर का होठ खींचकर चिमटी से तम्बाकू की गोली मुँह में डाल देता है। उसके नथुने फूल उठते हैं। कोई आवाज़ नहीं केवल नाक से गड़गड़ की आवाज़ और सेनेगालि की काली कमर भड़भड़ करती है। सेनेगालि काली पीठ सीधी करके कई क्षण खड़ा रहता है। क्षण-क्षण पीठ को दाएँ-बाएँ घुमाता है। कमर सीधी करता है। पीठ की हड्डियाँ चटखती हैं तब वह पीठ को निस्तार देता है। साथ-साथ नीला को भी। सेनेगालि झुककर उसी गन्दी बोतल में हाथ डालता है और हिप्पोपोटोमस जैसे मुँह में निमिष मात्र में बोतल खाली हो जाती है।

नीला को भूख और प्यास निगल रही थी। 'बन-बन' 'सनसन' करके हवा नहीं, सिर घूम रहा था।

किसके कन्धे पर सिर रखे स्तानिस्लाविस्क का कन्धा ही उसके कन्धे पर पिंग-पौंग बॉल की तरह बार-बार पड़ रहा था। पेशाब की दुर्गन्ध और भी तीव्र होकर नाक से सिर तक जा रही थी। सिर को गरदन से अलग करके फेंक देने की इच्छा हो रही थी। फेंकें भी कहाँ—इस्पात की दीवार पर! नीला सोचती है, क्या ज़रूरत थी. . कहाँ का कोई किशनलाल, न जान न पहचान। झट से ब्याह कर बैठी। कलकत्ता साँय-साँय कर रहा था। कलकत्ता न छोड़ती तो नीला क्या मर जाती! ब्याह न करके भी वह शहर छोड़ सकती थी, दिल्ली या बम्बई कहीं भी जा सकती थी, कहीं बहुत दूर, सुशान्त की गन्ध, वर्ण से योजनों दूर!

'अच्छा... कोई मुझे एक गिलास पानी दे सकता है?' नीला खुद से प्रश्न करती है और खुद ही उत्तर देती है—'नहीं हममें से कोई भी तुम्हें एक गिलास पानी नहीं दे सकता।'

इस तरह एक ही जगह खड़े रहने या बैठने का अभ्यास नहीं था नीला को—विशेषकर यदि इन्तज़ार करना हो। सुशान्त के लिए भी उसने इतना इन्तज़ार नहीं किया था। वास्तव में प्रयोजन ही नहीं हुआ। जहाँ भी मिलते सुशान्त ही पहले आ जाता। सुशान्त ही...। सिर और चकराने लगा, मानो केवल सिर ही नहीं बल्कि सुशान्त एक बोझ-सा उसके दिमाग में फिर बस गया था।

सिर भारी बोझ से चकरा कर लगभग गिरने को हुआ जब नज़रों के सामने सेनेगालि को मुक्त कर दिया गया और वह बैंगनी थैला कन्धे पर डाल हँसता, खाँसता अदृश्य हो गया। नीला का हाथ पकड़कर झोला उठाकर हिडहिड बड़बड़ाया उसे खींचकर इस्पात के कमरे में बैठा देता है और खुद गायब हो जाता है कन्धे पर चिड़िया लिए।

काला आदमी तो चला ही गया था। "मेरा क्या दोष है"... नीला पूछती है। कोने से नीला प्रश्न करती है..."गोलमाल कहाँ हुआ है सुनूँ ज़रा...मेरा क्या दोष है।" नीला पूछती है।

युवक उत्तर नहीं देता।

"मेरा वीसा क्या नकली है?"

कोई उत्तर नहीं मिलता।

"रुपए-पैसे खोटे हैं?"

युवक चीख उठता है, "एइ लाल साड़ी! ज़्यादा बकबक मत करो।" लाल साड़ी मुँह में ताला लगा लेती है।

जिसके हाथ में यक्ष का धन था, वही प्रौढ़ वापस आता है। साथ में चुइंगम चबाता हुआ आदमी। अब वह चुइंगम नहीं खा रहा था। उसके माथे की तीसरी आँख भी निश्चिह्न थी। नीला के हाथ में एक-एक करके टके डाल दिए गए। एक और कागज़ भी आ पड़ा। काग़ज मायने 'प्रश्नपत्र'। स्कूल-कॉलेजों जैसे बहुतेरे

प्रश्नपत्र उसने हाथों में लिए हैं, यह कोई नई बात नहीं थी। अब इसे विवृत होना पड़ेगा कमवयसी लोगों के सामने।

भौंहें नचाकर कमवयसी कहता है, "अच्छा तो छुटकारा मिल गया। सौभाग्य ही कहना चाहिए।"...

कमवयसी के नथुने और नाक के निचले हिस्से कं. तरह होठ भी फूल रहे थे। फूले हुए होठ उसकी उसी पुरोहिताई का संकेत देते हैं। उसके पौरोहित्य की हद पार करते-करते समय हवा में उड़ता जा रहा था। फिर वही काँच का कक्ष और वही गजदन्ती। गजदन्ती के हाथ का पूरा किया हुआ फ़ालतू कागज़ आगे बढ़ा देती है जहाँ बहुत से और एग्रीमेंट दिए जा रहे थे कि जो कह रहे हैं सच कह रहे हैं, महीना पूरा होने से पहले ही सही सलामत इस देश से चली जाऊँगी। इस देश में रहने के लोभ से चालाकी का आश्रय नहीं लूँगी, कि लिया तो चाहे जो दण्ड विधान हो, शरीर से, मन से, वरण कर लूँगी।

शरीर का रंग बादामी, बनारसी लाल साड़ी, माथे और माँग में सिन्दूर की रेखा, सोने के गहने। पास-पोर्ट, रेज़गारी छिपाते-छिपाते सोच रही थी नीला। पासपोर्ट भिक्षा में मिला है... यह भिक्षा न भी मिलती। करुणा न भी मिलती, फिर वही पुराना कलकत्ता। वही सड़कें, वही आकाश, वही बादल देखते-देखते उसे उसी देश में लौटना पड़ता जहाँ से इसे एक तरह से हमेशा के लिए विदा कर दिया गया है। भिखारी नीला अकेले दो सूटकेस लेकर जब बाहर आई, सवेरे से दोपहर फिर अपराह्न और सन्ध्या हो गई।

किशनलाल तब भी खड़ा था, सुनील और चैतालि भी। नीला को देखते ही तीनों अधमरे से दौड़कर लगभग उसके ऊपर ही जा पड़े। किशनलाल सूटकेस ट्राली पर रखकर भारी बूट, टाई, सूट, ऊपर से ओवरकोट पहने सामान की ट्राली ठेलते-ठेलते बोला, "क्या हुआ?... इतनी देर क्यों हो गई। सवेरे से बैठा हूँ।"

घटक सुनील–लम्बा, गोरा रंग–हँस कर बोला, "मैंने तो उम्मीद ही छोड़ दी थी।" माथे पर सिन्दूर की बिन्दी ठीक करते हुए चैतालि बोली, "आह! कितनी धकापेल नहीं हुई!!"

एयरपोर्ट से निकलते ही ठंडी कनकनी हवा नीला की हड्डियों-भुजाओं में घुस गई। चैतालि ने अपने गरम कोट से नीला को ढँक दिया। शरीर गरमाते ही नीला का रोम-रोम आनन्द की चादर बुनने लगा।

कलकत्ते में, दो मिनट देखकर फ़ोन, कर दिया था, जानने के लिए, कि अगली फ्लाइट जाएगी या नहीं। सुनील के सूखे अधरों पर हँसी खेल गई।

"स्वामी के साथ स्त्री का पदवी नाम नहीं मिलता था इसलिए झमेला कर रहे थे। मिल जाता तो सबकी तरह समय से निकल पाती," नीला कहती है।

"करते नहीं... क्या पदवी मिलने पर भी वे वही करते जो किया" सुनील कार से टेक लगाकर बोला।

नीला भी सामने की सीट पर निढाल-सी बैठ गई, बोली, "डॉलर ज्यादा होते तो कर सकती थी।"

सुनील फिर हँसकर बोला, "नहीं करते क्या... वे वही मुसीबत करते।"

नीला की नज़रों में हज़ारों प्रश्न। पास-पोर्ट, वीसा, कुछ भी तो नकली नहीं था...किसलिए करते?

सुनील हँसा, किशन भी। प्रश्न का मानो एक ही उत्तर था। थकी-थकी-सी नीला का मन नहीं मरा। 'फिर किसलिए इतना हंगामा।'

"कारण था, तुम्हारे शरीर का वर्ण काफी गोरा नहीं।"

सुनील की बात पूरी होने से पहले ही चैतालि बोली, "और पास-पोर्ट...वह भी किसी सम्पन्न देश का नहीं।"

नीला को अपने शरीर का रंग इतना मन्द नहीं लगता। सेनेगालि के विश्री रंग से मिलान करने पर वह खुद सोने के से रंग की है। कायदे से आँख, नाक-कान सेनेगालि की हडीली कमर और पानी पीने का सही वर्णन करते हुए नीला बोली, "वह तो बड़े आराम से पार हो गया।"

नीला के स्वर में क्षोभ की झलक थी। क्षोभ था सेनेगालि के पार पा सकने पर।

पेरिस उतर कर कहीं काले लोग दिखाई पड़ेंगे उम्मीद नहीं थी।

नीला गाड़ी के शीशे में अपना चेहरा घुमा-फिराकर देखती रही। काला रंग देखने पर किशनलाल, सुनील, चैतालि का भी शरीर जलता था।

जो शुरू से नष्ट हो वही काला। बैठे-बैठे सरकारी सहायता खाते हैं, डराते-धमकाते घूमते हैं। और इस दोष के कारण कष्ट भोगते हैं हमारे जैसे सीधे-सादे लोग।

सुनील ही सबसे पहले उत्तर देता है, "काले लोगों की जलन से बचने का कोई उपाय नहीं।"

काले लोगों का शरीर बहुत समय तक चटकता है—शुद्ध बांग्ला में।

बंगालियों की भीड़ में अबंगाली किशनलाल! मांस की बाटी में आलू के एक टुकड़े की तरह।

आलू (किशनलाल) तिरछी नज़रों से लाल मांस देखता है। कौन कहता है निरामिषों को मांस का लोभ नहीं होता। किशनलाल भी तिरछी नज़रों से नीला को देख रहा था, छहों इन्द्रियों से सजग होकर। जैसे सड़क पर सीटी बजाते या कामुक परपुरुष करता है। बिना बांहों वाले ब्लाउज़ को आँचल से ढँकने के बाद नीला को होश आया कि किशनलाल उसका पति है। पति के सामने छिपाने लायक कुछ नहीं होता। विवाह के बाद यद्यपि वह केवल दो सप्ताह तक स्वामी के साथ कलकत्ता वाले घर में रही थी वह भी केवल शयन-कक्ष में। रात के मिलन के बाद दोनों मुँह-फेर

कर सो गए थे। किशनलाल के साथ नीला का शारीरिक सम्पर्क इतना ही था। टूटी-फूटी हिन्दी और टूटी-फूटी अंग्रेजी में दो एक काम की बातों के अलावा नीला की स्वामी के साथ विशेष बात नहीं हुई थी। शादी से पहले नीला के देवर और मलिना ने कहा था, "अबंगाली लड़का–न जान न पहचान... झट से ब्याह कर डालेगी... ज़रा देख-सुनकर किसी बंगाली के परिवार में...."

"छोड़ो माँ! बंगाली तो बहुत देख लिए, क्यों? नहीं देखे क्या?" नीला रुदन रोकती हुई बोली थी।

वही दो सप्ताह। उस बीच पास-पोर्ट 'वीसा' टिकट इन सबका इन्तज़ाम करके वाया दिल्ली-पेरिस चला आया किशनलाल।

विश्वविद्यालय की अन्तिम परीक्षा पूरी करने में नीला का कुछ बाकी रह गया था, उसे पूरा करके, वह भी हवाई जहाज से वापस चली जाएगी–यह बात थी। अपने स्वामी को तुष्ट करने के लिए। नीला के पिता ने वायदा किया था कि ब्याह की साड़ी, आभूषण पहनकर हवाई जहाज में चढ़ेगी। शायद पुरुष अच्छी तरह जानते हैं, कि पुरुष किससे तुष्ट होता है। इस संसार में किशन ही इसका सबसे अधिक अपना होगा। जिस कारण स्वामी के साथ शेष जीवन बिताना होगा। स्वामी को आजीवन तुष्ट करना होता है किन्तु जाने क्या बात थी कि सड़क पर दाहिनी तरफ़ गाड़ी चलाने के अलावा और किसी प्रश्न का 'हाँ या ना' में उत्तर देने के सिवाय स्वामी के साथ कोई मधुर वाक्यालाप तो नहीं ही हुआ, कोई मधुर हास्य या दृष्टि-विनिमय भी नहीं हुआ। बातों की फुलझड़ी या जो कुछ बांग्ला में कहा जाता है–पलटकर। "अच्छा! एयरपोर्ट पर फ्रांसीसी लोग क्या! अच्छी अंग्रेजी नहीं जानते। किन्तु अच्छी अंग्रेजी नहीं बोले!!"

"जानते हैं, जानते हैं... जानबूझकर नहीं बोलते। यही सब आ गए ठहरो... देखना इनका वर्णवादी चरित्र।" चैतालि का चिकन स्वर भारी सुनायी पड़ रहा था।

"बात क्या है...सब चुपचाप हैं," सुनील किशन के सिर पर चपत जमा कर बोला।

किशन ने मोटी काली मूँछें उँगलियों से दबाते-दबाते मुँह खोला, "बेचारे बंगाली को ज़रा मौका दे रहा हूँ, किचिर मिचिर करने के लिए।"

"हा, हा, हा, हा।"

पेरिस शहर में जब गाड़ी घुसी नीला की थकान, भूख-प्यास, सिर-दर्द, सब हवा हो गए। नीले पोशाक वाले युवक, चुइंगम खाते प्रौढ़, गजदन्ती पर जो क्रोध था, क्षणभर में शांत हो गया। गाड़ी होटल द विल से प्याले रेयाल छोड़कर लूवर म्यूज़ियम के सेइन पाड़ा पकड़कर बुलोवर्ड सेंट मिशेल की तरफ़ जा रही थी–जब नीला सोच रही थी–क्या इसी का नाम स्वर्ग है? स्वयं ही उत्तर भी दिया हाँ, इसका ही नाम स्वर्ग है।

अतिथि वधू

किशनलाल के घर में पाँव रखते हुए नीला स्वयं को अतिथि (मेहमान) अनुभव कर रही थी। बहुत बड़ा मकान, दीवार में छत से लेकर ज़मीन तक खिड़की। खिड़की में भारी परदा उस तरफ़ फूलों से लदा बरामदा। ज़मीन पर आसमानी रंग का क़ालीन। सोफे पर बैठते ही नीला के पाँव नरम गद्दी में धँस गये। सामने शराब की बोतलों की अलमारी। नारी की प्रस्तरमूर्ति, पंखे की जगह छत से लटकते हुए झाड़-फानूस। दीवार से सटा हुआ लोहे का हीटर पूरे घर को गरमाई पहुँचा रहा था। चैतालि के डाँटने पर नीला को मकान देखने के लिए उठना पड़ा। यह बैठने का हॉल, यह सोने का कमरा और उस तरफ़ वाला कमरा, किसी खास काम के लिए नहीं... ज्यादा लोग या फ़ालतू चीजें रखने के लिए और इस तरफ़ रसोईघर, उस तरफ़ बाथरूम, तलघर, टॉयलेट। गृहस्थी नए सिरे से सजाने जैसा कुछ नहीं है—चैतालि कहती है, "यह देखो धूल झाड़ने वाला, कपड़े धोने-सुखाने, बर्तन साफ करने वाला, यहाँ तक कि अंडे तोड़ने वाला, सेद्ध बनाने वाला, फलियाँ काटने की मशीन।

सुशान्त के साथ मामूली गृहस्थी बसाने का स्वप्न देखती थी नीला। सबसे पहले पेड़ के तने के नीचे, फिर कूड़ाघर, वही... नमक लगाकर पान्ता फूरन। कमरे में कुप्पी की रोशनी में दोनों प्रेम करेंगे, बाहर के यथार्थ-जगत की तरफ 'हो' 'हो' हँसी-मजाक करेंगे और किसी दिन कोशिश करके शहर के स्कूल में सुशान्त मास्टर हो सकता है। जिस दिन हाजाक़बाती कमरे में आ जाएगी उस दिन सारी रात कमरे में संगीत का उत्सव होगा। धत्-हाजाक बत्ती—बत्ती नहीं। संगीत का उत्सव होगा। पूर्णिमा को। खुले मैदान में।

पेड़ के नीचे बैठकर प्रेम आदि करने का आवेग नीला में भी कुछ कम नहीं था। बंगाली उस आवेग के साथ पैदा ही होते हैं। और सत्ताइसवे में पड़ते ही वह सब खत्म हो गया, नीला का जीवन बदल गया। शौक का वटवृक्ष जड़ से उखड़ गया। हाजाकबत्ती बुझ गई। उत्सव पर सन्नाटा छा गया। आकाश के काले बादलों

से पूर्णिमा ढँक गई और नीला को उड़ाकर विचित्र विनाशी हवा, सुदूर समुद्र पार, देश के एक चमकदार मकान में ले आई।

''कामकाज के लिए कोई नहीं!'' नीला पूछती है। किशन और सुनील शराब की बोतल खोलकर बैठ गए। उस सभा में शामिल होकर चैतालि कहती है, 'अजी! किशन की बहू कामकाज करने वाले के बारे में पूछ रही है।'

सुनील ज़ोर से हँसता है। किशन की मूँछों के नीचे हँसी झलक पड़ती है। नीला को जवाब मिला था कि विदेश में किसी के घर में नौकर-चाकर नहीं होते। इस देश में कोई ग़रीब नहीं होता कि दूसरों के घरों में काम-काज करे। एक बात और; आज किसी को घर-द्वार की सफाई का काम दे दिया जाए तो घड़ी देखकर एक घंटे के पचास फ्राँ देने होते हैं।

नीला अँगुलियों से कंगन का ध्यान करके, आँखें चढ़ाकर बोली, ''तीन सौ रुपए? कलकत्ते में तो घर में चौबीस घंटे काम करने वाले को तीन सौ रुपए भी नहीं दिए जाते।''

सुनील और किशन दोनों ने नीला को याद दिलाया। 'यह पेरिस है...कलकत्ता नहीं।'

''एक लाख रुपए वेतन पाने वाला यहाँ नौकर नहीं रखता...'' शराब में बर्फ़ डालते हुए सुनील बोला।

''तो सब कुछ अपने हाथ से करना होगा?''

सोफ़े के हत्थे पर बैठी थी नीला।

चैतालि के गिलास में शराब उँड़ेलते हुए किशन बोला, ''डर गई...?''

''डरने की क्या बात है। घर-द्वार तो सब साफ-सुथरा है–देख रही हूँ।'' कमरे पर एक नज़र डाल कर नीला बोली।

''साफ करने लायक कुछ नहीं है... तुम्हारा काम हो गया। कोई झाड़-पोंछ नहीं करनी।'' किशन ज़ोर से हँसा।

नीला ने अपनी भूख मिटाने के लिए दो-चार टुकड़े रोटी के और दो गिलास पानी पीकर, चैतालि के डाँटने पर गरम पानी से स्नान कर लिया। स्नान करने से माँग का सिन्दूर धुल गया था और आँखों का काजल भी बह गया। नहा-धोकर शुद्ध और स्निग्ध हो गीले बाल तौलिए से पोंछकर, वह खिड़की के पास जा खड़ी हुई। आकाश और आकाश के नीचे जो स्वर्ग होता है उसे देखने लगी। किशन 'हाय-हाय' कह उठा, ''बहू होकर यह क्या कपड़े पहन लिए हैं? साड़ी पहनो; गहने पहनो; शाम को सब बहू से मिलने आएँगे।''

किशन की इच्छा या आदेश के अनुसार नीला ने जीन्स उतार कर काफ़्तान पहना। सोने के आभूषणों से शरीर सजाया-हाथों में सोने की चूड़ियाँ, कान में भारी

झुमके और गले में सोने की माला। चेहरे पर पाउडर लगाया, काजल लगाया, माथे पर सिन्दूर की बिन्दी, माँग भरी—सधवा का चिह्न। होठों पर लिपस्टिक लगाकर स्वयं को देखा। यही सिंदूर तो सुशान्त को लगाना था। नीला के अधरों पर तीखी हँसी खेल गई। अब सुशान्त कहाँ!! ज़रूर ठीक ही होगा। एक वर्ष तक नीला से प्रेम किया कि आज विवाह हो जाएगा। कल विवाह हो जाएगा। अन्त में, जात नहीं मिलती कह कर चला गया। कुलीन ब्राह्मण परिवार का लड़का सुशान्त चक्रवर्ती! अवर वर्ग की कन्या नीलांजना मंडल के साथ प्रेम तो कर सकता था, विवाह नहीं ही कर सकता था। पढ़ा-लिखा लड़का। जात-पाँत का भेदभाव करता है। भेद-भाव भी संभवतः सुशान्त नहीं करता था। करते थे उसके माता-पिता और वयस्क लड़के ने ही कैसे माँ-बाप की पसन्द की हुई लड़की के साथ सात फेरे डाल लिए? अपनी पसन्द को जलांजलि दे दी! यह सब नीला के लिए ही आश्चर्यचकित करने वाला नहीं था। बल्कि इसका अपना जीवन भी ताज्जुब में डालता था कि ज़िद करके विवाह कर बैठी। कि जीवन में चाहे और कोई दुर्घटना हो... यह तो दुबारा नहीं ही होगी—इस सम्बन्ध में यह निश्चित था। सुशान्त के विवाह के बाद उसकी यादें नीला को प्रतिदिन काटने को दौड़ती थीं। इसके अलावा और उपाय भी क्या था। अचानक मन में आता कि जीवित रहने के लिए कलकत्ता छोड़ना एक तरह से मृत्यु को अंगीकार करना... या विवाह कर लेना... कि अन्यथा लोग बुराई करेंगे, भौंहें चढ़ाएँगे यही ना! या कि इतनी उम्र हो गई अभी तक पति का जुगाड़ नहीं हुआ! इन कड़वी-कसैली बातों से अपनी रक्षा के लिए जो काला नहीं, लँगड़ा नहीं, पात्र जुटा पाई। उसी किशनलाल के साथ विवाह करके बन्धु-बान्धवों और पाड़े-पड़ोसियों को दिखा आई... यही ना!!

शाम को सात मेहमान घर आए। उनमें से छह अबंगाली भारतीय, एक फ्रांसीसी। आदिल। गुजराती। तारिक़। इस्माइल की बीवी, पत्नियाँ लेकर आए थे दो—बाबू गोगिनी और राजेश शर्मा। अड्डाबाज़ सानाल। उसकी पत्नी नहीं है। जो कुछ जिसने दिया, नीला ने ले लिया—मीनाक्षी का सतरंगा फूलों का हार, गोगिनी साहाना की दी हुई साड़ी, सानाल का दिया हुआ लाल गुलाब और आदिल का दोनों गालों पर चुम्बन। हरएक अपनी इच्छानुसार कुर्सी खींच कर बैठ गया। ये सब पहले भी इस घर में आते रहे थे। केवल नीला नवागता थी। मेहमानों की मेहमान!

मोएट एंड शांडेन शैम्पेन की बोतल हिलाते-हिलाते किशन बोला, "मेरी सिर्फ़ एक पत्नी है। आज शैम्पेन जल में कहकर जैसे ही अँगुली से डाट दबाई, ज़ोर की आवाज़ के साथ शैम्पेन फव्वारे की तरह छत से जा लगी और नीचे आकर नीला पर गिरी। बोतल में जो कुछ बाकी थी उसे गिलासों में डालता रहा किशन।

गिलास उठाकर गोगिनी ने फ्रेंच में 'स्वागतम्' कहा। बाकी सब भी अपने-अपने गिलास उठाकर पास वाले के गिलास से टकराकर 'टंग, टंग' शब्द के साथ यही कहते रहे...'स्वागतम्'। नशे में चूर कुछ ने नीला को साथ ले लिया। 'आहा! कैसी बड़ी-बड़ी

आँखें हैं!' आँखें नहीं देखते, मानो सिर्फ़ बात की बात । साहाना बायीं तरफ़ से नीला को देखकर बाबू से कहती, "देखो... देखो... उसके कहीं लग न जाए?" गोगिनी-दम्पति की तीखी नज़रों के सामने तब नीला थी। जब भी नीला को देखते गरदन मोड़कर फुसफुसाया। अरे नहीं... कुछ-कुछ मीनाक्षी शेषाद्रि की तरह है... कह सकते हो।

"ऊँहूँ"... सानाल तीन-चार क़दम कूद कर नीला के सामने लाल ग़लीचे पर जमकर बैठ गया। "कौन कहता है, रेखा की तरह... मीनाक्षी की तरह, देखने में हमारी भाभी जितनी गम्भीर है... बिल्कुल नीलांजना मंडल ही है।"

कमरा हँसी से गूँज उठा।

सानाल ठहरा यथार्थवादी। इस देश में दस वर्ष से हैं पर शादी नहीं की। नोयाज़ी में मकान ख़रीद लिया है। अकेला रहता है। छः फुट लम्बा, दुबला-पतला, गरदन तक लम्बे बाल। गरदन घुमाकर जब बात करता है बाल आगे-पीछे हिलते रहते हैं। एक बार सानाल को और फिर किशनलाल को देखकर नीला मिलान करती है। सानाल को देती है सौ में से पिचासी और किशनलाल को पन्द्रह। सोचती है कि सानाल के साथ भी विवाह हो सकता था... किन्तु हुआ नहीं। जीवन कहाँ किसके साथ बँध जाया करता है। पर... असल में क्या सचमुच बँधा रहता है? सुनील अगर सानाल एडमारुकु (अहुामार) को कलकत्ता भेज देता, विवाह के लिए, तब उसका जीवन कुछ और हो जाता। हो सकता था पर हुआ नहीं।

"वह आदमी, उसी फ्रांसीसी लड़की का पति है। क्या करते हैं ये लोग?" नीला चैतालि से फुसफुसाकर पूछती है।

"लिखता है...लंदन में रहता था। फ्रांसीसी लड़की के साथ शादी करके इस देश में चला आया। बहुत बढ़िया ग्रंथ लिखा है... जाने क्या नाम है।" चैतालि अँगुलियों पर याद करने की कोशिश करती है, "जाने क्या नाम है, सुनील! तारिक की पुस्तक का नाम क्या था...।"

"मैं मुस्लिम क्यों... नहीं हूँ।" सुनील तुरन्त उत्तर देता है।

"हाँ-हाँ-वही—व्हाई आइ एम नॉट ए मुस्लिम।"

नीला बोली, "बर्ट्रेंड रसेल की तरह... व्हाई एम आइ नॉट ए क्रिश्चियिन...। अच्छा.. किसी ने ऐसी पुस्तक भी लिखी... 'मैं हिन्दू क्यों नहीं हूँ?' " चैतालि होठ बिचकाकर सिर हिलाते हुए बोली, "नहीं, यह नहीं मालूम।" सुनील व्हिस्की के गुण-अवगुणों का बखान करने में मगन था ज़रा चेतन होकर बोला, "हाँ... लिखी है, श्री सुनील चक्रवर्ती ने।"

"हा, हा, हा, हा।"

"किशन! क्या खिला रहे हो... मॉल्ट निकालो... मॉल्ट।"

सुनील के कहने पर किशन शराब की अलमारी से एक हाथ में ग्लैनफिडिच और दूसरे में लाफ्रोविज लेकर झूमता-झूमता आया।

सभा में खुशी की लहर दौड़ गई।

अब समापन स्प्रिगबैंक के साथ करेंगे।

"वा... ओ... हो...।" सानाल ने सीटी बजायी।

अंग्रेजी, फ्रांसीसी, हिन्दी में बातचीत से अड्डा जम गया। पहला, दूसरा तीसरा चौथा, फिर सप्तम पर स्वरं पहुँच गया! सोफ़े के एक कोने में चैतालि से सटकर बैठी थी नीला—बहू नीला! चेहरे पर मेकअप, गुड़िया सी नीला—अतिथि नीला! अड्डे के लोग खुद ही उठ-उठकर रसोई-घर से पानी या बरफ़ या सन्तरे का रस ले आते। सन्तरे का रस नीला और साहाना के गिलासों में। बाकी सब व्हिस्की के साथ जल या बर्फ़ ले रहे थे। तारिक ने न तो पानी लिया न बर्फ़ मिलायी। पीते-पीते अन्ततः दो बार कह उठा, "व्हिस्की में पानी मिलाने पर बिल्कुल बेकार हो जाती हैं। भारतीयों की मुश्किल यह है पीना जानते नहीं, फिर भी पीते हैं।" राजेश बोला, "भाई! हम क्या शराब पीने के लिए पीते हैं? पीते हैं नशा करने के लिए।"

"हाँ ठीक कहते हो...भई!" गोगिनी ज़ोर से हँसता है।

साहाना बाबू के कोहनी मार कर बोली, "राक्षसों की तरह क्यों हँस रहे हो? अभी से नशा हो गया?"

सानाल ने झट से साहाना को पकड़ लिया..."यह जो कह रहे हो दैत्य की तरह दैत्य को कभी हँसते देखा भी है?"

"देखा है... देखा है..." आदिल ने मुँह खोला, "ला जका-दा को हँसते देखा है।"

अट्टहास की गुंजार!! लिओनार्दो द विंची ने हँसी की तस्वीर बनाई है। उसने ला जकान्दा को विश्व-विख्यात कर दिया। उसे एक वाक्य में दानवी कहने के बाद...नीला जानना चाहती थी। लोगों को हँसाने के लिए कहा है आदिल ने या ऐसी हँसी का ध्यान कर रहा है। नीला को यह मालूम करने का मौका ही नहीं मिला क्योंकि सानाल, छलाँग लगाकर फिर नीला की तरफ़ आया—तीन-चार के घुटनों के ऊपर से।

जिस गिलास में, सन्तरे का जूस था, ज़रा-सा भदका डाल, दो बार हिलाकर सानाल गम्भीर होकर बोला, "यह स्क्रू-ड्राइवर 'लक्खी' लड़की की तरह सटक जाओ तो नयी बहू तुम्हारे सिर के जो स्क्रू ढीले हैं कल सवेरे तक सब टाइट हो जायेंगे।"

एक बार फिर अट्टहास! हँसने पर किशन के पैने दाँत निकल आये। और गोगिनी बाबू की सोने जैसी हँसी—ऊपर के दो दाँत सोने से बँधे थे—झलक रही थी। तारिक इस्माइल होठ दबाकर हँसा। हँसते हुए सिर से पैर तक काँप रहा था। चैतालि ने हँसी दबाने के लिए बाएँ हाथ से मुँह ढँक लिया। सानाल 'हा', 'हा, हो, हो', करके हँस रहा था। और आदिल की हँसी में केवल ऊपर के गुलाबी मसूड़े दिखाई दिए। न दाँत, न शब्द। राजेश की घनी दाढ़ी और मूँछें होठों तक आ गईं, हँसता तो गाल फैल जाते।

यहाँ तक कि मूँछों में दाँत छिप जाते। सुनील दम साधे हँस रहा था आवाज़ नहीं निकाल रहा था। बस अन्दर ही अन्दर—

इस बीच गोगिनी की सबसे प्रश्न करने की तबियत हुई।

प्रश्न यह था कि फ्रांसीसी पुरुषों का चेहरा इतना बड़ा और हाथ इतने छोटे क्यों होते हैं?

जवाब किसी को नहीं मालूम था।

गोगिनी गम्भीर होकर बोला 'क्योंकि फ्रांसीसी लड़कियों के स्तन बहुत छोटे होते हैं और चारों तरफ़ का हिस्सा बहुत बड़ा।'

आदिल और सानाल के अलावा और कोई नहीं हँसा।

मीनाक्षी ने मुँह फेर लिया।

साहाना उठ गई।

प्रश्न से प्रश्न बढ़ने लगा, सानाल बोला, "आईन का 'लिंग' क्या है बताइए।" किसी के पास जवाब नहीं था।

उत्तर दिया सानाल ने 'स्त्रीलिंग'

उत्तर देकर वह चुपचाप बैठ गया जब तक इसके कारण का कुतूहल न हो किसी में। आदिल को हुआ।

आईन स्त्रीलिंग है क्योंकि आईन में फाँक है।

चैतालि ने पूछा, "किसी को नारंगी का जूस चाहिए?"

प्रसंग एकदम बदल गया।

आज तुम्हारी छुट्टी...कल से गृहस्थी में जुटना होगा... समझीं।

किशन ने नीला की तरफ़ हँसते हुए वाक्य दागा।

उस वाक्य से नीला को कष्ट नहीं हुआ न ही मुँह लाल हुआ।

चैतालि नाक सिकोड़ती है, "गृहस्थी सिर्फ़ एक की होती है क्या? दोनों को ही गृहस्थी करनी पड़ती है।"

किशन ने एक ही घूँट में पूरा गिलास खाली कर दिया, बोला, "मैं ठहरा अविश्वासी व्यक्ति। मुझसे धर्म-वर्म नहीं होता।

"तो...क्या! मुझसे होता है?" नीला ने पूछा

"तुम्हें तो करना ही होगा...तुम ठहरीं लड़की।"

सब हँस पड़े...बड़ा ज़ब्त किया गया। पढ़ी-लिखी लड़की के कारण "अरे! पास आकर तो बैठो, बहू होकर इतनी दूर-दूर रहने से कैसे चलेगा?" नशे से भरी दृष्टि से किशन नीला की तरफ़ देखकर बोला।

बैठक के सब लोगों ने नीला को करीब-करीब ठेलकर किशनलाल की तरफ़ धकेल दिया। किशन गिलास में चम्मच हिलाते हुए, सबका ध्यान उसकी तरफ़ करके बोला, "भद्र महाशय! भद्र महिला गण! मेरी बहू बहुत सुन्दर है...ठीक है ना!"

"बिल्कुल...बिल्कुल!" सब एक साथ बोल उठे।

किशन नीला की पीठ पर धौल जमाकर बोला, "अरे...देखो तो...बहू किसकी है?"

"किशन को ऐसी बहू की बड़ी ज़रूरत थी। तारिक की तरह!"

"ऐसी कैसी?"

"ऐसी लक्ष्मी...ऐसी सुन्दरी, पूरी तरह भारतीय। फिरंगियों में से ऐसी हो सकती है? उनके साथ प्रेम किया जा सकता है। ब्याह नहीं किया जा सकता। ब्याह तो भई! भारतीय से ही करना होता है।" तारिक शुद्ध हिन्दी में बोला।

चैतालि चिढ़ गई, "तारिक जो कह रहे हैं मेहरबानी करके कोई अनुवाद कर सकता है आदिल के लिए।"

आदिल साहाना और बाबू के साथ फुसफुसाने में लगी हुई थी। आश्चर्य से मुँह उठाया, "कोई मुझे बदनाम कर रहा है क्या?"

सानाल बोला, "अरे! क्या कह रही हो... बदनाम क्यों होंगे। जो कह रहा है सच कह रहा है फिर भी क़ायदे से सच बोल रहा है।" तारिक हँसकर बोला, "जीवन में बहुतेरी लड़कियाँ देखी हैं किन्तु हमारी इन बहू जैसी सुन्दरी कोई नहीं देखी।" आदिल के गुलाबी मसूड़े बहुत देर तक निकलते रहे।

अचानक अड्डा बिखर गया, किसी ने नोटिस नहीं किया—एक दल में राजेश और तारिक।

"जानते हो भारत की अर्थनीति आगामी दस वर्षों में बिल्कुल बदल जाएगी।..."

"दुर्... वह गरीब देश है... ग़रीब ही रहेगा। दुर्नीति समाज का रक्त चूसती है।..."

"पूरा सिलिकन विली भारतीयो के कब्ज़े में चला गया है।"

"यूरोप से भी अब कम्प्यूटर में दक्ष लोगों को लाकर भारत में धरना दे रहे हैं।"

"अरे...रुपया तो कुछ ही के हाथों में दुगना है। ज़्यादातर लोग तो भूखे मरते हैं।"

"बिना खाए मरने वाला तो भारत में मैंने एक भी आदमी नहीं देखा...सारा पश्चिमी प्रचार है।"

"देश को तो आजादी मार रही है।"

"वह क्यों...जनता तो शक्ति होती है...उसे काम में लगाओ। यूरोप के कल-कारखाने बन्द होने का प्रोग्राम हो रहा था। दूसरे देश से मज़दूर न लाना इनके लिए सम्भव नहीं।"

दूसरे दल के किशन और गोगिनी मुँह से फेन गिराते हुए बोले, "कांग्रेस चली गई। उसमें सौ वर्ष तक वापस आने की क्षमता नहीं है।"

बी.जे.पी. पर अब भरोसा नहीं किया जा सकता। वाजपेयी है इसलिए बची हुई है।"

"वामपंथी और दक्षिणपंथी सब दलों में फाँस है। जैक शिराख ने दल के लिए खूब घूस लिया है... जानते हो?"

"जसपा के दल में कोई चोर नहीं... यह भी नहीं।"

"हवस में हारने वाला जनप्रिय हो जाता है। निर्वाचन में खड़ा होकर सफल होता है।"

"अरे हट! यह सब अफ़वाहें हैं। अपने बिजनेस में सुविधा हो जाए तो मैक्डोनल्ड की भी असुविधा नहीं। दे न उस तरह का सस्ता खाद्य। प्रतियोगिता का नाम सुनते ही बाबू लोगों का दिमाग़ आकाश में चढ़ता है।"

एक कोने में सानाल और सुनील बैठे थे। अनर्गल फ्रेंच में बकबक किये जा रहे थे। प्रसंग था क्रिकेट।

आदिल और मीनाक्षी एक तरफ़ थे। वे बच्चों की बातें कर रहे थे।

नीला और चैतालि के साथ साहाना थी।

प्रसंग था गृहस्थी। नई गृहस्थी। बाज़ार, सौदा आदि।

किस दूकान पर पंच फोड़ मसाला मिलता है, देसी मछली कौन-सी दुकान की अच्छी होती है। फिर खाना पकाते समय क्या डालने से भोजन स्वादिष्ट होता है यही सब।

किशन का दल राजनीति से व्यवसाय आदि पर आ गया था।

"मुर्गी से 'सालमोनेला,' पागल गाय रोग।"

"यह सब प्रचार है।"

"मछली मांस में पकाओ, आमदनी होती है। देसी मांस का दाम चढ़ा हुआ है।"

"धत्! इस देश में भारतीय रेस्तोराँ शुरू करने का कोई फ़ायदा नहीं। रेस्तोराँ का बिजनेस चलता है इंग्लैंड में। इस व्यवसाय में नौसिखिए दल बाँध कर इटली चले जा रहे हैं। काम किससे कराया जाए। विधान कहता है।" फिर नीला की तरफ़ देखकर एक आँख मिचका कर किशन बोला, "इस व्यवसाय में बहू को ही डाल दूँगा। वे पकायेगी, मैं आगे बढ़ाऊँगा।"

"क्यों... कैसा खाना पकाती हो..." किशन नीला का पेट कोहनी से ठेलता है।

"मुझे खाना पकाना नहीं आता।" नीला अपने दल से अलग होकर बोली।

किशन ज़ोर से हँसा। "लड़की क्या कह रही है... लड़की होकर खाना पकाना

नहीं जानती!"

"मेरे रेस्तोराँ में जाकर देखो। जिन लड़कों ने स्वदेश में कभी रसोई-घर में झाँका तक नहीं था, वे कैसा बढ़िया खाना पकाते हैं। तुम भी कर सकोगी।"

सुनील ने क्रिकेट का प्रसंग स्थगित करके कहा, "एई...एई...एई...नई बहू...अभी से रसोईघर के बारे में कह रहे हैं...अरे कुछ दिन तो बीतने दो।"

बहुत-सी पांचालियाँ हुईं। 'चैतालि एक गाना गाओ!' चैतालि का हाथ दबाकर नीला बोली। "गाना! अरे बाप रे! गाना होता है बंगाली अड्डे पर। अबंगाली गाना क्या समझें। सारे के सारे अरसिक।"

चैतालि ने बांग्ला में कहा, "अबंगालियों के दल में से किसी के भागकर आने का लक्षण नहीं है।"

रात के आठ बजे एक आदमी काला सूट और नेकटाई पहने घुसा।

हाथ में खाने के पैकेट। किशन के रेस्तोराँ का खाना—रोटी-सब्जी! किशनलाल ठहरा निरामिष। इसके घर में मांस-मछली नहीं चलता।

मेज़ पर खाने की चीज़ें रखकर काले सूट, नेकटाई वाला मोजाम्मेल किशन की बहू देखने आया। चेहरे पर हँसी। आँखें ऐसी मानों काजल लगाया हो। "दीदी! मैं किशन बाबू की दूकान में काम करता हूँ...बांग्लादेश का लड़का हूँ।"

बंगाली!...

नीला की आँखों में प्रसन्नता की झलक।

चैतालि ने मेज़ सजा दी थी। कोई मेज़ पर बैठा, कोई सोफ़े पर।

सुनील खाते हुए बोला, "माछ भात, खाने की इच्छा हो तो मेरे घर चली आना नीला। चैतालि बहुत बढ़िया खाना बनाती है।"

नीला बोली, "मेरी तो अभी भी इच्छा हो रही है खाने की। रोटी, सब्जी एकाध दिन ही खायी जा सकती है ज़्यादा दिन नहीं।"

मोजाम्मेल हँसता हुआ बोला, "चिन्ता की कोई बात नहीं दीदी! ताजमहल चली आइएगा। माछ-मांस हमारा बावर्ची बढ़िया बनाता है।"

खाने के बाद बहुत देर तक बैठक जमी रही। किशन ने नई बोतल खोल ली थी। घर पर सिजोफ्रेनिक लड़का रख कर आए थे इसलिए तारिक दम्पति पहले ही चले गए थे। राजेश का जोड़ा भी। सुनील दम्पति अपनी टुम्पा मणिक के लिए सानदानी में एक सम्बन्धी को ठहरा आए हैं, वहाँ सोएगा वह। उन्हें जोन की जल्दी नहीं होगी। शराब की बोतल खाली होने पर सानाल खड़ा हो गया। दरवाज़े के पास रैक से गरम जैकेट पहनते हुए सबको लक्ष्य करके बोला, "नीला बहू दी। जाते समय, इस देश में, दोनों गालों पर चुम्बन देने की रीति है। मैं जान-बूझकर तुम्हारे गालों पर चुम्बन नहीं दे रहा। आज किशन को दायित्व दिए जा रहा हूँ कि जितनी इच्छा

हो चुम्बन ले ले। यह उसका प्राप्य है...क्या कहते हो किशन!''

किशन उस समय भी सोफ़े पर बैठा था। शर्ट के बटन खुले थे। पेट बाहर निकला हुआ था। पेट ही नहीं पेट का तिल भी।

वह फीकी हँसी हँसा। मूँछों के नीचे कोदाली दाँत निकल आए थे। पेट का तिल भी उसकी हँसी के कारण बाहर दिखाई पड़ रहा था। सानाल के जाने के बाद सुनील और चैतालि भी उठने लगे।

''यह क्या... सब चले जा रहे हैं...! घर बिल्कुल ख़ाली हो जाएगा। आज रात ठहर जाइए ना।'' चैतालि का हाथ नीता ने कसकर मुट्ठी में बन्द कर लिया।

''पागल लड़की'', सुनील ज़ोर से हँसा।

नीला के हाथ से अपना हाथ छुड़ाकर चैतालि ने हुक पर से अपना गरम कोट उतार कर पहन लिया।

उन लोगों के जाते ही बन्द खिड़की, दरवाजों से कमरे में सन्नाटा घुस आया।

नीला को अकेलापन लग रहा था यद्यपि वह अकेली नहीं थी।

उसे अकेलापन लग रहा था यद्यपि जानती थी कि जो आदमी कमरे में बैठा है वह उसका परम आत्मीय है—उसका स्वामी।

नीला सारे आभूषण और काफ्तान पहने हुए बिस्तर पर लेट गई और किशन ने सीमा तोड़ने के लिए नीला के ब्लाउज के बटन पटापट खोले। काँचली हटाते ही नीला के स्तन बाहर आ गए। सख्त अँगुलियों से सेद्ध आलू के टुकड़े की तरह दोनों बाग़ी स्तनों को निस्तेज करने लगा किशन। कमरे में 'हिस्, हिस्' के अलावा कोई आवाज नहीं थी। किशन के लोमश (बालों से भरे) शरीर के नीचे वह शिथिल पड़ी रही। स्वयं से पूछ रही थी इसमें तुम्हें कुछ सुख मिलता है? फिर स्वयं ही उत्तर देती है...'नहीं'।

गृहस्थी

उठो...उठो...।

उठो...उठो...बहुत देर हो गई है।

सारी रात नींद नहीं आई थी थकान से। सवेरे-सवेरे पलकें बन्द होने लगी थीं। आवाज़ सुनकर वह हड़बड़ाकर उठी। कहाँ है नीला...? इसके कलकत्ते वाला घर नहीं है...बिस्तर तकिया भी इसका नहीं है!! किशन की तरफ़ नज़र पड़ी मोटी काली मूँछें, होंदस कुरकुती नेत्र, गालों पर चेचक के दाग़। उसे होश आ गया। यह उसके पति का घर है। यहाँ अपने पति के साथ गृहस्थी करनी है—इस 'रू द फूलवो' सानदानी में। इस छठी मंजिल पर। यहाँ पेरिस में...साफ़-सुथरे बिस्तर और तकिए। किशन कमर में तौलिया लपेटकर बाथ-रूम की तरफ़ जाते-जाते बोला। 'देखो तो कल रात के बर्तन उसी तरह पड़े हैं।'

बर्तन सब पड़े हैं, यह तो नीला रात को ही देख चुकी थी। कलकत्ते वाले घर में बर्तन इसी तरह पड़े रहने पर उसने कभी उस तरफ़ देखा तक नहीं था। बर्तन समेटने, धोने, लगाने के लिए आदमी थे। किशन ने याद दिलाया कि कलकत्ते में राजाओं की तरह रही है पर पेरिस में नहीं हो सकता। यहाँ तो मेहतर का काम भी अपने हाथों से करना पड़ता है। कलकत्ते में होती तो नीला बहुत देर तक बिस्तर पर पड़े-पड़े काट देती। चित्रा चाय और अखबार दे जाती। वह चाय पीकर अख़बार पढ़ती फिर बिस्तर से उठती। उसके बाद होता चाय का दूसरा दौर। इस घर में चित्रा का परिवार नहीं है। नीला को ही उठना पड़ा है। उठकर कल रात के बर्तनों का झमेला भी नीला को ही निपटाना होगा। वह उठती है।

सूती साड़ी पहनकर, चाय का पानी रखने के लिए रसोईघर में जाकर चाय की पत्ती खोजने लगी। नहीं मिलीं तो स्नानघर के दरवाज़े के पास खड़ी होकर पूछा, "चाय की पत्ती कहाँ रखी है?"

किशन नहाकर हजामत बना रहा था, आधे गाल पर सफ़ेद फेन और आधा हजामत बनाया हुआ। आईने से मुँह मोड़कर, फेन उड़ाता हुआ चकित होकर बोला,

"चाय कौन पियेगा, मैं तो चाय नहीं पीता।"

"क्या कह रहे हो? चाय नहीं पियोगे?"

नीला की दृष्टि में संशय था। किशन किशोरावस्था पार कर चुका पर चाय नहीं पीता, भारतवर्ष में ऐसे लोग नीला ने कभी नहीं देखे थे।

"नहीं... ।"

फिर आईना। फेनिल गाल खींच कर पकड़ लिए। उन पर पैना ब्लेड चलने लगा।

"मेरा तो चाय बिना चलेगा नहीं...कम से कम दो कप तो लगेंगे ही।" नीला दरवाज़े में खड़ी अँगुलियों से आँखों की पिचूटी पोंछते-पोंछते बोली। पिचूटी तो नहीं रही पर संशय बना रहा।

"चाय का नशा है...?"

"नशा नहीं... अभ्यास।" नीला बोली।

"मुश्किल में डाल दिया है।"

"मुश्किल में...?"

"एक ही घर में दो तरह का अभ्यास मुश्किल ही तो है।"

नीला ने बाथरूम के दरवाज़े से निकलकर आते हुए सुना। किशन कह रहा था 'मुझे देर हो गई।'

डबलरोटी, मक्खन, जैली, सन्तरे का रस उसने मेज़ पर लगा दिया था। पति जब सवेरे आफ़िस जाता है, घर की बहुएँ व्यस्त भाव से इसी तरह प्रातराश (ब्रेकफ़ास्ट) का आयोजन करती हैं। होश सँभालने के साथ-साथ इसने देखा है अनिर्वाण को कभी नहीं कहना पड़ा कि उन्हें देरी हो रही है या आदि... । सवेरे मलिना चुपचाप बिस्तर से उठकर रसोईघर में जाती, पति के लिए अपने हाथ से रोटी बेल कर गरम-गरम आलू-पूरी, दाल पूरी–अनिर्वाण को जो-जो स्वादिष्ट लगता है–वही सब तैयार करती है। गृहस्थी में किसी भी दिन कभी त्रुटि नहीं हुई। नीला भी मलिन की बेटी है। लोगों का कहना है कि लड़की माँ की तरह शील-सम्पन्न, सुबोध, शान्त होती है। माँ की तरह ही प्रियंवदा। इसलिए पति की सेवा में इसकी भी कोई त्रुटि क्यों होगी!

पिछली रात भी नीला ने बर्तन आदि जल्दी-जल्दी साफ़ कर दिए थे। किशन सूट-बूट में साहब होकर टेबल पर प्रबन्ध देखकर बोला "वाह...कैसी लक्खी बहू हो तुम!!"

"लक्खी क्यों कहते हो! टेबल पर खाने की चीज़ें लाकर रखी है इसलिए!"

"क्या सिर्फ़ यही!" किशन आँखें मिचकाकर हँसा।

अनिर्वाण इस तरह मलिना को देखकर कभी नहीं हँसे थे। बल्कि अक्सर शिकायत ही करते थे कि सब्जी ज़रा ज्यादा गल गई है–अंडे का पीला टूट गया

है रोटी का कोना जल गया है...। नीला खुद को शाबाशी देती कि किशन असन्तुष्ट तो नहीं ही था बल्कि भोजन से तृप्त होता था।

"तुम वापस कब आओगे?" नीला ने पूछा।

"कुछ ठीक नहीं...।" ठीक नहीं... क्योंकि किशन नौ से पाँच की नौकरी तो करता नहीं कि कह दे कि पाँच बजे आफिस से निकलकर घर की तरफ़ रवाना हो जाएगा। कि रास्ते में ट्रैफ़िक लेगा पैंतीस मिनट और छः मिनट नीचे सड़क पर गाड़ी पार्क करने की जगह खोजने के लिए और दो मिनट ऊपर आने में—यानी लौटेगा पाँच बजकर तैंतालीस पर। दो रेस्तोराँ चलाता है किशनलाल। मोंपारना से ताजमहल' और दूसरा लाल किला'। पंद्रह एरमादिस मोप। लाल किला अच्छा नहीं चल रहा, नाम बदल दिया जाए तो अच्छा चलेगा, किशन को यक़ीन है। "एक नाम सोचो ना, किशन बोला।"

"सारा दिन मैं क्या करूँ।" नीला किशन के सामने गाल पर हाथ रखकर, सिर दायीं तरफ़ और नज़र किशन पर जमाते हुए पूछती है।

"बैठे-बैठे मेरा ध्यान किया करो।"

"और...।"

"और क्या? यह सोचते-सोचते समय नहीं बीत जाएगा?"

"यदि न बीते...?" नीला उदासीनता से पूछती है।

"हाँ...यह बात भी है।"

बहुत जल्दी नीला को लेकर बाहर जाना होगा, जूता खरीदेगा। किन्तु कब... यह किशनलाल ने ठीक-ठीक नहीं बताया।

नीला की नज़रें किशन से खिड़की पर जा अटकीं। बाहर के स्वर्ग पर।

"अच्छा...वह...वह किसी किंग का महल है?" खिड़की से बाहर अँगुली उठाकर प्रस्तरमूर्ति स्थित किसी मकान की तरफ़ देखकर पूछती है।

"रेलवे स्टेशन... गार द नर्द।"

"क्या कह रहे हो? स्टेशन इतना सुन्दर होता है?"

नीला खिड़की की तरफ़ भाग कर जाती है।

"शहर घुमाने कब ले चलोगे"—स्वर में बच्चों का-सा आह्लाद था। किशन में पतिव्रता की साध की तरह इतना आह्लाद नहीं था फिर भी।

"कल तो शहर में, थोड़ा-बहुत घुमा दिया था। इतनी बेचैन क्यों हो रही हो... सब आये तो थे... मिलने के लिए। सारा जीवन पड़ा है अभी।" कहकर किशन बाहर चला गया।

देखने के लिए सारा जीवन पड़ा है यह तो नीला खुद भी जानती है। फिर भी शिराओं में अस्थिरता का उद्दाम नृत्य अनुभव करती है। जैसा इस्पात कक्ष में बैठकर अनुभव किया था। उस कक्ष में बैठकर वह छुट्टी मिलने की प्रत्याशा कर

रही थी और इस घर में भी नीला को वैसी ही प्रत्याशा थी। छुट्टी पाने की प्रत्याशा! पर किससे छुट्टी... कहाँ जाने के लिए...! यद्यपि स्पष्ट रूप में जानती नही। इस घर में भी प्राण पंछी छटपटा रहा है। इस्पात कक्ष की दीवार जैसे इस घर की यह दीवारें भी कुछ कम निर्जीव नहीं हैं!

नीला खिड़की में उदासीन बैठी नीचे सड़क पर चलते-फिरते आदमी, गाड़ियाँ देखती है। निस्तब्धता के बीच मनुष्य का सभ्य सुन्दर सुचारु व्यस्त जीवन। ऐसी दोपहर के समय कलकत्ता में भयंकर चीत्कारें सुनाई पड़ती हैं—बाज़ार, ट्रकों के पहियों की फटफट, ठेला गाड़ियाँ, फेरीवाले, भिखारी, कुत्तों के झगड़े, नल के पास औरतों की छीना-झपटी की तेज़ आवाजें, हल्ला-गुल्ला। कलकत्ता इतना गरम हो उठता है कि बैठना मुश्किल हो जाता है। नीला सोचने लगती है कि उस दुनिया से बाहर, कहाँ चली आई है वह, जहाँ कोई झंझट नहीं, जंजाल नहीं, विसदृश कुछ नहीं, अशोभन, अश्लील कुछ नहीं है।

यह शहर गरम नहीं होता, चीखता-चिल्लाता नहीं, यह ठीक है। किन्तु इस शहर में सब व्यस्त हैं केवल वह स्वयं नहीं...नौ से पाँच तक कहीं कोई इसकी प्रतीक्षा नहीं करता। अनमनी नीला खाली समय में गाती है, 'मेरे घर की चाबी खो गई है...मुझे कोई ले जाएगा!' गाते-गाते खुद ही अपने स्वर पर चौंकती है! 'गार द नर्द', किसको ध्यान आयेगा। फ्रांसीसी राजा का घर और राजा का पुत्र, मकान की खिड़की खोलकर देखता है दूर एक दैत्य के घर में बन्दी एक राजकन्या को। जूड़ा खोलकर घने काले लम्बे बाल गिर रहे हैं। छाती और पीठ पर। राजपुत्र बन्दिनी का उद्धार करने के लिए, घोड़े पर बैठकर भागता हुआ आता है। हाथ में जादू की छड़ी। छड़ी के स्पर्श से दैत्य के घर का दरवाजा स्पर्श करता है जो अपने आप 'सीसम' फाँक की तरह खुल जाएगा और राज-कन्या को घोड़े की पीठ पर बैठाकर राजपुत्र उस राजमहल के सिंहद्वार पर उतरेगा। फिर हाथ पकड़कर दोनों अन्तःपुर में चले जाएँगे। नीला अपना हाथ देखती है किशन ने कभी यह हाथ अपने हाथों में लिया हो याद नहीं। हाथ से हाथ का स्पर्श अवश्य किया था। शौक से इन कोमल लम्बी अँगुलियों की तरफ देखा होगा। पेंट किए हुए नाखूनों की तरफ़ वाह! बढ़िया। जैसी नजर डाले हों-नीला को ध्यान नहीं आता। जब अँधेरे में नीला के शरीर के साथ किशन का शरीर प्रमोद विहार करता है तब इसका अंग-अंग रोता है कि इसका बिल्कुल मन नहीं हो रहा। नीला के एक अंग से जबरदस्ती अंग लगाने पर किशन जकड़ता है। नीला की लावण्यलता-सी अंगुलियाँ सुविन्यस्त नाखून, भौंरे जैसी काली आँखें, लम्बे केश अन्धकार में निम्नशूद्र की तरह अस्पृश्य पड़े रहते हैं।

खिड़की से हटकर नीला सारे घर में किताब खोजती है। कुछ टेलिफोन की पाँचेक डायरेक्टरी। एक अंग्रेजी-फ्रांसीसी अभिधान। तीन पुस्तकें हिन्दी में खाना पकाने की', दो वर्ष पुरानी पत्रिका, चार हैरल्ड ट्रिब्यून और तीन 'लामोंद' पोर्नो (अश्लील)

मैगजीन। इनके अलावा पन्ना-पन्ना ढूँढ़ लिया और कोई अक्षर तक के अंक नहीं मिला। इन्हें छोड़कर वह गायन संगीत जगत में पहुँच गई। हिन्दी सिनेमा के गाने, चार अंग्रेजी के, कुछ भांगड़ा और एक एडिथ पियॉफ़--बस। रवीन्द्र संगीत का कोई नहीं यहाँ तक क्रि श्रेष्ठ भारतीय संगीत का छिट-पुट भंडार भी नहीं। एडिथ पियॉफ़ छोड़कर नीला ने देखा कि इस देश की छोटी-सी चिड़िया एक ही स्वर में किचिर-मचिर करती रही है। अनजान जगह में अनजान (अस्पष्ट) किचिर-मचिर सुनने पर अकेलापन ज्यादा ही लगता है। एडिथ पियॉफ़ बन्द करके नीला एक कमरे से दूसरे में घूमती रही। साथ में थी केवल उसके पाँवों की चाप। फिर फ्रेंच भाषा का एक शब्द भी न समझने के कारण टेलीविजन खोल कर गोरे आदमियों के हँसी-मजाक, दौड़-भाग मन लगाकर देखने लगी। उसका ध्यान टूटा टेलीफ़ोन की घंटी से। उस समय शाम हो चुकी थी। किशन बोल रहा था। "क्या पकाया है...गिन्नी!"

गिन्नी ने तो कुछ पकाया नहीं था।

किशन बोला, "फिर खाऊँगा क्या? पति को भूखा मारोगी?"

नीला को समझ नहीं आया कि क्या उत्तर दे। किन्तु विधवा होने की भी इच्छा तो नहीं थी।

किशन गम्भीर स्वर में बोला, "बिल्कुल भूल ही गई, दरवाजे में चाबी लगाकर जाना ठीक होता...। घर में आग जलाना...।"

"आग क्यों? नीला ने पूछा।"

"अरे! चूल्हे से कोई दुर्घटना न हो इसलिए। सावधान के लिए मार नहीं।"

"यह तो ठीक है कि सावधान के लिए मार नहीं। आग जलाकर फिर उसे कैसे बुझाएगी, यही सोच रही थी। समझ नहीं आ रहा था कि आग के साथ चाबी का क्या सम्बन्ध है।" पूछा, "क्या होगा आग जलाकर?"

"चाबी रहेगी तो बाहर जा सकोगी। प्यास लगे तो पानी पीने की तरह।" उत्तर देता है किशन।

ओह! अब नीला को उसकी बात समझ आई कि घर में आग लग जाए तो प्राण-रक्षा के लिए घर से बाहर जाने की उसे पूरी स्वाधीनता होगी। आग न लगे तो प्राण बचाने का तो प्रश्न ही नहीं...प्रश्न उठता ही नहीं। "पर अगर उठे...।"

रसोई-घर में इकट्ठे किए हुए बर्तन धोते हुए दाल-भात और सब्जी पकाते हुए बार-बार यही ध्यान आ रहा था कि आग यदि लग जाए...।

चावल जल गए, सब्जी अधपकी रह गई, दाल में नमक ज्यादा हो गया।

स्थूल शरीर वाला किशन शाम को घर आकर सोफ़े पर लेट गया।

"कपड़े बदलो। हाथ मुँह धोओ... बाहर से आए हो!" नीला को महसूस हुआ कि उसकी आवाज़ में बहिन का-सा स्नेह है।

"यह क्या गन्दा कलकत्ता है कि बाहर से आकर धूल-मिट्टी दूर करने के लिए हाथ-मुँह धोना पड़ता है हो ऽ हो ऽ ऽ ..." किशन हँसते हुए बोला।

"सारा दिन भारी जूते पहने रहे हो कम-से-कम जूते तो उतार दो।" नीला को लगा कि ठीक इसी तरह मलिना अपने पुत्र निखिल को जूते उतारने को कहती थी।

"खोल दो ना!" किशन ने दोनों पाँव नीला के सामने कर दिए। नीला ने किशन के पाँव के पास बैठकर पतली-पतली अंगुलियों से जूतों के फीते ढीले करके जूते-मोज़े उतारे।

खुद को दासी की तरह सोच रही थी। मानो वह चित्रा हो। चित्रा इसी तरह परिवार के सब लोगों के जूतों के फ़ीते खोला करती है।

"स्नान-घर में मैले कपड़ों का थैला है। उसमें रख दो। कल धो देना सब।" किशन के स्वर में स्वामी के आदेश का सा स्वर था।

घर की बहू या दासी को किशन जिस तरह आदेश देता है बिल्कुल वैसा ही स्वर!

दोनों मैले मोज़े स्नान-घर में ले जाते हुए नीला सोच रही थी कि रात को बिस्तर पर उसे पतिता की तरह बनना होगा। पतिताएँ जिस तरह थोड़े से रुपयों के लिए शरीर बेच देती हैं इसे भी उसी तरह अपना शरीर बेचना होगा। पतिता के लिए ख़रीददार और स्वामी में कोई पार्थक्य है भी या नहीं, नीला यही सब सोच रही थी। जो पार्थक्य वह देखती है वह यह कि पतिता को उसका पावना देने पर ही ख़रीददार को पार पाना पड़ता है किन्तु पत्नी का पावना न देकर भी स्वामी पार पा लेता है। नीला सोच रही थी कि पतिता को पत्नी की अपेक्षा कहीं अधिक स्वाधीनता होती है। नीला सोच रही थी कि पत्नी को माँ, बहिन और पतिता तीनों चरित्रों में दक्ष होना पड़ता है। इन्हीं तीन व्यक्तित्वों के साथ लड़की जन्म लेती है।

"...क्यों...पेरिस कैसा लगा?" किशन ने पूछा।

उदास नीला खिड़की में देखती हुई बोली, "पहली बार भारत से बाहर आयी हूँ बीच में कोई समुद्र नहीं... फिर भी लगता है कि सात समुद्र पार करके आयी हूँ किसी और जगत में...बड़ा अपरिचित!"

किशन धीरे से सिर हिलाकर बोला, "कुछ वर्ष बीतने दो... देखना भारत ही अपरिचित लगेगा। जीवन ऐसा ही होता है नीला! केवल अभ्यास और कुछ भी नहीं। यहाँ के जीवन से अभ्यस्त होने पर तुम भारत के जीवन से अभ्यस्त नहीं रहोगी। यद्यपि भारत में तुम जन्मी हो, पली-बढ़ी हो।"

"तो... सारा दिन क्या-क्या किया" किशन ने पूछा।

"सारा दिन अकेलापन लगता रहा...उन लोगों का फ़ोन नम्बर होता तो बात कर सकती थी...।"

"उन लोगों का... मायने... कौन लोग?"

"वही...कल रात जो आए थे।"

"उनके साथ खामख्वाह बात क्यों करोगी? कल रात का व्यापार कल के साथ समाप्त...। काम की बात हो तो देश में फ़ोन करो।"

किशन कलकत्ता फ़ोन करता रहता है। वहाँ आधी रात सोने का वक्त होता है। वह बता रहा था कि नीला पहुँच गई है, अच्छी है कल घर में विवाह का अनुष्ठान जैसा हुआ। अनिर्वाण के साथ बातचीत के बाद निखिल के साथ... अन्त में मलिना के दुःखी स्वर के साथ।

मलिना उधर रो रही थी। "घर कैसा ख़ाली-ख़ाली लग रहा है... तू तो कभी दूर गयी नहीं।"

नीला ने मलिना को धमकाया! "ठहरो तो... मूर्खों की तरह रो रही हो। उस घर में, उस बालिगंज में मैं पच मरती तो तुम्हें शायद अच्छा लगता।"

"कैसी है तू... बता!" मलिना ने पूछा।

नीला ने उत्साहित होकर कहा, "अच्छी हूँ... बहुत अच्छी। यहाँ सब कुछ बड़ा सुन्दर है। कल रात बड़ा आनन्द आया। बहुत से लोग आए थे। सब बहुत अच्छे हैं।"

उस तरफ मलिना फिर भी रोए जा रही थी।

माँ का रुदन सुनकर नीला को गुस्सा आ रहा था। माँ की आदत बड़ी विश्री होती है। लड़की का विवाह न हो तो रो-रोकर तकिया भिगोती है और विवाह होने पर छाती फाड़कर रोती है।

किशन शराब का जाम लेकर आराम से बैठ गया। पीते-पीते उसने बताया कि उसके 'लाल किला' रेस्तोराँ की लाल बतियाँ जल गई हैं। जल्द ही नाम बदलना होगा। नीला को समझ नहीं आया कि नाम बदलकर लाल की जगह हरी रोशनी की क्या वजह है। नीला के पूछने पर किशन बोला, "यह तुम्हारी समझ में नहीं आएगा।"

"बता दो...समझ जाऊँगी!" नीला ने आग्रह किया किशन को लगा नहीं कि समझाने पर भी वह समझ पाएगी। वह तो बस इतना जानता है कि लड़कियों में व्यवसाय-बुद्धि होती ही नहीं।

सुरुचि, खाना-पीना—तृप्ति... नीला रेस्तोराँ में जाने के लिए केवल इन्हीं का नाम लेती है। शराब की झोंक में किशन ने ये बातें उड़ा दीं। नहीं चलेगा...। फिर क्या चलेगा? "चलता है गाँधी का नाम। गाँधी के साथ भारतीय खान-पान का क्या सम्बन्ध?" न हो सम्बन्ध... पर गाँधी के साथ फ्रांसीसियों का सम्पर्क है... फ्रांसीसी लोग गाँधी के नाम से जितने परिचित हैं... लाल किले के बारे में नहीं जानते। रेस्तोराँ में खान-पान का व्यवहार कितना बदल सकता है? वही रहता है पहले बावर्ची पकाता

है अगली पंक्ति के लोग परोसते हैं?

शराब की बोतल ख़त्म करने के बाद किशन खाना खाने बैठा। पति को थाली में भात, तरकारी परोसने के बाद नीला को बड़ा दुःख हुआ भोजन अच्छा नहीं था। अपराधी की तरह वह सामने बैठी रही। खाना खाते हुए किशन बोला "चाहे सौ फ़ीसदी हो पर बहू के हाथ का भोजन...।"

नीला को मालूम है कि पत्नी के हाथ का बनाया हुआ खाना पति पसन्द करते हैं। अनिर्वाण मलिना के पकाए हुए खाने में सवेरे से शाम तक त्रुटियाँ निकालते हैं पर चित्रा के हाथ का पका भोजन मुँह में नहीं रख पाते। एक बार मलिना ज्वर के कारण पड़ी रही। चित्रा ने ही खाना पकाया। निखिल ने खाया, नीला ने भी खा लिया। किन्तु अनिर्वाण ने नहीं खाया। ज्वर-ग्रस्त मलिना को खाना पकाना पड़ा तब अनिर्वाण ने खाया। इससे केवल अनिर्वाण को ही तृप्ति नहीं मिली मलिना को भी मिली थी। किशन खाना खाकर बोला, "मैं बच्चू को—रेस्तोराँ में जो लड़का काम करता है—एक दिन घर भेज दूँगा। खाना पकाना सिखाने के लिए।" नीला हँस कर बोली, "खाना पकाना भी अभ्यास की बात है।"

खाना पकाना जिस तरह अभ्यास की बात होती है। पति के साथ बिस्तर में सोना भी वैसा ही होता है। विवाह के बाद पहली बार जब किशन नीला के साथ सोया था नीला सारी रात कष्ट के कारण 'आह', 'ऊह' करती रही थी। हाथ-पाँव फैलाकर सोना, इस तरफ से करवट लेकर सोना सम्भव नहीं हुआ था। धीरे-धीरे बिछौने पर आधी से ज्यादा जगह छोड़ने, हाथ-बाँध कर और किशन के खुर्राटों की आवाज़ सुनते-सुनते सोने की आदत हो गई थी। धीरे-धीरे इसका अभ्यास करती रही कि मज्जाओं में प्रवेश कर जाए।

किशन जब इसकी साड़ी उतारकर वक्ष में मुँह डालता, आह्लाद के स्वर में नीला कहती 'मैं कल ज़रा सड़क पर घूमना चाहती हूँ।'

"क्यों...?"

"योंही?"

"कोई योंही घूमता है?"

"दूर नहीं जाऊँगी पास में ही?"

"इस गन्दे इलाके में टहलोगी?"

"गन्दा कह रहे हो? कितना तो साफ-सुथरा है।?"

"अकेली जाओगी? कहीं खो गईं तो! इस शनिवार को मेरे पास समय होगा तब तुम्हें 'आइफ़ल टावर' दिखा लाऊँगा।"

इधर तो 'आइफ़ल टावर' के स्वप्न में नीला विभोर थी उधर किशन परम आनन्द से नीला के टावर शिखर पर...।

2

छह दिन के इन्तजार के बाद शनिवार आ गया। नीला को गरम कपड़े और जूता दिलवाकर किशन 'आइफ़ल टावर' दिखाकर 'मोंपारना से ताजमहल' रेस्तोराँ पर रुक गया। मालिक की पत्नी आई है। चारों तरफ़ ख़बर फैल गई।

मोज़ाम्मेल काला सूट, नेकटाई पहने हँसता हुआ आगे आया। 'दीदी! बताइए क्या खाएँगी चाय, कॉफी या कुछ ठंडा?'

नीला को चाय पीनी थी क्योंकि एक वर्ष होने को था कि उसने चाय नहीं पी थी। चाय की इच्छा हो तो चाय के अलावा और किसी चीज़ से नहीं मिटती।

"कैसी चाय... भारतीय चाय या काली चाय।"

नीला अवाक् हो गई। "भारतीय चाय कैसी होती है ज़रा सुनूँ?"

"दूध इलायची लौंग डालकर।" नीला ने थू-थू किया वह तो दूध तक नहीं डालती और फिर लौंग इलायची...!

चाय आ गई। बंगाली लड़कों का एक समूह भी आ गया। बच्चू भी रसोई छोड़कर! इनमें किसी का घर जसौर, किसी का रंगपुर, किसी का बारिसाल। नीला के दिल में खुशी का ज्वार सा उठा। बोली, "मेरे बाबा का घर था फ़रीदपुर। देश के विभाजन के समय बाबा पूर्व बंग छोड़कर आ गए। फिर वापस नहीं गए।"

लड़के नीला को अपनी पड़ोसी बहन मैना, यमुना, पद्मा की बातें सुनाते रहे। देखकर किशन 'कैश बक्स' के सामने से चिल्लाया, "बंगाली अड्डा जमा है क्यों? बंगालियों की तरह आलसी जाति संसार में नहीं है। केवल खाओ, सोओ और अड्डा जमाओ... चलो...चलो।"

"अरे चाय तो पीने दो।" नीला भी ऊँची आवाज़ में बोली। बंगाली मिल जाय तो यही होता है। आवाज़ का ज़ोर बढ़ जाता है। सिर्फ आवाज़ ही नहीं थोड़ा मन का भी। नीला अनुमान कर रही थी।

चाय पीते हुए नीला को पता चला कि मोजाम्मले ने ढाका विश्वविद्यालय से पदार्थ विज्ञान में पढ़ाई कर सर्वोच्च डिग्री ली है। ढाका में नौकरी नहीं मिली उपार्जन की आशा में फ्रांस आ गया। तीन वर्ष हुए। 'गला-काटा-पासपोर्ट' लेकर इस देश में आया है।

"यह क्या चीज़ है?"

"यानी दूसरे के पासपोर्ट की तस्वीर से मुँह काटकर अपना मुँह लगा देना।"

नीला सिहर उठी।

मोज़ाम्मेल इसके अलावा और क्या करता। विदेश का वीसा तो मिलेगा नहीं... वीसा सहित पास-पोर्ट ख़रीदा जा सकता है। बाबा का जो रुपया पैसा जमा था बेचकर पाँच लाख रुपए में वह पासपोर्ट खरीदकर... फिर...।

नीला उत्सुक हो गई।

"फिर फ्रांस आकर काम शुरू कर दिया।"

"क्या काम...?"

"सड़क पर गुलाब बेचने का।"

"पदार्थ विज्ञान पढ़कर फूल बेचना? क्यों यहाँ कोई अच्छी नौकरी नहीं मिली?" उत्कंठा से नीला की आवाज़ काँप रही थी। मोज़ाम्मेल हँसकर बोला, "हमारे लिखने-पढ़ने का यहाँ कोई मूल्य नहीं है। कुछ दिन झाड़ू लगाने का काम भी किया।"

इस रेस्तोराँ में काम मिलने से पहले मोज़ाम्मेल कम्प्यूटरों की पैकिंग भी करता रहा। इस तरह के काम में पैसा कम मिलता है क्योंकि ये वैध काम नहीं है। इस देश की सरकार काग़ज़ी सर्टिफिकेट न होने पर नौकरी नहीं देती। अनुमति नहीं देती। जो कुछ करता लुक-छिपकर। पुलिस की आँखों में धूल झोंककर। इसलिए अवैध!

काग़ज़ के बारे में नीला को कुतूहल हुआ। सिर्फ़ मोज़ाम्मेल ही नहीं जुयले नामक बच्चा इस शब्द का उच्चारण कर रहा है। नीला अनुमान कर रही थी कि सब रात-दिन यह दुर्लभ वस्तु प्राप्त करना चाहते हैं—षष्ठी के लिए प्रार्थना, षष्ठी के लिए प्राण देना। षष्ठी मिलने पर जीवन का अन्धकार, असुन्दर, अविन्यास सब दूर हो जाएगा। वह था काग़ज़।

"यह काग़ज़ क्या है?"

"इस देश में रहने की अनुमति।"

नीला का कुतूहल दानव की तरह बढ़ता गया। मोज़ाम्मेल निःसंकोच बोलता रहा। "इस देश की सीमा पार करना चाहता था। अन्त में रहने का उपाय ढूँढ़ लिया। मामला झूल रहा है जितने दिन झूलेगा उतने दिन रह सकूँगा।"

"वजह क्या है?"

"दीदी! क्या बताऊँ... यह सब बताने में खराब लगता है... हिन्दू नाम से नया पास-पोर्ट बनवाया। बांग्ला देश में हिन्दुओं पर अत्याचार हो रहा है... मेरा वापस जाना निरापद नहीं है" यह कहकर...।

बिल्कुल झूठ। मोज़ाम्मेल ने खुद स्वीकार किया। झूठ सुनने पर नीला को बड़ा क्रोध आता था। किन्तु मोज़ाम्मेल का झूठ सुनकर नीला ने लक्ष्य किया, उसे क्रोध नहीं आया। "क्या बताऊँ दीदी।" मोज़ाम्मेल सिर पर हाथ फेरते हुए बोला। "यह सब छिपाने की चीज़ नहीं है। सबको मालूम है कि ग़रीब देश के लड़के किस तरह आते हैं... इस देश में क्या करके रहते हैं..."

"बिना झूठ बोले कुछ नहीं हो सकता?"

"नहीं... मोज़ाम्मेल ने बताया कि अगर वह बताए कि लिखाई-पढ़ाई पूरी करके ढाका में बेकार बैठना पड़ेगा। कि इस देश में अपनी विद्या का उपयोग करना

चाहता है मेहनत करके कमाना चाहता है... सुन्दर, स्वस्थ जीवन बिताना चाहता है। जिस जीवन का स्वप्न सब देशों में देखते हैं तो इस देश से गरदन पकड़कर बाहर निकाल दिया जाएगा। राजनीतिक आश्रय ले सकते हैं अर्थनैतिक आश्रय नहीं देंगे।"

गरदन पकड़कर कैसे बाहर निकालते हैं? नीला को एयर-पोर्ट पर इसका थोड़ा बहुत अनुभव हुआ था। इसके सम्बन्ध में पूछने को मन नहीं था। मोज़ाम्मेल के पास बैठ जुयेल बता रहा था कि मैट्रो स्टेशन पर फल बेचता था। पुलिस के सताने के कारण वह काम भी उसे छोड़ना पड़ा था।

"पुलिस क्यों सताती थी?"

"मैट्रो पर फल बेचना निषिद्ध है। अफ़सर पकड़कर थाने ले जाते हैं काग़ज़ देखना चाहते हैं... काग़ज़।"

"काग़ज़ किसी के पास नहीं है।"

"होता है किसी-किसी के पास। फिर कोई-कोई बहुत टकों की घूस पर फ्रांसीसी लड़की के साथ ब्याह कर लेता है। ब्याह के बाद रहने की अनुमति मिल जाती है। नागरिक भी हो जाता है। और बहुत वर्षों तक भूखे पड़े रहने पर निवास वैध कर देते हैं। यानी की एक तरह से क्षमा। घृणा द्वारा रहने देना और क्या?"

मोज़ाम्मेल और जुयेल वेलविला के एक कमरे में रहते हैं, साथ में और पाँच बंगाली लड़के उसी एक कमरे में सटे पड़े रहते हैं।

"सात...?" नीला ने ठंडी चाय का आखिरी घूँट भर कर पूछा।

"क्या करें दीदी! ख़र्च बचाते हैं"

किशन ने रेस्तोराँ का हिसाब-किताब बन्द करके शोर मचाया, "चलो...चलो।"

नीला बोली, "पर मैं एक कप चाय और लूँगी।"

"चाय पी तो ली।"

"एक कप से क्या होता है! तुम्हें बताया तो था कि मैं चाय बहुत पीती हूँ।" नीला ने सिर उठाकर स्पष्ट स्वर में कहा। अनुनय या अनुनासिक स्वर में नहीं।

किशन के 'चलो-चलो' शोर से नीला के चारों तरफ बैठे सबके सब, खिसक गए सिवाय मोज़ाम्मेल के।

"देश वापस क्यों नहीं चले जाते।" नीला ने दबी आवाज़ में पूछा।

"देश? इतने वर्ष अच्छे रोज़गार की उम्मीद में यहाँ काट दिए। अब देश लौटकर क्या करूँगा? खाऊँगा क्या... इस उम्र में नौकरी भी कहाँ करूँगा...नौकरी की उम्र बीत गई। और मुँह भी कैसे दिखाऊँगा? परिवार में खाली हाथ लौटना पड़ेगा। यहाँ से छोटा-मोटा काम करके कुछ रुपए तो देश भेज सकता हूँ। छोटे भाई की लिखाइ-पढ़ाई का खर्च भेजता हूँ।"

जुयेल काली चाय का और एक कप नीला को पकड़ा गया। उसने जल्दी-जल्दी

घूँट भरकर, पूछा "फिर इतने समय तक लिखाई-पढ़ाई करके आपको लाभ क्या हुआ?"

"लाभ कुछ नहीं... दीदी!" मोज़ाम्मेल चेयर से उठ गया।

"वे भी...यहाँ जो हैं... सब आपकी तरह हैं यानी इस देश में इसी तरह आए हैं?"

"सब?"

"सब शिक्षित हैं...?" नीला ने उत्सुकता से गर्दन उठीय।

हाँ...सब शिक्षित हैं सबके सब... बाच्चू तो डॉक्टर है।"

"यहाँ डॉक्टरी नहीं करता?"

"नहीं... कौन नौकरी देगा? देश में डॉक्टरी पास करने पर भी इस देश में फिर परीक्षा देनी होती है। अवैध रूप में इस देश में आने पर उस परीक्षा में बैठा नहीं जा सकता। भाषा की भी तो बड़ी समस्या है। बोल सकने पर भी लिखा नहीं जाता।"

"आपके स्वजन, आत्मीयों को मालूम है कि आप रेस्तोराँ में नौकरी करते हैं?" नीला ने लम्बी साँस लेकर पूछा।

"बताया नहीं... शर्म आती है...।"

मोज़ाम्मेल हँस पड़ा। हँसते-हँसते बोला, "मालूम है ना मेरे आत्मीय क्या जानते हैं? मैं वी.सी. के पद पर हूँ... लोग समझते हैं मैं डिपुटी कमिश्नर हूँ... मैं जानता हूँ कि मैं डिश-क्लीनर हूँ।" नीला हँस पड़ी। किशन बिन बताए मेहमान की तरह आ पहुँचा। "इतनी हँसी किसलिए... चलो...चलो।"

मोज़ाम्मेल खिसक गया।

"वाह! रसोईघर देखने नहीं जाऊँगी?"

नीला ने रसोईघर में जाकर देखा। वटिशालि सोहेल प्याज़ काट रहा था। बाच्चू कड़ाही में तेल डाल रहा था। जुयेल थाल माँज रहा था।

"क्यों... डॉक्टर बाबू! क्या पका रहे हैं?"

"झोल..." बाच्चू हँसकर बोला।

"किस चीज़ का झोल?"

"सब कुछ का..."

"सब कुछ का... मायने? मछली या मांस... किसका?"

"मुर्गी, गाय, भेड़, मछली, दाल, सब्जी सब कुछ का झोल!"

नीला बोली, "हाय? यह क्या कांड है! सब कुछ एक झोल में क्यों?"

"होगा दीदी!... यही नियम है।"

"फिर यह भारतीय खाना तो नहीं हुआ ना!"

"शुद्ध भारतीय खाना तो नहीं... फ्रांसीसी स्वाद का भारतीय खाना।"

बाच्चू ने बताया कि जर्मनी में भी यही काम करता था। वहाँ जर्मन स्वाद वाला भारतीय भोजन देता था।

नीला बोली, "लड़कों को प्याज़ काटते, खाना बनाते, शाक काटते देखने पर मुझे बड़ा आश्चर्य होता है। यह दृश्य पहली बार जीवन में देख रही हूँ।"

बाच्चू एक बाल्टी प्याज़ कड़ाही में डालकर बोला, "जीवन में कभी पानी का गिलास भरकर नहीं पिया था। जग से कोई गिलास में पानी डाल देता तब पीता था। और रसोईघर किसे कहते हैं और यह क्या है इस बारे में मेरी कोई धारणा नहीं थी। यूरोप आकर ही जाना है।"

तेल में प्याज़ तड़कने लगा था। नीला ऊँची आवाज़ में बोली, "यह अच्छा ही हुआ... क्यों क्या कहते हो। अब समझ गए होंगे कि लड़कियाँ रसोई-घर में क्या करती हैं?"

बाच्चू प्याज़ चलाते-चलाते धुएँ से नज़र हटाकर मीठी हँसी के साथ बोला, "दीदी! एक दिन आइए... खाना बनाना सिखा दीजिए।"

"क्या कह रहे हो... मुझे खाना बनाना आता है क्या? मैं कभी रसोई-घर में गई हूँ। यह तो माँओं का काम होता है।"

यह सब माँ का काम था--मलिना का काम। नीला बस इतना जानती है। यह देखती रही है कि सारा जीवन मलिना खाना पकाकर, लेकर टेबल पर आती थी। स्वामी, सन्तान आदि के थालों में खाना परोस देती। स्वामी और सन्तान बातें करते हुए खाते थे। मलिना टेबल के पास खड़ी रहती कि किसी को कुछ चाहिए हो तो... नमक या और कुछ डाले या कुछ पानी या कुछ। नीला याद करने की कोशिश कर रही थी कि मलिना को इसने कभी खाते देखा हो तो... किसी के साथ। नहीं... नहीं देखा।

बाहर चमकती धूप देखकर नीला बिना गरम कपड़े पहने वह सड़क पर जाने को हुई। किशन खींचकर उसे गरम कमरे में ले आया और अपटु बहू से बोला, "इस धूप में गरमाई नहीं है। क्योंकि गरमाई नहीं है इसलिए सिर से पाँव तक लिहाफ़ में पोटली-सी होकर धूप में खड़े होते ही...!"

मलिना को चिट्ठी लिखने के लिए नीला पोस्ट आफ़िस ढूँढ़ रही थी। उसका मुँह थरथर काँप रहा था। इस शहर में कुछ भी खोजना नहीं पड़ता। सब कुछ पास में ही रहता है। आँखें खोलते ही चीज मिल जाती है। पोस्ट आफ़िस जाकर लम्बी लाइन देखी। लाइन में खड़ी न होकर आगे जाते ही किशन अस्थिर होकर नीला का गरम कुरता पकड़कर पीछे लाकर कान में फुसफुसाया। "इस देश में जहाँ जो लाइन देखोगी श्रद्धा होगी। यह समता का देश है जो आगे है वह आगे रहेगा।" नीला एक पाँव पर घूमकर बाल-सुलभ स्वर में बोली, "आगे गेले बाघे खाय, माझे गेले नाचे गाय। शेषे गेले देशे जाय।"

लाइन में खड़ा नहीं होना पड़ता। पोस्ट आफ़िस के अन्दर ही मशीन रखी थी।

पीले रंग की मशीन में चिट्ठी रखते ही मशीन बता देती है कि कितने टके का टिकट लगेगा। टके देते ही टिकट बाहर आ गया। वह टिकट चिट्ठी पर लगाकर बक्स में डाल दी। बस। एक मिनट का काम। काम नहीं बल्कि जादू। शहर के हर मोड़ पर मैजिक बक्स। कार्ड डालते ही टका बाहर आ जाता है। पैसे डालने पर मशीन में से चाय, कॉफी, ठंडा पेय बाहर आ जाता है। खेल-गाड़ी, चाकलेट, बिस्कुट बाहर आ जाते हैं। और मैजिक (जादू) देखने के लिए नीला ने अब मचल कर अनुनय किया" चलो...शहर घूमकर देखें।" किन्तु किशन नीला के लिए उपहार खरीदेगा। शहर देखने के लिए तो सारा जीवन पड़ा है।

"उपहार क्या है?"

"बताऊँगा नहीं।"

प्रसन्न मन से किशन गाड़ी में जा बैठा। 'मों पारनासे' से 'रू द बेनेर' के अन्दर से, 'शाँ जार्मा द प्ले' से बाईं तरफ गाड़ी 'बुलेवर्ड शाँ जार्मा जा रही थी। और नीला अवाक् होकर झकाझक कैफे, रेस्तेराँ, सिनेमा घर देखती जा रही थी। मन हो रहा था कि गाड़ी से उतरकर सब लोगों की तरह वह भी पैदल घूमे। किसी कैफे में रुककर सबकी तरह चाय पिये और मनुष्यों को देखें। गोरे मनुष्य।

गुस्टाव फ़्लॉबर्ट बाल्ज़ाफ, एल्बर्ट कामस, रिम्बॉड, पॉल वरलेन और पॉल एलुआर्ड किशन सेंट मिशेल में कार पार्क करके जिबार्रे में आया। पुस्तकों का समुद्र सा था। नीला उसमें अनजाने ही डूब सी गयी। वह इस समुद्र से परिचित नहीं थी पुस्तकों का छोटा सा आगार था जो वह कलकत्ता में छोड़ आयी थी। यहाँ इसने बाल्ज़ाक, विक्टर ह्यूगो, मुस्ताव फ़्लॉबर्ट, मोपासाँ, ऐल्बर्ट कामस, जो फौलसखी बॉदलेयर, रिम्बॉद, पौल वरलेन और पौल एलुआई की पुस्तकों पर दृष्टि निक्षेप करती रही। इसने इनके बंग्ला अनुवाद पढ़े थे। जब मूल फ्रैंच वाली—पुस्तकें उठायीं। तो बड़ी विचित्र सी अनुभूति हुई। उन्हें उठाकर सूँघा और हृदय से लगा लिया। किशन इसे बुला रहा था पर इसे सुनाई नहीं पड़ा।

किशन को जिवारे से नीला को खींच कर बाहर लाना पड़ा। उस समय भी नीला की आँखें विह्वल, मोहाविष्ट थीं। उस समय भी उसकी हस्ती विवशसी थी। 'मुझे फ्रेंच भाषा सीखनी है।'

किशन जल्दी-जल्दी गाड़ी की तरफ़ चलते हुए बोला, "वह तो सीखनी ही पड़ेगी। जिस देश में रहना है वहाँ की भाषा सीखे बिना कैसे चलेगा।"

"सीखना चाहती हूँ फ्रेंच भाषा की पुस्तकें पढ़ने के लिए।" नीला बोली।

"ओह! सुन चुका हूँ तुम तो किताब की कीड़ा हो।" किशन हँस पड़ा। उस हँसी में होठ कुंचित हो गए।

कलकत्ता में नीला किताबी कीड़े की तरह बदनाम थी। पुस्तक मिलने पर वह नहाना, खाना तो भूल ही जाती थी, अपना नाम तक याद नहीं रहता था।

परिवार के लोग कहते।

"बात क्या है जल्दी-जल्दी चलो किशन डाँटता है।"

"चलो ना... इस फव्वारे के सामने बैठें।"

"नहीं... आज नहीं।"

"यह तो सीन नदी है... चलो नदी के किनारे घूमें।"

"किसी और दिन...।" किशन बात काटता रहा।

गाड़ी में बैठकर किशन ने काग़ज़ का एक पैकेट नीला के हाथ में दे कर कहा, "घर जाकर खोलना।"

पैकेट बगल में रखकर नीला फिर अस्थिर हो उठी, बोली, "अच्छा...यहाँ तो बहुत अच्छे सिनेमा हैं... चलो सिनेमा चलें।"

"हिश्श्... वे तुम्हारी समझ में नहीं आएँगे। सब फ्रेंच में हैं।" किशन होठ बिचका रहा था।

"क्यों... कोई अंग्रेजी पिक्चर नहीं है?"

"फ्रांसीसी अंग्रेजी नहीं जानते। जानना चाहते ही नहीं।"

"अच्छा... नाटक वगैरह नहीं होते। तुम नाटक देखने नहीं जाते?"

"समय कहाँ है...।"

"पेरिस में कितने तो जादूगर हैं... चलो लूवार चलें।"

"आज समय नहीं है सामान खरीदकर घर जाना होगा।"

"चलो फिर... कम-से-कम किसी कैफे में बैठकर चाय पी जाए।"

"चाय तो पीकर आई हो 'ताजमहल' से।"

नीला ने लंबी साँस ली। ठीक तो है चाय तो पीकर आई है एक नहीं दो कप।

नीला के बार-बार आग्रह को किशन रद्द करता रहा। स्त्रियों की इस तरह की विनती-मिनती को प्रश्रय देना ठीक नहीं, यह शिक्षा किशन को छः वर्ष की आयु में मिल गई थी। किशन ने बताया, अवश्य मज़ाक में, कि इसकी माँ को एक बार पका हुआ आम खाने का शौक हुआ। किशन के बाबा आम तोड़ने के लिए पेड़ पर चढ़े, पर बीच की डाल से पाँव फिसलने से बाबा का पाँव टूट गया था। तब से किशन के बाबा ने लड़कों को बुलाकर सावधान कर दिया कि स्त्रियों की ज़िद पर कान दिए तो मरेगा।

गाड़ी पलक झपकते सीन नदी के पार हो गई। शातल के मिनिप्रित में घुसकर नीला को विस्मय हो रहा था। जगह-जगह पका हुआ भात यहाँ तक कि पकी हुई मछली, मांस-सब्जी रंगीन पैकेटों में। घर ले जाकर गरम करके खाने पर पकाने का झमेला नहीं रहता। बोतल में सिमेर विचि और भेड़ का मांस पकाकर रखा हुआ। थावर का नाम 'कासुल' था। नीला ने पूछा, "ये लोग खाना-वाना नहीं पकाते? पैकेट और बोतल का खाना खरीदते हैं।"

"खाना पकाने में समय नष्ट नहीं करना चाहता कोई।" किशन बोला।

"कोटोर जोहड़ (नदी के पानी) के जल में मटरशुंटि, चेंडश, गाजर, टमाटर भिगो देते हैं। नौ वर्ष के बाद भी ये पानी में ताजे रहते हैं। मछली, मांस का झोल पाउडर करके पैकेटों में रख देते हैं कितने ही वर्ष बीत जाएँ खराब नहीं होते जल में झोल बना लेते हैं यहाँ तक कि आलू सेद्ध का भी पाउडर।" नीला हतबुद्धि खड़ी रही।

"बोतल में हरा-हरा क्या है?"

"जलपाई।"

"जलपाई? या जलपाई का बच्चा।"

सब्जी के इलाके में आकर नीला ने पूछा, "पुईशाक नहीं है? मुझे बहुत पसन्द है।"

"देसी शाक नहीं मिलता।"

"सीताफल (कुम्हड़ा)?"

"पागल"

"अच्छा! इनके यहाँ सब्जी अनाज आदि आकार में इतने बड़े क्यों नहीं होते है।"

"सब कृत्रिम तरीकों से बनाए जाते हैं।"

पाँच धनिया के पत्तों की दाल, पारदर्शी पैकेट देखकर नीला तो उछल ही पड़ी। "वाह! क्या चमत्कार है... देखो उधर... धनिया पत्ता मुझे बहुत अच्छा लगता है।"

"अरे! तुम्हारे लिए किलो के किलो धनिया पत्ते ला दूँगा चीनी की दुकान में बारह फ्रां रखते हैं। पाँच धनिया पत्ते के लिए... ग्यारह फ्रांई पैकेटों के लिए।"

नीला ने पैकेट वहीं रख दिया।

"चाय-पत्ती।"

"ठीक है ले लो... पर तुम्हें मालूम है चाय का नशा बड़ा खराब होता है।" पाँच सौ तरह का पनीर। सबसे महँगा पनीर नाक के पास लाकर सूँघते ही पेट से गले तक नीला को उबकाई आ गई। उल्टी रोककर, नाक, आँख बन्द करके वह जल्दी से पनीर के इलाके से निकल गई। मछली, मांस के इलाके में जाकर साँस लिया, आँखें खोलीं। पैकेटों में मांस के टुकड़े सजे हुए थे। भेड़, मुर्गी, बड़ी मुर्गी, हंस, खरगोश, गाय, सुअर। सबसे कीमती मांस गाय का और सबसे कम दाम मुर्गी का। कलकत्ता में सबसे सस्ता मांस गाय का और सबसे ज्यादा, चढ़े हुए दाम, मुर्गी के। मांस में हड्डियाँ नहीं थीं। हड्डी वाले मांस का स्वाद ज्यादा होता है। ये लोग बिना हड्डियों, बिना तले वाला मांस खाते हैं। कम बुद्धि वाले यही करते हैं। मांस की भी छोटी जात और बड़ी जात होती है। छाती का मांस बड़ी जात का-कीमती। पाँव का मांस छोटी जात का। इसलिए दाम भी कम।

काँटों वाला अंश—तरह-तरह की मछलियाँ पैकेटों में।

गुलाबी सॉलामन फ़िश की तरफ़ अँगुली उठाकर नीला ने पूछा, "इसे कैसे पकाते हैं।"

"कच्ची खाते हैं?"

"और चिंडी?"

"ये भी कच्ची खाते हैं।"

नीला को उबकाई आ गई। मिचली आने पर भी, बाजार तो नहीं, सजी हुई दुकानों पर घूमती रही। तख्ते पर हज़ारों तरह की चॉकलेट और हज़ारों तरह की वाइन। आँखें भी तृप्त होती थीं—मन भी।

खाने के पैकेट देखकर उसे कुतूहल हुआ। एक चमकता हुआ पैकेट हाथ में लेते ही किशन बोला, "यह क्या कर रही हो... यह तो कुत्तों का खाना है।"

फिर एक कोटो हाथ में लेने पर झमेला बढ़ गया। किशन उसके हाथ से कोटो रखकर धीरे से बोला, "बिडाल के खाने को हाथ क्यों लगाती हो... घर में बिडाल पालोगी क्या?"

नीला बेवकूफ बनती रही। कुत्तों और बिल्लों के लिए खाना खरीदा जा सकता था। फिर मनुष्य के खाद्य के पास उनका भी खाद्य रखा था। मनुष्यों के खाने के पैकेटों की तरह ये भी पैकेटों में थे। नीला कलकत्ते के बाजार में कई बार गई थी। धूल-कीचड़ चीख-पुकार में, सड़ी हुई बासी, पैरों तले कुचली हुई पंकिल गन्ध वाली मछली। भनभनाती हुई मक्खियाँ। कुत्तों को लाठी मारकर दूर भगाते हुए आदमियों की बगलों और गरदन की दुर्गन्ध से नाक शरीर बचाते हुए चिल्ला-चिल्लाकर-मोल-भाव करते हुए, खुली मछली का उत्सव हटाकर, छेछड़ा हटाकर फिर कुछ खरीदती थी।

शाक-सब्जी, मैदा, प्याज़, लहसुन, दूध, अंडे आदि और दो गाड़ी भर कर दुकान से लायी। किशन डाँटता रहा कि चलो। नीला देखती कि किशन किसी से मोल-भाव कर ही नहीं रहा था। हर चीज ही का हिसाब-किताब मशीन कर देती। किशन ने एक नीले रेशम का कार्ड बढ़ा दिया। मशीन ही उस कार्ड का नम्बर इन्दराज कर देती। मशीन ही किशन के बैंक से कीमत अदा कर देती वाह! नीला का मन था कि बाजार में ही कुछ देर और रहे। यह कलकत्ता का बाजार तो था नहीं। किशन को घर जाना था। पत्नी होने के नाते नीला को भी घर जाना पड़ा। घर जाकर उसने पैकेट में से पुस्तक निकालकर देखी। खाना पकाने की विधि वाली... मीना जाफ़री की अँग्रेजी भाषा में भारतीय भोजन बनाने की विधि।

किशन यथा-रीति शराब की बोतल लेकर टेलरविज़न खोल कर बैठ गया। नीला समझ गई कि खरीददारी हो गई। खाना पकाने की विधि वाली पुस्तक भी आ गई। अब इसे रसोई घर में जाकर रात के खाने का आयोजन करना है। नीला ने शुरू किया। आँचल कमर में खोंसा। किशन ऊँची आवाज़ में बोला, "बहुत दिन से

मलाई कोफ्ते नहीं खाए आज बनाओ... देखूँ कैसे बनते हैं।''

''और क्या...।''

''नान बना लो... और एक सब्जी रहे तो अच्छा है। पालक-पनीर बना लो।''

''वह तो बंगाली खाना नहीं है।'' रसोईघर के दरवाजे पर खड़ी होकर आँखों में प्याज़ की झला, हाथों में लहसुन की गंध लिए नीला बोली।

''मैं भी बंगाली नहीं हूँ'' किशन हँसकर बोला।

''ओह... यही तो।'' आँखे ढँककर उड़ते हुए केसों को हाथ से पीठ पर डालकर नीला भी हँस पड़ी।

नीला सारी शाम खाना बनाती रही। टेबल लगाकर किशन को आवाज़ दी। खाते-खाते किशन ने पूछा, ''रेस्तोराँ के लड़के इस तरह तुम्हें पकड़कर क्यों रखे रहे।''

नीला हँसकर बोली, ''बंगाली हैं ना...इसलिए।''

''मोज़ाम्मेल के साथ इतनी क्या बात की?''

किशन की थाली में मलाई कोफ्ता डालकर नीला बोली, ''कि इस देश में कैसे आया और कौन है आदि।''

''और क्या कहा कहता था?''

''यही सब... सर्टिफ़िकेट न होने से अच्छी नौकरी नहीं मिलेगी।''

''और...।''

''और बताया कि वेलविले में रहता है।''

''और...?''

''और कहा कि इसके देश के लोग इसे वी.सी. समझते हैं।''

''और...''

''और बोला, देश जाने पर अच्छी नौकरी भी नहीं मिलेगी... उम्र ज्यादा हो गई है।''

''और...?''

''और बोला बाच्चू डॉक्टर है।''

''और...?''

''और बोला कि चाय में एक चम्मच चीनी और चाहिए कि नहीं। 'हाँ' कहती तो एक चम्मच चीनी और ला देता। और बोला, जिस चाय में चीनी की जगह नमक हो तो दूसरी तरह का स्वाद होता है। मैंने कहा 'हाँ... यह होता है।' वह बोला, 'दूँ एक चुटकी नमक?' मैंने कहा, नहीं तेज़ चीज मुझे बिल्कुल पसन्द नहीं। वह बोला, 'हूँ' नीबू का एक टुकड़ा।' मैं बोली, खट्टी चाय मैं नहीं पीती। मैंने यह भी कहा कि जानते तो हो नीबू ज्यादा टपकाने से क्या होता है? उसने पूछा, ''क्या

होता है! मैंने कहा, खट्टा हो जाता है।''

''अच्छा तुम्हें माखनी दाल बनानी आती है।'' किशन ने पूछा।

नीला बोली, ''नहीं।''

''खैर जो भी कहो आज का खाना उस दिन के खाने से ज्यादा अच्छा बना है। वह किताब तुम्हारे काम आ गई।''

नीला खाना खत्म करने से पहले ही खड़ी हो गई, ''तुम तो मछली बिल्कुल नहीं खाते... खाओगे?''

''तुम तो जानती ही हो मैं नहीं खाता। और कभी खाऊँगा भी नहीं।''

''माछ मांस खाने का अभ्यास है मुझे। सारा समय निरामिष नहीं खाया जाता। मैं निरामिषी हूँ यह जानते हुए तुमने ब्याह की स्वीकृति दी थी। क्यों?''

''हाँ दी थी। किन्तु यह तो कहा नहीं कि मैं सामिष खाना बन्द कर दूँगी।''

''एक घर में दो तरह का खाना बने... ये सोचा था तुमने?''

''इतना सोचने का समय ही नहीं मिला।''

नीला बर्तन साफ़ करने के लिए रसोईघर में चली गई। किशन बड़ी-सी डकार लेकर फूले हुए पेट पर हाथ फेरते हुए बोला, ''इतना बढ़िया खाना खाकर पेट नहीं अफरेगा तो और क्या होगा।''

नीला रसोईघर से, पानी गिरने की आवाज़ के कारण, ऊँची आवाज़ में बोली, ''तुम तो अंडा खाते हो दूध पीते हो... वह सब भी तो सामिष है। फिर मछली, मांस न खाने की वजह?... अभ्यास नहीं है। या सोचते हो कि जीव-हत्या महापाप होता है।''

किशन ने जवाब नहीं दिया।

नीला बोली, ''तुम्हारे रेस्तोराँ में बीच-बीच में जाकर खा आया करूँगी। मोज़ाम्मेल ने भी कहा था।''

किशन ने इसका भी जवाब नहीं दिया।

रात को सोने से पहले, हमेशा की तरह बहुत उद्दीप्त होकर किशन जब नीला की साड़ी खोलने लगा, नीला ने रुखाई से कहा, ''मुझे नींद आ रही है।''

''ठीक है तुम सोओ मैं अपना काम कर रहा हूँ तुम्हें जरा भी पता नहीं चलेगा कि मैं क्या कर रहा हूँ।''

नीला को मालूम था कि यह मात्र किशनलाल का ही काम है इसमें इसकी अपनी कोई भूमिका नहीं है।

किशन जब हथेलियों से उसका वक्ष-स्थल दबा रहा था नीला करवट बदलकर बोली, ''सोने दो।''

नीला के सोने में किशन को कोई एतराज नहीं था, अगर वह हाथ मुँह, चेहरा

या सिर न हिलाए। फिर किशन अपना काम अच्छी तरह से कर लेगा। नीला को संशय होने लगा कि भोग के लिए जीवित नारी-देह के अतिरिक्त किशन का कोई और भी प्रयोजन है या नहीं। वह अचल पड़ी रही। किशन का भारी शरीर उसके शरीर के साथ क्या कुछ करता रहा। किशन ने ठीक ही कहा था कि नीला को जरा भी पता नहीं चलेगा। सचमुच उसे पता नहीं चला। इसके बाद की घटना नीला को अच्छी तरह मालूम है। उसके शरीर पर से उतरते ही किशन खराँटे भरने लगेगा। और वह खुद बहुत देर तक जागती रहेगी। नींद आसानी से नहीं आएगी और सवेरे-सवेरे नींद आने के बाद किशन नीला को धकियाकर-धकियाकर कहेगा, 'उठो-उठो'। उठो-उठो बहुत देर हो गई है। और इतने सवेरे उठना उसे अच्छा नहीं लगता फिर भी वह उठती है किशन का खाना तैयार करती है। मक्खन रोटी टेबल पर रखेगी। गिलास में संतरे का रस देगी। अपने लिए चाय बनाएगी, चाय पीते हुए किशन कहेगा चाय पीने से रंग काला हो जाता है।

नीला पूछेगी, "वापस कब आओगे।"

किशन कहेगा। कुछ ठीक नहीं।

इसके बाद नीला खिड़की में खड़ी होगी। खिड़की से सड़क पर चलते-फिरते लोगों को देखेगी।

3

एक गुरुवार को किशनलाल सुनील के घर खाने पर निमत्रित था नीला को भी ले गया। सुनील का घर 'रू द' रिवॉली में था। इतालवी रिवॉली ग्राम के नाम पर जहाँ 1797 में नेपोलियन ने रूसी और आस्ट्रियनों को पराजित किया था। सड़क फ्रिउलैंड नाम से अब भी जानी जाती है क्योंकि 1807 में नेपोलियन ने रूसियों को फ्रिउलैंड में हराया था। जिस युद्ध-क्षेत्र में नेपोलियन ने विजय की पताका फहराई थी केवल उसी के कारण पेरिस सम्मान सहित कायम है। पेरिस के मानचित्र उलटने-पलटने पर भी 'वॉटरलू' नामक स्थान नीला को नहीं मिला। बाईं तरफ़ 'होटेल द विला' दाहिने लूबर जादूघर। मकान की खिड़की से लूवर की काली छत साफ़ दिखाई देती है। खिड़की से लगातार सुन्दरता की तरफ दृष्टिपात करते हुए नीला बोली, "किशन तुम ऐसी किसी जगह घर नहीं ले सकते?"

किशन के मोटे होंठ—मोटी हँसी! बोला, "तुम्हारे बाबा से कर्ज़ लेकर ले सकता हूँ... आज ही ले सकता हूँ।"

नीला गरदन टेढ़ी करके बोली, "क्यों सुनील ने क्या कर्ज़ के रुपयों से यहाँ इस जगह, मकान लिया है?"

"सुनील से मेरी तुलना! वह डॉक्टर है। करोड़ों कमाता है। मैं तो भई! परिश्रम करके खाने वाला आदमी हूँ मेरा व्यवसाय केवल लाल बत्ती जलाना हुआ।"

सुनील के यहाँ नीला को लगा ही नहीं कि वह मेहमान है मानों यह इसका अपना घर या किसी स्वजन का घर हो। किशन के घर की अपेक्षा यहाँ ज्यादा अपनापन लग रहा था। शान्ति-सी! दीवार पर सुनहरे फ्रेम में रवीन्द्रनाथ ठाकुर, नेताजी सुभाष बोस, स्वामी विवेकानन्द के चित्र! तीन प्रतिद्ध बंगाली। विवेकानन्द के बारे में नीला के मन में अशान्ति थी। विवेकानन्द लड़कियों के बाल-विवाह के पक्षधर थे और विधवा-विवाह के विरोधी। 'नहीं थे क्या?' नीला ने पूछा। सुनील बोला "मुझे यह मालूम नहीं चैतालि को मालूम है। वह खाना पका रही है। विवेकानन्द में विवेक नहीं था...इस तरह का मन्तव्य सुनने की उसे इच्छा नहीं होगी।"

पुस्तकों की अलमारी में बांग्ला उपन्यास! गाना बज रहा था। "आमि हृदचेर कथा बलते व्याकुल... शुधाइलो ना केह" (मैं अपने दिल की बात कहने को व्याकुल हूँ...कोई समझता नहीं।) गीत सुनते-सुनते नीला झुक कर गाने के साथ खुद गाते-गाते रसोईघर से सर्जे इलिश की महक कमरे में फैल गई। नीला का मन हुआ कि ठहर जाए। पुस्तकों की शैल्फ़ से तीन बांग्ला उपन्यास और 19वीं सदी के तीन फराँसी-शिल्प चेतना हाथ में लेकर उधार की अनुमति लेने से पहले ही नीला ने देखा सुनील सिर हिला रहा था। यानी अनुमति की कोई जरूरत नहीं।

"और रवीन्द्र संगीत के दो कैसेट? कणिका के...इसमें भी कोई एतराज नहीं।"

नीला प्रसन्नता से पाँव पर पाँव रखकर हिलाती रही। हाथ में जॉर्ज पेरेक की एक पुस्तक। नाचते हुए पाँवों के साथ ज़मीन से सोफ़े पर, आल्ती-पाल्ती से धीरे-धीरे सीधी होकर सिर टेढ़ा होते-होते सोफ़े के एक कोने में और पाँव दूसरे कोने तक फैले हुए। कलकत्ते वाले घर में सोफ़े का बिछौना जमीन पर डाल कर नीला इस तरह पुस्तक लेकर संसार को भूल जाती थी। सुनील और किशन कह रहे थे...। साहित्य की छात्रा है ना पुस्तकों का नशा तो होगा ही।

"क्या बात है? किताब पढ़ने आई हो यहाँ?"

किशन की बात पर नीला सीधी बैठ गई कि बैठक में दो पुरुष बैठे बातें कर रहे हों तो वहाँ नीला का सोफ़े पर लेटकर पुस्तक पढ़ना ज़रा भी शोभन नहीं है। बल्कि रसोईघर में जाकर चैतालि की मदद करनी चाहिए।

रसोईघर में न जाकर वह सुनील से एक वाक्य तैयार करने के लिए कहेगी। बोली, "जहाँ कोई 'आकार' नहीं 'ईकार' नहीं।"

सुनील कुछ देर छत की तरफ बुड़बुड़ाता रहा फिर बोला, "वाक्य बनाना सम्भव नहीं है।"

"जार्ज पेरेक ने 'इकार' बिना इतना बड़ा अजदाहा ग्रन्थ लिखा है। सोचो...।"

नीला तब भी पेरेक पर...।

"कैसी असामान्य प्रतिभा है।" नीला विभोर थी।

"अच्छा-अच्छा..." कहकर सुनील कुछ देर किशन के रेस्तोराँ के व्यवसाय के बारे में बातें करने में लग गया।

यह पुस्तक भी उधार ले जाने वाली पुस्तकों में रखकर काठ की ज़मीन पर कलाबाज़ी खाती हुई टुम्पा की तरफ बढ़ी।

"ओ टुम्पा मणि मुझे भी खिलाओगी?" टुम्पा अकेली खेल रही थी। वापस नहीं आना चाहती थी।

"टुम्पा मणि वही... गुड़िया वाली कहानी... मुझे देगी?"

टुम्पा चुप रही।

सुनील बोला, "वह बांग्ला नहीं जानती।"

नीला को ताज्जुब हुआ। बंगाली लड़की बांग्ला बोलना नहीं जानती? केवल फ्रेंच बोल सकती है। स्कूल में फ्रेंच बोलती है...घर में भी सुनील चैतालि आपस में चाहे बांग्ला में बात करें टुम्पा के साथ फ्रेंच बोलते हैं।

"उसे बांग्ला क्यों नहीं सिखाते?"

दो भाषाएँ सीखने के बोझ से उसका दिमाग बोझिल हो जाएगा। यह सुनील का मत था। चैतालि का भी। फिर बांग्ला सीखने से क्या फायदा किस काम आएगा यह भाषा।

नीला कलकत्ता में देखती थी कि बंगाली बच्चे अंग्रेजी स्कूलों में भेजे जाते हैं घर में भी उनके साथ अंग्रेजी बोली जाती है। मानो बांग्ला अछूतों की बोली हो... और इसी तरह का तर्क भी दिया जाता कि बांग्ला जानने से क्या फ़ायदा। भारतवर्ष के बंगाल में अर्थनैतिक दुरवस्था है। कॉलेज या विश्वविद्यालय से उत्तीर्ण बड़े-बड़े विद्वान खाली बैठे हैं। नौकरी नहीं मिलती। बंगालियों को जीविका उपार्जन के लिए दूसरे देशों या राज्यों में भागना पड़ता है। उत्तर प्रदेश, महाराष्ट्र आदि में बांग्ला का प्रचलन नहीं है। अच्छी अंग्रेज़ी जानने पर किसी भी रियासत में नौकरी मिलना आसान होता है। इसलिए बांग्ला भाषा के प्रति उदासीनता है। सब कुछ जानकर भी नीला ने बांग्ला साहित्य का अध्ययन किया था। अनिर्वाण ने भी कहा था, "बांग्ला पढ़ने का कोई लाभ नहीं।" किन्तु नीला ने प्रतिवाद किया था कि संसार में इक्कीस करोड़ आदमी बांग्ला भाषा में बात करते हैं... इसका मूल्य क्यों नहीं होगा? संसार की छः महान् भाषाओं में यह भी है। इसका लिखित साहित्य ही हज़ार वर्ष से अधिक पुराना है। बांग्ला जितनी गम्भीर हुई उतनी ही अमूल्य सम्पदा की खोज हुई है। जैसे किसी गोपन हीरे की खान की सम्पदा मिल गई हो। इस भाषा को लेकर दूसरे भाषा-भाषी गौरवान्वित होते हैं। पर नीला ने देखा है कि बंगाली इस भाषा में बोलने-लिखने और स्वयं को बांग्ला भाषी कहकर अपना परिचय देने में कुंठित

होते हैं। चैतालि ने टेबल पर हर तरह का खाना रख दिया। भोजन की सुगन्ध से ही नीला के मुँह में पानी आने लगा। दाल-बड़े, शुक्तो, पोस्तो, बैंगन की सब्जी, फूल-गोभी की सब्जी, छोटी मछली की चच्चड़ी, फ्राई मछली की पातुरि, इल्लीश, चिंड़ी मछली के मलाई कोफ्ता, मुर्गी का झोल, भेड़ के मांस की कालिया खाते-खाते नीला को लगा कि वह बहुत दिनों से भूखी थी। तृप्ति से खाकर वह सोफ़े पर लेट गई। जानती है कि पूछने पर चैतालि विस्तार से बताएगी कि किस दुकान से कौन सी मछली खरीदी है और किस दुकान से मांस। यह सब जानने पर भी नीला को मालूम है कि इसका कोई लाभ नहीं। किशन के घर में मछली-मांस तो क्या उसकी गन्ध तक नहीं घुस सकती।

खाने के बाद दादी माँ, नानी माँ की तरह चैतालि पान लेकर सुनील के सामने बैठ गई। "पूजा में पवनदास बाउल को बुलाओगे ना?"

नीला ने मुँह में पान डालते हुए पूछा, "पेरिस में पूजा भी होती है?"

"क्यों नहीं होती? रीति-रिवाज के अनुसार करना पड़ता है।"

सुनील ने सिर हिलाया। "पूजा-समिति की सभापति बनी है इस वर्ष। इतना दायित्व लेकर...मुझसे इतना सब नहीं होता। जयन्त को यह दायित्व दिया जाएगा।"

"जयन्त को दोगे... वह तो बांग्ला देशी है।"

"होने दो... हिन्दू तो है ना।"

"इससे तो असीम राय को दे दो। पिछली बार 'बांग्लादेशी मंडप बनाएँगे, कहकर रुपए लेकर भाग गए थे...भूल गए?" चैतालि अदृश्य में पान के बीड़ों के साथ अनुयोग का बीड़ा लेकर बैठी थी।

सुनील भूला नहीं था।

बंगालियों के बीच एक सख्त दीवार होती है। नीला अनुमान कर रही थी। बांग्लादेश के अधिकांश बंगाली इस देश में गैर-कानूनी तरीके से आए थे। और अवैध रूप से निवासी हो गए। सारे गैर-कानूनी छोटे तबके वाले। पश्चिम बंगाल के अधिवासी बंगाली कम और भारतीय ज़्यादा हैं। पंजाबी, महाराष्ट्री या गुजराती जिन्हें पाक 'देशी भाई' कहते हैं फ्रेंच, हिन्दी, अंग्रेजी धूम से बोलते रहते हैं। केवल पेशाब पायख़ाना दबाए रखने की तरह बांग्ला को पेट में दबाये रखते हैं... बस बांग्ला आड़ में रहती है।

तीन बंगालियों में किशनलाल रामछागल की तरह लग रहा था। नीला काया-मन-वाक् से कामना कर रही थी कि रामछागल अकेला घर चला जाए। घर जाकर अकेले शराब पिए। शराब पीकर अकेले बिस्तर पर सो जाए। सवेरे उठकर देखे कि वह अकेला है। उसका नाश्ता तैयार करने वाला कोई नहीं है। उसके जूतों के फीते बाँधने वाला कोई नहीं है। शाम को या रात को लौटकर देखे कि

वह अकेला है उसके जूते, मोज़े उतारने वाला कोई नहीं है। खाना बनाने, टेबल पर खाना लगाने-परोसने वाला कोई नहीं है। वह अकेला बात करे स्वयं से, अकेला रोए। पर किशन अकेले नहीं जाएगा। अकेले न लौटने का समर्थन करता है सुनील। आँखों पर लगे चश्मे वाले सुनील की तरफ देखकर नीला सोचती है यह शख़्स प्रेजिडेन्सी कॉलेज में निखिल के साथ पढ़ता था। यह नीला आदि के बालिंगज वाले मकान में बहुत वार गया था। मलिना बड़े यत्न से इस लड़के और उसके बन्धु-बान्धवों को खाना खिलाती थी। 'मासि माँ' के हाथ के बने खाने की तुलना नहीं की जा सकती। खाकर डकार लेते हुए इस आदमी ने कई बार कहा भी था। नीला अपनी चोटी हिलाती हुई स्कूल से लौटती तो यह आदमी अक्सर कहता "क्यों री पगली! इतना लिख-पढ़ कर क्या होगा। पति के घर जाकर तो वही हाँडी-चूल्हा!" नीला जीभ दिखाकर चली जाती दूसरे कमरे में। वही जीभ दिखाने वाली लड़की. .. लापरवाह लड़की... कालेज विश्वविद्यालय पार कर गई फटाफट। अशिक्षित गृह-वधू न होती तो... हाँडी चढ़ाने का काम न लेती तो... लेडी ब्रेबॉर्न कालेज में या कलकत्ता विश्वविद्यालय में लड़के-लड़कियों को पढ़ाने का स्वप्न था ना। और अन्त में इस आदमी ने सुनील ने, निखिल के दोस्त सुनील ने एक विश्री व्यवसायी को नीला के स्वप्न के बाग़ में भेज दिया भैंस चराने के लिए। नीला को उठाकर हाँडी-चूल्हा के काम में ठेल दिया। सोचकर इसे आश्चर्य होता कि निखिल के इसी दोस्त के हाथों में इसका भविष्य था। निखिल के इसी मित्र को विश्वास था कि नीला को चूल्हा-हाँडी करनी होगी, चाहे कितनी भी विदुषी हो गई हो वह। सच है कि नीला हाँडी-चूल्हा करती है। पहले की तरह वह जीभ नहीं दिखा सकती। जीभ इतनी भारी और सख़्त हो गई है कि चाहकर भी नहीं कर सकती। नीला की अपनी कोई ज़मीन नहीं है जिसमें अपने स्वप्न रोपे। नीला को क्रोध आता सुनील पर।

घर लौटते हुए रात का उज्ज्वल पेरिस देखते-देखते मन-ही-मन बचपन वाली सुगन्ध, 'ईवनिंग इन पेरिस' सूँघती हुई आ रही थी। सड़क पर लड़के-लड़कियों का शोर। लड़कियाँ बेफ़िक्री से चलती हुई, सिर ताने हुए। आतंक का लेशमात्र भी कहीं नहीं। चलने में कोई दुविधा नहीं।

"इतनी रात गए सड़क पर लड़कियाँ अकेली चल रही हैं? डर नहीं लगता?" नीला ने पूछा।

"किसका डर?" किशन ने पलटकर पूछा।

'वही तो बात है' नीला ने सोचा किसका डर? यह कलकत्ता तो है नहीं कि अँधेरे में पाँच कामुक या डाकू अतर्कित ही लड़कियों पर झपट पड़ें। रुपए-पैसे, गहने, मान-सम्मान, यहाँ तक कि जीवन भी छीन लें, अगर चाहें तो! नीला ने किसी की अंगुली पकड़े एक लड़की को देखकर पूछा, "यह लड़की मान लो सोलह-सत्रह वर्ष

की लड़की...उस घर से निकली है...बताओ कहाँ जा रही है। इतनी रात गए।''

किशन बोला, ''शायद किसी 'बार' में या 'डिस्को' में सारी रात अड्डा ज़माएगी...नाचेगी...आनन्द मनाएगी।''

''उसके माँ-बाप कुछ नहीं कहेंगे?'' आँखें फाड़कर नीला ने किशन की तरफ देखा।

''इस उम्र की लड़कियाँ शुक्रवार की रात को घर में बैठी रहें, कोई बन्धु बान्धव न हो, अगर किसी लड़के के साथ न सोएँ तो उसके माँ-बाबा बुरी तरह से टूट जाएँ। सोचेंगे इस लड़की के यौनांगों या मस्तिष्क में कोई रोग है। लड़कियाँ बाहर चली जाएँ तो माँ-बाबा निश्चित होकर सोते हैं और अगर वह घर पर रहे तो सारी रात दुश्चिन्ता में जागकर काटते हैं। और अधिकांश लड़कियाँ तो इस उम्र में माँ-बाबा के घर से ही निकल जाती हैं। या तो अकेली रहती हैं या किसी प्रेमी के साथ।''

''ब्याह के बिना'' नीला ने फिर पूछा।

''निश्चय ही...आजकल ब्याह कोई नहीं करता। करती भी हैं तो बहुत बाद में। पाँच-छः वर्ष, यहाँ तक कि दस वर्ष तक साथ रहने के बाद। बच्चे-कच्चे होने के बाद।''

''लिखाई-पढ़ाई...?'' नीला का कुतूहल बढ़ता जा रहा था।

''लिखने-पढ़ने में पैसा नहीं लगता इस देश में। सरकार देती है और लड़कियाँ पढ़ाई के साथ-साथ छोटा-मोटा काम करने भी चली जाती हैं।''

''जीवन बड़ा स्वच्छंद है...।'' नीला बोली।

''हाँ! इनका मूल उद्देश्य है जीवन का उपभोग करना। चाहे किसी भी तरह हो।''

किशन ने कहा। उसके होठ बिचके हुए और नाक कुंचित थी।

''यही सब...'' किशन बोला। ''इन लड़कियों का सतीत्व कब नष्ट होता है जानती हो? पाँच-छह वर्ष की आयु में डॉक्टर-डॉक्टर खेलती हैं। बीस वर्ष की आयु से पहले ही एक सौ एक लड़कों के साथ-साथ सोती हैं। अरे भई! कोई आदर्श नहीं होता। आज एक से प्रेम करती हैं तो कल उसे छोड़ देती हैं परसों किसी और के साथ। वे किसी स्थायी बन्धन में नहीं रहतीं। वे यह भी नहीं जानतीं कि किस तरह स्थायी रूप में बसें... कहाँ और कब। वे जानती नहीं... जान सकती ही नहीं।''

नीला मन-ही-मन कहीं छलात्-छलात् आवाज़ सुनकर बोली, ''उस पुल पर रुकना चाहती हूँ किशन! उस पुल पर ज़रा घूमूँ! चलो झुककर सीन नदी देखें...लहरें कैसे ज़ोर के बहाव के साथ आती हैं। दूर से 'नोचदाम' के शिखर पर रोशनी, लहरों पर कैसे सोने का मुकुट पहना देती है... चलो देखें।''

किशन ने गाड़ी नहीं रोकी। हाथ में स्टीयरिंग था। इसलिए क्षमता भी अधिक थी। यह नीला जानती थी। किन्तु किशन को रुकना पड़ा रिपब्लिक के मोड़ पर,

जब 'शाँ-शाँ' शब्द करते हुए हज़ारों स्केट रोलर्स, हज़ारों तितलियों की तरह उड़ती हुई...तब। नीला दुनिया-ज़माने का विस्मय दृष्टि में लिए देख रही थी कि लड़के-लड़कियाँ रोलर लगाए स्केट पर चल रहे हैं। यौवन का ऐसा खुला प्रकाशन, नवीन प्राणों का जागरित निनाद, इससे पहले नीला ने इतने पास से कभी नहीं देखा था। सुना भी नहीं था।

"इस तरह क्यों करते हैं ये लोग?"

"आनन्द मनाने के लिए" किशन बोला।

"क्या करते हैं?"

"आनन्द! आनन्द!" किशन को चिल्लाना पड़ा।

"केवल आनन्द?"

"हाँ...केवल!"

नीला बाहर आ गई। देखा मनुष्य नीला को पीछे छोड़कर आगे चले जा रहे हैं। पलक झपकते! हवा की तरह! गतिमय जीवन बढ़ रहा है। और नीला... गतिहीन नीला! अकेली खड़ी रही। आँखों में था विस्मय, दृष्टि में मुग्धता।

किशन के डाँटने पर नीला को गाड़ी में बैठना पड़ा यद्यपि उसका मन था कि सड़क पर चले, दौड़े। शरीर और मन से निर्झर की-सी गति चाह रही थी। चाहती थी सारी रात तारुण्य के उल्लास में मदमस्त हो जाए। किन्तु किशन, उसका पति... जिसका आदेश अमान्य करना अन्याय था।

...कि उसमें चलने की शक्ति नहीं रह जाती थी पुकारने पर उसकी इच्छा को बेड़ियाँ पड़ गई थीं!

कैसा अपूर्व था! यहाँ अन्धकार जैसा कुछ भी नहीं है। सब उज्ज्वल! आलोकित! जीवन्त!!! 'नीला बार-बार यही कहती रही।

घर के नजदीक पहुँच कर किशन गाड़ी पार्क करने की जगह एक सिरे से दूसरे तक एक गली से दूसरी में खोजता रहा। पार्क करने की जगह एक घण्टे बाद मिली।

"गैरेज में न रखकर सड़क पर गाड़ी क्यों रख रहे हैं?" नीला ने बाहर निकलकर पूछा।

"किसी के पास गैरेज है क्या? सब सड़कों पर पार्क करते हैं।"

कलकत्ते की सड़कों पर इस तरह गाड़ी खड़ी कभी नहीं देखी थी नीला ने। अनिर्वाण की एम्बेसेडर कार के पिछले हिस्से पर डैण्ट पड़ गए थे। दरवाज़े में जंग लग गया था। फिर भी गैरेज में रखी जाती थी। और गैरेज के दरवाजे पर ताला लगाना पड़ता था।

"ये सड़क के दोनों तरफ जो गाड़ियाँ खड़ी हैं? सारी रात यहीं रहेंगी?"

किशन ने सिर हिलाया, "हाँ...रहेंगी...खड़ी हैं।"

"चोरी नहीं होती?"

"चोरी क्यों होगी?"

नीला ने सोचा, हाँ चोरी क्यों होगी! यह चोर-डाकुओं का देश तो है नहीं। गाड़ी घर से दूर खड़ी करने पर नीला को अच्छा ही लगा। वह पैदल चल सकेगी सारा रास्ता देखती-देखती जाएगी। सड़क के दोनों तरफ बन्द दुकानों से रोशनी आ रही थी। ईंट नहीं, लकड़ी नहीं, पत्थर की नहीं सारी दुकानों की दीवारें काँच की। नीला ने काँच के पार देखा। पंक्तियों में अलंकारों सजे हुए कीमती रत्न, सोने के, चाँदी, मोती, हीरे। इच्छा हो तो काँच तोड़कर घुस जाए और अनायास सारे अमूल्य मणि-मुक्ता, आभूषण हथिया ले।

"चोरी नहीं होती?"

किशन की आवाज़ में ताज्जुब था, "चोरी क्यों होगी?"

नीला को मानो होश आ गया। "हाँ, यही तो चोरी क्यों होगी। यह कलकत्ता थोड़े ही है।"

4

कोई घटना न हो तो दुर्घटना की आशंका कम होती है। किन्तु नीला के सामान्य घटना-विहीन जीवन में एक दुर्घटना हो गई। गुसलखाने में पाँव फिसलने से सिर फट गया। फटे हुए सिर की अपेक्षा उसका फटना बड़ा भयानक होता है नीला सोचती है। सिर बाथ-रूम के कोने में टकराया था। खून स्रोते की तरह बह निकला था। किशन को फ़ोन पर ख़बर देने की ताकत तक नहीं थी उसमें। भाग्य! अविलम्ब घर पहुँचकर नीला को लेकर किशन लॉरिबूयासियरै अस्पताल पहुँचा जो 'गार नर्द' के करीब था। कलकत्ते के अस्पताल में सैकड़ों रोगियों की भीड़ देखने की अभ्यस्त थी नीला। इधर अस्पताल के प्रतीक्षा-गृह में पाँच या छः रोगी बैठे थे धोबी के धुले हुए कपड़े पहने, जिन्हें देखकर विश्वास नहीं होता था कि वे रोगी हैं। मानो किसी के यहाँ भोज-सभा में निमंत्रित अतिथि हों। नीला के शरीर पर रक्त से भरी साड़ी थी। पतले तौलिये से बँधा हुआ सिर! नीलरतन बहिर्विभाग का जल-जन्तु रूप। अन्दर से एक-एक करके बुलाया जा रहा था। बुलाने पर नीला भी जाएगी। नर्स बोली', शरीर के सब कपड़े उतारकर एक खुली छाती वाला पतला सा गाउन पहनकर बिस्तर पर लेट जाओ। परीक्षा के लिए सिर की परीक्षा में शरीर के कपड़े क्यों खोलने होंगे। नीला समझ नहीं पाई। दुविधा में खड़ी रही। नर्स की आवाज़ ने याद दिलाया। सिर के अलावा कहीं और चोट नहीं लगी थी।...नर्स बोली "सिर हो या पैर की अंगुली हो... कपड़े तो उतारने ही होंगे। यही नियम है।"

नीला ने साड़ी, ब्लाउज, पेटीकोट उतारकर अस्पताल का सफ़ेद गाउन पहन लिया। नर्स देखकर बोली, "गाउन के नीचे कोई भी कपड़ा नहीं चलेगा। 'ब्रा' भी उतारनी होगी। 'ब्रा' भी, पैन्टी भी।"

"ऐसा नियम है?"

"हाँ, यही नियम है।"

नीला के बाबा अनिर्वाण खुद डॉक्टर हैं। नीला खुद बहुत बार अस्पताल गई है। घूम-फिर कर अस्पताल के विभिन्न विभाग देखे थे। अपनी छाती का एक्सरे भी करवाया था। किन्तु कपड़े उतारने नहीं पड़े थे। यहाँ नग्न होने के प्रस्ताव पर नीला जमीन में नहीं गड़ गई। मन ही मन जमीन के अन्दर चली गई। इसके ख्याल में पूरी तरह नग्न होकर स्तन, नितम्ब यदि दिखाते हुए डाक्टर के सामने चलकर जाना सम्भव नहीं था। सम्भव नहीं है तो चिकित्सा भी नहीं हो सकती बता दिया गया था। नर्स और डॉक्टर को समझ नहीं आया कि नीला चिकित्सा के लिए मना क्यों कर रही है। अन्त में इसे 'लज्जा' शब्द का उच्चार करना पड़ा। इसे लज्जा आ रही है। यह सामान्य बात किसी की समझ में नहीं आई। दो बार कहने पर नर्स और "डॉक्टर दोनों की भृकुटि तन गई।

"लज्जा किसकी?"

"तुमसे... इनसे?"

"क्यों–?"

'क्यों' का उत्तर दिए बिना नीला साड़ी आदि पहनकर सीधी बाहर आ गई। किशन को बता दिया कि उसके लिए अस्पताल का असभ्य प्रस्ताव मानना सम्भव नहीं था।

किशन ने खिल्ली उड़ाते हुए नीला को एक्स-रे रूम में ठेल दिया कि नीला को नग्न होना पड़ेगा।

"तुम नाराज़ तो नहीं हो?" नीला ने पूछा।

मानो बहुत अनुभव है किशन को, वह बोला। "डॉक्टर के समक्ष नग्न होने में अन्याय नहीं होता।"

नीला ने लज्जित होकर सिर का एक्स-रे करा लिया।

फटे अथवा कटे हुए माथे में दो टाँके लगाए गए। फिर डॉक्टर का व्यवस्था-पत्र लेने गई। तब अवश्य इसे नग्न नहीं होना पड़ा।

5

किशन की ठोड़ी पर काटे का एक दाग़ है नीला ने कभी नहीं कहा कि किशन की

खूबसूरती में बारह बजते हैं। अब इसके अपने माथे पर छोटा सा दाग़ था। जो केशों के नीचे छिप गया था। फिर भी किशन अक्सर मुँह बिगाड़कर कहता कि नीला में पहले जैसी खूबसूरती नहीं है।

कटे हुए घाव पर औषधि लगाकर अच्छा होने में कई दिन बीत गए। खाना बनाने, घर साफ़ करने के बाद खाली समय किताबें पढ़कर गुजारती। इसके बाद मुँह झुकाकर किसी तरह दिन बिताती थी। तभी एक दिन 'गाँधी' नामक रेस्तोराँ में बिजनेस अच्छा जमने के बाद किशन को लाफ़ाय गैलरी जाने का शौक हुआ।

बुलेवर्ड हुस्मान का चोथकाड़ा मकान देखते-देखते लाफ़ाए गैलरी में एक शाम को रुक गए। अन्दर घुसे। चौंक पड़े।

"ओ माँ! मैंने तो सोचा था कि यह कोई गैलरी है चित्र वित्र होंगे।" 'यह दूकान है एक दूकान के अन्दर सौ दूकाने हैं।' आकाशचुम्बी रंगीन छतों पर नजर गई। यह इतनी सुंदर थी कि नज़र हटती नहीं थी। किशन को गरदन सीधी करनी पड़ी।

"यह दूकान है या सोने से मढ़ा हुआ महल!"

नीला ने इससे पहले इतनी सुन्दर दूकान तो क्या महल भी नहीं देखा था। 'यह खरीद लो, वह खरीद लो, जूता खरीद लो... कपड़े खरीद लो।' किशन लगातार बोल रहा था। माथे पर दाग़ के बावजूद नीला सुन्दर ही रही। इसके हाथ का बना हुआ खाना दिन पर दिन स्वादिष्ट होता जा रहा था। और नीला, जो उसकी पत्नी थी उसकी सम्पदा, सम्पत्ति उसका जीवन इसी की मुट्ठी में था। नीला को और भी सुन्दर देखकर लोग इसकी ही प्रशंसा करते। कहते 'किशन को बड़ी खूबसूरत पत्नी मिली है। नीला अच्छे कपड़े जूते पहनती तब भी किशन की तारीफ़ होती। नीला बीमारी से उठी तो लोगों ने कहा, किशन ने अपनी बहू को स्वस्थ कर दिया। नीला का कोई अस्तित्व नहीं था। सब कुछ किशन का। इसलिए नीला के प्रति किशन की उदारता में ज्वार आ गया था। असल में किशन को खुद से प्यार है नीला अनुमान लगाती।

जूते की दूकान में घुसे तो दूकानदार ने नीला के जूते का माप पूछा। नीला बोली, "दादा! माप तो मालूम नहीं... कलकत्ते में जूते की दूकान में घुसकर जो जूता या सैंडल पाँव में फ़िट हो जाती। वही खरीदने का अभ्यास था। इस महीने आठ नम्बर का जूता फ़िट आया। पिछले महीने सात नम्बर भी बड़ा हो रहा था। तो क्या पाँव बड़े हो जाते हैं?"

"नहीं... पाँव छोटे-बड़े नहीं हो रहे, माप ही ठीक नहीं है। जूते वाला पसन्द के अनुसार पाँव में पहना देता।

कलकत्ता में यही नियम था।

किशन जूतों की शैल्फ से एक जोड़ा बूट लाकर बोला, "पहन कर देखो तो?"

"ओ माँ! यह तो लड़कों के लिए हैं।" नीला दाँतों में जीभ दबाती है।

"नहीं... यह लड़कियों के लिए है।" किशन ने कहा। दूकानदार भी बोला कि

वह लड़कियों के लिए है।

जूता खरीदकर कपड़ों की दूकान में आकर नीला फिर झमेले में पड़ गई। पतलून पर हाथ रखते ही किशन ने नीला को हटा दिया। यह लड़कों के लिए है।

"तो यह शर्ट।"

"यह भी लड़कों के लिए है।"

कितना अन्तर है लड़के-लड़कियों की पोशाक में। नीला उत्सुक लग रही थी। कलकत्ते में लड़के-लड़कियों के कपड़ों-जूतों में आकाश-पाताल का अन्तर होता है। साड़ी, सलवार, कमीज, फ़ीते वाली चप्पल लड़कियों के लिए और लड़कों की धोती, फतूही, संडो बनियान, शर्ट, पैंट, टाई-जूते-मोजे। अन्तर स्पष्ट था। इस देश में लड़के-लड़कियाँ एक ही तरह की पोशाक पहनते हैं। दोनों तरह की पोशाक में अन्तर समझ पाना मुश्किल है। बटनों के काज इस तरफ नहीं उस तरफ होते हैं। कमर के पास मामूली सा दबाव, छाती के पास ज्यादा सिलाई। ध्यान से न देखा जाए तो पता नहीं चलता कि कौन सा किसके लिए है। किशन के ख्याल से बहुत अन्तर होता है। कमर, नितम्ब बड़े-छोटे में अन्तर।

"तुम्हारा साइज़ क्या है?"

"साइज तो मालूम नहीं" नीला को माप का क्या पता। पाड़े के दर्ज़ी को मालूम था।

"और वह लाल स्वेटर... बड़ा खूबसूरत है।"

"हाथ मत लगाना वह लड़कों के लिए है।"

"लड़कियों के स्वेटरों से इसमें कहाँ अन्तर है!"

"है, गरदन, गले, कमर, छाती में।"

छाती शब्द कहकर किशन ने कनिष्ठ अंगुली से नीला के वक्ष-स्थल को दबाया।

लड़कियों वाले नारंगी रंग के स्वेटर की कीमत जब किशन देने लगा, नीला बोली, "इसकी कीमत पाँच सौ फ्रां है यानी साढ़े तीन हजार रुपए।"

"इन सबके दाम ऐसे ही हैं।" किशन हँसकर बोला।

"कुछ कम करने के लिए कहो ना! दो सौ फ्राँ में देगा या नहीं पूछ कर देखो।"

"इस देश में मोल भाव नहीं होता। जो दाम लिखे होते हैं वही।"

सुनार की दूकान में भीड़ नहीं थी। इसी दूकान में नीला अटक गई। तरह-तरह के स्वर्णाभूषण।

"सोने का ऐसा लाल रंग क्यों है?"

"अट्ठारह कैरेट का सोना ऐसा ही होता है।"

"सिर्फ अट्ठारह कैरेट। क्यों जी। मैं तो बाईस कैरेट का पहनती हूँ।"

"ये लोग इतना सोना पहनते ही नहीं। पसन्द भी नहीं करते। खरीदते हैं, रत्नाभूषण।"

ये अमीर होकर भी सोने के आभूषण नहीं खरीदते और भारत जैसे गरीब देश में सोना न हो तो चलता नहीं। सोना न पहनो तो मान और जात दोनों जाते हैं। सोना न हो तो विवाह नहीं होता। ब्याह हो भी जाए तो सुख नहीं मिलता। नीला की शादी में अनिर्वाण ने आठ 'भरी' सोना दिया था। चमकता हुआ सोना। अनिर्वाण की धारणा थी कि सोने से सुख का प्रपात कन्या के संसार (गृहस्थी) में बहा रहे हैं। सोने के प्रति लोभ भारतीय लड़कियों को होता ही है। नीला में भी है। किन्तु अट्ठारह कैरेट का लाल सोना खरीदने का कोई आग्रह नहीं था।

उसे आग्रह था सेंट ख़रीदने का। परफ़्यूम के संसार में घुसकर वह विवश सी हो जाती थी। संसार में इतने 'सेंट' भी होते हैं। और यह तो परफ़्यूम का देश ही है। 'यह भी पसन्द है वह भी पसन्द है।' नीला ने पसन्द किया जिवांसिर ऑर्गेंज़ा किशन को क्रिस्टियन डिआरेरे पायज़न पसन्द था। फिर कौन सा ख़रीदा जाए? सीधे जवाब मिला—पायज़न खरीदो।

"पायज़न के इतने दाम हैं यहाँ? कलकत्ते में तो बहुत कम हैं।"

"हाँ बहुत कम होते हैं क्योंकि वहाँ नकली माल बिकता है। यहाँ असली!.. समझ गईं—सब असली।"

नीला असली सेंटों की भीड़ में चकरा रही थी। सब असली, सब बढ़िया, सब सुन्दर।

परफ़्यूम ख़रीदकर भी नीला इस इलाके से निकलना नहीं चाहती थी।

एक परफ़्यूम वह खरीदना चाहती थी 'ईवनिंग इन पेरिस'। ढूँढ़ने पर भी 'ईवनिंग इन पेरिस' की छोटी-सी शीशी कहीं नहीं मिली। फिर नज़र पड़ी 'शैनेल नम्बर पाँच' पर। इसे ही ख़रीदेगी अपने रुपयों से।

किशन चौंक पड़ा," किसके लिए?"

"दादा (भाई) के लिए।"

"सुनील का कोई दोस्त कलकत्ता जा रहा है। उसके हाथ कुछ चीज़ें भेजी जा सकती हैं।" सुनील ने खुद कहा था।

"निखिल के लिए ही ना। बहुत से सस्ते सेंट हैं उनमें से खरीद लो," किशन बोला।

"नहीं यही खरीदूँगी। 'शैनेल नम्बर फ़ाइव' दादा को बहुत पसन्द है।" नीला अड़ गई।

किशन 'शैनेल नम्बर फ़ाइव' नीला के हाथ से लेकर दूकानदार को वापस करके, नीला को खींचकर दूकान से बाहर ले गया। फिर दबी आवाज में बोला, "तुममें ज्ञान बिल्कुल नहीं है।"

नीला शान्त स्वर में बोली, असल में जानते हैं... दादा ने मुझे दो सौ डॉलर दिए थे कि 'शैनेल नम्बर फ़ाइव' ख़रीद कर उन्हें भेज दूँ।"

"यही?"

"हाँ—यही।"

नीला ने डॉलर भुनाकर परफ़्यूम खरीद लिया। ख़रीदकर उसे एक तरह से आनन्द की अनुभूति हुई कि अपने डॉलर से खरीदा है। किशन द्वारा बैग भर कर उपहार मिलने से अधिक आनन्द!

घर आकर किशन शराब लेकर बैठ गया। और नीला पायज़न शरीर पर लगाते हुए गाने लगी।' आमि जेने सुने विष करेछि पान प्राणेर आशा छेड़े सँपेछि प्राण। "(मैंने जान-बूझ कर विष पान किया है।...प्राणों की आशा छोड़कर प्राण सौंप दिए।"

किशन ने पूछा, "यह कौन सा गाना है?"

"रवीन्द्र संगीत...।"

"वही बंगाली लड़का न जिसे नोबेल पुरस्कार मिला था इस गाने पर?"

"हाँ उसी बंगाली लड़के का गाना। उसने यही 'पायजन पर्फ्यूम' लगाकर बड़ा सुन्दर गाना लिखा था वही गा रही हूँ।"

"यही 'पायजन' ?"

"हाँ यही 'पायजन' हैं।"

"ठीक यही ?"

"हाँ ठीक यही....।"

"अनुवाद करके सुनाओ ना।"

नीला हँस कर बोली, "कुछ गाने ऐसे होते हैं जिनका अनुवाद नहीं किया जा सकता।"

"कुछ-कुछ मनुष्य ऐसे होते हैं जिनका अनुवाद नहीं होता।" किशन लम्बी साँस लेकर बोला।

"हाँ और कुछ मनुष्यों का अनुवाद बड़ा सहज होता है।" नीला रसोई-घर के दरवाज़े पर खड़ी होकर पर्फ्यूम फैलाती हुई बोली।

किशन खाना खाकर सो गया तो नीला चिट्ठी लिखने बैठी मलिना को।

"तुमने जो कहा था कि यहाँ अकेले-अकेले मैं कैसे गृहस्थी सँभालूँगी। तो तुम एक बार देख जाओ। नौकर-चाकर नहीं हैं। यह तो ठीक है पर कोई ज़रूरत ही नहीं। घर में मशीनें हैं काम करने के लिए स्विच दबाओ... मालूम है माँ! आजकल मैं खाना पकाती हूँ। खाना पकाने में तकलीफ होती हो यह मत सोचना। बिल्कुल भी नहीं। किशन ने आज मेरे लिए बहुत सी चीज़ें खरीद दी हैं। जीवन तो ऐसा ही होता है, माँ...क्यों? पति पत्नी के लिए चीजें खरीद देता है और पति के आदेश

के अनुसार पत्नी चलती है। चीज़ों के कारण हमारे हाथ-पाँव एक तरह से बन्दी होते हैं। तुम्हें भी देखा है बाबा दो साड़ी ला देते तब तुम कितनी खुश रहती थीं!

बाबा को खाना खिलाते समय, मछली का मूँड देकर, पास बैठ कर पंखा झलती थीं। शायद प्रेम के कारण। उपहार देकर प्रेम ख़रीदा जा सकता है? मालूम नहीं... शायद। आज रात किशन के लिए माखनी दाल बनाई है उसे बहुत पसन्द है।

पेरिस बड़ा खूबसूरत शहर है। आज औपेरा के पास से गुजरते हुए मुझे लग रहा था कि किशन के साथ ब्याह करके एक तरह से अच्छा ही हुआ। वरना यह शहर देखने को न मिलता। और यह शहर देखे बिना मृत्यु हो जाती तो जीवन पूर्ण न होता।

सारा जीवन दूसरे को आनन्द देने में अपना जीवन खर्च दिया... माँ! इस बार अपने बारे में सोचो। आनन्द मनाओ। दादू की मृत्यु के बाद सम्पति तो बँट गई है। अपना अंश बेचकर रुपए तो बहुत मिले हैं। तुम्हें... किसके लिए जमा रख रही हो वह सब? खर्च करो... अपने ऊपर खर्च करो। जीवन और कितने दिन का...बताओ। देखा! यहाँ के लोगों को खाने-कपड़े की चिन्ता नहीं। ये जीवन के आनन्द का खूब उपभोग करते हैं। वे दिल खोल कर हँसते हैं। और हम हँसते नहीं डर के कारण क्योंकि राम शर्मा नामक एक बदमाश कह गया है कि जितना हँसोगे उतना ही रोओगे।"

इतना लिखकर नीला रुक गई फिर 'पुनश्च' के अन्तर्गत लिखा—"दादा के लिए 'शैनेल नम्बर पाँच' भेज रही हूँ। बड़ा मशहूर परफ़्यूम है। यह किशन के रुपयों से नहीं अपने रुपयों से खरीदा है। ये रुपये ट्यूशन करके इकट्ठे किए हैं।"

6

"मुझे कुछ रुपए दोगे तुम्हें तो समय मिलता नहीं। मैं अकेली ही चली जाऊँगी...?"

"अकेली?"

"हाँ अकेली?"

"पागल हो गई हो?"

"क्यों मैं अकेली नहीं जा सकती... मैं क्या छोटी सी बच्ची हूँ?"

"मेरे लिए तो तुम छोटी सी बच्ची ही हो।" किशन नीला के गालों पर हाथ रखकर बोला।

नीला हँस दी। बोली, किन्तु मेरे ख़्याल में मैं छोटी सी बच्ची नहीं हूँ।'

"तो बड़ी बच्ची हो?" किशन भी हँसा, नीला भी हँसी।

"मैं सत्ताईस वर्ष की हूँ, बालिग हूँ।"

"बालिग होने पर शायद सड़कों पर निकलना होता है।"

"सड़क पर जो होना होता है वह नहीं। मान लो सुनील आदि के घर गई या किसी रेस्तोराँ में बैठकर चाय पी ली या किसी जादूघर में गई अथवा किताबों की दूकान पर। मान लो ऑपेरा देखने गई। पेरिस में 'वाइन' (आसव) के सम्बन्ध में कुछ किताबें पढ़ी हैं। वे स्थान देखने की इच्छा होती है।" नीला खिड़की से बाहर देखती हुई उदासी से कह रही थी।

"यह सब तुम अकेले करना चाहती हो?" किशन की छोटी-छोटी आँखें गोल आलू की तरह फैल गईं।

"तुम्हें तो समय मिलता नहीं इसलिए। सोच रही थी कि जरा सड़क पर ही घूम आऊँ अगर कहीं न भी जाऊँ तो...।" नीला का स्वर उदास था।

"घूमोगी क्यों?"

कारण "कोई नहीं... बस यों ही।"

"सड़क पर क्या कोई यों ही घूमता है। देखो...यह देखो..." किशन हिचकी लेकर नीला को खिड़की के पास ले जाकर बोला। "ये लोग जो चल रहे हैं इनमें से कोई भी बेवजह घूम रहा है तुम्हें ऐसा लगता है? सब किसी न किसी कारण से जा रहे हैं। सब व्यस्त हैं। मैं भी व्यस्त हूँ। काम में व्यस्त न हों तो चूल्हे में आग नहीं जल सकती। सिर पर छत नहीं होगी नीला! तुम्हें एक दिन दिखाऊँगा कि उद्भ्रान्त लोग किस तरह सड़क पर वक्त काटते हैं। सर्दी की रातें। तब जानोगी। ख़ामख्वाह वक्त बरबाद करने के कोई मायने नहीं।"

नीला अँगुलियों में साड़ी लपेटते हुए बोली। "असल में जानते हो, मेरा वक्त काटे नहीं कटता। इतनी पढ़ी-लिखी क्या घर में बैठने के लिए? कोई नौकरी चाकरी ही कर लेती।"

"चाकरी? क्यों करनी है? मैं क्या कमाता नहीं हूँ?" किशन ने ताज्जुब से प्रश्न किया।

"वह तो करते हो?"

"और मैं जो इतना व्यस्त रहता हूँ वह भी तो गृहस्थी के कारण ही। मैं काम न करूँ तो रहोगी कहाँ, खाओगी क्या?" किशन का स्वर तीखा होता गया।

"वह क्या सिर्फ मेरे लिए करते हो? ब्याह से पहले भी तो यही काम करते थे। मेरा भरण-पोषण करना है क्या इसलिए यह काम लिया है।" "नहीं...यह नहीं।" नीला का स्वर बड़ा शान्त था।

"ओह नीला!" किशन सोफ़े पर धप से बैठ गया, बोला "तुम्हें बातें करनी खूब आती हैं? इतनी बातें कहाँ से सीखीं।"

"कहीं सीखी नहीं...यह तो सब बोल सकते हैं।"

किशन जोर-जोर से सिर हिलाकर बोला, "नहीं, नहीं, नहीं... भारतीय बहुएँ इस तरह नहीं बोलतीं।"

नीला फिर उसी शान्त स्वर में बोली, ''कौन-सी भारतीय बहू नहीं बोलती, तुम्हारी नानी नहीं बोलती... तुम्हारी दादी नहीं बोलती... यही तो।''

''कोई नहीं बोलती।'' किशन बोल पड़ा।

''जानते हो बात क्या है...? असल में तुम्हें किसी गूँगी लड़की से शादी करनी चाहिए थी। चुपचाप गृहस्थी का काम-काज करती ऐसी लड़की। सात थप्पड़ खाकर भी रोएगी नहीं ऐसी लड़की। जिसका तीन कुलों में कोई न हो, ऐसी लड़की। जो लिखना-पढ़ना न जानती हो ऐसी लड़की... सिर में गोबर के अतिरिक्त कुछ न हो ऐसी लड़की। साध नहीं...स्वप्न नहीं...ऐसी एक लड़की।'' नीला चबा-चबाकर कह रही थी।

किशन का स्वर सप्तम से नरम पर आ गया। ''लिखने-पढ़ने की बड़ाई क्यों करती हो? यह तो है नहीं कि डॉक्टर हो गई हो या इंजीनियर हो गई हो। बांग्ला साहित्य लिख-पढ़कर क्या कर सकती हो, ''एक 'फ्राँ' का भी उपार्जन कर सकती हो?... नहीं कर सकतीं। तुम्हें सारा जीवन मुझ पर निर्भर रहना होगा। इसके अलावा कोई चारा नहीं। इसलिए दिमाग़ को नीचे लाओ। इतना दिमाग़ दिखाकर तुम्हारा कोई फ़ायदा नहीं होगा। सिर में सामान्य सी भी बुद्धि हो तो समझ जाओगी।''

किशन उठ खड़ा हुआ। घूमने लगा। कोई कारण न होने पर भी कमरे में चलता रहा। स्थूल शरीर के साथ सारे कमरे में धप-धप करता रहा। पानी पिया एक गिलास, दो गिलास। घूमता रहा। फिर भारी आवाज़ में बोला, ''सुनो सुनील चैतालि दोनों ही सर्विस करते हैं। दिन के समय दोनों ही घर पर नहीं रहते।...कैफ़े में क्यों जाओगी। घर में चाय की पत्ती है बनाकर पियो। बाहर खामख्वाह पैसा खर्च करने की जरूरत क्या है। जादूघर, सिनेमा, थियेटर आदि स्थानों पर मैं जाता नहीं किन्तु अगर तुम्हें जाने की इतनी इच्छा हो तो जब समय होगा मैं तुम्हें ले जाऊँगा।''

किशन चला गया। सीढ़ी उतरने की धप-धप आवाज आ रही थी।

टेबल पर चाबियों का गुच्छा था। नीला चाबियों का गुच्छा लिए सारा दिन घूमती रही। घर पर आग नहीं जलेगी इस चाबी के इस्तेमाल के बारे में किशन ने कोई परामर्श नहीं दिया।

7

''ऐ जी... तुम्हें वक्त कब मिलेगा?''

शनिवार को सवेरे किशन के बालों को हाथों से सहलाती हुई नीला ने पूछा।

नीला के और पास सरककर किशन ने दाहिनी बाँह नीला के शरीर पर रखकर कहा, ''तुम्हें समय देने का वक्त तो यही शनिवार, रविवार होता है। पूरा सप्ताह व्यस्तता में कटता है। घर पर बैठने और आराम करने के लिए केवल यही दो दिन होते हैं।

अपनी बीवी के नरम हाथ का स्पर्श सारा दिन रहेगा।''

कोदाली दाँत यथा सम्भव ओट में छिपाकर किशन हँसा। यह हँसी उसकी किसी दूसरी हँसी से ज्यादा अच्छी थी। शायद किशन सोचता था कि यह प्रेमी की हँसी है। पहली बार प्रेम होने पर प्रेमिका के साथ इसी तरह क़ायदे के साथ प्रेमी हँसता है।

''सारा दिन पड़े रहते हो? और कुछ नहीं?'' नीला ने पूछा।

उसका मन खुली हवा में उड़ रहा था।

किशन सिर हिलाकर बोला, ''और कुछ नहीं।''

''पहले एक दिन कहा था कि शनिवार रविवार बड़ा कमरा साफ़ करने कपड़े धोने के लिए।''

''यह भी ठीक है,'' किशन उनींदे स्वर में बोला।

नीला ने सारा दिन दक्ष हाथों से घर में झाड़ू लगाई, कपड़े धोये, फूलों के गमलों में गुड़ाई की, पानी दिया। खाना पकाया। यह सब करने का अभ्यास नहीं था नीला को, किन्तु किया। यह सब करते हुए नीला सोच रही थी कि इतना सब किशन से प्रेम के कारण करती है या उसे खुश करने के लिए या कि अन्ततः इसी कारण किशन उससे प्रेम करता है। क्योंकि प्रेम करने का कोई कारण तो होना चाहिए। कोई गुण न हो तो जबरदस्ती प्रेम नहीं किया जाता। गुण की दृष्टि से खाना-वाना पकाना, घर की सफ़ाई यह सब। बहू हो गई है इसलिए आकाश से बहू के लिए प्रेम के जल में बूँद की तरह छाती पर गिरेगा यह नहीं है। नीला गाना अच्छा गाती है साहित्य के सम्बन्ध में सूचना रखती है। पर ये सब किशन के मन में प्रेम जागरित करने का कारण नहीं। क्योंकि किशन बांग्ला भाषा जानता नहीं। इस भाषा में 'सुअर का बच्चा' की गाली देने पर भी किशन समझ नहीं पाएगा कि यह गाली है। इसलिए मीठी हँसी हँसेगा इस भाषा में कविता की आवृत्ति करने पर भी किशन भावावेश में सामने बैठा रहेगा। यह भाषा इस घर के टूटे हुए शीशे की तरह मूल्यहीन है। टूटा हुआ काँच शरीर को काटने के अलावा किसी काम नहीं आता। यह अचल भाषा भी वैसी है। शरीर नहीं काटता पर मन काटता है। इस भाषा की अत्यन्त सुन्दर पदावली नीला के मन में घुमड़कर रह जाती है। और जब नीला अकेली स्वयं से इस भाषा में बात करती है या गाने लगती है कि 'आमि कान पेते रई... ओ आमार आपन हृदय गहन द्वारे कोनो गोपन वाँशिर कान्ना, हाँसिर गोपन कथा शुनि षारे भ्रमर सरेवा हय विहागी निभृत नील पद्म लागि रेऽ ऽ कोन रातेर पाखि गाय एकाकी संजी विहीन अन्धकारे'। तब नीला देखती कि इसकी अपनी आँखों से पानी बह रहा है जो असल में जल नहीं बल्कि विच्छिन्न हृदय का रक्त है।

सारी सुबह किशन टेलीविजन के सामने सोफे पर पड़ा रहता। दूसरी दफ़ा 'गड़ाने विडियो में कयामत से कयामत चाचता तब लीला कार्पेट पर झाड़ू लगाकर खिड़की

के पास काँच साफ़ करती। काँच पोंछकर खाना पकाकर, स्नान करके आती केवल गुण नहीं रूप के कारण किशन इसे चाहता है। उसी चेहरे पर क्रीम मलती है। पाउडर लगाती। आँखों में काजल, ढाकाई साड़ी पहनकर नीला सामने आकर बैठती है--बहू नीला! लक्ष्मी नीला!! गृहस्थ नीला!!!

"कैसी लग रही हूँ देखो ना।" किशन के करीब बैठकर पूछती।

"अच्छी।"

"उन्हें एक बार निमंत्रित नहीं करोगे?"

"किन्हें?"

"सुनील आदि को।"

"समय कहाँ है?"

"आज शाम को बुला लो।"

"इस तरह बुलाया जा सकता है!! कम से कम दो हफ्ते पहले बताना पड़ता है।"

"ओ!"

"क्यों अचानक उनकी बात क्यों?"

"बहुत दिन से बांग्ला में बातचीत नहीं की न।"

"हूँ यह बात है। तुम्हारी किसी बंगाली के साथ शादी होती तो अच्छा था।"

"बंगाली के साथ ब्याह नहीं हुआ। बहुत अच्छा हुआ। बंगालियों पर भरोसा नहीं।"

किशन अपनी वही कोदाली हँसी हँसा।

"अच्छा तुम घर में बैठकर पंजाबी भाषा भी तो सीख सकती हो।"

"कैसे?"

"पंजाबी गाने सुनो, पिक्चर्स देखो, थोड़ा-बहुत मेरे साथ बोलो...आ जाएगी।"

"इससे तो फ्रेंच भाषा सीखना अच्छा नहीं क्या?"

"दिमाग में आ सके तो सीखो।"

फ्रेंच भाषा घर में बैठकर और किशन के साथ गाड़ी में अचानक इधर-उधर घूम आने से तो सीखी नहीं जा सकती यह नीला जानती है किशन भी जानता है। यह प्रसंग छोड़कर वह बोली, अच्छा सानाल के निमंत्रण पर उनके घर नहीं गए थे। उन्हें ही आज बुला लो।"

"नहीं उस लड़के के मुँह में लगाम नहीं है देखा नहीं तुम्हारे साथ कैसे रंग-तमाशा किया था उस दिन।"

"रंग-तमाशा!!"

"वही तो...इसके बारे में बाद में राजेश कह रहा था कि सानाल का इस तरह करना बिल्कुल उचित नहीं हुआ। दूसरे की पत्नी की तरफ़ देखना उसका चिरकाल

का स्वभाव है। भारतीय वधू के आने पर सानाल झपट पड़ता है। क्यों भई! अपने लिए कोई बहू ला सकता है दूसरे की सम्पदा पर नज़र क्यों डालता है।''

किशन के चेहरे पर ईर्ष्या थी नीला ने स्पष्ट देखा। पिछले रविवार सानाल नीला और किशन को सानाल के निमंत्रित करने के बाद किशन पहले तो बोला कि अवश्य जाएगा। फिर कहा, 'देखूँगा।' फिर बोला, 'उठने को मन नहीं होता।' और अन्त में बोला, ''भई बहुत अफ़सोस है जरूरी काम आन पड़ा है जरूरी काम से मुझे लिओ जाना पड़ेगा।'' उस दिन किशन लिओ नहीं गया था। पेरिस में ही था।

''उस रात तो तुम्हें स्क्रू ड्राइवर बना देना उचित नहीं था। जो बनाना होगा मैं बनाऊँगा। अपनी पत्नी की देख-रेख मैं करूँगा कि उसे क्या चाहिए क्या नहीं चाहिए।'' बोलते हुए किशन की गरदन के रोंये खड़े हुए थे।

दुर्! क्या कह रहे हो। तुम्हारा ही तो मित्र है। बहू दीं (भाभी) के साथ मज़ाक़ कर रहा था यही ना।'' नीला बोली।

''तुम नहीं समझोगी यह सब मजाक नहीं था। इन पन्द्रह वर्षों में पेरिस में भारतीय लड़कों के कमकांड नहीं सुने हैं। दूसरे की पत्नी को भगाकर ब्याह कर लेते हैं या अवैध सम्बन्ध रखते हैं।''

किशन ने नाक सिकोड़ी उसके माथे पर बल पड़ गए। ओंठ पिचकाए। नीला किशन के सामने से हटकर खिड़की में जा खड़ी हुई। ''अच्छा आज चलो ना तुम्हारे रेस्तोराँ में रात का खाना खाएँ।''

''क्या कह रही हो... पूरा सप्ताह उसी रेस्तोराँ में काटता हूँ। आज नहीं जाऊँगा। अगले सप्ताह अवश्य तुम्हें ले जाऊँगा। रेस्तोराँ में मांस-मछली खिलाने।'' नीला पलट कर खड़ी हो गई। किशन की तरफ़ चलती हुई बोली, सच कह रहे हो?''

''हाँ सच कह रहा हूँ, सच।''

किशन ने नीला का दायाँ हाथ खींचकर बात करने के लिए बैठा लिया, बोला, ''देशी लड़कियों के हाथ बिल्कुल दूसरी तरह के होते हैं उनका स्वाद ही अलग होता है।''

किशन के बालों और गंज पर हाथ फेरते-फेरते होठों पर दबी हुई हँसी के साथ नीला बोली, ''विदेशी लड़कियों का स्वाद कैसा होता है?''

''हटो,'' किशन ने होठ बिचकाए।

''किसी ने बालों में हाथ फेरा?'' किशन के मुँह पर झुककर नीला ने पूछा।

किशन ने लोलुप बिल्ले की सी आँखें बन्द कर लीं।

''बताते क्यों नहीं किसी ने हाथ नहीं फेरा।''

''वे ये सब समझती ही नहीं। हाथ क्या फेरतीं।''

''कैसे मालूम कि वे नहीं समझतीं?''

किशन की आँखें बन्द ही रही, ''जानता हूँ, जानता हूँ, कौन नहीं जानता।''

8

सोमवार को किशन सवेरे नीला को लेकर इल द ला सिते पुलिस आफ़िस, नागरिकता के लिए, आवेदन पत्र देने गया। दो एक घंटे के बाद जब निकले तो नीला का मन हुआ कि नोत्रदाम जाए। किशन का मन नहीं था। नीला चाहती थी कि सीन नदी के तट पर घूमे, किशन की इच्छा नहीं थी। इस द्वीप में इल द ला सिते सबसे पुरानी बस्ती थी। यहाँ मछेरों की एक उपजाति का नाम पैरिसी था। रोमनों ने आकर यहाँ क़ब्जा कर के सीन के तट पर मकान बना लिए थे। रोमनों के कुछ निशान उस पर अभी भी बाकी हैं। जानते हो उसी पैरिसी उपजाति के नाम पर इस शहर का नाम पेरिस पड़ा। पहले इसका नाम था लूत्रेसिया। किशन को मालूम नहीं, जानने की इच्छा भी नहीं थी। और रेस्तोराँ में जाने की जल्दी थी। नीला को घर पहुँचा कर वह चला गया। जल्दी-जल्दी में किशन अपने घर का पता और टेलीफोन नम्बर लिखी नोटबुक घर से लाना भूल गया। किशन की छोटी सी नीली नोट बुक हाथ में लिए ज़ैड तक लिखे नाम नीला ने देखे। ज्यादातर नाम इसे मालूम नहीं थे। सिवाय निखिल का नाम और बालिगंज के घर का नम्बर। सुनील के नाम के साथ पाँच टेलीफोन नम्बर, एक पेरिस के घर का, दो क्लिनिक के, एक मोबाइल और एक कलकत्ता के घर का।

नीला ने नोटबुक गोद में लेकर सुनील के आफ़िस का एक नम्बर घुमा दिया।

फ्रेंच में एक लड़की ने कुछ कहा। नीला ने सिर्फ़ पूछा, "तुम अंग्रेजी जानती हो?"

लड़की ने साफ़ कह दिया 'नहीं' और फ़ोन रख दिया।

सुनील के आफ़िस का दूसरा नम्बर डायल किया। वही आवाज। फिर खटाक् से फ़ोन बन्द।

सुनील के नाम पर नज़र पड़ी देखा 'सानाल'।

नीला ने नम्बर मिलाया पर आफिस के नम्बर पर खटाक् के भय से फोन रख दिया।

अन्त में ताजमहल में किशन को बताया कि टेलीफोन-नोटबुक घर पर ही पड़ी है।

किशन नहीं था। अभी रेस्तोराँ नहीं पहुँचा था।

सारे रेस्तोराँ खुले हुए थे। थाल कटोरियाँ सजी हुई, गिलासों में नैपकिन, रेस्तोराँ में 'लोबान' की महक फैली हुई थी।

"महक बुरी नहीं लग रही?" नीला बोली।

"यहाँ के देशी लोग यही महक पसन्द करते हैं। मुझ तो बरदाश्त नहीं होती ...लगता है किसी की मौत हो गई है।

"दोपहर को क्या पक रहा है वहाँ।"

"नया कुछ नहीं...सेद्ध तो फ्रिज में रखा ही है, बाहर निकालकर तेल में भिगो दो उस पर मसाला छिड़क दो। फिर तन्दूरी चिकन और नान रोटी से मन तृप्त होता है। देशी लोग यही खाते हैं।"

"ओह!"

"कई दिन से यहाँ नहीं आयीं।"

"आऊँगी एक दिन खाने आऊँगी। मछली, मांस का स्वाद ही भूल गई हूँ। बकरी की तरह सिर्फ़ घास-पात चबाना पड़ता है।"

मोज़ाम्मेल हँस पड़ा। बोला, "दीदी! जो भी कहें साग-सब्जी में विटामिन होते हैं।"

"हाँ... सो तो है। 'ए' से लेकर 'ज़ैड' तक विटामिन रहते हैं।" कहकर नीला खुद ही हँस दी।

"दीदी! आप पढ़ती-लिखती हैं या नौकरी करती हैं?"

"लिखाई-पढ़ाई नहीं करती। पर नौकरी करती हूँ घर-संसार की नौकरी, बिना वेतन की नौकरी।"

मोज़ाम्मेल हँस पड़ा। नीला भी।

'अच्छा मोज़ाम्मेल! आपने तो बहुत जगह काम किया है मेरे लिए कोई काम तलाश करेंगे।"

नीला की आवाज से बिल्कुल नहीं लग रहा था कि यों ही कह रही है।

"आप नौकरी करेंगी?... तो किशनबाबू से कहिए ना... उनके तो बहुत से जान पहचान वाले हैं। मैं तो मामूली नौकरी करता हूँ, मैं कैसे कोई बड़ी नौकरी खोज सकता हूँ... बताइए!"

मोज़ाम्मेल के बात खत्म करते ही नीला बोली, "छोटी-मोटी नौकरी ही कर लूँगी। आप पदार्थ-विज्ञान में 'मास्टर्स' डिग्री लेकर भी थाल माँजते हैं। मैं बांग्ला साहित्य में मास्टर्स डिग्री लेकर घर में झाड़ू लगाती हूँ।" नीला का कंठ-स्वर सुनकर कोई नहीं कह सकता था कि वह मजाक कर रही है।

"छी... छी... क्या कह रही हैं दीदी! मैं तो इसलिए करता हूँ कि कोई और चारा नहीं।"

"तो मेरे पास कोई और चारा है क्या।"

नीला हँसी, मोज़ाम्मेल भी।

"किशनबाबू तो बिजनेस में खूब कमा रहे हैं।"

"तो...?"

"क्यो... अच्छी गुजर हो रही है।"

"मोज़ाम्मेल! किशन रोज़गार करते हैं वह उनका रुपया है, मेरा तो नहीं। वह स्त्रियों का नौकरी करना पसन्द नहीं करते।"

"क्यों किशनबाबू की पहली पत्नी तो नौकरी करती थी।"

"पहली पत्नी!"

मोज़ाम्मेल काफ़ी देर ख़ामोश रहा फिर बोला, "क्यों दीदी! आपको नहीं मालूम?"

"नहीं तो।"

मोज़ाम्मेल ने खरीददारी का बहाना करके फोन बन्द कर दिया।

उस दिन शाम को नीला ने सुनील के घर फ़ोन करके पूछा कि किशन की पहली पत्नी के बारे में घटना सच है या नहीं। वह जानना चाहती है।

"क्यों तुम्हें नहीं मालूम?"

"नहीं...।"

"हाँ उसकी फ्रांसीसी बहू थी। इमैनुएल...। किशन ने नहीं बताया?"

"नहीं!"

"क्या कह रही हो मुझे तो मालूम था। शायद तुम भी जान-बूझकर शादी के लिए राजी हुई थीं।"

नीला अनुभव करने की कोशिश कर रही थी कि किशन की पहले कोई पत्नी थी सुनकर उसे कष्ट हुआ या नहीं। शरीर से मन तक कोई यंत्रणा फैलती है या नहीं... आश्चर्य! कोई कष्ट नहीं हुआ।'

9

"क्या बात है शाम के वक्त सो रही हो?" किशन ने सोती हुई नीला से पूछा।

अंगड़ाई लेकर नीला बोली, "वक्त मेरा बड़ा दुश्मन है इसलिए वक्त की हत्या करती हूँ सो कर।"

"रात को दो जन आएँगे... कुछ अच्छा सा बनाना होगा। अभी से शुरू कर दो।"

नीला हँसकर बोली, "यही तो...व्यस्त कर दिया...। कौन आ रहा है सुनूँ?"

"एक पंजाबी दम्पति...तुम नहीं जानतीं।"

"सिर्फ देशी दोस्त...तुम्हारा कोई विदेशी दोस्त नहीं है।"

"हैं...पर बाहर...घर में देशी ही दोस्त आते हैं।"

"इमैनुएल के कोई विदेशी दोस्त थे?"

"कौन इमैनुएल?"

"तुम्हारी पत्नी।"

"तुम्हें किसने बताया?"

"किसी ने भी?"

"लगता है तुम टूट सी गई हो?"

"बिल्कुल नहीं... इतनी आसानी से टूटने पर चलेगा?"

"इमैनुएल से शादी न करता तो फ्रेंच नागरिक नहीं हो सकता था और जो..."

"तुमने पहले कभी बताया नहीं इमैनुएल के बारे में?"

"क्यों... पहले बता देता तो क्या इस विवाह के लिए तैयार नहीं होतीं!"

"शायद नहीं।"

"होतीं...होतीं"...जरूर होतीं।"

"कैसे मालूम कि होती।"

"होतीं इस कारण कि प्रेमिक प्रवर सुशान्त तुम्हें छोड़कर जिस तरह भाग गया मैं तुमसे शादी न करता तो कोई और विवाह न करता यह खबर कुछ कम तो नहीं फैली? उस लड़के के साथ सोयी भी थीं... क्यों? नहीं सोईं?"

नीला की छाती में मानो एक कलश ठंडा जल डाल दिया हो।

"क्यों?... पड़ी ही रहोगी? खाना पकाना है ना।" किशन टाई ढीली करते-करते ऊँची आवाज में बोला।

10

सवेरे किशन के जाने के बाद नीला अलसाई सी पड़ी रही। लेटी-लेटी याद करती रही पिछली रात पंजाबी-दम्पति और किशन का आधी रात तक हो-हल्ला करना। नीला सोने के कमरे से सुन रही थी तीन मदमस्त लोगों के उच्छ्वास। जो खाना पकाया था, किशन बार-बार कह रहा था, बिल्कुल अच्छा नहीं बना। नान जल गयी। दाल माखनी में कुछ कमी थी। क्या कमी थी वह बेशक नहीं बताया और फूल-गोभी की सब्जी पंजाबी बहू ने यद्यपि कहा कि अच्छी है, जीभ से च, च, च करता हुआ बोला "और भी अच्छी हो सकती थी" नीला खुद को अपनी माँ मलिना की जगह सोच रही थी। अनिर्वाण अचानक कह बैठते पकाओ ना कुछ दोस्त खाने पर आ रहे हैं। मलिना रसोईघर में ही ठहर जातीं खाना पकातीं। खाते हुए अनिर्वाण सारा वक्त 'यह इस तरह होता तो अच्छा होता... या यह न होता वह होता तो स्वादिष्ट होता' यही कहते रहते। मलिना पति को जितना सन्तुष्ट करना चाहती सब व्यर्थ जाता।

नीला ने सानाल को फ़ोन किया।

सानाल की आवाज पहचान नहीं पाई। पहचान सकने का कारण भी नहीं था।

"मैं नीला...नीलांजना मंडल।"

"ओह मिसेज किशनलाल।"

"हाँ मिसेज किशनलाल।"

"बताइए, क्या खबर! अचानक।"

नीला समझ गई कि सानाल किसी जरूरी ख़बर की उम्मीद कर रहा था। "नहीं बस योंही...योंही...फ़ोन कर लिया। नम्बर मिल गया था। सोचा पूछूँ कैसे हैं।"

"मैं ठीक हूँ बहुत अच्छा हाऽ हाऽ... और आप कैसी हैं" सानाल का वही प्रफुल्लित स्वर।

"आइए ना एक दिन हमारे घर। बहुत दिनों से मुलाकात नहीं हुई," नीला के स्वर में व्याकुलता थी।

"तो... स्वामी देवता कहाँ हैं? घर पर ही हैं?"

"नहीं वे तो दिन-रात व्यस्त रहते हैं।"

"हूँ,... विदेश में व्यस्त न रहो तो गुज़ारा नहीं होता। तो भाभी जी! मेरा भी व्यस्तता का जीवन है। यही तो...काम में जुटे रहना होता है।"

सानाल की आवाज़ में व्यस्तता थी।

"ओह ठीक है...शायद असमय में फ़ोन किया।"

नीला ने फ़ोन रख दिया। अपने ऊपर क्रोध आया। फोन क्यों किया कि सुनने को मिला कि सानाल बहुत व्यस्त है। इतना व्यस्त कि कब समय होगा बात करने का, सवेरे दोपहर या रात को, आज नहीं तो कल, यह तक नहीं प.ा। इतना व्यस्त कि नीला स्वस्थ नहीं है इशारा देने पर भी सानाल में इतना उत्साह तक नहीं हुआ कि पता लगाए कि नीला स्वस्थ नहीं है 'क्या हुआ है...या हो रहा है। यही पूछ लेता।'

सानाल से यह क्यों बात करना चाहती है। सिर्फ़ किसी के साथ बात करने के लिए! किसी के साथ बात करने के लिए अगर इतनी ही व्याकुल थी तो अपनी माँ मलिना से बात कर सकती थी अथवा कलकत्ते के पुराने बन्धु-बान्धवों से। कलकत्ता जो इतना दूर है जिस कारण किशन बोला था बार-बार विदेश फ़ोन करने पर फ्रांस में टेलीकॉम को पैनी छुरी से काटना पड़ता है। कि वह पेरिस में ही सुनील या चैतालि के साथ बात कर सकती है अगर कोई बात हो तो। नीला ने कुछ नहीं कहा क्योंकि वह तो सानाल से ही बात करना चाहती थी। कि सानाल दूसरों की पत्नियों के साथ रंग-तमाशा करने, उन पर टूट पड़ने, उन्हें भगाकर ले जाने के लिए बदनाम था। नीला खुद से सोचती 'क्या यही वजह है?' नील। को वजह नहीं मालूम। आजकल उसे ऐसा लगने लगता है कि वह बहुत कुछ नहीं जानती। नहीं मालूम वह सारा दिन पड़ी क्यों रहती है। उठकर चाय तक क्यों नहीं पीती यह भी नहीं जानती। वह स्नान करने के लिए क्यों नहीं उठती। दोपहर को खाना नहीं खाती। यहाँ तक कि खिड़की में खड़े होकर कोलाहल नहीं देखती। क्यों सुनील आदि के घर से पढ़ने के लिए पुस्तकें इकट्ठी करके भी वहीं छोड़ आई... क्यों?

संध्या को फ़ोन की घंटी बजी। नीला फ़ोन की तरफ पीठ करके लेटी रही।

होने दो कोई होगा तो किशन या रेस्तोराँ का कोई आदमी उसे खोज रहा होगा अथवा कोई पंजाबी कारोबारी।

टेलीफोन में सुनील की आवाज़ सुनाई दी। "क्या बात है नीला। फ़ोन नहीं उठा रहीं।"

"लेटी हुई थीं।" नीला थकी-थकी सी बोली।

"इस असमय में?... कैसी हो?"

"यही तो...।"

"किशन घर पर है?

"नहीं।"

"बात क्या है वह रेस्तोराँ में भी नहीं है। मोबाइल भी नहीं पकड़ रहा... सोचा घर पर होगा।"

"नहीं"

"फिर वक्त कैसे गुज़ारती हो? पेरिस में क्या-क्या देखा!"

"आईफेल टावर देखा।"

"और।"

"और कुछ दुकानें।"

"लूवर नहीं गईं!"

"मिउजि दर्स!"

"नहीं।"

"पिकासो...रोदूयाँ कुछ भी नहीं।"

"नहीं...।"

"किशन से एक दिन कहा था कि हमारे साथ तुम्हें जाने दे तो प्रदर्शनी आदि ले जाता। इस शहर में इतना कुछ देखने को है पर वह बोला कि वह खुद ही तुम्हें ले जाएगा। और फिर अपनी पत्नी को कोई क्या गैरों के साथ छोड़ना चाहता है। स्ट्रेन होगा तो अन्ततः कितने महीने!"

फिर सुनील ज़ोर से हँसा, बोला, "मैं खुद जानता हूँ कि चैतालि से विवाह के बाद मैं दो महीने काम पर ही नहीं गया। चौबीस घंटे गोंद की तरह एक-दूसरे से चिपके रहते।"

"अच्छा सुनील दा, आपके हाथ में कोई नौकरी वौकरी है?" नीला ने अचानक पूछा।

"नौकरी...? क्यों? किसके लिए?"

"मेरे लिए...।"

"तुम नौकरी करोगी?"

"करूँगी।"

"किशन को बताया है? वह क्या कहता है?"

"उसे नहीं बताया!"

"उसे नहीं बताया? तब फिर कैसे होगा!"

"किशन! किशन! किशन! किशन के अलावा मेरे जीवन में और कुछ नहीं है?"

"नहीं यह नहीं कह रहा! काम करने से पहले भाषा तो सीखनी पड़ेगी।"

"भाषा कहाँ सीखूँ?"

"अलायंस फ्रेसेजे क्यों नहीं जातीं! किशन से कहो।"

"मुझे पता बताइए...कैसे जाना होगा वह भी बताइए। मैं अकेली ही जा सकती हूँ।"

"किशन नाराज होगा।"

नीला ने लम्बी साँस ली।

उधर से सुनील ने कहा, "किशन घर आ जाए तो कहना मुझे फ़ोन करे।"

"कोई जरूरी काम!"

"अरे! वही पूज्य-समिति का काम। कह रहा था चन्दा देने वाले कुछ व्यक्तियों को इकट्ठा कर देगा।"

"ओह...!"

11

जो चाबी घर में आग न लगाए, किशन ने उसके व्यवहार का परामर्श नहीं दिया। उस चाबी ने घर में आग नहीं लगाई पर नीला उसे इस्तेमाल करती, बाहर घूमने जाती। सड़क पर निकलकर बेध्यानी से घूमती। पॉकेट में शहर का मानचित्र और कुछ फ्राँ। 'गार द नर्द' नामक महल में घुसकर देखा, लोग घुसते हैं निकल जाते हैं। रेलगाड़ी रुकती है चल पड़ती है। नीला एक खम्भे के सहारे खड़ी होकर रेलगाड़ी देख रही थी। मन हो रहा था कहीं दूर चली जाए। नीली आँखों वाले, सुनहरी आँखों वाले राजपुत्रों के समान युवक रेलगाड़ी में चढ़कर न जाने कहाँ जा रहे हैं। नीला को कोई नहीं ले जाता। दूसरी तरफ़ कोई देखता तक नहीं। अचानक मन में आया कि वह खुद तो दृश्यमान है। अपनी तरफ देखे...काली जीन्स, ऊपर सफ़ेद सिल्क की शर्ट, शर्ट पर गुलाबी रंग का कार्डिगन, पाँवों में पालिश किया हुआ काला जूता। नीला को लगता कि वह बिल्कुल कुरूप नहीं लगती। फिर उसकी तरफ देखने की किसी की इच्छा क्यों नहीं होती। वह जानती है कलकत्ते की सड़कों पर चलते हुए कई पुरुष उसे घूम-घूमकर देखते। प्रासाद से निकलकर नीला फिर उद्देश्यहीन चलती रही। चलते-चलते एक बस-स्टाप पर खड़े होते ही देखा, बसें बार-बार आ-जा रही

थीं। एक में चढ़ कर बैठ गई। कौन सी बस है कहाँ जा रही है। कुछ न जानने पर भी चढ़ गई। किशन ने एक बार कहा कि अकेले जाएगी तो नीला कहीं खो जाएगी। उसके मन में आ रहा था अगर कहीं खो ही जाए तो हानि क्या है? वह तो खुद खो जाना चाहती है। किसी ऐसी जगह चली जाना चाहती थी जहाँ से घर का रास्ता न पहचान पाए। बस जहाँ तक ले जाएगी, वह जाएगी। एक बस से उतरकर कुछ देर इधर-उधर चलकर वह दूसरी बस में चढ़ गई। कभी उदास कभी उत्सुक दृष्टि। कलकत्ते की बसों में ठसाठस भीड़! गरमी! खिड़की में बैठने पर आँखें, मुँह और बाल धूल से अट जाते। और यहाँ की वातानुकूलित बसें, चारों तरफ बड़ी-बड़ी खिड़कियाँ। धूल नाम मात्र को नहीं। सामने दरवाजे पर चढ़ो। लाल रंग का टिकिट-पूरे महीने का टिकिट। चढ़ते समय केवल उचक कर पकड़ो। घुस जाओ और लाल टिकिट हो तो ड्राइवर से हरा टिकट खरीद लो—आठ फ्रॉं देकर। छोटी मशीन में वह टिकिट डालने पर कड़कड़ शब्द के साथ तारीख अंकित कर देगा। लेकर कुशन चेयर पर बैठ जाओ। कोई चीख-चिल्लाहट नहीं, बकवास नहीं, राजनीति की बातें नहीं। मछली बाज़ार वाली बातचीत नहीं। घर-गृहस्थी की बातें नहीं। सब शान्त। सब प्रसन्न वदन। किसी के काम में कोई नाक नहीं घुसेड़ता। गोरे मनुष्यों के बीच बादामी वर्ण वाली एक लड़की बैठी है—आगे बढ़कर कोई नहीं पूछता। कहाँ से आई हो? देश कहाँ है? घर कहाँ है? नीला बस के अन्दर और बाहर सुखी चेहरे देखती। देखा युवक-युवती का एक जोड़ा बस में चढ़ा परैम्बुलेटर से बच्चे को ठेलते हुए। बच्चा सो रहा है और युवक-युवती बस के लोगों के सामने 'किस' कर रहे हैं। गहरा 'किस'—फ्रेंच 'किस।' नीला के कान शर्म से लाल हो गए। नीला ने देखा बस का कोई भी आदमी प्यार करते इस जोड़े की तरफ नहीं देख रहा। कलकत्ते में यह घटना कभी न होती। बस में कोई चुम्बन लेता, अश्लील व्यवहार करने के कारण बस के लोग उस जोड़े को धक्के देकर बाहर फेंक देते। नीला सोच रही थी कि ये जो चुम्बन ले रहे हैं, इच्छा हो रही है इसलिए चुम्बन ले रहे हैं। चुम्बन को शयन-कक्ष के लिए नहीं उठा रखते। ओट नहीं खोजते। अन्धकार नहीं खोजते। ऐसा सुन्दर और शालीन व्यापार और कहीं नहीं हो सकता। कलकत्ते की सड़क पर चलते हुए सुशान्त किसी भी दिन उसका हाथ पकड़कर नहीं चल सका। कहता लोग क्या कहेंगे। बताओ, लोग क्या कहेंगे। तब सन्ध्या के बाद चारों तरफ अन्धकार में डूबे शहर से चार मील दूर जाकर अँधेरी झोंपड़ी की ओट में, जहाँ कोई नहीं होता था, ऐसी मनुष्यहीन जगह इधर-उधर देखकर डरते-डरते एक या दो चुम्बन लिए थे। नीला और सुशान्त को सबसे ज्यादा भय था मनुष्य से। सियार बोलता झोंपड़ी का पीछे जंगल में ही इसमें कोई हानि नहीं। पर मनुष्य के पुकारते ही सर्वनाश!

नीला देख रही थी कि युवक एक के बाद एक चुम्बन ले रहा है और प्यार

से उसकी पीठ पर हाथ फेर रहा है। एक शरीर दूसरे से मिलकर एकाकार। नीला की भी इच्छा होती कि उस लड़की की तरह उसे भी प्यार मिलता। इच्छा होती कि ऐसा ही सुदर्शन युवक, इसी तरह उससे प्रेम करे। इसी तरह पकड़े रखे। इसी तरह गहरा चुम्बन ले। सीन नदी के पास पहुँचकर नीला बस से उतर पड़ी। सीन के किनारे चलते-चलते फुटपाथ पर दूकानें देखीं, जिनमें पुस्तकों के सब्ज बक्स पंक्ति में लगे थे। दूकान के सामने पर्यटकों की भीड़ थी। पुस्तकें खरीदने के लिए नहीं-भीड़ थी तस्वीरें खींचने को। चलते-चलते सामने देखा लूवर जादूघर। अप्रकृतिस्थ की तरह वह दौड़ कर जादूघर के नजदीक गई। जादूघर के सामने खड़े होकर वह स्वयं को चींटी की तरह महसूस कर रही थी। विशालता के सामने स्वयं को क्षुद्रातिक्षुद्र होकर बिना दुविधा समर्पण किया। लूवर के विशाल संसार में नीला कहीं खो गई जिसे सचमुच खो जाना कहते हैं। अब उसके मन में रोष नहीं था कि वह कलकत्ते के किन्हीं एक अनिर्वाण मंडल की पुत्री नीलांजना मंडल है। अपना अस्तित्व अनुभव नहीं कर रही थी। भीड़ में किसी का कन्धा किसी का हाथ नीला के शरीर से धक्का खा रहा है नीला को कुछ भी अनुभव नहीं हो रहा था। रॅसोली से सूली, सूली से देनो...वह अभिभूत की तरह चलती रही। अनुभव नहीं हो रहा था कि वह चल रही है। उसे लगता कोई उसे ले जा रहा है। कोई देवदूत पंखों पर उसे एक कोठे से दूसरे कोठे पर लिए जा रहा है। दोपहर बीत रही थी। उसे भूख नहीं लग रही थी। भूख क्यों लगती! प्यास भी क्यों लगती! नीला इस जगत् संसार से बहुत दूर थी। एक असाधारण आच्छंन्नता में नीला शाम को पार चली गई। लूवर से चले आने के बाद भी उसकी आच्छन्नता कटी नहीं। काँच के पिरामिड के पास पत्थर की मूर्ति की तरह बैठी रही। नीला भूल गई कि उसे घर जाना है। भूल गई कि उसका एक परिचय भी है–मिसेज लाल, मिसेज किशनलाल।

घर वापस आकर देखा किशन तब तक लौटा नहीं था। बाथ-टब के गरम पानी में उतरकर पड़ी रही। उठने की इच्छा नहीं हो रही थी। खाना पकाने को मन नहीं हो रहा था। जब किशन लौटा वह सफेद झाग से ढकी हुई थी। गुसलखाने के दरवाजे में खड़े होकर किशन बोला, "क्या बात है असमय में स्नान कर रही हो।"

"उठो उठो," वह डाँटता है।

"क्यों...?" नीला का स्वर शान्त था।

"क्यों...मायने...मैं आ गया हूँ।"

"तो...?"

"तो उठना होगा...उस दिन सीताफल की बात कर रही थीं...देखो सीताफल ले आया हूँ इससे कुछ बनाओ ना। सुना है सीताफल का मुरब्बा...बनता है। बनाना जानती हो?"

सफ़ेद झाग से खुद को और ढकती हुई बोली, "नहीं।"

"फिर ज़ग दिमाग़ लड़ाकर इसका कुछ बनाओ।"

"तुम बनाओ ना! तुममें तो बहुत बुद्धि है!"

"मुझे खाना पकाना नहीं आता।"

नीला को मालूम था कि किशन को खाना पकाना आता है। इस मकान में आने से पहले किशन अपने लिए खुद खाना पकाता था। नीला जानती है कि इच्छा न हो तो भी फेन हटाकर उसे उठना होगा। मुरब्बा बनाना नहीं आता फिर भी मुरब्बा बनाना होगा।

जब वह स्नान घर से निकली, किशन मीनाक्षी से फोन पर बात कर रहा था। जानना चाहता था कि सीताफल का मुरब्बा कैसे बनता है।

धोना होगा, छिलका उतारना होगा, टुकड़े करने होंगे, छेद करने होंगे" चीनी का शीरा बनाना होगा। उसमें सीताफल के टुकड़े डालने होंगे, चार लौंग डालनी होंगी। पाँच इलायची डालनी होंगी, कम आग पर रखना होगा आदि।"

उस रात सीताफल का मुरब्बा बनाकर किशन को तुष्ट करने के बाद नीला ने मलिना को चिट्ठी लिखी–

"मेरे पास रुपए होते...माँ! तो मैं बची रहती। अपना रुपया माँ! अपना रुपया न हो तो जिसके पास रुपया होता है उसकी बात पर सारा जीवन केवल उठना-बैठना होता है। तुम दायें जाना चाहो, तो रुपया कहेगा बायें चलो। तुम्हें बायें जाना होता है। इच्छा का कोई मूल्य नहीं माँ! अगर तुम कंगाल हो, दूसरे का पैसा खाओ और स्वाधीनता चाहो वह होने से रहा। तुम, मुझे कुछ रुपए किसी को बताये बिना, भेज सकती हो? जो रुपए देश से लेकर आई थी वे खत्म हो गए हैं। अपने हाथ-खर्च के लिए कुछ रहना अच्छा है।"

12

सवेरे मलिना को लिखी हुई चिट्ठी दो बार पढ़ने के बाद फाड़ कर फेंक दी। फिर मोज़ाम्मेल को फ़ोन किया।

"किसी तरह मेरे लिए एक नौकरी का जुगाड़ कर दो जहाँ भाषा की ज्यादा जरूरत न हो।"

"दीदी! वह कर सकता हूँ पर बाद में मेरे लिए कोई मुसीबत न खड़ी हो।" मोज़ाम्मेल असहज स्वर में बोला।

व्याकुल होकर नीला बोली, "वह समझ सकती हूँ... मैं किसी को नहीं बताऊँगी।"

"दीदी! मेरी नौकरी नहीं रहेगी।"

नीला ने आश्वासन दिया कि किशन को वह जानने नहीं देगी कि उसकी नौकरी को लेकर मोज़ाम्मेल की कोई भूमिका है। सारा दोष खुद पर ले लेगी।

नीला उसी दिन बाहर गई। सारा दिन घूम फिर कर सन्ध्या को घर आई।

किशन घर आ गया था। उसके स्वर में बहुत उत्कंठा थी, पूछा, "कहाँ थीं, फ़ोन नहीं उठाया...क्यों।"

"कब किया था फ़ोन!"

"दोपहर को, फिर शाम को भी।"

नीला ने एक बार तो सोचा कि कह दे सो गई थी। या कहे कि स्नान कर रही थी। स्नान नहीं टेलीविजन देख रही थी, फ़ोन की घंटी सुनाई नहीं दी। नीला जिस समय सोच रही थी कि इनमें से कौन सी बात कहे जिससे किशन सन्तुष्ट हो जाए, उस समय किशन नीला के उत्तर की प्रतीक्षा में उसकी आँखों के सामने, नाक के सामने, होठों के सामने खड़ा था।

नीला ने कहा कि वह घर पर नहीं थी।

किशन बिफर पड़ा। घर पर नहीं थी नीला। तो कहाँ थी? घर को आग लगा दी थी? नहीं....। भूकम्प आया था। जिस कारण दर-दालान से कूद कर उतरना पड़ा। पर नहीं, कुछ नहीं हुआ था। पर नीला बाहर चली गई थी। क्योंकि बाहर जाने की उसकी इच्छा थी। किशन इसे बाहर ले जा सकता था। जानने पर भी वह अकेली चली गई। क्योंकि उसका मन अकेले घूमने को था।

किशन ने टाई ढीली की, शराब की अलमारी की तरफ गया, कोई भी बात नहीं की।

शराब की अलमारी से बोतल हाथ में लेकर सोफ़े की तरफ़ गया। एक शब्द नहीं बोला।

रसोई-घर से शराब का गिलास लाया--एक शब्द नहीं बोला।

नीला ने फ्रिज से खाना गरम करके टेबल पर रखा, बोली 'कुछ नहीं, एक थाली टेबल पर रख गई।

13

रात को लौट कर किशन ने देखा नीला सोफे पर बैठी सामने टेलीविजन पर पाँव रखे टेलीविजन देख रही थी। टेलीविजन में कोई पिक्चर नहीं, नाटक नहीं, रीति के अनुसार फ्रेंच में खबरें आ रही थीं। किशन कमरे में आया। नीला यथावत् बैठी रही और बोली, "आज घर फोन किया था?"

"क्यों?"

"मैं घर पर नहीं थी इसलिए पूछा।"

किशन ने पूछा, "कहाँ गई थीं।"

"कहीं ख़ास नहीं आठ चालीस नम्बर की बस पकड़ कर 'शाँ जार्मा द प्रेत' गई। 'कैफ़े द फ्लोरे' में बैठ कर चाय पी। फिर 'बुलेवर्ड शाँ जार्मा' में घूमती रही। कितने ही लोग घूमते हैं। चलते-चलते एक बड़ा सुन्दर बाग दिखाई पड़ा लक्समबोर्ग लक्सेम्बोर। वहाँ बहुत देर तक बैठी रही। फिर कार्ते लाता में एक ब्रासेरी में दोपहर लक्सेम्बोर गार्डेन लंच खाया। फिर...फिर क्या किया...फिर...।"

किशन ने दाँत भींचे। देखा नीला सीमाओं का उल्लंघन करती जा रही है। किशन को देखकर भी टेबल से पाँव नीचे नहीं किए बल्कि पूछने से पहले ही निःसंकोच, निर्भय, उद्वेगहीन, विकारहीन, निश्चिन्त, निर्लिप्त, होकर अपने निन्दनीय निषिद्ध आचरण का वर्णन किया।

किशन ने दोनों हाथ की मुट्ठियाँ बाँध रखी थीं। अन्यथा वह दोनों हाथों से नीला के बाल पकड़कर सोफ़े से उठाकर, बाहर फेंक देता। दरवाज़े से बाहर!

"जाओ! इस बार अपने घूमने के शौक की साध पूरी करो।"

किन्तु नीला और पसरकर केलि करती हुई बोली, "देख लिया ना खूब घूम आई हूँ कोई परेशानी नहीं हुई। सड़क पर दो एक से अवश्य पूछना पड़ा कहाँ की बस है... आदि। मैं छोटी-सी लड़की नहीं हूँ, देख लिया ना।"

"तुम छोटी-सी लड़की नहीं हो यह अच्छी तरह अन्दाजा लगा सका हूँ। दाँत भींचे हुए छोटे-छोटे लड़कों की तरह पाँव उठाकर क्यों बैठी हो?"

"किसने कहा छोटे-छोटे लड़कों की तरह। मैं तो बिल्कुल लड़कियों की तरह पाँव उठाकर बैठी हूँ।" नीला खिलखिला पड़ी।

"पाँव नीचे रखो।"

"क्यों तुम्हें बैठने में असुविधा हो रही है?" नीला ने सीधे पूछा।

"मेरी आँखों को तकलीफ़ हो रही है। तुम्हारा अपने वक्ष दिखाते हुए बैठना बड़ा विश्री लगता है।" फिर किचकिचाहट!

"फिर मत देखो" सीधा उत्तर था।

"ठीक है नहीं देखता... तुम चली जाओ।" किशन की आवाज में क्रोध था।

"मैं क्यों... तुम चले जाओ।" कहकर नीला ने पाँव नीचे कर लिए। उसने पाँव नीचे रख लिए थे। इसलिए किशन बड़े स्वाभाविक, शान्त स्वर में बोला, "यह मेरा घर है। मैं कहाँ बैठूँ या न बैठूँ तुम्हें नहीं बताना पड़ेगा।"

"टेबल पर खाना लगाओ।" दाँत किचकिचाकर किशन बोला।

"खाना क्यों? शराब पिओ।" नीला बोली।

"शराब पीऊँ या न पीऊँ तुम्हें नहीं बताना पड़ेगा। पीने को मन होगा तो पीऊँगा।"

फिर वही हुक्म! ''टेबल पर खाना लगाओ।''

''खाना तो पकाया नहीं।'' नीला का स्वर शान्त था।

''क्यों?''

''समय नहीं मिला।''

''तुम्हारे पास समय की कमी नहीं है। समय को लेकर क्या करूँ समझ नहीं पाती थीं।'' कहते हुए किशन की छोटी-छोटी आँखें और भी छोटी हो गयीं।

''वह तो बिना काम के घर में बैठी रहती हूँ।'' नीला दाँतों से नाखून काटती हुई बोली, अब पाँव पर पाँव रखकर बोली, ''कल बाहर जाने से पहले मुझे कुछ रुपए दे जाना।''

''क्यों?''

''कुछ किताबें खरीदूँगी।''

''कौन सी किताबें?''

''आज सीन के किनारे घूमते हुए अंग्रेजी पुस्तकों की एक दुकान दिखाई पड़ी। असल में इस शहर में, एक ही नहीं, अंग्रेजी पुस्तकों की कई अच्छी दूकाने हैं। कुछ पुस्तकें खरीदने में समय कटेगा।''

''मुझे बड़े हिसाब से चलना पड़ता है नीला!'' किशन खड़े होकर टाई ढीली करते हुए बोला।

''अच्छा... मैं कोई नौकरी कर सकती हूँ, इस तरह बैठे रहने की अपेक्षा...'' नीला ने किशन की तरफ़ नरमाई से दृष्टि डाली।

''तुम्हें विलम्ब बरदाश्त नहीं होता नीला! बड़ा लालच है तुम्हें। बड़ी चाहनाएँ हैं। यहाँ आए कितने दिन हुए हैं? दो महीने, तीन महीने इसी बीच तुम छटपटाने भी लगीं।''

''इस तरह बैठे-बैठे मैंने जीवन कभी नहीं काय। कलकत्ते में लिखाई-पढ़ाई करती थी साथ में ट्यूशनें। अपना हाथ खर्च होता था।''

''तुम्हारा हाथ-खर्च, पाँव-खर्च, सिर का खर्च जो खर्च है मैं दूँगा नहीं क्या? देता नहीं हूँ?''

नीला हँसकर बोली, ''फिर दो मेरा हाथ-खर्च, दो। पाँव, सिर का खर्चा तो चाहती नहीं।''

''हाथ-खर्च की जरूरत क्या है...समझ नहीं पा रहा। तुम्हारी सारी ज़रूरतें तो हैं इस घर में। जो जो जरूरत हैं सब मिल रहा है।'' शराब की अलमारी की तरफ जाते हुए किशन बोला।

''मुझे आइसक्रीम चाहिए...घर में आइसक्रीम नहीं है।''

''ठीक है कल दस पैकेट आइसक्रीम के खरीद लाऊँगा। जितनी तबीयत हो खाना।''

नीला दाँतों से नाखून निकालकर जोर से हँसकर बोली, "मुझे मांस खाना है।"

"किसने कहा ज़रूरत है...? जो मांस नहीं खाते वे रहते नहीं क्या? मैं रहता नहीं क्या?" शराब की बोतल टेबल पर जोर से रखकर किशन बोला।

"हाँ...हाँ सिर्फ जीवित रहना ही तो मेरा उद्देश्य नहीं है। और भी कुछ जरूरतें हैं।"

"क्या?"

नीला किशन की आँखों में देखते हुए धीरे से शान्त स्वर में बोली, "तुम रोटी की बात करते हो...सिर्फ़ रोटी ही तो काफ़ी नहीं होती। गुलाब भी आवश्यक होता है।"

"ठीक है कल सायं गुलाब ख़रीद कर तुम्हें दे दूँगा।"

"तुम दोगे किशन! तुम मुझे देना चाहते हो। किन्तु मैं स्वयं कुछ खरीदना चाहती हूँ अपने लिए।"

14

कम्प्यूटर पैक करने की नौकरी मिली नीला को। सप्ताह में डेढ़ हजार फ्राँ। किसी के लिए ये कम होंगे नीला के लिए बहुत थे। सवेरे किशन जब सोकर उठता, पीछे-पीछे नीला भी उठ जाती। किशन की तरह वह भी बाहर जाती। किशन गाड़ी से, नीला मैट्रो में 'गार्द द नर्द' से दो नम्बर लाइन पकड़कर वेलविलै। वहाँ से ग्यारह नम्बर मैट्रो टेलिग्राफ़। मैट्रो से उतरकर रू पेलेपोर्त पकड़कर थोड़ा सा चलकर सड़क पर कारखाना। 'नौकरी मिल गई है' यह खबर नीला ने किशन को पहले नहीं दी। घर में किशन कुरुक्षेत्र ठान ले वह नहीं चाहती थी।

किशन चंडीगढ़ का आदमी था कुरुक्षेत्र में पैदा हुआ। जोश (रक्त की गरमी) के साथ बात करता। कौरव-पांडवों का युद्ध हुआ। किशन तो भगवान की ही सन्तान था। ज़रा सा वक्त मिलते ही 'कृष्ण' नाम जपता। इसने नीला से कई बार कहा था कि जन्माष्टमी से पहले उसे लेकर चंडीगढ़ जाएगा। होली का उत्सव भी दिखाएगा। नीला को रंग में डुबोना चाहता था। ऐसे रंग में कि नीला का जीवन समाप्त ही हो जाए तो भी रंग नहीं जाएगा। नीला पेरिस के स्थापत्य को देखकर कितनी चकित हुई थी। चंडीगढ़ देखकर भी वैसा ही होगा। चंडीगढ़ तो फ्रांसीसी स्थापत्य शिल्पी ल कोर्बज़ियरे ने बनाया है। वह मिस्यूर हाउसमैन करबूसिये से कम नहीं। जार्विन द लक्समबोर्ग या जार्दिन द प्लेनॉट देखकर नीला उच्छवसित हो जाती थी।

तो चंडीगढ़ का पिंजोर गार्डन, सुखना लेक, शान्ति कुंज देखकर कम प्रफुल्लित नहीं होगी।

किशन के वर्णन के बावजूद नीला ने चंडीगढ़ जाने के प्रति कोई आग्रह

नहीं दिखाया। कलकत्ते में विवाह के अनुष्ठान के समय नीला चंडीगढ़ से आए हुए किशन के कई आत्मीय स्वजनों को देख चुकी थी। इसको नहीं लगा कि चंडीगढ़ में इनके साथ वह मामूली सा भी आनन्द मना सकेगी।

खबर तो छिपी नहीं रहती। किशन को पता चल गया कि नीला घर से किसी बॉक्स पैकिंग फ़ैक्टरी में काम करती है। जिस दिन किशन को पता चला उसने सुनील को बुलवाया।

सुनील घर में घुसकर एक कमरे से दूसरे में जाकर किशन के सामने बैठकर बोला, "क्या बात है? जरूरी तलब क्यों? क्या हुआ?"

नीला लेटी हुई फ्रेंच भाषा सीखने वाली पुस्तक पढ़ रही थी। सुनील को देखकर पुस्तक रख दी। फ्रेंच उच्चारण सिखाने वाला कैसेट भी बज रहा था, बन्द करके आ गई।

"वाह! कहाँ से रास्ता भूल गए?" नीला के चेहरे पर मीठी हँसी। सुनील गम्भीर था उत्तर नहीं दिया। बुलाने की वजह उसे तब तक समझ नहीं आई थी।

"कैसी लड़की के साथ शादी करा दी सुनील! यह तो कहना मानती नहीं। जो मन हो वही करती है।" अभिवादन से पहले ही किशन ने दोषारोपण किया। नीला सोफ़े पर नहीं, खाने की मेज की एक चेयर खींच कर बैठी थी।

"क्या करती है?" सुनील इस समय जज के आसन पर विराजमान था।

"उसी से पूछो क्या करती है!" किशन ने कटे हुए दाग वाली अपनी ठोड़ी दिखाई।

सुनील के मुँह खोलने से पहले ही नीला बोली, "खराब कुछ नहीं कर रही।"

"कितनी हिम्मत है इसकी देखो। मुझसे न पूछकर अपने आप नौकरी कर लेती है।"

"अच्छा?" सुनील ने तीखी नज़रों से नीला की तरफ़ देखा कि किशन जो कह रहा है वह सच है? नीला ने सचमुच ही किशन को बिना बताए नौकरी कर ली है!

नीला ने स्वीकृति में सिर हिलाया।

"कितने फ्राँ मिलते हैं? उतने फ्राँ मुझसे नहीं ले सकती थी? घर-गृहस्थी छोड़कर इस तरह बेकार के काले लोगों के साथ काम करेगी!" किशन ने एक साँस में कह कर साँस लिया। उसके साथ-साथ पेट का तेल, चाय, शर्ट के बटन फट कर बाहर आ गए।

"क्या तुम गोरे हो?" कहकर नीला रसोई-घर में चप्पल से आवाज़ करती हुई, चाय का पानी चढ़ाने गई।

"मेरा मान-सम्मान सब चला गया सुनील!" किशन ने लम्बी साँस ली।

सामने शराब की बोतल नहीं! टेलीविजन खुला हुआ नहीं। इसी सन्नाटे में दोनों बैठे रहे।

काफ़ी देर बाद किशन मलिन स्वर में बोला, ''सुनील कुछ कहोगे नहीं! यह तो उसकी बात का समर्थन करना हुआ।''

सफ़ेद दीवार की तरफ़ देखते हुए उदास सा सुनील बोला, ''मैं क्या कहूँ। तुम पति-पत्नी ही इसका फ़ैसला करो।''

''उसे नौकरी छोड़ने को कहो'' किशन के स्वर में बाघ की सी गर्जना थी। अस्थिर अँगुलियाँ मुट्ठी में बन्द थीं।

अब दीवार से नजरें हटाकर सुनील ने किशन की तरफ़ देखा, ''मैं क्यों कहूँ, तुम्हीं कहो।''

जरा ठहरकर सुनील रुक-रुक कर बोला, ''मुझे लगता है विदेश में दोनों को नौकरी करनी चाहिए। एक की कमाई से तो चलता नहीं। मैं और चैतालि दोनों ही सर्विस करते हैं। हमारी गुज़र अच्छी तरह होती है। अगर तुम्हें लगता है कि तुम्हारे पास बहुत रुपया-पैसा है तो बहू को पलंग पर बिठाओ। वह तुम्हारा मसला है।' किशन ने उठकर एक गिलास पानी पीया। फिर बोलते-बोलते सोफ़े पर आ बैठा।

''हाँ जानता हूँ, दोनों का कमाना अच्छा होता है। इससे गृहस्थी में स्वच्छंदता आती है। किन्तु उसे क्या करना चाहिए... क्या करना अच्छा है... क्या करने पर मान-सम्मान बना रहेगा, रुपया-पैसा आएगा मेरी अपेक्षा उसे ज्यादा मालूम है!!

सुनील ने 'नहीं' में सिर हिलाया कि नीला किशन से अधिक नहीं समझ सकती।

नीला ने सुनील को इतना गम्भीर पहले कभी नहीं देखा था। जिस भाषा में बैठक जमी हुई थी यानी 'अंग्रेजी!' सुनील उसी में बोला, ''तुम जो कुछ करो किशन से सलाह करके करो। वह तुम्हारा पति है वह तुम्हारा बुरा तो नहीं चाहेगा।''

दोनों नीला के उत्तर की आशा करते रहे कि नीला कहेगी कि ठीक है मान लेती हूँ अन्याय किया। कल से उस नौकरी पर नहीं जाऊँगी। अब से अपने पति के आदेश के अनुसार चलूँगी। वह जिस दिन नौकरी करने के लिए कहेगा उस दिन से करूँगी। जो भी नौकरी करने को कहेगा वही नौकरी कर लूँगी। क्योंकि मेरी अपेक्षा वह ज्यादा समझता है कि कौन सी नौकरी अच्छी है कौन सी बुरी। उससे ज्यादा तो कोई मेरा भला चाहता नहीं। आदि-आदि।

किन्तु नीला खामोश रही।

उसकी खामोशी तोड़ी सुनील ने। बोला, ''यह भी हो सकता है कि यहाँ के बंगाली बच्चों को वह बांग्ला सिखाए। घर में ही स्कूल खोल सकती है।''

किशन ने होठ बिचकाए। बोला, ''बांग्ला का प्रोफेसर होना क्या इतना आसान है। एक रेस्तोराँ खोलने में मुझे बारह वर्ष इन्तजार करना पड़ा।''

नीला बांग्ला में बोली, ''तुम्हारे जैसे गधों को तो बारह वर्ष लगते ही।''

मानो किशन नामक कोई यहाँ उपस्थित न हो, मानो मान-सम्मान वाला किशन, उसका पति, बैठा न हो इस तरह। नीला सुनील की तरफ़ मुँह करके बोलती रही...पेरिस

में कैफ़े आदि ने मुझे बहुत प्रभावित किया है। लोग बैठे हैं, समाचारपत्र पढ़ते हैं, पुस्तकें पढ़ते हैं। लिखते हैं और साहित्य की बैठकें भी होती हैं। कैफ़े में कितना चमत्कार है—है ना। अच्छा जाँ पॉल सार्त्र 'कैफ़े द फ्राँ' में अड्डा जमाते थे सिमॉन द बोकेयर भी? जानते हो सुनील नोत्रदाम के ठीक सामने पुस्तकों की एक दूकान है 'शेक्सपियर एंड कम्पनी'। वहाँ से जेम्स जॉयस की यूलिसस पहली बार प्रकाशित हुई थी। मालूम है सुनील दा।"

"जेम्स जॉयस कौन!" किशन ने, नीला से नहीं, सुनील से पूछा।

उत्तर नीला ने दिया—"आइरिश लेखक" फिर नीला बड़े उत्साह के साथ बोलती रही। हैमिंग्वे अड्डा जमाते थे पुस्तकों की दूकान पर। पैसे थे नहीं इसलिए दूकान से पुस्तकें उधार लेकर पढ़ने के लिए।

कहकर नीला को आशंका हुई कि किशनलाल पूछेगा हैमिंग्वे कौन? अच्छा हुआ उसने नहीं पूछा। क्योंकि नीला ने मन-ही-मन उत्तर तैयार कर लिया था कि हैमिंग्वे मेरा बड़ा भाई-दादा मेरी बुआ का लड़का पिसतूवो दादा!

उस रात बैठक में कुछ नहीं हुआ। नीला के मसले पर आलोचना किए बिना सुनील पूजा का चंदा लेकर व्यस्त हो गया। नीला ट्रे में चाय बिस्कुट ले आई। चाय पीते हुए सुनील से उस बंगाली के बारे में पूछा जो कलकत्ते जाने वाला था। वह कलकत्ता पहुँच गया है। नीला आदि के घर 'शैनेल' पहुँचा दिया है। और जल्द ही लौट आएगा। सुनील ने बताया।

"अब वह फिर कब जाएगा।" नीला यह जानने के लिए उत्सुक थी।

"वह इस वर्ष तो नहीं जाएगा।"

"फिर इस वर्ष कौन जाएगा कलकत्ता?"

"इस वर्ष सुनील खुद जाएगा। पूजा के समय।"

"और नीला किस वर्ष जाएगी?" नीला किस वर्ष जाएगी यह किशन को मालूम है।

रात को सोते हुए नीला को किशन ने जगाया। कुरते का बटन खोलते ही मोटा रोएदार हाथ बढ़ाया। नीला ने उसका हाथ परे कर दिया। किशन के सख्त हाथों ने नीला का हाथ पकड़कर कहा, "मुझे एक बच्चा चाहिए नीला।"

नीला बोली, "मुझे सोने दो।"

वह लगभग कहने को थी 'क्यों इमैनुएल ने तुम्हें बच्चा नहीं दिया?' किन्तु उसका नाम नहीं लिया। उसे आशंका थी कि प्रसंग आएगा तो किशन सुशान्त का किस्सा छेड़ देगा। कि वह सोई थी या नहीं सुशान्त के साथ। हाँ सोई थी। नीला ने खुद को कुँवारी नहीं कहा था कि अपने को अपराधी समझती। इमैनुएल के बारे में जानने के बाद से उसमें यह बोध भी नहीं रहा था—यानी अपराध बोध। बल्कि पहले की अपेक्षा ज्यादा राहत महसूस कर रही थी। इमैनुएल ने एक तरह से उसे बचा लिया था।

15

नौकरी लगने के बाद नीला ने देखा कि बॉक्स पैक करने वालों में ज़्यादातर लोग काले, बादामी और पीले हैं। गोरे मुट्ठी भर होंगे। पहले ही दिन मिस्यूर मिग ने नीला को बता दिया कि क्या-क्या काम करना होगा। और किस तरह। यह उसने शुद्ध फ्रेंच भाषा में बताया था। नीला मिस्यूर मिग की बात सुनती रही लेकिन एक भी शब्द पल्ले नहीं पड़ा। मिग के कमरे से निकलते ही गोरे दल की एक लड़की दानियल आगे आई और नीला से पूछा, ''कुछ समझी! क्या कह गया?''

नीला ने उदासी से कहा, ''कुछ नहीं समझी!''

नीला ने समझने के लिए दानियल से समझाने को कहा।

तब से दानियल ही फ्रेंच से अंग्रेजी में अनुवाद कर देती जो कुछ मिग के मुँह से निकलता।

तभी से दानियल नीला को चाय के लिए पास वाले कैफ़े में ले जाती।

तभी से नीला दानियल को थोड़ा-थोड़ा पेरिस आने का कारण, किशन के साथ जीवन-यापन की बात बताने लगी।

एक और गोरी लड़की कैथरीन टूटी-फूटी अंग्रेजी में एक दिन बोली, ''तुम भारत से आई हो...क्यों?''

नीला के 'हाँ' कहने से पहले ही कैथरीन ने कहा कि, ''कुछ रुपए जमा होने पर वह भारत जाएगी। बॉक्स पैकिंग के काम में जो इसे मिलता है उसे जमा करके किसी दूर देश में चली जाएगी। पिछले वर्ष गई थी। माल्टा, इससे पहले वर्ष मार्टिनी। कैथरीन कॉलेज द फ्रांस में इडॉलोजी पढ़ती थी। उसके थीसिस का विषय था 'बाउल'। थीसिस लिखने की शुरुआत में वह पश्चिम बंग के अजपाड़ा गाँव में एक 'बाउल' के घर दो-एक महीने रहकर आई है। थीसिस अभी तक सबमिट नहीं किया है। वह फिर उसी गाँव में जाएगी।

'बाउल' का प्रसंग छिड़ने पर नीला कैथरीन को बहुत अपना सा समझ रही थी। उस दिन दोपहर को दोनों ब्रासारी में खाने के लिए गईं। खाते-खाते कैथरीन ने बताया कि किस तरह वह बाउल के घर हाथ से भात खाती थी। किस तरह मीलों काली कीचड़ में चलती थी। पर कलकत्ता में नहीं ठहरी। इच्छी नहीं हुई। उन गाँवों के बाउल का जीवन देखना ही अच्छा नहीं लगता था। और सबसे ज़्यादा अच्छे लगे थे जौ, जो साथ ले भी आई है वह... नीला के मुँह में खाना था, सुनकर बोली, ''चबाना बन्द रखो।''

''बीड़ी!''

नीला बहुत देर तक भूली ही रही कि उसके मुँह में चबेना है।

खाना खत्म करके कैथरीन ने अपनी पॉकेट से सावधानी से एक बीड़ी निकाली

दोनों अंगुलियों में बीड़ी फँसाकर पूछा, "पियोगी?"

नीला ने जीवन में इससे पहले कभी इतने पास से बीड़ी की गन्ध नहीं सूँघी थी। लोगों को बीड़ी पीते दूर से देखा था–सड़क के मज़दूरों या भिखारियों को इससे पहले। नीला को मालूम नहीं था कि कोई गन्ध इतनी विश्री हो सकती है।

बीड़ी का स्वाद अकल्पनीय बढ़िया होता है। यह कैथरीन हाथ-पाँव-मुँह नचाकर बताती रही और नीला निर्वाक् बैठी बीड़ी की विश्री गन्ध सहते हुए इसके असामान्य गुणों की बात सुनती रही।

उसी शाम नीला घर के रास्ते में दानियल और कैथरीन के साथ कारखाने के पास के एक कैफ़े में घुसी। उन्हें कॉफ़ी पीनी थी। नीला को चाय। चाय, कॉफ़ी आने पर नीला बोली, "चलो... चेयर खाली है। बैठा जाए।"

दानियल बोली, "नहीं चाय, कॉफ़ी खड़े-खड़े पीनी होती है।"

नीला को मालूम नहीं था, कि कैफ़े में खाने के तीन तरह के दाम हैं। चाय लेकर खड़े-खड़े पीने पर सात फ्राँ, बैठकर पीने पर अठारह फ्राँ, और बाहर टैरेस पर बैठकर पीने पर तीस फ्राँ। दानियल काग़ज़ में तम्बाकू डाल कर सिगरेट बना रही थी। सिगरेट पीती और राख डालती ज़मीन पर। यह भी नियम है काउंटर के सामने खड़े होकर कॉफ़ी पीते हुए लोगों को सामने राखदानी (ऐशट्रे) नहीं मिलती जो फेंकते हैं ज़मीन पर।

"तुम्हें बंगाली खाना पसन्द है," नीला ने पूछा।

"ऑफ़कोर्स...।" कैथरीन बोली।

दानियल ने बंगाली खाना कभी नहीं खाया था। प्रस्ताव सुनकर उछल पड़ी। नीला ने चाय पीते हुए उसी समय दोनों को निमंत्रित कर दिया कि जब आगामी सप्ताह महीने का वेतन मिलेगा वह घर ले जाएगी। खाना पकाएगी। काम खत्म करके दानियल और कैथरीन शाम को नीला के घर पहुँच जाएँगी। यह बात हुई। नीला ने पता और फ़ोन नम्बर दे दिया। अगले रोज़ नीला ने वैसा ही किया। वेलविले से मछली, मांस खरीदकर घर आई। सारी शाम खाना पकाया।

शाम को दानियल और कैथरीन दोनों आ गईं। दानियल दो बोतल वाइन लाई थी।

नीला ने टेबल पर खाना लाकर रखा। दानियल, कैथरीन दोनों ने पहले ओ 'ला ला ओ ला ला' किया फिर पूछा कि नीला ने और किस-किस को निमन्त्रित किया है। नीला ने बताया कि किसी और को नहीं केवल इन्हीं दोनों को। दानियल और कैथरीन दोनों ने ताज्जुब से एक-दूसरे की तरफ देखा।

"नीला! तुम्हारा दिमाग तो ठीक है?"

नीला बोली, "नहीं ठीक नहीं है मन बड़ा खराब है।"

"क्यों खराब क्यों?"

"और दो चीज़ें पकाना चाहती थीं। किन्तु समय न होने के कारण नहीं हुआ।"

दानियल ने वाइन की बोतल खोलकर तीन गिलासों में डाली।

"सँते..."

"बोना पिति..."

नीला ने उनकी प्लेटों में खाना परोस दिया किन्तु नीला का परोसना उनके मन-मुताबिक नहीं हुआ। नीला देना चाहती थी पहले साग-भात, उसके बाद निरामिष, निरामिष खत्म होने पर मछली-सब्जी, फिर मछली का झोल, फिर मांस। क्योंकि अलग-अलग करके खाने में हर तरह का स्वाद मिलता है। यह दानियल को पसन्द नहीं आया। वह एक ही दफ़ा में कुछ-कुछ करके अपनी प्लेट में लेती। ब्याह के घर में थाल में रखा खाना जिस तरह छोड़ दिया जाता है ठीक वैसे ही। पर वह खिचड़ी-सी लगी। देखकर नीला को बड़ा बुरा लगा। इसका ख्याल था कि वे हर चीज़ का स्वाद अलग से नहीं ले रहीं। मछली माजा के साथ मांस का झोल मिला रही थीं। नीला 'हाय-हाय' कर उठी...। उसकी 'हाय-हाय' उनके लिए समझना सम्भव नहीं था। खाते-खाते दानियल और कैथरीन 'अम-अम' करतीं। इसका अर्थ था बहुत स्वादिष्ट है।

मछली का झोल मुँह में जाते ही दानियल के कान, मुँह, आँखें लाल हो गए। कैथरीन बाउल के यहाँ मिर्च खा चुकी थी। इसलिए, जैसा कि उसने बताया था कोई परेशानी नहीं हुई। दानियल ने मिर्च वाली तरकारी फेंक दी और बिना मिर्च वाली ली। खाते-खाते दानियल और कैथरीन बोलीं, कि इन्होंने कभी इतनी सारी आइटम्स वाला खाना नहीं खाया था।'

"कलकत्ते में लोगों को निमन्त्रित करने पर हम इसी तरह करते हैं यह कोई तारीफ़ के लायक बात नहीं है।"

मेहमानों की प्लेट में मछली का टुकड़ा खत्म होते ही नीला एक और टुकड़ा परोस देती। 'एक चम्मच भात और एक चम्मच मांस लो...।' वे लोग कुछ बोली नहीं फिर भी नीला ने हाथ से एक और डाल दिया। कि वे लोग मेहमान हैं वे तो 'ना' कहेंगी ही किन्तु दिया तो जाता है। यही नियम है। कलकत्ता में यही नियम देखते-देखते नीला बड़ी हुई थी। दानियल हँसकर बोली, "आश्चर्य! तुम ठाकुर माँकी तरह क्यों करती हो। "ठाकुर माँ। की तरह नहीं?" नीला उन्हें समझा नहीं पाती कि अतिथि तो नारायण होता है! भगवान! बंगालियों का यही विश्वास है। बंगाली उन्हें भगवान न भी मानें तो अतिथि तो मानते ही हैं। बंगाली के घर में अतिथि के आने पर सबसे बड़ा आसन दिया जाता है। बड़ा बिछौना दिया जाता है। खाने का सबसे बढ़िया आयोजन किया जाता है। 'भालोवासी' (प्रेम करते हैं) यह बात बंगालियों के मुँह से नहीं निकलती पर खिलाकर और देकर प्रेम जतलाते हैं।

दानियल और कैथरीन खाने के साथ वाइन भी पी रही थीं। नीला ने वाइन के दो-एक 'सिप' लेकर रख दिया। उसे अभ्यास नहीं था वाइन पीने का।

डिनर अभी खत्म नहीं हुआ था। मेहमान ठहर-ठहर कर खा रही थीं। खाना छोड़कर दानियल ने दो बार सिगरेट फूँकी और कैथरीन ने बीड़ी। इस बीच किशन आ गया। एक बोतल दूध में दो बूँद चोना (गोमूत्र) दानियल और कैथरीन दोनों ने 'वैजू' कहा। किशन भी 'वैजू' कह कर सोने के कमरे में चला गया।

"यही तुम्हारा पति है।"

नीला ने स्वीकृति में सिर हिलाया।

नीला खाना खाते हुए सोने के कमरे में जाकर दबी आवाज़ में बोली, "तुम कोई बात किए बिना चले आए। वे क्या सोचेंगी... बताओ।"

"वे कौन हैं?"

"मेरे साथ काम करती हैं। मेहरबानी से उनके साथ अच्छा व्यवहार करो...आओ।"

"क्यों...?"

"वे तो गोरी हैं? देखते नहीं... काली नहीं हैं बादामी भी नहीं। हल्दी रंग की भी नहीं।"

"तो..."

"आओ...तुम भी खाने आओ... बहुत कुछ बनाया है आज।"

"क्या पकाया है?"

अब नीला फँस गई।

"क्या पकाया है...? मछली-मांस की गन्ध क्यों आ रही है?"

"वे मछली-मांस के अलावा खाती नहीं...।"

"वे नहीं खाती तो मेरा क्या? मेरे घर में मछली-मांस न पकाने की बात थी ना।"

किशन की फटी-फटी आँखों के सामने नीला सिर झुकाए खड़ी रही।

"बस...आखिरी बार... अब नहीं पकाऊँगी... वायदा करती हूँ," नीला के स्वर में अनुनय था। अनजाने मेहमानों के सामने वह घर में इतनी गुमट हवा नहीं चाहती थी।

"तुम्हें और पकाने की ज़रूरत नहीं... सामने से हट जाओ... मुझे और मत जलाओ।"

नीला चली गई।

दानियल और कैथरीन जितनी देर घर में रहीं... किशन सोने के कमरे का दरवाज़ा बन्द करके पड़ा रहा।...

गार द नर्द से गार द ऑस्तरलिज़

"उस घर से निकल क्यों नहीं आतीं?"

"निकलकर कहाँ जाऊँ...?"

"मेरे घर आ जाओ... फिर देखा जाएगा।"

यह रही तुम्हारी चाबी! सब छोड़ दिया सिर्फ अपनी चीज़ें तो गई। घर जैसा था वैसा ही रहा। घर छोड़ने का एक कारण था। हमारा स्वभाव मिलता नहीं। किशन यह बात तुम भी जानते हो। इस विदेश में मेरा जीवन-यापन सहज नहीं... यह मैं जानती हूँ। नौकरी लेने के बाद ही तुम्हारा दूसरा रूप देखने को मिला। तुम हर घड़ी मेरी बेइज़्ज़ती ही करते हो। किन्तु एक बार भी देखना नहीं चाहा कि बॉक्स-पैकिंग के काम में मुझे कितनी खुशी मिलती है। क्या इसी काम के लिए पढ़ाई-लिखाई की थी। मैंने जिस कारण यह काम लिया था वह यह था कि तुमसे भीख माँगना मुझे अच्छा नहीं लगता था। जानती हूँ इसे तुम भिक्षा नहीं मानते। तुम्हें लगता है कि अपनी पत्नी का भरण-पोषण करते हो। दायित्व का पालन करते हो। इसके बदले में स्वाभाविक भाव से विनिमय का दावा करते हो। विनिमय होता है—तुम्हारे आदेश के अनुसार मुझे हर काम करना होता है। तुम दाएँ जाने को कहो तो मुझे दाएँ जाना पड़ता है, बाएँ कहो तो बाएँ जाना होता है। क्योंकि तुम कर्त्ता हो! प्रभु! तुम्हारे बिना मेरा जीवन नहीं चल सकता। मैं तुच्छ दासी हूँ तुम्हारी—तुम्हारे घर-द्वार को सँभालने के लिए खाना-वाना बनाने के लिए, परोसने के लिए, और रात को बिछौने पर यौन-आनन्द देने के लिए। इसके अलावा किसी और भूमिका में देखा है तुमने! हाँ देखा है... हाँ... उस दिन कहा था सन्तान चाहिए तुम्हें। सन्तान देनी होगी। यह मेरा काम नहीं... केवल तुम्हारा मसला है। तुम कहते हो मुझे सन्तान देनी होगी...। यह तो हो सकता था अगर मैं चाहती।

उस रात अपनी दो साथियों को निमन्त्रित करके मैं समझ गई कि इस घर में किसी को निमन्त्रित करने का मुझे अधिकार नहीं है। सम्भवतः मेरा यह भी अधिकार नहीं कि मेरी कोई मित्र हो। मछली, मांस की गन्ध को लेकर तुम्हारी

नाराजगी देखी थी। सारा दिन रेस्तोराँ में उसी गन्ध में गुज़ारकर तुम्हें घर आकर वह गन्ध बरदाश्त नहीं। क्या कारण है? कारण यह है कि जैसे भी हो तुम मुझे निरामिष बनाना चाहते हो। मेरे गठन में इतना समय बीता है। मेरा अभ्यास, मेरी भाषा, मेरा स्वभाव, मेरी पसन्द, नापसन्द सबको तिलांजलि देकर मुझे तुम्हारे मन के अनुसार चलना होगा। मैंने कोई अन्याय नहीं किया यह तो तुम भी जानते हो। मुझ पर तुम्हारे क्षोभ का मूल कारण यह है कि तुम्हारे आदेश को मैंने अमान्य किया। इतनी बाधा-निषेध में मेरा जीवित रहना सम्भव नहीं है।

इस घर से चली जाऊँगी तो तुम भी बच जाओगे। मैं भी। अनिश्चित पथ पर क़दम बढ़ा दिया है। आपाततः एक सहेली के घर।

मेरी तलाश मत करना।

नीला

चिट्ठी खाने की मेज़ पर रखकर, उस पर चाबियों का गुच्छा। नीला दानियल के साथ शाम को निकल पड़ी। 'गार द नर्द' से गार द अस्तारलिज़'। पिछली रात के बर्तन उसी तरह रसोई-घर में पड़े रहे। 'रहने दो'... नीला मन-ही-मन बोली।

'गार द अस्तारलिज़' के ठीक पिछली तरफ़ एक पाँच तला मकान की अटारी में दानियल रहती थी। एक समय था जब बड़े लोगों के घर की नौकरानियाँ उनमें रहती थीं। बड़े लोग रहते निचले तले पर और चाकरानियाँ इन कोठरियों में रहतीं। बस छोटी-सी चौकी और छोटी-सी मेज़ रखने की जगह होती थी इन कोठरियों में। कुल आठ वर्ग मीटर की जगह। स्नानघर नहीं...। कॉरिडोर के एक कोने में एक शोचालय। देश से श्रेणी-भेद दूर हुआ। स्वामी-दास का अमला गया तो कोठरियाँ भी ख़ाली हो गईं। ख़ाली ही पड़ी थीं। आजकल छात्र-छात्राएँ या छोटे-मोटे रोज़गार करने वाले किराए पर ले लेते हैं। दानियल अपनी कोठरी का किराया आठ सौ फ्रेंच महीना देती है। पिछले दो वर्षों से यहीं है रुपया-पैसा बहुत ज्यादा नहीं है। बीच-बीच में इधर-उधर छोटा-मोटा काम कर लेती है और पढ़ाई करती है। लड़कियों की पत्रिका में लेख लिखती है—यानी पुस्तकों की आलोचना। वह भी किसी ग्रन्थ की नहीं... लड़कियों की लिखी हुई पुस्तकों की। दानियल कनाडा की है। इसकी भाषा फ्रेंच है। इसकी माँ अवश्य आयरिश हैं। उन्नीसवें शतक में आलू के दुर्भिक्ष के समय दानियल के नाना-नानी जहाज़ से आयलैंड छोड़कर उत्तरी अमरीका चले गए थे। दानियल के पिता यद्यपि कनाडा में पैदा हुए पर फ्रांसीसी और आदि-अमरीकियों का रक्त शरीर में था। उनके दादा सम्भवतः आदि-अमरीकी थे। दानियल ने उन्हें कभी नहीं देखा था। उसके पिता ने भी ठाकुर दा के बारे में नहीं बताया था। यह प्रसंग दानियल के पिता को योंही इतना अप्रतिम कर देता कि इस सम्बन्ध में कोई प्रसंग उठता तो वे घर से निकल जाते या चिल्लाकर प्रसंग खत्म कर देते। दानियल के भाई फिलिप

में ज़रा-सा भी साम्य नहीं था। किन्तु दानियल की नाक आँखों में पूर्व पुरुष के चिह्न बाकी हैं। जैसे चिबुक गोरों की तरह गौर वर्ण।

दानियल की आठ वर्ग मीटर की कोठरी में एक बिछौना, एक टेबल, उस पर छोटा सा कम्प्यूटर, एक कोने में छोटा-सा रेफ्रिजिरेटर, बराबर में एक स्टोव, उसके पास पानी का नल, बेसिन, दीवार में पुस्तकों का ताक... पुस्तकों के ऊपर पुस्तकें और हत्थेवाली एक चेयर। बस एक चेयर!!

"पर मेरा एक ही बिछौना है। दो बिछौनों की जगह नहीं है। दो तकिए भी नहीं हैं; दो लिहाफ भी नहीं हैं जो ज़मीन पर ही बिस्तर लगा दूँ।

"पास-पास सोया जाए... क्यों? निश्चय ही सोया जाएगा।" नीला बोली। नीला पहले भी बहुत बार पास-पास सोई है। गाँव के किसी आत्मीय के घर ब्याह होता, शहर के ढेरों लोग निमन्त्रण में जाते, ब्याह के घर में ज़मीन पर बिछौना डालकर सात-आठ जन रात को सो जाते। इसलिए उसे बिल्कुल आदत नहीं। यह नहीं था और बालिगंज वाले मकान में मौसी या बुआ के आने पर बिछौने पर ही उनके लिए जगह बनानी होती। मौसी बुआ आदि के शरीर से चिपककर कहानी सुनते-सुनते सो जाने का मज़ा भी तो कम नहीं होता था। मंजूषा मौसी की रोंगटे खड़ी करने वाली भूतों की कहानी उसे आज भी याद है।

रात को दानियल ने नीला से कहा कि वह उसे बढ़िया रेस्तोराँ में खाना खिलाएगी।

"फिर मैं ड्रैस पहन लूँ... क्या कहती हो।"

दानियल दरवाज़े से बाहर जाकर खड़ी हो गई। नीला ने पहने हुए कपड़े बदले। नीला जीन्स के साथ लाल शर्ट और ऊपर से जीन्स के कपड़े वाली जैकेट। कपड़े बदल लिए हैं बताने के बाद दानियल कमरे में घुसी... वह त्यौरी चढ़ाकर बोली, "तुम तो ड्रैस पहनने वाली थीं।"

"वही तो पहनी है..." नीला ने हँस कर कहा।

"यह तो जीन्स है ड्रैस तो नहीं।"

नीला को समझ नहीं आया कि दानियल क्या कहना चाहती है। किन्तु वह विमूढ़-सी खड़ी मीठी आवाज़ में बोली, "देखने में ख़राब लग रही है?"

दानियल ने राय दी, "बिल्कुल ख़राब नहीं लग रही।" बाहर की हवा में नीला का शरीर 'धिन ता ता धिन ता ता' करने लगा। ऐसा सुख पेरिस में पहले नहीं मिला कभी इतनी स्वाधीनता का भी अनुभव नहीं किया था। दोनों हाथ नचा कर बोली, "भारत की दासी पालने का शौक हुआ था। किशनलाल को... तुम्हारी दासी कहाँ है किशनलाल बाबू?"

फिर अफ़सोस के साथ बोली, "हाय! इससे पहले ही पाँव की बेड़ियाँ क्यों न तोड़ डालीं।"

दोनों बाँहों में दानियल को जकड़ नीला आनन्दातिरेक से बोली, "तुमने मुझे बचा लिया।"

"तुम एक न एक दिन वहाँ से निकलतीं ही नीला! इस तरह मनुष्य जीवित रह सकता है!"

नीला दिल खोलकर हँसी। वह खुश थी। उसके सारे शरीर में आनन्द-ही-आनन्द था। मन में स्फूर्ति थी। रात में सड़क पर लड़के-लड़कियाँ आनन्द मनाते हुए उतरते हैं नीला देख रही थी। रात कह रही थी अन्धकार कह रहा था–उसने कुछ नहीं देखा। उसके सामने आलोक से झलमल करता एक जगत् था। इस जगत् के प्रति तीव्र आकर्षण का अनुभव कर रही थी नीला! उसका शरीर काँप रहा था। नीला दानियल के कन्धे पर हाथ रखकर चल रही थी। चल नहीं रही थी उड़ रही थी।

"तुम्हें देखकर कितना अच्छा लग रहा है! सचमुच तुम ही हो? तुम... मैडम किशनलाल का मुखौटा पहनकर भीतर की तुमको आड़ में रखा हुआ था तुमने। और देखो तुम अब कितनी जीवन्त हो। कितनी सुन्दर हो। देखो! दुश्चिन्ता का लेश मात्र भी नहीं है तुम्हारे चेहरे पर। कष्ट गोपन रखने का कोई चिह्न नहीं है कहीं। अब तुम दूसरी तरह की हो।" दानियल नीला का चेहरा, आँखें देखकर कह रही थी। नीला के हाथ की मुट्ठियों में उसका हाथ काँप रहा था। पसीना आ रहा था।

शांतल के कैफ़े ज़िमारे में घुस कर दानियल ने 'स्पगैरी मेनू' पढ़ा बोलोनीस और लाल वाइन चाहिए। 'मेनू में से सैंडविच छोड़कर बाकी सब आइटम... न जाने क्या-क्या थी? नीला ने दानियल से कहा, "कि सिर्फ एक मँगवाए एक ही होने दो ना 'स्पगैटी बोलोनीस'।"

"वाइन कौन-सी लोगी सफ़ेद या लाल! मेरे ख्याल से बेशक खाने के साथ लाल ही चलेगी।"

"लाल ही चलेगी तो वही सही।"

काँटे-चम्मच से स्पगैटी नीला जितनी बार उठाती फिसल पड़ती। उसने काँटा चम्मच छोड़ दिया। काँटे से स्पगैटी उठाकर मुँह में ली तो आटे के गोले का स्वाद। कैफ़े में बैठे लोगों की भीड़ देखी। पास की टेबल पर इक्कीस-बाइस वर्ष का एक लड़का कान में बालियाँ पहने! इसके साथ जो लड़की थी उसके कानों में भी बालियाँ थीं... एक नहीं एक कान में छह, नाक में भी। सिर्फ़ नाक में ही नहीं भौंहों, होठों पर भी। और वह लड़की नीला को देखकर 'हा' 'हा' कर हँस पड़ी। लड़की की जिह्वा में भी बालियाँ थीं।

"यह क्या किस्सा है? लड़की ने आँखों, भौंहों में छेद किए हैं? होंठ जिह्वा। इस तरह दानियल बोली, मानो घटना दाल-भात हो। "हाँ किए हैं अपनी इच्छा से किए हैं।"

नीला सोचने लगी कि ये लोग जो इच्छा हो कर सकती हैं। और वह ख़ुद! अपने बारे में सोचने लगी जो इच्छा हो कभी नहीं कर सकी। अगर करती तो कहा जाता ख़राब कांड कर रही है। शर्ट-पैंट पहनकर घर से निकलने पर अनिर्वाण (बाबा) डाँटते 'क्या पहना है... क्या... सड़क के लोग ढेला मारेंगे।'' ढेले से बचने का कारण हो या अनिर्वाण का आदेश हो, नीला को पुरुषों वाली पोशाक उतारकर लड़कियों वाले कपड़े पहनने पड़ते—सलवार क़मीज़ या साड़ी।

कैफ़े से निकलकर लआलेर की तरफ़ चलते-चलते नीला ने देखा कि कुछ लड़के-लड़कियों के बाल ऊनर को खड़े हैं मुर्गे की कलगी की तरह—साही के काँटों की तरह। बाल काले नहीं, बादामी नहीं, लाल नहीं, सुनहरे नहीं, हल्दी जैसे पीले किए गए हैं हरे कर लिए हैं गुलाबी कर लिए हैं। 'ओ माँ क्या कांड है।'

दानियल ने बताया कि, ''इच्छा हुई कर लिए।''

''इच्छा क्यों हुई'' जानने के लिए नीला का मन छटपटा रहा था।

''समाज के नियम, कानून उन्हें अच्छे नहीं लगते... इसलिए करते हैं एक तरह का प्रतिवाद।''

समाज के बहुत से नियम-कानून नीला को भी पसन्द नहीं किन्तु बाल रंगने की इच्छा कभी नहीं हुई। इतनी हिम्मत भी उसे नहीं हुई कि इतना सुन्दर स्वस्थ समाज है इनका, इतने बढ़िया नियम-कानून। अच्छे नहीं लगने से क्या मिला है लड़के-लड़कियों को रंगीन करके। जानने के लिए उसने दानियल की तरफ़ देखा। दानियल की नज़रें उस समय पम्पियू की चोटी पर थीं। उस चोटी से पेरिस कैसा दिखाई पड़ेगा यही सोच रही थी।

नीला इस इलाके में पहले कभी नहीं आई थी। 'पमज़िउ तेल का कारखाना है?' सुनकर दानियल इतनी ज़ोर से हँसी कि नीला ने मुँह पर हाथ रख लिए। हँसते-हँसते दानियल नीला का हाथ पकड़कर कैफ़े 'बार' में घुसी। कैफ़े में भीड़ उमड़ी पड़ रही थी। बैठने की जगह नहीं थी। लोग खड़े थे पर बाहर नहीं जा रहे थे। खड़े-खड़े वाइन पी रहे थे। दानियल के पीछे खड़ी नीला देख रही थी एक युवक को, जो उसके बिल्कुल बराबर खड़ा था, वैसे ही बाँस की तरह लम्बा था, ऊपर से ऊँचा जूता पहनकर और भी लम्बा हो गया था। एक लड़की खड़ी वाइन पी रही थी और हिलती-डुलती दो युवकों से बात कर रही थी। लड़की बहुत सुन्दर थी। लाल फ्रॉक पहने, होंठों पर लाल लिपिस्टिक, जूते का रंग भी लाल। सिर पर जो टोपी पहने थी वह भी लाल। लाल होठों का जोड़ा पक्षी की चोंच की तरह पतले करके दोनों युवकों में से एक से चुम्बन ले रही थी। भीड़ में नीला के लिए इतने करीब से चुम्बन लेते देखने का सुयोग मिला। लड़की जब दूसरे युवक का चुम्बन ले रही थी नीला दानियल के कान में फुसफुसा रही थी, ''देखो! देखो लड़की दोनों युवकों का चुम्बन ले रही है...। फिर... इनमें से उसका प्रेमी कौन है?''

दानियल निःस्पृह स्वर में बोली, "वह लड़की नहीं... लड़का है।"

नीला को कुछ कहने के लिए शब्द नहीं मिले।

"लड़का है तो लड़कियों की तरह क्यों सजा है?"

"इच्छा... बस।"

"ठीक है... नीला ने मान लिया कि वह लड़का है' पर वह लड़कों का चुम्बन क्यों लेगा?

जब दानियल ने बताया कि वे समकामी (लैस्बियन) हैं तो नीला सिहर उठी। नीला ने जीवन में पहली बार समकामी देखा था। ये किसी को भी पकड़ सकते हैं या चुम्बन ले सकते हैं जब जो इच्छा हो वही पोशाक पहनते हैं। मनुष्य की यह निर्बन्ध स्वतन्त्रता नीला को पसन्द आई।

बैठने की जगह मिल गई। वाइन भी आ गई। दानियल पीती रही। नीला बीच-बीच में दो एक सिप ले लेती।

"बात क्या है... पीतीं क्यों नहीं।"

"वाइन पीने का अभ्यास नहीं है मुझे।"

"अभ्यास नहीं है...। तुम्हारे देश के लोग क्या पीते हैं फिर?"

"व्हिस्की...?"

"वह तो खाने के पहले पी जाती है। खाने के साथ क्या पीती हो?"

"पानी...।"

"तुम्हारे देश में और लोग?"

"सब पानी...।"

"सब पानी?..."

"हाँ सब पानी...?"

नीला ने धीरे-धीरे वाइन पीनी सीख ली। आँख, नाक, कान से चेतन होकर एक बात वह देखती कि सवेरे वाइन पीना फ्रांसीसियों के लिए कर्त्तव्य-सा था। कलकत्ते में देखा था कि लोग शराब की बोतल काग़ज में लपेटकर ले जाते थे कि कोई समझे कि तेल या फलों का रस या औषधि की बोतल है। निखिल जब शराब पीता अपने घर में बैठकर पीता। कमरे का दरवाजा अन्दर से बन्द करके तब। घर पर मेहमान आए तो सात बार मुँह धोकर शराब की गन्ध दूर करता। फिर मेहमानों के सामने आता। मलिना सदा से यही मानती रही कि बुरे लोग शराब पीते हैं नीला भी यही समझती थी। जब सुशान्त को दो-एक दिन शराब पीते देखा तो यह धारणा बेशक दूर हो गई कि बुरे लोग शराब पीते हैं। किन्तु सुशान्त की तरह लुक-छिपकर चोरी से पीना नीला को शोभन न लगता। आश्चर्य की बात यह थी कि ऐसे स्वाधीन शहर में आकर नीला को अहसास हुआ कि यदि कुछ करे तो

लुक-छिपकर क्यों किया जाए? इस शहर में उसने यह भी देखा कि शराब न पीना अन्याय है। लोग इसे ख़राब नज़रों से देखते हैं। सोचते हैं कि इसकी कोई संस्कृति नहीं है। आई है किसी बियाबान जंगल से।

नीला के पेट में स्पगैटी नाम की चीज़ नहीं उतरी। उसी तरह कैफ़े 'बो' 'बो' में जब मांस खाने की इच्छा प्रकट की तो गाय का मांस नहीं खाएगी, भेड़ के मांस में गन्ध आती है। तो दानियल ने पूछा, "ग्रिल की हुई मुर्गी भी है... चलेगी?"

"हाँ चलेगी।"

"साथ में क्या पिओगी?"

"कोका कोला...।"

'बो' 'बो' में जो लोग खाना खा रहे थे। हँसते-हँसते लोटपोट हो रहे थे। कि यह कौन विचित्र जीव आ गई है कि मांस के साथ कोका कोला पीती है।

नीला ने देखा दानियल का सिर शर्म से झुक गया था।

"यह तो शर्म की बात है... सिर्फ लज्जा! वाइन न पीना अन्याय है?"

नीला ने फ़ैसला किया कि वाइन पीने की आदत जल्द ही डालनी होगी। इस शर्मनाक स्थिति से बचना होगा।

'बो' 'बो' कैफ़े से निकलकर दानियल नीला को एक और कैफ़े में ले गई। वहाँ, एक आइरिश 'पब' में। पब से 'डिस्को' लाइट खुलती और बन्द होती थी। जोर-शोर से गाना बज रहा था। ताल-ताल पर लोग नाच रहे थे। दानियल ने उल्लास से नीला का हाथ पकड़कर खींचा 'चलो नाचें' नीला 'नहीं-नहीं' कर उठी... कि वह नहीं जाएगी। उसे नाचना नहीं आता। उसने लक्ष्य किया कि नाचना नहीं आता यह भी बड़ी शर्म की बात है। अजीब जीव है नाचना नहीं जानती। नीला ने देखा यहाँ नाच के मायने हैं सुर-ताल के साथ शरीर हिलाना। कोई पाँव हिलाता है कोई हाथ, कोई कमर, कोई सिर। किसी के साथ कोई मेल नहीं। ताल पर शरीर का एक हिस्सा हिलाना ही नाच है।

दानियल अकेली ही नाच कर आ गई। आकर मुँह भारी करके बोली, "तुम मुझे इतना नापसन्द करती हो।"

"क्यों?"

"मेरे साथ नाची जो नहीं।"

नीला ने लज्जा और कुण्ठा से सिर झुकाकर कहा, "मुझे नाचना नहीं आता।"

"इसमें न आने वाली बात क्या है?"

बचपन से नाच न आता हो तो नाचा नहीं जा सकता। नीला बस इतना जानती है। उसे नाचने का बहुत शौक था। अनिर्वाण बेटी को नाच सिखाने को राज़ी नहीं हुए। इसलिए नीला को नाच नहीं आया। उन्होंने हारमोनियम खरीद कर

नाच के बदले गाना सीखने को कहा था। उस्ताद भी रख दिया था। नीला बढ़िया गायिका तो नहीं हुई पर अच्छा गा लेती है। छोटी-मोटी संगीत सभाओं में नीला बिना शर्म गा देती है। भारत में जो नाचते हैं 'भरतनाट्यम', 'कथक' या 'मणिपुरी'। जो बचपन से सीखती रही हैं उनका शरीर नरम मिट्टी जैसा हो जाता है। धनुष की तरह बंकिम।

दानियल सड़क पर आकर बोली, "तुमने जो मेरा अपमान किया है वह मुझे पहले से मालूम था।"

नीला चौंक पड़ी, "कब? मैंने तुम्हारा कब अपमान किया। क्या कह रही हो दानियल!"

"मैंने तुम्हारे गिलास में वाइन डाल दी थी और तुमने 'धन्यवाद' भी नहीं किया।" दानियल बोली।

दानियल क्या कह रही है? जबकि नीला दानियल को इस बीच घनिष्ठ मित्र सोचने लगी थी। मित्र क्या अपने मित्र को किसी कारण 'धन्यवाद' कहते हैं? कम-से-कम नीला को तो यह सिखाया नहीं गया। कलकत्ते में अगर कोई मित्र इसके गिलास में वाइन डाल देता और नीला 'धन्यवाद' कहती तो वह इसे अपना अपमान सोचता। बांग्ला में केवल एक बात है... कि 'धन्यवाद' कहकर मुझे छोटा मत करो।

"ठीक है... अगर मित्र को 'धन्यवाद' न कहो तो किसे कहो?"

नीला अप्रविम-सी होकर बोली, "अगर कोई अपरिचित हो और वह मुझे कुछ दे या कुछ करे मेरे लिए... तब।"

"कैफ़े जिममार के लोग तो तुम्हारे मित्र थे नहीं। उनको भी तो 'धन्यवाद' नहीं कहा।"

"उन्हें क्यों धन्यवाद देती?"

"तुम्हें पानी चाहिए था। उसने पानी ला दिया। इसलिए उसे 'धन्यवाद' देतीं। 'हुक्म'... समझीं नीला! तुमने उसे पानी लाने का हुक्म दिया, अनुरोध नहीं किया। वह तुम्हारा क्रीतदास तो था नहीं। वह वहाँ नौकरी करता है।" दानियल अबाध बोलती रही।

नीला को समझ नहीं आया कि क्या कहे। साधारणतः वह जिस तरह रेस्तोराँ में कुछ चाहे यानी एक गिलास पानी दें... उसी तरह कहा था। आदेश में स्वर रूखा हो जाता है अनुरोध में स्वर नरम, होंठों पर हँसी खेलती है यही अन्तर है। दानियल के एतराज़ पर नीला दो शब्द तक नहीं बोली। यानी आप दया करके मुझे एक गिलास पानी दे सकते हैं... इस तरह कहना चाहिए था।

"असल में जानती हो दानियल! 'धन्यवाद' देने की आदत नहीं है शायद इसलिए 'धन्यवाद' नहीं कहा,। "फिर भी उस आदमी को मैंने छोटा नहीं समझा। नीला धीरे-धीरे

रुक-रुककर कह रही थी।

"आदत नहीं...? क्यों आदत नहीं... आदत नहीं क्योंकि तुम मनुष्य को मनुष्य नहीं समझतीं" दानियल बोली।

"यह बात नहीं है।"

"हाँ...है।"

नीला ने इस असभ्यता के लिए मन-ही-मन खुद को चाबुक लगाया कि इन्सान को इन्सान नहीं समझा। समता के इस देश में कोई इन्सान बड़ा या कोई छोटा नहीं होता। सब समान होते हैं कोई छोटा काम करता है कोई बड़ा काम करता है किन्तु सब मनुष्य मर्यादा के साथ जीवित रहते हैं। नीला मन-ही-मन सोच रही थी कि यही होना उचित भी है। इसमें श्रेणी विद्वेष नहीं है वह यही समझती थी किन्तु दानियल ने अंगुली उठाकर दिखा दिया है।

नीला को अहसास हुआ वह स्वयं से घृणा करने लगी। दाँतों में होंठ दबा लिए, आँखें जलने लगीं।

नीला बचपन से देखती आ रही थी कि निखिल रात को जागकर लाल पुस्तक पढ़ते हैं क्या लिखा है लाल पुस्तक में? वर्ग-संघर्ष की बातें लिखीं थीं। नीला उन्नीस वर्ष की आयु में ही मार्क्स एंजेल्स आदि पढ़ कर उत्साहित हुई थी। कॉलेज के कम्यूनिस्ट दल में शामिल हो गई थी। मीटिंग करती, जुलूस निकालती और आज वह खुद प्रमाणित कर रही है कि वह वर्ग-भेद मानती है। वह मानती है कि जो लोग कैफ़े, रेस्तोराँ में खाना लाते हैं वे अवर वर्ग के हैं। यहाँ सभ्य समाज में आकर, इस साम्य देश में आकर—इस लिवार्ते इगालित और के देश में आकर, जहाँ नारी-पुरुष में भेद नहीं है धनी-गरीब में भेद नहीं है, नीला का वर्ग-विद्वेषी मन इस तरह ज़ाहिर हो गया कि दाँतों में भिंचा हुआ मन नीला की तरफ भागता आ रहा है। छी!

"दानियल! मुझे मालूम है मैंने अन्याय किया है इस तरह की ग़लती फिर नहीं होगी। मुझे माफ़ कर दो।" नीला का स्वर नम्र था।

दानियल ने सुना। उसे चैन आ गया।

दानियल को और तसल्ली देने के लिए नीला बोली, "हमारे पश्चिम बंगाल में तीस वर्ष से कौन-सा दल ज़ोर पर है जानती हो? कम्यूनिस्ट! ज्योतिबसु का नाम सुना है? उन जैसा जन-प्रिय नेता भारत में दूसरा नहीं है।"

दानियल चलते-चलते खड़ी हो गई।

मुँह खुला हुआ था।

आँखें फटी-फटी-सी।

"दम लो... लड़की। दम लो। बाढ़ में बहती हुई आई हूँ ठीक है...साम्य के अंचल से आई हूँ।"

"तीस वर्ष...?" खुले हुए मुँह से सिर्फ़ ये दो शब्द और सफेद धुआँ निकला।

"हाँ तीस वर्ष।"

"क्यों...?"

"क्यों के मायने... अच्छा हुआ। हमने वोट दी।"

"कम्यूनिस्ट को वोट दी।"

"बिल्कुल।"

"छी...छी...!"

दानियल सारे रास्ते छी! छी!! करती गई।

दानियल सारे रास्ते कहती आई कि स्तालिन ने जितने लोगों का खून किया हिटलर ने उससे कहीं कम किये। यह भी कहती रही कि मार्क्स ने ग़लती की एंजेल्स ने भी ग़लती की। यही कहती आई कि लेनिन सिर से पाँव तक पाखंडी था। पूरा संत्रासी!!

निमन्त्रण

निकल नेमेरेट के घर दानियल और उस भारतीय लड़की को निमन्त्रित किया गया था जिसे इसने आश्रय दिया था। किसी नई पत्रिका के संवाददाता के साथ शाम को दानियल के कैफ़े कायरो में राँदे वू (भेंट) थी। उस राँदे वू में जाने से पहले वह कह गई थी कि नीला निमन्त्रण में जाने के लिए तैयार रहे--शाम को सात बजे।

जब वह घर लौटी, नीला उस समय भी लेटी हुई 'ए मूवेव्ल फ़िस्ट' पढ़ रही थी।

"बात क्या है...तुम अब तक तैयार नहीं हुई?" दानियल कमरे में आकर बेबकूफ-सी बन गई।

नीला अँगड़ाई लेते हुए बोली, "अभी से?... क्या बजा है?"

"सात...!"

"तो क्या हुआ?"

"मैंने तुम्हें सात बजे तैयार रहने को कहा था।"

"मैंने तो अब तक स्नान भी नहीं किया है।" नीला उठकर बैठ गई।

"क्या कह रही हो...?" दानियल की छोटी-छोटी आँखों तथा छोटी-सी चिबुक पर विस्मय खेल गया।

"मैंने तो कपड़े प्रेस नहीं किए हैं।"

दानियल धप् से चेयर पर बैठ गई। "ठीक साढ़े सात बजे हमें निकल के घर पहुँचना है तुम्हें पहले ही बता दिया था।"

नीला को समझ नहीं आया कि साढ़े सात की जगह आठ या साढ़े आठ होने में क्या हानि है। कलकत्ते में निमन्त्रण पर कहीं जाती तो घंटा-डेढ़ घंटा देर करके जाती थी। वही क्यों... सभी। एकदम सुई के काँटे पर पहुँचना! कितनी परेशानी का वायस होता है। उधर दानियल के ख्याल से घड़ी की सुई के हिसाब से न पहुँचना कितना अस्वस्तिकर होता है। स्नान करने के लिए कॉमन बाथ-रूम में जाना होगा। नीला के नहाने तक तो दानियल आत्महत्या ही कर लेगी। दानियल के लिए स्नान आदि का झमेला नहीं। वह महीने में एक बार स्नान-घर में जाती थी। और हर सप्ताह कमरे में

रखे जल से मुँह, गरदन पर छींटे देकर ही नहाने का काम पूरा कर लेती।

उसने काली लम्बी ड्रैस पहनी थी और नीला ने जल्दी-जल्दी में जो हाथ में आया बिना इस्तरी का ही पहन लिया। नीला देख चुकी थी कि इस्तरी किए हुए कपड़े बहुत कम लोग पहनते हैं। ठंडा देश! वर्ष का अधिकांश समय स्वेटर या कोट के नीचे की कमीज आदि बिना इस्तरी के ढँकी रहती है।

"जीन्स पहन ली? दावत में जा रही हो।"

"खराब लग रही है?"

"जीन्स तो दिन के समय...काम वाली जगह... ।"

दानियल ने समय की कमी देख नीला के जीन्स पहनने पर समझौता कर लिया। नीला ने झटपट माथे पर एक बिन्दी लगा ली कि सुन्दरता की रक्षा ही हो जाए।

दानियल के घर से मैट्रो से जाने पर 'गार द ऑस्तरलिज़ तक' ढाई मिनट लगते हैं और वहाँ से निकल के घर के पास मैट्रो से पहुँचने में बाइस मिनट और उसी मैट्रो से उतरकर निकल के घर पहुँचने में पाँच मिनट। हाथ में डेढ़ मिनट था। एक मिनट हाथ में रखो। सड़क पार करते समय उगर ट्रैफ़िक की लाल बत्ती हो तब एक मिनट गया। और निकल के घर के लिफ्ट में अगर बहुत भीड़ हुई तब सीढ़ी चढ़ना होगा। सीढ़ी पर आधा मिनट चला जाएगा। नीला के कारण दानियल को यह हिसाब करना पड़ रहा था। लाल बत्ती का झमेला नहीं था। लिफ्ट में भी ज्यादा भीड़ नहीं थी। फिर भी निकल के घर में घुसते समय सात सैंतीस हो गए थे।

दानियल ने देर से पहुँचने के लिए पहले ही क्षमा माँग ली। लम्बी काली ड्रैस पहने, लाल बाल, हरी आँखों वाली लड़की निकल। नीला से दो बालिश्त ऊँची। उम्र में दुगनी। उसने दानियल को माफ़ कर दिया।

घर में तीन मेहमान और थीं—मारिया सुएनसन, मिशले कज और रीता सिक्सस। सब खड़ी थीं—हाथों में शैम्पेन का गिलास लिए। मारिया को छोड़कर। उसके गिलास में सन्तरे का जूस था। सब काली लम्बी ड्रैस पहने थीं। निमन्त्रण के साथ काली लम्बी ड्रैस का अटूट सम्बन्ध होता है। नीला अनुमान लगा रही थी। घुसते ही निकल ने अपनी तीनों मेहमानों सहित नीला और दानियल के गाल चूमे।

मारिया स्वीडन की लड़की है। फ्रेंडरिका ब्रेमेर फरवनडेट नाम की एक महिला संगठन की नेता थी। महिलाओं को राजनीति में हिस्सा लेने के विषय में एक सभा हो रही है। उसमें भाषण देने पेरिस आई है। मिशेलकज़ पेरिस की नहीं है दक्षिणी फ्रांस की रहने वाली है। फ़िजाक नामक शहर में। पेरिस आई है। लेक्चर सुनने। और रीता सिक्सस की कोई सभा-समिति नहीं है। जन्मी है एल्जीरिया के यहूदी परिवार में। रहती है पेरिस में... पिक्चर्स संचालित करती है। निकल की पुरानी मित्र है। इस घर में कोई भी अड्डा जमे। विशेषकर शनि रविवार को, रीता की उपस्थिति बहुत कुछ मछली के झोल में नमक की तरह होती है। और निकल पढ़ाती है कॉलेज

द फ्रांस में। दानियल का भी परिचय है वह रिपोर्टर है। नीला का परिचर्य है वह भारत की लड़की है। "क्या करती है?" कुछ नहीं अरंड की सब्जी?

यही तो नीला सोच रही थी कि पेरिस में इसका परिचय है किशनलाल की पत्नी या नीलांजना मंडल श्रमिक-अरंड की भाजी बनाने वाली। दानियल ने दया करके नीला का एक और परिचय दिया–उसकी मित्र।

नीला ने चैन की साँस ली।

चैन की साँस लेते ही दो बीभत्स कुत्ते नीला की गरदन पर झपट पड़े। ओ... भागो... बाबा गो कहती हुई सप्तम स्वर में चीख पड़ी। फिर कमरे में हँसी का दौर चला। दानियल 'फ़्लून' 'फ़्लून' कहती हुई चपटी नाक वाले एक कुत्ते को गोद में लेकर पागलों की तरह चूमने लगी। दूसरे को निकल ने गोद में ले लिया और बच्चों की तरह, 'रो नहीं! नहीं रो नहीं!' कहती हुई चुमकारने लगी।

"तुम्हें कुत्तों से डर लगता है?" मारिया ने डरते-डरते पूछा।

मारिया को नीला से डर लग रहा था। क्योंकि कुत्ते को जकड़कर पकड़े रहने पर नीला चीख पड़ी थी। ऐसा अद्‌भुत कांड इससे पहले मारिया तो क्या किसी ने भी नहीं देखा था। नीला को आशंका हो रही थी कि पाँच जोड़े आँखें उसे घूर रही हैं। जरूर इन्हें सन्देह हो रहा था कि इसके दिमाग़ में कोई रोग है।

रीता ने बड़े कोमल स्वर में पूछा, "अच्छा! तुम्हें कोई असुख है? जैसे कोई बीमारी हो और कुत्तों को देखते ही...।"

नीला को मानसिक रोगी करार देने की चंचलता से उद्धार किया दानियल ने–बोली, "शायद इसने पहले कुत्ते नहीं देखे थे...उनके देश में कुत्ते नहीं होते।"

पाँच जोड़ा आँखों के सामने नीला अगर कह पाती कि हाँ यही बात है वहाँ कुत्ते नहीं होते तो एक तरह से बच जाती। किन्तु वह बोली, "होते हैं।"

"होते हैं...?"

निकल चौंक पड़ी।

"होते हैं तो डर क्यों गईं? पाँच जोड़ा आँखों में वही एक सवाल था।"

नीला को जवाब देने की हिम्मत नहीं हुई।

पाँचों लोगों की दृष्टि उसकी तरफ घूमी–फ़्लून की दृष्टि भी।

इसके बाद लम्बी आलोचना में नीला की भूमिका बिल्कुल जरूरी नहीं थी। शैम्पेन का 'सिप' लेते-लेते जो आलोचना हो रही थी वह कुत्ते और बिडाल को लेकर। सवेरे आँख खुलते ही निकल किसको देखती है तब सोती है और कौन कूदकर उसकी छाती पर बैठ जाता है। कौन गरदन टेढ़ी करके निकल को एक बार देखकर दूसरे कमरे में चला जाता है। सवेरे कौन-सा खाना किसे अच्छा नहीं लगता। कौन सोफ़े पर लेटे-लेटे टेलीविज़न देखते हुए खाना भूल जाता है और खाने में किसको कौन-सा खाना पसन्द नहीं आता। किसने नाराज़ होकर लिहाफ़ के अन्दर लेटे-लेटे शाम काट

दी थी! दो दिन से किसका 'मूड' खराब है। नीला ने देखा कि सब बड़े मनोयोग से ये बातें सुन रही थीं और बीच-बीच में 'आहा' 'आहा' कर रही थीं। बीच-बीच में हँसते-हँसते बिडाल या कुत्ते में से एक को, छाती से लगाकर उसके लौम में नाक-मुँह दे रही थीं। बिडाल की बदबू से नीला ने पहले से नाक बन्द कर ली थी। उसने एक बात और लक्ष्य की कि इतने सोफ़े चेयर खाली पड़े थे फिर भी सब खड़े-खड़े पी रही थीं। न जाने किसके शरीर का क्या माप है। कौन किससे ज़्यादा ऊँचा है, किसका जूता कहाँ से खरीदा गया और किसके कपड़े देखने में बढ़िया थे। नीला अपनी जीन्स गहरे पीले रंग की बिना इस्तरी वाली शर्ट, हरे रंग की जैकेट देखकर कहीं किसी की आँखों को तकलीफ न पहुँचा रही हो इसलिए वह दायरे से निकलकर सोफ़े के एक कोने में अचल बैठ गई। बैठने के बाद पता चला कि यह नियम नहीं है। खड़े रहने का नियम है। घेरे में खड़े रहो। यह दिखाओ तुम गँवार हो या भूत। सांस्कृतिक हो यह भी तुम्हें मालूम नहीं। कहाँ कौन-सी पोशाक पहननी चाहिए। कैसे रीढ़ की हड्डी को लोहे की तरह सख्त करके खड़े रहना है, न जानने पर भी ऐसा दिखाओ। नीला बैठी रही उमस में। देखा किसी के भी शरीर पर गरम कपड़े नहीं थे। दरवाज़े के पास उन्हें लटकाकर तब कमरे में घुसे थे क्योंकि कमरा ठंडा नहीं था। वहाँ घुटन-सी थी। लोगों के कारण उमस, कुत्ते बिल्लियों की गरमी... संस्कृति की गरमी... दम्भ की उष्णता!

एक कोने में फ़ायरप्लेस में लकड़ियाँ जलाई जा रही थीं। उसके पास बड़ा-सा पियानों। अमीर घरानों में ये दोनों चीज़ें न हों तो चलता नहीं। कमरे में हीटर होने पर भी लकड़ियाँ जलाई जा रही थीं। जिसमें अभिजाज्य दिखाई देता है। कोई पियानों बजाए या न बजाए इसके रहने से प्रतिष्ठा होती है। हरी जैकेट उतारकर इस तरह हुक पर लटका दी कि किसी की नज़र न पड़े। उतारने पर भी संस्कृति की रक्षा तो नहीं हो सकी। क्योंकि गहरे पीले रंग से असांस्कृतिक रोशनी छिटक रही थी। जो दूसरों की आँखों को तो बुरा लगती ही। अन्धा करके छोड़ती।

फ़्लून को वसन्त ऋतु बहुत पसन्द है। कहते हुए निकल सोफ़े की तरफ़ बढ़ी पीछे-पीछे बाकी सब। बाकी सबको बैठने का अनुरोध करके निकल खुद भी बैठ गई।

"हवा में वसन्त की महक आ रही है?"

सबने एक वाक्य में समर्थन किया कि हाँ महक आ रही है—नव प्रस्फुटित कली की महक! खिड़की थोड़ी-सी खुली हुई थी उसी में से वसन्त की महक घुस रही थी। नीला भी उस महक में लम्बी-लम्बी साँस ले रही थी। लेकिन उसकी साँस में बिडाल की त्वचा की गन्ध के कारण महक घुस नहीं रही थी। बेचारी नीला!

"कैसी ज़बरदस्त सर्दी पड़ी इस बार।" नीला बोली।

बहुत ठंड पड़ी यह बात मारिया और दानियल नहीं मानी। मांट्रियल में रहती उपसाला में, देखती ठंड किसे कहते हैं।' छः वर्ष हुए दानियल कनाडा छोड़कर

आ गई थी।

उस ठंडे देश में उसे वापिस जाने का कोई शौक नहीं था। और उस देश का नाम तक नहीं लेना चाहती थी। नाम लेते ही स्मृति का बर्फ का पहाड़ उसके शरीर पर गिर पड़ता था। कायदे से जिसे कहते हैं 'एवलेंच'।

शीतकाल का प्रसंग हर एक खत्म करना चाहता था। जिस प्रसंग की तरफ़ मारिया लाना चाह रही थी वह था सूर्य। कैसी कल्पनातीत उसकी किरणें, कैसा बढ़िया ताप। उसकी रोशनी में कैसा जादू है। नीला साँस रोककर सुन रही थी। बिडाल के खाल की दुर्गन्ध मानों निमिष मात्र को उड़ गई थी, वसन्त का ऐसा सुन्दर वर्णन सुनकर। बल्कि वह जल्दी-जल्दी साँस लेने लगी। क्योंकि उसकी याद में सूर्य की किरणें फूट रही थीं। सूर्य का मोहक रूप उसने कभी नहीं देखा था। देखी थी उसकी गर्मी, तीखापन, क्षोभ, शरीर जलाने वाला रूप। उमस भरी गरमी में नीला बार-बार साँस ले रही थी। अब भी ले रही थी। प्यास भी लग रही थी। अब भी गला सूख रहा था। नीला प्यास पर काबू किए रही। वह आलोचना में रहना चाहती थी। कहीं कोई यह न सोचे कि नीला कुत्तों से ही नहीं सूर्य से भी डरती है। बात सुनने के बाद कि दानियल आगे कुछ न कहे वह खुद बोली कि उसने शायद सूर्य कभी देखा नहीं या उनके देश में सूर्य नहीं निकलता।

जैसे उनकी आँखें थीं। उनमें शर्म भी थी और आँखों की शर्म के कारण वह सोफ़े के कोने में बैठी, मनोयोग से नाखून काटते-काटते नीला से बोली, "अच्छा तुम्हारे भारत में अब कौन-सी ऋतु है?" दानियल ने ही पूछा। उसकी मित्र बिल्कुल ही बेकार नहीं है कि भारत में अब कौन-सी ऋतु है। शीत या ग्रीष्म। इस सहज प्रश्न का उत्तर वह अवश्य दे पाएगी। इस बारे में वह निश्चिन्त थी। इसलिए पूछा था और नीला को अकेलेपन से छुटकारा दिलाने के लिए।

पर नीला अकेलापन महसूस नहीं कर रही थी। केवल इस समय अकेलापन लग रहा था।

नीला में म्लान स्वर में उत्तर दिया, "बसन्त ऋतु।"

निकल की भौंहों पर अविश्वास था।

—पूछा, "भारत विश्वरेखा के उत्तर में है या दक्षिण में..."

रीता बोली, "उत्तर में।"

निकल बोली, "नहीं... नहीं दक्षिण में।"

दानियल ने कहा, "वसन्त काल है तो निश्चय ही उत्तर में है।"

निकल उठ गई। टाउस की पुस्तक लेकर वापस आई।

पाँच सिर पृथ्वी के मानचित्र पर झुके हुए थे। लाल (निकल का) सुनहरा (मारिया का) काला (रीता का) बादामी (मिशेलकज़ का) गहरा बादामी (दानियल का)।

नीला दूर से इनके सिर देख रही थी।

इस बार रीता अपने सही उत्तर पर, नीला की तरफ झुककर बोली, "क्या नाम है डायरेक्टर का वही जिसने 'सालोन द म्यूजिक' बनाया है सत्यजित रे। उसकी पिक्चर देखी थी मैंने। रीता के मुँह पर कानों तक हँसी फैल गई।

नीला के चेहरे पर भी हँसी खेल गई... बात निकली।

"उनकी और कौन-सी पिक्चर देखी तुमने?"

"लगभग सभी।"

"पथेर पांचाली देखी?" नीला उत्साहित हो गई।

"देखी है... इतनी अच्छी नहीं लगी।"

"अच्छी नहीं लगी?" नीला को ताज्जुब हुआ।

'चारुलता...?'

"वह भी देखी है उनकी सबसे अच्छी पिक्चर है 'सालन द म्यूज़िक' (जलसा घर)।"

नीला ने रीता की राय सुनी उसके मत में 'पथेर पांचाली' सत्यजित रे की श्रेष्ठ फ़िल्म थी फिर भी साँस नहीं निकाला क्योंकि एक रीता ही तो भारतीय थी जिसे बंगाली सम्पर्क से बहुत जानकारी थी। 'जलसा घर' ही क्यों अगर रीता 'महापुरुष या 'कापुरुष' ही पसन्द करे तो नीला नहीं चाहती थी कि ज़रा-सी भी आवाज़ करे।

असल में रीता ने ही एक तरह से नीला का उद्धार किया। झुके हुए सिर से नाखून खूंटने से मुक्ति दिलाई। नीला के स्वर से कुंठा चली गई।

"किसी और भारतीय डायरेक्टर की फ़िल्म देखी है?" नीला ने पूछा।

"देखी है—दो एक। तुम लोगों की फ़िल्मों में नाच-गाने बहुत होते हैं।"

"वह तो है... सस्ती मार-पीट... पसन्द का नाम भी नहीं। हिन्दी फ़िल्मों को अस्वीकार करने के सिवाय चारा नहीं था। क्योंकि वे इन लोगों की फ़िल्में नहीं थीं।"

"ऋत्विक घटक, मृणाल सेन, अपर्णा सेन, बुद्धदेव दास गुप्त की फ़िल्में देखी हैं? नहीं देखी... नाम सुना है।"

खुद रीता ने अभी तक कोई बड़ी फ़िल्म, जिसे कहते हैं 'फुललैंग्थ' नहीं बनाई थी। अब तक जितनी बनाईं सब छोटी थीं। छोटी का मतलब था दो मिनट, पाँच मिनट, पन्द्रह मिनट की फ़िल्म। तीन तथ्य चित्र बनाए हैं नाचने वालियों के जीवन चरित्र और एक बनाई है तुर्की रूसी लड़कियों की पतिता वृत्ति को लेकर। 'फुललैंग्थ' बनानी आसान होती है किन्तु प्रयोजन होने पर सहन नहीं होती।

दानियल बोली, "लड़कियों को बेचने वालों पर कोई मूवी बनाना चाहोगी? देखना डायरेक्टर कूद कर मूवी का ख़र्च देने पहुँच जाएगा।"

निकल ने संशोधन किया। 'पुरुष डायरेक्टर।'

टेबल पर तरह-तरह की शराब की बोतलें थीं। शैम्पेन, तो, मार्टिनी, भदका, आदि—जो जिसे पसन्द हो।

निकल हर एक की इच्छानुसार शराब डाल रही थी। मारिया ने ज़ोर से सिर हिलाया कि वह शराब नहीं पिएगी पहले ही बता चुकी है। क्योंकि उसे गाड़ी चलानी है।

"पेरिस में... दो दिन के लिए गाड़ी।"

"दो दिन के बाद उसे दक्षिण जाना है—कनाडा!"

"वहाँ भाषण देगी।"

"नहीं वहाँ समुद्र है। दक्षिणी उष्णता।"

"वे स्वीडिश हैं और कुछ नहीं जानते बस कानून मानते हैं," मिशल कज आँखें मूँद कह रही थी, हम फ्रांसीसी जब तक पेट में दो-गिलास न उतार लें... स्टीयरिंग पर हाथ नहीं लगाते। या कि एब्सल्यूट चलेगी।"

"एब्सल्यूटली नॉट?"

नीला न पोर्तो के लिए कहा। क्योंकि देखने में बोतल दूसरी बोतलों से ज़्यादा अच्छी थी। और पीनी इसलिए होगी कि न पीने पर वह गँवार समझी जाएंगी। और निकल जब गिलास हाथ में दे तो नीला 'धन्यवाद' कहेगी।

मर्सीबाकू इसका उच्चारण सीखने में ही इसे बहुत दिन लग गए थे। एम.ई. आर.सी.आई. 'मरसि' बी.ई.ए.सी.ओ.यू.पी. 'बियाकूप' 'मरसि बियाकूप' वही कहती। जैसे स्पेलिंग वैसा ही उच्चारण। किन्तु सुनकर लोग अवाक् रह गए... यह लड़की कौन-सी अजीब भाषा बोल रही है। फ्रांसीसी इसका उच्चारण करें तो ग-ए-र की तरह एक शब्द बोलते हैं और शब्द के अन्त का ज़्यादा भाग वे उच्चारण ही नहीं करते। यह देखकर नीला को पक्का यकीन हो गया कि पुस्तक पढ़कर कोई भी दूसरी भाषा सीखी जा सकती है—फ्रेंच नहीं।

नीला की बुद्धि खराब होने का जुगाड़ हो गया जब देखा कि फ्रेंच भाषा की सब चीज़ों, सब पदों में लिंग होते हैं। ये लोग बड़े लिंग प्रेमी हैं टेबल, चेयर, दरवाज़ा, खिड़की, खाता, क़लम, थाल, बर्तन—सबके लिंग हैं टेबल पुलिंग तो चेयर स्त्रीलिंग, खाता पुलिंग तो क़लम स्त्रीलिंग, दरवाज़ा पुलिंग होता है या स्त्रीलिंग? स्त्रीलिंग। क्यों? कारण कोई नहीं। ब्रेजियर पुलिंग है वह तो लड़कियों की चीज़ है। वह पुलिंग क्यों? कारण कोई नहीं। पैंटी? पुलिंग। लिपिस्टिक? यह भी पुलिंग, मन्त्री का लिंग? मन्त्री पुलिंग। फिर औरत मन्त्री का क्या उपाय है... पुलिंग ही प्रयोग करते हैं मन्त्री का लिंग? पुलिंग फिर महिला-मन्त्री? पुलिंग ही प्रयुक्त करते हैं। किसी और ने कभी शब्द का लिंग बदलने का दावा किया? नीला ने जानना चाहा। 'पुलिंग' का क्या लिंग है? पुलिंग या स्त्रीलिंग।

नीला ने फ्रेंच भाषा सीखने की आशा छोड़ दी। उसके लिए यह भाषा सीखना सम्भव नहीं होगा। इतने सारे लिंग संभालने की क्षमता नहीं है इसमें। हाँ 'म्या (ग) सि बकू' बोल सकी यही बहुत था। अन्ततः असभ्य कहकर अब कोई गाली नहीं देगा। वह बहुत सर्तक थी कान, नाक, आँख सब खुले हुए। वह 'धन्यवाद' देना

बिल्कुल नहीं भूलेगी।

आलोचना चलती रही। पुरुष डायरेक्टर से नारी डायरेक्टर, नारी प्रयोजक से नारी परिचालिका। इसके बाद बैक गियर से सौ वर्ष पीछे गए। सूसन बी एन्थनी, एलिज़ाबेथ, केडी स्टैन्टन–वोट आन्दोलन! वोट से कूद कर नारी श्रमिक आन्दोलन, क्लारा जेटकिन की सभा में। उस सभा में एक और लम्बी उड़ान–बर्थ कंट्रोल जन्म-नियंत्रण! उसका फैसला हुआ। अब क्या? इसी फ्रांस में इसी, इगालित के संसद में, सौ में से दस भी महिलाएँ नहीं हैं। कैसी शर्म की बात है। सिमोन बेइल... संसद में बैठकर क्या कर रही है। कुछ नहीं। इस प्रसंग से बचकर आ गई 'दक्षिण पंथी दल' से भिड़ी। बेवकूफी छोड़कर और क्या है यह? कैथरीन त्रेतमेन? स्टारस वर्ग में लड़कियाँ रहना ही अच्छा था। संस्कृति मन्त्री होकर काम के नाम पर कुछ नहीं किया। एलिज़ाबेथ गिर्गोत को सराहना चाहिए। महिलाओं के पचास नाम थे दल के नामांकन में यह एक घटना ही है। नॉमिनेशन का अर्थ संसद में बैठना तो नहीं! वोट में और कितने लोग जीतेंगे।

मारिया अपनी ऊँची नाक ज़रा और ऊँची करके बोली, "हमारे देश में बेशक यह झमेला नहीं है। संसद में महिलाएँ चालीस से ज़्यादा हैं।"

"जो होता है स्कैंडिनेविया में ही होता है।" निकल बोली। उसका चेहरा उतरा हुआ था।

अगले ही क्षण मारिया खीझकर बोली, "खाक हो रहा है। ज़रा एकेडेमिक पदों की तरफ देखो। बड़े ओहदों पर कौन हैं–सब पुरुष।"

ठंडे देश से आई हुई मारिया को बाकी सब ध्यान से सुन रहे थे। वह देश था वाइकिंग–जलदस्युओं का देश–जो अचानक हमला करते, गाँव के गाँव जला डालते, शहर खंड-खंड कर देते। बेरहमी से लोगों का खून करके धन-दौलत लूट लेते। यही जलदस्यु अब संसार के अन्यतम पुरुष और अन्यतम नारी के रूप में परिचित हैं। जलदस्युओं का देश अब समता, साम्य, सुख और समृद्धि का देश है।

मारिया बोली, "मोना साविन के बारे में तो जानती हो ना? वह तो प्रधानमन्त्री होते-होते रह गई।"

"क्यों...?"

"सरकारी क्रैडिट कार्ड लेकर कभी चॉकलेट ख़रीदा करती थी। फँस गई। हतभागों ने देखा कि क्रैडिट कार्ड का काम बड़ा तुच्छ है।"

नीला कहने को थी कि महिलाएँ राष्ट्रपति या प्रधानमन्त्री हो जाएँगी तो सारी समस्या खत्म हो जाएगी? भारत, पाकिस्तान, श्रीलंका, बांग्लादेश में तो महिलाओं को ये पद मिले भी हैं किन्तु समाज में उनकी स्थिति वही रही। पर वह बोली नहीं, बात पी गई–गैर की तरह। नीला की धारणा थी कि उसके वाक्य की गधे के मन्तव्य की तरह विवेचना की जाएगी। हो भी तो, नीला ने सोचा कि पिता, पति का सहारा

लेकर उन देशों की स्त्रियाँ क्षमता में आई हैं गणतंत्रता पद्धति से नहीं।

भारत है विश्व का सबसे बड़ा गणतन्त्र—नीला मन-ही-मन सोच रही थी। सोचते-सोचते उनकी बातें सुनती रही। वे क्या कह रही थीं कि अपने सबसे बड़े गणतन्त्र देश को धोकर खाओ। नीला ने उसे हज़म कर लिया। फ्रांसीसी वर्दिएस्ट वाइन धोकर बड़ा गणतन्त्र पी लिया। वर्दिएस्ट... ग़लत है दानियल सुधार देती 'बरदो'। नीला भी नीची जाति की लड़की है। बड़ी जात में उठने की कोई सम्भावना नहीं। फिर भी फ्रांसीसी जात में उठने के लिए कुछ अभ्यास करना पड़ेगा। इस देश में जात में उन्नति कुछ अन्य रकम की है। जन्म-परिचय इतना जरूरी नहीं। अच्छी तरह शराब पीना सीखने के बाद बहुत कुछ काम हो जाता है—पीने का मतलब सिर्फ़ घूँट भरना नहीं...गिलास दो अंगुलियों में किस तरह पकड़ा जाय, किस तरह पहले छोटा सा 'सिप' लेकर जिह्वा के अग्रभाग को तर करके सिर दाहिनी तरफ़ झुकाना होता है, उसके बाद सामने पीछे किस तरह सिर हिलाया जाय। हर घूँट में छन्दमय विरति! यह है कला...इस कला के परम्परागत होते ही जाति सीढ़ी छोड़कर।

मिशेलकज़ अम्लान चेहरे के साथ बोली, "भई! जो भी कहो संसार बदल रहा है। स्त्रियां किस हालत में थीं। यूरोप की बात ही क्यों नहीं सोचतीं। गिरजे के लोगों ने ज़िन्दा लड़कियों को जलाकर नहीं मार डाला था? क्या?—मारा था।

निकल ने हाथ उठकार सबको चुप रहने के लिए कहा। रुकने पर वह आहिस्ता से बोली किन्तु प्रत्येक शब्द पर ज़ोर डाते हुए वही ठीक है जैसा पहले था! नारी पर पुरुष का शोषण। शोषण के चौखटे में कोई परिवर्तन नहीं होता। बराबर यही कहा जा रहा था कि निकल क्या कह रही है। एक समय था कि मातृतंत्रिक समाज अवस्था थी। नारी के हाथ से पुरुष ने क्षमता छीन ली—हथियर के जोर से।

निकल ऊँची आवाज़ में कह रही थी, "मातृतंत्रिक समाज व्यवस्था किसी भी समय कहीं नहीं थी। जो वह मातृलोकाल और मातृलिनियर समाज। सम्पत्ति भी लड़कियों के नाम होती थी और लड़कियों की पदवी वंशानुक्रम के अनुसार ग्रहण की जाती।...यह भावृतंत्र नहीं है।

दानियल ने यद्यपि कहा था तुम्हारे और मारिया के कारण क्योंकि तुम फ्रेंच नहीं जानती, हम अंग्रेजी में बात करेंगी। जो बात, जो आलोचना अंग्रेजी में हो रही है और ठीक भली-भांति समझ रही है कि वह मालिया के कारण हो रही है। नीला के कारण होने की तो वजह ही नहीं थी...क्योंकि वइ इतना समझ नहीं पाती...उसके लिए सम्भव ही नहीं था। एक गिलास ड्रिंक खत्म करके उस सभा में तटस्थ बैठी नीला ने चाहे नारी आन्दोलन में हिस्सा नहीं लिया था, फ्रेंच भाषा में दक्षता दिखाना चाहती थी। बोली, "जे पो एवोयर द विन रूज़ संडिल वो प्ले सिल।"

नीला क्या कह रही थी समझने की दक्षता किसी में नहीं थी। जो कुछ कहना चाहती थी उसे अंग्रेजी में बोलना पड़ा। मैं लाल वाइन पीना चाहती हूँ।

हँसी का ज्वार उफन उठा। नीला ने मुँह बन्द रखा। निकल को अच्छी अंग्रेजी नहीं आती यह सोचकर कि इधर कुछ ही दिनों में सीखी हुई फ्रेंच में बोलेगी अन्ततः कमरे में घुसते ही निकल से हाथ मिलाते हुए कमेंट किया और एक ही प्रश्न पूछने पर उससे उत्तर नहीं बन पड़ा। अच्छा हुआ कि कुत्ते के झपटने ने नीला को फ्रेंच में बोलने से विरत कर दिया।

म म म म आवाज़ उठी।

आलू सेद्ध और सलाद और पनीर और था टार्ट–

म म म म   म म म म बाकी सब।

अन्त में कॉफी।

निकल रसोईघर में चली गई। रेफ्रिजरेटर से पोर्क निकालने। पीछे-पीछे दानियल। उसके पीछे रीता। नीला देख रही थी कि खाना पकाते-पकाते रात खत्म हो जाएगी। पर पाँच या छह मिनट ही होंगे कि निकल ने टेबल पर पका हुआ पोर्क लाकर रख दिया। इतनी जल्दी पोर्क किस तरह पक गया। सबकी समझ में आने पर भी नीला को समझ नहीं आया। निकल ने झटपट बता दिया कि कौन किस चेयर पर बैठेगा। अपने-अपने पेय के गिलास लेकर टेबल पर आ जाओ। आलू सेद्ध ले लो और पोर्क का टुकड़ा।

"यह कैसे पकाया गया?"

"मक्खन में डाला गया। डालते समय एक कली लहसुन बधार कर डाल दी–बस।"

इसका नाम है लहसुन में पोर्क।

दाहिने हाथ से दाल-भात खाने वाली नीला के हाथ में काँटा चम्मच और छुरी थे। दाएँ हाथ से काँटा चम्मच और बाएँ हाथ में छुरी लेकर मांस काटने लगी तो छुरी छिटक गई। उसने फिर उठाया पर कट नहीं रहा था। सख्त हाथ से छुरी काँटा पकड़े रखा। डर लगा कि मांस को हाथ से छूने पर सब कुछ फिसल जाएगा। तिरछी नजरों से सबकी तरफ़ देखा–दाएँ हाथ में छुरी थी बाएँ हाथ में काँटा। छुरी बाएँ हाथ से दाहिने में और काँटा दाएँ में। छुरी काँटा बदलकर बिना सोचे छुरी मांस में छुआते ही हाथ से फिसल पड़ा।

नीला की तरफ़ किसी ने ध्यान नहीं दिया इसलिए कि नीला को शर्म आएगी पर अब तो सब 'हाय' 'हाय' कर उठे। क्या बात है तुम्हें शायद छुरी-काँटा पकड़ना नहीं आता? काँटा मुट्ठी में लेकर तर्जनी रखो छुरी पर, काँटा घुसाओ मांस में, फिर दाएँ हाथ की छुरी से काटो। बाएँ हाथ के काँटे से टुकड़ा उठा लो। तब नीला हँसकर कहती, "आप जानती नहीं हम् लोगों को हाथ से खाने का अभ्यास है। हाथ से खाने का स्वाद ही अलहदा होता है। हाथ से खाना छूने में एक तरह का घनिष्ठ सम्पर्क होता है–आत्मीयता जैसा।" टेबल पर खामोशी। नीला के हाथ से छुरी काँटा गिरना किसी ने देखा न भी हो उसे दुगनी लज्जा में डाल रहा था। लज्जा से नीला को

मुक्ति नहीं थी।

दानियल की तरफ़ तिरछी निगाहों से देख रही थी नीला कि उसके हाथ से गिरे हुए काँटे छुरी के शब्द ने दानियल को कितना परेशान किया होगा। अनुमान करने की कोशिश कर रही थी। पर सम्भव नहीं हुआ। नीला के लिए मुमकिन नहीं था बिना मसाले वाला मांस चबाना और सबकी तरह नमक, काली मिर्च छिड़क कर खाना। नीला के लिए सम्भव नहीं हुआ। जिह्वा पर मांस बेस्वाद लग रहा था। मांस में सुअर की गन्ध आ रही थी। पर सारी टेबल पर उस समय 'मममम हो रही थी। नीला ने आलू सेद्ध का एक टुकड़ा मुँह में डाला। सलाद का आधा पत्ता चबाया जिससे मांस की गन्ध कुछ हद तक दूर हो गई। फिर पनीर ने मुँह का स्वाद खराब कर दिया। इधर मांस का टुकड़ा तोड़कर बड़ा-सा जिसने टेबल पर अपनी प्लेट के पास रखा था, जल्दी से अभ्यस्त एवं सभ्य हाथ में छुरी से पनीर लेकर रोटी पर लगाकर रोटी पनीर सीधे मुँह में डाल रहे थे। वह नीला नहीं खा सकी। पनीर की दुर्गन्ध दूर करने के लिए उसका सहारा लेना पड़ा तीखा टार्ट सादामाटो एप्पल पाई। किसी घर से 'एप्पल पाई' बनाकर उल्टी थाली में रख दिया था और सब्जी नीचे चली गई थी। इसलिए इन लोगों ने सोच लिया कि तब से एप्पल पाई का नाम बदल गया। (टार्ट कम एप्पल) या टार्ट ताँता, या दुम्बेकी नाम।

नीला कॉफ़ी नहीं पिएगी, चाय भी नहीं। इसलिए पानी पी लिया। खाना खत्म होने के बाद टेबल पर बैठने का अभ्यास नहीं था। वह विचलित हो रही थी। किन्तु उठकर सोफ़े पर भी नहीं बैठ सकी। क्योंकि नियम नहीं था। नियम था कि खाना खत्म करने के बाद टेबल पर ही समय बिताया जाए। अभिजात अंग्रेज अवश्य एक कमरे में खाना खाते हैं फिर हाथ में नैपकिन लेकर उठ जाते हैं दूसरे कमरे में स्वीट डिश खाते हैं फिर किसी और कमरे में जाकर चाय या कॉफी पीते हैं। कायदे से दौड़ भाग कर खाना खाते हैं। नीला ने हिसाब करके देखा कि निकल के घर खाने की मेज़ खाली हुई थी पूरे पाँच घंटे में। बंगालियों को खाना पकाने में पाँच घंटे लगते हैं और भोजन खत्म करने में पाँच मिनट। फ्रांसीसी खाना पकाने में पाँच मिनट लगाते हैं और खाना खाते हैं पाँच घंटे में।

निकल ने नीला की बेचैनी दूर करने के लिए नीला की तरफ गिलास बढ़ाया. .. बात क्या है? टेलीविज़न में भारत के बारे में अभी भी एक तथ्य चित्र दिखाया जा रहा था। सिर घुमाकर सब देखने बैठ गए। नीला को सबसे आगे ठेल दिया गया। प्योना के पास कुत्ते-बिल्लियों को सोफ़े पर। उनकी नज़रों में तथ्य चित्र।

टेलीविज़न का परदा गोल टीन का एक थाल। पीछे से कैमरा चल रहा था। गोलाकार छोटा हो रहा था... पर्दा...नंगे पाँव अब कैमरा और दूर चला जाता है। नंगे पाँव नंगे बदन सिर पर रूखे बाल जुकाम से पीड़ित आठ साल का एक बालक सड़क पर जा रहा है। सड़क पर चलते हुए लोगों के सामने फूटी थाली रखता

है भिक्षा चाहिए। सिर्फ एक भिखारी नहीं उसके पीछे और भिखारी। सड़क पर लोगों की भीड़। टूटी-फूटी ट्राम खट्खट् करती हुई आगे जा रही है। आधी टूटी ट्रक भीड़ में भों-भों की भयानक आवाज़ करती हुई आगे बढ़ रही है। और इनके बीच कमज़ोर-सी गाय चल रही है। भीड़ के बीच कुछ गायें बैठी जुगाली कर रही हैं। कुछ बैलगाड़ियाँ हो-हो करती हुई जा रही हैं। सारा फुट-पाथ भिखारियों से भरा पड़ा है। वह लड़का टूटी हुई थाली पकड़े घूम रहा है। टूटी-फूटी झोंपड़ी है जो तालाब के किनारे है—पगंडडी पर...चलकर झोंपड़ी में पहुँचा जा सकता है। झोंपड़ी सूखे पत्तों से बनी है। अन्दर भाई-बहन के झगड़े की चीख-चिल्लाहट! दोनों भात की हांडी पर टूट रहे हैं।

नीला कमरे में स्तब्धता भंग करके बोली, "किसी गरीब परिवार की कहानी दिखा रहे हैं।"

'शशशूश' नीला को चुप रहने के लिए कहा गया।

परदे पर भारत की हाँडी—खाली हाँडी। माँ पुल पर चलकर नीचे के तालाब से पानी भरने के लिए जा रही है। पानी लाकर चूल्हा जलाती है। रेलवे लाइन पर रेलगाड़ी जाती है। चूल्हे की आग बुझ जाती है। धुएँ से आँखें ढँकती-ढँकती माँ भात पकाती है कैमरे में फिर भात की हँडिया। हाँडी पर लड़का-लड़की टूट रहे हैं। माँ उन्हें हटा रही है इसके बाद का दृश्य—वही भिखारी बालक पुल पर बैठा खुले आकाश के नीचे पायखाना कर रहा है। नीचे तालाब!

तथ्य चित्र खत्म होते ही सबसे पहले नीला मुँह खोलती है आह! कैमरे का कैसा बढ़िया काम हुआ।

नीला सोफ़े के बराबर की टेबल से एक मैगज़ीन उठाकर उस पर झुकी रही। मानों बहुत मन लगाकर पढ़ रही हो। उसे मालूम है कि वह मुँह छिपा रही है। उसके कान खुले हैं उसके कानों में विभा का उच्छ्वास। मिशेल की आवाज़ "भारत के तथ्य चित्रों जैसे तथ्य चित्र नहीं होते और कैमरे में हाँडी पर नेपथ्य संगीत सुना था? एडिथ पियाफ़ के गाने के स्वर थे ना।"

कौन-सा 'ला वाइ लो अमोर...?

नहीं-नहीं ल' ओइ ब्लैस्सी...।

नीला की दृष्टि 'वोग' मैगज़ीन की तस्वीरों पर स्थिर रही। एक सुन्दरी दोनों आँखों में ढेरों कामनाएँ लिए समुद्र के किनारे नंगी लेटी है। पाँव के पास बालू में सुगन्ध की शीशी पड़ी है—'ओपियम'। नीला ने मैग़ज़ीन से नज़रें हटाईं या मुँह के सामने से मैगज़ीन हटाया जब कहीं चेयर हटने की आवाज़ आई। कोई उठ रहा था। वह खुद भी उठना चाह रही थी। दानियल फिर असभ्यता का दोष न देकर सिर झुकाए हुए बोली, "अ बियेनटट!"

कहने के बाद जाने का प्रोग्राम होगा। पर नहीं। निकल, मिशले और रीता के

गालों पर तीन बटा दो यानी छह चुम्बन लेने पड़े नीला को। मारिया को चुम्बन नहीं दिया क्योंकि वह नीला और दानियल को अपनी गाड़ी में दूर तक पहुँचाएगी। रास्ते में दोनों उतर जाएँगी। तब मारिया के साथ होगी चूमा-चामी।

दानियल ने भी तीनों का चुम्बन लिया। बोली, "आ वियॉतो।"

रीता बोली, "यह मेरा सौभाग्य है कि किसी भारतीय के साथ मैंने भारत पर तथ्य चित्र देखा।"

नीता हँस पड़ी क्योंकि हँसना चाहिए था अन्यथा उसे घमंडी या धृष्ट कहा जाता।

मारिया की गाड़ी में नीला पिछली सीट पर बैठी, आगे दानियल। मारिया मन्द गम्भीर स्वर में बोली, "सीट-बैल्ट! सीट-बैल्ट।"

स्वीडिश कानून! पीछे अँधेरे में नीला के हाथ में सीट बैल्ट आयी जरूर, पर बाँधने का उपाय नहीं था।

जब घर पहुँची बहुत रात हो चुकी थी। दानियल कपड़े उतारकर सीधी बिस्तर में घुस गई।

नीला को नींद नहीं आ रही थी। फिर भीं पड़ी रही। कपड़े भी नहीं बदले।

दानियल बोली, "इतनी लम्बी-लम्बी साँसें क्यों ले रही हो... क्या हुआ?"

"नहीं... कुछ नहीं।"

"बात नहीं कर रहीं...।"

"क्या कहूँ बताओ।"

"क्यों बात करने को कुछ नहीं है?" दानियल ने नीला के कन्धे पर हाथ रखकर पूछा।

"निकल कैसी लगी... और उसकी मिम?"

"अच्छे...।"

"ऊहूँ... तुम्हारा मन अच्छा नहीं है नीला! साफ़ समझ रही हूँ।"

"असल में जानती हो क्या? मुझे अपने पर क्रोध आ रहा था।"

अब दानियल ने नीला को अपनी तरफ लिया।

"क्यों... क्रोध क्यों?"

"निकल के घर में जाना उचित नहीं था।"

"क्यों उचित नहीं था?"

दानियल के प्रश्न के उत्तर में नीला बहुत देर तक निःशब्दता के जल में डूबी रही। फिर प्रश्न जब बार-बार उसके कानों में भी झींगुर की तरह गूँजने लगा तब नीला ने लम्बी साँस लेकर कहा, "देख लिया ना कैसे गधों की तरह बैठी रही सारा समय। मेरा इन सब जगहों में जाना शोभा नहीं देता। किशन के घर में पत्नी की तरह रहना ही शायद अच्छा था। आपाद-मस्तक गृह-वधू। खाना पकाओ परोसो।

दो-एक भारतीयों के साथ बातें करो। और बस। असल में ऐसी सभाओं में जाने लायक नहीं हूँ मैं।''

दानियल उठकर बैठ गई। ''क्या हो गया? अच्छी जगह ले गई जहाँ तुम्हारा मन लग जाए और तुम शिकायत कर रही हो।''

नीला उसी विषण्ण स्वर में बोली, ''अच्छा बताओ तुम्हें वह तथ्य चित्र अच्छा लगा?''

''बिल्कुल! तुम्हें नहीं लगा?''

''नहीं।''

''वह भारत जैसा बढ़िया चैनल भारत पर चित्र दिखा रहा था। वह कितना कीमती है... मालूम है?''

''दानियल!'' नीला फँसी हुई आवाज में बोली, ''भारत में केवल दरिद्रता ही नहीं है बहुत धनवान भी हैं वहाँ। बहुत से मध्यवित्त...!''

दानियल जोर से हँस पड़ी। ''भारत में टेलीविज़न भारत के अमीरों का चित्र दिखाएगा! धन दिखाना होगा तो बिल गेट्स का धन दिखाएँगे और दरिद्रता दिखाना हो तो अच्छा है भारत के लिए लाभ होगा। आर्थिक सहायता मिलेगी।''

दानियल पीठ के पीछे दो तकिए रखकर आराम से बैठ गई और गुलोयाज का पाउडर पतले काग़ज़ में लपेटकर सिगरेट बनाकर जलाती लम्बा कश लेकर कमरे में धुआँ छोड़ते हुए नीला के बालों में हाथ फेरते हुए बोली, ''तुम यह तो अस्वीकार नहीं कर सकतीं कि भारत ग़रीब देश है। यह भी मानना होगा कि जो परिवार दिखाया है आज वैसे परिवार भारत में हैं? हैं... जरूर हैं...! विश्व के कितने ही लोग ऐसा मानवेतर जीवन बिताते हैं नीला! इनके लिए सबको कुछ करना चाहिए। विशेषकर इन धनी देशों को। भारत में भी धनवान है। ठीक है उन अमीरों के जीवन के बारे में तो हमें मालूम है पर इन दरिद्रों के जीवन देखकर हम उठ बैठते हैं, सोचते हैं सब कुछ नहीं। जो सोचने लायक हैं वही। जिनके हृदय हैं वे। जानती हो नीला! यह बहुत कुछ चाबुक की तरह है जो हमारी पीठ पर पड़ता है।''

नीला का कुंठित-कुंचित मन अचानक भिखारी की टूटी हुई झोंपड़ी से बाहर आ गया। दानियल का हाथ पकड़कर बोली, ''तुम कितनी अच्छी हो।''

''जितना जितना तुम्हें देखती हूँ। मुग्ध होती हूँ।''

दानियल नीला के हाथ की अंगुली सहला रही थी।

नीला को अच्छा लग रहा था।

''एई! इतने कपड़े-वपड़े पहने सोने जा रही हो... आराम से नहीं सो सकतीं!''

नीला करवट बदलकर बोली, ''नग्न सोने का मुझे अभ्यास नहीं है।''

लिहाफ़ खींच कर गुड़ीमुड़ी होकर वह लेट गई। दानियल की अंगुलियाँ नीला की बाँहों से गरदन, गरदन से बालों में पहुँच गईं। दानियल नरम अंगुली घुमाती

रही। नीला की आँखें नींद से बोझिल होने लगीं।

मलिना अक्सर उसके बालों में माँग निकाल दिया करती थी उसे सुलाने के लिए। इस मातृहीन देश में दानियल एक तरह से माँ ही थी। जब दानियल की अंगुली उसके वक्ष पर चलने लगी तो नीला की नींद खुल गई। उसका हाथ हटाकर हँस पड़ी, "गुदगुदी कर रही हो?"

"नहीं," आवाज़ गम्भीर थी।"

नीला ने गरदन मोड़कर दानियल की तरफ देखा। बादामी आँखों में गुदगुदी का कोई लक्षण नहीं था।

"जानती हो मेरी माँ भी इसी तरह बालों में हाथ फिराया करती हैं। ऐसा करने में मुझे बड़ा अच्छा लगता है।

"तुम्हें अच्छा लगता है?... यह..."

"शरीर का रंग कितना सुन्दर है।"

"रंग कैसे सुन्दर हुआ... गोरा नहीं है ना।" नीला मुँह बनाकर बोली।

"गोरा न हो तो तभी सुन्दर होता है।"

"तुम्हें बादामी रंग पसन्द है।"

"बहुत...बहुत।"

दानियल नीला के बालों में अंगुलियाँ फेरती रही नीला बच्चों की तरह उससे चिपटकर लेटी रही। वह मलिना की छाती से सटकर इसी तरह सोया करती थी।

"मुझमें कोई गुण नहीं है दानियल!" नीला का स्वर टूटा हुआ था।

"किसने कहा नहीं है...। सबसे ज्यादा तुम्हारा भोलापन अच्छा लगता है।"

दानियल की अँगुली धीरे-धीरे नीला के बालों से माथे पर फिर नाक पर होती हुई होंठों पर आ गई।

"तुम्हारे होंठ इतने सुन्दर हैं चूमने को जी चाहता है।"

"चूमना...होंठों को?"

"नहीं...?"

"ऊँ हूँ...।"

"ऊहूँ मायने... नहीं चाहती।"

नीला ने 'नहीं' में सिर हिलाया।

"तुम्हारे पाँव कितने ठंडे हो रहे हैं।" दानियल अपने पाँव आगे बढ़ाकर उसके पाँवों को सहलाते हुए बोली।

दानियल की अँगुली नीला के शरीर से हट नहीं रही थी। और उसके पाँव नीला के पाँवों से हट नहीं रहे थे।

नीला ने करवट ले ली। उनींदे स्वर में बोली, "चलो... सो जाओ। रात बहुत हो गई है।"

"तो क्या हुआ कल रविवार है।"

"कल काम नहीं है सवेरे उठने की जल्दी नहीं है।" दानियल की अँगुलियाँ नीला के शरीर पर घूम रही थीं। उसकी अँगुली नीला के शरीर से होती हुई वक्ष-स्थल के बीच में जाती है। नीला जितना ही समेटती दानियल अलग कर देती।

अब नीला बिस्तर से छलाँग लगाकर चेयर पर जा बैठी।

"दानियल क्या कर रही हो?"

"क्यों? तुम नहीं चाहतीं?" दानियल की आवाज़ में आश्चर्य था।

"क्या नहीं चाहती?"

"संगम...?"

"मायने?"

"मुझे मालूम है तुम चाहती हो..."

"कैसे जानती हो?"

दानियल बोली, "क्यों मेरा हाथ पकड़कर सड़क पर नहीं चल रही थीं तुम?"

"तो...?"

"तुम मुझे पसन्द करती हो समझ गई थी।"

नीला अवाक् होकर बोली, "पसन्द करती हूँ इसलिए तो हाथ पकड़कर चल रही थी। और (संगम) यह क्या कह रही हो। लड़कियों-लड़कियों में यह सब होता है क्या।"

दानियल होंठ दबाकर हँसी, "नहीं होता तुमसे किसने कहा।"

"मैंने कभी सुना नहीं।"

नीला ने कभी सुना नहीं, सिर्फ़ यही नहीं, उसकी अपनी कल्पना जितनी दूर तक जाती थी कोई छवि भी नहीं उभरती थी या अनुमान लगा पाती कि लड़कियों में आपस में यौन सम्बन्ध हो सकता है।

उधर दानियल भी चकित सी बोली, "मैं समझती हूँ तुम समझी नहीं थीं।"

कैसे समझती नीला कि दानियल समकामी है। समकामी देखने में कैसे होते हैं इन्सान की ही तरह ना! देखने में दानियल दूसरी लड़कियों की तरह थी।

"क्यों मुझे देखकर समझ नहीं गई थीं।"

"नहीं।"

नीला के मन का धुआँ दूर नहीं हो रहा था। आँखों के सामने कमरा घूम रहा था। कमरे में शून्य आ गया था। घर उड़ रहा था। बिस्तर पर आ गई। दानियल के द्वारा काटी हुई जिह्वा! नीला के मुँह में स्वाद आता रहा।

नीला वाक्रुद्ध, श्वास बन्द करके बिस्तर पर पड़ी रही।

एक लज्जा में सैकड़ों शर्मिन्दगियाँ नीला को आवृत्त किए थीं।

पेरिस में भयावह स्वप्न के चक्कर में

नीला को विश्वास नहीं हो रहा था कि वह यह जीवन जी रही है। घटनाएँ मानो एक-एक करके स्वप्न में घटती जा रही हों। स्वप्न टूटते ही वह देखेगी कि वह कलकत्ता में अपने घर में है। वही बिछौना! खिड़की में बैठकर, प्रातःकालीन प्रकाश में, दो चिड़ियाँ खुट-खुट कर रही हैं। दोनों चिड़ियों के साथ मन ही मन बातें कर रही है। सुशान्त के साथ सम्बन्ध समाप्त होने पर नीला रातों को सो नहीं पाती थी और दिन में ऊँघती रहती। तरह-तरह के सपने देखकर जाग उठती। एक बार देखा कि किसी जंगल में जा रही है। इसकी तरफ़ एक शेर दौड़ता हुआ आ रहा है। वह दौड़ती है। हठात् पीछे घूमकर देखती है वह शेर नहीं था, सौ साँप दौड़ते हुए आ रहे हैं। नीला दौड़ते-दौड़ते एक बहुत बड़े समुद्र में गिर पड़ती है। अतल में जाकर देखती है कि वही शेर बैठा था। वह नीला से कुछ नहीं कहता, खाने के लिए नहीं आता। शेर के पीछे एक पेड़ है। उस पेड़ पर एक मकान है। मकान में घुसकर देखती है कि मलिना सो रही है। मलिना के कमरे की बन्द खिड़की खोलते ही सामने से धूप में चमकता चौरंगी का व्यस्त रास्ता है। उस सड़क पर डरते-डरते पाँव रखती है तो देखती है कि सड़क पर सौ साँप फन उठाए बैठे हैं। उस क्षण सड़क पर कोई आदमी नहीं होता। केवल साँप और नीला! उस दिन नीला सोकर उठती है। क्या देखती है कि उसका सारा शरीर पसीने से तर है और हृदय में धुक-धुकी। जागने के दो-एक क्षण बाद वह नीली पड़ जाती है। स्वप्न की बात जब कभी याद आती उसका दिल धक्-धक् करने लगता।

रविवार को सवेरे जाग कर नीला देखती है कि उसके शरीर पर कोई कपड़ा नहीं है और दानियल दाँत माँज रही है बेसिन के सामने खड़ी। लेटी-लेटी दानियल के शरीर की तरफ़ देखकर लगता है कि सूर्य की प्रचंड किरण हो। ऐसा शरीर हाथ में आने पर कोई भी पुरुष उतावला हो सकता है किन्तु दानियल ने कभी किसी भी दिन अपनी देह पुरुष के हाथ में नहीं दी और देगी भी नहीं। उसका कहना है कि पुरुष का शरीर बड़ा कुत्सित होता है। उसे ज़रा-सा भी उत्तेजित नहीं

करता। स्त्री का शरीर करता है। नीला का शरीर करता है। दानियल के शरीर की तरफ़ देखकर नीला को नहीं लगता कि वह शरीर प्राप्त करना चाहती है, चुम्बन लेना चाहती है। जब दाँत माँजती है तो दातुन बेसिन के किनारे रखती है। नीला देखती है कि मंजन का रंग गुलाबी है। उसके मंजन का रंग!

"दानियल! तुम्हारा भी उसी रंग का मंजन है?... गुलाबी।"

"यह मेरा मंजन नहीं है।" दानियल सरलता से जवाब देती है।

"फिर किससे दाँत माँजती हो?"

"माँजती ही नहीं?"

"फिर यह मंजन किसका है?"

"तुम्हारा।"

नीला उठ बैठती है।

"तुमने मेरा मंजन इस्तेमाल किया है?"

दानियल नल के नीचे सिर झुकाकर 'हाँ' करती है। उस 'हाँ' पर पानी पड़ता है। मुँह पर पानी डालकर कहती है "हाँ, तुम्हारा मंजन!" बिल्कुल निर्लिप्त स्वर! "तुमने दूसरे के मंजन से दाँत माँजे हैं? जानबूझकर माँजे हैं? या ग़लती से।" "जानबूझकर" दानियल का स्वर शान्त था। मानो बड़ी स्वाभाविक बात हो। बल्कि उसे ताज्जुब था कि नीला इसके बारे में इतने सवाल क्यों कर रही है।

"मालूम है दानियल! जीवन में पहली बार मैंने देखा कि कोई दूसरे का मंजन इस्तेमाल करता है।" कहकर नीला फिर लिहाफ़ में घुस गई—सिर से पाँव तक।

दानियल कॉफ़ी बनाकर, शरीर पर एक टी-शर्ट डालकर, चेयर पर बैठकर कॉफ़ी पीती है। नीला लिहाफ़ से मुँह बाहर निकालकर बोली, "तुम कभी दाँत नहीं माँजती?"

दानियल का स्वर शान्त था "माँजती हूँ कभी-कभी... मन हो तो।"

"आखिरी बार कब माँजे थे?"

"ध्यान नहीं।"

नीला का मन हुआ, हँसे। फिर एक बार मन हुआ लिहाफ़ में घुसकर देर तक रोए। अपने लिए रोए। पर नीला न हँसी न रोई। दानियल बाहर गयी, 'लिबरेशन' पत्रिका और चार कोयासाँ (कटहल के गूदेदार बीज) खरीद लाई। नीला तब भी पड़ी थी। दानियल कॉफ़ी और कोयासाँ खाते-खाते पत्रिका पढ़ रही थी। नीला ने कहा, "चाय पियूँगी।"

"पियो...।"

"दो..।"

"क्यों दूँ... बना लो।"

उसका मन नहीं कर रहा था उठने को। नीला होंट फुला लेती है।

नीला का मुँह बनाना, समझने की क्षमता, दानियल में नहीं थी। नीला को उठना पड़ा, चाय बनानी पड़ी, चाय पीते-पीते छोटी खिड़की से बाहर जितना आकाश दिखाई पड़ता था, देखती हुई चाय खत्म करके बाहर जाकर दो मंजन (ट्यूब) खरीद लाती है। एक दानियल के लिए दूसरा अपने लिए। और पुरानी कूड़े के टिन में डाल देती है। अपने मंजन से दाँत साफ करने होंगे। और दानियल जब कहती है कि पोर्त द सिनेकार्त में बड़ा बाजार लगता है रविवार को...चलोगी? वह भी नीला को सुनना पड़ा और कहना पड़ा कि जाएगी।

दानियल बोली, "वह जगह तुम्हें अच्छी लगेगी।"

"क्यों?"

"वहाँ बहुत से काले और बादामी लोग होते हैं।"

सस्ते, दो नम्बर की पुरानी चीजों वाले बाज़ार में आकर नीला ने देखा, तरह-तरह के रंग वाले आदमियों की भीड़। उसे बिल्कुल अच्छी नहीं लगी बल्कि बड़ी अस्वस्ति लगी। नीला की नज़रों के सामने एक काला लड़का घड़ी की दूकान से घड़ी उठाकर पॉकेट में रखकर सीधा चला गया। एक और लड़का धूप का चश्मा आँखों पर चढ़ाकर, दर्पण में खुद को देखकर, चश्मा वापस किए बिना, दाम दिए बिना, चला गया।

दानियल पुराने कपड़ों के ढेर से दो पोशाकें खरीदती है और नीला चकित होकर इस विचित्र संसार को देखती रही। काले चश्मे पहने कुछ लोग पुल के नीचे खड़े थे। पाँव के पास काले बैग, उनमें चीजें, "पुलिस आ रही है" शोर सुनकर बैग उठाकर क्षण मात्र में सब के सब पुल के नीचे से चले गए। नीला दानियल से पूछती है, "वहाँ क्या हो रहा है?"

"अवैध व्यवसाय!"

नीला को समझ नहीं आया कि ऐसे सुन्दर, सजे हुए शहर में अवैध व्यवसाय क्यों करते हैं लोग। उसकी उत्सुक दृष्टि भीड़ की तरफ जाती है—भीड़ को ठेलकर एक आदमी को खेल दिखाते हुए। काले सिर वाला आदमी मैच-बॉक्स जिन दो बक्सों में एक छोटी-सी गेंद हिला रहा है... बहुत जल्दी-जल्दी, हिलाते-हिलाते बाक्स में डालकर बन्द कर देता है। अब बताना था कि बॉल किस बॉक्स के नीचे है। बाज़ी का खेल! सौ फ्राँ काले सिर वाले के हाथ में दो... जवाब ठीक हुआ तो वह सौ फ्राँ देगा, साथ में सौ फ्राँ और—यानी दो सौ। और जवाब गलत हुआ तो काले सिर वाला सौ फ्राँ, ले लेगा। खड़े होते ही दो बाज़ी हो गईं। दो को सौ फ्राँ, और एक हार गया। काला जब बॉल घुमा रहा था तो नीला ने साफ़ देखा कि बॉल किस बक्स के नीचे उसने डाल दी है। नीला चिल्ला पड़ी... उस बॉक्स में है बॉल... मुझे मालूम है। ठीक है बाज़ी लगाओ। दानियल बोली, "बाज़ी मत लगाओ नीला! हार जाओगी।"

"हारूँगी क्यों? मैंने देखा है बॉल कहाँ है... जीतूँगी।"

नीला ने सौ फ्राँ काले सिर वाले को पकड़ा दिए। उसने बॉक्स हटाया। बॉक्स में नीचे बाल नहीं थी। काली बॉल दूसरे बॉक्स के नीचे थी। नीला ने फिर बाज़ी लगाई... फिर हारी। फिर बाज़ी लगाई फिर हारी। दो मिनट में चार सौ फ्राँ उड़ाकर जब नीला भीड़ में से निकली, दानियल दूकान की दीवार के सहारे सिगरेट पी रही थी।

"हार गई ना! ठीक है ना?"

करुण दृष्टि डाली नीला ने।

"मुझे मालूम था।"

"कैसे...?"

"क्योंकि ये सब ठग होते हैं। लोगों को ठगने का व्यवसाय करते हैं। अवैध व्यवसाय!"

अचानक बाज़ी वाली भीड़ से कुछ लोग पलक झपकते हवा हो गए। भीड़ बिखर गई।

दानियल बोली, "देखा! पुलिस के डर से कैसे भाग खड़े हुए।"

"ठीक है, भाग गए।" भीड़ इकट्ठी करके लोगों के बीच काले सिर वाले का संगी व्यवसायी भी था। जब कोई जीतता, वे जीतते। जब कोई हार जाए, नीला की तरह। लोभी तो बेशक थी, मूर्ख भी, जिसे मालूम नहीं था कि ठग किस तरह जाल बिछाकर बैठते हैं।

नीला देख रही थी कि बादामी और काले सिर वाले लागों को ठग रहे थे। पुलिस के डर से भाग गए। दूकानों की चीज़ें चोरी करते हैं।

"ये किस देश के लोग हैं?" नीला ने नाक सिकोड़ी।

"अफ्रीका के, एशिया के... दक्षिण अमरीका के।"

"भारत का भी कोई था मुझे लगा नहीं।" नीला ने कहा। "ज्यादातर मध्यप्रान्त के... वही होंगे।"

वही होंगे।

नीला को चैन-सा मिला। चैन मिला मन को... पर असल में मिला नहीं। नीला को मालूम है। नीला जानती है बखूबी जानती है कि भारत में भी कपटियों का अभाव नहीं है। रास्ता—घाट पर, आफ़िस-अदालत में, यहाँ तक कि संसद में भी लोग एक-दूसरे को ठगते हैं।

रविवार को पेरिस के फ़ुट-पाथों पर बाज़ार लगता है। मछली-मांस से लेकर कपड़े, थाल, बर्तन, यहाँ तक कि चारपाई-पलंग भी। चार सौ फ्राँ पेनल्टी देकर दोनों जल्द से जल्द इस इलाके से निकल गईं।

मोंपारनास की एक गली में, चित्र बेचने वाला आदमी हर रविवार को बैठता

था। दानियल का मन हुआ देखे। सड़क के दोनों तरफ़ छोटे-छोटे तम्बू लगाकर अपने बनाए हुए चित्र लेकर बैठते हैं। बेशक ज्यादा बिकते नहीं। नीला चित्र देखते-देखते अतीत में खो गई। वह भी कभी चित्र बनाया करती थी।

दानियल नीला का उदास चेहरा देखकर सस्नेह बोली, "रंग और तूली फिर से पकड़ लो।"

"धत्... ख़ामख्वाह!"

"कोशिश तो करो। पेरिस में केवल मज़दूर का जीवन बिताने आई हो? तस्वीरों का यह शहर अगर तुम्हें शिल्पी नहीं बनाता तो पृथ्वी का कोई और शहर बनाएगा?"

"दानियल! शिल्पी बनने के कोई गुण नहीं हैं मुझमें।"

"तुम्हें कैसे मालूम कि नहीं हैं।"

"मालूम है...।"

"किसमें गुण होते हैं, किसमें नहीं, किसमें कौन-सी सम्पदा छिपी है, हम कितना जानती हैं... नीला। वैनगॉग के चित्र आजकल करोड़ों फ्राँ में बिकते हैं जब तक जीवित रहा किसी ने नहीं खरीदे। अभाव के कारण उसने आत्महत्या की थी।"

मुज़ेईद ओर से की तरफ़ चलते-चलते दानियल अपने जीवन की बातें सुनाने लगी। मांट्रियल में उसने लॉ पढ़ना शुरू किया था, छोड़कर घोड़ों के पीछे दौड़ पड़ी। घोड़े चलाती और लोगों को घोड़ा चलाना सिखाती। फिर कुछ समय बाद वह भी अच्छा नहीं लगा। सब छोड़-छाड़कर पेरिस आ गई। पेरिस आकर लेविस कपड़े की फैक्टरी में सबसे पहले नौकरी की। फिर जब लेविस इस देश के श्रमिकों का इतना अधिक शोषण नहीं कर सका तो दरिद्र देशों में दरिद्रों का शोषण करने चला गया। दानियल फ़ुट-पाथ पर पाँव फैलाए बैठी पेरिस का रूप देखती और शहर में घूम-फिरकर पुरानी पुस्तकों की दूकान से सस्ती किताबें खरीद कर मैदान में धूप में पड़ी-पड़ी पढ़ती। पुस्तकें पढ़ते-पढ़ते उसका मन लिखने का हुआ। लिखते-लिखते अब छपने भी लगा। दानियल ने एक पुस्तक भी लिख डाली। पुस्तक बाबा के बारे में थी। 'बाबा पियरे लरु'—प्रकाशक के माँगने पर पांडुलिपि भेज दी थी। एक प्रकाशक का उत्तर भी आया—लिखा था, इधर-उधर थोड़ा-सा बदल दिया जाए तो पुस्तक छप जाएगी।

मुजेई ओरसे में पूरा दिन गुज़ारने के बाद रास्ते में दानियल ने उधार दिया। नीला ने 'ईजेल' ख़रीदी, रंग, ब्रश, ख़रीदे। हठात् उड़ने लगी—पेरिस में स्वप्नों के चक्कर में।

नीला अभी सपनों के चक्कर में थी कि दानियल की प्यासी अँगुलियाँ और जिह्वा उसके निर्दोष शरीर से खेल रही थीं। दानियल की अँगुलियाँ उसके शरीर के सब गुप्तांगों को पहचानती थीं। होंठ कहाँ हैं, उस होंठ की आड़ में एक और

होंठ—उस पर एक भौंरा मँडराता हुआ, जादू का भौंरा। भौंरे के छूते ही फव्वारे से पानी निकलता है... जिसमें सब कुछ बह जाता है। सब...।

नीला को तैरना नहीं आता। दक्ष तैराक दानियल को पकड़कर नीला उफनती नदी पार करती है।

दानियल किनारे आकर नीला के कान में कहती है—मेरे जादू के भ्रमर को जगा दो।

नीला नहीं जगाती। उसे भौंरों से बड़ा डर लगता है। घृणा होती है।

नीला को यह जानने की उत्कट इच्छा होती कि दानियल को कब पता चला कि वह समकामी है। दानियल ने बताया कि जब वह स्कूल में पढ़ती थी—बारह वर्ष की आयु में—सबसे पहले एक लेडी टीचर के प्रेम में पड़ गई थी। क्लास में बैठी उसका मुँह ताका करती।

"फिर...?"

"जोसेलिन का पति था, तीन बच्चे थे। स्कूल के बाद दानियल हर रोज़ जोसेलिन के घर चली जाती। घेरेवाली टब में घुसती और छिप-छिपकर खिड़की से जोसेलिन को देखती।"

"फिर..?"

एक दिन जोसेलिन को पता चल गया कि खिड़की में दो बेचैन आँखें होती हैं। उस रोज़ घर में उसके अलावा कोई नहीं था। जोसेलिन ने दानियल को अन्दर बुलाया। जब जोसेलिन ने उसका स्पर्श किया उसका सारा शरीर काँप रहा था। ... और जब जोसेलिन ने उसका चुम्बन लिया इसका सारा शरीर काँप रहा था। जब जोसेलिन ने उसकी पोशाक उतार दी... अपनी भी उतार दी!

"उसके बाद...?"

दानियल को ध्यान नहीं कि उसके बाद क्या हुआ। सिर्फ़ इतना याद है कि अकथनीय आनन्द से वह जोसेलिन के बिछौने पर लोट लगाती रही थी। हाथ-पाँव फैलाए।

स्कूल छोड़ने के बाद जोसेलिन के साथ सम्पर्क नहीं रहा। चौदह वर्ष की आयु में घर से निकलकर दानियल ने कम्यून में रहना शुरू कर दिया। कम्यून में पाँच लड़कियाँ और दो लड़के थे। जिसे कहते हैं सम्मिलित संसार। पाँच में से दो लड़कियों के साथ उसका यौन सम्पर्क था। कम्यून में रहते हुए दानियल समकामियों के 'बार' में जाती, शराब पीते-पीते आँख मिल जाती, इशारा होता, उसके साथ उसके घर चली जाती या कम्यून में ले आती। रात खत्म होती... सम्पर्क भी शेष हो जाता। सवेरे फिर अपनी-अपनी जिन्दगी! अगले दिन मिलती तो यह भी होता कि उसे ध्यान भी नहीं आता था कि पिछली रात इसके साथ काटी थी।

"फिर...?"

पियरेलेरौ का इन्तक़ाल हो गया। उसके दो महीने बाद दानियल की माँ क्सारा का। माता-पिता का धन भाई-बहन दोनों में बँटा। अपने हिस्से के 'मनी' से इसने मॉन्ट्रियल में घर खरीद लिया। अकेली जिन्दगी। परिवार के किसी अन्य व्यक्ति से सम्पर्क नहीं रहा। अपने भाई फ़िलिप के साथ भी नहीं।

"उसके बाद?"

उसके बाद चार प्रेम हुए। एक के साथ रही थी, फिर छोड़ दिया। फिर प्रेम हुआ फिर रही... फिर छूटा-छूटी। प्रेमिका का अभाव होता तो बार से रात के लिए साथी ले आती। इस तरह दानियल की ज़िन्दगी चलती रही। व्यक्तिगत जीवन! और बाहरी जीवन में छोटी-सी नौकरी, थोड़ा-सा वेतन। किन्तु दूसरी उत्तेजना थी आन्दोलन की समकामियों के अधिकार के लिए आन्दोलन में तरह-तरह की सभा-समितियाँ करती फिरती। जुलूस में गला फाड़ती।

"उसके बाद?"

उसके बाद निकल। वह कनकोर्डिया विश्वविद्यालय लड़कियों को सामाजिक इतिहास के बारे में भाषण देने आयी थी कई दिन रही। उन कुछ दिनों में ही दानियल के साथ दोस्ती हुई। संगम सभी का होता है। निकल के पेरिस चले आने के बाद, दानियल का मन निकल में पड़ा रहता। समझ गई कि यह केवल यौन-सम्पर्क नहीं, प्रेम है। उसी प्रेम के आकर्षण में पेरिस आना हुआ। निकल के घर पूरे चार वर्ष रही। चार वर्षों में प्रेम भी नहीं रहा, यौन सम्पर्क भी निःशेष हो गया किन्तु मित्रता रह गई।

तम्बांकू का कड़ा धुआँ बिखेरती हुई दानियल ने एक और सिगरेट जलायी। "तुम्हारे साथ कभी ऐसा भी हुआ है याद से कोई घटना बिल्कुल उतर जाती हो... जैसे बीस वर्ष पहले की कोई घटना... जो अचानक याद आ गई हो।"

नीला ने सिर हिलाया कि उसके साथ ऐसा नहीं हुआ।

"मैं जब छः वर्ष की थी बाबा ने मेरा धर्षण किया था। यह घटना आठ वर्ष पहले मांट्रियल की है। कमरे में अकेली बैठी थी, बाहर बर्फ़ गिर रही थी। ध्यान आया।"

नीला चकित होकर उठ बैठी। आँखों के तारे को, दृष्टि को अविश्वास!

"सचमुच घटना हुई थी या किसी और की बात सुनकर तुम्हें ध्यान आया कि यह तुम्हारे अपने जीवन में बीती थी।" नीला ने दानियल के कन्धे झकझोर कर पूछा।

"सचमुच घटी थी। मुझे स्पष्ट याद है माँ गई थी काम पर। घर में अकेली थी, कुत्ते के साथ खेल रही थी। बाबा ने गोद में उठाकर मुझे बिछौने पर लिटा दिया। फिर धर्षण किया। मेरे मुँह में अपनी शर्ट घुसाकर मेरी चीख बन्द कर दी।"

"तुम्हारे अपने बाबा?"

"मेरे अपने बाबा!"

पेरिस में, स्वप्न के धुँधलके में एक दिन सचमुच चित्र बनाने शुरू कर देती है तैल-रंग के। लड़कियों का एक दल सब्ज़ मैदान में नाच रहा है, आकाश में बादल हैं। पश्चिम में काले मेघ।

दानियल ने बैठकर, खड़े होकर, दाहिनी तरफ से, बायीं तरफ़ से चित्र देखकर कहा, "अच्छा प्रभाव है।"

"बिल्कुल नहीं मसिसे बहुत ज्यादा है। काग़ज़ काटकर... मलिसे कोलाज करती थी—यह पैटिंग है। और यह तैल से बनाई गई है। और वे हाथ में हाथ पकड़े नहीं नाच रहीं।"

"मन खराब करने का व्यापार है।"

"यह तो ख़ुशी का दिन है। खुशी में लड़कियाँ मोरों की तरह नाच रही हैं।"

दानियल ने भौंहें चढ़ाईं..."फिर बादल क्यों हैं? चमकती हुई धूप बनाओं। मेघों भरा दिन तो मन को खराब करता है।"

चित्र की तरफ़ नशा-ग्रस्त की तरह देखते हुए नीला कहती गई, "मेघ देखकर मोर जिस तरह नाच उठते हैं, लड़कियाँ भी नाच रही हैं। गरमी से बेहाल उनका शरीर है। बहुत दिन बाद आकाश में बादल आए हैं वर्षा होगी। लड़कियाँ खुशी से घर से भागकर बाहर आती हैं। बाहर झिरझिर हवा वर्षा में भीगेंगी, शरीर शीतल होगा, शरीर की धूल धुल जाएगी।"

चित्र बनाने के नशे में नीला बक्स पैकिंग के काम में अनियमितता बरतने लगती है।

दानियल ने भी नौकरी छोड़ दी। जिस महिला पब्लिशर ने उसे चिट्ठी लिखी थी कि उसकी पुस्तक छापी जा सकती है वहीं नौकरी ले ली—पढ़ाने की नौकरी। पुस्तक की आलोचना की नौकरी।

अभावग्रस्त नीला एक दिन सूटकेस में अपने गहने खोजने लगी। इच्छा थी कि बेच देगी। गहने थे ही नहीं। किशनलाल के घर से सब ले आई थी। लाने के बाद भूल गई थी।

सुनकर दानियल बोली, "इतना उदासीन होने से चलेगा नहीं नीला। रुपए-पैसे मैंने देखे थे। हाथ में रहने पर बेहिसाब खर्च करती रहीं। फिर खत्म होने पर दूसरे के कन्धे पर चढ़ो।"

"अपने कन्धे से मुझे उतारना चाहती हो? उतार सकोगी?"

"मैं तो चाहती ही नहीं। जो नौकरी है अन्ततः जो नौकरी हाथ में है उसे

करो।"

"ये छोटी-मोटी नौकरी मुझे अच्छी नहीं लगती।"

"किसे अच्छी लगती हैं। किन्तु रहने, खाने का ख़र्च तो है ना। उसका जुगाड़ तो करना ही होगा। छोटी नौकरी अच्छी नहीं लगती, तो बड़ी नौकरी खोजो। खोजनी तो होगी ही।"

एक दिन सवेरे नीला बड़ी और अच्छी नौकरी की तलाश में निकली। तलाश मायने पत्रिका खरीद कर विज्ञापन देखो, दो-एक फ़ोन डायल करो। बाहर निकलकर नीला ने पत्रिका खरीदी पर न तो विज्ञापन देखा न फ़ोन नम्बर डायल किए। वह एक विशाल स्रोत में खो गई। आनन्द के स्रोत में, पेरिस की सड़कों पर खो गई। लाल-नीले गुब्बारे उड़ रहे थे। और वही स्रोत नीला को लिए-लिए जनदार्क तक जाता है। नीला ने कलकत्ते में बहुत से जुलूस देखे थे पर ऐसा चमत्कारिक जुलूस कभी नहीं देखा था। अभिभूत-सी मुग्ध-सी मोहित-सी, नीला सबकी, तरह जनदार्क की मूर्ति के सामने सर झुकाती है, पाँवों में फूल चढ़ाती है।

घर लौट कर जब उसने दानियल को अपनी विचित्र विशिष्ट जानकारी दी बात का वर्णन किया तो दानियल ने चौंककर देखा... "सर्वनाश कर दिया।"

"सर्वनाश क्या हुआ?"

"बच कर लौट आई यही काफ़ी है।"

नीला बेवकूफ़-सी बन गई। दानियल ने कहकर उसे और बेवकूफ़ कर दिया कि "यह वर्णवादी लिपेन का दल है। ये इस देश से उन सब लोगों को भगाना चाहते हैं जो गोरे नहीं हैं। जनदार्क इनकी देवी है। और तुम इन चरम दाहिनी पंथियों के साथ जुलूस में थी?"

जुलूस में नीला उन लोगों के बराबर चल रही थी। पर किसी ने उस पर प्रहार नहीं किया, कुछ नहीं कहा।

बराबर चलते हुए नीला ने जनदार्क को फूल अर्पित किया था। उनमें से किसी ने भी उसकी तरफ़ विषैली दृष्टि से देखा नहीं था।

फ्रांसीसी गौरव और फ्रांसीसी संस्कृति की रक्षा करने के लिए लिपेन राजनीति में उतरा था। लिपेन नहीं चाहता था कि फ्रांसीसी के अलावा—गोरे लोगों के अलावा दूसरी जाति या दूसरा कोई रंग इस देश में आए या रहे। लिपेन को डर था कि इस देश में काले अगर छा गए, गोरों के हाथ से देश चला जाएगा कालों के हाथ में। गोरे लोगों की वंश-वृद्धि नहीं होती क्योंकि गौर वर्ण लड़कियाँ विवाह नहीं करतीं, सन्तान को जन्म न देने की स्वाधीनता मिल गई है। उधर काली लड़कियाँ हर वर्ष पैदा कर रही हैं। काले इस देश को खा जाएँगे गौर-संस्कृति नामक कुछ भी बाकी नहीं बचेगा। गौरे कम होते-होते निश्चिह्न हो जाएँगे। इसलिए इस देश में जितने गौर-इतर हैं समय रहते उन्हें भगाकर देश का पुराना गौरव वापिस लाना होगा।

श्रेष्ठ देकर गौरवर्ण का उत्पादन बढ़ाना होगा। ऊँची जाति के मनुष्य पैदा करने होंगे। निपेन के जोशीले कथन की युक्ति पर नीला सोचती है कि भारत अफ्रीका के जंगलों से आए लोगों से भर जाता। लूट-पाट करते, भारतीयों की सारी सुविधाएँ बाँट लेते, भारतीयों की कमाई का पैसा बैठे खाते और अपनी असभ्यता में उनकी सभ्यता को संक्रमित करते तो भारत में भी विदेशियों को भगाने का, निकाल बाहर करने के लिए आन्दोलन होता। जिस तरह अंग्रेजों को निकाला गया देश के स्वार्थ, संस्कृति के स्वार्थ के लिए इनको भी निकाल दिया जाता। नहीं निकाला जाता! हाँ ऐसा नहीं होता?" औपनिवेशिक शक्ति से मुक्त होओ तो दूसरी कोई शक्ति हुमककर खड़ी हो जाएगी। नहीं क्या? अवश्य।

दानियल बोली, "शायद हिटलर के लिए तुम्हारी एक तरह की ममता है।"

नीला हँसकर बोली, "है, उसका काका (चाचा) सिद्धार्थ है, केवल सिद्धार्थ ही नहीं भारत के बहुत से लोग हैं। उनका कहना है कि ऐसे महाशक्तिमान, शौर्य-वीर्य से कौन मुग्ध नहीं होगा।"

दानियल साँस रोके नीला का तर्क सुनती रही।

और नीला के बाबा की दूसरी युक्ति है। अनिर्वाण को विश्वास है शत्रु का शत्रु अपना बन्धु होता है। हिटलर ने ब्रिटिश विरोधी आन्दोलन में सुभाष बसु को ब्रिटिश से विरोध का समर्थन किया था। सुभाष बसु बंगालियों के गर्व हैं, केवल बंगाली ही क्यों पूरे भारत वर्ष का गौरव हैं। भारत के स्वाधीनता आन्दोलन में वे प्राणपण से लड़े थे। जो मनुष्य किसी अपने-पराए के बीच नहीं था, गाँधी जी के असहयोग आन्दोलन में जिनका विश्वास नहीं था, जो शत्रु की बन्दूक के सामने ख़ाली हाथ खड़े होने को तैयार नहीं थे—गोली के बदले गोली वही तो होता है। वह न होता तो द्वितीय महायुद्ध में मित्र-शक्ति तो गाँधी का आदर्श मानती। उन्होंने तो गोली के बदले गोली मारी थी। पश्चिम की इस गाँधी-भक्ति पर अनिर्वाण हँसते हैं। पर गाँधी ने किसी को मारेंगे नहीं केवल मार खाएँगे वाली नीति से अंग्रेज़ों को नहीं भगाया था। द्वितीय महायुद्ध में अंग्रेजों का आर्थिक मेरुदण्ड टूट गया था इसलिए भारत ने सिंहासन सँभाल लिया था।

दानियल ने दाँतों में जिह्वा दबाई कि हिटलर के साथ जिन लोगों ने मित्रता की उनके लिए बंगाली गौरवान्वित होते हैं?

नीला हँसकर बोली, "गुन्टेरग्रास ने भी देखा तो लज्जा से जिह्वा काट ली थी। कलकत्ते में सुभाष बसु की मूर्त्ति पर लोग फूल अर्पित करते हैं।"

इस दौरान एक शाम को उदास नीला निकल पड़ी। इधर-उधर घूमने के बाद लासेज के दक्षिणी-दरवाज़े के उल्टी तरफ छत्तीस नम्बर मकान में घुसी—कैथरीन के घर। कि कैथरीन के साथ चाय पीते हुए 'बाउल' के बारे में बातें करेगी और बाउल संगीत

भी सुनाएगी।

दरवाज़े की कुंडी खड़काई। कैथरीन बाहर आई। नीला को देखकर चौंक पड़ी, "तुम?"

नीला कुछ शर्मसार सी होकर बोली, "बहुत अकेलापन लग रहा था, सोचा तुम्हारे घर हो आऊँ।"

कैथरीन दरवाज़ा पकड़े खड़ी रही। अवाक़-सी बोली, "पर तुम्हारे आने की तो कोई बात नहीं थी।"

"हाँ थी तो नहीं।"

"मुझसे कोई ज़रूरी काम है?"

"नहीं।"

"फिर?"

नीला शर्मिन्दा-सी नज़रें झुका कर बोली, "असल में पेरलासेज की कब्र देखने की इच्छा थी...तो...।"

"ओ...समझी..." कैथरीन फीके स्वर में बोली, "वह कब्र तो पास में ही है...उतरकर बायीं तरफ़ सीधी चली जाओ। फिर दाएँ घूमते ही बड़ा दरवाज़ा दिखाई देगा।"

कैथरीन को दरवाज़े पर खड़े देख, उसके उतरे हुए चेहरे को देख, उसके चढ़े हुए तेवर देख, नीला वापस चली गई। जाते-जाते पीछे से दरवाज़े की खटाक् आवाज सी सुनी। नीला के जीवन में ऐसी घटना कभी नहीं हुई। कलकत्ते में शाम के वक्त वह अपनी मित्रों के घर चली जाती। कोई ज़रूरी काम न भी होता, पहले से न भी कहा होता, तो भी। इसके घर भी इसी तरह लोग बेवजह आ जाते। कमरे में लाकर बैठाती, चाय बिस्कुट दिया करती थी, चाय पीते-पीते बातें करती थी। अगर दुश्मन भी दरवाज़ा खटखटाए उसे भी लौटाया नहीं जा सकता। नीला यही क़ायदा जानती है। मलिना अकसर विरोध करती कि शत्रु को हमेशा बड़ी सीढ़ी पर बैठने को कहा जाता है।

नीला तेज़ी से सीढ़ियाँ उतरती हुई निकल गई। 'खटाक्' शब्द पीछे ही नहीं रह गया, नीला के साथ-साथ चलता रहा। 'गार द ऑस्तरलिज़तक गया।

अगले रोज़ बॉक्स पैकिंग कारखाने में कैथरीन ने कानों तक खिंची हँसी का उपहार देते हुए पूछा, "पेरलासेज' गई थीं।"

"हाँ गई थी।" नीला बोली।

"किस-किस की कब्र देखी। जिममरिसन की कब्र? ऑस्कर वाइल्ड, बॉलज़ॉक, शोपिन, एडिथ पियोफ़? पॉल एलुवार्ड की बड़ी मैली-सी कब्र देखने को मिली...देखी?"

उसी क्षण एलुवार ने जो लिखा था, "इल, प्ल द मा कर कम इल प्ल दा ला विल?"

उसी समय एलुवार ने जो लिखा था जात्रि त तम लिवार्त मे।

कैथरीन को देखकर लगा नहीं कि पिछली शाम का व्यवहार उसका बिल्कुल अच्छा नहीं था। या सोचा भी हो। उसके बारे में वह एक शब्द भी नहीं बोली थी। यह नहीं कहा कि कल मैं बड़ी व्यस्त थी या मुझे कहीं जाना था। मानो बड़ा स्वाभाविक व्यवहार था। "मेरे घर तुम्हारे आने की बात नहीं थी... तुम क्यों आईं जिस दिन कहूँगी आना। बस।"

कैथरीन अपने व्यवहार से शर्मिन्दा नहीं थी। शर्मिन्दा थी नीला। शर्मिन्दगी की वजह से वह कैथरीन की तरफ़ देख नहीं सकी। शर्म से यह नहीं कहा, "तुम्हारे व्यवहार से कल मुझे बड़ी तकलीफ पहुँची। पेर लासेज देखने की मेरी कोई इच्छा नहीं थी... वह मैं पहले देख चुकी थी। बल्कि हँसे, मानो पिछला कल आया ही न हो। पहले कैथलिन के घर नीला अचानक नहीं पहुँची हों कैथरीन ने उसे भगाया न हो। दोनों की शेष स्मृति किशनलाल के घर, जो आमोद-प्रमोद हुआ था बस वही।

"बोदेलेयर की कब्र कहाँ है? पेर लासेज का...?" नीला की आवाज़ सहज थी मानो कुछ घटा ही नहीं था।

"उसे देखने के लिए तुम्हें मोपारनासे कब्रिस्तान जाना होगा।" कैथरीन भी बड़े सहज-भाव से कह रही थी।

"ओह...अच्छा...धन्यवाद।" नीला ने मन ही मन धन्यवाद दिया था, बोली नहीं थी।

नीला धन्यवाद नहीं कहती, व्यवहार नहीं जानती, बात करो तो नीला दूसरी तरफ देखते लगती है—दीवार या चेयर-टेबल की तरफ़। जब कहती है उसके मुँह या आँखों की तरफ़ नहीं देखती। नीला मनुष्य को तुच्छ समझती है। ये सब बातें कारखाने के लोगों से सुनकर पता चलीं, नीला को।

नीला के धन्यवाद कहने पर कैथरीन के चेहरे पर खूबसूरत-सी मुस्कराहट फैल गयी थी। ऐसी हँसी फूटी थी जिस दिन कैथरीन इसे बिस्त्रो रोमॉ खाने के लिए ले गई थी। आमने-सामने बैठकर दोनों ने एँत्रोकोबे खाया था, पीने के लिए रेड वाइन थी। खाना खत्म होने के बाद रेस्तोराँ के लोग लादेसिंयो रख गए थे एक सौ बानवे फ्राँ। कैथरीन पिचानवे फ्राँ टेबल पर रखकर बोली थी मेरा हिस्सा... एंत्रोकोते और कॉफ़ी का।

"मैं समझी नहीं...? तुम्हारे हिस्से के मायने?"

"मैंने तो वही खाया था...तुम्हें देने होंगे सत्तानवे एंत्रोकोते और चाय।"

कैथरीन के पिचानवे उसकी तरफ सरकाते हुए दो सौ फ्राँ का एक नोट रेस्तोराँ के आदमी के हाथ में देकर नीला बोली, "दोनों का दाम ले लो।"

कैथरीन की भौंहों पर संशय खेल गया। बात क्या है दोनों का पेमेंट कर रही है?

उसके ज़र्द पड़े चेहरे को देखकर नीला खुद को दोषी सोचने लगी कि बहुत बड़ा अन्याय करने जा रही थी और इसके पीछे इसका उद्देश्य बद है।

नीला को समझाना पड़ा, "कि अनेक देश में इस तरह दाम बाँट क़र नहीं दिए जाते। कहीं खाने जाओ तो दोनों में से एक दाम दे देता है...यानि तुम दो या मैं दूँ।"

कैथरीन की भौंहों पर अभी भी संशय देखकर नीला ने उसके कन्धे पर हाथ रखकर कहा था, "चलो... उठो।"

"तुमने दाम दे दिए, बदले में क्या दे सकती हूँ?" कैथरीन काँपते हुए स्वर में बोली।

"मुझे कुछ नहीं देना है... क्यों दोगी। तुम इस तरह बदले की बात सोचती ही क्यों हो?"

कैथरीन की भौंहों पर संशय नहीं रहा। मुँह पर हँसी खेल गई।

सुन्दर हास्य..."धन्यवाद... तुम्हें बहुत-बहुत धन्यवाद।"

नीला को लगा कि विनियम का दायित्व कंधों से उतर गया। शायद इसीलिए कैथरीन के मुँह पर शान्ति थी।

वही चमत्कारिक हँसी अब कैथरीन के होंठों पर थी।

नीला वैसी सुन्दर हँसी हँसना नहीं जानती थी। हँसने पर उसका टूटा हुआ दाँत दिखाई पड़ता है। कलकत्ता में बचपन में टूट गया था।

ला फ़ामेलिया

मिशन से बॉक्स-पैकिंग कारखाने का पता नहीं मिला, मोजाम्मेल के पास दो दिन धरना देकर, एक दिन कारखाने में आकर नीला के आने पर भी सुनील नीला से नहीं मिल सका। फिर डाक से यह चिट्ठी मिली 'तुम्हारी माँ बहुत बीमार है, जितनी जल्दी-जल्दी हो सके कलकत्ता चली जाओ।'

सुनील के इस परामर्श पर नीला हँस पड़ी। उसके हँसने का कारण यह था कि उसे नहीं लग रहा था कि मलिना बीमार है। अगर हुआ भी होगा तो मामूली-सा ज्वर जुकाम। और सुनील परामर्श दे रहा है कि नीला कलकत्ते जाए। यह मलिना के असुख के कारण नहीं नीला की स्पर्धा के कारण कि उसने किशन लाल का घर छोड़ दिया है। सुनील को जिस कारण बेकार बीच में पड़ना पड़ा, जिस कारण किशनलाल ने सुनील को ही दोष दिया नीला की इस धृष्टता के लिए और पेरिस के भारतीय माहौल में नीला जिस कारण अड्डे पर मुख-रोचक विषय बनी हुई थी—'किशन की बहू भाग गई, रे भाग गई।' और सुनील को यह सब सुनने की इच्छा नहीं थी। पति की गृहस्थी बसाने नीला पेरिस आई है और अगर उसका पति घर से चले जाना चाहता तो नीला अपने पिता के घर चली जाती—यही नियम है।

नीला ने सबसे पहले दानियल को ख़बर दी।

सुनकर दानियल बोली, "परिष्कृत षड्यंत्र! जाकर देखो कि किशन इस बीच फँस गया। और तुम्हारी माँ अगर बीमार है तो जाकर उन्हें ठीक कर दोगी? तुम्हारे देश में डॉक्टर नहीं हैं?"

"यही तो," नीला बोली।

"यही तो..." दानियल ने भी कहा।

उसके बाद दोनों ने एक-एक बोतल सफ़ेद वाइन खत्म थी। सफेद वाइन क्योंकि दानियल इस बीच एक प्लेट शामुक (घोंघा) और एक झिनुक (सीप) खत्म कर चुकी थी। रात का खाना। इन सबके साथ चलती है सफ़ेद वाइन। लाल वाइन नहीं।

नीला को शामुक झिनुक माफ़िक नहीं आती थी। भात खाने वाले बंगाली

भात खाते हैं। सब्जी खाने का इसे अभ्यास हो गया है। मछली मांस न भी हो तो आजकल (सब्जी) चलता है।

सोने जाने से पहले दानियल ने दो अच्छी खबर दीं—पहली, रीता सिक्सस एक मूवी बना रही है—पेरिस में विदेशी-लड़कियों की अवस्था को लेकर। इसमें नीला का इण्टरव्यू होगा। वह पाँच सौ फ्राँ देगी। दूसरी—दानियल ने अपने तीन मित्रों से नीला के लिए एक अच्छी नौकरी खोजने के लिए कहा है।

दानियल को पकड़कर नीला नाच उठी।

"अरे नाच रही हो।"

"पेट में कुछ पड़ जाय तो नाचा जाए। हाथ-पाँव छोड़कर डिस्को का नाच नाचा जाता है। भरत-नाट्यम नहीं।"

"देखा मिलने-जुलने से क्या होता है! उस दिन निकल के घर जाने का फ़ायदा हुआ ना!"

नीला अस्वीकार नहीं कर सकी।

रात को अच्छी नींद नहीं आई। सारी रात उठ-उठ कर पेशाब के लिए जाती रही। रात का पेशाब बाल्टी में इकट्ठा करना होता। सवेरे भरी बाल्टी कॉरिडोर के कोने के मुश्तरका पेशाब-खाने में फेंक देती। यह काम वह आँख, नाक, मुँह बन्द करके करती। करना ही पड़ता था। पहले दानियल करती थी। फिर एक बार तंग आकर प्यार से, दुलार से बोली, "ए लड़की! मुझे नौकर रख लिया है क्या?" नहीं, नीला ने दानियल को नौकर नहीं रखा है—इसके प्रभाव में वह सप्ताह में तीन दिन की जगह पाँच दिन बाल्टी साफ़ करने लगी।

सवेरे छत से लगे कॉरिडोर के कोने में टायलेट जाने वालों की लाइन लगती। नीला लाइन तोड़ कर टॉयलेट में घुसना चाहती, कई दिन। दानियल बोली, "ए लड़की! जो आगे है वह आगे। कोहनी से ठेल लाइन तोड़कर आगे जाने की बुरी आदत छोड़नी होगी।" रविवार को सवेरे बुलात जेरी में लाइन, बस में चढ़ने पर लाइन, उतरने में लाइन, मैट्रो का टिकट खरीदने के लिए लाइन—जहाँ जाओ वहाँ लाइन। लाइन का शहर है यह। नीला को आँख, नाक, मुँह बन्द करके दाँत भींचे लाइन में खड़ा होना पड़ता। जो आगे हैं वह आगे, जो पीछे हैं वह पीछे। नीला हमेशा पीछे रहती। सबसे पीछे, सबसे नीचे-सर्वहारा के बीच!

सवेरे पौ फटते ही नीला तैयार हो जाती।

दानियल पूछती, "इतनी सवेरे कहाँ जा रही है नीला!" इतनी सवेरे—नीला सवेरे की हवा में घूमेगी, कैफ़े में जाकर चाय और कोयासाँ खाएगी। इतनी सवेरें वह शहर का प्रातः देखेगी।

कुहासे से ढँकी सड़क पर नीला अकेली जा रही थी। दो-तीन शराबी सड़क पर कम्बल से मुँह ढँके सो रहे थे। सिरहाने खाली बोतल! दो-तीन आदमी कुत्ते

लेकर निकले थे, कुत्तों को घुमाने और प्रातःक्रिया--दोनों काम करने के लिए। घूमने वालों को कुत्तों के पेशाब से कोई परेशानी नहीं थी--होती थी मल से। शहर के फुट-पाथ पर कुत्तों की टट्टी का पहाड़ बन जाता। उसे उठाने के लिए सरकारी गाड़ी रहती। हरी गाड़ी का काम होता--मोटर साइकिल घूम-घूमकर शहर के सब स्थानों पर कुत्तों का विष्ठा उठाकर साइकिल के पीछे बड़े सब्ज़ बक्स में भरकर बाहर ले जाना।

इतने सवेरे, सड़क के किनारे, एक गोरा भिखारी बैठा था। हाथ में एक काग़ज़ पकड़े हुए था--हम भूखे हैं। उसके बराबर में उससे दुगना बड़ा कुत्ता बैठा था। अगर दानियल यह दृश्य देख लेगी तो, नीला को मालूम है, कुत्ते के लिए 'हाय-हाय' करेगी, उस आदमी के आगे रखे टोप में दस फ्रॉं रखकर तब जाएगी। सिर्फ़ दानियल ही नहीं इस भिखारी को जो लोग पैसा देंगे, कुत्ते के प्रति प्रेम के कारण। उस आदमी के प्रति नहीं। नीला ने मैट्रो स्टेशन के अन्दर से देखा था--मैक्सिकन लड़के लाइन में खड़े होकर मैक्सिकन संगीत बजा रहे थे। बड़ी विचित्र-सी बाँसुरी उनका मूलयंत्र थी, आगे टोपी रहती... गिटार का बक्स पड़ा रहता है कि लोग उसमें पैसा डाल दें। बहुत से लोग खड़े सुन रहे थे। सुनकर अधिकांश चले जाते, पैसा नहीं डालते थे। मैट्रो में बाजा बजाकर भीख माँगना बहुत पुराना व्यापार है। इनमें से कोई-कोई जगत् विख्यात शिल्पी भी हुआ। जीवन शुरू किया था पेरिस के मैट्रो में। नीला का ख्याल है कि मैक्सिकन लड़के अगर संगीत में न जाकर कुत्तों का खेल दिखाते तो काफ़ी पैसा मिलता। 'मैं भूखी हूँ' का काग़ज़ और हाथ में पानी का गिलास लिए आजकल बहुत-सी लड़कियाँ मैट्रो में बैठती हैं। गोरी लड़कियाँ। दानियल का कहना है कि वे कसोवा से आई हैं, पूर्वी यूरोप के गरीब देश से।

पूर्वी यूरोप के ग़रीब देश से लोग यहाँ भिक्षा माँगने आते हैं।...फिर कम्यूनिज़्म तोड़कर उन्हें लाभ क्या हुआ अगर भिक्षा ही माँगनी है। दानियल का कहना है कम्यूनिज़्म के रहते उन्हें कोई स्वाधीनता नहीं थी।

"स्वाधीनता क्या थी?"

"स्वाधीनता... देश से बाहर जाने की स्वाधीनता।"

नीला ने हँसते हुए पूछा, "देश से बाहर जाकर भिक्षा माँगने की?"

"सिर्फ़ भिक्षा ही नहीं उन सब देशों की शिक्षित लड़कियाँ जो कभी स्कूल में टीचर थीं अथवा किसी बड़ी कम्पनी में बड़े ओहदे पर काम करती थीं, कम्यूनिज़्म में पड़ गयीं स्कूल बन्द हो गए। कम्पनी के दरवाजों पर ताले पड़ गए। काम-काज, चाकरी-वाकरी भी खत्म हो गई। पतिता होते-होते पश्चिम भाग रही है।" इस बारे में दानियल अपना मन्तव्य प्रकट नहीं करना चाहती थी।

लेनिन के "संसार के सब देशों से स्तालिन की मूर्त्ति फेंकने, शहर या सड़कों का नाम नष्ट करने पर भी, यहाँ पेरिस में एक जगह का नाम अभी भी स्तालिनग्राद

क्यों है?" नीला के पूछने पर दानियल ने जवाब नहीं दिया। बड़ी विरक्त थी। नीला चलती-चलती लूबरे जादूघर (म्यूज़ियम) के पीछे गई। –रू द रिवली–वहीं सुनील का घर था।

नीला को देखकर सुनील अवाक् हो गया, "इतनी सवेरे... तुम। कहाँ से आ रही हो? कहाँ रहती हो? क्या करती हो? चिट्ठी मिली? खबर भी नहीं दी, इधर मैं कितना फ़िक्रमन्द था, मालूम है?"

"एक साथ ढेरों प्रश्न! नीला ने एक का भी जवाब नहीं दिया। पूछा, "माँ को क्या बीमारी हो गई है?"

"यह तो मालूम नहीं...नारायण...जिसने शैनेल परफ़्यूम पहुँचाई थी तुम्हारे यहाँ, कलकत्ते से लौट आया है। उसी ने बताया कि मासी-माँ बीमार हैं। निखिल दो दिन तक फ़ोन करता रहा तुम्हें। कलकत्ता जाने के लिए कह रहा था। हो सके तो आज ही?"

इसके बाद नीला असली मसले पर आ गई–सोने के आभूषण!

किशन के साथ सुनील का बहुत दिनों से मिलना नहीं हुआ था। आखिरी बार फ़ोन पर बात हुई थी। वह जानना चाहता था कि नीला की कोई खबर मिली या नहीं कि उसे ज़्यादा जानकारी होगी।

"मुझे कैसे पता चलता" सुनील को ताज्जुब हुआ।

"मेरी पत्नी को भगाकर ले गया। तुम्हें मालूम न होगा तो किसे मालूम होगा।" किशनलाल का जवाब था।

किशनलाल सोचता है कि सुनील की शह पाकर नीला ने घर छोड़ा था। कि उसने सुनील से सलाह भी की होगी।

"उस वेश्या का नाम मेरे सामने मत लेना।" कहकर किशन ने फ़ोन बन्द कर दिया था।

इसके बाद सुनील और किशनलाल की मुलाकात नहीं हुई। किशन का तो प्रश्न ही नहीं उठता था।

इसलिए आभूषणों के बारे में खुद पूछना सुनील के लिए सम्भव नहीं है। हाँ, किशनलाल के दोस्तों को बता सकता है। सुनील की धारणा है कि किशन आभूषण वापिस नहीं करेगा।

नीला भी सारी दुर्घटना के लिए सुनील को दोषी ठहराती थी। उसने किशनलाल के साथ इसका विवाह कराया था। किन्तु यह भी सोचती है कि अगर किशनलाल के स्थान पर कोई दूसरा यानी भारतीय स्वामी होता तब इतना पार्थक्य होता क्या? नहीं होता--वहीं बैठी देखती कि चैतालि सवेरे खाना पका कर टेबल पर रखती है, सुनील खाने बैठता है। सुनील के क्लिनिक जाने के बाद टुम्पा को स्कूल चैतालि ही ले जाती, फिर अपने आफ़िस जाती है। गृहस्थी में ज़्यादा वक्त देना

पड़ता है इसलिए चैतालि ने अल्पावधि वाली नौकरी ली है। आफ़िस से लौटते समय टुम्पा को स्कूल से लेती हुई आती। बच्चे को स्नान कराना, खिलाना, सुलाना, सब चैतालि ही करती है। घर की झाड़-पोंछ चैतालि ही करती है। रात का खाना भी चैतालि के ज़िम्मे है।

दानियल के साथ नीला का संसार! इसमें बेशुमार काम-काज़ नहीं है। नीला खाना पकाती है तो दानियल बर्तन धोती है। नीला खरीदारी करती है तो दानियल खाना पकाती है। इस महीने उसने किराया दिया है तो दानियल ने अगले महीने दिया। अगर नीला के पास रुपए न हों तो दानियल घर का ख़र्च चलाती है। हाथ में रुपए आते ही वह दे देगी।

नीला ने केवल चाय पी। पीकर बोली, "उठो।"

"उठो...मायने? कहाँ जाएँ?"

"काम पर... वहाँ से घर।"

"घर कहाँ है सुनूँ ज़रा।"

"एक सहेली के घर।"

"सहेली के घर कितने दिन रहोगी?"

"जितने दिन मन हो।"

"ऐसा नहीं हो सकता नीला! समझीं। कोई फैसला करो।"

"क्या फैसला?"

"या तो किशनलाल के पास लौट जाओ या कलकत्ता चली जाओ।"

नीला मन ही मन उत्तर जानती थी जो सुनील देगा।

सुनील ने बार-बार यही कहा था, नीला तो मनमानी करती है। मनमानी करने पर जीवन चलता नहीं। पति-पत्नी में इस तरह का मनमुटाव होता ही रहता है। वक्त के साथ सब ठीक हो जाता है। किशन अब भी नीला का इन्तज़ार करता है—सुनील को यही लगता है। और कोशिश बेकार जाए तो सम्बन्ध कभी नहीं टिकते। फिर खुलकर वह किशनलाल से बात करे और पूरी तरह छोड़ने का बन्दोबस्त हो। फिर वह किसी और के साथ विवाह कर ले जिसके साथ जीवन-यापन सम्भव हो।

"किशनलाल ने क्या अन्याय किया था? तुम्हें मारता था?"

"नहीं।"

"तो क्या इमैनुएल की घटना!"

"नहीं।"

"फिर क्या?"

नीला उदास हो गई।

नीला कुहासे में डूब गई।

किशनलाल से आभूषण वापस लेने का क्या उपाय है—यही सोचते-सोचते

वह दुविधा में डूब गई। वह लगातार चलती रही, मैट्रो पर नहीं चढ़ी। कारखाने जाने का प्रोग्राम रद्द करके रिवॉली कैफ़े में बैठकर एक के बाद एक, दो कप चाय पी। चाय पीकर वह बस में चढ़ी। पहले की तरह निरुद्देश्य यात्रा!

बस में जो पहले कभी घटते नहीं देखा था उस दिन देखा। दो इंस्पेक्टर टिकट चैक करने के लिए बस में चढ़े। नीला बस में पिछली तरफ़ बैठी थी। एक गोरा इंस्पेक्टर सब लोगों को छोड़कर नीला के पास आकर टिकट माँगने लगा। ध्यान नहीं आ रहा था कि टिकट जैकेट की जेब में रखा था या पैंट की जेब में। एक-एक पॉकेट में ढूँढ़ने लगी—एक से अधिक टिकट निकल आए। उसने वही इंस्पेक्टर को पकड़ा दिए। उसने 'पुराने' कहकर लौटा दिए कि नीला को नया टिकट दिखाना होगा। वह इस पॉकेट से, उसमें, खोजती रही फिर रुक गई। बस के लोगों की नज़रें उसकी तरफ उठीं। वे घूम-घूमकर उसे देख रहे थे। अनगिनत गोरे लोगों के बीच नीला साँवली। एक विचित्र जीव। दूसरी तरह की—बाकी सब यात्रियों की तरह नहीं थी। खड़ी हुई...उसे सन्देह हुआ कि लोग उसका पिछला हिस्सा देखेंगे कि पूँछ तो नहीं है। नीला बिना टिकट लिए बस में चढ़ी थी देश की अर्थ-व्यवस्था के अनुसार बारह बजे। गौरवर्णी अपने निमित्त सुयोग-सुविधा से बाहर खूब उपभोग करते। इंस्पेक्टर ने होठों के कोने पर देखा...अपराधी को पहचानने में हमारी भूल नहीं हुई। रंग देखते ही समझ गया कि किसने टिकट लिया है किसने नहीं—इस तरह की हँसी उनके होंठों पर खेल रही थी।

हैंडबैग के काग़ज़ों के बीच नया टिकट था। अन्त में वह खोज पाई। इंस्पेक्टर के हाथों में टिकट पकड़ाने पर नीला को छुटकारा मिला। उसे लगा कि बहुत नाउम्मीद होकर ही छोड़ा है। इंस्पेक्टर ने किसी और का टिकट नहीं देखा। और किसी का वर्ण उस जैसा नहीं था। 'होटल द विले' के सामने बस रुकी, नीला उतर गई। यह बरामदा वह हमेशा से मुग्ध एवं विस्मय के साथ देखती थी। बार-बार देखने पर भी तृप्ति नहीं होती थी। मानो अनन्तकाल से वह उसके सामने बैठकर विमुग्ध होकर इसका स्थापत्य देखती रही हो। और ज़रा भी थकावट महसूस न करे। बस से उतरकर दानियल को फ़ोन कर देगी कि वह काम पर नहीं जा रही। उसका मन नहीं है। मन क्यों नहीं हो रहा इसकी वजह उसे खुद मालूम नहीं। नीला क्या कर रही है? कुछ नहीं...। कहाँ है? होटल द विले के सामने। वहाँ क्यों गई? उसे मालूम नहीं क्यों आई है? कब लौटेगी यह भी नहीं जानती।

दानियल कहती है, "वही रुको... मैं आती हूँ?"

नीला नहीं चाहती कि दानियल आए। वह तो इसी तरह अकेले रहना चाहती है। उसकी एक और फोन करने की तबीयत हो रही थी पर उसने मुट्ठियाँ बन्द रखीं। उसने फ़ोन नहीं किया। क्योंकि इसका मन नहीं हो रहा था कि बताए कि वह कहाँ है? किसके साथ है? किशन के घर से क्यों चली आयी है—इस तरह के प्रश्न

सामने आते ही नीला को डर था कि पीछे सुने कि वह वेश्या है।

दानियल आकर नीला को पास के एक कैफ़े में ले गई।

"क्या हुआ...?"

नीला हँस कर बोली, "कुछ नहीं हुआ।"

"नीला! तुम्हारा मन अच्छा नहीं है...बताओ क्या हुआ है?"

"कुछ नहीं हुआ।"

"सवेरे से क्या करती रहीं।"

"सुनील के घर गई थी। आभूषणों के बारे में पूछा। वापस मिलने की सम्भावना नहीं है।

दानियल ने पूछा, "बस इस वजह से टूट-सी गई हो?"

नीला हँस पड़ी, "मुझे देखकर तुम्हें ऐसा लगता है?"

नहीं, नीला को देखकर ऐसा तो नहीं लगता। उसे देखकर दानियल कोई अन्दाज़ा नहीं लगा सकी।

"मैं तुमसे प्रेम करती हूँ नीला! मुझे सब कुछ खोलकर क्यों नहीं बतातीं।" दानियल की आवाज़ में कातरता थी।

नीला 'प्रेम' शब्द दानियल के मुँह से पहले भी सुन चुकी थी--कमरे में। नीला इस शब्द से कभी हाँफी नहीं थी पर अब हाँफ रही थी। नीला को डर था कि जो कोई दानियल के मुँह से 'प्रेम' शब्द सुनेगा वह यही समझेगा कि लड़की समकामी है और यह उसकी साथिन। स्वाभाविक भी है। लड़की का लड़की से प्रेम किस तरह हो सकता है।--नीला की समझ में नहीं आ रहा था कि एक लड़की का दूसरी के साथ संगम कैसे सम्भव है। ऐसा सुख वह स्वयं अपने को दे सकती है—यद्यपि रात को दानियल के बराबर लेटने का पूर्ण सुख उसको मिलता है। दानियल का कहना है कि प्रेमिका का अभाव हो तब वह खुद सुख दे लेती है। सुनकर नीला तो अवाक्। नीला को यौन विषयों पर बड़ी शर्म आती थी। केवल उसे ही क्यों सब भारतीय लड़कियों में होती है। चाहे जो बातें करें, यौन के बारे में कोई बात नहीं होती क्योंकि यह लज्जा का विषय होता है। यह छिपाने का व्यापार है—ढँककर रखने का विषय। सुशान्त के साथ दो वर्षों में ज़्यादा से ज़्यादा छः बार चुम्बन किया होगा। और इन छः चुम्बनों के लिए कितना वक्त लग गया। कितनी ही छिप-छिपाकर करने की तैयारी नहीं करनी पड़ी होगी। और यहाँ नीला को अच्छा भी लगता, क्रोध भी आता। वह देखती कि लड़के-लड़कियाँ रेल, बस में, सड़क, बाग कहीं भी चुम्बन लेते सैकड़ों लोगों के सामने। प्रेम करना अच्छा लगता है तो छिपाना क्यों? क्योंकि इसमें रखने-ढँकने की कोई बात ही नहीं। ऐसा होना प्राकृतिक भी है। नीला को क्रोध आता कि पुरानी पीढ़ी के कारण वह कितने आनन्द से वंचित हो गई थी। नीला इस देश में पैदा हुई होती, पूरी

किशोरावस्था मित्रों के साथ-घूम फिर सकती थी जब कि उसे घर में बैठे रहना पड़ता था। अपने प्रेमी की कमर पकड़कर इधर-उधर घूम सकती थी। अपनी इच्छानुसार स्वाधीनता का आनन्द ले सकती थी। वह तो बहुत अवस्था तक मनमानी नहीं कर सकी थी। इधर किशन का घर छोड़ने के बाद से अपनी मनमानी करती है। किसी लड़की के साथ यौन सम्पर्क निश्चय ही मनमानी करना है। हाँ, वह इसे खुशी नहीं कहती, यह संगम उसकी इच्छा के अनुकूल नहीं है--दानियल की इच्छानुसार है। दानियल सोचती है कि यह उससे प्रेम करती है। फिर भी दानियल कभी-कभी देखती कि सड़क पर चलते हुए, रेस्तोराँ में या कैफ़े में बैठी नीला प्यासी निगाहों से सुदर्शन फ्रांसीसी युवकों की तरफ़ देखती। उसी कैफ़े में दानियल जब उसे डाँट रही थी, एक घंटे बाद दानियल को उठना पड़ा था कि निकल को लेकर डॉक्टर के पास जाना था। तब नीला ने नज़रें दूसरी तरफ़ फेर ली थीं।

"बात क्या है...मेरी बात नहीं सुन रहीं?"

"सुन रही हूँ।"

"बिल्कुल नहीं।"

"सुन रही हूँ।"

"फिर उधर क्यों देख रही हो?"

"यहीं भूल कर रही हूँ--जब ध्यान से बात सुनती हूँ तब मुँह की तरफ़ नहीं देखती। देखने पर ध्यान बँट जाता है।"

"फिर कहाँ देखती हो?"

"टेबल की तरफ... चेयर की तरफ, दीवार की तरफ़, जो पदार्थ मन को दूसरी तरफ नहीं मोड़ते।"

"और मुँह शायद दूसरी तरफ फिर जाता है?"

"हाँ नाक चौड़ी है या तीखी, आँखें काली हैं या बादामी, हँसने पर गड्ढे पड़ते हैं या नहीं। बात करने पर चेहरे की कोई-कोई पेशी हिलती है, किसी कारण माथे पर तेवर उभरते हैं या नहीं...और अगर पड़ते हैं तो कितने बल पड़ते हैं...इन सब बातों की तरफ ध्यान चला जाता है।"

दानियल बोली, "बताओ मैं क्या, कह रही थी! जब सुना है तो बताओ।"

"तुमने कहा था कि निकल को लेकर डॉक्टर के पास जाओगी।"

अब निकल को अचानक क्या हो गया?"

निकल को नहीं? पीपी को?"

"पीपी कौन?"

"पीपी निकल का बिडाल।"

"पीपी' पेशाब नहीं कर रहा," दानियल बोली।

"पीपी पेशाब नहीं करता इसमें निकल का क्या है?"

"यही तो निकल का मन खराब है। वह मानसिक रोग के डॉक्टर के पास जाएगी।"

नीला चौंक पड़ी। बिडाल खाता नहीं इसलिए किसी का मूड ख़राब हो सकता है और असुख दूर करने के लिए डॉक्टर के पास जाना पड़ता है! नीला ज़ोर से हँसना चाहती थी। इस कलिकाल में और क्या-क्या देखूँगी बाबा! कहकर वह ज़ोर-ज़ोर से हँसना चाहती थी किन्तु अपने कुत्ते के स्वभाव के कारण दबा ली।

बिल्ली का नाम सुनते ही कुत्ता नीला के पाँवों के पास बैठा अस्थिर हो रहा था।

दीवार फाँदकर सड़क के बिडाल रसोईघर में घुसकर पतीले का ढक्कन सरकाकर पकी हुई मछली-मांस खा जाते—यह थी रोज़मर्रा की घटना। इसलिए चोर-बिडाल को देखते ही पेट पर लाठी मारना एक तरह का नियम था। सड़क के गन्दे कुत्ते घर के अन्दर घुसना चाहते तो लाठी मारकर भगाने का नियम था। नीला इस सभ्य सुन्दर कुत्तों-बिल्लियों के प्रेमियों के देश में दोनों पाँव हिलाकर धमकाती।

"उधर क्या देख रही हो!" नीला की नजर जिधर थी दानियल ने उधर देखा—झबरे बालों वाला एक युवक खड़ा था।

नीला मान गई कि उस सुदर्शन युवक की तरफ़ से नज़रें नहीं हटा पा रही।

"छी...दानियल ने घृणा से कहा, तुम फिर से पिछली ज़िन्दगी में लौटना चाहती हो? देख तो रही हो पुरुष के साथ जीवन बिताना कितना जघन्य होता है।... तुमने सीख नहीं ली?"

"सब आदमी किशन तो नहीं हैं?"

"किशन नहीं तो सुशान्त...! वही तो...सब पुरुष एक से होते हैं। सब नारी पर अत्याचार करते हैं।"

"नहीं सब एक से नहीं होते दानियल! कोई-कोई प्रेम भी तो करता है।"

"प्रेम...?" एसप्रैस्सो कॉफ़ी में चीनी मिलाते-मिलाते दानियल बोली, "वह भी एक तरह का जाल होता है। पुरुष के बिछाए हुए जाल में लड़कियाँ फँस जाती हैं। सोचती हैं... बिना पुरुष के लड़कियों की गुज़र नहीं। पर गुज़र अच्छी तरह होती है। मुझे ही देख लो... मुझे किसी पुरुष की ज़रूरत है क्या?"

नीला की चाय ठंडी हो रही थी। वह दानियल की आँखों में देखकर बात सुन रही थी।

"पुरुष के बिना दानियल की गुज़र हो सकती है पर उसकी तरह संसार में सभी समकामी होतीं... फिर संसार कैसे चलता," नीला ने पूछा।

नीला ने प्राणि-संसार का उदाहरण देते हुए कहा, "प्राणी विपरीत लिंग के प्रति आकर्षित होता ही है... मिलता है...बच्चे पैदा होते हैं... ऐसा न होता तो

मर कर भूत बन जाते, सारा संसार अणु-मात्र! प्राणिहीन हो जाता। यहाँ तक कि उद्भिज हीन। स्फुलिंग मात्र।''

दानियल ने कहा, ''यह सब पुरुष की सृष्टि है।''

''तुम और मैं किसी बच्चे को जन्म दे सकती हैं?... नहीं।'' नीला बोली। ''और कितने बच्चों की ज़रूरत है इस संसार में।'' कॉफ़ी का 'सिप' लेते हुए दानियल ठहरकर बोली, ''बहुत है। और इस पुरुष शासित वैषम्य में और बच्चे पैदा करके उस विषमता में फेंकने की ज़रूरत क्या है?''

''कभी न कभी यह वैषम्य दूर तो होगा ही। सब एक हो जाएँगे।'' नीला दूर स्वप्न में खोई हुई-सी बोली।

दानियल ने कहा, ''जब होगा तब होगा... और यौन के लिए जिस दिन नारी कहेगी उसे पुरुष की कोई ज़रूरत नहीं उस दिन पुरुष की पराजय हो जाएगी। इससे पहले नहीं।''

नीला ने ठंडी चाय का घूँट लिया। यहाँ कैफ़े में एक कप चाय लेकर लोग तीन-चार घंटे बिता देते हैं। कैफ़े के बाहर से इन्हें देखकर लगता कितने व्यस्त हैं। मानो भाग रहे हों। इतने व्यस्त कि मुँह से झाग फेंकते हैं और यहाँ कैफ़े में घंटे पर घंटे गुज़ार देते हैं। नीला को तो कोई व्यस्तता दिखाई नहीं पड़ती। इन्हें देखकर नीला को कई बार लगता कि इनसे तो कलकत्ते के लोग ज़्यादा व्यस्त होते हैं। वास्तव में व्यस्त। किन्तु व्यस्तता की बात नहीं करते। इन लोगों को सप्ताह में दो दिन छुट्टी मिलती है... इन दो दिन खूब घूमते-फिरते हैं, सोते हैं। बैठकर दो घंटे अखबार पढ़ते हैं और कहते हैं बड़ी मेहनत करके आए हैं! छी...। सख़्त मेहनत क्या होती है इन्हें नहीं मालूम। देखते कलकत्ते के निर्बोध मज़दूरों को, देखते रिक्शावाले। कलकत्ते में चाय की दूकान पर लोग सिर्फ़ चाय पीने जाते हैं फ़िज़ूल बैठने नहीं जाते। यहाँ कैफ़े में बैठकर वक्त काटते हैं या सस्ते अड्डे को भी शायद व्यस्तता समझ लेते हैं।

परिश्रम का अर्थ भी यहाँ भिन्न है। सवेरे से लेकर रात तक दुविधा-ग्रस्त रेत की इकसठ बोरियाँ लेकर, दो मील पर जहाँ दालान बनाया जा रहा हो, पहुँचाते हैं। नीला कहती बड़ी मेहनत करके आया है। उसकी दृष्टि में परिश्रम का यही अर्थ है।

उस दिन दानियल ने पहली बार कहा था, ''पिछले दो सप्ताह से मैं बहुत परिश्रम कर रही हूँ।''

''कैसा परिश्रम?'' नीला जानना चाहती थी।

''दो पुस्तकें पढ़कर सारांश लिखा है।''

''सख़्त परिश्रम इसे कहती हो?''

''वही तो सख़्त मेहनत होती है।''

''वह सख़्त परिश्रम है?'' सुनकर नीला अवाक् रह गयी थी।

''हाँ।''

"पुस्तक पढ़ने जैसी कोई आरामदेह चीज़ है? कौन-सी पुस्तक?"

"कहानियों की...?"

"वाह...। यह तो वक्त का आनन्द लेना है।"

"क्या कह रही हो? मौका मिलने पर शायद वही पुस्तक न भी पढ़ना चाहती।"

"हूँ... कितने पन्ने लिखे?"

"दो पन्ने।"

"मुझे ऐसी नौकरी मिल जाती तो," नीला मन ही मन सोच रही थी।

दानियल उसे आकृष्ट भी करती थी और नहीं भी करती थी। दानियल की बात में युक्ति थी और नहीं भी थी। नीला विचलित हो गई--अच्छी लगना और न लगना के बीच। दानियल जो भी युक्ति देती नीला उस खूबसूरत नौजवान के चेहरे से नज़रें नहीं हटा पा रही थी। उसकी इच्छा हो रही थी कि वह उससे कहे, मैं तुमसे प्रेम करता हूँ। वह उसका चुम्बन ले। उसका शृंगार करे। वह उसके कमरे में चला आए तो अपार आनन्द हो। किन्तु नीला के चाहने पर यह हुआ तो नहीं! वह देख रही थी कि कोई भी खूबसूरत आदमी पलटकर उसकी तरफ़ देखता ही नहीं था। कलकत्ते की सड़क पर निकलती तो लोग घूम-घूम कर उसे देखते। किन्तु यहाँ, सड़क के आवारा लड़के तक उसे देखकर सीटी नहीं बजाते थे मानो वह कोई नहीं, मानो वह मांस-पिण्ड हो, इससे बचकर निकलने पर प्राण बचेंगे। कलकत्ते में सभी इसे रूपसी (सुन्दर) कहते थे। पर इस देश में उसकी सुन्दरता की कोई कीमत नहीं है। दानियल की तरफ देखती है। दानियल का शरीर प्रखर सूर्य की तरह चाहे सुडौल सुन्दर हो पर उसका चेहरा लावण्यहीन है, आवाज कर्कश है। अन्ततः नीला ने एक विश्री लड़की के साथ अपना जीवन संयुत कर लिया? पर यह जीवन संयुत करना नहीं था। क्योंकि उसे दानियल से प्रेम नहीं हुआ था। दानियल को लेकर उसने कोई सपने नहीं सँजोए थे। उसे क्या मालूम ये बातें। नीला का विश्वास था कि उसे नहीं मालूम।

नीला इतनी गम्भीरता से क्या सोच रही है--दानियल कॉफ़ी खत्म करके जानना चाहती थी। नीला ने नहीं बताया कि वह क्या सोच रही थी। पर पूछा कि दानियल उसे कुछ फ्राँ उधार दे सकती है।

"कितने...?"

"जैसे...पाँच हजार?"

"पागल हो गई हो... इतने फ्राँ का करोगी क्या?"

"कलकत्ता जाऊँगी...?"

"कलकत्ता क्यों...?"

"माँ बीमार है।"

"सुनील के घर गई थीं ना... उसने तुम्हारे दिमाग में यह सब भर दिया है। जाओ कलकत्ता... देखना वहाँ तुम्हें कैसे बन्दी बना लेंगे।" दानियल बड़ी विरक्ति से बोली।

"मेरी माँ बीमार है उनसे मिलने जाऊँगी...।"

"इस समय जाने से कोई फ़ायदा? सत्कार के समय जाना।"

"सत्कार का प्रश्न तो पैदा ही नहीं होता। सेवा का प्रश्न।"

"वहाँ कोई नर्स नहीं है...? जो देखभाल करे। तुम तो कह रही थीं कि नौकर-चाकर बहुत हैं।"

"सब हैं... कोई कमी नहीं है... पर मैं कलकत्ता जाऊँगी।"

"तो जाओ... मेरे पास इतने फ्रां नहीं हैं।"

"किसी और से उधार लेकर दे सकोगी?"

"इतने फ्राँ तो कोई भी नहीं दे सकता।"

नीला खामोश बैठी रही। चाय तो बहुत पहले पी चुकी थी।

"अब जाकर अगर लौट आईं तो सत्कार के समय फिर जाओगी?" दानियल अपने कर्कश स्वर को यथा-शक्ति कोमल करके बोली, "सत्कार-सत्कार, मत कहो दानियल। मेरी माँ इतनी बीमार नहीं है कि मर जाएगी।" नीला दाँत किचकिचा कर बोली। उसके जबड़े की पेशियाँ सख़्त हो गई थीं।

"तो फिर जाना ही क्यों है...?"

"क्योंकि मेरी माँ...?"

दानियल ने, नीला को बात पूरी नहीं करने दी। नकल उतारते हुए बोली, "मेरी माँ, मेरे बाबा! मेरा भाई! मेरी बहिन–वगैरह!"

दानियल के नकल उतारने की तरफ़ ध्यान दिए बिना नीला बोली, "मेरा मन कहता है कि माँ को केवल सर्दी और बुखार नहीं हुआ है–कुछ और...?"

दानियल ने अपनी कॉफ़ी के दाम टेबल पर रखकर ज़ोर से चेयर खिसकायी। बायें हाथ की बिचली अंगुली नीला के सामने रखी, बाएँ बाजू से दाएँ हाथ का थप्पड़ लगाया। कोहनी से उसे हिलाया। दानियल के सारे शरीर से क्रोध उफन रहा था। उस क्रोध को ज़रा भी काबू में किए बिना वह कैफ़े का दरवाज़ा ठेलकर बाहर चली गई–चीखती हुई–"ला फामेलिया।... ला फामेलिया।

आयेंगे तो

कलकत्ता जाने से पहले नीला दो जगह गई—एक सानदानी और दूसरा त्रेवादेरोय-मानसिक रोग के डॉक्टर के घर। सानदानी क्योंकि रीता सिकसस को अपनी डॉक्यूमैंटरी के लिए इंटरव्यू लेना था। वासिलिक द सानदानी के बाग में बैठकर इण्टरव्यू लिया जाएगा। बाग के अन्दर सार्ज सान्तोस का मकान था। सार्ज से रीता परिचित थी अपनी मित्र ऑन लरे के कारण। ऑन लेरे की माँ, बेनजाकिन फ्रांस में पैदा हुई थी, मिस्र के किसी यहूदी परिवार में। फ्रांसेर जब पाँच वर्ष की थी मिस्र से सब यहूदियों को बाहर निकाल दिया गया था। फ्रांसेर का पूरा परिवार तब फ्रांस चला आया था। फ्रांसर रीता की पड़ोसिन थी—यहाँ सानदानी में। उस वक्त सानदानी गाँव-सा था। वही सानदानी अब बहुल आबादी वाला शहर बन गया है। चोरी-डकैती, छीना-झपटी हमेशा होती रहती है। गोरे लोगों की बस्ती बहुत कम है—ज़्यादा हिस्सा काले और बादामियों का है। ज्यादा भाग गरीबों का है...ज्यादा हिस्सा बिना पढ़े-लिखों का है, ज्यादा भाग बेकार लोगों का है।

सानदानी के चमचमाते मकानों की तरफ अँगुली से निर्देश किया गया कि ये दरिद्र लोगों के मकान हैं। नीला समझ नहीं पाई कि दरिद्र से इनका क्या अभिप्राय है। घरों के सामने गाड़ियाँ खड़ी देखकर नीला बोली, 'फिर ये गाड़ियाँ किनकी हैं?' उन्हीं ग़रीबों की। नए मॉडल की कीमती गाड़ियाँ न होने के कारण उन्हें दरिद्र कहा जाता है। अगर नई मर्सिडीज होती, बी.एम. डब्ल्यू. होती, लिमोजिन होती तो वे दरिद्र नहीं हैं। बड़ी सरल बात है। नीला ने कलकत्ते की बस्तियाँ देखी थीं। उसके सामने कोई दरिद्रता नहीं दिखाई पड़ रही थी। उसकी नज़रें देख रही थीं लाखों जड़ से उखड़े हुए लोगों को, सिर छिपाने के लिए जिनके पास जगह नहीं, पेट भरने को रोटी नहीं, पहनने को कपड़े नहीं, बीमारी के कारण हाँफते हैं पर इलाज नहीं। नीला को तुम लोग गरीबों को मत दिखाओ। जो लोग रंगीन टेलीविज़न के सामने बैठकर भरपेट खाकर बाहर आए हैं, शरीर पर फ़ैशनेबल कपड़े-जूते हैं, ऊँची आवाज में गाते हैं, गाने की ताल पर सिर हिलाते हैं, गाड़ी चलाकर ले जाते हैं, उन्हें चाहे जो कहो—दरिद्र

मत कहो। कम से कम नीला के सामने तो नहीं ही।

बटन दबाकर बड़ा-सा गेट खुलने पर रीता की गाड़ी सार्ज के बाग में घुस गई। गिरजा के ठीक पीछे बाग था। बाग मायने घास का मैदान। मैदान में पुराने पत्थर पड़े हैं। सब उन पर बैठे कॉफ़ी पी रहे हैं। मैदान में रैफेल और बेंजामिन खेल रहे हैं—ऑन लेरे के दोनों लड़के।

रीता के पहुँचते ही एक बार चूमा चाटी हुई।

दानियल बासिलिक के पाददेश के मकान देखकर बहुत देर तक 'ओ ला ला ओ ला ला' करती रही। इतनी खूबसूरत जगह पर मकान मिलना भाग्य ही कहा जाएगा। भाग्य में और क्या चाहिए। सार्ज इस बासिलिक का परिचालक नहीं है।

रीता के साथ दानियल और नीला के अलावा दो व्यक्ति और आये हैं—एक के हाथ में कैमरा और दूसरे के हाथ में माइक्रोफ़ोन है। नीला का दिल धड़क रहा था। वह कैमरा के सामने पहले कभी खड़ी नहीं हुई थी। रीता इदसे क्या पूछेगी इसे नहीं मालूम। हथेलियों में पसीना आ रहा था, नाक पर पसीने की बूँदें।

रीता बोली, "नाक पर ज़रा पाउडर लगाकर आती?"

नीला हाथ से पसीना पोंछती हुई बोली, "ठीक है, मैं पाउडर साथ लाई ही नहीं।"

रीता का चेहरा शर्म से लाल हो गया।

दानियल दबी आवाज़ में नीला के कान में बोली, "नाक पर पाउडर लगाने का मतलब नाक पर पाउडर लगाना नहीं है। मतलब है टॉयलेट जाना। पेशाब, पायखाने के लिए।"

"टॉयलेट जाऊँ या नहीं पूछ लेना चाहिए था!"

"नहीं यह शर्म की बात होती है।"

"शर्म की...?"

नीला को समझ नहीं आ रहा था कि इस समाज में शर्म कहाँ रहती है। अभी गर्मी नहीं आई है। लड़कियों ने अभी से अर्धनग्न घूमना-फिरना शुरू कर दिया है। कपड़े-वपड़े झमेला हैं। शर्म धोकर पी गई कि देखने में मौलिक दिखाई पड़े।

कैमरे के सामने खड़े होने से पहले कैमरा मैन बोला, "चेहरे पर ज़रा पाउडर लगा लें तो अच्छा है।"

यह पाउडर सचमुच पाउडर था। टॉयलेट नहीं। नीला के चेहरे पर पाउडर लगा दिया गया। ऑन लेरे का सुसज्जित घर देखकर नीला बोली—

"तुम्हारी शादी को बहुत दिन हो गए?"

"नहीं तो... हमारी तो शादी ही नहीं हुई।"

"फिर सार्ज की क्या लगती हो तुम?"

"प्रेमिका हूँ।"

"साथ रहती है...?"

"हाँ...इधर दो वर्षों से गृहस्थी सँभाल रही हूँ।"

"और बच्चे?"

"हमारे बच्चे हैं—मेरे और सार्ज के।" ऑन लेरे मीठी हँसी के साथ बोली।

नीला आईने के सामने खड़ी होकर पाउडर लगा रही थी। रीता के अनुरोध पर आज साड़ी पहनी है। माथे पर कुमकुम की बिन्दी—बिल्कुल बंगाली लड़की! नीला मन ही मन कलकत्ता घूम आई। मन का यही तो बड़ा गुण है कि तेज़ी से उड़ सकता है।

मैदान में दो कुर्सियाँ डाल दी गई थीं। नीला के सामने बैठकर रीता ने देख लिया कि 'नीला का चेहरा और पीछे बासिलिक, विख्यात गिरजाघर, जिसमें फ्रांस के सब राजाओं की कब्रें हैं ठीक से आ रहे हैं या नहीं।' फ़ोकस में नीला के चेहरे पर धूप पड़ रही है या नहीं... माथे की लाल बिन्दी दिखाई पड़ रही है या नहीं। पड़ रही है—दिखाई दे रही है।

अब आमने-सामने बैठकर पहला प्रश्न—"अच्छा नीला! तुमने माथे पर जो खोद कर लगायी है... वह तुम्हारे विवाहित होने का प्रतीक है ना?"

"नहीं..."

रीता भौचकी रह गई किन्तु होंठों पर दुःखपूर्ण हास्य बनाये रखा और नीला की व्याख्या का इन्तज़ार करने लगी—"क्यों नहीं।"

"यह विवाह का प्रतीक नहीं है, लड़कियाँ विवाह से पहले भी लगाती हैं... सुन्दर लगने के लिए।"

रीता ने प्रश्न किया, "यह स्थायी भाव से नहीं लगाया गया है?"

नीला हँस पड़ी उसने काग़ज़ की बिन्दी अँगुली से उठाकर दिखाई—"देखो! यह अस्थायी चीज़ है। इसे लगा लेती हूँ—फिर उतार देती हूँ।"

"कट्।"

रीता को बिन्दी का मैजिक पसन्द नहीं आया। अगर ब्याह का लाल रंग नीला के माथे पर खोद कर लगा दिया जाता तो साक्षात्कार में सुविधा होती।

बगल के काग़ज़ से प्रश्नों पर नज़र डाल कर रीता ने फिर पूछा, "तुम तो भारत की लड़की हो। दूर देश से पेरिस आई हो पति की गृहस्थी चलाने के लिए...यही ना?"

"हाँ... इसीलिए..."

"सुना है तुम पति के घर से चली आई हो—ज़रा खोलकर बताओगी—क्यों?"

"क्योंकि स्वामी के साथ मेरी बनी नहीं।"

"क्यों नहीं बनी।"

"क्योंकि हम दोनों की प्रकृति भिन्न थी।"

"तुम्हारा पति तो भारतीय है फिर भिन्न क्यों कह रही हो?"

"क्योंकि हमारी मानसिकता भिन्न है।"

"सुना है तुम्हारा पति तुम पर अत्याचार करता था। खोलकर बताओ क्या-क्या करता था।"

"जिसे अत्याचार कहते हैं वैसा कुछ नहीं करता था।"

"तुम्हारा पति तुम्हें मारता था... कैसे मारता था, किस चीज़ का व्यवहार करता था। चाबुक मारता था, या लाठी या कमर की बैल्ट से या हाथ से।"

"मेरे पति ने मेरे शरीर पर हाथ नहीं उठाया।"

"कट्" ।

रीता ने हाथ के इशारे से कैमरा बन्द करने को कहा।

उठकर नीला के सामने आई। घुटनों पर बैठकर बोली, "तुम शायद मेरा प्रश्न समझी नहीं नीला!"

नीला बड़ी परेशानी में पड़ गई। देखकर रीता, 'पानी' 'पानी' चिल्लाने लगी। ऑन लेरे दौड़ कर एक गिलास ठंडा पानी ले आई। नीला को प्यास नहीं थी फिर भी पानी पीना पड़ा। आधा गिलास पानी अपने पास रख लिया शायद ज़रूरत पड़ जाए।

कैमरा नीला के चेहरे पर फ़िक्स हुआ।

रीता ने फिर शुरू किया, "तुम्हारे भारतीय माहौल में जो लड़कियाँ पति का घर छोड़ देती हैं उनसे ज़रूर तुम्हारी बात हुई होगी। उनकी अवस्था के बारे में कुछ बताओ। उन पर उनका स्वामी कैसे अत्याचार करता है।"

"नहीं... ऐसी किसी लड़की के साथ मेरी बातचीत नहीं हुई," नीला बेचारगी से बोली।

"कट।"

रीता अब दानियल के पास गई। कुर्सी हटाकर कॉफिन पर बैठ गई और दानियल से हल्की आवाज़ में बात करने लगी। नीला कुर्सी पर ही बैठी रही, चेहरा धूप की तरफ किए, पाउडर वाले चेहरे के साथ।

रीता हँसते हुए वापिस आकर नीला से बोली, "साड़ी में तुम बहुत सुन्दर लगती हो नीला। देखा है तुम पश्चिमी पोशाक ज़्यादा पहनती हो। पर साड़ी तुम पर फबती है।"

अब नया प्रश्न... "तुम्हारी संस्कृति में सती-दाह प्रथा है। तुम्हारे पति की मृत्यु हो जाए तो तुम्हें चिता पर बैठना होगा।"

"वह पुरानी प्रथा है। पिछली शताब्दी से यह प्रथा निषिद्ध हो चुकी है।"

"लड़कियों की योनि में छेद करना तो भारतीय संस्कृति का एक अंश है। भारत में कितनी शतांश लड़कियों के भगांकुर में छेद किया गया।"

"भगांकुर में छेद करना भारतीय संस्कृति नहीं है।"

"अच्छा... अपने गृहस्थ जीवन के बारे में बताओ। तुम्हें सब काम करना पड़ता था गृहस्थी का!"

"हाँ... करना पड़ता था।"

"क्या-क्या करती थीं... बताओ।"

"खाना पकाना, बर्तन साफ़ करना, घर साफ़ करना, कपड़े धोना–सब।"

"तुम्हारा पति घर का क्या-क्या काम करता था।"

"कुछ ख़ास नहीं।"

"तुम्हारे पति ने कभी खाना पकाया?"

"नहीं..."

"काम पर से लौट कर वह क्या-क्या करता था?"

"टेलीविज़न देखता था, शराब पीता था...।"

रीता सिर हिलाकर बोली, "बताओ-बताओ और क्या-क्या करता था!"

"और क्या... खाकर सो जाता था।"

"गृहस्थी का खर्च दोनों करते थे... क्यों?"

"नहीं मेरे पास नौकरी नहीं थी.... मेरा पति सब खर्च देता था।"

"तुम नौकरी करो, तुम्हारा पति नहीं चाहता था?"

"नहीं चाहता था।"

"तुम्हारे पति ने तुम्हें घर में कैद करके रखा था–यही ना?"

"घर से अकेले कहीं जाऊँ यह उसे पसन्द नहीं था। पर बन्दी जैसा कुछ नहीं था। दरवाज़े की चाबी मेरे पास रहती थी।"

"तुम्हारी जो कुछ सम्पदा थी... तुम्हारे आभूषण तुम्हारे स्वामी ने सब रख लिए थे?"

"रखे नहीं थे–वे मैं भूल से छोड़ आई थी।"

"तुम्हारे स्वामी ने तुम्हें परदा करने पर ज़ोर नहीं दिया...यानि सिर पर पल्लू रखने का?"

"नहीं...! वह सब कट्टर मुस्लिम परिवारों में होता है, हिन्दू परिवारों में नहीं।"

"तुम्हारा पति तो तुम्हें मछली-मांस नहीं खाने देता था। क्या खाना है या नहीं खाना है, उसका आदेश देता था?"

"वह निरामिषी था! चाहता था घर में निरामिष भोज़न ही बने।"

"और वह न करतीं तो क्या करता?... मारता?"

"नहीं मारा कभी नहीं...।"

"गाली देता था?"

"वह भी नहीं।"

"फिर क्या करता था?"

"मन ख़राब कर देता था।"

"कट्‌ कट्‌।"

सानदानी से निकलकर दानियल बोली, "किशन के लिए तुम्हें बड़ा दर्द है।"

नीला ने पूछा, "मुझे क्या कहना चाहिए था? क्या कहने से समझ में आता कि मुझे कोई कष्ट नहीं है।"

"छोड़ो...", दानियल ने हाथ हिलाया।

"यह डॉक्यूमेंरी मूलतः किस पर है?"

"लड़कियों पर, लड़कियों पर कैसे अत्याचार किया जाता है...।"

नीला के मन में एक प्रश्न और था, "कौन लड़की? कोई भी लड़की?"

"फ्रांसीसी लड़की?"

"यह तो पहले ही कह चुकी हूँ विदेशी लड़कियों को लेकर।"

"विदेशी लड़की? जर्मन लड़की? स्विस लड़की? बैलजियन लड़की?"

"वे फ्रांस में रहने तो आएँगी नहीं...। जो आएँगी वे...?"

"रुयांडा, सोमालिया, मालि, भारत, पाकिस्तान, ईरान, अफग़ानिस्तान की लड़कियाँ...क्यों?"

दानियल ने देर तक कोई जवाब नहीं दिया। मैट्रो में भीड़ टूटी पड़ रही थी। उसी भीड़ में धक्का खाते-खाते बोली, "तुम लड़कियों के भगांकुर काट लेने की घटना नहीं जानते? इसी फ्रांस में कितनी ही लड़कियों के भगांकुर काट दिए गए हैं। संस्कृति की दुहाई देते हुए यह बेरहमी होती है–यहाँ भी। नीला तुम इसका समर्थन कर रही हो।"

नीला बोली, "आवाज़ में जोर था–मैं क्यों समर्थन करूँगी। जो सच था वही कहा है। भारत में यह रिवाज नहीं है।"

"यह न सही... कुछ और तो होगा। वह सब क्यों नहीं बतातीं? यही तो मौका था लोगों को बताने का। जो नहीं जानते–तीसरे विश्व की लड़कियाँ क्या खोकर वंचित हो रही हैं, लांछित हो रही हैं... उन्हें इन्सान की तरह नहीं माना जाता। पुरुष की दासी की तरह जीवित रहने के लिए लड़कियों का जन्म... वह सब क्यों नहीं बताया? इस तरह के वैषम्य के ब़हुत से उदाह्रण दो।"

नीला बोली, "मुझसे जो पूछा गया उसका जवाब दिया।"

"रीता तुम्हारा इण्टरव्यू बहुत सन्तोषजनक नहीं था। अगर सच कहूँ।"

नीला को पाँच सौ फ्राँ कब मिलेंगे, मिलेंगे भी या नहीं। पूछना चाह कर भी नहीं पूछा। मुँह बन्द रखना बहुत बार मंगलजनक होता है—नीला देख रही थी।

"बात क्या है कुछ कह नहीं रहीं।" दानियल की असन्तुष्ट बादामी आँखें नीला की आँखों में थीं।

"क्या कहूँ? कोई बात पूछतीं नहीं?"

"तुम्हारा इण्टरव्यू तो बहुत पहले खत्म हो गया। अब वापस आओ। स्वाभाविक हो जाओ।"

नीला हँस पड़ी। ख़ामख्वाह हँसी। दानियल अगर पूछेगी तो नीला कह देगी ख़ामख्वाह हँसी थी। ख़ामख्वाह हँसने वाले पागल होते हैं। नीला कहेगी कि वह पागल है।

दोनों बासिलिक सानदानी से कनकई पहुँचीं। कनकई से एक नम्बर लाइन से अब शार्ल द गोल एतोयाल जाना होगा। किन्तु एतोयाल की तरफ मैट्रो नहीं जाती। एतोयाल से नेशन केसे तीन स्टेशन जाने पर ब्रकादेरो। कनकई से मैट्रो नहीं चलती। एतोयाल से भी नहीं चलती। दानियल नीचे से ज़मीन पर आ गई। उसके पीछे-पीछे नीला। बस पकड़ने के अलावा कोई चारा नहीं। दोनों कनकई के बस स्टॉप पर खड़ी हो गईं। बस आ रही थीं, जा रही थीं पर लोगों को नहीं चढ़ा रही थी, बस में तिल रखने की जगह नहीं थी। मैट्रो नहीं चल रही थी इसलिए बस में इतनी भीड़ है—दो एक कह रहे थे। टैक्सी देखते ही दानियल ने हाथ ऊँचा करके अंगुली का संकेत दिया। टैक्सी जैसे जा रही थी, चलती गई। किसी के रुकने का लक्षण नहीं था। यह देखकर नीला बोली, देख रही हूँ यहाँ भी भारत जैसा हाल है। एक तरह से उसे सन्तोष भी हुआ कि कुछ तो अनियम होता है क्योंकि इतने दिन इसने कभी रेल या बस को वक्त से ज़रा भी इधर-उधर होते नहीं देखा था। ठीक पाँच पैंतीस पर रुकने की बात होती तो ठीक पाँच पैंतीस पर आती—पाँच चौंतीस पर नहीं, पाँच छत्तीस पर भी नहीं। टैक्सी बुलाने पर तीन मिनट में आने की बात होती तो तीन मिनट में पहुँच जाती। किसी भी सड़क पर हो हाथ उठाने पर, चाहे कितनी भी रात हो जाए, रुक जाती थी। अगर कोई अनियम न घटे तो दम घुटने लगता है—नीला सोचती। अब यह अनियम देखकर नीला ने चैन की साँस ली।

क्षणमात्र में कनकई मैट्रो स्टेशन की पुलिस ने घेरा डाल दिया। दानियल ने पुलिस के आदमी से पूछा, "क्या हुआ?"

"कुछ नहीं... दो लोगों ने आत्महत्या की है।"

"क्यों...?"

"वही जो होता है, कारण था वसन्त काल!"

''वसन्त के कारण'! नीला का मुँह खुला रह गया और दानियल ने उसके खूले मुँह में सच का बोझा और डाल दिया।

'''वसन्त' होती है आत्महत्या की ऋतु। दो युवकों ने चलती हुई गाड़ी के नीचे छलाँग लगाई थी। मरना चाहते थे—मर गए। इस तरह हर पसन्त काल में इसी तरह लोग रेल के नीचे प्राण दे देते हैं।'' 'इसका कारण' दानियल पहले ही बता चुकी है।

वसन्त काल में ही लोग आत्महत्या करना क्यों चाहते हैं,'' नीला ने जानना चाहा।

वसन्त आने पर, जहाँ तक दानियल जानती है, पश्चिमवासी आनन्द से मतवाले हो उठते हैं। ''फिर आत्महत्या क्यों?''

दानियल बोली, ''जो अकेले होते हैं—संगीहीन, वे ही इस समय आत्महत्या करते हैं। वसन्त काल में अकेलेपन की अनुभूति बहुत ज्यादा हो जाती है।''

वसन्त से ही तो ज्ञात होता है कि ग्रीष्म आने वाला है : सुख का समय आ रहा है, प्रेम का समय आ रहा है, मिलन का समय आ रहा है। पूरे ग्रीष्म काल में प्रेमी-प्रेमिका जोड़ों में घूमते-फिरते हैं, आनन्द मनाते हैं। जो अकेले होते हैं : मैदान, घाट, लेक के किनारे, समुद्र के तट पर, इतने जोड़े देखकर ज्यादा ही अकेलापन महसूस करते हैं। इस डर से, इस कष्ट के कारण वसन्तकाल में ही, ग्रीष्म आने से पहले, आत्महत्या कर लेते हैं।''

नीला को समझ नहीं आया।

''नहीं समझीं? कैसे समझोगी? दूसरे के कष्ट की बात तुम कैसे समझोगी?

दानियल की व्यंग्योक्ति ने नीला को स्पर्श नहीं किया। त्रेकादेरो की तरफ़ चलते-चलते उसका मन कुछ और हो गया। सोच रही थी रेल के पहियों से धूल उड़ रही है, शरीर, मांस, हाड़ को रौंदती हुई दो युवकों की बात।...

आत्महत्या करली सिर्फ़ इसलिए कि संगी नहीं था। अगले दो महीनों में क्या वे आनन्द नहीं मनाते? अगर नीला का कोई प्रेमी न हो तो वह आत्महत्या कर लेगी? नहीं करती। केवल प्रेम ही तो जीवन की एकमात्र सुख की घड़ी नहीं है। और भी कितना कुछ है। झड़ते पत्तों की मर्मर सुनाई देती है। बादलों के साथ इधर-उधर घूम सकते हैं। लम्बी सन्ध्या से जुड़ी कविता की एक चमत्कारिक पुस्तक पढ़ सकते हैं? जीवन को पूर्ण करने के लिए हज़ारों उपाय पड़े हैं।

''मनुष्य को समझना सीखो नीला! उसके कष्ट को जानना सीखो।''

नीला बहुत कुछ नहीं जानती। त्रेकादेरो के दवाखाने में रोगियों की भीड़ देखकर नीला घबरा जाती थी। इतने लोगों के मन में क्या बीमारी है। जानने की इच्छा होती। नीला देखती कोई ध्यान से पत्रिका पढ़ रहा है, कोई बराबर बैठे किसी आदमी से नीची आवाज में बातें कर रहा है। कोई ऊँघ रहा है। निकल अपने बिडाल

को लेकर आई थी पेशाब में परेशानी के कारण। उसके मन को कष्ट था इसे दूर करने...। दानियल आई थी–नीला के दूर कलकत्ता जाने के कष्ट से आघात के कारण। नीला अनुमान लगा रही थी कि ऊँघता हुआ आदमी अवश्य पत्नी से दो रात तक झगड़ा करने के बाद यहाँ आकर पत्रिका पढ़ रहा है। भलेमानस को कई रातों से नींद नहीं आई होगी–इसलिए आया है। और बराबर बैठे आदमी से बात कर रहा है। बात करते हुए वह ऊँची आवाज में बोलने लगता है। और जो सोलह-सत्रह वर्षीया लड़की खिड़की से बाहर देख रही है–नीला को लगता है–प्रेमी के साथ सम्बन्ध ठीक नहीं चल रहा इसलिए आयी है।

पहले संसार के लोगों का मन जरा भी इधर-उधर होता तो गुज़ारा नहीं होता था। मन को सौ फ़ीसदी सुख चाहिए। मन में कोई रोग, अशात्ति, दुख, कष्ट, यंत्रणा की ज्वाला का चिह्न भी न रहे। शरीर में चाहे बल न हो पर मन में शक्ति रहे। आवेग के परिमाण के अनुसार कम या ज्यादा होने पर नहीं। और तृतीय विश्व के लोगों के मन में परिमाण जैसा कुछ नहीं है। एक किलो बीफ़ में लहसुन की कुछ कलियाँ चटकाने पर बढ़िया स्वाद हो जाता है। इसे लेकर प्रथम विश्व में खोजें चल रही थीं। पर तृतीय विश्व में नहीं चलतीं। लहसुन के परिमाण को लेकर खोज का समय नहीं है। जिनके पेट में भात नहीं हो, उनके लिए लहसुन.... और फिर मन! मन धोकर जल पी लिया। वह जल भी तृतीय विश्व में नहीं रहा–जल का अभाव हो गया।

दानियल को शायद आने में दो घण्टे लगेंगे। वह निकलेगी गिरजा से स्वीकारोक्ति के कमरे की खिड़की से कद्दावर कैथोलिक की तरह। विषण्ण मुख के साथ, नीला की तरफ बिना देखे दरवाजे की तरफ़। नीला भीड़ में से दानियल को लौटा लाती है।

नीला की बाँहों से अपने हो छुड़ाती हुई दानियल बोली, "मुझे अकेले छोड़ दो।"

पर नीला उसे अकेला नहीं छोड़ना चाहती थी क्योंकि मन खराब होने पर अकेला रहने देना उसने सीखा नहीं था। अगर दसके मन में कोई कष्ट होता था मलिना आकर उसकी पीठ पर हाथ फेरती, आँसू पोंछती। और प्यार पाकर नीला का कष्ट कमरे की सीमाओं से बाहर चला जाता। नीला को कभी किसी साइकिएट्रिस्ट के पास नहीं जाना पड़ा था।

"तुम्हें डॉक्टर के पास क्यों जाना पड़ा। अगर मेरी वजह से है तो मुझसे बात करो। मन में जो बात हो खुल कर कहो। मुझे बताओ तुम तो मुझसे स्नेह करती हो...करती हो ना।" नीला दानियल की ठोड़ी पकड़कर चेहरा अपनी तरफ करते हुए बोली।

दानियल चीख पड़ी–"कहा ना तुमसे। मुझे अकेले छोड़ दो।"

"तुम्हारा मन दुखी है, अकेले और भी दुखी होगा। डॉक्टर के कमरे में जाने

से पहले इतनी दुखी नहीं थीं तुम।'' कहते हुए नीला ने दानियल को दोनों हाथों में जकड़ लिया। नीला का हाथ छुड़ाकर दानियल त्रेकादेरो की वेदी पर जा बैठी।

नीला बड़ी ममता के साथ दानियल के कन्धे पर एक हाथ रखकर बोली। ''इतना खूबसूरत शहर, इतना सुसज्जित, सबके पेट भरे हुए, सबके पास मकान है सब कपड़े पहने हुए, सबके लिए सिक्योरिटी एक्ट है। फिर भी इतने लोग मानसिक रोग के डॉक्टर के पास क्यों जाते हैं?''

दानियल के आँसू उमड़ पड़ रहे थे। नीला उन्हें अँगुलियों से पोंछने लगी तो दानियल ने झट से मुँह, सिर हटाकर आँसू पोंछ लिए।

''तुम नहीं समझोगी नीला! जीवन में अन्न, वस्त्र, आश्रय ही सब-कुछ नहीं होता। तुम तीसरे विश्व की दृष्टि से सब पर फैसला देना चाहती हो। मन नाम की भी चीज़ होती है। और उस मन के बारे में तुम कुछ नहीं जानतीं।''

नीला बोली, ''दानियल मन तो तृतीय विश्व में भी होता है। यह मन पत्थर से नहीं बनाया गया। जानती हूँ तुम्हें तकलीफ हो रही है। मुझे भी बड़ा कष्ट होता है पर मैं तो किसी डॉक्टर के पास नहीं गई। कष्ट से डरती क्यों हो... मैंने कभी नहीं सुना कि हमारे देश के लोग मन की तकलीफ़ दूर करने के लिए किसी डॉक्टर के पास गए हों।''

नीला काफ़ी देर तक कुछ नहीं बोली। दानियल भी यथा-शक्ति अपने आँसुओं पर काबू पाने लगी।

''चलो चैम्पस-ए-लिरोड जाकर घूमें। तुम्हारा मन भी बहल जाएगा।''

''नहीं।''

दानियल कहीं नहीं जाएगी...घर लौट जाएगी। वह अकेली रहना चाहती है।

उसका हाथ पकड़कर नीला बोली, ''चलो, सिनेमा चलें।''

''नहीं।''

''चलो! किसी कैफे में बैठते हैं।''

''नहीं।''

''सीन के किनारे घूमें।''

''नहीं।''

''थियेटर?''

''नहीं।''

''रात को तुम्हें लातूर दारजोंय खिलाऊँगी...चलो।''

''नहीं।''

''जाकर मरो...इतने नखरे...?''

कलकत्ता तो कलकत्ते में ही है

हर एक के लिए कलकत्ते की सड़कें, फुट-पाथ, गन्दी गलियाँ अपने घर की तरह हैं जहाँ वह रह सकता है। यहाँ तक कि कूड़े के ढेर से खाना चुन कर खा सकता है।

क्लॉड लेवी ब्रूस

कलकत्ता जैसा छोड़ गई थी नीला, ठीक वैसा ही था। फिर भी उसे लगता कि कलकत्ता देखकर उसका मन और भी खराब हो गया। फुट-पाथ पर पहले से भी ज्यादा कूड़ा इकट्ठा था, जोरों से धूल उड़ रही थी। घोड़ा-गाड़ियों की भीड़ ज्यादा हो गई थी। पहले भोंपू बजाते थे, बहुत ऊँची आवाज़ में नहीं। मकानों का रंग पहले से ज्यादा उड़ गया था। पलस्तर उखड़ गए थे। दूकानें छोटी, सँकरी, सड़कें छोटी हो गई थीं। लोग ज्यादा काले। मैदान में घास पहले से कम हो गई थी। घास का रंग पेड़ों के पत्तों जैसा पहले से ज्यादा काला। नीला दमदम से गाड़ी लेकर बालिगंज आते-आते रुक-रुक कर निखिल से बोली, "कलकत्ता बहुत बदल गया है।"

निखिल ने इधर-उधर देखा कि कलकत्ता कहाँ से बदला है। रामकिरन गाड़ीवान मैले रूमाल से पसीना पोंछते हुए बोला, "दीदी! आप बदल गई हैं... कलकत्ता जैसा था वैसा ही है।"

बालिगंज के घर में घुसकर नीला को लगा कि घर और भी छोटा हो गया है। नीला बड़ी होकर एक दिन अपने बचपन वाला विशाल स्कूल देखने गई थी। पहचान नहीं पाई। स्कूल के जिस विशाल मैदान में नीला दौड़ लगाया करती थी, उसी मैदान में खड़ी होकर मैदान ढूँढ़ने लगी। जहाँ स्कूल का तालाब था नदी की तरह डूबने लायक।

मलिना को क्या हुआ है... क्या बीमारी है। नीला ने रास्ते में किसी से नहीं पूछा। निखिल से भी नहीं, रामकिरण से भी नहीं।

नीला को देखकर चित्रा दौड़ कर मालेना को खबर देने गई "दीदी आई है दीदी।"

चित्रा का यही नियम था। नीला देर से घर लौटती तो दौड़ कर खबर देती थी। नीला को लग रहा था कि घर पहुँचने मे इसे देर हो गई। सड़क पर गाड़ियों का जमघट था इसलिए देरी हो गई। नन्दन में अपर्णा की नई पिक्चर देखने गई थी इसलिए देर हो गई।

नीला जैसे ही लौटती माँ माँ पुकारती रही।

मलिना को सोने के कमरे में न देख रसोई-घर में घुसती। वहाँ भी नहीं तो पूजा घर में, वहाँ भी न देख आँगन के सब्जीबाग में, वहाँ भी नहीं मिली तो नीला को मालूम है वे छत पर होंगी धूप में कपड़े सुखाने गई होंगी।

आज भी नीला "माँ' 'माँ' पुकारती हुई सोने के कमरे में गई। मलिना वहीं थीं। पंखा तेज़ चल रहा था। उसके नीचे मलिना को पसीना आ रहा था। वे सो रही थीं।

माँ इस समय सो रही है? "उठो?... मैं आ गई।"

"नीला आ गई है मलिना!... उठो! नीला को खाना दों उसे ठंडा पानी दो। पास बैठाकर नीला की बात सुनो। बहुत सी बातें जमा हो गई हैं। बातें सुनाते सुनाते उसका गला बैठ जाए उसका सिर छाती से लगाकर शरीर पर हाथ फेरते फेरते उससे कहो अब कभी आँख से ओझल मत होगा। नीला को लोरी सुनाओ। बहुत दिन बाद तुम्हारी बगल में पड़कर वह सोएगी...उठो।"

नीला ने सिरहाने बैठ कर देखा मलिना के घने काले बाल हवा में उड़ गए हैं। और अब हड्डियों का एक पिंजर पंखे के नीचे हिल रहा है। नीला हिल रही थी। आइफ़ल टावर हिल रहा था।

"दीदी! चाय लाऊँ।"

उसकी दीदी न 'हाँ' कह रही है न 'ना'।

चित्रा जोर से रो पड़ी। नीला जानना भी नहीं चाहती कि चित्रा क्यों रो रही है। वह खड़ी हो जाती है। अपने कमरे में चली जाती है अपने बिस्तर पर। चित्रा पीछे-पीछे जाती है आँचल से आँखें पोंछती हुई, दीदी लेट क्यों गई। करुणा की खींचा-तानी। 'मुँह में कुछ डालो।'

"चित्रा तू जा... मुझे अकेले रहने दे।"

पर चित्रा दरवाजा पकड़े खड़ी रहती है। कह रही है "मासी माँ को अचानक क्या हो गया दीदी! चल-फिर रही थी अचानक बिस्तर पकड़ लिया। अब तो खड़ी भी नहीं हो सकती। नींद की औसधि खाकर सोई रहती हैं। सोती है यही रक्षा है वरना तकलीफ से जैसे चीखती-चिल्लाती हैं। देखने पर सहन नहीं होगा दीदी!

"इतनी बात क्यों कर रही है? तुझसे तो इतना सब पूछा नहीं था "नीला ने

धमकाया।

चित्रा चलती हुई नीला के और करीब आ गइ।

"मासी माँ सिर्फ आपकी ही बातें करती हैं दीदी! यही बात करते-करते सो गईं कि मेरी नीला आ रही है री!... मछली पका, इलिश माछ, रुई माछ का झोल बना...सन्देश ले आ।"

"तू कमरे से चली जा ना? थोड़ी देर के लिए चली जा" नीला ने तकिए में मुँह छिपा लिया। चित्रा मानो शब्द नहीं, आग का एक-एक पिंड नीला की तरफ़ छोड़ रही हो।

"मासी-माँ को देखने कितने ही लोग आए पर कोई उन्हें ठीक नहीं कर पाया। कितने-कितने डॉक्टर आए। कितनी तरह की औषधियाँ दे जाते। किसी से भी मासी-माँ ठीक नहीं हो रहीं। दिन-दिन बिस्तर से लगती जाती हैं। दो दिन पहले भात गलाकर खा सकी थीं अब तो कुछ भी मुँह में नहीं जाता।" चित्रा फिर फफककर रो पड़ी।

अकेली चित्रा ही नीला को कष्ट दे गई। इसके बाद मंजूषा आई। "इतने दिन बाद आई री नीला!" कहकर 'हू' 'हू' करके रो पड़ी।

रोई और बोली, "अरी पहले क्यों नहीं आ गई। विदेश में, तू यह नहीं खाएगी, वह नहीं खा सकेगी। घर आ जाए तो उसके लिए अपने हाथ से कितना कुछ पकाएगी..." कह रही थी, "...तुझे मुँह खोल कर खिलाएगी। माँ के हाथ का पक। खाना तेरे भाग्य में अब नहीं रहा... ।"

इस बार नीला तकिए से मुँह निकालकर चीख पड़ी, "आप लोगों को क्या हो गया है। 'हू, हू' करके इतना रो क्यों रही हो। सब चले जाओ।"

मंजूषा बैठी रही और कहती रही," डॉक्टर बाबू अब कोई दवाई नहीं दे रहे। कह रहे थे दवाई से अब कोई फ़ायदा नहीं होगा। सिर्फ़ तकलीफ की औषधि चल रही है। आजकल उससे भी कोई फायदा नहीं हो रहा। कैंसर नाड़ी से लिवर तक फैल गया है। कल कह गए कि हड्डियों तक फैल गया है और बोले सिर में भी। कल सारी रात दीदी कष्ट से रोती रहीं। मैं बैठी-बैठी देखती रही।"

नीला बिस्तर से उठ गई। दौड़कर स्नानघर में चली गई।

बाहर से मंजूषा बोली, "नहाकर खाने आ नीला!"

नीला नीरवता चाहती थी। इस वक्त नीरवता बड़ी दुर्लभ थी। वह नहीं चाहती थी कि मलिना के शरीर या इच्छा की कोई सच्ची बात कहे। मलिना की इच्छा के बारे में नीला बचपन से जानती है। मलिना की कोई इच्छा पूरी नहीं हुई। वे चाहती थीं अनिर्वाण का सामान्य प्रेम, पर मिला नहीं। अनिर्वाण मंडल किसी से प्रेम ही न करते हों यह भी नहीं था। किन्तु मलिना से नहीं स्वाति सेन से। मलिना एक बार कांचीपुरम में साड़ी देखकर आई और कहा था, "कितनी सुन्दर साड़ी थी जी! एक पहन पाती तो अच्छा होता।"

अनिर्वाण ने कांचीपुरम से साड़ी खरीद कर मलिना को नहीं दी थी। दी थी स्वाति को। स्वाति को वही साड़ी पहनाकर शिमला घुमाने ले गए थे। मलिना की इच्छा थी दार्जिलिंग जाने की। अनिर्वाण को समय ही नहीं मिला उन्हें दार्जिलिंग ले जाने का। देखने में स्वाति मलिना से ज्यादा गोरी थी। उसके इस एक गुण के कारण अनिर्वाण ने उसका पीछा नहीं छोड़ा। समझ आने के बाद से नीला ने अनिर्वाण और मलिना को एक कमरे में एक बिस्तर पर सोते नहीं देखा। मलिना यत्नपूर्वक स्वामी का बिछौना बना देती। और अनिर्वाण स्वाति के साथ रात को आनन्द आह्लाद मनाकर घर लौटते और खाने बैठते तो 'किस निरामिष में नमक नहीं है किस मांस में तेल ज्यादा पड़ गया है, कौन सी सब्ज़ी जल गई है' चीख-चिल्ला कर साफ़-सुथरे बिछौने पर सो जाते। नाक बजने लगती। मलिना का जीवन ऐसा ही था। इच्छाओं पर पाबन्दी लगाकर उन्होंने अपना जीवन काटा था, इस गृहस्थी में।

शाम को मलिना को देखने वाले आत्मीय स्वजनों से घर भर गया। मकान का मैदान चमकती हुई गाड़ियों से भर गया। मलिना की बड़ी बहन-जमाई, उनके बेटे-बहू उनके दोनों बच्चे, मलिना की चाची, दो चचेरी बहिनें, उसका लड़का पल्टू, अनिर्वाण के बड़े भाई, दीदी फुफेरे भाई, उनकी लड़की मिठू और पड़ोस की दो बहुएँ। चौखट पर जूते उतारकर सब मलिना के कमरे में गए। किसी के हाथ में एप्पल, अंगूर, संतरा, किसी के हाथ में बेदाना अनार, कोई हार्लिक्स लाया था। कोई बाल्टी भर कर शिंग माछ (सींग वाली मछली) का झोल। कोई घर में जमाया हुआ शुद्ध दही और किसी के हाथ में फूल थे। मलिना को दिखाकर मंजूषा सब चीज़ें सामने रख रही थी। मंजूषा को मालूम है कि फूल की गन्ध मलिना की नाक में गन्धी पोका की तरह घुसेगी। बेदाना या सन्तरे का रस मुँह में डालने पर उल्टी होकर निकल जाती है। मलिना फीकी नज़रों से आत्मीय स्वजनों को एक क्षण देखकर आँखें बन्द कर लेतीं। मानों आजीवन परिश्रम करने के बाद इतनी थक गई हों कि आँखें खोलने की हिम्मत नहीं हो। मलिना को देखकर कोई 'आह' करता तो कोई लम्बी साँस लेता और कोई आँचल से आँखें पोंछता, कोई हाथ के पंखे से हवा करता, और कोई मलिना के हडीले हाथ पर हाथ फेरता।

और भीड़ में से बहता चला आ रहा था--

"अभी कुछ पहले तो चल पाती थी... बात करती थीं।"

"हाय! शरीर का क्या हाल हो गया।"

"आज पेट ज्यादा फूला लग रहा है।"

"आँखों का पीलापन और भी ज्यादा हो गया है।"

नीला भीड़ चीरती हुई कमरे से निकली। नीला के पीछे पीछे एक-एक करके लोग जाने लगे। मंजूषा ने डाँटा, "शाँखा सिन्दूर पहनकर आना। इतने लोग आए हुए हैं क्या कहेंगे... बता।"

"लोग मेरा शाँखा सिन्दूर देखने आए हैं?"

"यह देखने तो नहीं आए पर आँखें तो घर पर नहीं रख आए हैं। देखना इसे लेकर बातें होंगी।"

"होने दो।"

नीला ने शाँखा सिन्दूर पहनना पहले ही छोड़ दिया था। इन्हें पहनने को मन नहीं हुआ। वह खिड़की के पास जा खड़ी हुई, उसी खिड़की पर जहाँ से पड़ोसियों के मकान का पिछवाड़ा दिखाई पड़ता था। और पिछवाड़े की तरफ़ कूड़े का ढेर...सड़क के दो कुत्ते जिस पर मुँह मार रहे थे। मलिना के दादा (बड़े भाई) की आवाज से नीला का ध्यान टूटा। "व्हाई डिड्न्ट ही कम नीला?"

"कौन?"

"किशनलाल! मैंने सोचा था ही हैज आलरैडी अराइव्ड इन कैलकटा...अड्डा फड्डा जमाऊँगा। ही इज रियली जैण्ट्लमैन।"

"वह तो है किन्तु वे आए नहीं। नीला अकेली आई है।"

"मैं पेरिस कभी नहीं गया। 'बट' मुझे मालूम है। पेरिस इज ए बंडरफुल सिटी। आई वुड लव टु गो देयर। किशनलाल के घर रह सकूँगा ना! आइ एम श्योर ही हैज ए ब्यूटीफुल बिग हाउस।"

नीला बोली, "बात करते हुए अंग्रेजी का इतना प्रयोग क्यों करते हैं बंगाली हैं... बांग्ला में बात कीजिए।"

मिली-जुली बांग्ला अंग्रेजी में बात करना उनकी हमेशा की आदत थी। नीला ने पहले कभी आपत्ति नहीं की थी। वह खुद मलिना के दादा के साथ बांग्ला में अंग्रेजी मिलाकर बात किया करती थी।

मलिना के बड़े भाई 'हो' 'हो' करके हँस पड़े। उनके आत्मसम्मान को ठेस नहीं पहुँची...नीला का अनुमान था और वे सोच रहे थे कि आत्मसम्मान बढ़ा ही था। उनकी जिह्वा पर बांग्ला शब्द सहज रूप में नहीं आते थे। इसे लेकर वे लज्जित नहीं होते थे वरन् गर्व था।

अनिर्वाण की दीदी (बड़ी बहिन) नीला को खिड़की के पास से ले आईं। "क्या...इतनी चुपचाप क्यों हो नीला। बात करो। बात न करने पर बहुत कष्ट होता है। क्या करते बताओ...हममें से किसी के हाथ में था मलिना को ठीक करना...सब भगवान की इच्छा थी..." मलिना के जमाई सिगरेट जलाकर सोफ़े पर अध-लेटे बोले, "पेरिस में जीवन-यापन कैसा चल रहा है। पति अच्छा कमाते हैं ना! आइ हर्ड ही अर्नस गुड मनी।" मलिना की चचेरी बहिन नीला के दोनों हाथ पकड़े

"दिखाना कैसे ख़ाली-ख़ाली हाथ हैं। ज़ेवर क्यों उतार दिए। शाँखा सिन्दूर भी नहीं पहनती! विधवा जैसी लग रही हो।"

एक और चचेरी बहिन बोली, "बच्चा कब होगा? जो करना है जल्दी-जल्दी कर डाल।"

अब मलिना की बड़ी बहिन की बेटी गोद में लेकर बच्चे के मुँह में दूध की बोतल लगाकर हिलाते-हिलाते बोली "तुम्हारा बच्चा तो जन्म से ही फ्रांसीसी नागरिक होगा है ना।"

मलिना की चाची ने पल्टू को बुलाकर नीला के सामने खड़ा कर दिया। अपनी दीदी से पेरिस के बारे में पूछो! "पन्द्रह वर्षीय पल्टू ने दीदी से कुछ नहीं पूछा। दीदी के पीछे मुँह छिपाकर खड़ा रहा। पल्टू को विदेश ले जाएगी या नहीं देखो। लड़का देश में रहकर कुछ पढ़ना-लिखना ही नहीं चाहता।

अनिर्वाण के फुफेरे भाई साधन दास नीला को बुलाकर आड़ में ले गए बोले, "मिठू के लिए कुछ कर सकोगी नीला। ब्याह का बन्दोवस्त ही कर सको।"

नीला सोच रही थी कि इसके सगे-सम्बन्धियों को विश्वास था कि उसके पास करोड़ों रुपया है।

यह कोई नहीं जानता कि वह सुनील से 'हवाई जहाज का किराया उधार लेकर' कलकत्ता आई है। किसी को नहीं मालूम कि किसी की समस्या का समाधान नीला के लिए सम्भव नहीं है। कोई नहीं जानता कि देश में किसका विवाह नहीं हो रहा। किसकी लिखाई-पढ़ाई नहीं हो रही। वह जानना भी नहीं चाहती। नीला चाहती थी कि सब मेहमान विदा हो जाएँ। मलिना के पास बैठने का मौका मिले। मलिना की बन्द आँखों की तरफ देखती रहे जब तक वे आँखें नहीं खोल देती—आँखें खोलने पर नीला दिखाएगी कि इनके लिए एक जोड़ा जूते लाई है। पेरिस से पहनने के लिए एक घड़ी लाई है और मुँह पर लगाने के लिए क्रीम जो चेहरे की झुर्रियाँ मिटा देगी।

चित्रा और मंजूषा अतिथियों को खिलाने-पिलाने में व्यस्त थीं। चाय-बिस्कुट हर कमरे में पहुँचाए जा रहे हैं।

नीला एकान्त खोज रही है।

मिठू सफेद सूती साड़ी पहने कमरे के कोने में खड़ी थी। चलकर नीला के पास आई। इधर-उधर देखकर दबी आवाज़ में बोली, "तुमसे एक बात कहनी है।"

"बोलो?"

"यहाँ नहीं, चलो तुम्हारे कमरे में चलें।"

नीला अपने कमरे में मिठू को लिए दोतले पर हुए गई। मिठू कमरे का दरवाज़ा बन्द करके बिस्तर पर बैठ गई। बैठकर नीला के दोनों हाथ पकड़कर बोली,

"मेरे लिए कुछ करो नीला!"

"क्या करूँ।"

"एक लड़का...कोई लड़का ढूँढ़ दो। तुमसे चार वर्ष बड़ी हूँ मालूम है ना। बाबा क्लर्क थे। वह नौकरी भी जाती रही। अब उसी ऑफ़िस में वे दरबान का काम करते हैं। बड़े भाई बेकार बैठे हैं। जो कोई विवाह के लिए आता है मेरा रंग उन्हें पसन्द नहीं आता। मैं काली हूँ न इसलिए मुझसे कोई शादी नहीं करना चाहता। बाबा के पास इतना रुपया भी नहीं है कि वर खरीद लें। विवाह न होना इस समाज में कितना भयंकर अपराध है नीला! तुम्हारा विवाह हो चुका है इसलिए समझोगी नहीं। कब से बी.ए. पास करके बैठी हूँ। माता-पिता की गृहस्थी में बोझ के अलावा मैं कुछ नहीं। मैं अशुभ हूँ। मेरी छाया देखना भी पाप है। विदेश में कोई लड़का...मैं धर्म-वर्म नहीं देखूँगी। किसी भी धर्म का हो। काना हो, लंगड़ा हो। अगर मुझसे ब्याह करने को तैयार हो...। इस देश में तो मुझसे विवाह करने वाला कोई नहीं है...मेरे बाबा में दहेज देने की क्षमता नहीं है। फिर ब्याह कैसे होगा बताओ।"

मिठू की बड़ी-बड़ी आँखों में आँसू थे। उसके लम्बे काले बाल पीठ पर बिखरे थे। मिठू के ज़र्द चेहरे को देखकर नीला आतंकित हो उठी। मिठू के चर्बीहीन लम्बे काले शरीर का लावण्य नीला देखती रह गई।

"दादा (बड़े भाई) से बोली, तुम ब्याह क्यों नहीं करते?' दादा लम्बी साँस लेकर बोले, "जब तक तेरा ब्याह नहीं कर देता मैं कैसे कर सकता हूँ।" दादा की उम्र भी तो कम नहीं है। जब तक मेरा विवाह नहीं हो जाता वे विवाह नहीं करेंगे। मुझे डर लगता है नीला! ब्याह न हुआ तो समाज में मुँह दिखाने लायक न रहूँगी।"

मिठू के हाथ से अपना हाथ छुड़ाकर नीला बोली, "बी.ए. पास कर लिया? कहीं नौकरी-वौकरी करो। ब्याह न भी हो तो क्या? इन्सान मर जाता है?"

"नीला! ब्याह क्या अपने लिए चाहती हूँ। बाबा-माँ के मुँह की तरफ़ देखा नहीं जाता। अँधेरा! सबके मुँह पर अपने शरीर का काला रंग देखती हूँ। मैं काली हूँ...यह कितना बड़ा अपराध है। सब मुझे 'दुर दुर' करते हैं। नीला! कोई मुझसे शादी करले. .. दासी-बाँदी की तरह भी रखे पर विवाह कर ले अगर बूढ़ा हो... पागल हो..."

नीला ने मिठू को कोई सान्त्वना नहीं दी। मिठू अपने चेहरे पर आतंक के साथ लौट गई।

अनिर्वाण ने शाम को लौटकर नीला को बुलाया। जैसे थे वैसे ही हैं। घर लौटकर पहले की तरह कपड़े-जूते उतारना, हाथ-मुँह धोना, कुरता-पायजामा पहनना, सोफ़े पर बैठना। दिन के पेपर पर नज़र डालनी। नीला जब सामने आकर बैठी उनकी नजरें

पेपर पर थी।

"किशन के साथ क्या हुआ?"

"कुछ नहीं !"

अनिर्वाण चश्मा उतारकर, कुरते के कोने से पोंछकर फिर बोले, "जीवन बहुत थोड़े दिन का है देख रही हो ना? अपनी माँ की हालत तो देख रही हो! अगर जीवन का मूल्य नहीं समझोगी और मन... माफ़िक फिरोगी तो भविष्य में बैठी रहोगी... एक दिन अचानक देखोगी जीवन समाप्त हो गया। अब कुछ करने का समय नहीं... बदलने या नए सिरे से गढ़ने का...। इन्सान सारा जीवन आने वाले समय की बात करता है नीला! और निखिल से ठीक इसी तरह।"

नीला याद करने की कोशिश कर रही थी कि इसने अनिर्वाण को कभी रोते देखा है या नहीं।

अनिर्वाण मन्द गम्भीर स्वर में बोले, "उस दिन किशन के साथ मेरी बात हुई थी। वह कह रहा था अगर तुम भद्रता से रहो, दूसरी लड़कियों की तरह, पति का घर द्वार देखो। पति के मतानुसार चलो। तभी वह तुम्हें माफ़ करेगा और घर में स्वीकार करेगा। अन्यथा काग़ज़-क़लम द्वारा सम्बन्ध समाप्त करने में भी उसे कोई आपत्ति नहीं। भलेमानुस को चिढ़ा दिया है नीला! फ़िक्र के मारे मुझे नींद नहीं आती।" नीला उदासी से अनिर्वाण के होठों के उतार-चढ़ाव को देखते हुए बोली, "बाबा! तुम कभी रोए हो?"

"अचानक रोने की बात कहाँ से आ गई।"

"आ गई, क्योंकि मैंने उठाई है। मैं जानना चाहती हूँ तुम अपनी जिन्दगी में कभी रोए हो या नहीं। याद करके देखो...किसी के लिए रोए हो? किसी और के लिए न सही अपने लिए रोए हो। अचानक अनुभव किया कि तुम्हारी आँखों में आँसू हैं? वही आँखें चश्मे के अन्दर की....चश्मा! शीशा साफ़ करके पहना है उसी चश्मे के पीछे वे आँखें...उनकी बात पूछ रही हूँ। इन आँखों से कभी एक बूँद जल भी गिरा है? छाती में कभी कष्ट हुआ है! किसी को देखकर तुम्हारे गाल भीगे...आँखों पर हाथ रखा हो देखा हो कि हाथ भीगे हुए हैं। आँखों से आँसू बहने पर इसी तरह होता है ना! आँसू पोंछने जाओ तो हाथ भीग जाते हैं। तुम्हारे साथ ऐसा कभी हुआ? या तकिए पर सिर रखकर रोने पर तकिया भीगा हो? कभी ऐसा हुआ?"

"पागल हो गई है...?" अनिर्वाण ने डाँटा।

नीला का स्वर शान्त था—"हाँ हो गई हूँ।"

अनिर्वाण ने चश्मा उतारकर हाथ में ले लिया। चश्मे के शीशे पोंछने के लिए नहीं, नीला की तरफ तीखी नज़रों से देखने के लिए।

अनिर्वाण की तीखी नज़रों की परवाह किए बिना नीला बोली, 'अनुताप' एक शब्द है कभी सुना है? कभी अनुताप हुआ है? या कभी किया नहीं जरूरत नहीं, पड़ी।

माँ से ब्याह किया था क्योंकि तुम्हें रुपयों की जरूरत थी।... दे दिए। ऋण लेकर डॉक्टरी पढ़ी। डॉक्टर हो गए सब चुक गया। माँ इस गृहस्थी में दासी की तरह थीं। नहीं थीं क्या? थीं। उस पर लोग कुछ नहीं कहते थे क्योंकि लड़कियाँ पति के घर में दासी की तरह ही रहती हैं। तुमने प्रभुत्व का आनन्द लाभ किया है। उधर स्वाति सेन को रख लिया है अपने दूसरी तरह के आनन्द के लिए। इस पर भी लोगों ने बुरा नहीं कहा क्योंकि पुरुष की ऐसी दो एक औरतें बाहर रहती ही हैं। रहना इतना बुरा नहीं। लोग तुम्हें बुरा नहीं कहते, बल्कि देवता स्वरूप मानते हैं कि काली-मूर्ख बहू को भगाया नहीं। इधर, वह निष्फला नपुंसक नहीं है इसका प्रमाण भी दिया है... दो लड़के-लड़की पैदा करके। दोनों ने लिख-पढ़कर बड़ी डिग्री ली है। यह भी लोगों को सुनाने लायक बात है। इसमें वे जीत गई हैं। लड़की के विवाह में एक कौड़ी कर्ज नहीं लेना पड़ा। लोगों से यह भी कहने का सुअवसर हो गया कि तुम्हारी लड़की विदेश में रहती है। विदेश में कैसी है, कैसे रहती है यह तो लोग जानना नहीं चाहते। विदेश में रहती है मायने अच्छी तरह है। माँ की तरह लड़की भी जीवन-यापन करे तो सोलह कलापूर्ण होगी। यह न होने पर तलाक-शुदा (डिवोर्सी) होकर पिता के घर आ जाए तो परेशानियों का अन्त नहीं। लड़के बड़ी नौकरी करते हैं। राजनीति में भी हिस्सा लेते हैं। एक दिन कौन जाने मंत्री-वंत्री ही बन जाएँ। वाह! लबालब सार्थक जीवन! पूर्ण जीवन। अनुताप चाहे जिसे हो तुम्हें शोभा नहीं देता। क्यों बाबा!''

अनिर्वाण को कुछ और कहने का मौका दिए बिना नीला दूसरे कमरे में चली गई—मलिना के कमरे में।

मलिना की आँखें बन्द हैं। नीला पास बैठकर मलिना के हाथ की अँगुली सहलाती रही। सूर्यमुखी की कली का फूल... मलिना ने बन्द आँखें खोलीं।

''माँ कुछ कहोगी?''

''अपने बाबा से कुछ मत कहना। आपत्ति-विपत्ति में वही तो सहारा हैं।'' नीला का थका हुआ भग्न स्वर।

''माँ! मैं तुम्हे पेरिस ले जाऊँगी। इलाज करा दूँगी। तुम ठीक हो जाओगी। तुम्हें बताया है ना! पेरिस में कितना कुछ देखने लायक है। सब तुम्हें दिखाऊँगी... सब।''

मलिना की आँखें अचानक चमक उठी, ''मैं ठीक हो जाऊँगी?''

''तुम जरूर ठीक हो जाओगी। वहाँ बढ़िया-बढ़िया डॉक्टर हैं। फिर समुद्र के तट पर बढ़िया मकान बनाऊँगी। पीछे पहाड़ होगा। तुम्हें तो समुद्र बहुत अच्छा लगता है ना?''

मलिना ने बच्चों की तरह सिर हिलाया।

''इस देश में भी कितना कुछ देखने लायक है। मैं तुम्हें दार्जिलिंग ले जाऊँगी,

शिमला ले जाऊँगी, कश्मीर ले जाऊँगी।"

मलिना अस्फुट स्वर में बोली, "नहीं कश्मीर नहीं।"

"ठीक है कश्मीर न सही... कश्मीर गंडगोल। जयपुर चलोगी? गोवा भी तो जा सकते हैं। गोवा के समुद्र में तैरेंगे।

मलिना की हँसी गायब हो गई। उसने दोनों आँखें मूँद लीं धीरे से फिर कसकर इतनी जोर से कि नाक, आँख-मुँह सब सिकुड़कर काग़ज की तरह दिखाई पड़ रहे थे।

नीला मलिना को कस के थामे रही।

अचानक मलिना चीख पड़ी, "मंजूषा।"

"मंजूषा मासी नहीं हैं माँ, चली गईं, बताओ क्या चाहिए।" चीख सुनकर चित्रा भी दौड़ती हुई आई।

"दीदी! मासी माँ को वही लाल दवाई पिला दो," चित्रा बोली।

तकलीफ के लिए औषधि। दो गोलियों की जगह तीन पानी में घोलकर नीला ने पिला दीं।

तकलीफ़ कम होती दिखाई नहीं पड़ रही थी।

नीला ने निखिल को जगाया... "दादा! खूब सो रहे हैं। माँ तकलीफ से चीख रही है। उठो, आओ, कौन डॉक्टर इलाज कर रहा है उसे जल्द बुलाओ।" अनिर्वाण खुर्राटे भर रहे थे। नीला ने उन्हें भी उठा दिया। अनिर्वाण डाँट कर बोले, "इतनी रात को कौन डॉक्टर आयेगा।"

सोए हुए मकान में केवल कराहने की आवाज। मलिना सारी रात कराहती रही। चीखने की शक्ति खत्म हो गई थी। नीला बराबर में असहाय बैठी रही। मन की पूरी शक्ति के साथ वह मलिना की तकलीफ़ अपने शरीर में लेना चाहती है कि मलिना के सब दुख अपने दिल में समो ले।

मेरा परिवार

सवेरे, निकलने से पहले, अनिर्वाण ने मलिना के कमरे में झाँका। निखिल को भी सवेरे का नाश्ता खत्म करके ताक-झाक का पर्व समाप्त करके, हाथ-पाँव झाड़कर, सारे दिन के लिए गायब हो जाने पर कोई अफ़सोस नहीं हुआ।

नीला रास्ता रोक कर बोली, "माँ की इतनी बीमारी में भी सवेरे-सवेरे खटाखट सब चले जा रहे हो।"

"नौकरी है ना।"

"नौकरी! सारा जीवन तो नौकरी ही करोगे। बड़े वेतन की नौकरी है... छुट्टी ले लो।"

"क्या करूँगा छुट्टी लेकर... माँ को ठीक कर सकता हूँ?"

"ठीक नहीं भी कर सको तो उनके पास तो बैठो। तुम्हें देखेंगी, माँ।"

"क्या देखेंगी...सो रही है बराबर।"

"वक्त बरबाद मत करो तुम्हें देर हो रही है," अनिर्वाण ने निखिल को धमकाया।

"वास्तविकता को न समझ सकने वाली इस लड़की की बात पर ध्यान न दो निखिल! जाओ। एक व्यक्ति का जीवन रुक रहा है तो संसार के बाकी लोगों का जीवन भी ठहर जाए क्या?" अनिर्वाण गम्भीर स्वर में बोले।

"जाओ जितने रुपए कमा सको कमाओ। शायद तुम्हारे ठहरने की जरूरत ही नहीं। सिर्फ डॉक्टर को भेज देना। न भेज सको तो नाम पता दे जाओ। मैं ही लाने की व्यवस्था कर लूँगी।" नीला थकी हुई आवाज में बोली।

सवेरे सूर्यमुखी खिला।

आज शाम को गंगा के किनारे घूमें?

मलिना के मुँह पर बाल-सुलभ हँसी थी। वे भी चलेंगी। बहुत दिनों से घर से बाहर नहीं निकली थीं। घर के बाहर भी कोई संसार है उसे बहुत दिनों से देखा

नहीं था।

मलिना बार-बार पूछतीं कि नीला कुछ खाती है या नहीं। आवाज़ नहीं निकलती थी, फिर भी बोलतीं। आँखें झपकने लगतीं फिर भी खुली रखतीं। मन के जोर से। नीला कहती कि अच्छी तरह खाती है। चित्रा बहुत बढ़िया पकाती है। कई मछली की सब्जी, पुईं का साग, चीतल मछली का झोल....।

"झोल में धनिए की पत्तियाँ डालती है ना!"

"हाँ, माँ! डाली हैं।"

वे खुद कुछ नहीं खा पातीं, पूरे दिन में एक कप दूध अगर ले लें तो उल्टी कर देती है। नीला मलिना को देखकर सोचती पति और सन्तान को खिलाकर खुद बचा-खुचा बासी खा लेतीं। गृहस्थी में औरत जो करती है वही मलिना करतीं। इसीलिए बीमार रहने लगी हैं। अपनी तरफ कभी ध्यान नहीं दिया। अपने स्वास्थ्य की तरफ, सुख की तरफ। नीला ने भी पलटकर कभी नहीं देखा कि मलिना क्या खाती हैं क्या नहीं खातीं। उनकी तबियत ठीक है या नहीं–जैसे घर के दूसरे लोग नहीं देखते थे। अब नीला को होश आ गया है। अब वह जबरदस्ती मलिना को अच्छा खाना खिलाना चाहती है अपने हाथ से। वह मलिना को स्वस्थ देखना चाहती है। किन्तु मलिना के लिए किसी को स्नेह, ममता, श्रद्धा, सेवा ग्रहण करना सम्भव नहीं रहा है। बहुत देर कर दी नीला ने। वह प्राणपण से चाहती है कि समय वापस लौट आए। पर यह नहीं हो सका। प्राणपण से चाहती है अपनी ग़लती सुधार ले पर नहीं हो सका। वक्त के पास समय नहीं रुकने का, जब बीतता है तो बीतता चला जाता है। मनुष्य की भूलें, अन्याय साथ ले जाता है।

डॉक्टर प्रशान्त दोपहर बाद आए। बहुत दिनों की चर्चा के बाद हाथ मिलाने (शेक हैण्ड) के लिए हाथ बढ़ाया। डॉक्टर का फीका चेहरा देखकर मुट्ठी बन्द कर लीं। मानो हाथ उसने शेक-हैण्ड के लिए नहीं बढ़ाया था। किस कमरे में डॉक्टर को जाना है यह दिखाने के लिए हाथ बढ़ाया था बस! इससे ज्यादा कुछ नहीं। नीला ने राहत की साँस ली। किस्मत अच्छी थी कि डॉक्टर को गाल चूमने के लिए उसने होंठ आगे नहीं किए थे। वरना सारे शहर में नीला के बदनाम होने में देर न लगती कि नीला केवल चरित्रहीन ही नहीं हो गई है बल्कि दिमाग़ में भी कुछ गोल-माल है।

डॉक्टर ने मलिना का ब्लड प्रेशर लिया, पल्स देखी फिर कहा, "जो दवाई लिख दी है वही ठीक है।"

"उससे नहीं चलेगा डॉक्टर बाबू! तकलीफ के लिए ज्यादा कड़ी दवाई दीजिए।"

...मॉरफ़िन का इंजेक्शन दे दीजिए।"

डॉक्टर के सिर पर सफ़ेद बाल, नाक पर तीस वर्ष पुराना चश्मा। नीला को

लगा। सिर हिलाकर कह रहे थे मॉरफिन अभी नहीं... और बाद में।

"फिर कब?"

डॉक्टर ने नहीं बताया कि फिर कब। 'बस बोले' बाद में।

आखिर में डॉक्टर ने मॉरफिन न देने की वजह बताई। उनकी धारणा थी कि मॉरफ़िन आराम के लिए नहीं होती इससे नशा हो जाता है। नीला का आश्चर्य केवल आँखों में नहीं शरीर से पाँव तक फैल गया। शिराओं तक में। उसका सारा शरीर क्रोध से काँपने लगा। जिस इन्सान की किसी भी समय साँस बन्द हो सकती है उनके लिए मॉरफिन के नशे की आशंका!

नीला बोली, "होने दीजिए मॉरफ़िन का नशा मेरी माँ को... होने दीजिए। माँ ने कभी किसी तरह का नशा नहीं किया। घर में सब तरह की नशीली सामग्री है। मैं तो बहुत चाहती थी कि माँ मॉरफ़िन का नशा करें। लिख दीजिए मॉरफ़िन।"

"डॉक्टरी के पेशे में हमारी एक नीति होती है। हम उसका उल्लंघन नहीं कर सकते।" डॉक्टर अपना चश्मा नाक से आँखों पर चढ़ाकर बोले।

"रखिए अपनी नीति... 'मॉरफिन' लिख जाइए। मैं माँ को इंजेक्शन दे दूँगी।" नीला अपने से तिगुनी उम्र के डॉक्टर को डाँट कर बोली।

नीला जानती है कि ऐसा नियम नहीं है। अपने गुरुजनों के सम्मान की शिक्षा जन्म के बाद सभी को मिलती है इस देश में नीला को भी मिली है। बड़े जो आदेश दें उसका पालन करना चाहिए। उनकी आँखों की तरफ़ देखकर बात नहीं करनी चाहिए। उनके साथ नीची आवाज़ में बात करनी चाहिए। ऊँची आवाज़ में नहीं। बड़े मिथ्या भी कहें तो मान लेना चाहिए। वे बुरा काम भी करें तो कहो यह बुरा नहीं अच्छा है। वे ग़लती करें तो उसे सुधारने की चेष्टा नहीं करनी चाहिए। भूल को भी ठीक मान लेना चाहिए। बड़े अगर गाय-बैल (पशुवत्) की तरह व्यवहार करें तो आँखें बन्द रखनी चाहिए। इत्यादि इत्यादि।

नीति के जल में डूब कर डॉक्टर हाँफ रहे थे किन्तु मॉरफ़िन देना उनके लिए मुमकिन नहीं था।

इस समय पश्चिम में जो हो रहा है, यूरेनेशिया—नीला को लगा, बुरा नहीं है। वह पहले यूरेनेशिया को निष्ठुरता की पराकाष्ठा मानती थी। आज इसे लग रहा था जैसे मनुष्य को जीवित रहने का अधिकार है मरने का अधिकार भी होना उचित था। यही है मानवाधिकार! ऐसी ज़िन्दगी का क्या फ़ायदा जब तकलीफ सहने के अलावा सामने कुछ दिखाई न दे।

जाते हुए डॉक्टर कह गए इतना उत्तेजित होने की क्या जरूरत है। बीमारी अचानक तो हुई नहीं। लम्बी बीमारी है। अंतड़ियों में एक फुंसी सी थी उसमें से रक्तस्राव होता था। उसे काटकर निकाल दिया जाता तो अच्छा था। न निकालने के कारण

ही तो कैंसर में बदल गया है। हमें रोगी के परिवार को लेकर यही झमेला सहना पड़ता है। वक्त से चिकित्सा कराते नहीं, समय निकल जाने पर दिमाग खराब करते हैं।

शाम को घर आकर निखिल ने अनिर्वाण को अस्पताल से लाने के लिए गाड़ी भेज दी। अनिर्वाण के आने पर नीला बोली, "रामकिरन से इन्तजार करने को कहो... मैं बाहर जाऊँगी।"

"कहाँ जाओगी...?"

नीला ने जवाब नहीं दिया। निखिल से बोली, "मलिना को उठाकर गाड़ी में रख दे।"

अनिर्वाण ने निखिल को धमकाकर रोका। 'उसकी तरह तू भी पागल हो गया!'

निखिल ने भी कहा, "यह पागल जैसी बात जरूर है। जो व्यक्ति चल नहीं सकता, खड़ा नहीं हो सकता, उठकर बैठने की शक्ति नहीं है। हाथ-पाँव विवश है उसे लेकर गंगा किनारे जाना!"

"मरने से पहले ही मार डालने का फन्दा तैयार किया है।"

हत्‌वाक खड़ी नीला को खींच कर बरामदे में लाकर निखिल बोला, "तुझे हुआ क्या है बता तो। यह पागलपन क्यों कर रही है। माँ का शरीर तो देख रही है ना। इस खींचतान के कोई मायने नहीं।"

नीला खामोश खड़ी रही।

"अचानक माँ को क्या हो गया!" निखिल लम्बी साँस लेकर बोला।

वह लम्बी साँस बनावटी थी नीला को विश्वास था।

मलिना तकलीफ से चिल्ला रही थी। नीला बरामदे से वही कातर चीत्कार सुन रही थी। ऐसे भयंकर कष्ट के सामने पड़ने को उसका मन नहीं हो रहा था। दुःसह यंत्रणा से सिकुड़ा हुआ चेहरा। बरामदे की ग्रिल को सख्ती से पकड़े रही। कहीं नहीं जाएगी। यहीं खड़ी होकर वे जीवन के जितने दुर्भोग, दुर्योग देखने से बची रह सके। किन्तु गई, पलटकर जब देखा कि टेलीविजन पर धमाधम नाच हो रहा है और पाजामा-कुरता पहने सोफ़े पर अनिर्वाण बैठे हैं। हाथ में दिन का अखबार है। उधर आँखें छाती और कमर हिलाती हुई तरुणियों का नाच हो रहा है!

टेलीविजन बन्द करके अनिर्वाण के बराबर बैठ कर बोली। "कल कही थी ना मैंने अनुताप की बात। तुम्हें किसी भी कारण अनुताप होता है?"

"किसलिए होगा?" अनिर्वाण ने चश्मा उतार दिया। वही तीखी नज़र।

"होगा इसलिए कि तुमने माँ का इलाज नहीं किया। दस वर्ष से माँ का रक्त जा रहा है बवासीर के कारण, तुमने बताया था। नहीं बताया? अब तो जान लो कि वह रक्त बवासीर के कारण नहीं था। माँ के पेट में जो तकलीफ थी! नहीं कहा तुमने, कि वह सब कुछ नहीं। माँ व्यर्थ ही खुश हो रही हैं कि तकलीफ

की बात करती हैं। पर असल में आराम करना चाहती हैं। नहीं कहा था? कहा था। माँ तुम्हारा ध्यान आकर्षित करने के लिए झूठ बोलती हैं... नहीं कहा था? कहा था। अब तो सब जानते हो। अनुताप नहीं होता? एक बार ही सही अनुताप करो जब अकेले बैठे हो। एक बार भी मन में नहीं आता कि यह बीमारी नहीं होती अगर उनका पहले से इलाज करते! पहले अवहेलना न करते। तुम तो गैस्ट्रो एण्टोरोलोजी के प्रोफेसर थे। थे या अभी भी हो। अनुताप नहीं होता! अनुताप नहीं होता एक बार भी कि तुम डॉक्टर हो इसलिए तुम पर उनका विश्वास था और तुमने पलटकर भी नहीं देखा। इलाज बिना माँ मर रही है। होता है ना अनुताप! नहीं क्या?''

''इलाज तो चल रहा था अब भी चल रहा है। केमोथेरेपी क्या कम दी गयी?!'' अनिर्वाण की आवाज़ तीखी हो गयी।

''बेकार की बात मत करो। केमोथेरेपी कोई इलाज नहीं है। कैंसर कम हो गया है और अब केमोथेरेपी देने पर लोग भूल गए हैं कि इलाज कर रहे हो। जब चिकित्सा की जरूरत थी तब नहीं की। यह तुम अच्छी तरह जानते हो? नहीं जानते क्या?'' नीला के स्वर में क्रोध और आँखों में घृणा थी।

''आज भी मैंने अनकोलेजिस्ट को भेजा है।''

''वह सिर्फ़ लोगों को दिखाने के लिए। उन्हें दिखा रहे हो कि बड़ा डॉक्टर लाए हो।''

अनिर्वाण ने समर्थन के लिए निखिल की तरफ़ देखा। क्या कह रही है यह लड़की। शहर का सबसे बड़ा अनकोलेजिस्ट...!

''फ़क योर अनकोलोजिस्ट।''

''व्हाट?''

''फ़क योर सेल्फ!''

इसके बाद नीला रो पड़ी। उसके रुदन से घर काँप उठा।

नीला रोती-रोती सोफ़े पर सो गई। नींद टूटी मलिना की चीख और अनिर्वाण के खुर्राटों से। घर के एक कमरे में एक व्यक्ति असह्य यंत्रणा से रो रहा है और दूसरे कमरे में एक व्यक्ति सुख की नींद सो रहा है। चालीस वर्ष तक उन्होंने एक छत के नीचे जीवन बिताया है। घुटन...चारों तरफ़ इतना सन्नाटा। जिस तरह मलिना शरीर की यंत्रणा से छटपटा रही थी नीला उसी सन्नाटे में अकेली खड़ी मन की यंत्रणा से छटपटा रही थी। नीला को डर लग रहा था। मलिना का स्पर्श करते हुए डर लग रहा था। बों बों की आवाज़ करते हुए पंखे के नीचे! मलिना के पाँव बर्फ की तरह ठण्डे हो रहे थे और सिर गर्मी की दोपहर जैसा जल रहा था। हाय! मलिना ने विदेशी कुत्ते की तरह जन्म क्यों नहीं लिया।

सवेरे सूर्यमुखी प्रस्फुटित हुई।

"चित्रा! नीला के लिए चाय बना दे।"

चित्रा कमरे के बीच में काँथा बिछाए सो रही थी। काँथा लपेट कर चाय बनाने चली गई।

"दरवाजा बन्द करके मेरे पास आ," मलिना ने कहा।

नीला ने दरवाज़ा बन्द कर दिया।

"तकिए के नीचे से चाबी लेकर मेरी अलमारी खोल।"

मलिना की आवाज़ मानो चन्द्रमा के देश से आ रही थी—इतनी कमज़ोर थी। नीला ने अलमारी खोली।

"दाईं तरफ की दराज़ देख... कुछ काग़ज़ हैं उसमें।"

नीला काग़ज़ ले आई।

मलिना बोली, "ये अपने पास रखो, तुम्हारे लिए हैं।"

नीला ने काग़ज़ खोल कर देखा अन्दर उसके लिए बीस लाख का चेक था।

वह चौंक पड़ी, इतने रुपयों का चेक देख कर।

"इतने रुपए मुझे क्यों दे रही हो, माँ।"

नीला ने देखा माँ के आँसू तकिए पर गिर रहे हैं। आँसू पोंछ कर नीला फँसी हुई आवाज में बोली, "इन रुपयों से तुम्हारा इलाज कराऊँगी, माँ। तुम ठीक हो जाओगी। पहले की तरह चल-फिर सकोगी। गाना गाओगी। तुम्हें याद है जो गाया करती थीं—'आमि अकूति अधम बलेओ तो किछु कम करे मोरे दाउनि जा दिये छो तारि अयोग्य भाविया केड़ेओ तो किछु नाओनि।' "

मलिना का तकिया आँसुओं से भीग रहा था।

"देखो माँ! मैं गाना गा रही हूँ।"

नीला गाती रही ज़मीन पर बैठकर। मलिना के सिर के बराबर सिर रखकर। तकिया भीग रहा था। तकिया और भी भीग रहा था। नीला के आँसू मलिना की माँग का सिन्दूर धो रहे थे।

नीला का स्वर फँसने लगा। गाना खत्म नहीं हो रहा था।

चाँद के देश से आवाज आई 'देश में रहो विदेश मत जाना।'

घर में शोर शराबा होने लगा। निखिल ने बताया कि दानियल नाम की एक लड़की ने पेरिस से फ़ोन किया है वह आज रात कलकत्ता पहुँचेगी। अनिर्वाण खरीदारी करने गए हैं। मेहमान के लिए बढ़िया मछली ख़रीदने। इसके अलावा उनके दो मित्र दोपहर को खाना खाएँगे। रात को कुछ सम्बन्धी खाएँगे। अकेली चित्रा पर बोझ पड़ रहा था। चित्रा की मौसी को ख़बर देकर बुलाया गया। नीला दूर से घर का भोज-उत्सव देखती रही। निखिल की व्यस्तता।

"अच्छा! तेरी विदेशी अतिथि क्या पीएगी? फ्रांसीसी वाइन न हो तो चलेगा!

देशी वाइन का इन्तज़ाम किया जाएगा।''

नीला काँपती हुई आवाज़ में बोली! ''दादा ज़रा माँ के पास बैठो। उनसे बात करो। उनके शरीर पर हाथ फेरो।''

''डॉक्टर ने कहा है कि दो महीने रहेंगी माँ।'' निखिल बोला।

''मुझे डर लग रहा है दादा!''

निखिल शाम को एअरपोर्ट से दानियल को ले आया। घर में सगे-सम्बन्धियों की भीड़ बढ़ गई थी। सब मलिना को देखने आये थे। रात के खाने के बाद अनिर्वाण ने मलिना की नब्ज देखी और मलिना के बड़े भाई जमाई के साथ फुसफुसाकर श्मशान घाट, खटिया, रुपए आदि के बारे में बात की।

प्रत्येक शब्द नीला के कानों में आग की शलाका की तरह घुस रहा था। वह अकेली जलती रही।

नीला के जलते हुए कन्धे पर हाथ रखकर दानियल फुसफुसाकर बोली, ''इतनी दूर से तुम्हारे पास आई, लगता है तुम जरा भी खुश नहीं हुईं।'' नीला ने कोई जवाब नहीं दिया।

दानियल के सोने का इन्तजाम नीला के बिस्तर पर ही कर दिया गया। नीला की मित्र उसी के बिस्तर पर सोए बड़ा स्वाभाविक था—जैसे पश्चिम में सूर्य डूबता है या मलिना का कष्ट पाना। दो तकिए और रखकर बिस्तर बिछा आई थी चित्रा। निखिल और अनिर्वाण सोने जाने से पहले रात को देर तक बैठक में दानियल के साथ फ्रांसीसी विप्लव, फ्रांसीसी परफ़्यूम आदि के बारे में बातें करते रहे।

नीला दीवार से टेक लगाए मलिना के बिस्तर के पास अकेली बैठी थी। आधी रात के बाद दानियल बिडाल की तरह मलिना के कमरे में चुपचाप घुसी, बोली, ''चलो सोने चलो।''

''तुम सो जाओ... मैं माँ के पास बैठूँगी।''

''तुम बहुत थकी हुई हो नीला! नींद की जरूरत है तुम्हें। इस तरह बिना सोए तबीयत खराब करके अपनी माँ के पास भी नहीं बैठ सकोगी। तुम्हें लेकर घरवाले चिन्तित हो जाएँगे। इससे तो रात को सो लो, सवेरे आकर बैठ जाना।'' दानियल फुसफुसाती हुई बोली।

नीला देख रही थी कि सारे घर में फुसफुसाहटें हो रही हैं।

दानियल नीला को लेकर दोतल्ले पर चली गई।

नीला के निस्तरंग शरीर के साथ दानियल सारी रात खेलती रही। नीला का मृत-प्राय शरीर उस ज्वार में बह गया। दानियल नीला के शरीर को लेकर चतुर शिल्पी की तरह स्वप्न की छवि अंकित करती रही।

जब नीला उन्मत्त होकर चीखी, और भोर का आलोक उसके बिखरे बालों पर फैला हुआ था, तभी चित्रा की चीख ने उसे पथरा दिया।

दानियल बाहर आ गई। हिन्दुओं का सत्कार उत्सव उसने पहले कभी नहीं देखा था। यह नई जानकारी थी।

नीला बिस्तर से नहीं उठी। निखिल बुलाकर चला गया। चित्रा बुलाने आई कह गई, ''मासी-माँ काँप रही हैं और 'नीला' 'नीला' चिल्ला रही हैं। उनकी पुकार से ही मेरी आँख खुली थी। उसके बाद मासी-माँ को कितनी आवाज़ें दीं। वे बात नहीं कर रहीं। आखें भी नहीं खोलतीं।''

चित्रा के जाने के बाद नीला नग्न शरीर के साथ बिछौने से उतरी और चिटखनी चढ़ा दी। सारा दिन दरवाजे पर आवाजें होती रहीं। कोई धक्का देता, कोई उस तरफ से माँ का मुँह अन्तिम बार देखने का अनुरोध करता। मंजूषा टूटी हुई आवाज में कहती, मलिना की बड़ी बहिन भाई भारी आवाज में कहते, अनिर्वाण भी बुलाने आए। पर क्यों? नीला खुद नहीं जानती। उसने किसी के लिए दरवाजा नहीं खोला।

नीला सारा दिन खिड़की की पीली धूप की तरफ़ ताकती रही। सड़क के फ़ेरीवालों की आवाजें, बस-ट्रकों की तीखी आवाज़ें, संस्कार का कोलाहल सब कुछ, पर किसी ने उसे प्रभावित नहीं किया।

रात के सन्नाटे में चित्रा का रुदन छाती को चीरता हुआ घर के दम-घोंट वातावरण में तैरता रहा।

नीला की छाती से कोई 'आह' नहीं निकली। आँखों की आग के कारण एक बूँद भी आँसू नहीं निकला।

नीला चाहती थी कि मलिना के दुखों पर गुलाब-ज़ल छिड़का जाए। मानो उसके सारे दुःख सुगन्ध पाकर कहीं सो जाएँगे। मैदान की घास पर या बिरला मन्दिर की सीढ़ियों पर सारे दुख भूलकर सन्ध्या वेला सारे दुःख घर की छत पर रख आई। या चाँद के साथ बूड़ि-छोया खेल खेलने के लिए। दुःख मलिना को छोड़ कर नलके के पास तक नहीं गए कभी। मानो वे परम आत्मीय हों ज़रा भी ओझल हो गए तो मलिना अकेली पड़ जाएगी। कीचड़ में फिसल जाएगी, शेर-चीते खा जाएँगे।

मलिना को दुःखों को सौंप कर घर के लोगों को बड़ी राहत मिलती। दुःखों को पीढ़ी देते, चाय-बिस्कुट देते। नीला चाहती थी कि मलिना को घुमाने ले जाए और उनके सारे दुःख गंगा में बहा दे... किसी को पता भी नहीं चलेगा। सारे दुःख कचूरी-पाना की तरह, खड़ कूटने की तरह, मरे हुए साँप की तरह तैरते हुए दूर.... बहुत दूर चले जाएँगे। नीला की अपनी कोई इच्छा पूरी नहीं हुई। मलिना के दुःख उनके साथ श्मशान तक गए।

हम यों ही बहते जाते हैं!

मोनिक क्लॉद माथुर ने पूरा सप्ताह कलकत्ते की सड़कों पर घूमकर भीड़-भाड़, जेट हवाई जहाज, भोंपू से परेशान हो पार्थ स्ट्रीट के मकान में अड्डा जमाया था। फटी-फटी आँखों से निखिल का माता के प्रति कर्तव्य देखकर दानियल वापस पेरिस चली गई। जाने से पहले नीला को साथ जाने के लिए कहा। नीला नहीं गई। 'अनुताप? तुम तो पेरिस से न भी आतीं! तुमसे न मिलने के कारण शायद मलिना को जाना पड़ा। अपने को दोषी समझती हो! नीला! किसी के लिए कभी दोषी मत मानो। दोषी सोचोगी तो जीवन आगे नहीं बढ़ता। स्थविर तालाब होना चाहती हो? फिर सोचो।'

दानियल ने ये बातें करके जितना नीला के मन तक पहुँचना चाहा, वह पत्थर की तरह रही। कोई शब्द नहीं। उसे ठेला पर पत्थर हिला तक नहीं।

दानियल के शब्दों को घर के पिछली तरफ़ कूड़े के ढेर की तरह फेंक कर नीला बोली, "मुझे बहुत विरक्त कर लिया अब मत करो।"

नीला के ये वाक्य दानियल के लिए काफ़ी थे। उसने पीछे मुड़कर नहीं देखा, पर दरवाजे के पास से लौटकर मनिक माथुर का पता-ठिकाना लिखा काग़ज़ रखकर बोली, "मनिक निकल की मित्र है। अगर जरूरत पड़े कभी तो चली जाना।"

रात का सन्नाटा पहले से भी ज्यादा स्तब्धता के जल में डूबा, हुआ था। इस घर में कोई और नहीं रोता। चित्रा भी नहीं रोती। कमरे में से मलिना का बिस्तर, तकिया सब फेंक कर चित्रा ने कमरा धो-पोंछ दिया है। अनिर्वाण उस कमरे में टेबल रखेंगे। रोगियों के लेटने की टेबल तथा चार-पाँच कुर्सियाँ रखेंगे। अस्पताल से वापस आकर कमरे में रोगियों को देखेंगे। पीली धूप जा चुकी थी। खिड़की में अँधेरा हो गया था। नीला उसी अँधेरे में देखती रही। नीला की नज़रें अमावस्या की तरफ़ स्थिर थीं।

ऐसी ही एक रात को निखिल आकर नीला के सिरहाने बैठ कर उसकी पीठ पर हाथ रखकर बोला, "कष्ट तुझ अकेली को तो नहीं है हम सबको ही है। पर

किया क्या जाए। माँ को वापस तो नहीं ला सकते। नहीं ला सकता। हमें जिन्दा तो रहना ही है। यही नियम है। सच बड़ा कड़वा होता है। किन्तु स्वीकार करने के अलावा कोई चारा नहीं है।"

अमावस्या के अन्धकार में ज्वरग्रस्त नीला कहने लगी, "हमारी एक ही माँ थी। माँ हमे खिलाती-सुलाती, शरीर पर धूल नहीं लगने देती थी। मन में खरोंच नहीं आने देती थी। सिर में चोट नहीं आने देती थी। माँ को लोग काली कहते, मुझे भी। बोका बुद्धू (पागल मूखी) कहकर माँ को गाली देती माँ को तकलीफ होती। उनके कष्ट से हमारा कुछ बनता-बिगड़ता नहीं था। माँ ज्वर नहीं भुगतती थी। वे ज्वरग्रस्त भी नहीं होती थीं। माँ को माँ सोचती। मनुष्य नहीं माँ के मायने थे जो गृहस्थी में कोल्हू की तरह चलती थी। माँ के मायने थे जो सबसे बढ़िया खाना पकाए। सबसे अच्छा परोसे। कपड़े धोए, तहाकर रखे। माँ के मायने थे जो हाड़मांस की हो। जो सवेरे से शाम तक मेहनत करे जो खाती नहीं, लेटती नहीं, सोती नहीं जो हँसती नहीं, जिसे केवल रोना शोभा देता है। शोक की नदी में शाम तक डूबी रहना जिसे शोभा देता है। माँ के मायने हैं जिसकी अपनी कोई ज़िन्दगी नहीं है। माँ तकलीफ़ से चिल्लाए तो कहा जाए कि 'वह कुछ नहीं खामख्वाह का आह्लाद है।' मरने पर माँ को अच्छी तरह जलाया। बड़ा कर्तव्य पालन किया। माँ नहीं है इससे हमारा कुछ बनता-बिगड़ता नहीं।"

बेकार मत बक... खाना खाने आ।" निखिल नीला को खींचकर प्रायः गोद में खाने की टेबल पर ले गया।

अनिर्वाण और निखिल ने तीन दिन की छुट्टी ली है। तीन दिन तक केवल भात और निरामिष सेद्ध बनेगा। तीन दिन बाद नीला पुरोहित को बुलाकर माँ का श्राद्ध करेगी। निखिल का मातृदाय पूरे एक महीने चलेगा। निखिल ने सिला हुआ कपड़ा छोड़कर सफेद कपड़े का एक टुकड़ा कमर में बाँधा हुआ है। एक टुकड़ा गले में, हाथ में कुश-आसन। जहाँ कहीं बैठेगा कुश-आसन बिछा लेगा। भोजन में दोनों समय सेद्ध और चिउड़ा मूड़ी दही। निखिल का एक महीने तक यही भोजन रहेगा। नीला के लिए एक महीना नहीं तीन दिन का शोक। उसका ब्याह हो चुका है। एक वंश से दूसरे में चली गई है। वह अब पराई है। अब कोई मातृ-दाय नहीं है। अनिर्वाण भी यथा-रीति आचार अनुष्ठान का पालन करते हैं। महीना पूरा होने पर मलिना के श्राद्ध पर कितने लोगों को निमंत्रित किया जाएगा उसका हिसाब चल रहा था। श्राद्ध पूरा होने के बाद अनिर्वाण और निखिल की ज़िम्मेदारी बढ़ जाएगी। मृत्यु की स्मृति पीछे छोड़कर आगे बढ़ेंगे। पिछले 'कुछ' के निमित्त हाहाकार करके वक्त बरबाद करने में कोई युक्ति न तो अनिर्वाण देखते हैं न निखिल।

अकेली नीला ज़िन्दगी और मौत के बीच खड़ी प्रश्न करती है—इस जीवन

का क्या अर्थ है?

नीला अचानक माँ के कमरे में घुस कर 'माँ' 'माँ' पुकारती है। चौंक उठती है कमरा तो खाली था। कमरे के ठीक बीच में एक दीपक जल रहा था। वह मलिना की छाती में सिर रखकर लेटना चाहती थी। जिस तरह सुशान्त के चले जाने के बाद लेटती थी। टेलीविजन की भयंकर आवाज़ और निखिल की 'हा' 'हा' हँसी की यंत्रणा से नीला झुकी जा रही थी। चित्रा ने आकर नीला को दीपक के सामने से उठाया।

"चित्रा! माँ क्या कहना चाहती थीं?

"मैं कैसे बता सकती हूँ दीदी?"

"मुँह में जरा सा पानी चाहती थीं? तकलीफ कम करने के लिए दवाई चाहती थीं?"

"मैं कैसे बता सकती हूँ दीदी!"

"माँ क्या मुझे पकड़े रखना चाहती थीं... उन्हें डर लग रहा था?"

"मृत्यु के समय कैसा लगता है। क्या कहने की इच्छा होती है क्या करना चाहते हैं वह सब तो मुझे मालूम नहीं दीदी! जो मर गए हैं उन्हें ही मालूम होगा।"

मलिना नहीं रही तो मानो करोड़ों जहरीले साँप आँगन में आ गए हैं। जाते नहीं जल या जंगल में। तहाए हुए कपड़े, दराज़ में रुपये-पैसे तकिए के नीचे, गिलास बाटी में, फूलदानी में, जोहड़ में, नल पर चूहे और तिलचट्टे का विशाल संसार, मलिना नहीं रहीं तो माधवी लता में फूल नहीं आते, दीवार के सहारे जो रजनीगन्धा कामिनी के पेड़ थे, सूख गए हैं। गुलाब के बाग में गुलाब की जगह केवल काँटे और कीड़ों के खाए हुए पत्ते हैं। पुराने जामुन के पेड़ पर केवल बिच्छू रहते हैं। अमरूद के पेड़ में जड़ नहीं, हवा नहीं, छोटे-छोटे फलों समेत उखड़ गया है। मीठे आम के पेड़ पर एक भी आम नहीं लगता और नारियल के पेड़ पर भी नारियल नहीं लगता। सुपारी के पेड़ के नीचे नाच का स्कूल अब बन्द है। मलिना नहीं रही इसलिए सब्जी के बाग को कीचड़ ने नष्ट कर दिया है। हरा-भरा मैदान अब आगाछा और घास फूस से भर गया है।

मलिना नहीं है लेकिन उससे जुड़ा हुआ दबदबा अब बीमारी का है। दूषित पवन से नीला का दम घुट रहा है। मलिना के न होने से दैत्य उसकी गरदन पर झपटते हैं। मलिना के न होने से गिद्ध नीला को नोच-नोचकर खा रहे हैं। मलिना के न होने से आग जलाकर राख कर रही है। मलिना नहीं है। सर्वग्रासी जल नीला को डुबो रहा है। नीला मलिना की तरह नहीं होना चाहती।

न करने के बहुत से रास्ते हैं। मनिक माथुर के घर नहीं जाने के। किन्तु नीला मनिक माथुर के घर गई।

मोनिक मलिना की उम्र की है। पर अभी तक जीवित है। हाथ-पाँव के नाखून सफ़ाई से रंगे हुए, पलकों पर गहरा नीला रंग, उनका प्रलेप उज्ज्वल, गालों पर रंग, होठों पर रंग, बादामी बालों को सुनहरा रंग लिया है। ऐसा पतला कुरता पहने है कि स्तन दिखाई पड़ते हैं। नीला ने मलिना को कभी चेहरे पर कोई रंग लगाते नहीं देखा था। उन्हें डर था कि काले रंग पर दूसरा रंग कहीं ज्यादा कुरूप न दीखे। मोनिक झटपट चाय बनाकर लाई। चाय पीते हुए बोली, जीवन का मर्म क्या है मालूम है? डगलस एडेम्स ने कहा है कि जीवन का मर्म बयालीस है मुझे लगता है उसने ग़लत कहा था। जीवन का मर्म असल में सैंतालीस है। मोनिक के हँसते हुए स्तन हिले। नीला नहीं हँस सकी। मोनिक उच्छल, उज्ज्वल प्राणवान व्यक्ति है। अपने से छोटे बंगाली लड़के के साथ ब्याह किया था। सम्बन्ध तोड़ कर दिल्ली जा रही हैं। वह एलायंस फ्रांसीसैज़ में फ्रैंच पढ़ाती थी। फ्रेंच सिखाना छोड़कर फ्रांसीसी दूतावास में नौकरी कर ली है। इसलिए कलकत्ते का सिंहासन छोड़ना पड़ेगा किन्तु कलकत्ते का यह मकान 'बेचना है, बेचना है' कर के भी मन ने गवाही नहीं दी।

नीला समझती है कि कलकत्ते जैसा शहर हो ही नहीं सकता। अगर रहने के लिए कोई शहर चाहिए तो कलकत्ता। नीला ने 'आह' भरी।

"तो तुम वापस पेरिस जा रही हो?" मनिक ने पूछा।

"नहीं...।"

दो जर्मन शैफ़र्ड कमरे में शान दिखाते हुए चल रहे थे—लुलू और मुलू। विदेशी कुत्तों का बांग्ला नाम!!

मोनिक के प्रेमी छोकरे ने नाम रखे हैं। लुलू की गरदन और मुलू की पीठ पर हाथ फेरने पर मनिक ने उन्हें बाग़ में भेज दिया।

"लुलू-मुलू को लेकर ही मेरा संसार है। बहुतेरे पुरुषों के साथ गृहस्थी बसाकर देख ली। कुत्तों के साथ रहने में ज्यादा आनन्द है। क्योंकि भरोसा सबसे बड़ी चीज है। मनुष्य विश्वास तोड़ देता है। कुत्ते नहीं तोड़ते... तुमने कुत्ता पाला है?"

"नहीं...!"

नीला अपना उदास और उतरा हुआ चेहरा लिए बैठी रही। सूती सफेद साड़ी पहने, आँचल ज़मीन पर लोटता हुआ, उड़ते बिखरे बाल, गालों पर नाखूनों पर पुरानी पॉलिश जो आधी उतर गई है।

मोनिक देर तक नीला की तरफ देखती रही बोली, "तुम्हें देखकर मेरे मन में एक चीज़ आती है। लगता है तुम अमर हो। कभी मरोगी नहीं।"

नीला ने मोनिक के इस मन्तव्य की व्याख्या सुनने के लिए कोई आग्रह नहीं दिखाया किन्तु वह बोलती रही। 'आँखों के सामने कोई मर जाए तो तुम इतनी

कातर और इतनी तकलीफ़ का अनुभव करती हो कि भूल जाती हो कि मनुष्य लाखों प्रजातियों की भीड़ में से एक है। यह ब्रह्मांड करोड़ों गैलेक्सियों में से एक गैलेक्सी के करोड़ों सौरमण्डल छोटे से सौरमण्डल के एक छोटे से ग्रह में मनुष्य नाम का प्राणी रहता है। तुम एक बिन्दु की तरह हो। असल में बिन्दु की तरह भी नहीं उससे भी छोटी...तुम कितने फुट़ लम्बी हो। मेरे से दो इंच ज्यादा हो यानी पाँच फुट छह इंच। मेरे से पाँच किलो अगर कम हो, साठ किलो, तो इस विशाल जगत में अपना अस्तित्व कहाँ दिखाई पड़ता है। तुम्हारी माँ क्या? मनुष्य की अपेक्षा कीचड़ वाले घाट का कछुआ ज्यादा दिन जीवित रहता है। प्रकृति का यही नियम है। प्रकृति पर विजय पाना हमारे लिए सम्भव नहीं है। हम आते हैं चले जाते हैं। हम इसी तरह बहते रहते हैं मनुष्य की आयु एक पल में समाप्त हो जाती है। हिसाब कर सकती हो कि बिलियन बिलियन वर्षों तक पृथ्वी की इस धरती पर कितने पैदा होते हैं। कितने ही समाप्त हो जाते हैं। एक वक्त था जब डायनासोर घमंड से जीते थे। अब वे कहाँ हैं निश्चिह्न हो गए हैं। वक्त आएगा जब मनुष्य का अस्तित्व नहीं रहेगा। मनुष्य का इतिहास भी अतीत के गर्भ, में चलता जायेगा। इस महाजगत में हम कुछ नहीं... कोई नहीं।"

मोनिक की हरी आँखों में उदासी थी।

उदास आँखें पलमात्र में चंचल हो उठीं। अच्छा, तुम परजन्म में विश्वास करती हो?

नीला ने 'नहीं' में सिर हिलाया।

"परजन्म पर विश्वास करने वालों को सान्त्वना होती है कि इस जीवन में तो काम नहीं हुआ अगले जन्म में करूँगी। किन्तु यदि विश्वास करो कि जीवन केवल एक बार होता है तो फिर इन्तज़ार मत करो। जिसका जो जीवन है वही है। वक्त बड़ी तेजी से गुज़र रहा है, जो हो सके ग्रहण कर लो। स्वार्थ-पर होना चाहिए नीला! इसके बिना गति नहीं। कूद कर पकड़ लो गौ-ग्रास की तरह ले लो!

मोनिक की ज़बान चल रही थी। एयरकंडीशंड कमरे में मखमल के सोफ़े पर पाँव फैलाए बाग़ की मीठी धूप में कुत्ते को खेलता देख बढ़िया-बढ़िया बातें की जा सकती हैं। नीला को मालूम है।

"अचानक प्रसंग से हटकर नीला ने पूछा, "मोनिक! तुम्हारी माँ हैं?"

"हैं...तुलुज के एक गाँव में रहती हैं। इक्यानवे वर्ष की हैं!"

"घर में और कौन-कौन हैं?"

"माँ अकेली रहती हैं?"

"अकेली?"

"हाँ अकेली?"

"तुम जाकर माँ के पास रहो ना।"

"मेरे पास वक्त कहाँ है? और माँ नहीं चाहती कि लड़के-लड़कियाँ जाकर उन्हें विरक्त करें।

"आत्म-निर्भरता का अहंकार कौन छोड़ना चाहता है। वर्ष में एक बार क्रिसमस पर माँ से मिलना हो जाता है। वह भी हर वर्ष नहीं हो पाता।"

"तुम्हारी माँ अकेले खाना-वाना पका लेती हैं? और घर की सफ़ाई!"

"अभी तो कर लेती हैं। जब नहीं कर सकेंगी 'ओल्ड एज होम' में चली जाएँगी। वहाँ देख-भाल करने वाले लोग होते हैं।"

आधा वक्त मोनिक के घर नीता कर नीला जब घर आई निखिल ने बताया कि गले में साड़ी का फन्दा डाल कड़ी से लटककर मिठू ने आत्महत्या कर ली है।

अलविदा

मिठू को जमीन पर लिटाए रखा। लाल साड़ी पहना दी गई है। गले में फूल-माला, माथे पर चन्दन। पाँव में आलता। जिन्दा रहते मिठू कभी इतनी नहीं सजी थी। मिठू के साज सरंजाम का शोर मच गया। "मिठू को सजाओ। खटिया सजाओ।" लोग देखने आते, कहते, "आह लड़की का कैसा पवित्र चेहरा है। कैसी तीखी नाक! कैसे लम्बे-लम्बे बाल! आह...ठोड़ी के तिल ने लड़की को और भी आकर्षक बना दिया है। लड़की का स्वभाव, चरित्र, क्या कहूँ, फूल की तरह पवित्र था। ज़मीन पर नज़रें गड़ाए चलती थी। बड़ों की तरफ़ देखकर कभी बात नहीं की। बेअदबी नहीं की। पढ़ी-लिखी लड़कियाँ आजकल अदब क़ायदा कहाँ मानती हैं किन्तु मिठू मानती थी। अकेली मिठू गृहस्थी का सारा काम करती थी। कैसी लक्ष्मी सी थी।"

नीला ने देखा मिठू की माँ बिलख-बिलख कर रो रही थी। पर उस रुदन में एक तरह का सन्तोष था।

मिठू के पिता भी कुरते के छोर से आँसू पोंछ रहे थे। उनके माथे पर पहले की तरह दुश्चिन्ता का तेवर नहीं था। अब मिठू को लेकर किसी को भी दुश्चिन्ता नहीं है। अब केवल केवड़ा-तला, नीम-तला अब मुखाग्नि और अब राख। मिठू अब इस संसार से जन्म की तरह, निश्चिह्न हो जाएगी। आग से जला उसके काले शरीर की काली राख को लेकर संसार में कोई दुर्भावना ग्रस्त नहीं होगा। आत्महत्या करके मिठू काले अपमान से ही नहीं बची बल्कि अपने माता-पिता को भी बचा लिया। अपने दादा (बड़े भाई) को भी बचा लिया। वे अब देख-भाल करके अच्छा दहेज देकर एक लड़की का ब्याह कर सकेंगे।

मिठू की मृत्यु ने नीला को और भी खामोश कर दिया।

नीला को ठेल कर, चेतन करते हुए अनिर्वाण ने जानना चाहा कि वह पेरिस कब जाएगी।

"पेरिस नहीं जा रही...यहीं रहूँगी।"

"यहाँ....कहाँ?"

"यहीं.....कलकत्ता में।"

"कलकत्ते में कहाँ?"

"इसी कमरे में?"

"ब्याह के बाद पति का घर ही तेरा घर है। पति के घर में तेरा पूरा अधिकार है। पिता के घर लड़कियाँ घूमने आती हैं रहने नहीं।" अनिर्वाण गम्भीर स्वर में कानून खींच लाए।

नीला ने अपने कमरे में नजरें घुमाईं। अपने बिछौने, तकिए, किताबें, साड़ी कपड़े, पुरानी चिट्ठियाँ, अपने शौक का तानपुरा, हारमोनियम सब इसी कमरे में' हैं। पेरिस वाले सूटकेस में सिमटे हुए जीवन की तरह नहीं था बहुत कुछ फैला हुआ।

नीला को किस कारण पेरिस जाना चाहिए। कारण यह कि क्या आत्मीय, क्या पड़ोसी सब कानाफूसी करेंगे कि नीला शायद पति को छोड़कर आ गई है।

"हाँ आ गई हूँ तो उनका क्या आता जाता है।"

अनिर्वाण चिल्लाकर बोले, "उनका कुछ नहीं आता-जाता। आता-जाता है हमारा। इस समाज को मुँह दिखाने के काबिल नहीं रहूँगा। वंश के मुँह पर कालिख पोतना चाहती है?"

"होगा..." अनिर्वाण जोर देकर बोले, "यही होगा...यही!

"इस समाज में रहना है तो दूसरे दस लोग अच्छा कहें इस तरह रहना होगा। पति के घर पेरिस लौट जा... अन्यथा मिठू की तरह आत्महत्या करके हम लोगों को मुक्ति दे। यही मेरी आखिरी बात है।"

अनिर्वाण के अन्तिम बात कहकर चले जाने के बाद नीला बाथ-टब के ठण्डे पानी में बहुत देर तक पड़ी रही। नीला की आँखों में आँसू का एक कतरा भी नहीं था।

गहराती हुई रात में घर के सब लोग सो गए। मलिना के खाली कमरे में, खाली जमीन पर, एक बाँह सामने फैलाए जिस तरह अक्सर रात को आकर मलिना के शरीर पर बाँहें रखकर नीला सोती थी—फुसफुसाकर बोली, "माँ तुम क्यों नहीं हो?" प्रदीप के प्रकाश में पीठ करके लेटी हुई नीला की परछाईं विशाल दैत्य की तरह उसे ही फाड़ कर खाने को आ रही थी। नीला ने फैसला कर लिया कि वह कलकत्ता से चली जाएगी।

"माँ का श्राद्ध तो पूरा कर जा!" अनिर्वाण से लेकर मलिना के दूर पास के सब स्वजन-बन्धु कर रहे थे।

मलिना के श्राद्ध को लेकर नीला में ज़रा भी उत्साह नहीं था। लोगों को खिलाना, पुरोहित को खिलाना, इसमें उसे कोई तुक नजर नहीं आ रही थी।

"तेरी माँ की आत्मा को कष्ट होगा ऐसा मत कर।"

नीला हँस कर बोली, "माँ को कष्ट सहने की आदत थी, माँ की आत्मा भी कष्ट सह सकेगी यह कोई बात नहीं हुई।"

"सूटकेस लगा सकती हो पर इतनी जल्दी जाना नहीं होगा। टिकट की तारीख निश्चित करो। बैंक से चेक कैश कराओ। रुपए निकालो, रुपए भेजो, तरह-तरह के झमेले हैं।"

पुराने टिकट पर पेरिस वापस जाना नहीं हो सका। इसलिए नया टिकट चाहिए। श्राद्ध तक अगर नहीं ठहरना चाहती तो ठीक है। अनिर्वाण ने निखिल के हाथ में पैसे दिये; सस्ते में कलकत्ता-पेरिस का टिकट खरीदने के लिए।

नीला ने निखिल का रास्ता रोक लिया, "वे रुपए मुझे दे दो मैं खरीद लूँगी टिकट। टिकट खरीदने को रुपए कहाँ मिलेंगे?"

यह बात पोशीदा नहीं रही। मलिना को अपने बाबा से जो सम्पत्ति मिली थी बेचकर रुपए बैंक में जमा कर दिए थे। बैंक के वे काग़ज़-पत्र मलिना की दराज़ में नहीं, नीला के हाथ में थे।

"कितने रुपए?"

"बीस लाख।"

अनिर्वाण धप से बैठ गए। सिर पर हाथ रखकर।

"इतने रुपए तू क्या करेगी? जो जरूरत होंगे किशनलाल देगा। ये रुपए रख जा। गृहस्थी के बहुतेरे ख़र्च हैं। पुराना मकान है तोड़ कर दुबारा बनवाना पड़ेगा।"

"यह मकान तो मेरा नहीं है। मैं इस घर की कुछ भी नहीं हूँ... यह तुम लोगों का मकान है तुम लोगों को जो करना है करो। मेरे रुपए का लोभ मत करो।"

"तुझे मालूम नहीं है कि कानून के हिसाब से रुपए तीन हिस्सों में बँटेंगे। तुझे सिर्फ एक हिस्सा मिलेगा। और कभी कहीं लड़की को रुपया लेते सुना है! सब लड़कियाँ भाइयों को अपना हिस्सा दे देती हैं।"

"अगर हिस्से बाँटने होते तो माँ मेरे नाम न लिख देतीं।"

"लिखने से ही हो गया। उत्तराधिकार जैसी चीज़ भी है न? अनिर्वाण ने मलिना के आत्मीयों को (बन्धु-बान्धवों) को घर बुलाकर नीला को समझाने का अनुरोध किया, "मलिना की दीदी, जमाई, दादा (बड़े भाई), भाभी, यहाँ तक कि मंजूषा ने भी आकर समर्थन किया कि उत्तराधिकार जैसी कोई चीज भी होती है। पति के घर में चाहे जीवन-यापन करे किन्तु लड़की क्या बाप भाई को भूल जाती है? नहीं भूल सकती। सम्भव हो तो अपनी जिन्दगी भी दे देती है। माँ-बाप की सम्पत्ति पर कोई लड़की लोभ नहीं करती। लोभ करती है तो लोग अच्छा नहीं समझते। लड़कियों में चाहे और कुछ हो, लोभ शोभा नहीं देता। लड़कियाँ होती हैं निर्लोभी, निष्पाप, निर्विरोध, पवित्र, निभृत, निर्मल, निरहंकार... ।"

मलिना की करनी...दिमाग ठीक नहीं था। क्या करते-करते क्या कर गई।

यह सब क्या शील है? या कि यह मलिना का नहीं, शायद उसे फुसलाकर या नकली वसीयत पर दस्तखत कराके नीला ने अन्दर ही अन्दर सब कर डाला। और दस्तख़त वाकई सही हैं तो रुपए पेरिस ले जाकर नष्ट करने के कोई मायने नहीं। और किशनलाल ऐसा नहीं है जो कम कमा रहा हो। दो रेस्तोराँ का व्यवसाय है। भविष्य बहाल है। और अगर ज़िद है तो ठीक है तो रुपया कलकत्ते के बैंक में रख दे। विपद-आपद का तो कुछ कहा नहीं जा सकता। न हो तो यहाँ मकान खरीद ले जिसका किराया नीला के बैंक में जमा रहेगा। लोग विदेश जाकर रोजगार करते हैं। रुपया देश के बैंक में भेजते हैं। देश का रुपया खर्च के लिए विदेश कोई नहीं ले जाता।

"नीला पागल है क्या?"

नीला बोली, "हाँ मैं पागल हूँ।"

"पागल को सँभालेगा कौन?"

नीला का ख्याल था कि बुरा लगेगा इसलिए अनिर्वाण ने निखिल को परामर्श नहीं दिया कि नीला के खिलाफ़ कोई बात उठाए। बीच-बीच में, समाज के कारण बहुत से अन्याय हथेली में बन्द रखता। भाग्य अच्छा होता तो बच जाता जैसे नीला बच गई। फिर भी बैंक ने नीला के जूतों की सुकतली (जूते के अन्दर का हिस्सा) निकालकर छोड़ी। मारवाड़ी बैंक के सामने हर रोज ...इतने रुपए देश से चले जाएँ यह कोई सुख की बात है? क्यों जाएँ? किसलिए। इतना रुपया कहाँ से आया कर्ज के कागज कहाँ है...रिजर्व बैंक की अनुमति लाओ। देश का रुपया विदेश भेजकर देश की आर्थिक नीति (के बारह बज जाएँगे) खत्म हो जाएँगी? आदि।

जूते के...अन्दर की तली निकालकर नीला ने अन्ततः एक काम किया। पचास हजार रुपए निकाल लिए और बाकी पेरिस के बैंक में ट्रान्सफर करने के बारे में सब काग़ज़-पत्र जमा कर दिए। किन्तु रुपए पेरिस कब पहुँचेंगे इस बारे में मारवाड़ी ठीक-ठीक नहीं बता सका। भविष्य को अनिश्चय के हाथों में सौंप नीला ने टिकट खरीद लिया।

कलकत्ता से पेरिस रोज़ाना हवाईजहाज़ नहीं जाता था। अगर जाता तो नीला उसी दिन सवार होती। दिल्ली-बम्बई में जो सहूलियत थी कलकत्ता में नहीं थी। पश्चिम बंगाल रोज़-ब-रोज़ भारत के अन्य राज्यों से पिछड़ता जा रहा था। यहाँ के बंगाली व्यापार में मन नहीं लगाते। लिखने-पढ़ने में ज्यादा ध्यान देते हैं। राजनीति भी अलग, भिन्न समाज-तन्त्र की जयजयकार। जो दल केन्द्र में आ जाता है, वह सिर के बाल मुट्ठी में पकड़कर समाज-तन्त्र को पश्चिम बंग के मंच से नीचे उतारना चाहता है और सड़कें तोड़ना चाहता है। कल, कारखाने बन्द करना चाहता है। एयरपोर्ट से जितने विमान कम जाएँ। अर्थनीति को अतल में पहुँचाकर समाज-तन्त्र का भग्न स्वर, केन्द्र के बाघ सुनते हैं।

नीला के लिए दो सप्ताह तक इन्तजार करने के अलावा कोई और चारा नहीं था। उसे ये दो सप्ताह दो वर्ष की तरह लग रहे थे। नीला इस गन्दे समाज से भाग जाना चाहती थी। अब कलकत्ता उसे अपना सा नहीं लगता था जिसमें वह पैदा हुई। अपना बचपन और कैशोर्य बिताया था। अब यह शहर उसे सबसे ज्यादा अजनबी लगता था। मानो इस शहर के साथ कभी उसका प्रेम नहीं था कि इस शहर की धूल शरीर पर मलकर खेली नहीं थी। गंगा की हवा के साथ मन-ही-मन कभी अपनी बात की हो। अब कलकत्ता नीला के लिए श्मशान की तरह था। श्मशान में एक कुत्ता रोता हुआ और कोने में नशे में कुछ लोग जलती हुई चिता के पास पड़े हों। कलकत्ता था मलिना के धनेखालि साड़ी का आँचल, जिससे वह पसीना पोंछती, और पोंछती हुई मलिना खड़ी रहती दरवाजे में। कलकत्ता मलिना की गहरी काली आँखें जो पंख लगाकर उड़ जाती। धूप में, रात में जहाँ नीला तैरती, डूबती, किनारा मिलने पर नीला को खोजती। कलकत्ता था मलिना के बिखरे बालों का हात-खोंपा...भीग जाता, बिखर जाता। नीला लज्जा को ढँकती। कलकत्ता था मलिना के हाथ से सरसों के तेल में बनाई मूढ़ीं, बादल छाए हुए दिन, इलिश की सब्जी और भुनी हुई खिचड़ी। कलकत्ता था मलिना के हाथ की छह जोड़ा रंगीन चूड़ियाँ। कलकत्ता था घर के आँगन में 'माँ' 'माँ' पुकारने का आनन्द। ठिठुरती सर्दी की रातों में मलिना के काँधे के नीचे गुड़-मुड़ी होकर सोना, सवेरे-सवेरे खजूरों से भरे मैदान में बैठकर पिठे खाना। अँधेरे में मुड़कर दूर रात की आवाजों में मिट्टी खोदकर कलकत्ता को भगाकर न जाने कौन ले गए। कलकत्ता नाम का कुछ नहीं है। नीला का कुछ नहीं है। अब सामने साँय-साँय करता हुआ श्मशान...एक कुत्ता और नशे में डूबे कुछ लोग।

मोनिक लाल वाइन रूपी अमृत में डूबी फ्रांस की बातें बताने लगी। अलस दोपहर को जब लुलू मुलू बरामदे में थे। मनिक का ड्राइवर सुरजीत गरमी को कम करने के लिए पेड़ की छाया में, जहाँ खाना पकाने वाली बिन्दिया गुनगुना रही है, बिवूनि बाँध रही है, हरिदास माली लुलू, मुलू के पास कहानी सुनाते-सुनाते सो रहा है। और ठण्डे कमरे में कहानी सुनाते-सुनाते मोनिक की हरी आँखें झलमला उठती हैं। दक्षिण फ्रांस के शैतो मोन्तेग शैतो में इसके पूर्वज रहते थे। अब भी उसी शातो में जाने पर उसी हरिण के सिर की तरफ़, मोनिक के शरीर से अभिजात का अहंकार प्रकट हो रहा था। अगले ही क्षण, बरबाद शैतो मोन्तेग के निर्मम दृश्य की कल्पना करके उनके रोंगटे खड़े हो गए। को बरवाद होते बास्तिल उन्होंने अपनी आँखों से देखा हो! मानो विप्लव का विकट स्वर अपने कानों से सुना हो, मोनिक की छाती भय से काँप उठी।

उसके बाद वही 'इगालिते' 'इगालिते' शब्द उसने दो बार कहा।

"मैं कल दिल्ली जा रही हूँ तीन दिन के लिए। बड़ी फिक्र में पड़ गई हूँ

इन तीन दिन लुलू मुलू को खिलाने के लिए कोई आदमी नहीं मिल रहा।'' मोनिक की आँखों में दुश्चिन्ता थी।

''तुम यह काम कर दोगी नीला! तुम्हें चाबी दे जाऊँगी। दिखा दूँगी खाना कहाँ रखा है। कुछ रेफ्रिजरेटर में है कुछ बाहर...दो बोतल फ़िल्टर्ड...तीन बार पानी बदलना। और खाने को देना—दो वक्त।''

''जरूर कर दूँगी। यह भी कोई काम है। किन्तु...''

''किन्तु क्या?''

''बिन्दिया, हरिदास और सुरजीत नहीं रहते?''

''रहते हैं किन्तु।''

''किन्तु क्या।''

''किन्तु मेरे लुलू मुलू यहाँ के कुत्तों की तरह जूठन नहीं खाते। फेंकी हुई हड्डी नहीं खाते। उनके लिए पेरिस से खाने का पैकेट आता है।''

''तो..।''

''मुझे शक है कि वे लुलू मुलू को नहीं खिलाएँगे।'' मोनिक नीची आवाज में बोली।

नीला जानने के लिए उत्सुक थी। ''खिलाएँगे क्यों नहीं?''

''वे खुद वह खाना खा लेंगे।''

''क्या कह रही हो खुद खा लेंगे! पहले कभी खाया है?''

''नहीं...।''

''खा सकते हैं।''

'क्या भरोसा। खा भी सकते हैं।''

नीला एक मियाँ-बीवी को लेकर घर आ गई।

घर के आँगन में निखिल सेद्ध भात बिखेरे आकाश की तरफ देखकर कां-कां-कां कर रहा था।

'कां' 'कां' शब्द सुनकर कौए बिखरा हुआ भात खाएँगे। फिर निखिल खुद खाएगा। मातृ-दाय आसान नहीं होता। कौओं को खिलाकर फिर खाना होता है। नीला निखिल के पीछे खड़ी होकर बोलीं ''अच्छा तुम्हें क्या सचमुच यक़ीन है कि माँ कौआ हो गई है?''

''पागल हुई हो...? नियम है इसलिए करना होता है।'' निखिल ने आकाश से मुँह फेर कर कहा।

''तुम खुद को कम्यूनिस्ट कहते हो, फिर तारा-पीठ के मन्दिर में जाकर फूल चढ़ाते हो। भोजन करने से पहले कौए को खिलाते हो। कोई तुक है।'' नीला सूखे हुए सब्जी के बाग से एक सड़ा हुआ टमाटर पाँव के नीचे कुचलते हुए बोली।

यह सुनकर निखिल सूखे होठों से हँसा। नीला निखिल को खींचती हुई कमरे में ले गई। एक झटके से शरीर नंगा कर दिया 'हिश' करते हुए बोली, ''इसके बाद स्नान करोगे शरीर पर यही एक कपड़ा। कुरता पहनो... ये सब उतार दो। इस तरह माँ के ऋण से मुक्त नहीं हुआ जा सकता। कैसा अजीब रिवाज है। जाओ...स्नान करके आओ, कुर्ता-जूते पहनकर आओ। चलो किसी अच्छे रेस्तोराँ में जाकर खाएँ।''

''छोड़ अब कितने दिन बाकी हैं।'' निखिल थकी हुई आवाज में बोला। ''वह कहीं नहीं जाएगा। सेद्ध और साग ही खाएगा।''

''फिर कौए से पहले फिर खुद खा लो।'' नीला ने निखिल के मुँह में खाना डाल दिया।

निखिल खाकर घुटन भरी गरमी से बाहर निकलकर मैदान की घास पर पाँव फैलाकर बैठ गया। बड़ी अच्छी हवा चल रही थी।

नीला भी पास आ बैठी।

''दादा! सच-सच बताओ तुम ये धर्म-कर्म हिन्दू-आचार पर सचमुच विश्वास करते हो?''

''यह क्या विश्वास की चीज है?''

''फिर क्यों करते हो?''

''इन सबमें इस प्रकार का आनन्द होता है।''

''आनन्द! मैं तो कोई आनन्द नहीं देखती। सब युक्तिहीन। फालतू आवेग।''

''मान लो आज अगर पूजा खत्म कर दी जाए तो तुझे अच्छा लगेगा? खाली-खाली नहीं लगेगा। उत्सव का आनन्द फिर कहाँ मिलेगा।''

''तुम्हें ध्यान है दादा! इस मैदान में जब हम लुका-चोरी खेलते थे तुम ज्यादातर वेदी के पीछे छिप जाते थे। और सबसे पहले मैं तुम्हें खोज लेती थी।''

''तेरा छिपना दूसरी तरह का था। आम के पेड़ की सबसे ऊँची टहनी पर।''

''याद है प्रफुल्ल आदि के घर के अमरूद के पेड़ की बात? तुम जाकर सारे पके हुए अमरूद चुरा लाए थे और प्रफुल्ल बाबा के पास शिकायत लेकर आया था।''

निखिल 'हा' 'हा' करके हँस पड़ा।

''कैसी लगी थी बाबा की मार?...उफ।''

''आज पूर्णिमा की रात को आसपास के घरवाले अभी उठे नहीं थे माँ मैदान में बैठकर रजनीकान्त का गाना गाती रही थी। कैसी बढ़िया आवाज़ थी माँ की...''

दोनों देर तक एक-दूसरे से नहीं बोले।

सूर्यास्त का आकाश लालिमा लिए हुए था। नीला ने उसे उदासी से देखते हुए खामोशी तोड़ी,'' मालूम है दादा! माँ एक दिन वापस आ जाएँगी। लौटकर नल के नीचे पाँव की कीचड़ धोते-धोते कहेंगी—अचानक दार्जिलिंग गई थी। तुम सब

ठीक-ठाक थे ना! दार्जिलिंग की बातें सुनाते-सुनाते माँ हम सबको रात को खिलातीं। नेप्थलीन के गन्ध वाली लाल साड़ी पहनकर इसी मैदान में बैठकर माँ हम सबको पहले की तरह गाना सुनाएँगी।''

नीला चौंककर उठी। बोली, ''आज रास्ते में देखा पिचासी बरस का एक बूढ़ा चलता हुआ जा रहा था। उसको ज़िन्दा रहने की क्या ज़रूरत थी। किसी को ज़िन्दा देखकर मुझे बड़ा क्रोध आता है। संसार के सब पेड़ अगर सूखकर काठ हो जाते, सारे पहाड़ मकानों पर धँस जाते, कतार के कतार पशु-पक्षी, मनुष्य भयंकर बीमारी से मर जाते। नदी-समुद्र सूखकर चर हो जाते और उसी चर से मर जाते। और यह कुत्सित संसार अगर ब्रह्माण्ड से अचानक टूट पड़ता। सूर्य के दो हाथ परे झुलस जाता तो राख हो जाता।''

नीला को लगा कि वह काँप रही है। सारा शरीर शिथिल हो रहा है। निखिल के बराबर घास पर लेट कर वह क्षीण स्वर में बोली, --मालूम है दादा! मुझे बड़ा अकेलापन लग रहा है। बहुत अकेलापन!''

''तू सचमुच पेरिस जा रही है?''

''न जाने का कोई उपाय है... दादा!''

''लौटेगी कब?''

''कहाँ...?''

''और कहाँ...कलकत्ता?''

नीला ने उत्तर नहीं दिया।

''बाबा की बात पर गुस्सा हो रही है। तेरे जाने के बाद वे सोचते-सोचते मर जाएँगे कि तू वहाँ कैसी है... सुख से तो है...?''

''सुख...'' लम्बी साँस के साथ 'सुख' शब्द निकला।

''क्या बाबा को मालूम नहीं था कि किशनलाल पहले भी ब्याह कर चुका था। मुझे तो अभी उस दिन पता चला जब सुनील ने बताया। किसी से कहना मत।''

''मत बताओ। जरूरत क्या है बाबा फिर चूनकाली के भय से अस्थिर हो जाएँगे।''

''तू इसी कारण किशन को छोड़कर चली गई थी... सुनील ने यही बताया था। वह ब्याह बहुत कुछ सम्बन्ध जोड़ने के लिए था, नागरिकता पाने के लिए। उसकी आदत डाल।''

''नहीं!''

''इस बार जाएगी तो 'शैनेल' परफ्यूम भेजना। पहले जो भेजा था नकली लग रहा था।''

''नकली था कैसे पता चला?''

"खुशबू बिल्कुल नहीं थी। कलकत्ते से जो शैनेल खरीदता हूँ उसमें बढ़िया खुशबू होती है।"

"मैंने जो भेजा था वही असली शैनेल है।"

"वह तो कभी का फेंक दिया।"

"असली को फेंककर नकली लगाते हो। मेरे इतने रुपए पानी में बहा दिए।" नीला को घास में इस तरह लेटना बड़ा अच्छा लग रहा था। फुरफुरी हवा में नीला के केश उड़ रहे थे। पक्षी कतार बाँध कर घोंसलों में जा रहे थे। चहारदीवारी पर पड़ोसियों के दो बिडाल बैठे थे। वे भी पूँछ समेटकर वापस जा रहे थे। अचानक निखिल बोला, "जाऊँ इण्टरनैट पर बातें करके आऊँ।

नीला घास पर लेटी थी। आकाश में कोई तारा निकल आया था। नीला उज्ज्वल तारा खोज रही थी। जब वह छोटी थी मलिना ने एक बार कहा था, "मनुष्य मरकर तारा बनकर पैदा होता है।"

नीला के जाने के दिन मंजूषा आकर उसका सूटकेस लगाते हुए बराबर कहती रही, "किशनलाल के साथ मेल कर लेना। किसी ने ज़बरदस्ती तो तेरा ब्याह किया नहीं था। तेरी इच्छा से ही हुआ था।"

अनिर्वाण ने पेरिस फ़ोन करके किशनलाल को बता दिया था कि नीला कब किस समय पहुँचेगी। पिता का कर्तव्य किया उन्होंने।

एयरपोर्ट में घुसने के पहले निखिल ने पॉकेट से एक पुड़िया निकालकर नीला के हाथ में देते हुए कहा, "यह रखले।"

"यह क्या है?"

"माँ की छाई, (राख)।"

"माँ मेरे लिए माँ है राख नहीं।" नीला ने राख वापस दे दी।

विमान में घुसकर चेयर पर बैठकर नीला ने कलकत्ता से 'ऑरि वॉयर' (अलविदा) कहा।

फिर अपने आपसे पूछा, "नीला! तुझे मालूम है कहाँ जा रही है। किसके पास जा रही है!"

खुद को जवाब दिया "नहीं।"

"तुम्हें मालूम है क्या, कि अपने जीवन को लेकर तुम क्या करोगी?"

"नहीं।"

बनोया दूपँ

दमदम से शार्ल द गोन!

बीच में बनोया दूपँ आ गया।

नीला खिड़की की तरफ़ बैठी थी, बराबर में बनोया। सुनहरे बालों वाला बनोया। नीली आँखों वाला बनोया। गुलाबी होठों वाला बनोया। फ्रांसीसी युवक बनोया छहः फुट तीन इंच ऊँचा बनोया। काले बूटों में बनोया। मैक लैपटप बनोया।

बनोया की आँखों में चंचलता। बार-बार नीला को उसकी उदास आँखें, बिखरे बाल, गाल के काले तिल, माथे पर कटे का छोटा सा दाग। सिर पर छोटी सी लैपटॉप रोशनी और बनोया की आँखों में नीला का प्रकाश। खिड़की पर सिर टिकाए नीला अँधेरा देख रही थी। अँधेरा दूर होते ही नीला को चमकता हुआ तारा दिखाई दिया।

सफेद बादल पक्षी की तरह जाने कहाँ उड़ते जा रहे हैं शायद घर जा रहे हैं सभी घर लौटते हैं सिर्फ़ नीला ही नहीं लौटती।

रात का खाना आया, नीला ने कह दिया कि वह नहीं खाएगी।

बनोया ने बात इस तरह शुरू की, "अन्धकार में इतना क्या देख रही हैं?"

"मुझसे कह रहे हैं?"

"हाँ, आपसे ही।"

नीला फीकी हँसी के साथ बोली, "अँधेरे में अन्धकार देख रही हूँ।"

"अन्धकार में कुछ दिखाई पड़ता है?"

"हाँ अन्धकार दिखाई पड़ता है।"

"विचित्र..."

"अन्धकार भी होता है पर दूसरी तरह का।"

बनोया धीरे-धीरे शैम्पेन 'सिप' करने लगा। बोला, "मैंने कभी नहीं देखा!

शैम्पेन खत्म करके, खाना खाते हुए बनोया फिर बोला, "इस हवाई जहाज़ में शायद

और कोई नहीं है जो न कुछ खा रहा हो, न पी रहा हो। केवल अन्धकर देख रहा हो।"

नीला ने चेहरा नहीं घुमाया।

"पेरिस घूमने जा रही हैं।"

नीला फिर भी नहीं पलटी।

"दुःखी हैं शायद आपको विरक्त कर रहा हूँ।"

नीला पलटी, "मुझसे कुछ कह रहे हैं?"

"पेरिस घूमने जा रही हैं?"

"नहीं...!"

"फिर...!"

"रहने...!"

"पेरिस में क्या करती हैं... लिखाई-पढ़ाई।"

"नहीं...!"

"सर्विस...?"

"नहीं...!"

बनोया की आँखों में कुतूहल था...नीली पुतलियों के साथ नीला रंग और गहरा हो गया था।

"वहाँ अकेली रहती हो या परिवार है?"

नीला ने जवाब नहीं दिया।

"वहाँ कोई आत्मीय स्वजन हैं।"

नीला ने सिर हिलाया..."नहीं।"

"फिर कौन है?"

"कोई नहीं।"

"फिर कहिए कि वहाँ अकेली रहती हैं।"

खाना खत्म होने के बाद भी बनोया ने लाल वाइन की नई बोतल ले ली।

"मैं बनोया दूपँ..."

नीला ने स्वीकृति में सिर हिलाया कि सुन चुकी है कि वह बनोया दूपँ है..."

"आप?...आपका नाम?"

"नीला।"

"नीला" दा भारतीय सुन्दरी...!

नीला समझ गई थी कि बनोया दूपँ उससे बातें करना चाहता है। ऐसा अक्सर हो जाता है। एयरोप्लेन में लम्बे समय तक एक जगह बैठने पर, उकताए हुए यात्री अक्सर बराबर वाले यात्री से बातें करने लगते हैं 'कहाँ जा रहे हो... क्यों जा रहे हो,.

.. क्या करते हो... कहाँ ठहरोगे, ब्याह हो गया या नहीं, ब्याह हो गया है तो बच्चे-वच्चे हुए या नहीं। अगर हैं तो उनकी आयु क्या है। क्या खाना पसन्द करते हैं, कौन-सा गाना पसन्द है, किसी विषय का शौक है या नहीं, है तो किसमें है आदि। अगर बराबर बैठा यात्री कोई पुस्तक पढ़ रहा हो तो पूछते हैं यह कौन-सी किताब है, किसकी लिखी हुई है। इसने कोई और पुस्तक भी लिखी है? कौन-सी पढ़ी है। कौन-सी नहीं पढ़ी पूछकर बारह घंटे की यात्रा को छः घंटे में कर देते हैं। बनोया दूपँ लगातार चुप बैठे रहने की अपेक्षा बराबर बैठी रहस्यमय महिला का रहस्य ज्ञात करने के लिए व्यस्त रहना चाहता था। पिछली बार पेरिस जाते हुए नीला के बराबर बैठी एक डच लड़की से नीला ने इसी तरह के प्रश्न किए थे। अपनी ऊब दूर करने के लिए नहीं बल्कि गोरे रंग के आकर्षण में कि वे लोग क्या करते हैं? क्या खाते हैं? गैब्रियल की उम्र तैंतालीस थी। पाँच वर्ष से कपड़े खरीदकर अपने देश में जाकर बेचती थी। सिर्फ़ कपड़े ही नहीं कीमती पत्थरों की माला, कान की बालियाँ, अगरबत्ती। शिव की मूर्ति कितने रुपये की खरीदारी करती है कितना लाभ होता है मकान का किराया कितना देना पड़ता है, खाने में कितना खर्च होता है, जाने-आने में कितना लग जाता है उसने यह सब हिसाब भी दिया था। और अपने बारे में भी बताया था। उसने ब्याह नहीं किया है। अकेली रहती है फिर भी बिल्कुल अकेली नहीं। बीच-बीच में प्रेम हो जाता है। प्रेमी के साथ दो वर्ष या एक वर्ष बिताये थे। गैब्रिपल का आखिरी प्रेमी था अबू नासेर मिश्र का रहने वाला...दो महीने उसने नासेर से कह दिया था। बस बहुत हो गया, अब चले जाओ। नासेर जाने वाला व्यक्ति नहीं था। अन्त में पुलिस को बुलाकर निकालना पड़ा। फिर किसी निजी व्यक्ति से कहा था, नासेर दो मिनट पास रहता। 'हा' 'हा' कभी गई हो एम्स्टरडम? नहीं? देखने को है भी क्या? पतिता? पतिता देखने की चीज़ है? ज़रूर सड़क के किनारे-किनारे काँच के कमरों की लम्बी लाइन है जिनमें पतिताएँ नंगी खड़ी रहती हैं। उस शहर में वही देखने के लिए लाखों की भीड़ लगी रहती है। नीला को मतली आने लगी। और क्या-क्या है देखने लायक! और देखने लायक है स्वाधीनता। कैसी? स्वतन्त्र घूमने की। खुली पीठ पर दो पंखे बाँध देते हैं फिर शहर भर उड़ती फिरो...नाचो घूमो 'हा, हा, हा'। एयरोप्लेन के ठहरते ही गैब्रियल 'बाई' कहकर उतर गई। पलट कर नहीं देखा, नीला का पता भी नहीं लिया। अपाना भी नहीं दिया। पेरिस से कलकत्ता जाते हुए भी रास्ते में ऐसा ही हुआ। नीला के बराबर एक सिख युवक शुरू से आखिर तक अपने जीवन की सब बातें बताकर और नीला के बारे में सुनकर गुरु नानक के जीवन की सब बातें बताकर कलकत्ता उतर गया था। नीला जानती थी कि उसके साथ फिर कभी भेंट नहीं होगी। उस सिख युवक का नाम भी नीला को मालूम नहीं। वह जानती थी कि पूरे बारह घंटे तक बैठे रहने से अच्छा था किसी से बात करे या सुने।

किन्तु नीला ने बनोया के बे-लगाम उत्साह के प्रति कोई आग्रह नहीं दिखाया।

बनोया पहली बार भारत आया था। दिल्ली में उतरा, आगरा घूमकर, चन्दन नगर गया। वहाँ से कलकत्ता। वहाँ दो दिन रहकर अब वापस पेरिस जा रहा है। अच्छी तरह घूमा-फिरा, बीमारी वगैरह नहीं हुई। हाँ, पेरिस के डॉक्टर ने उसके भारत जाने से पहले ही मलेरिया से लेकर संसार में ज़ितनी बीमारियाँ हो सकती थी। उनके प्रतिरोधक दे दिए थे। अफ्रीका जाने के समय भी बनोया ने यही किया था।

''मैं तो कहीं भी जाऊँ औषधि नहीं लेती, आपको क्यों जरूरत पड़ती है?''

''हम लोगों को लेनी पड़ती है।''

''आप लोगों को... मायने?''

''यूरोपीयों को, गोरे लोगों को।''

''ओ...।''

''अच्छा भारतीय लड़कियाँ इतनी खूबसूरत क्यों होती हैं?''

सवाल सुनकर नीला चौंक पड़ी। किन्तु यह प्रश्न तो बनोया का था कि भारतीय लड़कियाँ इतनी खूबसूरत क्यों होती हैं?

''कहाँ... मैं तो खूबसूरत नहीं हूँ।''

बनोया हँस पड़ा।

''भारतीय लड़कियों को झूठ बोलने की इतनी आदत होती है, वह बेशक मुझे मालूम नहीं था।''

बनोया भारत के सफ़र में कहाँ कितनी लड़कियों से मिला था और कहाँ, किस लड़की से मिलकर लगा कि भगवान ने अपने हाथों से उसे गढ़ा होगा और सड़क की भिखारी-लड़कियों को देखकर नज़रें नहीं हटा सका था। ये सब बातें करके नीला को अँधेरे से नज़रें हटाने पर मज़बूर किया। अन्त में ज़ोर देकर बोला, ''कि इसके लिए बड़ा सौभाग्य है कि वह एक भारतीय लड़की के पास बैठा है और बातें कर रहा है। किन्तु वह अकेला ही बकबक कर रहा है। नीला भी अगर 'हाँ' 'ना।' अच्छा! के अलावा और भी कुछ बोले, ''कुछ पूरे वाक्य...तो बनोया दूपँ का जीवन सार्थक हो जाएगा।''

''मैं सुन्दर कैसे हो सकती हूँ मैं गोरी तो नहीं हूँ।''

''तो क्या गोरी लड़कियाँ सुन्दर होती हैं? गोरी लड़कियाँ फीकी होती हैं। देखा है ना, कैसे भोंडी तरह चलती है... फसफस करके बोलती हैं। वक्ष फुलाकर, गरदन ऊँची करके... देखने में ऊँट जैसी लगती हैं इनके साथ सैर की जा सकती है किन्तु प्रेम नहीं किया जा सकता।'' बनोया नीला की तरफ झुककर बोला।

''यानी अभी तक किसी गोरी लड़की के प्रेम में नहीं पड़े।''

"प्रेम में पड़ा था एक इथोपियन लड़की के। आप की तरह सुन्दर थी। किन्तु वह लड़की... गॉन विद द विंड।" "प्रेम करूँगा तो किसी भारतीय लड़की से। यह मेरा निश्चय है।" बनोया ने आँख झपकाई।

"भारतीय लड़की मिलेगी कहाँ? भारत में तो आप रहते नहीं।"

"नहीं रहता पर पेरिस में भारतीय लड़की का अभाव है क्या?"

"जो हैं सब विवाहित हैं...।"

"आप भी विवाहित हैं...?"

"मैं भी...।"

बनोया के तेवर चढ़ गए।

"अभी जो कह रही थीं कि आपका कोई नहीं है?"

"मैं पति के साथ नहीं रहती। उसे अपना कहने का मन नहीं होता।"

"बड़ी जटिल समस्या है।"

"बनोया ने उसके बाद अपनी शादी के बारे में बताया कि किसी गोरी लड़की के साथ विवाह किया था। एक बेटी भी है 'जैकलीन'। तेज़ी से बड़ी हो रही है।"

"आपकी उम्र क्या होगी नीला! बीस पार नहीं किया होगा।"

"सत्ताईस।"

"सत्ताईस... देखने में उन्नीस की लगती हो।"

"और आपकी...?"

"पचीस...?"

"पचीस नीला अवाक् रह गई।

"क्यों ज़्यादा उम्र का दिखाई देता हूँ... आपका क्या अनुमान था।"

नीला का ख्याल था कि वह बयालीस से नीचे नहीं है। किन्तु उसने कम बताया--तीस या बत्तीस।

सुनकर बनोया ज़ोर से हँसा, "कायदे से बूढ़ा बनाकर छोड़ा है।" माथे पर बल, आँखों के कोनों में, चार के दुगने आठ और पन्द्रह झुर्रियाँ--कैसे सोचती कि वह बयालीस का नहीं है!

प्लेन के अन्दर बत्तियाँ बुझा दी गई थीं। बस, चेयर की पीठ से टेक लगाकर सो जाओ। नींद न आए तो टेलीविजन पर साइलेंट मूवी देखिए। आवाज़ सुनना चाहें तो चेयर के हत्थे पर लगे इअर फ़ोन को कानों में लगाकर सुनो।

टेलीविज़न की आवाज़ न सुनना चाहो तो गाना सुनो। बनोया मूवी भी नहीं देखेगा। इअर फ़ोन भी नहीं लगाएगा। गाना नहीं सुनेगा। सोएगा भी नहीं। एक के बाद एक लाल वाइन की बोतलें खत्म करता रहा और बोलता रहा। पासकाल के साथ चार वर्ष पूर्व उसका विवाह हुआ था। प्रारम्भ में काफ़ी उत्तेजना रही। किन्तु

धीरे-धीरे जाने कैसी ऊबन-सी होने लगी। ऐसी रटी-पिटी ज़िन्दगी नहीं चाहता था, ...कुछ और चाहता था कुछ दूसरी तरह का।

"किस तरह का?"

"मालूम नहीं कैसा? पर कुछ और तरह का।"

हवाई जहाज़ में कोई-कोई हत्थे की लाइट खोलकर में किताब पढ़ रहा था। कोई मुँह खोले टेलीविज़न देख रहा था। कोई चेयर पर सो रहा था, और कोई तीन चेयरों पर सो रहा था। बनोया फ़ुसफ़ुसाकर बातें कर रहा था कि किसी की नींद न खुल जाए और फुसफुसाने के कारण नीला के पास सरक आया था। और नीला को भी बनोया के काफ़ी नज़दीक आना पड़ा।

"पेरिस में कहाँ रहती हैं?"

"गार द नॉर्द के नज़दीक उसके बाद पाँचवे एरोन्डिसमैन्टमे, गार द ऑस्तार लिज के पास एक सहेली के घर।"

"अब क्या उन्हीं के घर जाओगी।"

"पता नहीं...।"

"आप समकामी हैं?"

नीला खिड़की में देख रही थी कुछ-कुछ प्रकाश होने लगा था।

"या कि उभयकामी?"

बनोया समझ गया था कि नीला जड़ से उखड़ी हुई है। उसके स्वर में अनिश्चितता है।

"पेरिस में किसी से प्रेम नहीं किया?"

नीला ने 'नहीं' में सिर हिलाया।

"कोई फ्रांसीसी प्रेमी?"

"नहीं...।"

"आप हमेशा इतना कम बोलती हैं?"

"कम कहाँ बोलती हूँ।"

"जानता हूँ मैं ज़रा बातूनी हूँ... सुना है भारतीय भी बड़े बातूनी होते हैं। मुझे लगता है आप भारतीय की अपेक्षा यूरोपीय ज़्यादा हैं।"

"यूरोपीय कम बात करते हैं...?"

"सोच-समझ कर करते हैं... हर एक के साथ बात नहीं करते। खामख्वाह नहीं बोलते।"

"आप भी नहीं...?"

"नापतोल कर तो नहीं.... हाँ खामख्वाह नहीं बोलता।"

"किस उद्देश्य से बोलते हैं... जरा सुनूँ।"

"आप अभी भी मेरे लिए रहस्य हैं... रहस्य की गहराई तक जाना चाहती हैं... ।"

नीला ने बनोया की नीली आँखों में झाँका। सपने में जिन सुदर्शन व्यक्तियों को प्रेमियों के हिसाब से अब तक सोचती रही थी बनोया के साथ किसी की भी तुलना नहीं की जा सकती थी। बनोया तो काल्पनिक खूबसूरत व्यक्ति से भी ज़्यादा सुदर्शन था। बनोया के सुनहरे कटे हुए बाल माथे पर पड़ रहे थे। मन हो रहा था कि उन्हें पीछे हटा दे।

नीला अपनी इच्छा को प्रश्रय न देकर फिर खिड़की में देखने लगी। आकाश में कितना उजाला है। ऐसा उजाला उसने पहले कभी नहीं देखा था।

"कैसा अपूर्व है इतना खूबसूरत कैसे हो गया।" नीला आवाज़ दबाकर चीख़-सी पड़ी।

मन हो रहा था कि दिगन्त के सब रंगों का स्पर्श करे मुट्ठी भर-भर लाकर अपने शरीर पर मले।

बनोया झुका हुआ था खिड़की पर, नीला की तरफ।

नीला को पता ही नहीं चला कि बनोया ने उसका हाथ पकड़ा हुआ है और अँगुली सहला रहा है।

बनोया उसकी आँखों की मुग्धता की तरफ़ अपलक देखता हुआ बोला, "अपूर्व।"

"अच्छा... ।"

"हाँ... ।"

"ऐसा चमत्कारक प्रकाश मैंने पहले कभी नहीं देखा था।"

"मैंने भी नहीं... । इतना प्रकाश तुम्हें कहाँ से मिला... नीला!"

नीला ने चौंककर देखा... बनोया की नज़रें आकाश की तरफ नहीं उसकी आँखों में थीं।

"आपने आकाश में रोशनी नहीं देखी?"

"देखी... आपकी आँखों में रोशनी देखी।"

नीला जानती है कि बनोया का यह आवेग थोड़ी देर बाद समाप्त हो जाएगा। पेरिस पहुँचते ही बनोया 'बाई' कहकर उतर जाएगा। स्वप्न लिए दोनों आँखें उतर जाएँगी। हज़ारों लोगों के स्रोत में बह जाएँगी। और नीला खड़ी रह जाएगी। न किनारे पर... न जल में।

बनोया पेरिस पहुँचकर जब नीला से बोला, "आपको कोई जल्दी तो होगी नहीं..." तो नीला अवाक् रह गई। वह कह रहा था, "गार द ऑस्तरलिज़ के दूसरी तरफ़ जाएँगी ना। मेरे घर एक कॉफी का एक प्याला पी जाएँगी तो आपकी मित्र नाराज़ नहीं होंगी।"

"उसे मालूम नहीं कि मैं आ रही हूँ" नीला हँसकर बोली।

"यानी पेरिस में आपका कोई इन्तजार नहीं कर रहा! मेरा सौभाग्य... चलिए-चलिए।"

बनोया एयरपोर्ट के गाड़ी पार्किंग में गाड़ी रख गया था—लाल प्यूजिऔट। नीला को लेकर सीधा रू द रेमे की तरफ चल पड़ा। नीला पेरिस का स्निग्ध सुन्दर प्रातः देखती हुई जा रही थी। और फेफड़ों में हवा ले रही थी...इस समय वसन्त है या ग्रीष्म वह हिसाब नहीं लगा पा रही थी। हवा में वसन्त की महक आ रही थी। घास केले के पत्तों जैसी हरी हो गई थी। पेरिस हरे-भरे पत्तों से सजा हुआ था। पेड़ों पर फूल, घास के फूल, घर की खिड़की में फूल। नीला फूलों वाले पेरिस को नई दृष्टि से देख रही थी।

बनोया ने घर के सामने गाड़ी पार्क करके अपना सूटकेस उतारा और नीला के दोनों सूटकेस कार की डिग्गी में रहे।

बनोया का घर सुन्दरता से सजा हुआ था।

नीला ने पूछा, "आपका घर बड़ा नहीं है?"

"पत्नी स्ट्रासवर्ग में रहती है। वहाँ मेयर के ऑफिस में काम करती है छुट्टी के दिन पेरिस आ जाती है।"

बनोया ने तटस्थ भाव से पत्नी के स्ट्रासवर्ग में रहने की बात बताई। नीला सोफ़े पर बैठकर घर का जायजा लेती रही। कमरे में मद्धम रोशनी थी। खिड़की के भारी परदों से सवेरे की धूप छन कर आ रही थी। सोफ़े के बराबर बिछौना, उसके बराबर रेप यंत्र, उसके बराबर शैल्फ़ में कुछ पुस्तकें, कुछ सी डी कुछ वीडियो। कमरे के सामने खुला रसोईघर। क़ॉफ़ी पर्क्युलेटर में पानी डालते हुए बनोया ने पूछा, "कॉफ़ी में कितनी चीनी?"

"मैं कॉफ़ी नहीं पीती।"

"फिर क्या पीती हैं?"

"चाय...।"

"चाय तो है नहीं।"

"फिर कुछ भी..." कह कर नीला खड़ी हो गई। बनोया ने उसे कॉफ़ी पीने के लिए बुलाया।

फिर भी नीला उठ खड़ी हुई क्योंकि बनोया ने उसे कॉफ़ी पीने के लिए बुलाया था। वह कॉफ़ी नहीं पीती यह शायद पहले बता देना ठीक रहता। नीला ने इसलिए नहीं बताया था कि चाय का सामान इकट्ठा करना इस समय सम्भव नहीं था। और उसके लिए कॉफ़ी पीना सम्भव नहीं था। इसलिए नीला ने सोचा, अब चले जाना ही बेहतर होगा।

बनोया ने जैसे ही सुना कॉफ़ी रखकर सामने जा खड़ा हुआ। उसे घूरता रहा। नीला ने नज़रें झुका लीं।

"पीने को कुछ नहीं है इसलिए चली जाएँगी?" बनोया ने पूछा?

नीला ने जवाब नहीं दिया। नाखूनों का मैल साफ़ करती रही।

बनोया नीला के दोनों हाथ थामकर पास सरक आया। नीला के धक-धक करते दिल के करीब। नीला छिटककर दूर हट गई। बनोया ने छिटककर दूर खड़ी भारतीय सुन्दरी को खींच कर छाती से लगाया और लम्बा चुम्बन जड़ दिया।

"यह क्या हो रहा है" नीला ने खुद को छुड़ाकर कहा।

"मुझे प्यार करो... नीला! मुझे प्यार करो।" बनोया भाव विह्वल स्वर में कह रहा था।

नीला को लग नहीं रहा था कि यह सब सचमुच घटा है। लग रहा था कि अभी वह एयरोप्लेन में ही बैठी है और आकाश के अद्भुत प्रकाश की तरफ नज़रें किये देख रही है।

इस तरह से पहले कभी किसी ने नीला को नहीं चूमा था। उसे तो यह भी मालूम नहीं था कि चुम्बन इतना गम्भीर भी हो सकता है। उसका सारा शरीर अवश-सा हो गया था। और बनोया ने उसके निढाल शरीर को बादल के टुकड़े की तरह उठाकर बिछौने पर लिटाकर एक-एक करके सारे कपड़े उतार दिए।

"कितनी खूबसूरत हो तुम...नीला... ओ नीला! ईश्वर ने तुम्हें अपने हाथों से गढ़ा है, "कहते हुए बनोया उसके सारे शरीर पर चुम्बन अंकित करता रहा। सिर के बाल, माथा, कान, आँख, नाक, होंठ-जिह्वा, गाल, ठोढ़ी, गरदन, कमर, छाती, हाथ की अँगुलियों से स्तन, पेट, नितम्ब, वक्ष-स्थल के बीच, घुटनों, पाँव के नाखून, पाँव के तलवे।'

नीला का सारा शरीर उसके चुम्बनों से भीग गया। वह आँखे बन्द किए पड़ी रही।

इतना आनन्द उसे सत्ताईस वर्ष में कभी नहीं मिला था।

उसने कभी सोचा भी नहीं था कि इतना सुख उसे जीवन में कभी मिलेगा।

इस निर्मम, कुत्सित संसार में प्रेम इतना गम्भीर भी हो सकता है, संगम इतना सुन्दर हो सकता है पहले कभी अनुमान तक नहीं किया था।

नीला के जीवन में, 'उसके अनजाने ही' बनोया दूपँ आ गया।

वासना की नदी

नीला ने सारा दिन सकते के आलम में काटा। शाम को दानियल के घर नीला को पहुँचाकर बनोया कहता गया, "कल शाम सात बजे।"

"कलोज़री दलिलास! ठीक है ना?"

"ठीक है।"

दानियल घर पर ही थी। दरवाज़ा खोला... नीला को देखकर अवाक् रह गई। "तुम पेरिस में...? कब आईं...?"

"आज...।"

नीला ने कमरे में घुसकर देखा... कमरा ठीक पहले जैसा था। पर कमरे में एक और लड़की थी।

"वह नातालि! मेरी प्रेमिका।"

नातालि पतला सा जामा पहने बिछौने पर लेटी थी। उठकर बैठ गई।

पहले परिचय में, जैसा कि होता है, नीला और नातालि दोनों ने हाथ मिलाया और दानियल जो नीला के गालों से गाल सटाकर चुम्बन।

नातालि प्रोवंस की लड़की है पेरिस में नई-नई आई है अब... हाँ अब से यहीं रहेगी। नातालि मीठी हँसी हँसती है सिर पर कटे हुए बादामी छोटे-छोटे बाल। बादामी आँखें। दोनों बादामी आँखें हँसती हुई। नातालि को नीला का परिचय नहीं देना पड़ा कि वह कौन है। उसे मालूम है। दानियल ही नीला के बारे में उससे बातें किया करती है।

"मैं तो सोच रही थी कि तुम लौटोगी नहीं पेरिस।" दानियल बोली।

नीला चेयर खींचकर बैठते हुए बोली, "सोचा तो यही था कि वापस नहीं आऊँगी... पर आना पड़ा।"

"कहाँ ठहरी हो...?"

नीला तुरत उसका जवाब नहीं दे पाई। वह दानियल के घर जाएगी कम-से-कम वह तो यही समझ रही थी। अब इस प्रश्न ने उसे अन्दर तक संशय-ग्रस्त कर

दिया।

दानियल सिगरेट का लम्बा कश लेकर बोली, "पहले ही बता दूँ इस घर में अब मैं और नातालि रहेंगे। तुम्हें कहीं और रहना पड़ेगा।"

दानियल ने नातालि को सिगरेट पकड़ा दिया।

"अब कहाँ जाओगी... कुछ मालूम है?"

नीला को मालूम नहीं था कि दानियल के घर में आश्रय न मिला तो वह कहाँ जाएगी।

पॉकेट में रखे बनोया के पते फ़ोन नम्बर वाले काग़ज़ का स्पर्श किया मानों बनोया के शरीर का ही स्पर्श किया हो। उसके शरीर में विचित्र-सी सिहरन होने लगी। बनोया की चीख़ उसके कानों में अब भी आ रही थी। अभी भी उसका शरीर बनोया के वन्या जल से भीगा हुआ था। अभी भी नीला सकते के आलम में थी।

नातालि ने सिगरेट दानियल को पकड़ा दी।

"मारिजुआना पियोगी?"

नीला ने अब तक मारिजुआना का स्वाद नहीं लिया था। एक कश लेते ही उसको चक्कर आने लगा।

कमरे में नातालि के जूते कपड़े बिखरे पड़े थे। किताबें मेज के कोने में, दो कम्प्यूटर।

"मेरी तस्वीरें, ब्रश?" नीला ने पूछा।

दानियल मारिजुआना का कश लेकर हँसी। हँसते हुए बोली, "कमरे में जगह नहीं थी फेंक दिए।"

नीला को लगा कि दानियल खुश है।

"सच बताओ कहाँ रख दी ईजेल। मैं फिर से चित्र बनाना शुरू करूँगी।"

नीला की तरफ़ मानों शिशु रूपी स्वप्न घुटनों पर चलता आ रहा था। दानियल फिर बोली, "फेंक दिए।"

अब ब्रश और तस्वीरों के बारे में पूछने में नीला को संकोच हो रहा था। दानियल ने उन्हें फेंक दिया है। इसका मतलब है वे उसे ऊबाने वाले लग रहे थे। तो उस बारे में बात भी ऊब पैदा करने वाली होगी।

नीला प्रसंग बदलकर बोली, "तुम्हारी मोनिक से कलकत्ता में मुलाकात हुई थी।"

"अच्छा... मोनिक बढ़िया औरत है... क्यों?" दानियल फूली नहीं समा रही थी।"

मोनिक ने कलकत्ता में ही प्राण दे दिए हैं। कलकत्ते के बारे में उसे इतनी विस्तृत जानकारी है कि कलकत्ता के किसी विशेषज्ञ को भी नहीं होगी। जाँ रासिन को कलकत्ता के बारे में क्या मालूम है... उससे कहीं ज़्यादा मोनिक जानती है। इतनी धूल, इतनी भीड़, कलकत्ता इतना गन्दा शहर है फिर भी उन्हें कलकत्ता ही पसन्द है। वह वहीं

बस गयी है। दिल खोल कर ग़रीबों की मदद करती है। इतने उदार हृदय वाली अचानक दिखाई नहीं पड़ती। बंगालियों से इतना प्रेम और कोई नहीं कर सकता।

नीला दानियल को रोककर बोली, "मुझे याद नहीं...।"

"क्या याद नहीं?"

"कि मोनिक उदार हृदय वाली थी या वे कलकत्ते वालों पर सचमुच श्रद्धा करती थी।"

नीला केवल अपनी याददाश्त दोहरा रही थी। उससे पहले ही दानियल बारूद की तरह आग हो गई। उसकी चीख ऊपर तक गूँज गई।

"तुम भी बड़ी अजीब हो नीला! तुम उसकी तारीफ भी नहीं करना चाहतीं। मैंने तुम्हारे लिए क्या कम किया? तुम्हारी ख़ातिर कलकत्ता तक गई मैं। गई थी तुम्हारे पास रहने के लिए। तुम्हें साहस और शक्ति देने के लिए। चिन्ता करती थी। सोचती थी। और बदले में तुमने क्या दिया? घटिया व्यवहार किया। इतना तिरस्कार किया, अपमान किया। पेरिस में यहाँ तुम्हारे पास रहने का ठिकाना नहीं था। मैंने तुम्हें आश्रय दिया। मैंने... मैंने दिया था। पहले दिन से ही तुमने मुझसे झूठ बोला। तुमने कहा नाचना नहीं आता जबकि तुम नाचना जानती हो। निकोल के घर दावत में ले गई। तुमने जान-बूझकर कोई अच्छी ड्रैस नहीं पहनी। पहनकर गईं जीन्स! निकोल तुम्हारी देखभाल करती रही। उसे तुमने 'धन्यवाद' तक नहीं दिया। ऐसा घटिया आचरण इस देश में कोई नहीं करता। कैथरीन की जगह और कोई होती तो पुलिस बुला लेती... उसने कम मदद की तुम्हारी? तुम्हें मालूम नहीं था कि कारखाने के पास रेस्तोराँ कहाँ है... उसने तुम्हें बताया। पोस्ट-ऑफ़िस कहाँ है यह तक तुम्हें मालूम नहीं था... उसने दिखाया। पर तुमने उससे बहुत दिन तक हँस कर बात तक नहीं की। तुम सोचती हो दूसरे तुम्हारे लिए करें। दूसरे करें और तुम रानी की तरह बैठकर उसका आनन्द उठाओ। और जो करते हैं उनका तिरस्कार करती हो। क्या इस तरह तुम्हारा जीवन बीतेगा? कभी सोचा है तुमने? देख आई हूँ तुम कैसे बूर्ज्वा परिवार की लड़की हो। बेकार तो आदत खराब नहीं हुई। जो चाहो हाथ में मिल जाता है किसी को कुछ देने की मेहनत नहीं करनी पड़ी तुम्हें! अपनी यह आदत बदलो नीला! वरना कष्ट उठाओगी, मरोगी। कोई तुम्हारी दासी या दास नहीं बैठा है, यूरोप के अमीर इतने प्राचुर्य में नहीं रहते... भारत जैसे ग़रीब देश में तुम जिस तरह थीं और यहाँ आई हो श्रमिक का जीवन-यापन करने? ग़रीबी दूर करने? अमीर होने के शौक का कोई अन्त नहीं है। तुम वह इंजल और चित्र चाहती हो? फेंक दिया है मैंने। तुम चित्र क्या खाक बनाना चाहती हो? वह सब कुछ नहीं... वह थी ही फेंकने लायक... मैंने फेंक दी। बस अब ज़्यादा बात नही। हमें निमन्त्रण पर जाना है। बाहर जाना है। तुम्हें और समय नहीं दे सकती नीला! मुझे काफ़ी तंग कर लिया... अब और नहीं।"

नीला अपना भारी सूटकेस लेकर तेज़ी से चली गई। धीरे-धीरे उसे नीचे

लाई। यहाँ रामकिरन तो है नहीं जो सूटकेस उतार देता। यहाँ सीढ़ियों के पास गाड़ी भी नहीं खड़ी है कि वह जा बैठे। गाड़ीवान को ठिकाना बता दे। नीचे सड़क पर आकर सोचा पास के टेलीफोन बूथ से बनोया को फ़ोन कर दे। क्या कहूँगी कि अपने घर में आश्रय दो! इसमें शर्म की क्या बात है। अपनी शर्म सारा दिन बनोया के उद्दाम भावों में नहीं बहा आयी है।

नीला थोड़ी देर तक टालमटोल करती रही फिर बनोया का नम्बर डायल किया। बनोया ने फ़ोन उठाया।

"क्या कर रहे हो?"

"तुम्हारे बारे में सोच रहा था... हा-हा-हा।"

"सचमुच...?"

"सच...सच...सच।"

"मैं तुम्हारे बारे में सोच रही थी।"

"तुम्हारी सहेली तुम्हें देखकर बहुत खुश हुई होंगी?"

नीला चुप हो गई। उसकी सहेली उसे देखकर खुश नहीं हुई यह बात नीला की ज़बान पर अटक गई। ज़बान से निकल गया तो नीला, बनोया के सामने सबूत देने पर वहाँ भी, तिरस्कृत होगी। उसे डर लग रहा था। कुत्ते को कोई लाठी मारे तो सब उसे लाठी से मारने लगते हैं। जिह्वा-अटक रही थी। फिर भी बोली, "हाँ खुश हुई थी।"

"उसे मेरे बारे में बताया?"

"बताया था।"

"क्या बोली?"

"बोली 'फिर उसके घर जाकर क्यों नहीं रहतीं?' मैं इन्तजार करती रही कि बनोया कहेगा...। फिर मेरे पास क्यों नहीं चली आतीं... मेरा भूखा अतृप्त चित्त है... हे बन्धु! लौट आओ... हे करुण कोमल बन्धु आ जाओ आ जाओ... सजल जलद स्निग्ध कान्त सुन्दर! लौट आओ... मेरी चिरन्तन सुख! लौट आओ! मेरी चिरवांछित! आओ। मेरी चित संचित आओ। हे चंचला हे, चिरन्तन! मेरी बाँहों में समा जाओ। मेरे वक्ष से लग जाओ। मेरी आँख की तारा। आओ... मेरे शयन की स्वप्न वसन भूषण... निखिल भुवन में आओ।"

बनोया हँस पड़ा। हँस कर बोला, "कल कलेज़ेरि द लाइलास,... एक सौ इकहत्तर बुलेवर्ड मोपारनासे..." याद रहेगा?

नीला को अवश्य ध्यॉन है। हाँ उसकी याददाश्यत बहाल है किन्तु रेस्तोराँ में खाने की अपेक्षा इस समय नीला को चहारदीवारी का घर और सिर पर छत चाहिए।

"वहाँ जाकर खाऊँ... फिर?"

"अन्दाज़ा लगाओ।"

"अन्दाज़ा नहीं लगा पा रही। और... मालूम तो है तुम्हें, मैं क़ॉफी नहीं पीती।"

"फिर क्या मुझे खाओगी?"

"इतनी भूख नहीं है।"

"है...।"

"कैसे मालूम...?"

"जानता हूँ...।"

"बहुत बुद्धिमान हो।"

"बहुत तो नहीं, थोड़ा-सा...समझ नहीं गयी थीं?"

बनोया हँसता रहा और नीला चुपचाप सुनती रही। बोला, "अपनी सहेली को बता देना कि कल रात वापस आने पर तुम्हें देर हो जाएगी। चिन्ता मत करो... मैं पहुँचा दूँगा।"

पास में काफ़ी रुपए होते तो किसी होटल में ठहर जाती। क्योंकि किसी के घर धरना देने, विरक्त करने से, वह मुक्त हो जाती। किन्तु इस वक्त किशन और सुनील थे जिनसे सहायता माँगी जा सकती थी। अनिर्वाण से किशन की जो बातचीत हुई थी उसने बताया नहीं था कि नीला के साथ सम्बन्ध खत्म कर दिया है।

नीला ने एक टैक्सी बुलायी पहले 'रू द फूबो' कहा फिर आधे रास्ते में विचार बदल गए। बोली, 'रू द रिवोली।'

चैतालि घर पर थी। नीला को देखकर चौंक पड़ी, "तुम... कहाँ से?"

नीला समझ गई कि उसे लेकर किसी को उम्मीद नहीं थी। दानियल ने भी ठीक इसी सुर में पूछा था। कलकत्ते की लड़की कलकत्ते में ही रहेगी। सबने सोच लिया था। पेरिस नीला के लिए नहीं था कि नीला पेरिस के योग्य नहीं है इस तरह की सीधी-सादी बात चैतालि आदि की भी हुई थी। बिन बुलाए अवांछित, चैतालि को भी नज़रअन्दाज करती हुई, अन्दर गई।

"क्या हो गया... बताओ," ताज्जुब से भरी चैतालि पूछ रही थी।

"कुछ नहीं हुआ। कलकत्ते से आ गई हूँ, रहने के लिए जगह ढूँढ़ रही हूँ। अन्त में यहाँ..."

"यही तो... थोड़ी देर पहले ही किशन ने फ़ोन किया था," बोला, एयरपोर्ट गया था यह बात तो थी ही...।"

नीला बोली, "मुझसे कोई बात नहीं हुई।"

"कह रहा था कि तुम किसी फ्रांसीसी लड़के का हाथ पकड़कर चली गयीं। उसकी तरफ़ देखा तक नहीं।"

नीला का सिर चकराने लगा। पानी पीना चाहिए।

"तुम्हें क्या हुआ?"

"कुछ नहीं...।"

"ज़रूर कुछ हुआ है...।"

नीला सोफ़े पर पसर गई। सूटकेस दरवाज़े के पास पड़ा रहा। चैतालि ने सूटकेस अन्दर लाने के लिए नहीं कहा, बात भी नहीं की। सरकाने की बात भी नहीं। कुछ खाने के लिए भी नहीं कहा। और यही चैतालि पिछली दफा नीला के पेरिस आने पर बड़ी बहन की तरह स्नेह करती थी। अपना कोट उतारकर नीला का बदन ढँक दिया था। स्नान करने भेजा था। खाना खिलाया था। नीला सोच रही थी भनुष्य कितनी जल्दी बदल जाता है।

भावहीन चेहरे के साथ कुछ देर बैठने के बाद चैतालि ने सुनील को फ़ोन किया। बात करके फिर नीला के सामने भावहीन चेहरे से बैठ गई।

"क्या बोले सुनील दा'?"

"सुनो नीला! तुम्हारी वजह से सुनील के साथ किशन का सम्पर्क खत्म हो गया है। अगर किशन को पता चल जाय कि तुम हमारे घर आ गयी हो तो वह सुनील के पीछे पड़ जाएगा। यह अच्छा नहीं लगेगा। जो स्त्री स्वामी की कल्याण की कामना के लिए सवेरे से लेकर सन्ध्या तक भगवान को पुकारती है उसके लिए अस्वाभाविक नहीं कि स्वामी के अमंगल की आशंका से कातर होगी और अपनी कातरता को, जहाँ तक हो सकेगा, फैलाएगी।"

"मैं कलकत्ता से किशन के घर जाने के लिए नहीं आई हूँ...।" नीला बोली।

"तो फिर...?"

"नहीं... यहाँ भी रहने नहीं आई हूँ... मैं जल्दी ही किराए पर मकान लूँगी। जब तक कलकत्ते से मेरे रुपये नहीं आ जाते, यहाँ रहूँगी। मुझे कहीं और जाने को मत कहो।"

चैतालि ने फिर सुनील को फ़ोन किया। चैतालि का विषाद नीला को खाए जा रहा था। जल्दी से सूटकेस उठाकर बाहर चली गई। चैतालि की तरफ़ से वापस आने की पुकार भी नहीं सुनी। सुनील ने उसके बराबर गाड़ी लाकर खड़ी कर दी।

"नीला! कहाँ जा रही हो?" नीला को मालूम नहीं वह कहाँ जाए। सुनील ने प्रस्ताव पेश किया कि किशनलाल के घर चली जाए। वह पहुँचा आएगा। किशन के घर नीला नहीं जाएगी। तो क्या अपनी सहेली के घर जाएगी? सुनील उसके यहाँ छोड़ आएगा। नहीं... नीला वहाँ भी नहीं जाएगी। वह किसी के घर नहीं जाएगी। इससे तो सड़क पर ही ठिकाना अच्छा है। इससे ज़्यादा निरापद ठिकाना और कोई नहीं है। अगर सड़क से कोई भगा न दे तो! अकड़ी खड़ी नीला को सुनील ने ऊपर खींच लिया। फिर ज़रा स्वस्थ होकर दिमाग़ ठंडा करके प्रश्न का उत्तर ढूँढ़ा।

'फिर किशन के घर क्यों नहीं चली जातीं।'

"किशन के घर जाने की इच्छा नहीं है मेरी।" ठंडे दिमाग़ से उत्तर दिया गया।

"इच्छा न होने पर भी लड़कियों को बहुत कुछ करना पड़ता है नीला।" चैतालि ने रुखाई से कहा।

चैतालि के मत से, इच्छा छोड़, नीला को किशन के घर जाकर अपनी गृहस्थी सँभाल लेना उचित था। सुनील की सलाह थी कि नीला कलकत्ता लौट जाए।

किन्तु नीला न तो किशन के साथ गृहस्थी बसाएगी और न कलकत्ता वापस जाएगी। उस गन्दे समाज में वह वापस नहीं जाना चाहती। बालिगंज वाले घर लौटने पर अनिर्वाण के मुँह पर कालिख पुत जाएगी। और उस घर से निकलकर अगर शहर में कहीं अकेली रहे तो लोग 'थू' 'थू' करेंगे। फैक्टरी की नौकरी करके वह अकेले रहने की व्यवस्था अवश्य कर सकेगी। किन्तु उसे मालूम है कि जीवन बड़ा असहनीय होता है। जो लड़की पति को छोड़कर आ गई हो वह नष्ट (बरबाद) लड़की होती है वह पतिता होती है। ऊपर से बिना किसी दुविधा के विलासी (कामुक) पुरुष के चुंगल में फँस जाएगी।

दुबारा ब्याह करने का प्रसंग भी उठा।

किसी शादी-शुदा लड़की से कौन ब्याह करेगा। कोई नहीं। अगर कोई आएगा भी तो वह होगा सत्तर वर्ष का बूढ़ा... या चरित्रहीन या पागल या...।

चैतालि बीच में ही असली प्रश्न पर आ गई, "एयरपोर्ट पर किसका हाथ पकड़कर जा रही थी। कौन है वह!" नीला का गला सूख गया। पानी माँगा नहीं... खुद लेकर पिया। थूक निगलकर बोली, "एक मित्र।"

"फ्रांसीसी मित्र कलकत्ता से आया है? या तुम्हें लेने गया था।"

"हवाई जहाज़ में परिचय हुआ था।"

"हवाई जहाज़ में परिचय से वह तुम्हारा मित्र हो गया! इतनी जल्दी... सुनील हँस पड़ा। उसकी हँसी में सुख का कण मात्र भी नहीं था। चैतालि और सुनील दोनों की धारणा थी कि नीला की समझदारी लुप्त हो गई है।

"मित्रता इतनी आसान चीज़ नहीं है नीला! देखने में आया है कि बारह वर्ष एक साथ घूमने-फिरने पर भी मित्रता नहीं होती।"

नीला ने अपनी समझदारी का प्रमाण देने के लिए युक्ति दी—"अगर एक दिन में ही मित्रता हो जाए...तो...नहीं होती क्या?"

सुनील हँसा। यह हँसी स्वीकृति की हँसी नहीं थी।

"इस सबको छोड़ो! वक्त के साथ समझ जाओगी कि जीवन आसान नहीं है। कलकत्ते में भी नहीं, पेरिस में भी नहीं।" फिर ज़रा ठहरकर दोनों पाँव सामने फैलाकर और सोफ़े की बैक पर दोनों हाथ फैलाकर कहने लगा, "किशनलाल की जो मानसिक स्थिति है वह किसी भी समय तुन्हें तलाक (डाइवोर्स) दे सकता है। तब तो तुम्हें कलकत्ता

वापस जाने के अलावा कोई चारा ही नहीं।"

चैतालि टुम्पा को सुलाने की लिए उठ गई। सोने के कमरे में जाते-जाते बोली, "वह क्यों होगा... इसका फ्रांसीसी मित्र इससे ब्याह कर ले तो सारा झमेला ही ख़त्म हो जाएगा।"

सुनील के नज़दीक सरककर अत्यन्त बोध नीला में बुद्धि-सम्पन्न लड़की की तरह-कुछ रुपए उधार माँगे... जिन्हें वह वापस कर देगी। और कलकत्ता जाते समय जो रुपये उधार लिए थे वे भी दे देगी। बहुत जल्द जैसे ही बीस लाख रुपये पेरिस पहुँच जाएँगे। ज़्यादा नहीं... सिर्फ पाँच हजार फ्राँ हों तो गुज़ारा हो जाएगा। किन्तु अभी नहीं चाहिए। कुछ दिन बाद भी देने से ठीक रहेगा।

सुनील समझ नहीं पाया कि इतने 'फ्रां' लेकर नीला करेगी क्या! यहाँ रहेगी, मकान का किराया नहीं, खाने-पीने का खर्च नहीं। अन्ततः यहीं रह रही हो। हाँ नीला यहाँ रह रही है यह ठीक है किन्तु इसे जरूरत है 'फ्राँ' की। इसके अपने कुछ सपने होंगे। यों ही नहीं चाहती वह। नीला ने यह भी बता दिया है कि पेरिस में भिखारी की तरह रहने नहीं आई है। अगर सुनील को कोई शक हो तो निखिल को फ़ोन करके मालूम कर सकता है कि नीला के पास बीस लाख रुपए हैं या नहीं।

चैतालि के पूजाघर में नीला के लिए बिस्तर बिछाया गया है। दुर्गा, सरस्वती, काली, लक्ष्मी पर दबाव डालकर नीला को सुलाया गया है। सारी रात नीला करवटें बदलती रही। सवेरा होगा फिर दोपहर, उसके बाद सन्ध्या, धीरे-धीरे सन्ध्या भी भी बीत जाएगी। और फिर उसके बाद, आनन्द सागर में कूदना। बनोया के उद्दाम प्रेम में बह जाना...नीला घड़ी की सुइयों की तरफ देखती रही। कभी नहीं देखा था कि सुइयाँ इतनी धीरे भी चल सकती हैं।

उसने सारी शाम बाथ-टब में लेटकर बिताई। शरीर के अंग-अंग में जितनी धूल-मैल था धोया, जितनी बढ़िया पोशाकें थीं हर एक को पहनकर घूम-फिर कर बार-बार देखती और जो सबसे बढ़िया थी आखिर में उसे चुन लिया, पहना। आँखें, भौंहें, पलकें, किनारे, गाल, होठों पर लिपिस्टिक लगाया। ...शीशी उलटकर सारे शरीर पर परफ़्यूम छिड़क कर जब नीला तैयार हुई तब साढ़े पाँच बजे थे। बाकी समय प्रतीक्षा...न हिली न डुली केवल दुर्गा-मूर्ति की तरह अचल बैठी प्रतीक्षा करती रही। लेट जाएगी तो पोशाक की सारी इस्तरी खराब हो जाएगी, सिर का जूड़ा खराब हो जाएगा। कुछ खाने या पीने से होठों का रंग धुल जाएगा। इसलिए नीला ने कुछ नहीं किया। सिर्फ हृदय की धड़कन सुनती रही। और घड़ी के काँटे पर नज़रें जमाए रखीं कि वक्त जल्दी बीते।

भारतीय रूपसी के कलोज़रि दलाइलास उतरकर फुटपाथ पर खड़े होते ही फ्रांसीसी सुदर्शन युवक फटी-फटी आँखों से वह रूप देखकर लगभग उड़ता हुआ आया

और रूपसी के गाढ़ आलिंगन में लगभग पास आकर गहरा चुम्बन लिया। बात आँखों-आँखों में नहीं जीभ-जीभ में हुई। दोनों ने एक-दूसरे की प्रेमार्द्र जिह्वा के जल का अमृत-पान किया।

फ्रांसीसी के चुम्बन से रूपसी का शरीर इतना विवश हो गया कि वह काँपने लगी।

"तुम मुझे पागल कर दोगी नीला!" बनोया बोला।

नीला के दोनों होठ जिन्हें इतने यत्न से सुरक्षित रखा था गहरे बादामी रंग के हो गए। उन्हें ढँकने के लिए नीला ने होंट खोल दिए। उसने नाक पर पाउडर लगाया। होट से लाल हो गए फिर...निश्चिन्त।

बनोया के सामने बैठकर नीला बोली, "इतने लोगों के सामने तुमने यह किया?"

"क्या किया?"

"नहीं जानते... कि क्या किया?" नीला ने होट सिकोड़े। होठों पर हँसी थी, आँखों में लज्जा।

"कुछ अन्याय किया?" बनोया ने नीले तारों में अपना चेहरा देखते हुए आगे झुक कर पूछा।

"चुम्बन जो किया।"

बनोया हो-हो करके हँस पड़ा, "तुम्हें एतराज था?"

नीला ने मेनू अपने मुँह के आगे रख लिया। मेनू हटाकर आँखों में देखते हुए बनोया ने फिर पूछा, "एतराज था?"

उसने हँसकर आँखें, चिबुक और उस पर काला तिल, झुककर छू लिया।

"एई! मेरा चुम्बन था ले लिया। इसमें दूसरे लोगों का क्या आता-जाता है।" नीला ने सड़क पर, पार्क में, मेट्रो में, लड़के-लड़कियों को चुम्बन लेते देखा था। इसलिए उसके लिए यह चुम्बन बहुत कुछ मेपल के वृक्ष के पत्ते अथवा वृक्ष पर झूलते हुए सेब की तरह था। वही चुम्बन अपने अधरों पर हो तो कुछ दूसरी तरह का हो जाता है। वह देखने से नहीं अनुभव से ज्ञात होता है। शरीर के रोम-रोम में अनुभव करना होता है और यह निश्चय ही कुछ दूसरी तरह का हो जाता है जब सुनहरे बालों और नीली आँखों वाला कोई सुदर्शन युवक और उससे भी बढ़कर कोई फ्रांसीसी चुम्बर करे!

"बताओ क्या खाओगी? फ़ोइग्रास?"

"यह क्या चीज़ है?"

"हंस का कलेजा पहले हंस को खूब खिलाते हैं फिर कलेजा निकाल लेते हैं उसे पकाया जाता है।"

इसके वर्णन से नीला की रुचि जाती रही।

"तो सलाद लोगी! मोज़्ज़ारिल्ला और टमाटर।"

"पनीर! मुझे पसन्द नहीं।"

"फिर क्या खाओगी?"

"मछली... नहीं है? मैं तो हूँ ही मछली के देश की लड़की।"

" सीफ़िश (सामुद्रिक मछली) है... खा सकोगी?"

"धत्! समुद्र की मछली में स्वाद नहीं होता। तालाब की मछली नहीं है...?"

मेनू देखते-देखते बनोया ने सिर हिलाया... "नहीं...।"

"एनत्रोकोत लोगी? वह तुम नहीं खा सकोगी।"

"क्यों नहीं खाऊँगी...पहले एक बार खाया था।"

"गाय तो तुम्हारी माता होती है।"

नीला हँसी रोककर बोली, "वही एनत्रोकोत ही लूँगी।"

"धर्म नहीं मानतीं तुम?"

"मेरा धर्म मेरा अपना है।"

बनोया आँखें मटकाकर बोला, "तो... तुम्हारे धर्म में गाय का मांस खा लेते हैं?"

नीला गम्भीर होकर बोली, "हिन्दू धर्म में गाय का मांस वर्जित होता है यह किसने कहा? वैदिक काल में गाय का मांस खाते थे फिर ब्राह्मणों ने स्वयं को ऊँची जाति का मानकर यह सिद्धान्त लिया कि गाय का मांस नहीं खाएंगे। इसके बाद ब्राह्मण से नीची जाति वालों ने भी गाय का मांस खाना बन्द कर दिया। निम्न वर्ग से खुद को अलग करने के लिए, इस तरह जो जाति ऊँची उठती गई, गाय के मांस को निषेध की रीति अपना ली।"

"यहाँ जाति के उठने पर गाय का मांस खाया जाता है।" बनोया बोला

नीला बनावटी आश्चर्य से बोली, "यहाँ भी जाति होती है? तो फ्रांस का विप्लव जाति-पाँति को खत्म नहीं कर सका? धनी वर्ग का इलाका, ग़रीब का इलाका एकाकार नहीं कर सका?"

विप्लव के बारे में बनोया को कोई आग्रह नहीं था। उसने बोर्दोओं वाइन को लेकर रुचि दिखाई। बोर्दओं की पूरी बोतल के लिए अनुरोध किया।

नीला ने खाते-खाते बताया कि वह अपनी सहेली के यहाँ नहीं रहती...'रू द रिवली' में रहती है।

"बड़ा अमीर इलाका है 'रू द रिवली'। किसी फ्रांसीसी के घर?"

"नहीं..." कहकर नीला ठहर गई। इन्तजार करती रही कि बनोया उससे पूछेगा कि फ्रांसीसी नहीं है तब किसका है? किन्तु बनोया को कोई रुचि नहीं थी। फिर खुद ही बोली, "बंगाली का" सुनकर बनोया की आँख की पुतलियाँ मछली की तरह गोल हो गईं।

"क्यों... बंगाली क्या धनी इलाके में नहीं रह सकते?"

"नहीं... मैं यह नहीं कह रहा।"

बनोया कुछ कहने जा रहा था। पर कहा नहीं।"

लाल बोर्देअ का गिलास उठाकर बनोया 'सँते' बोला—"नीला भी कलोज़री द लिलास में मेजपोज पर प्लेटों के नीचे उन सब प्रसिद्ध लेखकों और कलाकारों के नाम अंकित थे जिन्होंने कभी यहाँ खाना खाया था—बोर्देअ यह सज़टापाउंड, स्कॉट फ़िट्सगटाल्ड अरनेस्ट हेमिंग्वे जॉर्ज और वैल, सैमुअल बेंकेट नीला सूर्य पढ़कर अभिभूत हो गयी। "क्या यही वह जगह है जहाँ लेनिन और ट्राट्स्की अक्सर आते थे?"

बनोया ने चारों तरफ़ देखकर कहा, "मुझे नहीं लगता।"

नीला कुछेक क्षण मौन रही फिर बोली, "मेरा ख्याल है यही वह जगह है जहाँ हेमिंग्वे ने छत पर बैठकर छह सप्ताह में 'द सन ऑल्सो राइज़ेज़' पूरी की थी।" वह नज़दीक ही रहता था पिकासो भी अपने कवि मित्र एपोल्लैनिअर के साथ आता था।

"पिकासो...!" बनोया का चेहरा चमक उठा।

"हाँ...! पिकासो!" पर हेमिंग्वे के बारे में कुछ नहीं जानता। बड़ी ग़रीबी में रहे थे यहाँ... पेरिस में। जब चौहत्तर कार्डिनल लेमोयाँ रहते थे। ठंडा कमरा, कमरे में गरम पानी नहीं होता था। कमरा गरम करने के लिए जलाने वाली लकड़ी खरीदने को पैसा नहीं था। घर में कोई टॉयलेट नहीं था। बस एक बाल्टी का इस्तेमाल करते। पर कैफ़े, बार, रेस्तोराँ में नियम से जाते। यही नहीं घुड़-दौड़ में भी बाज़ी लगाते। कैसे? ताज्जुब होता है ना?"

यह सब कर पाय? अजीब लगता है।

नीला बनोया की तरफ देखती रही। रम स्टिक चबाते हुए वह नीला को घूर रहा था। नीला की नज़रों के सामने गिलास की 'टूँ-टाँ' की आवाज़। नज़रों के सामने आस-पास वाले नशेबाजों का हुल्लड़ और नए-नए शब्द—गद्य-पद्य में। शताब्दी के शुरू से ही अमरीका में शराब पीना निषिद्ध होने के बाद शराबी लेखक क्रोध से अमरीका छोड़ कर पेरिस आकर शराब पीते। इसी रेस्तोराँ में सारी रात चीखते-चिल्लाते। गद्य और पद्य में नए-नए शब्द! गढ़ते शब्दों की फुलझड़ी ग्रहण कर लेते। यह नज्जारा नीला के समक्ष स्थिर हो गया था। उसकी आँखों के तारे भी निश्चल थे। बनोया के बरदो का घूँट भरते ही नीला होश में आ गयी। बोली, "हेमिंग्वे की हालत देखिए. ..खाना खरीदते वक्त सारा पैसा खत्म हो जाता था। पुस्तक खरीदने के वक्त भी। पुस्तकों की दुकान से उधार लाकर घर में पढ़ते थे। खाली पेट... पुस्तकें तसवीरें देखकर ज्ञान अर्जित करने का परामर्श भी देते थे। सैज्जाने की पेंटिंग देखकर एक दिन मैं भूखा ही दालि म्यूजियम में घुसा। दिमाग़ चरखी की तरह घूम रहा था। आस-पास कोई पेड़ मिल जाता तो उसकी डाल पर मोमार्त के सब पर्यटक की तरह दालि की दालि की घड़ी की तरह झूल जाता। मुझे उतारा जाता। वाइन खत्म होते ही बनोया

ने दो गिलास में और भर दिये। एक घूँट में आधी ख़त्म करके, नीला बोली, "तुम जो भी कहो बनोया! हेमिंग्वे ने बहुत अच्छी बात कही थी कि पेरिस में रहना कभी व्यर्थ नहीं जाता। तुम जो कुछ पेरिस को दोगे, उसके बदले में पेरिस तुम्हें दे देगा। बेशक ये पुराने वक्त की बातें हैं। पुराने अमले में पेरिस ऐसा ही था ओर हेमिंग्वे बहुत ग़रीब थे पर बहुंत सुखी थे। आजकल दूसरी बात है हाथ में फ्रां न हों तो तुम द्वार-द्वार का चक्कर लगाते हो। आश्रय चाहते हो, भिक्षा चाहते हो तो तुम भोगो... तुम भरो।"

नीला की आँखें क्या भीग गई थीं? हाँ भीग ही गई थीं। नहीं भीगी नहीं थी। एनत्रेकोत में उसने शायद ज़्यादा कालीमिर्च डाल दी थी। ग़लती से इसलिए। बनोया ने नाप कर नमक और लिया था। उसकी आँखें कान उसके मान लाल नहीं हुए थे। जल नहीं रहे थे। हाँ नाक का अगला हिस्सा बेशक लाल था। बहुत ज़्यादा बरदो पीने से।

बनोया ने पूछा, "अचानक सहेली के घर से चली क्यों आई नीला!"

नीला ने जवाब नहीं दिया। उसे लगा दानियल के घर से चले आना एक तरह से अच्छा ही हुआ। दानियल-नातालि से सम्पर्क के कारण उसकी मुक्ति हो गई है। हर रात वही लपलपाती जिह्वा के नज़रों के सामने लड़की रहती थी। जिह्वा को अन्दर करते हुए नीला ने पूछा था। "प्रेम न हो तो तुम किसी के साथ यौन सम्पर्क कर सकते हो?"

बनोया बोला "निर्भर करता है...।"

"किस पर...।"

"परिवेश और...।"

"और क्या?"

आवेग इत्यादि-इत्यादि। बनोया का अस्पष्ट उत्तर सुनकर नीला मुँह उठाकर साफ़-साफ़ बोली, "मैं नहीं कर सकती। उतावला प्रेम नीला को...प्रेम ने अचानक मुझे खा लिया। अचानक आँखों की पलकें? जब चलती हूँ, घूमती हूँ किस से बातें करती हूँ, अकेलो बैठी होती हूँ या सोती हूँ, जागती हूँ मुझे साफ़ पता चल जाता है कि मैं किसी से प्रेम करती हूँ।"

"तुमने एंत्रेकोत नहीं खाया!"

"कोशिश कर रही हूँ खाने की। किन्तु पहली बात यह है कि मसाले वाला पका हुआ मांस खाने की मुझे आदत नहीं है। दूसरे गाय का मांस खाने का अभ्यास नहीं है।"

"और तीन नम्बर..." बनोया बोला, "देवता खाने की आदत नहीं... "हा हा हा।"

नीला भी हँस पड़ी।

"आइसक्रीम तो देवता नहीं है इसे ज़रूर खा सकोगी।"

आइसक्रीम खाते-खाते नीला ने अपनी इच्छा के बारे में बताया कि वह एक घर किराए पर लेगी। अच्छी नौकरी लेगी। बहुत दिनों से आत्म-निर्भर होने का स्वप्न सँजोए है।

"कहाँ लोगी?"

"अभी फैसला नहीं किया। सुना है किराए पर मकान लेने में बड़ा झमेला है। किसी धनवान व्यक्ति को ज़िम्मेदार होना पड़ता है।"

बनोया बोला, "मेरे मकान के आस-पास किराए पर लेना... फिर अच्छा होगा।" बनोया ने नीला की तरफ़ हाथ बढ़ाया। उसे मालूम है कि इस हाथ पर वह हाथ रख देगी। नीला के हाथ रखने पर बनोया उसकी पतली-पतली अँगुलियाँ सहलाने लगा।

नीला सोच रही थी जो प्रेम करना जानते हैं कैसा चमत्कार करते हैं। रेस्तोराँ के लोग बनोया के सामने बिल देते गए। नीला ने झपट्टा मारकर उठा लिया।

बनोया 'हँय, हँय' कर उठा।" क्या कर रही हो यह तो मैं दूँगा। मैंने तुम्हें निमन्त्रण दिया है।"

"उससे क्या होता है।"

साढ़े आठ सौ फ्राँ टेबिल पर रखकर बोली, "ग़रीब देश से आई हूँ तो क्या भिखारी हूँ।"

बनोया ने बाधा नहीं की। बोला, "ठीक है इसके बाद मैं तुम्हें खिलाऊँगा।"

उस आदमी ने बनोया के सामने ला दिसियों बिल रखा था। ज़रूर सोचा होगा कि नीला दाम नहीं चुका सकेगी। एक तो काली ऊपर से लड़की। खाने की क़ीमत देने पर नीला को एक तरह का अभिमान हुआ। अभिमान की क़ीमत यह चुकानी पड़ी कि बनोया के प्यासे गुलाबी होठों पर नीला सहज ही अपने अधर रख सकी।

रेस्तोराँ से उठकर कॉफ़ी पीने के लिए से रेनोयार रू द रेने वाले बनोया के अपार्टमैंट जाना पड़ा।

फिर वही बात हुई कि कॉफ़ी नहीं पियूँगी, चाय पियूँगी।

"और चाय न मिल सके...? कुछ और दे सकता हूँ। उससे चाय की प्यास मिट जाएगी। देखना मिटती है या नहीं।"

बनोया ने उठकर संगीत चालू कर दिया। गिलास में लाल वाइन भरकर 'सिप' लेते हुए संगीत की ताल पर नीला की तरफ पाँव बढ़ाये। व्हेन यू वॉण्ट इट, व्हेन यू नीड इट, यू विल ऑलवेज़ हैव द बैस्ट ऑफ मी, आइ काण्ट हैल्प इट बिलीव मी...।"

नीला को बिछौने पर लिटाकर, उसके जामा पतलून खींच कर ज़मीन पर डाल दिए। मानों कोई फ़ालतू चीज़ नीला ने शरीर पर धारण की हो। उसके बाद लम्बा चुम्बन अधरों पर देते हुए चूसने लगा। मानो सिर्फ़ होठों पर ही नहीं, उसके लाल

रंग में भी शहद हो। फिर होठों पर होठ रखे-रखे दोनों हाथों से अपने सारे कपड़े उतार फेंके मानो वे सब भी फालतू हों। नीला ने शर्म से आँखें बन्द कर लीं। और चादर से खुद को ढँक लिया। बनोया ने उसे भी हटा दिया। अब नीला ने छाती पर अपने हाथ आड़े तिरछे रख लिए। दोनों हाथ हटाकर बनोया मुग्ध होकर नीला के शरीर को देखता रहा। काँपते हुए स्वर में बोला, "तुम कितनी खूबसूरत हो नीला!" नीला ने करवट बदलकर खुद को छिपाते हुए कहा, "क्या सुन्दर है मुझमें।"

"तुम्हारा रंग..." बनोया की आवाज़ में आवेग था।

"रंग! गोरा तो नहीं है।" नीला बोली।

"गोरा नहीं है इसीलिए तो सुन्दर है।"

नीला को अचानक मिठू की बात याद गई। हाय मिठू! अगर एक बार तू देख पाती कि इस साँवले शरीर के कारण एक व्यक्ति मुझसे प्रेम करता है। हाय मिठू। तेरे जीवन में भी शायद ऐसा कोई आ जाता! तूने इन्तजार क्यों नहीं किया। हाय मिठू! जीवन का विशिष्ट सुन्दर रूप देखे बिना ही चली गई...।

"तुम्हारे शरीर का रंग कैसा अपूर्व है। कैसी चिकनी त्वचा, बाल कितने चमकीले हैं कैसे काले... कैसे सुन्दर हैं तुम्हारे स्तन। इतने सुन्दर स्तन कभी पहले नहीं देखे थे मैंने। मानों दो बड़े नीबू हों। तुम मुझे पागल कर दोगी।" कहते हुए उसने नीला के वक्ष पर बूँद-बूँद वाइन डाल दी और उसे जीभ से चाटने लगा।

"इससे वाइन का स्वाद बढ़ गया क्या? सच?"

"हाँ सच...।"

"ठीक...।"

"ठीक...।"

इसके बाद बाकी वाइन नीला के वक्ष, पेट, तलपेट पर डालकर बनोया चाटने लगा। और नीला बनोया के सुनहरे बालों में अँगुलियाँ डाले और हज़ामत किए हुए बनोया के गालों, लाल नाक की नोक, होठों से चिबुक पर, फिर उठकर माथे भौंहो पर। बन्द आँखों की पलकों पर। और बनोया ब्रायन एडेम्स के सुर में गा रहा था "आइ मे नॉट आलवेज़ नो व्हाट्स राइट, बट आइ नो आइ वॉण्ट यू हियर टुनाइट, गॉन्ना मेक दिस मोमेण्ट लास्ट फॉर ऑल योर लाइफ ओह...! या दिस इज़ लव, एंड इट रियली मीन्स सो मच, आई कैन टैल फ्रॉम एवरी टच...।"

सबसे पहले स्तनों को कोमलता से अँगुली से स्पर्श किया। उसके बाद पक्षी की चोंच की मानिन्द नाक से सहलाया। फिर बनोया ने जिह्वा से दोनों को भिगो दिया। अचल काले स्तन-वृत्त शनैः-शनैः चेतन हो गए। बनोया अब तक इन्हें अपलक देखता रहा। होट उन पर आ गए। इन्हें अलग करके चुम्बन लेता रहा मानो स्तन-वृत्त को पलकों से चुम्बन किया। स्तनों के चेतन होते ही शेष अमृत के पात्र को अतल तक

समाप्त करके बनोया ने यह कहते हुए बेपरवाही से मसल डाला कि ये उसके चेरी फल हैं। उसे लगता कि वह बनोया नहीं बल्कि अपोलो है अपोलो अपनी अफ्रोदिति को प्यार कर रहा है गहराई से...।

नीला के स्तनों से लेकर पेट का चुम्बन करते-करते नीचे नाजुक यौनांगों तक आ गया। नीला ने दोनों जंघाएँ सख़्ती से जोड़ी हुई थीं। दोनों को हाथों से अलग करते हुए बनोया बोला, "अपना स्वाद लेने दो...नीला! अपना स्वाद...।"

"नहीं!"

"क्यों?"

"कैसा अश्लील काम है।"

"तुम्हारे कोमल काले लोय कितने अपूर्व हैं। जानता हूँ उन्हीं के नीचे अमृत है मुझे पीने दो।" बनोया ने धीरे-धीरे दोनो जंघाएँ अलग कीं। नीला ने शर्म से आँखे बन्द कर लीं। यौनांगों के दोनों होंठ जिह्वा के जल से भिगो कर बनोया और भी गहराई में उफनती हुई नदी की तरफ़ गया। मोमबत्ती की मद्धम रोशनी में बनोया गोताखोर की मानिन्द देखने लगा। उन्मत्त की तरह वह सारा जल चूस लेता है मानों उसने अमृत सागर खोजकर पा लिया हो कि पूरा अमृत पान कर लेगा तो उसकी मृत्यु हो जाएगी। ऐसा प्यासा था उसका शरीर।

बनोया फुसफुसाकर बोला, "आँखें खोलो नीला! मुझे देखो...। मुझे छुओ। मेरा चुम्बन लो।"

नीला ने आँखें खोलीं। डर गई। उसके सामने बहुत बड़ा शिश्न (पुरुष लिंग) दपदप कर रहा था। मानो शिश्न नहीं वनागिन की लपलपाती आग हो। भय और लज्जा से उसने आँखें मूँद लीं। जीवन में दो ही पुरुष लिंगों ने उसका स्पर्श किया था। सुशान्त की तरफ़ लज्जावश देखा नहीं था और किशन की तरफ़ हठात नज़र पड़ गई थी। दूर से सख़्त अँगुली की तरह लंगूरों की पूँछ जैसा लग रहा था। किशन का शिश्न यदि वल्मीक की बाँबी की तरह था तो बनोया का अंग हिमालय था। अन्ततः नीला ने हिमालय का स्पर्श किया। हथेली के नाखून तक भी नहीं पहुँचा। उसके हाथ थर-थर काँप रहे थे। बनोया नीला के अधरों पर जलती हुई शिखा को विशाल दैत्य को—लाकर चुम्बन करता है।

"ऐसी बेजान की तरह क्यों पड़ी हो? कल भी आँखें बन्द किए बेजान पड़ी थीं। आँखें खोलो... देखो... अनुभव करो। हाथ में लो, मुँह में लो, गाल से लगाओ, छाती से लगाओ... मुझे चेतन करो... यह तुम्हारी अकेली का नहीं... यह आनन्द हम दोनों का है।"

नीला को सीधी बेजान की तरह पड़े रहने का अभ्यास था। इस खेल का यही नियम है... ऐसा ही, उसे मालूम है। औरत आँखें मूँदे पड़ी रहती है और पुरुष उस के मृत-प्राय शरीर पर चढ़कर आनन्द लेता है, लेकर उतर जाता है, लड़की को कुछ

सुख मिले तो ठीक है वरना न मिले तो न सही।

बनोया ने नीला को अपने शरीर पर नहीं लिटाया। दोनों हाथों से उसे अपने शरीर पर उठाए रखा। वह दैत्य केवल अपने जल से एड़ियाँ भिगोता रहा। नीला छटपटा रही थी। वासना की प्यास उसे कष्ट दे रही थी। जल फुफकार रहा था। उसे बहाने के लिए वह नहीं जाती। यह कैसा खेल है चेहरे के पास टोप रख लिया था। स्वाद लेने दो। नीला ने आँखें खोल कर देखा। बनोया हँस रहा था। उसने दोनों हाथों से बनोया की कमर पकड़कर अपनी तरफ खींचा।

''क्या चाहती हो... बताओ'' बनोया फुसफुसाकर बोला। मद्धम रोशनी खूबसूरत चेहरे पर पड़ रही थी। इतने पास से नीला इतनी खूबसूरत कभी नहीं लगी। नीला का सारा शरीर प्रेमाधिक्य से काँप रहा था।

''बताओ क्या चाहती हो?''

नीला शर्म से लाल हो गई थी... बोली नहीं क्या चाहती है। सिर दाईं तरफ कर लिया। बनोया भी दाईं तरफ़ फिरा। नीला बाईं तरफ़ हो गई तो बनोया भी।

''क्यों... देर सही नहीं जा रही है?''

उससे देर नहीं सही जा रही यह बात मुँह से नहीं कही। कहना जानती ही नहीं थी। सीखा नहीं था। अभ्यास नहीं था। लज्जा की चादर ने उसे पूरी तरह ढँक दिया था।

बनोया मीठी हँसी हँस रहा था। उसकी प्यास देखकर नीला की छाती फटी जा रही थी।

अचानक अनजाने में ही उस हिमालय को फोड़ कर नीला उफनते हुए जल में घुस गई। सारा जल गहरे अन्धकार की तरह चूस डाला। नीला आंर्तनाद कर उठी। मसृण श्यामल शरीर धनुष की तरह बंकिम हो गया।

और बनोया--वही अपोलो, वही तूफान का देवता--यह कहते हुए तोड़कर तहस-नहस कर डाला कि तुम तो कुँवारी लड़की हो इससे पहले किसी ने तुम्हारा स्पर्श नहीं किया है। केवल मैं केवल मैं... नीला के दोनों पाँव छाती पर रखकर दोनों पाँवों का चुम्बक लेते हुए तूफान खड़ा कर दिया। उद्दाम, उत्ताल तूफान सर्वनाश की तरफ़ तेजी से आया और उसी चैरी फल के नशे में मद-मस्त हो गया।

बिस्तर के एक तरफ़ से एक घुसा और दूसरों ने करवट ले ली। एक उसी करवट से गम्भीरता से घुसा रहा और नीला ने शर्म से करवट ले ली। उसी तरह आलिंगन में बाँधे करवट लेते-लेते ज़मीन पर आ रहे।

बनोया फुसफुसाया, ''नाचना आता है?''

नीला को नाचना नहीं आता था। कभी सीखा नहीं था।

''नाचो... चक्कर लगाकर नाचो... मेरी तरफ़ पीठ करके नाचो।''

बनोया ने उसे चक्कर देकर नचाया। ऐसा नाच नीला ने कभी नहीं किया था।

कमर पर हाथ रखते हुए नीला को नाचने की तालीम देने लगा फिर आगे लाकर उपूड कर ऊपर लिटा लिया। सुन्दर शरीर को ढँक दिया सुश्री सुश्री सुततु।

तूफ़ान पीछे ओट में हो गया। फिर तहस-नहस।

नीला चीख पड़ी मानों बिजली चमकी हो।

किन्तु तूफान किसी तरह नहीं थमा। नीला को कमर से पकड़कर ऊपर कर लिया। नितम्ब बनोया की मुट्ठियों में थे। घुटने के बल बैठकर नीला के समुद्र को उत्ताल तरंगों से भर लिया। फिर गोडालि भीग गई। अचानक उसी तूफान में कूद पड़ा। पूरा शरीर भीग गया।

नीला हाँफ रही थी।

नीला को ज़मीन से उठाकर बिस्तर पर सुलाया और बनोया पानी ले आया। आधा गिलास खुद पीकर नीला को बाकी पकड़ा दिया। पानी पीते हुए नीला तिरछी निगाहों से देख रही थी। लाल जीभ बाहर निकालकर दैत्य उस समय भी फुंकार रहा था। बनोया ने हथेलियों पर उठाकर नीला को सोफ़े पर अपने बराबर बैठाया। सारे शरीर को चूमते हुए उसे अस्थिर करता हुआ बोला, "इतने सुन्दर नितम्बों को अचल क्यों रखती हो? इन्हें हिलाओ-हिलाओ मेरे संसार को हिला डालो।"

नीला को नितम्ब हिलाना नहीं आता था। बनोया को ही हिलाना पड़ा जब तूफान का वेग बढ़ा तो बनोया नीला को गोद में उठाकर खड़ा हो गया। उसके शरीर को ऊँचे (शून्य) उठाया। कमरे की दीवार से सटाकर झड़ चलने दिया। नीला की चीखों से कमरा भर गया। बनोया हिलता रहा। हिलाते-हिलाते नीला को छोटे से बच्चे की तरह लाकर बिस्तर पर लिटा दिया। पीछे से थके हुए बच्चे की तरह छाती के दोनों बड़े-बड़े नीबुओं को उनके ऊपर के चेरी फलों को पकड़े रहा। फिर नई वासना से बनोया की नई उत्तेजना, उन्माद तेजी से नीला के शान्त दोनों जंघाओं के बीच शिश्न तेज़ी से घुसा। वह शांति खंडित कर बिजली की-सी गति से आया। वही चमक नीला से बनोया में संक्रमित हुई—नीला से बनोया में और बनोया से नीला में। बनोया की सफेद बाढ़ में नीला का तट बह गया। उसका संसार बह गया। बनोया के सिर से पाँव, छाती, पीठ से पसीना बह रहा था। फिर भी सुख से काँपते हुआ बनोया ने नीला को छाती से लगाए रखा।

मोमबत्ती बहुत पहले बुझ चुक थी। ब्रायन एडम्स काफी देर पहले बजना बन्द हो चुका था। घड़ी की सुइयों में एक-एक करके तीन घंटे बीत गए। आधी रात बीत गई।

बनोया की छाती की महक लेते-लेते नीला कभी ऊँघ जाती कभी नहीं। घुप अँधेरे में बनोया उसे राजपुत्र की तरह लग रहा था। बीच-बीच में सोचती कि कोई राजपुत्र आकर उसे घोड़े पर बैठाकर अपने राजमहल में ले जाएगा। यही तो राजमहल है यही राजपुत्र। नीला के सारे शरीर में विचित्र सी प्रशान्ति और हृदय में सुख ही

सुख था। नीला को लग रहा था कि इससे अधिक सुख किसी को नहीं मिल सकता। इतनी तीव्रता से प्रेम का अनुभव उसने पहले कभी नहीं किया था। नीला काँपती हुई आवाज़ में बोली, "मैं तुम्हें बहुत-बहुत चाहती हूँ बनोया! पहली नज़र में प्रेम...प्रेम हो गया हमारा।"

बनोया ने आँखें खोलीं, चुम्बन लेकर नीला की ही बात दोहराई, "मुझे भी तुम बहुत अच्छी लगती हो... नीला!"

"मुझसे प्रेम नहीं करते?"

"अभी नहीं...।"

नीला चकित होकर उठ बैठी।

"क्या कहा तुमने... मुझसे प्रेम नहीं करते...?"

"नहीं..." बनोया का स्वर शान्त था।

"तुम मुझसे प्रेम नहीं करते तो फिर... तुमने ऐसे निष्ठावान प्रेमी की तरह इतना सब क्यों किया। जिससे प्रेम न हो उसे देखकर तुम्हारा शरीर चेतन कैसे हो गया?"

बनोया बोला, "अच्छी लगती हो... तुम। अच्छी लगने पर शरीर कैसे चेतन नहीं होगा।"

"मुझे खुद अपने से घृणा हो रही है... छी!"

"यह क्या कह रही हो?" बनोया उठ बैठा।

"तुमने सोचा ग़रीब देश से आई है खाने-पहनने को मिलता नहीं। दो-एक बातें करके बिस्तर पर पटकना आसान है।"

बनोया के माथे और आँखों पर पसीना आ गया। नीला ने जल्दी-जल्दी अपने कपड़े पहन लिए।

"पागल हुई हो? इतनी जल्दी प्रेम हो सकता है? शायद एक दिन प्रेम करूँ।" बनोया बोला।

"हो सकता है न भी करो..।"

"तुम जाँच रही हो?"

"हाँ जाँच रही हूँ।"

"बहुत रात हो गई है नीला! यहीं रुक जाओ।"

"यहीं रह जाऊँ... क्यों... डर नहीं लगता...। पहले जिसे प्रेम करते थे अचानक आ सकती है।"

नग्न बनोया अपने तृप्त शिश्न को लेकर स्तब्ध बैठा रह गया... और नीला बाहर चली गई।

अपमान नीला का पीछा करता रहा। सामने चलता रहा। दाएँ-बाएँ चलता रहा।

नीला को दीवार से सटाकर अन्दर बाहर तहस-नहस करता रहा। नीला समझ गई थी कि बनोया ने जो किया वह सुख के कारण नहीं। उसने नीला के शरीर का उपभोग किया था। जैसे कोई कामुक, बर्बर असहाय, मूर्ख लड़की का भोग करता है। छी... नीला छी... तू मर जा। तू मिठू की तरह गले में फाँसी लगाकर मर जा।

यह कलकत्ता नहीं... पेरिस था। पेरिस सारी रात चेतन रहता है। हाथ उठाते ही टैक्सी आ जाती है। हाथ बढ़ाते ही प्रेमी!

मोरुनि वेरनेस

नीला वापस घर आई। सुनील जागा। दरवाज़ा खोला पूछा, ''अब तक कहाँ थीं।''

''एक मित्र के यहाँ।''

''बनोया नाम के किसी आदमी ने दो बार फ़ोन किया। कहा कि आते ही फोन कर लो।'' कहकर सुनील सोने वाले कमरे में चला गया।

नीला भी अपने कमरे में चली गई। लाइट बुझाकर सोने जा रही थी कि टेलिफ़ोन की घंटी बजी। टुम्पा के 'माँ-माँ' कहकर रोने की आवाज़ आई और सुनील की आवाज़...। नीला ने फोन उठाया। फोन पर बनोया था।

''इतनी रात को फ़ोन क्यों किया? लोग सो रहे हैं ना।''

''तुमसे जरूरी बात करनी है।''

''अब... इतनी रात को?''

''हाँ...।''

''नहीं... मुझे नींद आ रही है। सोने जाऊँगी।''

''कल मिलोगी?''

''नहीं...।''

नीला ने फ़ोन रख दिया।

फ़ोन रखकर सोने के कमरे की तरफ़ जाने लगी तो फिर फ़ोन! अब नीला फ़ोन का तार खोलकर सोने चली गई।

सवेरे सात बजे उठकर नीला घर से निकल गई। जानती थी कि घर में रहने का मतलब था सैकड़ों प्रश्नों का सामना करना कि यह बनोया कौन है, इतनी रात गए फ़ोन क्यों किया, दूसरों की नींद खराब करना, उससे जो भी बात करनी थी बाहर ही क्यों नहीं खत्म कर आई आदि-आदि। घर से निकलकर नीला इधर-उधर घूमती रही। चारों तरफ़ लोगों की भीड़। लड़कियाँ रोंए साफ़ किए हुए चिकने पाँवों से चल रही थीं। शरीर पर पेट-पीठ खुले वस्त्र। चलते हुए उनके स्तन हिलते नितम्ब भी डोलते।

सारी सर्दियाँ सलाद के पत्ते खाकर शरीर चमका लिया था। जितनी चर्बी थी झड़ गई थी। इस गरमी में अपने शरीर का प्रदर्शन कर रही थीं। रास्ता-घाट बागों में। गरमी इनके लिए सुखद थी। नीला भी असह्य गरमी में पसीने से तर थी। छाया में चल रही थी। बाकी सब धूप में चल रहे थे। वे जल-प्रवाह की तरह कुलकुल कर रहे थे फिर भी धूप चाहते थे। गोरी चमड़ी झुलस कर लाल हो गई थी। फिर भी धूप चाहते थे। गरमी में जब सूर्य आग बरसाना शुरू करता सब बाहर निकल पड़ते। सिनेमा, थियेटरों में भीड़ नहीं है। चारदीवारी और सिर पर छत--ये चीज़ें सरदी की होती हैं गरमी की नहीं। कैफ़े, रेस्तोराँ में कोई नहीं बैठता। सब टैरेस पर बाहर कुर्सियाँ डालकर धूप तापते हुए अड्डा जमाते हैं। पीते हैं, खाते हैं। दोपहर की शरीर झुलसाने वाली धूप में नीला ने देखा, जारदिन द तुइलेरीज़ सैकड़ों लड़के-लड़कियाँ नंगे पड़े हैं। खुद गरम देश की रहने वाली थी इसलिए इतनी धूप नहीं सही जा रही थी। किन्तु ठंडे देशों के लोग गॉग्रास की तरह धूप का आनन्द ले रहे थे। मानों धूप से ज़्यादा सुस्वाद खाद्य संसार में कोई नहीं है। हज़ारों लोगों की भीड़ में नीला अकेली थी बाकी सब जोड़े...। जोड़े चुम्बनों में व्यस्त थे। चलते हुए जार दिन द लक्सेमवर्गे तक वही एक नज़ारा। घास पर तौलिया बिछाए कछुए की तरह सैकड़ों गोरे लोग पड़े धूप सेंक रहे थे। रोम-रोम धूप से सेंक रहे थे। पेड़ की छाया में नीला के अलावा और कोई नहीं बैठा। बाग़ फूलों से रंगीन हो गए थे। इन बागों का रूप हर ऋतु में बदल जाता है। गरमी में यह सबसे ज़्यादा सुन्दर दिखाई पड़ता है। तब बागों में भीड़ ज़्यादा होती है... रूपोन्मत्तों की भीड़।

गरमी में पेरिस का कोना-कोना पर्यटकों से भर जाता है। अमरीकी बूढ़े-बुढ़िया लम्बी ढीली शर्ट पहने, पेरिस का गाइड और हाथ में मैप थामे पेरिस का हर कोना देखते हैं। पर्यटकों की भीड़ से तंग आए हुए निवासी गरमी के बाकी दिनों में लम्बी छुट्टी लेकर शहर से दूर चले जाते हैं। दक्षिण की तरफ़, और भी गरम देशों की तरफ़--इटली या स्पेन या ग्रीस। समुद्र के किनारे बालू में कछुए की तरह सारी गरमी पड़े-पड़े धूप से शरीर ब्राउन करके अपने देश या अपने शहर वापस चले जाते हैं। यही नियम है ये लोग अपना रंग जितना काला, जितना तम्बाकू का सा, जितना बादामी कर सकें उतना ही इन्हें घमण्ड होता है। नीला को साँवली होने का कोई घमण्ड नहीं है। उसे मालूम है कि बनोया को यह रंग केवल शरीर पर अच्छा लगता है। यौनांग काला हो या गोरा एक ही तरह का आनन्द देता है। बनोया को इस पर कोई आपत्ति नहीं थी।

नीला लक्सेमबर्ग बाग़ से निकलकर इधर-उधर घूमती हुई 'विलियन एंड स्मिथ' से कुछ किताबें खरीद कर भारतीय खाना पकाने वाली पुस्तकों के लिए पासाज ब्रेरिसमे घुसी। जिनका कोई प्रेमी नहीं होता उनके लिए पुस्तकों के अलावा कोई चारा नहीं होता। बाग के कैफ़े में बैठकर अपने अकेलेपन को छिपाने के लिए पुस्तकों का सहारा

लिया। पासाज ब्रादि के रेस्तोराँ में खाते-खाते पुस्तक में मन लगाएगी। उस दिन उसने अनुभव किया कि एक लड़की अकेली थी। लड़की का रंग बहुत काला था। किन्तु नाक चपटी नहीं थी। बाल घुंघराले नहीं थे। वह अफ्रीका की लड़की तो थी ही नहीं। रेस्तोराँ में कोई और ख़रीददार नहीं था। सिर्फ़ वह लड़की थी। लड़की के बराबर वाली टेबल पर बैठी नीला सोच रही थी यह कहीं भारतीय लड़की ही न हो। किन्तु किसी भारतीय भाषा में रेस्तोराँ के किसी आदमी से बात न करके उसने शुद्ध फ्रेंच में रेस्तोराँ के आदमी से पानी माँगा, खाना माँगा, खाने में मिर्च कम चाही तब नीला ने किताब से नज़रें उठाकर लड़की को नये सिरे से ऊपर से नीचे तक देखा। दोनों की नज़रें मिलीं।

जब नज़रें मिलीं तो नीला ने दायित्व का अनुभव किया कि दो एक बातें करें। पूछा, "आपकी मातृ-भाषा क्या है?"

"फ्रेंच..." लड़की ने जवाब दिया।

नीला सोच रही थी कि 'तमिल' या 'मलयालम' सुनेगी।

"आप भारतीय नहीं हैं...?"

लड़की ने कहा, "नहीं।"

"तब फिर किस देश की हैं?"

"फ्रांस की।"

नीला का कुतूहल बढ़ने लगा।

"आपका जन्म कहाँ हुआ था?"

"भारत में...।"

नीला हँस पड़ी। विदेशी इस देश में नागरिकता प्राप्त करने के लिए खुद को फ्रांसीसी कहने लगते हैं और अपने देश के बारे में अनजाने ही भूल जाते हैं। नीला ने अम्बर्तो ऐता पुस्तक से अँगुली हटाकर पूछा, "भारत में कहाँ...?"

"शायद कलकत्ता में।"

"कलकत्ता में...?"

नीला के चेहरे से खुशी फूटी पड़ रही थी। बांग्ला में बोली, "कितने दिन से यहाँ हो।"

लड़की हँसकर बोली, "मैं भारतीय भाषा नहीं जानती।"

"आप कलकत्ते की लड़की हैं। बांग्ला नहीं जानती?" नीला फिर बांग्ला में बोली।

लड़की भावहीन ताकती रही।

कम मिर्च वाला खाना आ गया था। लड़की ने खाने में मन लगाया। नीला को समझ नहीं आ रहा था कि लड़की से बातें करती रहे या अपने चरखे में तेल दे। चरखा जैसा यद्यपि उसका कुछ नहीं था। विश्व में घूमने वालों का कोई चरखा नहीं होता। लड़की का मायाकाड़ा चेहरा बड़ी-बड़ी आँखें देखकर विश्वास हो गया कि

यह लड़की जानबूझकर उसकी अपेक्षा नहीं कर रही है। पहले कह चुकी थी कि वह कलकत्ते की लड़की है। लड़की ने हाथ आगे बढ़ाया मैं मोरुनि वेरनेस।

नीला का खाना भी आ गया था। फीका भात और मुर्गी का झोल। उसने भी खाने में मन लगाया किन्तु कुतूहल कम नहीं हो रहा था। कुतूहल के कारण कि नीला खुद कलकत्ते की लड़की है यह जानकर भी मोरुनि ने बात करने का उत्साह क्यों नहीं दिखाया।

खाना ख़त्म करके मोरुनि ने सिगरेट जलाई। काली टी-शर्ट घुटनों तक, पॉकेट वाली पैण्ट, पाँवों में सफेद केड्स, पीठ का वैक-पैक पाँव के पास रखा हुआ।

नीला बोली, "आप शायद बहुत पहले इस देश में आ गई थीं। आपके माता-पिता यहीं रहते हैं?"

मोरुनि ने कहा, "हाँ।"

"आपको बुरा न लगे तो आपसे एक बात पूछूँ।"

"नहीं... बिल्कुल नहीं..." मोरुनि हँस पड़ी। कोमल चेहरे पर मधुर हँसी। काफ़ी पीते हुए अब मोरुनि ने ही बात की। "असल में मुझे अंग्रेजी अच्छी तरह नहीं आती। इसलिए बात करने में संकोच होता है।"

"किसने कहा आपको अच्छी अंग्रेजी नहीं आती। अच्छा तो बोल रही हैं।" नीला ने मोरुनि का संकोच दूर करने की कोशिश की क्योंकि इससे ज़्यादा ख़राब अंग्रेजी वह सुन चुकी थी। मोरुनि के व्याकरण में कोई ग़लती नहीं थी। और आजकल शुद्ध व्याकरणिक अंग्रेजी तो शायद ही कोई बोलता हो।

"आपने यहाँ लिखाई-पढ़ाई की?" नीला ने पूछा।

"हाँ... यहीं...।"

"पेरिस कब आईं...?"

"सत्ताइस वर्ष हुए।"

इसके बाद मोरुनि वेरनेस टूटी-फूटी अंग्रेजी में बताती रही कि वह कलकत्ता में मदर टेरेसा के आश्रम में थी। जब वह दो महीने की थी कोई फ्रांसीसी दम्पति उसे गोद लेने के लिए आए। तब से, यानी दो महीने की आयु से, वह पेरिस में है। सिर से पाँव तक पेरिसीयन। फुट-पाथ के कचरे, डस्टबिन से आश्रम के लोग उसे उठा लाए थे। तब वह कुल एक महीने की थी। मोरुनि नाम भी आश्रम वालों ने दिया था।

नीला गाल पर हाथ रखे मोरुनि की बात सुनती रही।

"फिर...।"

"फिर कुछ नहीं...।"

"तुम्हें मालूम नहीं तुम्हारे बाबा-माँ कौन थे?"

"नहीं...।"

मोरुनि ने एक कप कॉफ़ी और ली। नीला ने भी एक कप चाय।

"फिर कलकत्ता कभी नहीं गईं?"

"नहीं... ।"

"जाने को मन होता है?"

उसके लिए अन्य शहरों की तरह कलकत्ता भी एक शहर था। इस शहर के प्रति उसका विशेष प्रेम नहीं कि जाने की इच्छा हो।

"तुम्हें कभी कोई तकलीफ़ होती है? मोरुनि! कि अपने देश के अपने शहर में तुम्हारा रहना नहीं हुआ।"

"नहीं...क्यों होती। बल्कि लगता है जो हुआ अच्छा ही हुआ। उस डस्टबिन में तो मैं मर ही जाती।"

मोरुनि ने ग़लत नहीं कहा था किन्तु छोटा-सा कष्ट, पर की तरह उड़ कर, नीला के हृदय में घुस गया

उसे नहीं मालूम था कि डस्टबिन में किसने फेंका था। जानने की बात भी नहीं थी। उसे यह भी नहीं मालूम था कि वह कलकत्ता में या वहीं पैदा हुई थी। बड़ी होने पर अपने फ्रांसीसी माँ-बाबा से यह सब सुना था। आश्रम के काग़ज़ों में सिर्फ़ उसका नाम दर्ज था—जन्म स्थान, जन्म तिथि के स्थान पर केवल प्रश्न चिह्न था। माँ-बाप के नाम के आगे भी प्रश्न-चिह्न।

नीला बोली, "अगर तुम्हारी माँ ने तुम्हें डस्टबिन में फेंक दिया था... पता चला कि क्यों फेंका था।"

मोरुनि ने 'नहीं' में सिर हिलाया कि उसकी कोई धारणा नहीं है। नीला बोली, "फेंक दिया क्योंकि तुम काली थीं। काली लड़कियों से कोई ब्याह नहीं करता या कि तुम्हारी माँ का ब्याह नहीं हुआ था। बिन ब्याही लड़की का बच्चे को जन्म देना भयंकर अपराध होता है। तुम्हारी माँ और तुम्हारे लिए समाज में जगह न होती। अथवा तुम थीं लड़की और समाज में लड़की कोई नहीं चाहता। लड़की खर्च की चीज़ होती है। ब्याहने पर दहेज़ चाहिए। तुम्हारे माँ-बाप शायद गरीब थे या उनके लड़कियाँ ही लड़कियाँ थीं...इसलिए।"

मोरुनि हँस पड़ी।

"सोचकर गुस्सा नहीं आता तुम्हें।"

मोरुनि हँसकर बोली, "नहीं।"

मोरुनि की तटस्थता नीला को चकित कर रही थी।

"तुम्हें भारतीय खाना बहुत पसन्द है?"

"हाँ...बहुत।"

"अगर मेरा कोई घर पेरिस में होता तो तुम्हारे लिए बंगाली खाना पका सकती थी। रेस्तोराँ में असली भारतीय भोजन नहीं मिलता। मेरे पास कलकत्ते की बहुत-सी

तसवीरें हैं... तुम्हें दिखाऊँगी। ज़रा-ज़रा बांग्ला शब्द सीखना चाहो तो सिखा दूँगी।"

नीला का उच्छ्वास देखकर मोरुनि हँस पड़ी। नीला को लगा ही नहीं कि मोरुनि को कलकत्ता की तसवीरें देखने या बांग्ला भाषा सीखने का रुझान है।

मोरुनि बड़ी जीवन्त लड़की थी। दुःख का लेशमात्र भी कहीं दिखाई नहीं दिया। यहाँ तक कि जब नीला के पूछने पर कि उसकी माँ ने अपने हाथ से उसे डस्टबिन में क्यों फेंक दिया था। सुनकर दुःख का लेशमात्र भी नहीं हुआ।

"इस शहर में किसी भारतीय को जानती हो?"

"नहीं...।"

"जानना भी नहीं चाहतीं कभी?"

मोरुनि ने कन्धे हिलाए। परिचित होने की इच्छा या अनिच्छा के बारे में उसने कभी सोचा ही नहीं था।

नीला का अनुमान था किसी भारतीय से अथवा पुर्तगाली से परिचय में मोरुनि कोई अन्तर नहीं देख रही थी।

नीला ने सोचा, काश! मोरुनि के माँ या बाबा या कोई और बेरहमी से डस्टबिन में न फेंक देते। अगर यह कलकत्ते में पली-बढ़ी होती बांग्ला में बात करती, साड़ी पहनती। सत्ताईस वर्ष की आयु है। काले रंग की वजह से इसका ब्याह न होता तो शायद मिठू की तरह फाँसी लगाकर मर जाती।

तीसरी बार चाय-कॉफ़ी ख़त्म होने के बाद मोरुनि की उम्र के एक गोरे फ्रांसीसी लड़के ने मोरुनि को पकड़कर चूमा। फिर दाएँ हाथ से पकड़कर उसे ले गया। जाने से पहले मोरुनि नीला को अपना फ़ोन नम्बर देती गई और नीला ने भी अपना नम्बर दे दिया था।

मोरुनि केवल जीवित है, यही नहीं, सुख से भी है। नीला ने अनुमान किया कि वह फ्रांसीसी लड़का चुम्बन लेते-लेते दिन बिता देगा। मोरुनि भी अन्य फ्रांसीसियों की तरह धूप में कछुए की तरह लेटती होगी। उसका काला रंग और भी काला हो जाएगा। उसने धूप से बचना सीखा ही नहीं है। शरीर पर टैन क्रीम लगाकर घंटों बैठकर रंग मामूली सा गोरा करना उसने सीखा ही नहीं होगा। गोरे फ्रांसीसी ने ज़रूर मोरुनि से सैकड़ों बार कहा होगा, "कैसा चमकदार है तुम्हारा रंग मोरुनि!"

नीला ने घर लौटकर टेलीफ़ोन में बारह बार आवाज़ सुनी बनोया की। "नीला! एक बार फ़ोन करो... मैं तुम्हारे बारे में बहुत चिन्तित हूँ। घर आओ मैं तुम्हारी प्रतीक्षा कर रहा हूँ।

चैतालि और सुनील अभी काम पर से वापस नहीं आए थे।

नीला ने टेलीफ़ोन से बनोया का नाम पोंछ दिया।

शाम को लौटकर चैतालि और सुनील दोनों ने प्रसंग नहीं उठाया कि बनोया कौन है... नीला के साथ उसका क्या सम्बन्ध है? टुम्पा-मणि कमरे में खेल रही थी।

सुनील और चैतालि में बहस शुरू हो गई थी कि पूजा में देश जाएँ या पेरिस में ही रहें। पेरिस की पूजा-कमेटी में दलबन्दियाँ शुरू हो गई थीं। चैतालि का मत था कि देश जाना अच्छा है और सुनील का कहना था कि पिछली बार पूजा में देश गए थे। अबकी बार यूरोप में कहीं हो आएँ। कहाँ? सुनील के एक चाचा लंदन में रहते हैं... वहाँ। और लंदन में पूजा भी तो आडम्बर से होती है। किसी तरह कम नहीं ।

"नीला! तुम क्या कहती हो?" सुनील ने नीला का मत जानना चाहा।

नीला होट बिचकाकर बोली, "आप लोगों का ही प्रोग्राम है पर मुझसे अगर पूछा जाता कि लंदन जाऊँगी या कलकत्ता तो मैं लंदन चुनती।"

चैतालि बोली, "सगे-सम्बन्धी कलकत्ता में रहते हैं। वर्ष में केवल एक बार मिलने का अवसर आता है... यह अवसर नष्ट करने का कोई फ़ायदा नहीं। अगर लन्दन जाना हो तो यूरोस्टार में बैठकर तीन घंटे में पहुँचा जा सकता है।"

"किसी भीं सप्ताह में शुक्रवार को जाकर दो दिन छुट्टी काटकर लौटा जा सकता है।"

"ठीक है, फिर सूटकेस भर खरीददारी करो। सगे-सम्बन्धियों का तो अन्त नहीं है।"

"समझी नीला! सब उम्मीद करते हैं। किसी को कमी तो नहीं है पर हाथ में छोटी-मोटी कोई विदेशी चीज़ मिलने पर खुश होते हैं।"

सगे-सम्बन्धी बन्धु-बान्धव से तो शहर भरा पड़ा है। सबके लिए तो लेना मुमकिन नहीं है। एक बक्स तो टुम्पा के कपड़ों का होगा। किसी किसी का उतरा हुआ चेहरा देखना पड़ेगा क्या इसलिए कलकत्ता जाना छोड़ दूँ!"

दो घंटे बीत गए पर फ़ैसला नहीं हुआ कि छुट्टी में कहाँ जाएँ।

रात को सोने जाने से पहले नीला के लिए अप्रत्याशित ही एक फ़ोन आया—मोरुनि का। पेरिस या पेरिस से बाहर नीला अगर कहीं जाना चाहे, कुछ देखना चाहे, घूमना-फिरना चाहे तो मोरुनि के पास वक्त है। वह भी साथ दे सकती है क्योंकि अगले दो दिन वह व्यस्त नहीं है। नीला खुशी से मान गई। वह जिवार्ने जाना चाहती थी। क्लॉदमॉनेर बाग़ देखने के लिए। दोनों कब मिलेगी। कहाँ मिलेगी। मोरुनि बता देगी। नीला देर रात तक मोरुनि के बारे में सोचती रही। मोरुनि उससे सम्पर्क न भी कर सकती थी। किसी ने क़सम तो दिलाई नहीं थी। रेस्तोराँ में मात्र एक दोपहर के परिचय के बाद कोई किसी को मित्र तो बना नहीं लेता। कम-से-कम नीला ने तो कभी सुना नहीं था। कलकत्ते में ऐसी घटना हो सकती है। पेरिस में नहीं। मोरुनि के स्वभाव के अनुसार कलकत्ता में कुछ नहीं था फिर नीला के प्रति मोरुनि की इतनी उदारता क्यों? उसे लगा कि मोरुनि चाहे स्वीकार न भी करे पर नीला के साथ एक

तरह की आत्मीयता का अनुभव करती है। और यह भी लगा कि जिस माँ ने मोरुनि को जन्म दिया था... मोरुनि अवश्य उसके बारे में कभी-कभी सोचती होगी कि देखने में वह (माँ) कैसी थी... उसका नाम क्या था।

कलकत्ते में कहीं मोरुनि की अपनी माँ जीवित होंगी और अपनी निष्ठुरता के लिए क्या खुद को माफ़ कर पाएँगी। कि वह कभी रातों को दुःस्वप्न देखकर जाग नहीं उठती होंगी। किसी एक के साथ मनुष्य कितना निष्ठुर हो जाता है और दूसरे के साथ कोमल चिकनी मिट्टी की तरह नरम! नीला को नहीं मालूम कि मनुष्य का कौन-सा रूप वास्तविक है।

अगले दिन मोरुनि नीला को अपनी मर्सिडीज में जिवार्नि ले गई। जब मोरुनि बड़ी सड़क पर एक सौ अस्सी किलोमीटर की रफ्तार से गाड़ी चला रही थी तो मोबाइल बार-बार बजने लगा। दाएँ हाथ में मोबाइल और बाएँ हाथ में स्टीयरिंग था। नीला पास बैठी नज्ज़ारे से ज़्यादा मोरुनि को देख रही थी। नीला क्लॉइमनेर मकान के बाग़ में छोटे से जलाशय के पास खड़ी जल पर तैरते कमल के पत्तों को देखते-देखते मोरुनि के बारे में ज्यादा सोच रही थी। मोरुनि यहाँ के अमीर माँ-बाप के लाड़-प्यार में पली-बढ़ी है। सरवन में दर्शन पढ़ा है... शायद किसी दिन बड़ी दार्शनिक हो जाय। कलकत्ते में रहती तो शायद अ-आ-इ-ई पढ़ने का सुयोग भी न मिलता। शायद एक वक्त का खाना भी न जुटा पाती, अनाहार या अर्द्धाहार रहती। इस तरह बीमारी में या तो छोटी आयु में मर जाती या सोना-गाछी की वेश्या हो जाती। वेश्या होकर भी ज्यादा ग्राहक न मिलते क्योंकि उसका रंग काला था।

जिवार्ने में दो-एक घण्टे बिताकर मोरुनि नीला को रुएन। ले गयी। वहाँ का विख्यात गिरजाघर दिखाया। क्लॉद मनेज के सवेरे/अपराह्न, सन्ध्या का प्रकाश पड़ने पर मॉनेट ने जिस गिरजाघर के चित्र बनाए थे। एक और गिरजा के पीछे जनदाकर्क में जलाकर मार डालने की जगह भी दिखाई। मोरुनि ने गिरजा दिखाया ज़रूर, पर बोली कि धर्म में उसे विश्वास नहीं है। नीला ने सोचा कि मोरुनि अगर कलकत्ते में पली-बढ़ी होती वह जरूर धर्म में विश्वास करती, शिव-पूजा भी करती, काली घाट भी जाती, गंगा के मैले जल में स्नान भी करती।

यह जानकर कि नीला की शिल्प साहित्य में रुचि है मोरुनि अगले दिन पेरिस से बारह किलोमीटर दूर उवेर ओयासि गई। ओयासि नदी के पार उवरे नामक छोटा-सा शहर था। इसी छोटे से शहर में उन दिनों सब मशहूर शिल्पी—दोबिर्गनी, कामिले, पिसारो रहते थे। पॉल सेजान्ने ने भी रहना शुरू किया और डॉ. गॉसेत नामक एक शिल्प खरीददार के आमंत्रण पर बैन गॉग भी आये थे। बाकी जीवन इन्होंने यहीं बिताया था। बैन गॉग ने 'रावोसइन' नामक कैफ़े के दो तले पर एक कमरा किराए पर लिया था। उस कमरे में बैठकर सत्रह दिन में उसने सत्तर चित्र बनाए थे। सारे चित्र कमरे

में बैठकर नहीं बनाए थे क्योंकि उन्हें प्रकृति से बहुत प्रेम था। नीला ने ओवेर गिरजा के पास खड़े होकर धूप में उसका नीलाम रंग देखा। वैन गॉग की पेंटिंग जैसा। मकई की फ़सल कटने के बाद, उसके बराबर से चलते-चलते नीला ने देखा कि खेत पीले रंग से भरा है, सिर पर से कौए उड़ रहे थे। नीला चलते-चलते मकई के खेत के बराबर कब्रिस्तान में घुसी और सब्ज़ लता गुल्मों से ढकी वैन गॉग की कब्र के किनारे बैठ गई। मोरुनि वैन गॉग के माई थिओ की कवके किनार बैठकर

नीला बोली, "किसी के सारे सपने, सारी इच्छाएँ जीवन में पूरी होती हैं?

"नहीं होते। अगर हो जाएँ तो जीवित रहने का आकर्षण ही खत्म हो जाए," यह मोरुनि की धारणा थी।

"जीवन बड़ा छोटा है। मनुष्य की आयु कम से कम दो सौ वर्ष होती तो ठीक रहता।" नीला ने कहा।

मोरुनि को यह ठीक नहीं लगता, उसे नहीं लगता था कि मनुष्य का इतनी लम्बी उम्र तक जीवित रहने का कोई प्रयोजन है।

अचानक नीला के दिमाग़ में बड़ा विचित्र-सा प्रश्न आया। पूछा, "अच्छा मोरुनि! अगर देखो कि दो लड़कियाँ पानी में गिर गई हैं। मैं और एक फ्रांसीसी लड़की। तुम सिर्फ़ एक को बचा सकती हो। तुम्हारे लिए सिर्फ एक सुयोग है, किसे बचाओगी?"

मोरुनि बोली, "तुम्हें...।"

"क्यों...?"

"क्योंकि मैं तुम्हें जानती हूँ।"

"मान लो फ्रांसीसी लड़की को भी जानती हो। तुम्हारा उससे परिचय है।"

"फ़ैसला करना मुश्किल होगा।"

"मान लो मुझसे ज्यादा तुम उसे जानती हो? उससे तुम्हारी दोस्ती है।"

"फिर उसे...।" मोरुनि कहा।

"मान लो किसी को भी नहीं जानतीं। इनमें से किसी से भेंट नहीं हुई है।"

"फिर जिसकी उम्र कम है... उसे।"

"दोनों की एक ही उम्र हो तो।"

मोरुनि ने जवाब नहीं दिया, बस हँस दी।

नीला ने देखा कि मोरुनि जुबान से कह नहीं रही कि भारतीय लड़की को बचाएगी।

मकई के खेत से गरम लू मोरुनि के घने काले बाल उड़ा रही थी। उधर लता-गुल्मों पर अपना शरीर बिछाए, आकाश की तरफ़ मुँह करके नीला ने गाना शुरू कर दिया, "धीरे-धीरे बहो ओ उतावली हवा।"

मोरुनि तन्मयता से गाना सुनती रही।

नीला ने पूछा कि रवीन्द्रनाथ ठाकुर का नाम मोरुनि सुना है या नहीं। नहीं सुना!

"वह कौन था?"

मोरुनि बंगाली लड़की है सारे पश्चिमी शिल्पी साहित्य की खबर उसकी अँगुलियों पर थी किन्तु रवीन्द्रनाथ का नाम नहीं सुना! नीला झट से उठ बैठी, बोली, "चलो तुम्हें एक जगह ले जाऊँ।"

ओवेर से पेरिस आकर ऍवेन्यू देतालि की तरफ़ जाते हुए "नीला वहाँ से एक छोटी-सी सड़क पर रुककर मोरुनि का हाथ पकड़कर जोश में बोली, "देखो... इस सड़क का नाम 'रू टैगोर' है।" जिनका गाना मैं गा रही थी। सड़क से उतरते ही स्पेनिश शिल्पी मिरों के नाम पर बाग़ था, सड़क के दूसरी तरफ का रास्ता रूसी शिल्पी मार्क शागल के नाम पर।

कलाकार मोरुनि ने पूछा, "टैगोर भी शागल या मिरो जैसे शिल्पी थे?"

नीला बोली, "उनका नाम टैगोर नहीं है—शुद्ध उच्चारण है 'ठाकुर'। रवीन्द्र नाथ ठाकुर! अंग्रेज़ उनके नाम का उच्चारण नहीं कर सकते थे इसलिए टैगोर कहते।"

मोरुनि नीला का हाथ छोड़कर मिरो के बाग़ में घूमने लगी। नीला भी उसके साथ-साथ चलती हुई कहती रही, "रवीन्द्रनाथ भी तस्वीरें बनाते थे पर उससे ज्यादा मूल्यवान उनके गीत, कविता और गल्प हैं। बंगालियों के लिए वे बहुत कुछ ईश्वर की तरह थे। आज भी घर-घर में रवीन्द्र-संगीत बजता है, नए-नए संगीतों का उद्भव होता है। पर वे सब कुछ दिन बाद खत्म हो जाएँगे। केवल रवीन्द्र संगीत रहेगा। किसी भी गीतकार या स्वर साधक की हिम्मत नहीं कि रवीन्द्रनाथ जैसे कलाकार की उपेक्षा करें। उनका संगीत हज़ारों वर्ष तक ज़रा भी पुराना नहीं होगा।'

मोरुनि बोली, "तुमने मिरो का काम देखा?"

वारसेलोना में मिरो की कला देखकर मोरुनि कितनी मुग्ध हो गई थी। वह बात भी उठाई।

नीला कभी वारसेलोना जाए तो मिरो की कला जरूर देखे और किसी तरह गाउदि का स्थापत्य, विशेषकर गिरजा देखना न भूल जाए।

"मैं तुम्हें रवीन्द्रनाथ की फ्रेंच भाषा में एक पुस्तक दूँगी। पढ़कर देखना।" नीला ने कहा।

मोरुनि कार की तरफ़ जाते हुए बोली, "मैं नीत्शे पर एक लेख लिख रही हूँ... उसे लेकर बहुत व्यस्त हूँ। रवीन्द्रनाथ का कुछ पढ़ने का समय नहीं है...। समय होगा तो बताऊँगी।"

नीला का हृदय अचानक 'हू ऽ ऽ हू' कर उठा।

नीला बैंक से मालूम कर आई थी, रुपए अभी आए नहीं थे। उसने कलकत्ता वाले बैंक को भी फ़ोन करके पूछा था। उन्होंने स्पष्ट कहा था कि रुपए भेज दिए गए हैं।

नीला असह्य अस्थिरता में दिन काट रही थी।

मोबाइल से बनोया की हर रोज व्याकुल आवाज़ मिटा देती है।

सुनील को भी कई बार याद दिलाया है कि उसके लिए कोई घर ढूँढ़ दे।

सुनील 'ढूँढ़ रहा हूँ, ढूँढ़ रहा हूँ,' करता है, पर ढूँढ़ता नहीं।

किन्तु एक दिन सवेरे-सवेरे सुनील के जाने से पहले नीला ने फिर अनुरोध किया, चैतालि पास ही थी। बोली, "सुनील के पास इतना समय कहाँ है।"

सुनील बोला, "होगा... अगले सप्ताह ही हो जाएगा।"

चैतालि बोली, "किराए पर लेना क्या मामूली बात है? 'श्योरिटी' कौन देगा।"

नीला अनुरोधपूर्वक बोली, "वह भी सुनील को देनी होगी।"

चैतालि तेज़ होकर बोली, "सुनील श्योरिटी (जिम्मेदार) देगा तो जाने क्या से क्या हो जाए। कोई फ्रांसीसी हो तो अच्छा है। तुम्हारा तो फ्रांसीसी दोस्त भी है।"

"नहीं मेरा कोई नहीं है..." नीला बोली।

"इतना बड़ा रिस्क... कैसे ले सकता है!" चैतालि पहले से भी ज़्यादा उग्रता से बोली।

" 'रिस्क' का सवाल ही पैदा क्यों होगा। किराया देने में कमी करूँगी?

क्या? रुपए पहुँचने तक सुनील दा दे देंगे। अगर विश्वास न हो...।"

सुनील ने नीला की तरफ़ आँख मारी। नीला ने भी।

दोपहर बीत रही थी। नीला कमरे में बैठी गरमी से हाँफ रही थी। पंखे थे ही नहीं जो चला लेती। कमरे से बाहर आग बरस रही थी। खिड़की में से कुछ देर बाहर उत्सव का रेला देखती रही। सारा वर्ष धूप न मिलने से लोग उन्मत्त हो रहे थे कि धूप जब तक रहेगी एक-एक क्षण का उपभोग करना चाहते थे। किन्तु नीला को यह समस्या नहीं थी। उसने जन्म से धूप का आनन्द लिया था। धूप उसे आकृष्ट नहीं कर रही थी।

सारा दिन कमरे में सुकुमारी भट्टाचार्य का 'नियतिवाद, उद्‌भव और विकास' पढ़ती रही थी। खत्म करके चाय पीते हुए उनींदी-सी जय गोस्वामी की कविता ज़ोर से पढ़नी शुरू कर दी। वह कविता ज़ोर से पढ़ रही थी खुद को सुनाने के लिए। उसको आदत है। उसके लिए कविता पढ़ना और सुनना दोनों चीज़ हो जाती है।

जब नीला के समक्ष गरम चाय, जय की कविता और मन अमल आनन्द अनुभव कर रहा था, सुनील घर आया। सीधा नीला के कमरे में। दुर्गा के कमरे

में, काली के कमरे में, सरस्वती के कमरे में। "क्या बात है... इस असमय में घर आए हो", नीला बोली।

बिस्तर पर लेटकर तकिया छाती पर रख सुनील बोला, "कुछ मत बोलो... कुछ अच्छा नहीं लग रहा, काम...काम और काम।"

नीला के हाथ से कविता की पुस्तक लेकर नज़रों के सामने करके सुनील बोला, "तुम कविता पढ़ रही हो... मैंने तो कितने दिन से कविता नहीं पढ़ी है। वे दिन कहाँ चले गए... हमारे स्वर्णिम दिन...।"

'दिन गुलि मोर सोनार खाँचाय रईल ना' गाना नीला गुनगुना रही थी।

सुनील उठकर बैठ गया। "वाह! वाह! तुम इतना अच्छा गाती हो... मुझे नहीं मालूम था।"

नीला ने भौंहें नचाकर कहा, "बिल्कुल नहीं, कभी गाती थी अच्छा! अब न गाने से, गला नहीं रहा।"

सुनील फिर पसर गया। कविता की पुस्तक नीला की तरफ ठेलकर बोला, "कोई कविता सुनाओ ना! सुना है जय गोस्वामी बढ़िया कविता लिखते हैं।"

नीला ने पुस्तक के पन्ने उल्टे। दाएँ हाथ से पढ़ने की शैली में पढ़ने लगी। बायाँ हाथ गोद में रखा था। सुनील ने उसे खींच लिया। हाथ की रेखाएँ देखते हुए बोला, "देखूँ ज़रा, तुम्हारे कितने विवाह लिखे हैं।"

"ब्याह... फिर से...? एक बार ब्याह करके कितनी यंत्रणा झेली है।" नीला बोली।

अपना हाथ सुनील के हाथ से छुड़ाकर उसने कविता पढ़ने में मन लगाया।

"निःश्वास निते देव ना... तोमाके
निःश्वास निते देव ना...।
एक बार जदि पाइ, पुनराय
आरबार जदि पाइ,
पाँजरे पाँजर मुँडो करे देव... छाई।
गुडगुड करे मने करे मुचिराम
जयराम बले... जयराम बले
निहिनि कखनओ तार नाम मुखे
भविष्यतेउ नेव ना–

"किन्तु लिखब एक बार यदि हाते पाई एका हाते पाइ...किफुतेइ छेडे देव ना।"

सुनील मुग्ध दृष्टि से नीला को देखता रहा। सुनील ऊँघ रहा था, नीला भी अध सोई थी।

"अकेली-अकेली चाय पी रही हो, मेरे लिए भी एक कप होगी।" सुनील मुँह फुलाकर बोला।

मानो इस घर की मेहमान नीला नहीं सुनील हो। नीला चाय बना लाई। सुनील के लिए तो लाई ही... अपने लिए भी एक कप! वह बिस्तर पर नहीं कुर्सी पर बैठ गई। सुनील की पहुँच से परे बैठकर बोली, "बताइए घर का कब बन्दोबस्त होगा।"

"इतनी जल्दी क्या है...?"

"जल्दी नहीं है पर दूसरे के घर में और कितने दिन रहा जा सकता है।"

"क्यों तुम्हें असुविधा हो रही है?"

"मुझे तो कोई असुविधा नहीं है। कमरा लेकर बल्कि आप लोगों को ही असुविधा में डाल रखा है।"

"हम लोगों को इतना पराया क्यों समझती हो... सुनूँ, ज़रा!"

नीला जानती है कि सुनील के अलावा इस शहर में इसका अपना कोई नहीं है।

उसे पराया समझती तो अपने घर की तरह यहाँ न रह पाती।

"कोई नौकरी मिल जाती तो स्वस्ति मिलती?" नीला बोली।

"हो जाएगी... हो जाएगी... नारायण से कह दिया है। बड़े काम का आदमी है। नौकरी ढूँढ़ रहा है। पर भाषा अच्छी तरह सीख लेतीं तो अच्छी नौकरी मिलती?"

"मुझे अच्छी नौकरी की ज़रूरत नहीं... कैसी भी हो... चलेगी।"

नीला ने गरम चाय का घूँट भरा... 'ओई भा गो,' कहते हुए होठ, गाल, माथा और आँखें कुंचित कर लीं। सुनील की दृष्टि में उपहास था।

"जीभ जला ली।"

"सुनील की नज़रों से अपनी आँखें हटाकर नीला ज़मीन पर देखने लगी बिसात पर शतरंज के मोहरे की मानिन्द–सफ़ेद काला... काला सफ़ेद। यह हो जाए तो हाथी-घोड़ा-मंत्री कुछ नहीं... केवल निरस्त्र सेना, ऊपर से घोड़ा ढाई घर चलेगा... देखूँ ज़रा–जीभ कितनी जली है बाहर निकालो।"

सुनील ने जैसे ही अपनी लाल जीभ, नीला की जली हुई जीभ की तरफ आगे बढ़ाई नीला ने जीभ अन्दर कर ली। चेयर पीछे करके सुनील की जीभ से खुद को बचा लिया।

"यह क्या हो रहा है?" सुनील को धकियाकर नीला उठ खड़ी हुई।

नीला के खड़ी होते ही सुनील ने एक झटके से उसे बिस्तर पर खींच लिया। नीला के हाथ से चाय का कप और जय की किताब छिटककर दूर जा पड़ी। सुनील ने नीला को अपने सख्त शरीर के नीचे दबाए रखा। एक हाथ से नीला के जामे का फ़ीता खोलकर नीचे उतार दिया और अपनी पैंट घुटनों तक उतारकर नीला के अन्दर

घुस गया। नीला खामोशी से, दुर्बलता से यह कुत्सित दृश्य देखती रही। मकान में कहीं कोई आवाज़ नहीं केवल सुनील की आवाज़—"नीला... ओ नीला।"

कुछ देर बाद सुनील नीला के शरीर पर ढीला पड़ा रहा।

नीला ने सुनील को हटाने के लिए स्पर्श तक नहीं किया। सिर्फ़, एकटक दीवार की तरफ़ देखती रही। सुनील ने खुद को सँभाला, देखा नीला के आँसुओं से तकिया भीग रहा था।

"क्या हुआ... रो क्यों रही हो?"

सुनील अँगुलियों से उसके आँसू पोंछते हुए बोला, "रो क्यों रही हो?" वह सफ़ेद दीवार पर नज़रें गाड़े, टूटी हुई आवाज़ में बोली, "मैं रो नहीं रही। मैं रोती नहीं हूँ। मेरी माँ मुझे अकेला छोड़कर चली गई, मैं रोयी नहीं। मैं किसी कष्ट को कष्ट नहीं मानती। शायद जीवन ऐसा ही होता है, ऐसा ही कुत्सित! मुझे केवल ध्यान आया कि मेरे दादा (भाई) निखिल ने अभी मुझे रौंद डाला है।"

"मैं तुम्हारे दादा (बड़े भाई) का मित्र हूँ, 'दादा' तो नहीं।"

"मैंने बचपन से अपने दादा के मित्रों को 'दादा' समझना सीखा है।"

"उस 'दादा' के मित्र के साथ तो तुम्हारा ब्याह हुआ है... नहीं हुआ?"

"हाँ हुआ—पर आपके साथ तो ब्याह नहीं हुआ। किशन के साथ निभी नहीं इसलिए उसे छोड़ आई। उसे अपना मानने की कभी इच्छा नहीं हुई। इस शहर में सिर्फ आप ही अपने थे। इतना असम्मान सहने की अपेक्षा मेरा शायद उसके घर लौट जाना ही अच्छा है। शरीर का उपभोग करे वह। जो भी हो पति तो है ना... 'दादा' तो नहीं।"

सुनील बोझिल स्वर में बोला, "मैंने सोचा तुम्हारा समर्थन था। जय की कविता पढ़ते-पढ़ते तुम कैसे मेरी तरफ़ देख रही थीं... नहीं देख रही थीं—बताओ।"

सुनील के जाते ही नीला नहाने चली गई। देर तक नहाती हरी, साबुन की टिकिया आधी खत्म हो गई—शरीर तो था नहीं। मानो सियार ने गिद्ध को मारकर फेंक दिया हो। नीला अपने शरीर पर थूकती रही। साबुन घिस-घिस कर लालच, घृणा, कफ, थूक, वीर्य और शरीर पर जितना रक्त था धो डाला। फिर खुद से बार-बार कहती रही... 'नहीं कुछ नहीं हुआ, कोई घटना नहीं हुई...' वह यों ही साबुन खत्म किए जा रही है। यह उसके अपने कुत्सित मन की कल्पना है। सुनील बेवक्त नहीं आया। इसके बिस्तर पर नहीं लेटा, इसका स्पर्श नहीं किया, अगर किसी ने किया भी हो तो वह कोई और था अथवा नीला दोपहर को सो गई थी। यह सब सिर्फ़ स्वप्न में घटा था। स्वप्न-दोष! अथवा कोई प्रतिवेशी (पड़ोसी), कोई दुष्ट काला आदमी, घर में चोरी करने आया था। नीला को अकेले पाकर अत्याचार किया। अथवा अत्याचार नहीं किया। अथवा नीला खुद चाहती थी। सुनील सन्ध्या को लौटेगा—हर रोज़ की

तरह। हर रोज़ की तरह सन्ध्या के बाद सुनील चैतालि और नीला को लेकर गप्प मारने बैठेगा, मछली भात खाएगा, और नीला के मन में यही होगा कि सिर्फ़ इस शहर में ही नहीं इस जगत में सुनील उसका परम आत्मीय है।

गुसलखाने से निकलकर नीला ने बनोया को फ़ोन किया।

वह बनोया की आकुल-व्याकुल आवाज़ सुन रही थी। वह अभी इसी वक्त नीला से मिलना चाहता है। "कहाँ मिलोगी? कहाँ मिलने में सुविधा होगी तुम्हें!"

'सुविधा...?' नीला इस शब्द का अर्थ नहीं जानती।

साढ़े पाँच बजे सिलेक्ट मोपारनासे में नीला की बनोया से मुलाकात हुई। बनोया ने अपने लिए कॉफ़ी और नीला के लिए चाय मँगवायी। दोनों टैरेस पर, सड़क की तरफ़ मुँह किए, बैठे थे।

नीला के शरीर पर एक काली टी शर्ट और सफ़ेद पैंट थी। केश नहीं बाँधे थे। मुँह पर पाउडर आदि नहीं लगाया था। होठों पर गहरा बादामी रंग। यह रंग नाक पर पाउडर न लगाने का बहाना कि आज उसे कही नहीं जाना है।

उदास नज़रों से सड़क की तरफ़ देखती रही, बीच-बीच में चाय का घूँट भर लेती।

"आज सारा दिन क्या किया?"

"लेटी हुई किताब पढ़ती रही।"

"बाहर नहीं निकलीं।"

"नहीं।"

"फोन भी नहीं पकड़ा—सारा दिन फ़ोन करता रहा।"

"तार निकालकर रख दिया था।"

"जिससे मुझसे बात न हो... हैं ना! तो मन किया कि मुझे मना कर दोगी?"

"मालूम नहीं।"

"नीला! मेरी तरफ़ देखो।"

उसने बनोया की गहरी नीली आँखों की तरफ़ देखा।

"इनमें कुछ दिखाई नहीं पड़ता?"

"नहीं...।"

"नहीं...?"

"तुम अन्धी हो...?"

"नहीं...।"

बनोया ने नीला का हाथ अपने गरम हाथों में लेकर चूमा।

"एक बात मानोगी?"

"क्या...।"

"सड़क पर क्या देख रही हो?... मेरी तरफ देखो।"

नीला ने बनोया की आँखों में देखा।

"तुम्हारा मन खराब है?"

"नहीं...।"

"क्या हो गया है बताओ।"

"कुछ नहीं हुआ...।"

"उस दिन इतनी रात गए तुम इस तरह चली गईं... सारा दिन मैं सो नहीं सका।" नीला निर्विकार रही। बनोया की आँखों से नज़र हटाकर फिर सड़क पर जा लगीं। सड़क के दूसरी तरफ ला कूपले लोगों की भीड़। हर कैफ़े, रेस्तोराँ भीड़ से भरा पड़ा था। चाय, कॉफ़ी खत्म न होने से पहले ही कैफ़े का आदमी कप उठाकर ले जाता।

नीला का हाथ पकड़कर बनोया फुट-पाथ पर चलने लगा। नीला को शाम के वक्त ऐसी बढ़िया हवा में इस तरह चलना अच्छा लग रहा था। नीला का मन हो रहा था कि बनोया इसी तरह उसका हाथ पकड़े चलता रहे—छोड़े नहीं। रूद द रेने और रू सैंट प्लेसिडे के मोड़ पर पाँच तला मकान के चारतले पर बनोया का अपार्टमेंट था। कमरे में जाकर नीला को बैठाकर चुम्बन आदि लिए बिना बनोया रसोईघर में चला गया। नीला को पक्का यकीन था कि बनोया गिलास में लाल वाइन लाकर उसे नग्न करके शरीर पर वाइन डालेगा और उसे पिएगा। वह जैसा भी है सुनील द्वारा रौंदे जाने से ज्यादा अच्छा है। नीला की इच्छा बिना बनोया यौन सम्पर्क नहीं करेगा।

बनोया जब दो कप चाय लेकर घुसा—नीला चौंक पड़ी।

"तुम्हारे यहाँ तो चाय होती नहीं है।"

अर्ल ग्रे खरीद कर रखी भी तुम्हारे लिए। चलेगी!" बनोया का स्वर शान्त, सुन्दर था।

नीला हँस पड़ी... "हाँ चलेगी।"

बनोया उठकर नीला के पाँवों के पास आ गया। नीला की गोद में सिर रख लिया।

गोद में रखे सिर का नीला क्या करे! समझ नहीं आ रहा था।

नीला ने कुछ नहीं किया। चाय पीती रही। गरम चाय का घूँट भरकर फिर जीभ जला ली। अचानक बेध्यानी में 'उई मागो' शब्द निकल पड़ा। उसकी छाती काँप उठी। बनोया शायद अब जली हुई जबान के बहाने अपनी लम्बी लाल जिह्वा लेकर आगे आएगा।

बनोया ने सिर उठाया।

"क्या हुआ?"

"कुछ नहीं...।"

उसने यह नहीं पूछा कि जीभ जल गई है या नहीं। नीला को चाय पीते निर्निमेष देखता रहा। बोला–"ज तेम!"

चाय का कप हिल गया... उस पर हाथ रखकर नीला ने पूछा, "क्या कहा?"

"ज तेम... तुमसे प्रेम करता हूँ।"

बनोया की आवाज़ बड़ी शान्त थी। पहले जैसी अस्थिरता नहीं थी। नीला को नज़दीक पाकर शारीरिक आनन्द में पागल-सा होने वाला भाव नहीं था। इन कुछ दिनों में वह काफ़ी बदल गया है,। बहुत धीर-स्थिर हो गया है। नीला काँपते हुए उठी–चाय का कप मेज़ पर रखा। असल में अपने चौंकने को सँभालते हुए उठी थी। उठकर खिड़की के पास गई। रेलिंग पकड़कर सड़क के लोगों को कुछ देर देखती रही... फिर वापस आ गई। बनोया से दूर बैठ गई। चाय का कप फिर हाथों में पकड़ लिया मानो जैसे चाय पी रही थी... अब भी पी रही हो... इस बीच 'ज तेम' जैसा कोई शब्द उसने सुना ही न हो।

नीला को डर लग रहा था कि सुनील जो उसके शरीर के साथ कर चुका है... पता चलने पर बनोया अब 'ज तेम' नहीं कहेगा। नीला ने आँखें बन्द करके दाँत भींचकर, मुट्ठियाँ सख़्ती से बन्द करके अपने एकाकीपन, असहाय अवस्था और यंत्रणा छिपा ली। बनोया का प्रेम उसके लिए सबसे ज्यादा अभिमान की बात है। नीला अपनी ग्लानि की बातें बनोया को नहीं सुनाएगी। नीला कुछ खो चुकी है। खोते-खोते बनोया के प्रति सब कुछ हार चुकी है। अब वह बनोया को नहीं खोना चाहती। एक बनोया का प्रेम ही अगर बाकी जीवन में सुरक्षित रह जाए! नीला प्राणपण से उसे सुरक्षित रखना चाहती है। इस निष्ठुर कुत्सित संसार में नीला 'सुन्दर' का हाथ पकड़कर इतने वर्षों तक पोषित स्वप्न की तरफ़ चलती जाएगी।

धीरे-धीरे वह बनोया की पीठ पीछे घुटनों के बल बैठ गई। एक हाथ बनोया के कन्धे पर रख दिया। बनोया ने उसके हाथ पर अपना हाथ रख दिया। सुख नीला के हाथों में संक्रमित हुआ और सारे शरीर में फैल गया।

"सचमुच प्रेम करते हो?"

बनोया ने उसे घूरा। उसकी आँखें स्वप्नाविष्ट थीं। गहरी नीली!

नीला को अपनी गोद में जकड़कर गहरा चुम्बन देकर बोला, "ज तेम' 'ज. .. तेम'।"

अब नीला अच्छी तरह जानती है कि फ्रांसीसी 'प्रेम करता हूँ' शब्द आसानी से नहीं बोलते। प्रेम करने पर केवल उच्चारण करते हैं। जिस तरह बंगाली लड़के दूर छत पर खड़ी किसी लड़की को देखते ही एक पलक में प्रेम करने लगते हैं, प्रेम करके रात को जागकर सौ पद लिख डालते हैं...न जान न पहचान, समझते नहीं। प्रेम करके जीवन निछावर कर डालते हैं।...यहाँ ऐसा नहीं था। इनका (फ्रांसीसियों) का प्रेम वास्तविक प्रेम होता है। और यह प्रेम नीला का जन्म सार्थक करता है। अर्थहीन

जीवन को अर्थमय कर देता है।

बनोया की गोद से उठकर नीला बिस्तर पर जा लेटी। प्रेम ने उसे पालक की मानिन्द कोमल कर दिया था। खिड़की से उड़ जाने का मन हो रहा था। शहर के हर व्यक्ति को बताना चाहती थी कि अब वह अकेली नहीं है। उसे भोग की वस्तु समझकर भोग नहीं करेंगे। कोई उससे प्रेम करता है, कोई सचमुच उसके प्रेम में पड़ गया है। बनोया नीला के बराबर लेट कर बोला, "तुम फ्रेंच सीखना चाहती थीं ना! मालूम है यह भाषा कैसे सीखी जा सकती है।"

"कैसे...?"

"सीखनी होती है प्रेमी से, तकिए से तकिए पर... लेटकर।"

नीला को छाती से लगाकर उसके बालों की सुगन्ध लेते हुए बनोया बोला, "तुम मुझसे प्रेम करती हो?"

"हाँ," नीला बोली।

"फिर बोलो, ज तेम!"

"ज तेम...।"

"एम्ब्रेसे मोई मो।"

'एम्ब्रेसे मोई मो।"

बोलो, 'ला वाइ ए बैल।'

"ला वाइ ए बैल।"

"सा स 'एस्त ल वाइ'।"

बनोया ने फिर से नीला का चुम्बन लिया।

बनोया ने नीला की शान्तिपुरी चप्पल उतारकर उसके पाँव चूमे, पाँव की हर अँगुली को। नीला को सुशान्त की बात याद आ गई। सुशान्त भी तो कहता था कि उससे प्रेम करता है किन्तु बनोया की तरह कभी लाड़ नहीं किया था। बनोया में एक कलाकार रहता है। बनोया ही सारे संसार के अन्य सब पुरुषों से अलहदा है या कि सब फ्रांसीसी पुरुष ही अपनी प्रेमिकाओं से इतना अच्छी तरह प्रेम करते हैं। नीला को नहीं मालूम। कोई जानकारी न होने के कारण उसकी आँखों से प्रेम उबला पड़ रहा था।

"उम्र में मैं तुमसे बड़ी हूँ... मालूम है। हमारे देश में अपने से बड़ी लड़की को 'दीदी' पुकारते हैं। जैसे बहन को 'दीदी' कहते है।" नीला बोली।

"तुम चाहो तो तुम्हें 'दीदी' कहूँ। ऐसा न करना। फिर तुम्हारा चुम्बन भी नहीं ले सकूँगा।"

बनोया ने फिर नीला के होठों और जिह्वा को चूमा। चूमकर मुँह उठाकर बोला, "दीदी।"

फिर चुम्बन लिया—फिर 'दीदी' कहा।

"उम्र में बड़ी हो तुम–उससे क्या होता है।"

"हमारे समाज में चाहे प्रेम करो या ब्याह करो, लड़के बड़े होते हैं लड़कियों की आयु छोटी।"

"यह तुम्हारा समाज तो नहीं है... हमारा है। अच्छा है हमारा समाज है। वरना तुम्हें न पा सकता था।" बनोया हँसकर बोला।

"ये जो सैकड़ों खूबसूरत लड़कियाँ सारे शहर में घमंड दिखाती फिर रही हैं... तुम्हारा मन नहीं होता कि किसी से 'ज तेम' कहो।"

बनोया ने होठ बिचकाए–"नहीं।"

"तुम तो कहते थे कि बादामी रंग तुम्हें पसन्द है, धूप में जलकर उनका भी ऐसा ही रंग हो जाता है, तो फिर?"

बनोया देर तक हँसता रहा, बोला, "वह रंग तो कुछ दिन बाद चला जाएगा, कृत्रिम रंग।"

"छी..."

बनोया ने उसे फिर चूम लिया, नीला को जकड़ लिया।

"तुम आयु में बड़ी हो ना। यह अच्छा है, तुमसे बहुत कुछ सीखा जा सकता है।"

"मुझसे तो तुम कहीं ज़्यादा जानते हो।"

"तुमसे ज्यादा क्या जानता हूँ?"

नीला ने बनोया की नाक दोनों अँगुलियों से हिलाते हुए कहा, "तुम जानते हो कि तुम्हें क्या आता है।"

"नहीं... नहीं मालूम ... तुम बताओ।"

"नहीं बताऊँगी।"

"नहीं बताओगी?"

"नहीं..."

"क्यों..."

"मेरा मन।"

"मेरी भी एक इच्छा है।"

"क्या...सुनूँ ज़रा।"

"यह सुनने की चीज़ नहीं है।"

"फिर...।"

"अनुभव की।"

नीला ने आँखें बन्द कर लीं।

आँखें बन्द करके नीला इन्तज़ार कर रही थी बनोया के स्पर्श का, वन्या जल का, प्रलयंकारी आँधी का।

देर तक स्पर्श नहीं हुआ। नीला ने आँखें खोलकर देखा कि बनोया उसके नज़दीक भी नहीं था, ज़मीन पर लेटा हँस रहा था। नीला की पहुँच से बहुत दूर!

"कुछ अनुभव किया?"

"दुष्टता हो रही है... कि नहीं?"

नीला बिस्तर से उतरकर बनोया के बराबर उसकी छाती पर सिर रखकर लेट गई।

बनोया ने एक हाथ से नीला को जकड़े रखा। उसके वक्ष-स्थल पर गुलाबी अंगुलियाँ फेरते हुए चुम्बन लेता, वक्ष-स्थल से नीला के होठ बनोया के गले, चिबुक और होठों पर।

दोनों बाँहों में नीला को जकड़ कर बनोया बोला, "ज तेम ज तेम, ज तेम।"

बस संसार यहीं ठहर जाए! वह साँस रोके रही। तृष्णा की तृप्ति के लिए एक बूँद जल चाहिए था। बनोया ने उसे उजाड़कर समुद्र में धकेल दिया था। यह उसे नहीं चाहिए था। नीला धक्का खाकर आत्मीयहीन, बन्धु-बान्धवहीन, आश्रयहीन, असहाय प्राणी रह गई। उसका मेरुदंड टूट गया, वह कुबड़ी हो गई, सिकुड़ गई, अतल में पहुँच गई थी।

आवेग से उसने आँखें बन्द कर ली। उन पर बनोया के होठों का स्पर्श था। बनोया का प्रेम वह पूरे शरीर में अनुभव कर रही थी। हृदय में। बनोया जितना गहरा जाता, जितना अतल में, नीला को पता चल जाता। यह मात्र संगम नहीं था, शरीर का शरीर से खेल नहीं था, यह गम्भीर गहरा प्रेम-स्नेह जो शरीर को शुद्ध कर रहा था, स्निग्ध कर रहा था, शीतल कर रहा था, हृदय प्रफुल्ल हो रहा था, प्रशस्त हो रहा था, प्रांजल हो रहा था।

दोनों रात को घर से निकले। घड़ी के हिसाब से रात थी, पर आकाश रोशनी से भरा था। यह प्रकृति की क्षति-पूर्ति का नियम है। सरदी में प्रकाश ले लेती है और ग्रीष्म ऋतु आते ही उसे पूरा कर देती है। दोनों चेंम्पस-एलिसेर्ड की घास पर पास-पास बैठे थे। नीला के हृदय में आनन्द की धारा बह रही थी। एक सफ़ेद फूल घास से तोड़कर—फूल का नाम मार्गरिट था—उसके पत्ते तोड़ता हुआ बनोया कह रहा था 'ज तेम ऑ ओं, प्यू वोकूप पैशनमेंट अला फोली प टू तांउत बकू आला फलि पा दू-तू।' तुमसे प्रेम करता हूँ थोड़ा-थोड़ा, बहुत, अत्यधिक, पागल की तरह। नहीं, बिल्कुल नहीं। जो आखिर में जिस पत्ते पर आकर रुकेगा। उसे ही मन की बात मान ली जाएगी। पत्तों के इस खेल में बनोया के हिस्से में आया 'अला फ़ोली' और नीला के पक्ष में आया 'पा, दू-तू। बनोया बोला, "देख लिया मैं तो तुमसे पागलों की तरह प्यार करता हूँ और तुम मुझसे ज़रा भी प्यार नहीं करतीं।"

"तुम्हें यही लगता है?" नीला हँसकर बोली।

पहले नीला का चुम्बन लिया, फिर बोला, "नहीं, मुझे मालूम है तुम मुझसे बहुत प्यार करती हो।"

"और तुम्हारे हिस्से में क्या सचमुच 'अला फ़ोली' आया था?"

"हाँ मैं सचमुच अला फ़ोली।"

कैफ़े में खाना खाते हुए नीला मनुष्यों का रेला देखती रही, जैसे रोशनी में तैर रहे हों। उच्छल प्राणवन्त व्यक्ति। मैम्पस एलिर्जेड सारी रात चेतन रहता था। हज़ारों लोगों की भीड़। कैफ़े में सजी-बनी साठ-सत्तर वर्ष की महिलाएँ बैठी थीं। उन्हें देखकर नीला ने कहा, "बूढ़े-बूढ़ियों में से किसी को नींद नहीं आ रही।"

"वे अमीर औरतें जिगोलो लेकर बैठी हैं।" बनोया नीला के कान में फुसफुसाया।

"जिगोलो मायने?" नीला ने नीची आवाज़ में पूछा।

"नौजवान आएँगे... जो जिसे पसन्द कर लेगा, उसके साथ हो लेंगी।"

"क्या कह रहे हो...?"

"देख लो ना...।"

नीला ने मुड़कर देखा।

सचमुच यही हो रहा था। बड़ी-बूढ़ी औरतें छोटी-छोटी उम्र के लड़कों का हाथ पकड़कर बाहर जा रही थीं जैसे माँ अपने लड़के का हाथ पकड़कर ले जा रही हो।

"अब क्या होगा?"

"औरत उस लड़के को लेकर घर जाएगी। फिर आनन्द मनाएगी। लड़के को उपहार वगैरह खरीद देगी, खिला-पिला देगी। एक साथ नाचेगी, उसके साथ सोएगी। लड़का रुपए चाहेगा तो रुपए देगी।"

नीला ने छिः छिः कहा, "ओ मा! क्या कांड है।"

चैम्पस एलिजेई के एक किनारे से दूसरे तक—आर्क द ट्रयम्फ़ से कौन कॉर्ड के गोल चक्कर तक जाकर वापस आए, एक दूसरे की कमर में हाथ डाले। इस तरह चल रहे थे मानों स्वर्ग के उपवन में चल रहे हों। कभी आइसक्रीम खाते, कभी कॉफ़ी पीते, किसी कैफ़े के टैरेस (छत) पर बैठ जाते, फिर चलने लगते। दोनों हलकी-फुलकी बातें करते, किसे कौन-सा रंग पसन्द है—नीला को नीला पसन्द है। बनोया को हरा, नीला को पेरिस और बनोया को रोम पसन्द है। वह रोम गया है कभी! 'नहीं गया'। बारिश अच्छी लगती है? नीला को अच्छी लगती है बनोया को नहीं लगती। आकाश? बादलों से भरा आकाश। नहीं नीला आकाश। बचपन की दुःख की स्मृति? स्कूल की परीक्षा में खराब करने पर अनिर्वाण ने मार-मार कर इसे अधमरा कर दिया था। मादाम दूपँ ने कहा था, इतनी चॉकलेट मत खाया करो, दाँत खराब हो जाएगे। सुख की यादें! परीक्षा में अच्छा करने पर इसे लाल फ्राक इनाम में दी गई थी। बनोया की सुखद

स्मृति—जब बारह साल का था अपने दोस्तों के साथ ऑस्ट्रिया 'स्कीइंग' के लिए गया था।

हर उम्र के लड़के-लड़कियाँ हाथ में हाथ डाले, फ़ुटपाथ पर चल रहे थे। केवल लड़के-लड़कियाँ ही नहीं, लड़की-लड़की और लड़के-लड़के भी चुम्बन ले रहे थे। झरने में नहा रहे थे। गाने गा रहे थे। दिल खोलकर हँस रहे थे। किसी का मन होता तो सिनेमा चला जाता। बनोया जब वर्जिन नामक दूकान में घुसा रात के तीन बजे थे। नीला गाना सुनने में लीन हो गई। वर्जिन में ऊँची आवाज में गाना बज रहा था। बनोया जैक ब्रेल का एक सी.डी. खरीदकर नीला को देते हुए बोला—

"इस सीडी में एक गाना सुनना, तुम्हें लगेगा मैं गा रहा हूँ।"

"कौन-सा।"

"न में कित पा।"

"न में कित पा, मुझे मत छोड़ना।" नीला बनोया को छोड़ेगी क्यों? साँस लेने के लिए हवा की ज़रूरत होती है, बनोया...नीला सोच रही थी कि बनोया को छोड़ने पर उसका जीवन धूल की तरह होगा। धूल बिष्ठा की दुर्गन्ध में पड़ी हुई।

नीला जब थक गई, नींद से जब आँखें मुँदने लगीं बनोया ने पूछा, "घर जाओगी?"

"जाऊँगी..." फिर मन ही मन बोली! घर जाकर तुम्हें जकड़ कर सो जाऊँगी। निर्भय, निश्चिन्त सोऊँगी।"

नीला का ख्याल था की बनोय प्लेस द ल कनकर्द से सीन दी पार करके बुलेवर्ड सेंट जर्मेन के बराबर रू द रेने की तरफ़ जा रहा है। किन्तु उसने अनुभव किया कि वे सीन के नज़दीक नहीं थे बल्कि कनकर्द से रू द रिवली के रास्ते में थे।

नीला ने पूछा, "कहाँ जा रहे हो?"

"तुम्हें पहुँचाने।"

"ओह...।"

"वे लोग तुम्हें बहुत चाहते हैं ना?"

नीला कहना चाहती थी कि वे उससे ज़रा भी प्यार नहीं करते। बल्कि तुम अपने घर ले चलो... उस अपमान से मेरी रक्षा करो, मुझे बचाओ। किन्तु वह कह नहीं पायी। मानो उसकी कंठनली को किसी ने जकड़ कर दबा दिया हो। आवाज़ नहीं निकली। ज़रूर स्नेह करते होंगे वरना इतने दिन तक नीला को रखते! यह युक्ति थी।

"उनकी नींद तो नहीं उचट जाएगी?"

"नहीं... मेरे पास चाबी है," नीला ने कहा।

"तब बिल्ली की तरह दबे पाँव घुसना।"

नीला को उतारकर, चूमकर, कई बार 'ज तेम' कहकर, याद कराके कि कब

कहाँ मिलना है... बनोया चला गया।

बड़ा दरवाज़ा तीन शून्य और पाँच नहीं, दो दबाने पर दरवाज़ा अन्दर से खुल गया। दो तले तक पहुँचकर आगे बढ़ने का मन नहीं था। उस बिस्तर पर लेटना नहीं चाहती थी। वह दो तले की सीढ़ी के पास लेट गई। बाकी रात यही सोचते-सोचते काटी की कि बनोया ने उससे क्यों नहीं कहा 'चलो मेरे घर'। यह तो है नहीं कि बनोया की पहली पत्नी प्रेत की तरह सारे घर में घूमती हो। शरीर और मन की थकावट से नीला निढाल पड़ी रही। रात के अन्तिम प्रहर में पाँवों की आवाज़ें सुनकर वह हड़बड़ा कर उठी। सोचा कोई इसे रौंदने आ रहा है। डर के मारे गुड़ी-मुड़ी होकर पड़ गई। उसने फ्रांसीसियों को सारी रात शोर करके सवेरे घर लौटते देखा था। उसे देखकर कोई पूछता नहीं था कि यहाँ क्यों पड़ी है उसका घर कहाँ है आदि। इस वजह से पेरिस में उसे एक तरह की तसल्ली रहती थी कि कोई भी किसी के व्यक्तिगत जीवन में नाक नहीं घुसेड़ता था। किसी की इच्छा में बाधा डालने का उनका स्वभाव नहीं था। नीला अगर यहाँ रहना चाहे जहाँ लेटी हुई थी उसे सौ फीसदी अधिकार था यहीं रहने का। जब तक कि किसी अन्य को विरक्त न करे।

सवेरे की स्निग्ध शीतल हवा में नीला अकेली चल पड़ी। संसार में सब जगह प्रातःकाल शायद सबसे खूबसूरत वक्त होता है। इस समय प्रत्येक व्यक्ति का चेहरा शिशु की तरह निर्मल होता है। नीला कैफ़े में दस बजे तक च.य पीती रही। उसे पेरिस में यह बड़ा अच्छा लगता है कि सवेरे-सवेरे सारे कैफ़े खुल जाते हैं। आफ़िस जाते हुए लोग लाइन में खड़े होकर कॉफ़ी पीकर दिन शुरू करते हैं। पर नीला के लिए दिन शुरू करना या खत्म करना जैसा कुछ नहीं था। कोई ऑफ़िस नहीं, जाने को कोई जगह नहीं, दिन की शुरुआत नहीं, अन्त नहीं। दिन आते हैं चले जाते हैं। नीला बस नीला ही रह गई। केवल बनोया तरंगायित करता था इसके निस्तरंग नीरस जीवन को। बनोया से मिलकर उसका दिन शुरू होता, अलग होकर दिन खतम हो जाता। बाकी समय में लेटी रहती, केवल अँधेरे में, विश्री अन्धकार में, जिस अन्धकार में, शृगाल दूसरों का सर्वनाश करने की आशा में उत्पात करते फिरते हैं। जिस अन्धकार में लोग चुपचाप मर जाते हैं।

दस बजे के बाद, निश्चिन्त होकर कि घर में अब कोई नहीं है, नीला ने अपना सूटकेस लगाया। टेलीफ़ोन की डायरेक्टरी में होटलों के नम्बर ढूँढ़ने लगी। सब भरे हुए थे—या किराया बढ़ा-चढ़ा था। खोजते-खोजते रू द ला कवाँसिओं में किसी स्टूडियो होटल में खाली कमरे का पता चला। किराया तीस सौ फ्राँ। क्रेडिट कार्ड पर विश्वास करके कमरा बुक करके टैक्सी बुलायी। टैक्सीवाले ने कहा कि तीन मिनट के अन्दर नीचे आ जाएगी। जय गोस्वामी की किताब ज़मीन पर पड़ी थी उसे सूटकेस में रखकर दरवाज़े तक जैसे ही पहुँची फ़ोन की घंटी बजी। सोचकर कि बनोया होगा नीला ने

दौड़ कर फ़ोन उठाया, उधर दानियल थी।

'कैसी हो' अच्छी हूँ आदि बातचीत के बाद दानियल बोली, "तुम्हारी एक चिट्ठी आई है। पड़ी है... लगता है जरूरी है...बैंक की चिट्ठी है।"

"चिट्ठी मुझे चाहिए।" नीला उत्तेजित हो गई।

"तुम्हारे पति के घर फ़ोन किया था... किसी ने उठाया नहीं, फिर रिवाली में तुम्हारे मित्र को खबर देने के लिए वहाँ किया। बोला कि तुम्हारे उसी मित्र के पते पर चिट्ठी भेज सकती हूँ।"

"नहीं... मेरा कोई मित्र नहीं है। ये लोग मेरे दादा (बड़े भाई) के मित्र होने के नाते जानती थी। असल में वे बन्धु नहीं शत्रु थे। उनके घर से मैं अभी जा रही हूँ।"

दानियल ने शान्त स्वर में कहा, "फिर यह चिट्ठी मैं बैंक के पते पर भेज देती हूँ।"

"खोलकर पढ़ दो। क्या लिखा है?" नीला उत्तेजना, आवेग में काँप रही थी।

दानियल ने चिट्ठी खोली। भारत से रुपए आये हैं। तुम्हारे खाते में अब दो लाख नब्बे हजार सात सौ अस्सी फ्राँ हैं।

नीला को मालूम था कि ये रुपए उसके अपने हैं। किन्तु अब उनके सचमुच पहुँचने पर उसे लग रहा था कि ये मानो लॉटरी जीतने के रुपए हैं।

"दानियल तुमने मुझे बचा लिया।" नीता की आवाज़ में उत्तेजना थी, उत्ताप था।

"दानियल ठंडे स्वर में बोली, "तुम तो कि...मैं जीवित हूँ... तुम बहुत अच्छी तरह जीवित हो बहुतों से ज्यादा अच्छी।"

इसके बाद दानियल ने अपने बारे में बताया कि वह कर्ज़ के झमेले में पड़ गई है। कर देते हुए आधा पैसा तो निकल ही जाता है कि इस देश में साधारण मनुष्य के लिए दिन-ब-दिन सरकारी इमदाद कम होती जा रही है। क्योंकि सरकार गरीब देशों को ख़ैरात देने में लगी हुई है। यह है धनी देशों के स्वार्थ के लिए। स्वार्थ क्या ख़ाक! गरीबों के कर के रुपए अमीरों के हाथ में चले जाते हैं। और ग़रीब ग़रीब ही रहता है।

नीला ने खाने की मेज पर चाबी रख दी जैसे किशन के यहाँ से आते हुए रखी थी। और जिस तरह नए जीवन की तरफ़ पाँव बढ़ाए थे उसी तरह बाहर निकली। उस समय अनिश्चित जीवन जानकर भी दुविधा नहीं की थी—अब भी नहीं की।

मैं प्रेम करता हूँ, मैं प्रेम करता हूँ, मैं प्रेम करता हूँ

"आमि आकाशेर नीले, वातासेर पाखाय,
सरोवरेर जले, घासरे शरीरे, घासफूसे,
तोमार नाम लिखि स्वाधीनता।"

स्वाधीनता! मैं नीले आकाश के नीच पवन के पंखे, सरोवर के जल, घास, घास-फूस पर तुम्हारा नाम लिखती हूँ :

नीला स्टूडियो होटल के कमरे में लम्बी नींद सोकर अगले दिन सवेरे उठी। पेट भूख से कुलबुला रहा था। हाथ में कार्तेव्लू, बैंक में रुपयों की कमी नहीं थी। किसी अच्छे रैस्तोराँ में खाने के लिए वह निकल पड़ी—कवोसिओं इलाके से आगे वह कभी नहीं गई थी। घूम-फिरकर देखा इलाका बुरा नहीं लगा। कैफ़े, रेस्तोराँ, सिनेमा, मैट्रो, बस-स्टॉप बुलनजेरी गॉसरी सब नज़दीक थे। बृहस्पतिवार था। कोर्वोज़न में फुटपाथ पर बाज़ार लगता था। खाट, पलंग, कपड़े, किताबें, वीडियो, मछली-मांस, फूल, फल, सब्ज़ी, तीन सौ तरह का पनीर, शराब सब कुछ बिकता था। एक लड़की चिल्ला-चिल्लाकर माजा-मुर्गी और ख़रगोश बेच रही थी। गरम सलाख पर मुर्गी और खरगोश घड़ी के काँटे की तरह घूम रहे थे। नीला ने खरगोश खरीद लिया। बाज़ार की भीड़ चीरते हुए आगे बढ़कर उसने दो बोतल वाइन खरीदी। कुछ संतरे, पनीर और उस दिन का (ताजा) विशेष विज्ञापन—किराए के मकान का विज्ञापन। ये सब लेकर वह होटल आई और बनोया को फ़ोन किया।

बनोया कई बार सुनील आदि के घर फ़ोन कर चुका था। नीला नहीं है।... मालूम नहीं कहाँ है आदि उत्तर मिलते। नहीं मालूम, नीला अचानक कहाँ हवा हो गई है जानकर बनोया को अच्छा नहीं लगा।

"तुम कहाँ हो रहस्यमयी?"

"तुम्हें खरगोश पसन्द है, बताया था न तुमने?"

"हाँ पसन्द है। तुम खरगोश हो गईं क्या? बताओ... तो नमक और गोलमिर्च

क्या लेता आऊँ।''

''आ जाओ।''

नीला ने होटल का पता बता दिया।

बनोया के आने तक नीला ने देखे पर्टिक्युलर्स घर का किराया पाँच से सात हज़ार था। उसने मकानदार को फ़ोन किया। दोपहर से पहले ही घंर का ज़रा-सा हिस्सा किराये पर दे दिया गया था। बाकी यह कि जो अभी किराए पर नहीं चढ़ा है...उसके बारे में बात कर ले कि कब देखने आएगी।

बनोया होटल के कमरे में घुसते ही धप से चेयर पर बैठ गया। नीला होटल में क्यों रहेगी... यह बात उसकी समझ में नहीं आ रही थी।

''उस घर में कोई असुविधा थी?''

''नहीं... बस योंही।''

अपनी परेशानी दूर करने के लिए बनोया ने पानी पिया। नीला को होटल में रहने की वजह का अनुमान करके बोला, ''बेशक! अकेले रहकर स्वाधीनता के साथ रहा जा सकता है।''

''हाँ... जैसे तुम...।'' नीला बोली।

मेज़ पर खरगोश, वाइन, पनीर पड़े रहे। बनोया प्यासा था, पर वाइन पीकर प्यास नहीं मिटाएगा। चुम्बन लेकर मिटाएगा। वह भूखा है पर मृत खरगोश में रुचि नहीं, जीवित खरगोश खाएगा। दोपहर का खाना ख़त्म करने में उसने बहुत वक्त लगाया।

दोनों शावर में लोट-पोटे लगाकर एवेन्यू एमिल जोलाय एवेन्यू में एक घर देखने गए। किराया आठ हज़ार। नीला को मकान बहुत पसन्द आया।

''लूँ या नहीं,'' उसने बनोया से पूछा।

बनोया कन्धे उचकाकर बोला, ''तुम्हारी इच्छा।''

उसने ठीक ही कहा। नीला मकान लेगी, उसकी पसन्द से ही होगा, इसमें बनोया का कुछ नहीं आता-जाता। उसे कुछ कहना नहीं है।

नीला की इच्छा पर ही सब कुछ निर्भर है यह भी नही। मकानदार मना कर देता है कि नीला नौकरी तो करती नहीं है।

''बैंक में रुपया है!'' मकान-मालिक बोला, ''उससे क्या होता है।''

''नहीं...।''

रू द बेजिस में एक और मकान पसन्द आने पर, पूछा गया नए मकान में कब आएगी। नीला की मासिक आय न पूछकर बोला, ''ज़िम्मेदार (श्योरिटी) कोई है कि नहीं।

नीला ने बनोया की तरफ देखा।

बनोया के निर्विप्त चेहरे की तरफ देखकर नीला ने सिर हिलाया ''नहीं''।

"फिर नहीं।"

बाहर निकलकर गाड़ी में बैठते ही बनोया बोला, "जमानत नहीं दी जायेगी तो पेरिस में मक़ान किराये पर नहीं मिलेगा।

"लखपति होने पर भी?"

"नहीं... ।"

"करोड़पति होने पर भी नहीं।"

"नहीं... ।"

"फिर क्या करूँ...!"

नीला को उम्मीद थी कि बनोया कहेगा कि वह जमानत दे देगा पर उसने नहीं कहा। नीला केवल उम्मीद में रही।

"भारतीय तो तुम्हारी जान-पहचान के हैं...उनसे कहो।

"नहीं...उनसे कहने का मन नहीं है।"

"रिवली वाले मित्र से कहों।"

"वह मेरा मित्र नहीं है।"

"उसके घर में इतने दिन रहीं और वह मित्र नहीं है!! यह कैसी बात है।

नीला की ज़वान पर आ रहा था तुम जमानत दे दो बनोया! तुम तो ऑल्कातेल में अच्छे वेतन पर नौकरी करते हो।"

वह कुछ नहीं बोली, वह उसे आशंका थी कि बनोया समझेगा कि यह लड़की आज यहाँ, कल वहाँ, निकल जायेगी। मकान का किराया चुकाये बिना कब भाग जाय!! तब मेरी मुसीबत।

नीला सोच रही थी कि ऐसी कोई ग़लतफ़हमी बनोया के दिल में हो सकती है सोचकर उसे दूर करने के लिए नीला ने बताया कि माँ उसे बहुत रुपया दे गयी है। कोई नौकरी-वाँकरी किये बिना भी वह तीन वर्ष तक आराम से पेरिस में रह सकती है।

बनोया ने सुना...बस सुनता रहा।

नीला आह भर कर बोली, "मेरी माँ नहीं चाहती थी कि मैं विदेश में रहूँ। कलकत्ता में रहती तो किराये पर मकान लेने में कोई दिक्कत न होती। वहाँ इस तरह जमानत का प्रश्न नहीं उठता। किराये के रुपये हो तो मकान-मालिक मना नहीं करता। बनोया कहता रहा कि पेरिस में यह नियम बहुत पुराना है। मकान मालिकों ने यह नियम क्यों बनाया है...वह भी बताता रहा।

घर का किराया लेने और देने के सैकड़ों नियम जल्दी-जल्दी बताता रहा। रू द रेने का मकान खरीद लिया है। किराये पर लेता तो समस्या आती... ।"

नीला ने अब किसी तरह का प्रश्न न करके बनोया को राहत दी। बनोया ने भी नहीं पूछा कि नीला किरोय के मकान का बन्दोबस्त कैसे करेगी।

पिगाले जानेवाली सड़क पर गाड़ी रोक सन्ध्या के प्रकाश में सड़क पर चलते-चलते वह बार-बार कहता रहा "ज तेम।"

सड़क के दोनों तरफ़ लाल-नीली बत्तियाँ जल रही थीं, बुझ रही थीं...दूकानों में ढेरों यौन प्रदर्शन वाले यौन-संगम खिलौने, कृत्रिम शिश्न, कृत्रिम नारी योनियाँ बिक रही थीं। मंच पर यौन-संगम सगम प्रदर्शनी, तस्वीरों में नहीं, गुडा-गुड़ियों की भी नहीं, रक्त-मांस के नारी-पुरुषों में चल रही थीं।

नीला को मालूम है कि इस सड़क पर वह अकेली नहीं चल सकती थी। भय और लज्जा उसके पाँवों को अचल कर देते। बनोया साथ था इसलिए सोचे बिना पिगाले की सड़क पर चल रही थी।

'भय-लज्जा सब पीछे रह गये थे।'

"चलो मूलॉ रुज़ चलते हैं?"

"अरे बाबा! वहाँ खर्च करने के लिए मेरे पास रुपये नहीं हैं।"

"मेरे पास हैं...चलो। तुलूज लट्रेस में क्या नाच दिखा रहे हैं, देख आये।"

"वह नाच धरा है अब तक?"

नाच नहीं हो रहा यह जानकर भी नीला अन्दर घुस गई। इसलिए कि मोलाँ रूज़ पर्यटकों को फँसाने के अतिरिक्त कुछ नहीं था। नीला बनोया को दिखाना चाहती थी कि लोदसियों में इतने रुपये देते वक्त उसने कार्त ब्लू निकाला हे वह देख ले कि नीला राह चलती-भिखमंगी नहीं हैं। जैसा उसने बताया भी था उसकी माँ ने उसे बहुत रुपया दिया है। यह झूठ नहीं है।

बनोया यह भी जान ले कि नीला झूठ नहीं बोलती।

मोलाँ से निकलकर बनोया बड़ा उत्फुल्ल था बोला, "मालूम है...इतनी लड़कियों से मिला हूँ पर तुम्हारे जैसी प्राणवन्त कोई नहीं देखी। जीवन का आनन्द कैसे उठाया जाय...तुम जानती हो। तुम्हारे जैसा हृदयवेग और किसी में नहीं। तुम्हारी तुलना में खुद तुम हो। फ्रांसीसी लड़कियाँ बड़ी हिसाबी होती हैं।"

"फ्रांसीसी लड़के नहीं...?" नीला ने पूछा।

बनोया नीला की प्रशंसा में इतना विभोर था कि उसका प्रश्न सुना ही नहीं।

वह रात बनोया ने नीला के होटल वाले कमरे में काटी सारी रात लाड़-प्यार, चुम्बन, संगम होता रहा। सवेरे बनोया के ऑफ़िस जाने के बाद नीला भी निकल ली। किराये के मकान के दलाल, जो साफ़-सुथरी दूकान पर बैठकर, अपना धन्धा कर रहे थे, जाकर उन सब से पूछा, "मकान मिलेगा कि नहीं?" "मकान तो मिल जायेगा। चाहो तो अभी ले लो, पर जमानत देने वाला कौन होगा? और रू द वोयीर में मकान देखने के बाद होटल में आकर असहाय-सी पड़ रही। दलालों के सामने अपने रुपयों के काग़ज़ दिखाने का कोई लाभ नहीं हुआ। जो बनोया इसका हृदय शीतल करता

था, इसे असहाय देख रहा था किन्तु सहायता की कोई उम्मीद नहीं दिलायी। जो बनोया उसके पूरे जीवन से जुड़ा हुआ था। वह इसका धवस्त जीवन देख रहा था, किन्तु उसे दूर करने के लिए हाथ नहीं बढ़ाया।

दानियल ने बैंक की चिट्ठी के बारे में नीला को सूचित किया था और क्योंकि उसने ईंजिल और दूसरी पेंटिंग की तरह चिट्ठी डस्टबिन में नहीं फेंकी थी, 'जिसका उसे शोक था, इस भरोसे और उम्मीद पर उसने दानियल को फ़ोन किया।

दानियल ने बताया कि अगले हफ्ते वह नीकोल और मिशेल के साथ स्वीडन जा रही है। रीता भी जाना चाहती थी किन्तु चित्र तैयार करने के लिए उसे इज़्लाइल जाना पड़ रहा है इसलिए सम्भव नहीं होगा। मारिया सुएनसन ने इन लोगों को यूसेवेशे बीच में पर अपने नये घर में निमंत्रित किया है। मारिया ने खुद वह "घर बनाया है। बाल्कि समुद्र के किनारे—लकड़ी का लाल मकान।"

"खुद बनाया है?"

"हाँ...खुद...। वहाँ लो खुद अपना घर बनाते हैं।" तो "मारिया उन लोगों को लेकर उत्तर (दिशा में) जायेगी जहाँ लैप जाति रहती है। वहाँ आधी रात को सूर्य देखेंगे वे लोग!"

दानियल ने एक बार भी नहीं पूछा कि नीला आधी रात का सूर्य देखने जाना चाहेगी या नहीं। यह भी जाहिर था कि मारिया ने नीला को छोड़कर बाकी सबको उस रात के लिए आमंत्रित किया था।

दानियल ने शायद सौजन्य वश अन्त में नीला से पूछा था कि उसकी ज़िन्दगी कैसी चल रही है।

होटल का जीवन था। वैन गॉग को साड़े तीन फ्राँ में मकान मिला था। इस बीच सौ वर्ष बीत गये हैं...कीमतें भी सौ फीसदी बढ़ गयी हैं।

"तुम्हे फिक्र किस बात की है रुपया तो है ही। इतने रुपये सारे जीवन में मैंने नहीं कमाये हैं—कभी देखे भी नहीं।"

नीला ने कहा, "कलकत्ते में जो देखा था, वह घर मेरे बाबा (पिता) और दादा (बड़े भाई) का था। माँ ने कुछ रुपये दिये हैं वही मेरे जीवन का सम्बल है। सुना है रुपयों से बाघ का दूध भी खरीदा जा सकता है किन्तु पेरिस में किराये का मकान नहीं मिलता।"

नीला ने दयनीयता से मिन्नत की कि किराये के घर का कोई इन्तज़ाम कर दे।

"किराया कितना है?"

"मान लो छह हजार।"

"तो फिर जिसकी आमदनी चौबीस हजार फ्राँ महीना हो उसके पास जाओ।

मैं तो इतना कमाती नहीं। इसलिए तुम्हारे किसी काम नहीं आ सकूँगी।''

''तुम्हारी वे मित्र—नीकोल, रिता, मिशले... इनमें से कोई दे दे।''

''मुझे नहीं लगता कि कोई देगी।

तुम अपने उस बंगाली बन्धु से क्यों नहीं कहतीं। वह तो अच्छा कमाता है...तुमने बताया था।''

सुनील से बात करने का मन नहीं होता था इसका। नीला पड़ी रही। आफ़िस के बाद बनोया होटल आ जाता रात गुजारने। बनोया का स्पर्श उसे सपनों से जगा देता। एक घर का (स्वप्न) और दूसरा गृहस्थी का स्वप्न! बनोया जितना 'ज तेम' कहता उतनी ही वास्तविकता में लौट आने की इच्छा होती—मानो हर दिन हर सांस में वह बनोया का 'ज तेम' को और भी गम्भीरता से साँसों में खींच रही हो। मलिना की तरह बिना स्नेह, प्रेम के जीवित रहने में उसे डर लगता।

बनोया जब शिशु की तरह नीला को जकड़कर सोता निद्रा-हीन नीला उसका थका हुआ सिर पास रखे उसके असह्य सौन्दर्य को देखती रहती। उस समय क्या उसकी इच्दा नहीं होती थी कि बनोया को धक्का देकर नीचे फेंक दे, गरदन पकड़कर घर से बाहर निकाल दे! होती थी। किन्तु वह अपना भविष्य अन्धकार में देखती, दिन पर दिन अपने स्नेहहीन, आशाहीन, सुनील के भोग की शिकार होना—असहाय अबला की तरह जीवित रहना! यह सच है कि बनोया उससे प्रेम करता है किन्तु वह इस पर भरोसा नहीं करता। इसलिए एक अबोध अभिमान नीला को स्थिर रखता।

इच्छा न होने के कारण इसने अपनी माँ का श्राद्ध नहीं किया। किन्तु अगले दिन सवेरे सुनील को फोन किया। यही नहीं...या मारे सुनील के क्लनिक तक मिलने गयी।

''उस तरह चली क्यों गयी? चैतालि ने भी कहा कि इस तरह बिना कहे चले जाना ठीक नहीं हुआ। सुनील ने नीला के साथ कभी कोई अशोभन मानो आचरण न किया हो, शरीफ़ की तरह कह रहा था।

''मेरे चले जाने का कारण चौतालि को नहीं बताया?'' नीला की आवाज़ तीखी-कड़वी थी।

''क्या वजह?''

नीला ने मुठियाँ सख्ती से बन्द करली। जिस व्यक्ति का मुँह कभी नहीं देखना चाहती थी, आवाज़ सुनना नहीं चाहती थी, दम-घोंट हँसी की आवाज़ सुनना नहीं चाहती थी! कोई और उपाय नहीं था उसके पास। उसे अपने लिये मकान चाहिए था।

नीला अपनी आवाज़ से खुद ही चौंक उठी...जब उसने सुनील से अनुरोध नहीं बल्कि आदेश दिया कि वह जमानत दे दे।

"तो तुम पेरिस में ही रहने का सोच रही हो? तो फिर सब काग़ज़-पत्र तैयार कर लो। किशन तलाक देकर क्या करेगा? हाँ, तुम्हारा तो फ्रांसीसी प्रेमी है ही। उसके साथ ब्याह नहीं करेगी?"

नीला ने उसे डाँट-धमकाकर चुप कर दिया। नीला के स्वर में आदेश था।

अन्त में किराये पर घर मिल गया। रू द मुइये मेथा। बहत्तर वर्ग मीटर, चार कमरे किराया सात हज़ार। दो महीने का अग्रिम किराया और दलाल को सात हज़ार। पूरे इक्कीस हज़ार देकर सुनील को काग़ज-पत्र तथा बाँड दिखाकर नीला को दरवाजे की चाबी मिल गयी। रू द वोईर के मकान के चार तले में घुसी। राहत की साँस ली। स्वाधीनता की साँस ली। सुनील ने कहा भी था कि इतने बड़े घर में अकेली तुम क्या करोगी। किसी स्टूडियो में किराये पर कमरा ले सकती थीं। नीला बहुत कुछ कर सकती थी जैसे सरकार द्वारा आवास-योग्य-घरों की घोषण के बाद जले हुए मकानों पर दखल करके, बिना किराया दिये, बरसों कब्जा किये रहते हैं—गरम पानी नहीं, बिजली नहीं—वैसे ही वह भी रह सकती थी। मोजाम्मेल इसी इलाके में रहता है...उसी वेल-विले में। उसी काले लोगों के इलाके में कोई सस्ता सा घर किराये पर ले सकती थी। नीला बहुत कुछ कर सकती थी। जहाँ जनामत की जरूरत न होती ऐसे किसी इलाके में जा सकती थी। कोई भी टूटा-फूटा मकान। यानी वह बहुत कुछ कर सकती थी पर किया नहीं। इसे कोई अनुताप नहीं है। वह सोच रही थी कि चारों कमरे कैसे सजायेगी। सजे-सजाये घर में घुसकर बनोया कैसे चौंकेगा। उसे पकड़कर चूमेगा और कहेगा 'तुम्हें जितना देखता हूँ उतना ही मुग्ध होता हूँ। इतना कुछ कैसे कर पाती हो।"

नीला घर के सब दरवाज़े, खिड़कियाँ खोलकर दीवार के सहारे पाँव फैलाकर बैठ गयी। कमरे में हू-हू करके हवा आ रही थी। बरामदे के रेलिंग पर अकेला पक्षी आकर बैठ गया। वह बीट करके उड़ गया। सुनील का पावना उसने दे दिया है। नीला को लगा कि सम्भवतः सुनील ने पावना चुका दिया है। सुनील ऐसा लग रहा था जैसे देना-पावाना चुकाने के बाद होठों के कोनों पर प्रशान्ति झलकती है।

नीला ने शे लूलू में जो खाया था उल्टी हो गयी।

नवजीवन

जीवन का मूल्य ही क्या है? जीवन अगर किसी समय खत्म हो जायं किसी भी क्षण भविष्य की तरह खत्म हो जाय। नीला को मालूम है कि ज़िन्दगी का कोई अर्थ नहीं। यह जानकर भी वह हैबितात से फन्नाक वी.एच वी, लाफ़यता गैलरी से घर सजाने के लिए चीज़ें खरीद लायी। ज़रूरत की चीज़ें तो ही, बेजरूरत की भी बहुत सी चीज़ें ले आयी। रुपये होने पर भी किराये के घर में न हो पाता। किन्तु घर सजाने के लिए जो कुछ चाहिए था सब मिल गया। बालिर्गज वाला मकान मलिना अपनी पसन्द से सजा नहीं पायी थीं। सोफ़ा कहाँ रखा जाय। बिस्तर खिड़की के पास रहें या दीवार के सहारे। कौन-सी अलमारी कहाँ, खाने की मेज़ इधर या उस तरफ़, ये सब निर्णय अनिर्वाण ही लेते थे। यहाँ तक कि रसोई-घर के बारे में भी कि आज खिचड़ी बनेगी या सादा भात, मांस होगा या मछली, मछली होगी तो साथ में आलू हो या पत्ता-गोभी वह भी। मलिना थी केवल आदेश पालन के लिए। अनिर्वाण ने अहसास दिला दिया था कि यह घर मलिना का नहीं है। घर के कीट-पतंग ईंट-पत्थर, पेड़-पौधे, लता-जुल्म तक उसी तरह रहेंगे। वे चलाते भी रहे उसी तरह। तब तक चलाते रहे जब तक नीला ने देश नहीं छोड़ दिया और मलिना ने संसार नहीं त्यागा।

शाम को दूकानदार आकर घर को सारा सामान रख गया। नीला जिस तरह जहाँ रखना चाहती थी, ठीक वहीं। सारा घर सजाने में दो दिन और लगें। बरामदे में रंग-बिरंगे फूलों के टब रख दिये। खाने की मेज़ पर ऑर्किड, सोफ़ा टेबल के दूसरी तरफ़ लिलि जिस टेबल पर कम्प्यूटर रखा था कि बनोया को कभी कम्प्यूटर की ज़रूरत पड़ सकती है—वहाँ फूलदान में दस ताज़े गुलाब रख दिये।

घर सजाने के बाद नीला हर कमरे में घूम-घूमकर मुग्ध हो रही थी। एक कमरा सोने का, एक बैठक, एक लिखने-पढ़ने के लिए और एक मेहमानों के लिए। अब क्या...? सब तो हो गया। नीला खुद से कह रही थी। खुद ही जवाब देती—'सब

कहाँ हुआ! अकेलापन लग रहा हैं।

स्नान के बाद बरामदे में खड़े होकर सड़क के लोगों को देखते हुए नीला सोच रही थी–अब क्या चाहिए! किसके होने पर इस क्षण सबसे ज़्यादा अच्छा लगेगा। अगर ऐसा होता कि दरवाजे की कुंडी खड़काने का शब्द हुआ, दरवाज़ा खोलकर वह देखे कि मलिना खड़ी है। मलिना देखने आयी हैं कि नीला पेरिस में किस तरह है। मलिना को पकड़कर नीला कहे! 'मैं तुमसे बहुत प्यार करती हूँ माँ' जो वह कभी नहीं कह सकी थी। मलिना को बिस्तर पर लिटाकर खुद भी उनके बराबर लेट जायेगी। फिर संसार की बेरहमी की बातें बतायेगी सब-कुछ मलिना को। किसी अन्य से तो कहा नहीं जा सकता। अपने दिल में रखे-रखे कभी इसका दिल इतना भारी हो जाता है कि साँस लेने में भी कष्ट होता है।

सारा प्रबन्ध करके नहा-धोकर नीला थकी हुई, मन ही मन मलिना से बातें करती रही। बनोया के लिए अपनी व्याकुलता, अधैर्य सब भूल गयी। दिन खत्म हो गया। रात को उड़ते आकर गिद्ध ने अँधेरा और गहरा कर दिया तब नीला एक कमरे से दूसरे में अकेली चलती रही। उसकी अपनी परछाईं जब लम्बी होते होते सामने आ गयी तब इसने बनोया को अपना नया पता बता दिया।

"तुम क्या कर रही हो या नहीं कर रही मुझे बताया भी नहीं...मैं तुम्हारा कुछ नहीं लगता?"

नीला ने बनोया की शिकायत का कोई जवाब नहीं दिया।

बनोया नीला के घर में घुसा चकरा सा गया। "यह किसका घर है?'

"तुम्हें क्या लगता है?"

"मुझे नहीं मालूम किसका मकान है... तुम साफ़-साफ़ बताओ।"

"मेरा...।" नीला हँस पड़ी।

"तुम्हारा...?" सोफ़े पर बैठकर चारों तरफ़ देखते हुए बनोया ने भृकुटि चढ़ायी।

"हाँ, मेरा।"

"तुम्हें घर मिला किस तरह? तुम तो किराये पर लेना चाहती थीं किराये पर मकान दिलवाने के लिए मैंने तुम्हारी मदद "की।"

"तुमने सहायता की...!"

"नहीं की? तुम्हें एमिल ज़ोला और वॉयसराई का मकान दिखाने ले गया...।"

"ओ...ऽऽ।"

"और कौन-कौन रहेगा यहाँ।"

"मैं...।"

"और...?"

"और तुम।"

"मैं कैसे रह सकता हूँ?"

नीला बोली, "चाहो तो मत रहना मैं अकेली रहूँगी...बस!"

"अकेली के लिए इतना बड़ा घर लिया है?"

"असल में बात क्या है जानते हो...! कलकत्ता के घर में रहने की आदत है। शायद रक्त में यह अभ्यास अब भी कुलबुलाता है।

"नौकरी-चाकरी तो करनी नहीं...इतना किराया कहाँ से दोगी।

"तुम्हें पहले भी बता चुकी हूँ कि नौकरी बिना भी मेरा गुजारा हो जायेगा...डरो मत।"

"हूँ ऽऽ।"

बनोया मुँह लटकाये बैठा रहा।

नीला उसके लटके हुए चेहरे के सामने हँस कर बोली, "तुम्हें खुशी नहीं हुई?"

"इसमें खुशी की क्या बात है...बताओ?"

"खुशी की कोई बात नहीं है?... इतने दिन तक देखते रहे कि मैं कितनी परेशान थी। कभी इस घर में कभी उसमें रहती रही। दानियल—मेरी उसी मित्र ने मुझे अपने घर से 'दुर-दुर' करके निकाल दिया। सुनीला आदि के घर भी मैं अच्छी तरह नहीं रही। वह मन-मर्ज़ी से मेरा अपमान करता रहा। सच यह है कि मेरे पास कोई ठिकाना नहीं था। यहाँ तक कि लाचार हो होटल में रही। अब अपना एक घर हो गया। अपने धर का स्वाद क्या होता है तुम्हें तो मालूम ही है। तुम्हारा अपना घर है तुम समझ सकते हो। नहीं समझते कि अपना घर होना कितना जरूरी होता है? इसमें कितनी शान्ति है। मान लो हम चाहे जितना एक-दूसरे से प्रेम करें पर अगर तुम कहो कि घर से चली जाओ या रह जाओ...तभी मुझे तुम्हारे घर में रहने या चले जाने का अधिकार होता है। रात को तीन बजे अगर जगाकर कहो कि तुम चली जाओ, तो मुझे जाना पड़ेगा। नहीं क्या?...बताओ?"

बनोया तेज़ होकर बोला, "तुम पागल हो गयी हो? मैं तुम्हें जाने के लिए क्यों कहूँगा?"

"कहा नहीं कह तो सकते हो। मैं भी कह सकती हूँ...नहीं क्या?"

"तुम मुझे जाने को कह रही हो?"

सोफ़े के हत्थे पर बैठकर बनोया को जकड़कर नीता बोली।"

"नहीं बिल्कुल नहीं...मैं तो हमेशा के लिए तुम्हें चाहती हूँ जैसे दिन में चाहती हूँ उसी तरह रात को भी। जब जागूँ तब भी चाहती हूँ सोते वक्त भी चाहती हूँ।"

बनोया चारों तरफ निगाह डालकर बोला, "कोई लॉटरी जीत गयी हो क्या? खिड़की में हल्का हरा रंग, सोफ़े का भी वैसा ही रंग, बिस्तर की चादर का भी हल्का हरा रंग।

"तुम्हें शायद हलका हरा रंग बहुत पसन्द है।"

"नीला हँसकर बोली, "नहीं...मुझे तो नीला रंग पसन्द है।"

"फिर हल्का-हरा रंग क्यों...?"

"वह तुम्हारी पसन्द है... नहीं क्या?"

बनोया होठ भींच कर मीठी हँसी हँसा।

नीला तर्जनी से बनोया के होट छूकर बोली, "मैं इसी तरह ठीक हूँ...सौ फ़ीसदी।

"तुम जादू जानती हो क्या? इन थोड़े से दिनों में क्या कुछ कर डाला!"

नीला ने चुटकी बजायी, "चुटकी बजाते ही सब हो गया।"

"बेशक। रुपया हो तो दो दिन में क्या, दो मिनट में सब कुछ हो सकता है?" बनोया ने लम्बा साँस लिया।

वह उठकर सोने के कमरे में गया। नीला की कमर पर हाथ रखकर। हल्के सब्ज विस्तर! बिस्तर के दोनों तरफ़ दो टेबल टेबल पर ढक्कन वाली दो बतियाँ। दीवार से लगी लकड़ी की अलमारी देखी और जिह्वा से 'च, 'च,' 'च' करता रहा। "इकिया से खरीदती तो बहुत सस्ते में मिल जाता। इन्तज़ार कर सकती थीं। मैं तुम्हें 'इकिया' लेजा सकता था। चारपाई, टेबल, चेयर, अलमारी के ठोकर लगाकर लकड़ी की परख करके 'च' 'च', 'च' करता रहा। अच्छी लकड़ी के तो दिये नहीं है! तुम ठगी गयी! कहाँ से खरीदे।"

"हैबितात से।"

"हेबितात भी कोई दूकान है? सब बेकार की चीज़ें। इन्हें खरीदने से पहले मुझसे पूछा तो होता। 'उफ़'... कितनी बेवकूफी की तुमने।"

नीला बनोया का हाथ पकड़ कर अलमारी के पास ले जाकर बोली, "इसे खोलो. .. देखो।"

बनोया अलमारी खोलकर बोला, "यह कितने में खरीदी? इतने रुपये में किसी दूसरी दूकान से यह ज़्यादा अच्छी मिल जाती।"

"अन्दर देखो क्या है?"

बनोया ने देखा, पुरुषों के कपड़े, जूते, पेटिंग का सामान, टॉयलेट का सामान।

"यह सब किसके लिए?"

"अन्दाज़ा लगाओ।"

"किशन का...।"

"सवाल ही पैदा नहीं होता।"

"अन्दाज़ा लगाओ।"

"सुनील के लिए...?"

"सुनील की चीज़े यहाँ क्यों होंगी?"

"फिर किसकी...?"

"अनुमान करो।"

"नहीं लगा सकता?"

नीला हँस पड़ी। बनोया की छाती पर अंगुली रखकर निबिड़ स्वर में बोली..."तुम्हारा...!"

"नीला तुम्हारा दिमाग़ खराब हो गया है?" बनोया खीझ उठा।

"क्यों?"

ये सब चीज़े तो मेरे पास हैं।' वह बिस्तर पर धप् से बैठ गया। हल्के हरे रंग वाला बिस्तर। बिस्तर पर उसकी पसन्द का रंग।

"तो क्या हुआ।" फिर भी जूते के नाप को लेकर उसे जरा सन्देह हुआ। "देखो तो जूता फ़िट आता है या नहीं।" काले इतालबी जूते का पैकेट खोलकर बनोया के पाँव के पास रखकर नीला ने पूछा।

"जूता?..साइज़ क्या है?"

"साइज़ तो मालूम नहीं...आँखों से अनुभव लगाया कि फ़िट आयेगा।

बनोया ने जूते का नम्बर देखा, जूता रखकर बोला, "नहीं यह मेरे माप का नहीं है। ये सब चीज़ें तुमने मेरे लिए खरीदी हैं?... क्यों?... बनोया का प्रश्न था माथे पर पन्द्रह त्यौरियाँ! बनोया के नजदीक बैठकर नीला अपना सिर उसके कन्धे पर रख कर बोली, "तुम्हें प्यार करती हूँ....इसलिए।"

एक आश्चर्य अभी शेष था। नीला जब बाकी कमरों में बनोया को लेकर गई, ताक पर किताबों की लाइन, टेबल पर कम्प्यूटर। बनोया आँखें नचाकर बोला, "तुम शायद कम्प्यूटर का उपयोग भी करोगी?"

"नहीं... मुझे इसका बिल्कुल अभ्यास नहीं है... यह तुम्हारे लिए।"

"मेरे लिए... मेरे पास तो कम्प्यूटर है। "बनोया ने खिलखिलाकर हँसना चाहा।

"जानती हूँ... है तुम्हारे पास।"

बनोया रिवाल्विंग चेयर पर बैठकर गोल-गोल घूमता रहा। गुलाब के फूल के दो मुरझाए हुए से पत्ते निकालते हुए नीला बोली, "मन हो तो इस घर में भी कम्प्यूटर का व्यवहार कर सकते हो।"

"कितने गिगाबाइट्स है इसमें?"

"नहीं मालूम...।"

" 'रैम' कितने हैं मालूम है?"

"वह भी नहीं जानती।"

बनोया ने फिर 'च' 'च' किया।

नीला ने चेयर के पीछे खड़े होकर बनोया के सुनहरे बालों में अँगुलियाँ फेरते हुए बाल चूम लिए।

"तुम्हें पसन्द नहीं आया?"

"अच्छा... तुमने जो इसे खरीद डाला," बटन दबाकर कम्प्यूटर चालू करते हुए बोला, "तुम मुझसे ज्यादा अच्छा कम्प्यूटर जानती हो?"

"मैंने तो कहा नहीं कि तुम्हारी बनिस्बत ज्यादा जानती हूँ।"

"इसलिए खरीद लिया कि तुम इसका व्यवहार करोगे।" नीला मीठी हँसी के साथ बोली।

"मैं तो इस तरह के कम्प्यूटर का प्रयोग नहीं करता। ख़ामख्वाह पैसे खर्च कर डाले।" बनोया ने फिर 'च' 'च' किया।

"रुपए खर्च करने के बारे में चिन्ता मत करो। किस टाइप का पसन्द है बताओ मैं बदलवा लूँगी।"

"तुम्हारे कहने से ही बदल देंगे वे!" बनोया के माथे और आँखों पर वही तेवर।

"ठीक है कम्प्यूटर तुम्हें पसन्द नहीं आया... ये फूल?"

नीला ने गुलाब सूँघे। बनोया ने कहा कि फूल देखने में अच्छे हैं पर उन्हे सूँघने के लिए आगे नहीं आया। अधिकांश पश्चिम-वासियों के लिए फूल केवल देखने की चीज़ होते थे। सूँघने का शौक नहीं होता था। नीला ने मन ही मन सोचा।

"ये किताबें पेरिस से खरीदी हैं?" बनोया पुस्तकों के ताक के पास खड़ा पूछ रहा था।

"कुछ कलकत्ते से लाई थी कुछ यहाँ खरीदी हैं।"

"देख रहा हूँ सब क्लासिक है...।"

"सब नहीं, कुछ। अपना एक घर हो, पुस्तकों के लिए एक कमरा हो। यह शौक बहुत पुराना रहा।"

यूलिसस की तरफ़ इशारा करके उसने पूछा "यह पढ़ी है?"

नीला ने होठ बिचकाए, "कभी बीस पन्नों से ज्यादा नहीं पढ़ पाई शायद पढ़ नहीं सकूँगी।"

बनोया रसोई-घर की तरफ जाते हुआ बोला, "कॉफ़ी पीनी है... यहाँ है?"

पीछे-पीछे नीला चलती हुई बोली! "ऑफ कोर्स।"

रसोई-घर के दरवाज़े का सहारा लेकर बोली, पर जानते हो कॉफी मुझे बनानी नहीं आती।"

बनोया खुद कॉफी बनाने लगा। पास खड़ी नीला बोली, "मैं हूँ चायख़ोर तुम्हें तो मालूम ही है।"

मशीन में कॉफ़ी कैसे बनती है नीला ने सीख ली। बनोया बताता रहा कि पहले फ़िल्टर करो फिर कॉफ़ी पाउडर डालो फिर इस तरफ़ से पानी फ़िल्टर में। कॉफी बूँद-बूँद करके नीचे जमा हो जाएगी।

खाने की मेज़ पर बनोया अपनी कॉफ़ी और नीला चाय लेकर आमने-सामने बैठ

गए। उसकी आँखों में और होठों पर हँसी खेल रही थी। बनोया चम्मच से कॉफ़ी हिलाते हुए बोला, "अच्छा तुमने टॉम क्लेन्सि की किताब पढ़ी?"

"नहीं।"

"स्टीफ़ेन किंग?"

"नहीं।"

"एड मैकबेइन?... टेरी ब्रूक्स?"

"नहीं...।"

"फिर मान लो कि बनोया के पास समय नहीं है।"

"असल में विदेशी साहित्य मैंने ज्यादा पढ़ा नहीं है। ज्यादातर बांग्ला।"

"अलमोर लिओनार्ड?"

"नहीं...।"

"जॉर्ज सिमेनोट?"

"नहीं..."

"डेविड ऐडिंग्स?"

"नहीं।"

बनोया ने कॉफ़ी का घूँट भरा।

"टैरी प्राट्चेट्ट की पुस्तक पढ़ी?"

"नहीं।"

"क्या कह रही हो इतने विख्यात लेखक की पुस्तक नहीं पढ़ी।"

"दो एक नाम बताओ।"

"जादूर रंग पिरामिड, मज़ार समय, आत्मार संगीता।"

नीला ने सिर हिलाया।

"नाम भी नहीं सुने?"

"नहीं..।"

"पुस्तकें पढ़ना अच्छा लगता है... ठीक है चिन्ता न करो मैं तुम्हें टैरी प्राट्चेटे की किताबें दूँगा।"

बनोया ने कप में और कॉफी डाल ली।

"किस तरह के उपन्यास लिखे हैं उन्होंने?" नीला चाय का ख़ाली कप लिए बैठी रही।

"वह कैसे बताऊँ। तुम शुरू कर दोगी तो खत्म किए बिना उठोगी नहीं।"

"ऐसा...?"

"हाँ, ऐसा।"

बनोया की आँखों में हँसी थी। हँसी के मारे सारा शरीर काँप रहा था। वह कॉफ़ी का कप लेकर झटके से उठा। कॉफ़ी छलककर टेबल पर गिरी, टेबल भीग गई।

बनोया ने ध्यान नहीं दिया। बस कहता रहा पृथ्वी—समझी...फिर अचानक कुर्सी सरकाकर उठा। सोने के कमरे की तरफ भागा। एक सीडी हाथ में लिए आया, बैठा, हँसा और बोला— देखने में ऐसी होती है।

"मायने...?"

"पृथिवी का आकार-प्रकार ऐसा होता है। हाँ इतनी छोटी नहीं बहुत बड़ी है।"

नीला ने हाथ बढ़ाकर फलों की टोकरी से एक सन्तरा हाथ में लेकर कहा, "मैं जानती हूँ पृथ्वी देखने में ऐसी लगती है।"

"धत्," नीला को टोक दिया। फिर बोला, "इसके बाद बहुत बड़े कच्छप पर चार दिग्गज हाथी खड़े हैं...कच्छप शून्य में तैरता है।"

सन्तरा छीलते-छीलते तब तक बनोया की बात पूरी नहीं हुई थी, नीला बोली, "तुम्हें इन सब पर यकीन है?"

"यकीन की बात नहीं... यह गल्प है मज़े की गल्प।"

"ऐसी मज़े की गल्प बचपन में मैंने पढ़ी थी ठाकुर-माँ (दादी) के झोली में सुनी थी।"

"झोली क्या है?"

"ठाकुर-माँ की झोली।"

"यह क्या है?"

"यह बच्चों की कहानियों की पुस्तक थी। हाँ बांग्ला भाषा में।"

"बांग्ला में!... यह कहो ना।" बनोया ज़ोर से हँसा। बांग्ला पुस्तक के बारे में मेरी जानकारी की कोई वजह नहीं है।"

नीला ने बनोया के दोनों हाथ पकड़े। बोली, "देखोगे नहीं तुम्हारे लिए और क्या क्या है?"

बनोया तटस्थता से बोला, "क्या?"

मोयेट एंड शैन्डन शैम्पेन लाकर बनोया के हाथ में पकड़ा दी।

"नए मकान में सबसे पहले जो किया जाता है—शैम्पेन बहा देना! क्या कहते हो?"

"गाड़ी चलानी है इस समय शराब पीना ठीक नहीं होगा?"

नीला चौंक पड़ी। बनोया को इतना सतर्क पहले कभी नहीं देखा था।

"तुम तो शराब पीकर भी गाड़ी चला लेते हो।"

"शायद चलाई हो पर उचित नहीं है।"

"आज इस नए घर में शैम्पेन खोलने पर उचित-अनुचित देख रहे हो! अरे खोलो तो शैम्पेन... कुछ नहीं होगा।"

नीला ने शैम्पेन के दो गिलास सामने रखे।

बनोया लम्बी साँस लेकर बोला, "तुम चाहती हो... खोलनी तो पड़ेगी ही।"

बनोया ने उदास होकर शैम्पेन खोल दी। फेन जोर से निकला।

नीला की खुशी की आवाज़ ने उसे दबा दिया।

नीला शैम्पेन का गिलास लेकर बरामदे में जा खड़ी हुई। बनोया भी।

"कितनी बढ़िया हवा चल रही है क्यों?"

"हाँ चल रही है अथवा नहीं चल रही," कहने के पहले ही बनोया के पॉकेट के फ़ोन की घंटी बजी। बात करते-करते वह कमरे में चला गया। नीला खड़ी रही, बढ़िया हवा में आँखें मूँदे। वापिस आकर बनोया ने कहा, पासकाल कल पेरिस लौट रही है। हाथ में शैम्पेन-गिलास हिल गया। नीला ने जल्दी से घूँट भरी।

"शैम्पेन बहुत अच्छी है ना।"

"नीला! पासकाल कल पेरिस वापस आ रही है।"

"सुन लिया।"

"सुन लिया... कुछ कहोगी नहीं?"

"बताओ मैं क्या कह सकती हूँ भला।"

"तुम्हें मालूम है कि मैंने, पासकाल को, हम दोनों के बारे में सब कुछ बता दिया है।"

"तुमने मुझे नहीं बताया।"

"अब बता रहा हूँ... पासकाल हमारे सम्पर्क के बारे में जानती है।"

"मुझे क्या करना होगा बताओ।"

"तुम्हें मालूम है कि मेरी और पासकाल की एक बेटी है... नाम है जैकलिन।"

"जानती हूँ।"

"तुम समझ सकती हो कि पासकाल के लिए हम दोनों का सम्पर्क स्वीकार करना नामुमकिन है।"

गिलास में और शैम्पेन डालने के लिए नीला अन्दर चली गई। पीछे-पीछे बनोया भी।

"बात क्या है। जवाब नहीं दे रहीं।"

नीला ने अपने गिलास में शैम्पेन डाली। बनोया के गिलास में डालने लगी तो उसने अपना गिलास हटाकर टेबल पर ज़ोर से रख दिया।

नीला के कन्धे पकड़कर झकझोरता हुआ बोला, "कुछ बोलतीं क्यों नहीं? क्या गूँगी हो गई हो, अभी तक तो खूब बात कर रही थीं? घर और कमरे दिखाए कितनी कीमती चीजें खरीदी हैं वे सब, अब कहो।"

नीला बैठकर घूँट भर-भर कर शैम्पेन के भी घूँट भरती रही। जैसे पानी पीती थी, और बनोया को देखती रही। वही नीली आँखें उसकी प्यारी आँखें।

नीला बोली "जानती हूँ कि पासकाल के लिए यह स्वीकार करना मुमकिन नहीं। तुम उससे क्षमा माँग लो। उसके बाद मुझसे सम्पर्क न करना। मैं भी नहीं करूँगी।"

बनोया अपना खाली गिलास ज़मीन पर पटककर चीख उठा।

"तुम यही चाहती हो?"

बनोया की करख़्त आवाज़ पर नीला काँप उठी।

बनोया ने नीला को खींच कर कुर्सी से उठाया सामने खड़ा करके बोला, "मेरी आँखों में देखो।"

नीला ज़मीन पर बिखरे काँच के टुकड़े देखती रही।

"उधर क्या देख रही हो? तुम्हारा क़ीमती गिलास मैंने तोड़ दिया।"

नीला ने बनोया की आँखों में झाँका। आँखों में उत्कंठा काँप रही थी।

"तुम हमारा सम्बन्ध ख़त्म कर देना चाहती हो? यही तुम्हारे मन की बात है?"

नीला की आँखों के कोनों में दो बूँद आँसू अटके हुए थे। बनोया उसकी ठोड़ी पकड़कर उसके आँसू देखता रहा। जब तक वे टपक नहीं गए।

नीला फटी-फटी आवाज़ में बोली, "नहीं मैं नहीं चाहती।"

नीला को छाती से चिपकाकर बनोया पागलों की तरह चूमता रहा। नीला लाचार-सी हो गयी।

नीला के शिथिल शरीर को बिस्तर पर ले जाकर बनोया उसकी छाती से अपना चेहरा घिसते हुए बोला, "ज तेम, ज तेम, ज तेम।"

नीला ने राहत की साँस ली। अनिर्वाण ने कभी मलिना को इस तरह प्यार नहीं किया था जैसे बनोया ने उसे जकड़कर पकड़ा था। उन्होंने कभी नहीं कहा कि वे मलिना से प्रेम करते हैं। मलिना अगर उसी खिड़की में पक्षी बनकर बैठ जाती तो देखती कि उनकी बेटी को कोई प्यार करता है...।

"एई... क्या सोच रही हो!"

बनोया ने नीला की ठोड़ी पकड़कर अपनी तरफ की।

नीला लम्बी साँस लेकर बोली, "कुछ नहीं।"

"कुछ तो जरूर है मुझे बताओ।"

"तुम मुझसे सचमुच प्रेम करते हो बनोया?"

"यह क्यों पूछ रही हो... जानती नहीं क्या?"

"कभी-कभी।"

"क्या... कभी-कभी?"

"कभी-कभी मुझे ताज्जुब होता है कि तुम मुझसे प्यार करते हो। मैं कौन होती हूँ बताओ। कुछ नहीं... कोई नहीं। आत्मीय कहो, मित्र कहो, कोई नहीं है मेरा। मेरा जीवन चूर्ण-विचूर्ण है।"

"मैं तो हूँ तुम्हारा। मैं तुम्हें सब कुछ दूँगा... सब कुछ।"

बनोया ने नीला को सब कुछ दिया है। शरीर में जो कुछ नीला को प्रयोजनीय

है उससे भी ज्यादा दिया है। एक बार नहीं बार-बार—सारी रात भी।

प्रातःकाल के प्रकाश में माथे और होठों के स्पर्श पर नीला बोली, ''एई। सोओगे नहीं? सात बार कर चुके।'' 'किन्तु' बनोया बाएँ हाथ पर सिर टिका कर टेढ़ा लेटकर दाएँ हाथ से नीला के (स्तन रूपी) चेरी के साथ खेलते हुए बोला, ''तुमने मेरी नींद उड़ा दी नीला। तुम्हारे अन्दर ऐसी आश्चर्यजनक सम्पदा है कि जितना भीतर जाता हूँ इच्छा उतनी ही बढ़ती जाती है। हर बार लगता है जैसे पहली बार प्रवेश कर रहा हूँ। हर बार लगता है कि तुम्हें नए सिरे से देख रहा हूँ। प्यास जितनी बुझाता हूँ वह बढ़ती ही जाती है। जब आनन्द से विह्वल हो जाती हो तब सबसे अच्छा लगता है। आनन्दातिरेक से मेरी पीठ कर नाखून गड़ाती हो तब मुझे अपना पौरुष सार्थक लगता है।''

सवेरे बनोया ने नीला को कोमलता से जगाया। 'सुप्रभात मादाम।' बनोया के हाथ में ट्रे थी और ट्रे में थे कटहल और चाय। बनोया के चेहरे पर प्रातःकाल की सी कोमलता थी।

नीला बिस्तर में पड़ी चाय क्या मानो अमृत पी रही थी। बनोया बोला, ''कल मेरा दिमाग़ खराब था नीला। मैं बहुत दुखी हूँ।'' बनोया ने अपने लिए कॉफ़ी बना ली थी। यह देखकर नीला को ध्यान आया कि उसने अनिर्वाण या किशनलाल को एक दिन भी चाय या कॉफ़ी बनाते नहीं देखा था। अपनी ग़लती के लिए दुःख प्रकट करते कभी नहीं सुना था। नीला मुग्ध दृष्टि से बनोया को और फिर खुद को देख रही थी। और अपने सौभाग्य को।

''सवेरे बहुत देर तक तुम्हारा नींद में बेसुध चेहरा देखती रही कैसे बच्चों की तरह निश्चल सो रहे थे। तुम्हारी नींद टूट न जाए दबे पाँव उठकर शैम्पेन की बोतल के टुकड़े समेट दिए। तुम्हारा पाँव ज़ख्मी न हो जाए सारे कमरे में झाड़ू लगा दी। फ़िर स्नान किया, बोलंजेरी से कोयासाँ (कटहल फल) खरीद लाई... चाय बनाई फिर तुम्हे जगाया।''

सारी बातें सुनते हुए बनोया सैकड़ों चुम्बन लेकर, घर के दरवाज़े की दोनों चाबियों में से एक निकालकर आफ़िस चला गया। आफ़िस से हर घण्टे में दो बार फ़ोन करके बताता कि नीला से प्रेम करता है। आखिर में यह भी बताया कि पासकाल को स्टेशन से लाने आफ़िस के बाद जाएगा। स्टेशन से सीधे रु द रेने जायेगा पासकाल के लिए नहीं जैकलिन की खातिर उसे घर में रहना होगा। इसलिए मिलना नहीं होगा।

नीला ने कुछ लेटकर कुछ बैठकर दिन बिताया। दो एक ग्रंथों के कुछ पन्ने पढ़े सन्ध्या के बाद टेलीविज़न खोला फिर बन्द कर दिया। लेट जाती फिर उठ बैठती। जैक रेले के गाने सुने फिर बन्द कर दिया। बरामदे में जा खड़ी हुई फिर वापस आ गई। रसोईघर में घुसी। खाना पकाने को मन नहीं हुआ। फ़ोन के पास जाती रिसीवर उठाती

फिर रख देती। तकिए में मुँह गाड़ देती। चादर से सिर, चेहरा ढँक लेती। चादर उतार फेंकती। आईने के सामने खड़े होकर एक-एक करके कपड़े खोलती, अपने पर रखकर देखती, पहनकर आईने में मुँह बनाती, रुआँसी शक्ल बनाती, हँसती 'हा, हा, हा' फिर चली आती। अकेली बैठी गीत-वितान हाथ में लेकर गाना गाती। गाते हुए लक्ष्य करती कि उसका स्वर बन्द हो रहा है। गीत-वितान रख देती।

रात को बिस्तर पर लेट कर खुली खिड़की से काले आकाश को देखते-देखते सोचती बनोया पासकाल का चुम्बन ले रहा होगा। जैसे नीला का चुम्बन लेता है। पासकाल जैकलिन को सुलाने सोने वाले कमरे में आई है। बनोया उसे पकड़कर कह रहा है 'ज तेम ज तेम ज तेम। ज तेम पाशनो को ज तेम सिरियासोमो।' उसके बाद जिस तरह नीला को नग्न करता है पासकाल को भी कर रहा है। नीला के दोनों स्तनों को अगर चेरी नाम दिया है तो फिर पासकाल के दोनों लिंग बेरि है। पासकाल के गौरवर्ण का स्पर्श करके बनोया उल्लासाधिकार से कहता है, तुम्हारा रंग कितना सुन्दर है कितनी चिकनी है खाल, ठीक वैसे ही जैसे नीला का रंग देखकर कहता है। पासकाल के भीतर घुसने के लिए बनोया का पुरुष अंग फूलकर फुँफकारता है। सारी रात पासकाल को ठीक उसी तरह आनन्द दे रहा है जैसे नीला को देता रहा है।

पासकाल नामक एक अदृश्य आततायी की गर्म साँसें नीला के सारे शरीर को जलाए डाल रही हैं।

पाँच से सात तक

अगले सप्ताहों में बनोया हर रोज नीला के घर शाम को पाँच बजे आता और सात बजे चला जाता। जाना पड़ता क्योंकि पासकाल के साथ उसे रात का खाना खाना होता। जाना पड़ता क्योंकि जैकलिन के साथ रात को भूत-भूत खेलना होता। किसी-किसी दिन उन्हें लेकर रेस्तोराँ जाना होता। किसी दिन मित्रों के यहाँ निमन्त्रण पर।

नीला सारा दिन घर में रहती। उसे कहीं जाना नहीं होता था। बनोया शाम को पाँच बजे आएगा, इस इन्तजार में सारा दिन काटती। सात बजे बनोया के जाने के बाद सारे शरीर में उसकी गन्ध, स्पर्श को सुरक्षित रखते हुए बाकी रात बिताती।

शुक्रवार की शाम को बनोया ने जब हर रोज़ की तरह नीला को चूमा तो नीला अलग हो गई।

''क्या बात है! तुम्हें क्या हो गया।''

''पासकाल का इसी तरह चुम्बन लेते हो?

''यह क्यों पूछ रही हो? तुमने तो सब जानते-बूझते मुझसे प्रेम किया है। तुम जानती थीं कि मैं विवाहित हूँ।''

नीला अस्वीकार नहीं कर सकी। क्योंकि जानते-बूझते भी उसकी इच्छा होती कि बनोया के चुम्बन से अवश हो जाए। इच्छा होती कि बनोया की उद्दाम कामना की बाढ़ में बहते हुए डाल, पत्तों को खंडित करते हुए भयंकर तूफ़ान के ग्रास में पड़ जाए।

और बनोया उसी तूफ़ान का दूत था नीला के शरीर पर जिसके झुकते ही नीला हट गई। और वह पूछती कि पासकाल के साथ यही सब करते हो बनोया दोनों हाथ फैलाकर चित लेट गया। उसकी नीली आँखें पलकों में बन्द थीं।

नीला बनोया के जवाब का इन्तज़ार करती रही।

''क्या तुम्हें नहीं मालूम कि मैंने पासकाल के साथ प्रेम विवाह किया है?''

''मालूम है।''

''फिर यह सब क्यों पूछ रही हो!''

''किसी और के साथ तुम्हें बाँटने से मुझे तकलीफ़ होती है।''

"नीला! तुम इतनी खुद-गर्ज हो!"

नीला हतप्रभ हो गई उसे अपनी खुद-गर्जी का अहसास हुआ।

"जरा पासकाल के बारे में सोचो वह मुझसे प्रेम करती है।"

"तुम भी तो उससे प्रेम करते हो... है ना?"

"सुनो नीला! मैं झूठ नहीं बोलता। दूसरा कोई विवाहित पुरुष अपनी प्रेमिका से कहे कि मैं अपनी बीवी से नफ़रत करता हूँ सिर्फ़ तुमसे प्यार करता हूँ। नीला! इस बारे में मैंने बहुत सोचा कि मैं किससे प्यार करता हूँ तुमसे या पासकाल से! तो सच बात यह है कि दोनों से ही प्रेम करता हूँ।"

"क्या दो से प्यार किया जा सकता है।"

"क्यों नहीं? जरूर किया जा सकता है।"

"मैं तो कल्पना भी नहीं कर सकती किसी और पुरुष से प्रेम करने, उसके साथ सोने की।"

"वस्तुस्थिति का सामना किये बिना कल्पना से परे की बात हो जाती है।" (बनोया) की लाल आँखें खिड़की की तरफ देख रही थीं। नीला तुम नहीं समझोगी तुमने प्रेम विवाह नहीं किया, तुम्हारी कोई सन्तान नहीं है।

तुम्हारे लिए यह समझना मुमकिन ही नहीं।"

बनोया नंगा ही उठ गया। ज़मीन पर पड़ी पैण्ट के पॉकेट से बटुआ निकाल लाया।

वालेट की भीतरी पॉकेट से चार रंगीन फ़ोटो निकाली—जैकलिन पासकाल, जैकलिन पासकाल के गाल चूमती हुई, एक में बनोया पीछे से पासकाल को पकड़े हुए है। पासकाल हँस रही है। पासकाल की गोदी में जैकलिन भी हँस रही है। और एक में पासकाल और वेनोया। एक सिर्फ़ जैकलिन की दो वर्ष पुरानी। नीला तस्वीरें देखती रही। उससे भी ज्यादा देर तक बनोया ने देखीं। लाल आँखें बन्द होने लगीं।

"देखो... जैकलिन देखने में बिल्कुल मेरे जैसी है... है ना?"

देर तक देखने के बाद भी नीला को चेहरो में मामूली सा साम्य भी दिखाई नहीं दिया।

"देखो उसकी नाक बिल्कुल मेरे जैसी।"

"अच्छा..? उसकी नाक तो छोटी है।" नीला धीरे से बोली।

"छोटी तो है पर बड़ी होने में कितने दिन लगेंगे। कान भी तो देखो।" कान के प्रसंग में नीला कुछ नहीं बोली कि जैकलिन के कान बड़े होने पर बनोया के कानों की तरह होने में कितने दिन!

"तुम्हारे बाल तो सुनहरे हैं उसके बाल लाल से लगते हैं ना।"

"पासकाल के बाल लाल हैं ना इसलिए। किन्तु पासकाल कह रही थी कि जैकलिन के बालों का रंग लाल नहीं रहेगा धीरे-धीरे सुनहरा हो जाएगा।"

“ओह!”

“कितनी सुन्दर है जैकलिन... देखा!”

नीला ने तस्वीर हाथ में ले ली। गालों पर लाल फुटकियाँ, सिर पर विरल लाल बाल, हँसते हुए लाल मसूड़े दिखाई पड़ते और दो दाँत कीड़ों के खाए हुए।

“हाँ देखा।” नीला की आवाज़ उत्साहहीन थी।

“संसार में इतनी सुन्दर बच्ची कोई नहीं है नीला!”

तस्वीर छाती पर रखकर बनोया तुष्ट हँसी हँस रहा था।

“मेरे जीवित रहने की वजह है जैकलिन... अगर मेरे जीवन का कोई अर्थ है तो वह है जैकलिन।”

बनोया चौंक कर उठा, पूछा,” जैकलिन से मिलने की इच्छा नहीं होती तुम्हारी।”

नीला समझ नहीं पा रही थी कि क्या जवाब दे। उसके लिए जैकलिन अन्य बच्चों की तरह थी।

नीला अक्सर देखा करती थी गोरे बच्चों को मास्टर के साथ, बस में चढ़ते हुए, म्यूज़ियम देखने जाते हुए। इनमें से एक जैकलिन भी हो सकती थी।

“जैकलिन मेरे अस्तित्व का एक अंश है नीला! अगर मुझसे प्रेम करती हो तो जैकलिन से भी प्रेम करना होगा।”

“जैकलिन को तो मैंने देखा तक नहीं है। प्रेम आकाश से तो नीचे उतरता नहीं. .. सम्पर्क से ही धीरे-धीरे प्यार बढ़ाता है।” नीला शान्त स्वर में बोली।

“एक दूध पीते बच्चे से तुम प्यार नहीं कर सकतीं नीला! छि...! इंसान तो किसी भी बच्चे से प्यार कर लेता है। तुम्हे जैकलिन से ईर्ष्या है।”

“फ़िज़ूल की बात मत करो, मैं जैकलिन से ईर्ष्या क्यों करने लगी।”

“इसीलिए तो ताज्जुब है बच्चे से तो तुम्हारा कोई विरोध नहीं है। तुम तो अनायास ही किसी बच्चे को प्यार कर सकती हो। नहीं क्या?”

“कर सकती हूँ अगर वह विशिष्ट हो।”

“जैकलिन विशिष्ट नहीं है यह कैसे कह सकती हो।”

“जैकलिन विशिष्ट नहीं है यह तो मैंने नहीं कहा। हो सकता है वह विशिष्ट हो। शायद उससे मेरी अच्छी दोस्ती हो सकती है। हो सकता है उसे बहुत प्यार करूँ क्योंकि वह विशिष्ट है किन्तु तुम्हारी बेटी होने के नाते मुझे उससे स्नेह करना चाहिए यह ठीक नहीं है। यह बनावटी होगा। चाहे कुछ भी किया जा सके जबरदस्ती किसी से प्यार नहीं किया जा सकता।”

“मान लो तुम्हारी लड़की होती तब तुम न चाहतीं कि मैं उसे प्यार करूँ?”

“जरूर चाहती किन्तु जबरदस्ती न करती।”

“मैं उसे प्यार करता तो तुम्हें अच्छा लगता ना।”

"हाँ लगता।"

"फिर समझती क्यों नहीं जैकलिन से तुम स्नेह करागी तो मुझे भी अच्छा लगेगा। आपस में क्या अच्छा लगेगा। क्या मिलने पर मुझे खुशी होगी हम दोनों को वही तो देखना होगा। तुम भी तो वही देखती हो। मुझे हल्का हरा रंग पसन्द है तुमने उसी रंग की चीजें खरीदी हैं। क्यों... खरीदी नहीं क्या? किसी ने ज़बरदस्ती तो की नहीं थी।" नीला बिस्तर से उठ गई। उसे लगा कि इसके बाद बनोया पासकाल से प्रेम करने की ज़िद करेगा। अन्यथा नीला जलनखोर लड़की कहलाएगी।

बनोया ने हाथ बढ़ाकर नीला को अपने पास खींचा। छाती पर नीला का सिर रख, लम्बे केश सूँघते हुए बोला, "तुम बच्चा नहीं चाहती क्या? एक बच्चा पूरे घर में खेलेगा। मैं देखूँगा, हमारा बच्चा। गोरा सुन्दर। एक बच्चे को जन्म देकर तुम्हारा जीवन पूर्ण हो जाएगा। भोला-भाला शिशु।"

नीला ने आँखें मूँद लीं। एक पुतुल गोरा शिशु। सुनहरे बालों वाला शिशु, मीठी हँसी वाला शिशु...माँ, माँ पुकारता हुआ नीला की तरफ आ रहा है। वह शिशु को गोद में उठा लेती है। वह नीला की गोद से निकलकर बनोया की गोद में कूद जाता है। बनोया उसे छाती से लगाकर दुलार करता है।

नीला का मन होता था कि बनोया की छाती पर इसी तरह सिर रखकर लम्बे वर्ष काट दे। बनोया फुसफुसाकर इसी तरह सन्तान की बात करे। वह नीला को सपने दिखाएगा, जो नीला को जीवित रखेंगे। इस संसार में उसका और है ही क्या!

"तुम लड़का चाहते हो...?"

"कोई भी...लड़का हो या लड़की। बनोया बोला। नीला का चेहरा उठाकर मुँह चूमता है। बनोया की नीली आँखों के सागर में नीला कहीं खो जाना चाहती है जहाँ कोई कूल-किनारा न हो।

"किन्तु उस लड़के या लड़की का परिचय क्या होगा?"

"हमारे प्रेम की सन्तान। यह सबसे बड़ा परिचय नहीं है क्या?"

"हमारी शादी तो हुई नहीं है।" कहते हुए नीला खिड़की से देखने लगी। खिड़की के बाहर उधर कुछ भी नहीं था। सिर्फ़ तेज धूप थी।

"तुमने तो एक दिन कहा था कि विवाह में विश्वास नहीं है तुम्हारा... प्रेम में यक़ीन करती हो। अब अचानक ब्याह पर विश्वास हो गया!" बनोया उसका चेहरा अपनी तरफ़ करके बोला, "भारतीय कट्टर पंथ को इससे नफरत है। अब स्वीकार कर रही हो।"

"बनोया मुझसे क्यों प्रेम करते हो? तुम्हारी बीवी है, बच्चा है। सुखी गृहस्थी है ख़ामख़्वा..." नीला की आवाज टूट गई।

"बस यही जानता था कि पासकाल से प्यार करता हूँ। किन्तु न जाने मेरे अन्दर क्या घर कर गया। तुम प्रकाश लेकर आ गईं। तुम्हारे अलावा और कोई उपाय नहीं

है। मैं तुम्हें चाहता हूँ... मुझे तुम्हारी ज़रूरत है... मैं तुमसे प्रेम करता हूँ। सारा दिन तुम्हारे बारे में सोचता रहता हूँ। स्वप्न में तुम्हें देखकर अचानक जाग उठता हूँ। पासकाल ने आज सवेरे मुझे बताया कि नींद में मैं 'नीला', 'नीला' पुकार रहा था।''

बनोया की बाँहों से निकलकर नीला सरककर बैठ गई। पूछा, ''वह मेरे बारे में जानती है?''

बनोया लम्बी साँस लेकर बोला, ''जानती है। उसे कितनी तकलीफ़ पहुँची यह मुझे मालूम है। मुझसे कुछ नहीं कहा। बताने के बाद उसने दुबारा तुम्हारे बारे में कुछ नहीं पूछा। मुझे भी इसके लिए दुख होता है। बताओ मैं क्या कर सकता हूँ। पासकाल को छोड़ देने पर मेरा चलेगा नहीं। वह मेरी जैकलिन की माँ है। तुम्हें छोड़ कर भी मेरी गुज़र नहीं। तुम मेरी भावनाओं में बसी हुई हो। तुम्हारे बिना मैं मृत मनुष्य हूँ।''

नीला उठकर रसोई-घर में चली गई।

बनोया की लाल आँखें कभी झपक जातीं कभी सिकुड़ जातीं जब रसोईघर में वह नीला के पीछे जा खड़ा हुआ। ''अचानक चली आईं...।''

''चाय बनाने।''

''कुछ कहोगी नहीं।''

''बनोया मुझे लगता है कि हम लोगों का सम्बन्ध बड़ा जटिल होता जा रहा है। मुझे समझ नहीं आता कि तुम सचमुच में किससे प्रेम करते हो। किसके साथ ज़िन्दगी बिताना चाहते हो। अवश्य यह कहोगे कि दोनों को प्यार करते हो। तुम्हें दोनों की ज़रूरत है। अगर कल देखो कि एक और लड़की तुम्हारे जीवन में अचानक आलोक लेकर आ गई है तब क्या करोगे? जीवन में उसे भी चाहोगे.... है ना!''

''मैं किसी और से प्रेम नहीं कर सकूँगा।'' बनोया का स्वर उदास था।

''मुझसे मिलने से पहले तुम पासकाल से भी यही कहते रहे होंगे। नहीं कहते थे? कि उसके अलावा किसी और से प्रेम नहीं करोगे। फिर क्या हुआ मुझसे कहा कि मुझसे प्रेम करते हो। बेशक यह मुझे मालूम नहीं कि यह सच्चा प्रेम था या अभिनय। एक और शरीर के भोग का सुअवसर तुम छोड़ना नहीं चाहते थे। एक मूर्ख लड़की को भुलावे में डालकर।''

''छी...नीला...छी।''

बनोया जल्दी से उठकर सोने के कमरे में गया और कपड़े पहन लिए। नीला जब चाय लेकर आई बनोया जूतों के फ़ीते बाँध रहा था।

''क्या बात है...जा रहे हो। मैंने तो तुम्हारे लिए खाना बनाया है। बंगाली खाना! बढ़िया वाइन भी खरीदी है। जो तुम्हें पसन्द है।''

''तुम खाना...।''

''तुम बिना खाए चले जाओगे? भूख ज़रूर लगी होगी। दोपहर को क्या खाया था?''

"सैंडविच।"

"सैंडविच में सारा दिन! आओ खा लो।" नीला ने बनोया को पकड़कर खींचा। हाथ छुड़ाकर बनोया बोला, "खाना-पीना मेरे लिए कोई महत्त्व की बात नहीं। वह तुम्हारे लिए होगा। बिना खाए तो तुम्हारे देश-वासी मरते हैं। इसलिए 'भात' के अलावा तुम्हारे लिए कुछ और नहीं है।"

बनोया के जाने के बाद नीला बरामदे में चेयर डालकर बैठ गई। जो तीव्र सुख उसके जीवन में अचानक आ गया था। अब दूर हो रहा है। उसकी पहुँच से दूर होता जा रहा है।

रात को टाउस की किताब लेकर वह सोफ़े पर बैठ गई। आज रात बनोया के बारे में बिल्कुल नहीं सोचेगी। जीवन की जटिलता का समाधान उसे मालूम नहीं था। उससे तो होमर वैल्स के बारे में जानना कहीं ज्यादा अच्छा है। होमर ने अपनी जिन्दगी यतीमखाने में शुरू की थी। अस्पृश्य... विचित्र... होमर। नीला होमर की तरह खुद को भी यतीम सोच रही थी। उसे कोई स्वीकार नहीं करता। जाने के लिए कोई जगह नहीं है।

देर रात को फ़ोन की घंटी सुनकर नीला कूदकर उठी। यतीमखाना... होमर वेल्स सब ज़मीन पर गिर पड़े।

"ज तेम नीला!"

इधर नीला ने जिह्वा पर आया हुआ मोइ ऑसि शब्द रोके रखा।

"क्या कर रही थीं?"

"पढ़ रही थी।"

"क्या पढ़ रही थीं?"

"कुछ ख़ास नहीं एक घर में सेब की शराब बनाई जाती थी—वहाँ बहुत कुछ हो गया..."

"मालूम है आज रात क्या हुआ?" बनोया की आवाज़ ऐसी थी मानो पासकाल से अलग हो गया हो।

"क्या हुआ?" नीला उत्तेजित थी।

"मैंने खाना नहीं खाया।"

"आँ....।"

"मैं तुम्हारे साथ खाना चाहता था।"

नीला ने ज़मीन से कहानी की किताब उठा ली बाकी पन्नों पर सरसरी नज़र डालकर किताब बन्द कर दी।

"तुम मुझसे प्रेम करती हो नीला!" बनोया ने पूछा।

"तुम्हें मालूम नहीं है?"

"मालूम है फिर भी सुनने में अच्छा लगता है।"

बनोया को सुनने में अच्छा लगता है इसलिए नीला को कहना होगा—'ज तेम?"

अगले दिन सवेरे बनोया के स्पर्श से नीला की नींद खुल गई। बनोया सवेरे-सवेरे घर आ गया था। नीला का मन था कि बनोया से कह दे, "चले जाओ।" अकेली की ज़िन्दगी अकेली ही बिता लेगी। पर बनोया की जिह्वा नीला की जिह्वा को खोजने लगी—खोजते-खोजते नीचे उतरकर चेरी-फल खोजने लगी और जैसे राख हटाकर कीमती धन पाया जाता है...उसे मुँह में लेने लगा। बनोया का गरम शरीर जब उन्मत्त होकर नीला के अतल सरोवर तक पहुँचा कि उस सरोवर का जल-पान मानो अमृत पान कर रहा हो। और बनोया के चर्बी-हीन मांसल शरीर के नीचे जब नीला पूरी तरह ढँक गई तब नीला की अकेले रहने की शक्ति लुप्त हो गई। नीला को लगा कि सिर्फ़ पासकाल ही क्यों बनोया सैकड़ों लड़कियों को इसी तरह प्यार कर ले तो भी कोई हानि नहीं। अगर बनोया का, सौवाँ हिस्सा भी नीला प्राप्त कर सके... थोड़ा बहुत, उसके लिए बहुत काफ़ी है। जिसके पास कुछ न हो, अगर थोड़ा बहुत भी मिल जाए तो पूरा क्यों नहीं मिला सोचकर अभिमान करना निरर्थक है। बनोया को पूरी तरह पाने की योग्यता उसमें नहीं है। नीला जानती है।

बनोया दिन भर नीला के साथ रहा। पासकाल सारे दिन के लिए अपनी किसी सहेली के घर चली गई थी। गाड़ी ले गई थी। बनोया मैट्रो से आया था। रू द रेने से कवोंसिउ, वहाँ से खुशगवार हवा में चल कर यहाँ रू द बुइये आया थां। रास्ते में वुलनजेरि से एक...भी ख़रीद लाया था। बगल में एक लागते और हाथ में वाइन थी। बोतल लेकर वह फ्रांसीसी चलता हुआ घर आया। गर्मी में गन्धवाला लागते छीलकर घर के सब लोग खा रहे थे। उनकी यही आदत है। शराब और रोटी, प्रभुविभू का रक्त और मांस न खाएँ तो धर्म नहीं रहता। यानी फ्रांसीसी धर्म।

बनोया सोच रहा था कि बाहर सूर्य के प्रकाश को छोड़कर जो घर में बैठे रहते हैं उनके जैसा अभागा और कोई नहीं हो सकता। इसलिए चलते रहो। बनोया के साथ-साथ नीला भी चल पड़ी। क्वार्तियर लतार जायेंगे फिर फिर घूमेंगे। वहाँ कौन-कौन रहता है? जाँ जॅक! जाँ जॅक थोड़े से दिन के लिए पेरिस आया है। रहता है मारसेइ में। मारसेइलस का फ्रेंच में उच्चारण है मारसेइ। फ्रेंच भाषा में अधिकांशतः अक्षर ही होते हैं विशेषकर में अन्तिम अक्षर का उच्चारण किया नहीं जाता छोड़ दिया जाता है। फ्रेंच भाषा में वर्णों की संख्या कम नहीं होती। किन्तु आधे वर्ण व्यर्थ होते हैं। वर्णों का उच्चारण नहीं किया जाता। किन्तु शब्द के अन्त में उन्हें रख दिया जाता है। शायद इसलिए कि वर्णों को लेकर क्या किया, जाए समझ न आने पर, लिख दिया जाता है। वर्ण में जँ रखा नहीं जाता। बस रह जाता है। रहता भी है नहीं भी रहता।

जँ जैक बड़ा गुणवान व्यक्ति है। इस देश में गुणवानों की कमी नहीं है। इसलिए नीला ने खोद-खोद कर जँ जेक के बारे में नहीं पूछा। घर से निकलकर टैक्सी लेकर सीधे कार्तेलाता रपियेर की मादाम कुरि के छः तल्ले वाले मकान के सामने पहुँचकर घड़ी देखी—ठीक ग्यारह बजकर पाँच मिनट पर बनोया ने ऊपर चढ़कर तीन तल्ले के दरवाजे की कुंडी खड़काई। लम्बे बालों और दाढ़ी वाले आदमी ने ज़रा सा दरवाज़ा खोल कर बड़ी-बड़ी आँखों से आगन्तुक को देखा और उसके मुँह पर दरवाजा बन्द कर दिया। दो एक मिनट बाद एक हँसमुख आदमी ने दरवाज़ा खोलकर विनीतभंगी से बनोया और नीला से हाथ मिलाया। बनोया ने अपना परिचय दिया। नीला ने अनुमान किया कि बनोया यहाँ किसी को पहचानता नहीं है। उसे यह भी नहीं मालूम कि जँ जैक कौन है। उस हँसमुख आदमी ने आगन्तुकों को अन्दर आने के लिए कहा। बनोया ने नीला के हाथ कस के पकड़ लिए। नीला के हाथों में पसीना आ रहा था। नीला को यह जानने का कुतूहल था कि इस अपरिचित आदमी के घर बनोया क्यों आया है?

किन्तु बनोया से पूछने का मौका नहीं मिला। वह हँसमुख आदमी दो खाली कमरे पार करके छोटे से अँधेरे कमरे में ले गया जहाँ दो मूढ़े और एक सोफ़ा पड़ा था। सोफ़े पर एक आदमी बैठा था। अँधेरे में उसकी लाल नाक ज़्यादा लाल दिखाई दे रही थी। चेहरे की हँसी छिपाते हुए गम्भीर स्वर में बोला, "आप तो बनोया दूपँ हैं ना।"

"ठीक।"

"जन्म ऑर्लियॉन्स।"

"ठीक..."

"उनासि के अक्तूबर में।"

"ठीक...।"

"बचपन में...थे।"

"था..."

"इस लड़की से अचानक मुलाकात।"

"ठीक..."

"लड़की से प्रेम करते हैं?"

"करता हूँ।"

"पर पत्नी है...।"

"एक बेटी भी।"

"बेटी की उम्र ज़्यादा नहीं है।"

"तीन वर्ष।"

बनोया का स्वर यांत्रिक था।

जैकलिन को एक बीमारी है...है ना। जँ जैक कलम दाँतों में दबाए सिर टेढ़ा करता है।

"तीक्ष्ण नेत्र।" अचानक बनोया के सिर पर प्रकाश प्रज्वलित हो उठा। तेज रोशनी। सब्ज प्रकाश।

बनोया के माथे पर पसीने की बूँदें जमी हुई थीं।

"बहुत पुराना रोग है।" जँ जैक बोला।

"हाँ कान का।"

"कान से कम सुनाई देता है ना।"

बनोया बोला, "हाँ कभी'कभी ऐसा होता है।"

बनोया बेचैन लग रहा था।

"आपकी पत्नी का नाम क्या है।...फैबियान...फ्रासोयाज़?... पासकाल?"

"हाँ... पासकाल।"

नीला की तरफ़ घूमकर जँ जैक ने पूछा, "यह लड़की साथ देगी चले जाइए। लड़की भारतीय है। भारतीय लड़कियों में बुद्धि होती है जो करती हैं सोच समझ कर करती हैं। सामयिक उत्साह में पड़कर नहीं करती हा-हा-हा।"

जँ जैक हँस रहा था। और बनोया के सिर की लाइट बन्द हो गई थी।

कमरे में घुप्प अँधेरा हो गया, बम फटने जैसी आवाज हुई।

"बताइए क्या परेशानी है?" अचानक वही तेज़ रोशनी। इस बार रोशनी का रंग लाल था।

लाल रोशनी में बनोया श्मशान के मृत की तरह लग रहा था। आवाज़ और ज़्यादा यांत्रिक हो गई थी।

नीला ने बनोया का हाथ पकड़ लिया। हाथ बिल्कुल ठण्डा था।

"आलकातेल वाले आदमी छँटाई कर रहे हैं...यही ना।"

"हाँ।"

"एरिकस भी तो नौकरी लेने की सोच रहे हैं।"

"आवेदन पत्र दिया है।"

"अलकातेल में ही रहना चाहते हैं...हैं ना।"

"हाँ यहाँ मेरे प्रमोशन की बात है।"

"किन्तु यहाँ रहने के कोई लक्षण दिखाई नहीं पड़ रहे... क्यों?"

"हाँ..."

उस आदमी ने क़मीज की पॉकेट से ताश की गड्डी निकाली। शफ़्ल करके मेज़ पर उल्टे बिछा दिए।

बनोया को एक पत्ता उठाने के लिए कहा गया। काँपते हुए हाथ से उसने पत्ता निकाला ईंट का छक्का था। ताश जँ जैक की तरफ़ बढ़ाते ही रोशनी गुल हो गई। कमरा ठंडी रात के सन्नाटे में डूब गया। कमरे में बनोया की साँसों के अलावा कोई आवाज नहीं थी।

नीला बोली, "यह क्या हो रहा है। चलो बाहर चलें।"

बनोया ने नीला का हाथ सख़्ती से पकड़कर आवाज़ की थी–"श-श-श।" लाल नहीं हरी नहीं कुछ दूसरी बत्ती जल गई। बनोया के सिर पर नहीं बल्कि जँ जैक के पाँवों के पास जलने लगी। काठ की जमीन की दरार में। कमरे की हवा में अगरबत्ती की सुगन्ध थी।

नीला बेचैन होने लगी।

बनोया ने माथे का पसीना पोंछा। वह स्वाभाविक होने लगा। जँ जैक बनोया की आँखों की तरफ़ तेज़ निगाहों से देखकर बोला! "आज शाम को किसी जंगल में छितरा देना। ठीक एक सप्ताह के बाद दो किलो गुड़ उसी तरह किसी दूसरे जंगल में छितरा देना। पेरिस में, जंगल में अन्दर जा सकोगे या नहीं? नहीं वह नहीं होगा। पेरिस से बाहर जाना होगा।

बनोया दो हजार फ्राँ उसके हाथ में थमाकर बाहर आ गया। सीढ़ी के पास पहुँचते ही नीला हँसते-हँसते लोटपोट हो गई।

"बात क्या है? हँस क्यों रही हो?"

"तुम किसी ज्योतिषी (गणक) के पास गए थे?"

बनोया जल्दी-जल्दी सीढ़ियाँ उतरकर सड़क पर आ गया।

पीछे-पीछे नीला।

"सीढ़ियों में इस तरह चीख क्यों रही थीं। बेवकूफों की तरह हँस रही थीं।" बनोया विरक्ति से बोला।

हँसी रोकते हुए नीला बोली, "तुम इन सब पर यक़ीन करते हो?"

"बिल्कुल" बनोया की आवाज़ गम्भीर थी।

"मज़ाक कर रहे हो!" नीला हँस पड़ी।

"मज़ाक नहीं नीला! बहुत से लोग इस आदमी के पास गए थे। फल भी मिला।"

"तुम्हें यकीन है कि मुट्टे का गुड़ छितराने पर ऑल्काटल से छँटाई नहीं होगी?"

"शायद हो, "बनोया चलने लगा।

सड़क के किनारे पहुँचकर नीला ने फिर पूछा, "तुम गुड़ छितराओगे?"

बनोया बराबर से निकलकर चलता रहा, "निश्चय ही।"

नीला खड़ी रही। गरदन का रंगीन स्कार्फ ढीला होकर गिर पड़ा। नीला को अचानक ख़्याल आया कि बनोया अकेला आगे निकल गया है। दौड़कर बनोया के पास पहुँची। उसका हाथ अपनी मुट्ठी में लेकर चलते हुए पूछा, "कहाँ जा रहे हो?"

"चलो तुम्हें पैन्शिओं दिखाऊँ।"

"अच्छा है मैं तो सोच रही थी कि तुम शायद गुड़ छितराने जा रहे हो।" बनोया ने जवाब नहीं दिया फिर भी कहा, "तुम्हारा ध्यान ही नहीं था... क्या कहता। जब एक भलामानस मादामोज़ै। मादामोज़ै पीछे से पुकारता हुआ, दो अँगुलियों पर स्कार्फ़ लटकाए आगे आ रहा था।

पैन्थिओं सन् सत्रह सौ चवालीस में लुई XV को मौत के मुँह से निकलने के बाद वह इतना खुश था कि सेंट जैनेवीव के उद्देश्य से गिरज़ा बनाने का फैसला किया। फ्रांसीसी स्थपति जैक जार्मा ने बीस वर्ष बाद नए क्लासिकल डिज़ाइन बनाने का निश्चय किया। काम पूरा होने में पच्चीस वर्ष लगे। काम खत्म होते ही फ्रांस में विप्लव शुरू हो गया। विप्लवी जब देश के सारे गिरजाघर तोड़ रहे थे इन्हीं शाँ जैनोविव ने गिरजा न तोड़ने देने के लिए पैन्थिओ बनाया जहाँ फ्रांसीसी मनीषी और दार्शनिक, फ्रांसीसी जाति का गौरव गुणगान करेंगे। जो पहले से निष्क्रिय थे। केवल उन्हें ही...विक्टर ह्यूगो, ऐमिल ज़ोला, वॉल्तेयर, रूसो, मैडम क्यूरी, पियेर क्यूरी को मिट्टी खोद कर ताबूत से निकालकर पैन्थियो में रखा गया। नेपोलियन ने इसे भी गिरजा बना दिया था। अट्ठारह सौ छह में। पैन्थियों को पूरी तरह पैन्थियों होने में अस्सी वर्ष लगे। इन अस्सी वर्षों तक वह गिरजा हीं रहा। पैन्थियों के आकाशचुम्बी गुम्बद से एक लम्बा पैंडुलम झूलता है। उन्नीसवीं शती के मध्य में फ्रांसीसी पदार्थ-विद् लिओ फूको ने पैंडुलम देखकर कहा था कि पृथ्वी अपनी धुरी पर चक्कर खाती है। मैडम क्यूरी के ताबूत के नज़दीक खड़ी होकर नीला बोली, "यह तो पोलिश गौरव है फ्रांसीसी नहीं।"

किन्तु बनोया बोला, "मैडम क्यूरी फ्रांस का गौरव हैं क्योंकि उनका जन्म चाहे किसी भी देश में हुआ था, इस देश की निवासी थीं।" नीला आहिस्ता से बोली, "मैं भी तो इस देश में रहती हूँ। आज अगर मैं सांघातिक आविष्कार करती हूँ कुछ महान् सा, मुझे क्या फ्रांसीसी गौरव माना जाएगा?"

बनोया कुछ नहीं बोला।

नीला ने ही अपने प्रश्न का उत्तर भी दे दिया कि फ्रांसीसी गौरव ही माना जाएगा। और जब तक कुछ महत्त्वपूर्ण नहीं कर लेती तब तक भारतीय ही कहलाऊँगी। निर्धन, दुखी भारतीय, भूखे भारतीय, खाली हाथ में थाली लिए भिखमंगे भारतीय। फ्रांस को बरबाद करने वाले विनाशकारी—चुपके से घुसने वाले भारतीय।

नीला और जोर से हँसी। बनोया ने उसे सतर्क किया कि यहाँ इतनी जोर से हँसना निषिद्ध है।

"बनावटी हँसी क्या चलेगी?"

"नहीं वह भी नहीं चलेगी।"

वाल्टेयर की मूर्ति के सामने खड़े होकर नीला बोली, "उस क़ाफिन (ताबूत) में वाल्टेयर की मृत देह है?

बनोया हँस पड़ा, "मृत देह क्या इतने दिन रहेगी।... हड्डियाँ होंगी।"

नीला भी हँस दी, "वही तो... किन्तु मेरा मन कहता है कि यहाँ वाल्टेयर का कोई अवशेष बाकी नहीं।"

"जरूर है।"

"किन्तु जहाँ तक मुझे मालूम है धर्मान्ध ईसाई वाल्टेयर की मृतदेह यहाँ से चुरा ले गए थे और टुकड़े-टुकड़े करके कचरे के ढेर में फेंक दिया था। हाँ, हृत्पिंड अभी भी यहीं होगा। मस्तिष्क नीलामी में बिकते-बिकते अब लुप्त हो गया।" बनोया ने नीला की कहानी हँसी में उड़ा दी।

पैन्थिओं से निकलकर बनोया बोला, "मुझे वाल्टेयर इतना महान् नहीं लगता।"

उसे क्यों इतना महान् नहीं लगता इसका खुलासा बनोया ने नहीं दिया। बोला, "देकार्त ज्यादा महान् लगता है।" फिर देकार्ते की असाधारण अंक पद्धति की व्याख्या की और देकार्ते की ज्यामिति का भी विश्लेषण पद्धति का देर तक वर्णन करता रहा। नीला का ध्यान वाल्टेयर में पड़ा रहा।

"कगितो आरगो सम" बनोया ने दो बार कहा।

"यह क्या है?" नीला ने पूछा।

"देकार्ते की लैटिन में प्रसिद्ध उक्ति।"

नीला को मालूम नहीं था। बनोया ने उसका मतलब बताया, "मैं चिन्ता करता हूँ इसलिए मैं हूँ।"

नीला बोली, "पर देकार्ते का तो ईश्वर में विश्वास था।"

"इस विश्व ब्रह्माण्ड में जो कुछ है वह ईश्वर का बनाया हुआ है। मनुष्य ईश्वर होना चाहता है। इसलिए सोचता है मनुष्य साकार है। ईश्वर निराकार। मनुष्य मर जाता है। उसका विचार, उसकी भावना रह जाती है। ईश्वर रहता है। उसकी भावना भी रहती है। जीवित रहने के लिए उसे सृष्टिकर्ता पर निर्भर नहीं रहना पड़ता।" बनोया मुखार्थ बोलता रहा।

बनोया की नज़रें बीच-बीच में आकाश की तरफ़ उठ जातीं। ईश्वर के सम्बन्ध में बात करते हुए आकाश की तरफ़ देखा, "सम्भवतः अन्दर एक आकृति होती है, आकाश से ऊपर कहीं किसी सिंहासन पर स्वयं ईश्वर निवास करते हैं।" बनोया का ख्याल था कि ईश्वर निराकार है। निराकार के कही होने का तो प्रश्न ही नहीं उठता।

नीला बोली, "मुसलमान विश्वास करते हैं कि ईश्वर निराकार है फिर यह भी यकीन है कि ईश्वर आकाश में रहता है। वह एक आकाश से दूसरे में भ्रमण करता रहता है। तुम्हारे देकार्त का ईश्वर आकाश में रहता है?"

बनोया ने अपनी मुट्ठी से नीला का हाथ निकाल दिया।

बोला, "बात क्या है तुम्हें ईश्वर में विश्वास नहीं है?"

नीला हँस कर बोली, "मैं फ्रांसोया मारि आरो में विश्वास करती हूँ।"

बनोया ने पूछा, "यह कौन है?"

"यह एक फ्रांसीसी था। पेरिस में पैदा हुआ था।"

"उससे प्रेम करने लगी थीं।"

"हाँ बहुत दिन तक," नीला हँस दी।

"देखने में कैसा था?"

"सुन्दर! लम्बा, पतला, भेदहीन।"

"उसके साथ सोई थी!"

"नहीं अभी तक तो नहीं सोई।"

नीला ने बनोया की अंगुलियों के बीच अपनी अँगुली फँसाकर उसका हाथ जकड़ लिया।

"उम्र में मुझसे बड़ा है या छोटा!" बनोया ने पूछा।

"तुम से ज़रा बड़ा," फिर ज़रा सोचकर," ज्यादा नहीं... तुमसे दो सौ पिचासी वर्ष बड़ा।"

बनोया 'हो, हो' करके हँस पड़ा। नीला भी हँस दी।

"तुम्हारा उसमें विश्वास करने का कारण क्या है?" बनोया जानने के लिए उत्सुक था।

"बहुत सी वजहें हैं। फ्रांसोया ने जीवन में बहुत कष्ट उठाए। उसकी कविता में फ्रांस की सरकार की आलोचना थी। सरकार ने उसे बैस्टील में ग्यारह महीने बन्द रखा। जेल से छूटने के बाद उसने लिखना शुरू किया। सब ठीक-ठाक चल रहा था। अचानक एक दिन किसी मशहूर व्यक्ति का जो समाज में ऊँचे स्तर पर प्रतिष्ठित था अपमान किया। इसकी सज़ा फ्रांसोया को मिलनी थी—जेल या देश निकाला। फ्रांसोया ने देश निकाला चुन लिया। निर्वासित होकर वह किसी देश में चला गया—नाम नहीं बताऊँगी। वहाँ तीन वर्ष रहने के बाद पेरिस वापस आ गया और उस देश की प्रशंसा में ग्रन्थ लिखा, उस देश के साथ चिरकाल से फ्रांस की शत्रुता चल रही थी।"...

"जानता हूँ इंग्लैण्ड। अच्छा...वह आदमी कौन था? द्रफूस? एल्फ्रेड द्रफूस?"

"द्रफूस से दो सौ पचासी वर्ष छोटा था, "तुम अभी पैदा नहीं हुए होंगे। और इंगलैंड शैतान का द्वीप तो था नहीं जिसमें द्रफूस थे। नीला बोलती रहीं, "मैंने जो बताया फ्रांस की सरकार उसे मानती ही क्यों? फ्रांसोया को फिर सज़ा देने की व्यवस्था हुई। इस बार भी फ्रांसोया को देश निर्वासन हुआ। इस बार वे देश से बहुत दूर नहीं गए। आसपास ही रहे। यानी समुद्र पार नहीं किया।"

"बैल्जियम में थे?

"नहीं!"

"इटली में?"

"नहीं।"

"स्पेन में।"

"नहीं...उसी निर्वासन-काल में उन्होंने बहुत से ग्रन्थ लिखे। अन्धत्व के विरुद्ध... मुक्ति के पक्ष में। फिर तिरासी वर्ष की आयु में जब वे देश वापस आए उनका बड़ा सम्मान किया गया। उम्र काफी हो चुकी थी। पेरिस में मृत्यु हुई। किन्तु किसी गिरजे के अन्दर उनकी कब्र नहीं बनाई गई क्योंकि वे गिरजे के विरोध में काफ़ी कुछ कह चुके थे। अन्त में किसी तरह शौंपिंग के एक ऍबे में कब्र मिली। उसके बाद अट्ठारहवीं शती के अन्त में उन्हें पेरिस लाया गया। बहुत सम्मान के साथ।"

नीला देख रही थी कि बनोया बड़ा अनमना है।

"यह दालान देखो।" बनोया एक विशाल मकान की तरफ़ ठोड़ी उठाकर बोला। "यह मेरा स्कूल है। उस समय। इकोले नार्मल सुपीरियर। फ्रांस का सबसे प्रसिद्ध स्कूल। इस स्कूल से सर्टिफिकेट मिलना सौभाग्य की बात थी। अगर तुम्हें पढ़ने का मौका मिले तो नब्बे हजार वार्षिक फ़ीस देनी पड़ेगी। मैंने भी वही किया। यहाँ से पढ़कर बहुतों को नोबेल पुरस्कार मिला। तुमने लुई पास्तर का नाम सुना है?"

नीला ने सिर हिलाया कि सुना है।

"मिशेल फूको? जाँ पॉल सार्त्र? रोमा रोलाँ? ऑरि वारगसन?"

नीला ने इनके नाम भी सुने हैं।

"सब इसी स्कूल के छात्र थे।" बनोया नीला को अपनी तरफ़ आकृष्ट कर रहा था। बड़ा खुश लग रहा था।

बनोया ने ख़ाकी पर हल्के हरे रंग की टी-शर्ट पहनी हुई थी। गरमियों की पोशाक ऐसी ही होती है कि जितनी पतली हो सके जितनी छोटी हो सके। नीला ने छोटी कमीज पहनी थी आधा वक्ष खुला और पूरा कुर्ता। बाल पीठ पर बिखरे हुए। पाँव में ऊँची एड़ी का जूता, फिर भी बनोया के कन्धे से नीचे ही उसका कन्धा था। वक्ष भरे भरे। पेट की चिकनी त्वचा पर बल। इसी चर्बी के कारण नीला को शर्म आती थी। बनोया कहता था, अगर यह जरा सी चर्बी भी न हो तो लड़कियाँ अच्छी नहीं लगतीं। आजकल की लड़कियाँ भूखी रहकर चर्बी कम करती हैं। बिना खाए बीमार हो जाती हैं। यही करके बहुत सी मर जाती हैं। स्तन कहने लायक कुछ नहीं रहता मांस नहीं रहता। जीवित कंकाल दिखाई पड़ती हैं। यह सुनकर नीला को ढाढस बँध जाता। इसलिए खुले वक्ष वाला कुरता पहनकर बेफिक्री से बाहर चल पड़ती है। नीला देखती कि फ्रांसीसी पुरुष लड़कियों के पाँव और छातियों की तरफ़ ज्यादा देखते हैं। अगर देखें तो! भारतीय लड़कों की दृष्टि जाती है लड़कियों के स्तनों पर। स्तन चाहे साड़ी के अन्दर हों या ओढ़नी के अन्दर अथवा ढीले-ढाले वस्त्रों के नीचे हो उनकी नज़रें उधर जाती ही हैं। लड़की के पाँव चाहे जितने सुडौल हों, मसृण हों, भारतीय पुरुषों की दृष्टि में बड़े विश्री होते हैं। पुरुषों का यौन बोध भी दोनों देशों में भिन्न होता है नीला कभी-कभी समझ नहीं पाती कि ऐसा क्यों है। भारत में मोटे ताजे शरीर को तन्दुरुस्त कहा जाता है। और यहाँ उसे अस्वस्थ माना जाता है। अस्वस्थ इसलिए कि वह बिना

चर्बी वाला नहीं होता। कलकत्ते के लोग नीला के लिए कहते 'हडीली लड़की' और पेरिस वाले कहते 'लड़की का स्वास्थ्य बहुत अच्छा है।' कैथरीन ने बेशक कहा था कि दो-एक किलो वज़न कम करने पर नीला अच्छी लगेगी।

दोपहर का खाना खाने के लिए दोनों कार्तेलतार में एक ब्रासरी में घुसे। पेरिस में यही एक मज़ा है। चाहे जहाँ जाओ। किसी भी सड़क पर, कैफ़े, रेस्तोराँ मिलेंगे ही। रेस्तोराँ में नीला ने केवल सलाद के लिए कहा।'

बात क्या है तुम भी उन हडीली लड़कियों की तरह होना चाहती हो?'

नीला वह नहीं है जो थोड़ा बहुत नहीं चाहेगी। पेट पर चर्बी की रेखाएँ, कभी-कभी डर लगता है कि, कहीं ज्यादा न बढ़ जाएँ। सड़क पर बेढब आकार वाले शरीर नहीं देखे हैं ऐसा भी नहीं है। ज़्यादातर नीला ने उन्हें अकेला पाया था। शायद बनोया भी किसी दिन कहेगा शरीर बढ़िया बना लिया है। पासकाल का वज़न, नीला के वज़न से पाँच किलो कम होगा नीला को यही लगता।

रेस्तोराँ में सलाद खाते हुए नीला ने पूछा, "तुम विज्ञान के इतने अच्छे स्कूल में पढ़े, हस्त-रेखाएँ देखने वालो में कैसे विश्वास करते हो? वह आदमी पाखण्डी है।"

"बिना जाने किसी को पाखण्डी मत कहो नीला! उसे मेरी उम्र का, पासकाल के नाम का, जैकलिन की बीमारी का कैसे पता चला... बताओ!"

"जरूर किसी से ख़बर ले ली होगी।"

"नहीं मेरे एक सहकर्मी के भाई के मित्र की बहिन जँ जैक के पास गई थी। सहकर्मी कभी गया नहीं था। उसने केवल पता मालूम कर लिया था और उसका भाई या उसका दोस्त मुझे पहचानता नहीं।"

"राँदे वू के समय तुमने अपना नाम तो बताया था। इस नाम के आदमी के बारे में कहाँ से पता लगाया।"

"पेरिस में शायद हजारों बनोया दूपँ होंगे। जँ जैक पेरिस का रहने वाला नहीं है। तुमने देखा नहीं 'मारसई' का उच्चारण फ्रेंच में किया था।" बनोया नीला को रहोकर मार कर बोला।

"तुम्हें तो मालूम ही है इन लोगों के दूत होते हैं। वे बता देते हैं कि कौन मिलने आ रहा है। मकान कहाँ है, क्या करता है, क्या परेशानी है, यही सब। और जो उच्चारण की बात कह रहे हो वह कोई मसला नहीं है।"

बनोया ने सिर हिलाकर कहा, "नहीं।"

"ये सब बातें बाइबिल में दी हुई हैं। ऐलिसा, सिरिया के राजा की युद्ध-योजना के बारे में जानने के कारण उसके शयनकक्ष में घुसा। जनदार्क कौन था यह तुम्हें मालूम ही है। वह अशरीरी था। मात्र कुछ से मिलता था। वह पहले से बता देता था कि कौन तलवार से लड़ाई करके अंग्रेजों को भगा सकेगा। शाँ एलफ़ोनसूस का नाम सुना है? उसने कहा था चौबीस घण्टे के अन्दर यह होगा। ठीक वही हुआ उसने

कहा था कि रोम में मृत्यु शैया पर पोप का शरीर मिलेगा। वही हुआ। तुम साहित्य को लेकर दिमाग खराब करती हो... हेमलेट को ही देखो। हेमलेट को अपार्थिव के साथ मिलना नहीं हुआ? हुआ था। आज पांथियों में विक्टर ह्यूगो क्या करता था? अशरीरी आत्माओं से मिलता था। बड़े-बड़े खाते लिख रखे थे, उन सबके साथ बातचीत के। कहीं कुछ है जरूर। अन्यथा संसार के बड़े-बड़े मनीषी वैज्ञानिक अलौकिक को उड़ा देते। उन्होंने ऐसा नहीं किया।"

रेस्तोराँ से बाहर आकर बनोया ने एक किलो मुँगफली का गुड़ खरीदकर पेरिस के बाहर 'रोया द बोलोन' जाकर उसी निर्जन जंगल में, छितरा दिया। नीला अवाक् रह गई।

घर वापस आकर पूरे दिन का आश्चर्य सँभालने के लिए नीला बाथ-टब के फेन उठते हुए पानी में लेट गई। बनोया भी आ गया। टब के किनारे दोनों के लिए दो गिलास वाइन रखी थी। रोशनी बुझाकर सिर्फ़ दो मोम-बत्तियाँ जलालीं। उस मायवी प्रकाश में दोनों थोड़ी-थोडी वाइन पी रहे थे। बनोया छोटे तौलिये पर थोड़ा-सा साबुन उँड़ेलकर नीला के शरीर पर मलने लगा। नीला को अच्छा लग रहा था। दिन भर की घटनाएँ, जो उसे अच्छी नहीं लग रही थीं, एक-एक करके ख़त्म हो गईं। सफेद फेन में नीला का शरीर निमज्जित रहा, केवल दोनों चेरी बाहर थीं। उन्हें खाने के लिए बनोया झुककर नीला के क़रीब आया। जीभ आगे करते ही दोनों चेरी जल में डूब गईं। जल में जिह्वा और चेरी फल में लुका-चोरी का खेल चलता रहा। बनोया के चेतन शरीर के साथ एक और शरीर चेतन हो गया। उसका स्पर्श नीला अपने शरीर में अनुभव कर रही थी। वह जल्दी-जल्दी साँस लेने लगी—बनोया भी। बनोया ने नीला के दोनों पाँव पानी में से निकाले। मानों पाँव न हों अतल जल में डूबा हुआ कोई रहस्य। बनोया मुग्ध होकर उन चिकने और बादामी पाँवों को देखता रहा।

बेरोफेन के स्वर के ताल पर नीला के शरीर के साथ बनोया का शरीर ऊपर नीचे उठता गिरता जब तक कि बेसुरे बाजे की तरह मोबाइल बज न उठा।

रात को ग्यारह बजे बनोया चला गया। जाते हुए चौंकाने वाली एक और बात कही कि वह कल नहीं आएगा। सिर्फ़ कल ही नहीं दस दिन तक उसका आना नहीं होगा। बीवी-बच्ची को लेकर रिवियेरा जाएगा। छुट्टियों में समुद्र-पार धूप का आनन्द लेने। और नीला क्या करेगी? बनोया के बारे में सोचेगी कि वह उससे प्रेम करती है। सोचेगी कि वह यहीं रहेगी वह चाहे जितनी दूर हो नीला हमेशा उसके दिल में है।

दरवाज़ा और खिड़की बन्द करके, रोशनी बुझा कर, बेरोफेन बन्द करके जब रात के सन्नाटे में नीला केवल अपनी साँसों की आवाज़ें सुन रही थी, दरवाजे की कुंडी खड़की। बनोया, सीढ़ियों से वापस आ गया है। जानना चाहता है जो मालूम नहीं है। तुम्हारा वह फ्रांसोया कौन है?

वॉल्टेयर।

रात का धुआँ

(सन्ध्या तेजी से बढ़ी रही है, रात गुलोबाज के धुएँ में उड़ी जा रही है)

मरुनि और दानियल नीला के घर निमंत्रित थीं। नीला की इच्छा थी कि जब अपना घर होगा मोरुनि को बंगाली खाना खिलाएगी। दानियल को बाद में बुलाया। एक तो इसलिए कि खाना दो के लिए हो गया था। दूसरे दानियल, मित्र की दृष्टि से बुरी नहीं थी। तीसरे, दानियल देख ले कि नीला अब दूसरों पर निर्भर नहीं है।

''मेरे घर की तुलना में यह तो महल लगता है।'' दानियल घर देखकर बोली। नीला के मुँह से शैम्पेन की तरह यह खबर भी मुँह से निकली कि सिर्फ़ दरिद्रता ही दूर नहीं हुई है 'वह प्रेम करने लगी है, सुख से है।'

रात को कमरे की बत्ती बन्द करके खाने की मेज पर प्रथानुसार मोमबत्ती जलाई गई। भारतीय भोजन के साथ भारतीय संगीत भी हो तो अच्छा है। रवीन्द्र संगीत चला दिया गया। नीला ने देखा कि गाने की तरफ़ किसी का ध्यान नहीं था। सिर्फ़ नीला ही कान लगाए सुनती रही। सुन रही थी—फागुन ने हवा में जो पवन दान किया है...वह दान... और बोली, मोरुनि—तुम अगर बांग्ला जानतीं तो गाना सुनकर रो देतीं।

मोरुनि ज़ोर से हँस पड़ी।

थाली में गिलास सजाकर वाइन डालते हुए नीला ने परोसना शुरू किया।

''हम खुद ले लेंगी, ठाकुर मा!...तुम बैठो?'' दानियल बोली। दानियल को बंगाली भोजन के सातों व्यंजनों की जानकारी थी। मोरुनि को नहीं मोरुनि खाने की चीज़ों से भरी मेज़ देखकर होठ दबाकर हँसी।

''लगता है पचास जनों का भोजन तैयार किया है।''

''तुम अगर कलकत्ते में होतीं मोरुनि! तो वही सब पकातीं जो मैंने बताया है।''

बंगाली खाना—मछली और भात था। काँटे-छुरी से खाने की इच्छा नहीं थी नीला की। उसने हाथ से खाना शुरू किया। मोरुनि, मुँह बाये, उसे हाथ से खाते देखती रही।

भात के साथ सब्जी, मछली, मांस सब एक ही बार में ले लेते हैं। मोरुनि ने थाली के किनारे भात, नमक की तरह, थोड़ा-सा लिया। माँस और मछली ज़्यादा ली।

ज़्यादा लेकर क्या होगा। रोहू (मछली) का एक टुकड़ा खाते हुए उसे लगा कि शायद मछली खाना बिना काँटे के मुमकिन नहीं है। काँटे हैं। दानियल ने मछली छुई तक नहीं, मांस पर टूट पड़ी। भात यों ही पड़ा रहा। चीनी दूकान से खरीदी हुई तेल लगी रोहू मछली नीला को भी स्वादिष्ट नहीं लगी।

नीला ने मछली के झोल में भात मिलाते हुए मोरुनि से कहा, ''किसी को हाथ से खाते नहीं देखा है क्या?''

मोरुनि ने नहीं देखा था, आँखों से नहीं देखा था, जो देखा था पर्दे में। अफ्रीका का अकाल जब टेलीविज़न पर दिखाया गया था तब! हाथ से खाने का स्वाद ही कुछ और होता है। खाकर तृप्ति होती है। नीला बोली। दानियल ने काँटा-छुरी फेंककर खाने में बायाँ हाथ डाल दिया। नीला देखकर आतंकित हो उठी।

नीला चीखकर बोली, ''बाएँ हाथ से नहीं, दायें हाथ से खाओ।''

''मैं तो बाँ हाति (लैफ्ट हैन्डर) हूँ'', दानियल ने कहा।

मोरुनि ने पूछा, ''बायें हाथ से क्यों नहीं खाया जा सकता?''

''बायें हाथ से गन्दा काम किया जाता है... इसलिए।''

''गन्दा काम...?''

''मल-मूत्र त्यागने के बाद बायें हाथ से ही हम सब गोपन अंग साफ़ करते हैं कि नहीं!''

दानियल बोली, ''किन्तु मैं तो धोती नहीं, काग़ज़ का इस्तेमाल करती हूँ।''

''किन्तु देखने में बुरा-सा लगता है।'' नीला ने नाक चढ़ा ली जैसे कि दानियल के बाएँ हाथ से दुर्गन्ध निकलकर सीधी उसकी नाक में घुस गई हो।

दायें हाथ से खाना अशोभन नहीं लगता और बायें हाथ से खाने पर अशोमन लगता है—दानियल को यह बात समझ नहीं आई, मोरुनि को भी नहीं।

दानियल बायें हाथ से लिखती है। बायें हाथ से टेनिस खेलती है। बाज़ार का बैग बायें हाथ से पकड़ती है। बायें में सिगरेट लेती है, बायें हाथ में वाइन का गिलास पकड़ती है। देखकर बुरा लगता है?... नहीं लगता।

नीला को इसका जबाव नहीं आता था। असल में कोई युक्ति नहीं थी। देखने की आदत नहीं थी। बस!

दानियल को भी हाथ से खाने का अभ्यास नहीं था। उसने भी हाथ खींच लिया। उसने जितनी बार हाथ से भात परोसा, भात गिर पड़ता। हाथ मुँह तक उठाती मानों टूटे हुए हाथ वाला रोगी हो।

''मोरुनि! तुम खा सकती हो?'' नीला ने कुतूहल हो रहा था।

मोरुनि में हिम्मत नहीं थी ज़िद करके बायें हाथ से भात उठाते ही थाली समेत उसकी गोद में गिर पड़ा। झोल से कुरता भी लाल हो गया। नीला ने मोरुनि को दूसरा कुरता लाकर दे दिया। कुरता पहनकर उसके पूछने पर कि यह किस देश का है

भारत का...तो नीला का मन मोरुनि को साड़ी पहनाने का हुआ।

नीला की इच्छा सुनकर दानियल ने ताली बजाई और उठ खड़ी हुई।

खाना आधे में छोड़कर नीला ने मोरुनि को साड़ी पहनाई। नीला को काटते-पीटते देखकर वे खुश हो गईं।

"अपने जूते उतार दो... अच्छे नहीं लग रहे।"

नीला ने मोरुनि को चप्पल का जोड़ा दे दिया।

पहनकर आईने के सामने जाओ।" मोरुनि चलने लगी तो चेयर पर औंधी गिरी।

"धीरे...दोस्त धीरे।"

उसे ऐसा लगा मानो दो वर्ष की किसी बच्ची को साड़ी पहना दी हो।

मोरुनि भाव-लेश-हीन चेहरे के साथ आईने के सामने जा खड़ी हुई।

"बहुत सुन्दर लग रही हो...नहीं क्या? बिल्कुल बंगाली लग रही हो।" नीला उत्तेजित होकर बोली।

"तुम्हें कैसा लग रहा है?...बताओ।"

मोरुनि खामोश रही।

नीला बोली, "अगर फ्रांस न आई होतीं, "मोरुनि वेरनेस न होकर" मोरुनि पाल या 'मोरुनि दास' होती तो ऐसी ही साड़ी पहनतीं, रवीन्द्र संगीत गातीं।"

नीला ने मोरुनि के माथे पर लाल बिन्दी लगा दी।

"क्या...खुद को देख रही हो...कितनी सुन्दर लग रही हो। नहीं क्या?" मोरुनि ने मुँह खोला कि साड़ी बढ़िया सूत की बनी हुई है किन्तु साड़ी में वह अच्छी लग रही है यह नहीं लग रहा था। पतलून में वह खुद को स्वच्छन्द महसूस करती थी।

मोरुनि ने साड़ी खोलते हुए पूछा, "भारतीय लड़कियाँ इसे पहनकर चलती कैसे हैं?"

"सिर्फ़ चलती हैं...! दौड़ती हैं, ट्रेन में चढ़ती हैं, बसों में चढ़ती हैं।"

नीला को लगा कि भारतीय संस्कृति मोरुनि को आकर्षित नहीं करती। अगर साड़ी की जगह जापानी किमोनो पहन लेती तो भी उसे वैसी ही अनुभूति होती। भारतीय खाना न पकाकर मक्सिकन या चीनी खाना पकाती तो मोरुनि को एक जैसा सन्तोष मिलता। शुरू में नीला को यक़ीन था कि मोरुनि जो कहती थी कि भारत उसके लिए कोई एक देश है कि कलकत्ता भी एक शहर है। नीला सोचने लगी कि उसके लिए भी क्या यही स्थिति नहीं है?

"मदर टेरेसा ने सिर्फ़ मोरुनि को ही नहीं ऐसे लाखों मनुष्यों को बचाया है।" दानियल ने कहा। मोरुनि ने भी स्वीकृति में सिर हिलाया।

जब वे मदर टेरेसा का गुणगान कर रही थीं, नीला ने रोका कि इतनी प्रशंसा न करो क्रोध होता है।

नीला को इतना क्रोध क्यों आता है सबने जानने की हठ की।

नीला को इसलिए क्रोध था कि मदर टेरेसा अपने प्रभु यीशु को खुश करने या प्रयोजनवश जो कुछ करती है या किया है मनुष्य के लिए उसके प्रेम या ममता के वशीभूत होकर कुछ नहीं किया। दरिद्र की दुर्दशा दूर नहीं करनी चाही। क्योंकि उनके विचार में दरिद्रता ईश्वर की देन है। सड़क से बीमारों को उठाकर अपने आश्रम में लाईं। खाना दिया, बिस्तर दिया। मृतकों की व्यवस्था की और संसार में यश अर्जित किया। जो मदर टेरेसा के गुण गाते हैं उन्हें मालूम नहीं कि एक रोगी के लिए उन्होंने डॉक्टर को नहीं बुलवाया। इलाज से वह बच सकता था। टेरेसा के आश्रम में वह बिना इलाज ही मर गया। सड़क पर पड़ा रहता तो ज़्यादा अच्छा था। शायद कोई अनुभूति-प्रवण व्यक्ति रिक्शा से या खाँचकर अस्पताल तक तो पहुँचा देता। यह सुयोग तो होता। मदर टेरेसा सड़क से उठाकर आश्रम में ले आईं वे सड़क पर न मरे। आश्रम में मरे। बस इतना फर्क़ था। रोगी तकलीफ़ से चीखते थे किन्तु उन्होंने उसकी तकलीफ़ कम करने की दवाई नहीं दी। कहती थीं तकलीफ़ सहो क्योंकि प्रभु यीशु तकलीफ़ दे रहे हैं।

और अपने समय में बीमारी में चिकित्सा का अभाव नहीं था। उनके लिए सबसे आधुनिक चिकित्सा का उपयोग किया गया था। यीशु की दी हुई यन्त्रणा उनसे बरदाशत नहीं हुई।

"आखिर में मर गईं।" दानियल ने कहा।

"अच्छा ही तो हुआ अपने प्रभु के पास चली गईं। प्रभु उन्हें बहुत बड़ा पुरस्कार देंगे। पूरा जीवन प्रभु को तुष्ट करके गईं। पुरस्कार के लालच में ही तो किया। इस संसार में नोबल पुरस्कार मिला... उस जगत में भी नोबल मिला।"

मोरुनि ने सिगरेट जलाई। धुआँ निकालती हुई बोली, "तुम ठीक नहीं कर रहीं नीला! मदर टेरेसा ने अपने भोग-विलास के बारे में कभी नहीं सोचा।"

नीला ऊँची आवाज़ में बोली, "क्या कह रही हो? कौड़ी-कौड़ी रुपया बैंक में जमा है उसी रुपए से अपने नाम से यहाँ-वहाँ आश्रम खोले थे। संसार रहते तक लोग उनका सम्मान करेंगे। महान् उद्धारक थीं। वे प्रतिक्षण मनुष्य से प्रशंसा लेती रहीं। बहुत बड़ी हस्ती थीं।"

दानियल बोली, "ग़रीब देश में मनुष्यों का दुःख दूर करने में उन्होंने अपना जीवन उत्सर्ग किया था। इसलिए कलकत्ता गई थीं।"

नीला ने कहा, "अलबेनिया ऐसा कोई धनी देश नहीं था। भारत आकर देश की द्ररिद्रता दूर करने के लिए उन्होंने कुछ भी नहीं किया। समाज में वर्ग-भेद को लेकर कभी प्रश्न नहीं उठाया। धनी और निर्धन के अन्तर को लेकर भारत के बड़े-बड़े राजनीतिज्ञों से रुपया लेती रहीं। दिया नहीं, लिया था। कौन देता है, क्यों देता है, रुपए से क्या लाभ हो रहा है एक बार भी नहीं देखा। देखना चाहा ही नहीं। हाइटी के मनमानी करने वाले जरनल से भी तो रुपया लिया था। भारत में काला-बाजारों, लुटेरों, बदमाशों से रुपया लेकर समाज में उनको सम्मानप्रद आसन पर प्रतिष्ठित

किया था। क्योंकि मदर टेरेसा को रुपया देना पुण्य का काम समझा जाता था। उनके सात खून माफ़ होते थे। काला धन सफ़ेद हो जाता था। और क्या जानना चाहती हो? भारत की दरिद्रता का कारण उसकी आबादी है। जहाँ जन-संख्या पर पाबन्दी जरूरी थी तुम्हारी मदर टेरेसा ने इस पाबन्दी का खुलकर विरोध किया था। कॉनडोम का इस्तेमाल नहीं होगा। गोलियों का सेवन नहीं होगा। ईसा मसीह को दुःख होगा। गर्भपात? वह तो हो ही नहीं सकता। यीशु का हार्ट फेल हो जाएगा।''

दानियल और मोरुनि दोनों ज़ोर से हँसीं।

एक-एक करके वाइन की बोतलें ख़त्म होती रहीं और तीनों की आवाजें ऊँची होती गईं। नीला की अवाज़ सबसे ऊँची थी। दानियल ने कहा, ''सिर्फ़ वाइन की वजह से नहीं...बंगाली लड़कियाँ बिना वाइन के भी ज़ोर से बात करती हैं।'' नीला बोली, ''हमें कहना पड़ेगा कि आबादी बहुत ज़्यादा होती है एक-एक घट में ग्यारह जन रहते हैं। किचिर-मिचिर चीख-चिल्लाहट होती रहती है—घरवालों की, बारहवालों की। घोड़ा-गाड़ियों की चिल्ल-पौं धूल से हवा बोझिल हो जाती है चीखे बिना कोई किसी की बात सुन नहीं पाता। और अभ्यास!'' नीला के साथ यही होता है। पेट में वाइन गई कि विरामहीन बोलती जाती।

नीला फिर मोरुनि के बारे में कहने लगी, ''मोरुनि की माँ का ब्याह नहीं हुआ था, बच्चा पैदा कर दिया जो पाप था। अपनी गोद की बच्ची को कूड़े के ढेर पर फेंक दिया। गर्भ-पात करवाया जा सकता तो नौ मास के बच्चे को न फेंका जाता। और दूध पीती बच्ची को फेंकने के कष्ट को लेकर सारा जीवन न बिताना पड़ता।''

मोरुनि हँस पड़ी...''ओ प्रभु फिर मेरा क्या होता। वह औरत गर्भ-पात करा देती तो मुझे यह दुनिया भी देखने को न मिलती।''

संसार नाम का कोई तत्त्व है यह तो इस संसार में आकर समझ पाई हो। कई सप्ताह के प्रश्न मोरुनि से करना ज़्यादा अच्छा था।...

दानियल ने नीला को रोकना चाहा उससे पहले ही मोरुनि बोली, ''गर्भपात से पहले ही समाज में बहुत बड़ा युगान्तर आ गया। ब्याह न हो तो बच्चा पैदा करना अपराध माना गया। यह नियम रद्द करने की बात क्यों नहीं करती नीला!''

इस बार नीला ने दोनों के उद्देश्य से आवाज़ नीची करके कहा, ''मैंने तो कहा नहीं कि यह नियम अच्छा है।'' मोरुनि की माँ, जिसकी शादी नहीं हुई या लड़की को जन्म दिया या कि लड़की काली है इस बात को लेकर वह दुःखी न हो—ऐसा ही समाज तो चाहिए।''

दानियल ने कन्धे झटके, मुँह हिलाया। बोली, ''ऐसा समाज चाहिए वैसा समाज चाहिए—कहने से तो होता नहीं। ऐसा समाज बनाने के लिए कुछ करना चाहिए। तुमने क्या किया है नीला? कुछ किया...?''

नीला शान्त स्वर में बोली, ''नहीं, कुछ नहीं किया।''

''भाग आईं...यही ना?...?''

''हाँ, भाग आई सुख से रहने के लिए। जो मन हो वही करने। घूमने के लिए आ गई।''

मोरुनि के हाथ से सिगरेट लेकर नीला पीने लगी। धुएँ के भरगोले बनाने की व्यर्थ चेष्टा करते हुए बोली, ''फ्रांस के विप्लव की तरह भारत में भी विप्लव ज़रूरी है।''

''तुम हिस्सा लोगी उसमें? तुम्हारा जन्म हुआ है बुर्जुआ परिवार में। सोलह आने सुविधा मिलती है।'' दानियल आँख मिचकाकर बोली।

नीला हँस पड़ी...''बुर्जुआ बिना फ्रांस में विप्लव सम्भव नहीं था।''

नीला कुछ देर तक फ्रेंच रैवोल्यूशन को लेकर अकेली बोलती रही। उसने देखा कि इस बारे में बोलने का आग्रह किसी में नहीं था।

चौदह जुलाई को सबका क्या प्रोग्राम है नीला ने जानना चाहा। कोई शाँ एलिजे कुचकोवाज देखने जाएगा? हथियारों की प्रदर्शनी में जाएगा...। कृत्रिम शिराखेर और वास्तविक जसपार की हँसी देखने के लिए उनमें से किसी को उत्साह नहीं था। दानियल और नातालि जाएँगी मिमिजँ एट्लांटिक पार धूप के आनन्द के लिए, तैरने। मोरुनि ने फ़ैसला नहीं किया था कि कहाँ जाएगी। और नीला क्या करेगी? नीला बैठी-बैठी बनोया के बारे में सोचेगी कि वह उससे प्रेम करता है कि वह जहाँ भी रहे, चाहे जितनी दूर रहे, नीला हर क्षण उसके दिल में है।

नीला बोली, ''इस तरह घर में बैठना मुझे अच्छा नहीं लग रहा। कोई नौकरी कर लूँ तो अच्छा है और बैठे-बैठे खाने से तो राजा का कोश भी खत्म हो जाता है।''

''होने दो ख़त्म! हाथ में जब पैसा है जितना हो सके घूमो फिरो। जो आनन्द उठाना है उठालो। बैठे-बैठे वक्त क्यों बरवाद करना। जब पैसे न रहे तब नौकरी खोजना। मेरे पास इतना रुपया होता तो नौकरी छोड़ देती विश्व-भ्रमण के लिए निकल पड़ती। दुनिया की सैर करके वापस साधारण जीवन में लौट आती। अगर नौ से पाँच की नौकरी करो तो सैर-सपाटे का वक्त और खर्च दोनों में किसी का भी जुगाड़ नहीं कर पाओगी। और वही बॉक्स पैक करने वाला काम करो और इतने बड़े मकान में रहो। स्वप्न है।'' दानियल के होठ बेकिम थे। नीला को एक लम्हे के लिए लगा कि दानियल उससे जलती है एक बार फिर बात को सुधार कर बोली, ''नहीं... नहीं करती।''

दानियल बोली, ''एक बार भी नहीं पूछा कि स्वीडन में कैसा रहा?''

नीला को पूछना नहीं पड़ा। दानियल ने खुद ही बताया कि आर्कटिक स्वीडन के उत्तरी लैपलैंड में एब्सोल्यूट पीते हुए आधी रात को सिर पर सूर्य देखने में कैसा लगता है। निकल को तो पता ही नहीं चला कि रात कब हुई, दिन कब निकला। चौबीस घंटे तक रोशनी में रहने पर जानना मुश्किल भी है। सर्दियों में यहाँ चौबीस घंटे अन्धकार रहता है, गर्मियों में विपरीत। यह देखकर निकल, मिशेल और दानियल भी हँसने से बची नहीं... ज़ैब्रा क्रासिंग पर ग़लती से गाड़ी रोक दी। सड़क पर

कोई था नहीं, कुछ नहीं घटा किसी का नुकसान नहीं हुआ। किन्तु मारिया खुद पुलिस के पास जाकर ट्रैफ़िक नियम भंग करने के बारे में शिकायत कर आई।

जिस बात से दानियल मुग्ध थी वह यह कि स्वीडन में कोई ज़ेलखाना नहीं था। थे—'त्रुटि संशोधन केन्द्र' अथवा 'वयस्क शिक्षायतन'। किसी का खून करने के बाद खूनी को सज़ा होती। पुलिस आकर खूनी से 'त्रुटि संशोधन केन्द्र' जाने का अनुरोध करती। अगर खूनी कहता कि उसके पास वक्त नहीं है तो पुलिस पूछेगी वक्त कब मिलेगा जिस दिन का वक्त होता पुलिस उसे केन्द्र में भरती कर देती। केन्द्र में कीमती सामान से भरा घर और आत्मीय स्वजनों के साथ रहना होता। खाना भी रॉयल मिलता। इस अय्याशी जीवन से बाहर जो करना पड़ता था वह था रूटीन के हिसाब से क्लास में जाना। मास्टर नियम से आते। क्लास लेते। परीक्षा लेते। पास कर लिया बस छुट्टी! किसी को छुट्टी मिल जाती दस दिन में किसी को तीन महीने लगते। मास्टरों का काम होता मालूम करना कि उस आदमी ने खून क्यों किया। क्या समस्या थी। किसी चीज़ की कमी थी! उसका बचपन कैसा बीता। क़ायदे से प्रेम पाया या नहीं। पालन-पोषण में कोई त्रुटि तो नहीं थी। खोद-खोद कर पूछा जाता फिर नुक्ता-चीनी की जाती। समस्या की गहराई में जाकर समाधान होता।

स्वीडन के बारे में सुनने में नीला का मन बिल्कुल नहीं लगा। इन सब बातों से लगता कि वह क्षुद्र, तुच्छ मनुष्य है; कहीं से आमन्त्रित होने के योग्य नहीं है। अहंकार करने लायक केवल एक बात है—वह हे बनोया दूपँ।

नीला बोली "तुमने एक बार भी मेरी प्रेम कहानी के बारे में नहीं पूछा।"

दानियल ने तो कोई आग्रह नहीं दिखाया किन्तु नीला ने बनोया दूपँ के साथ पहली मुलाकात, समीप आना, प्रेम करना, बनोया का प्रेम, बनोया के वन्या जल में उसका बहना आदि खुलकर बताए। हाँ, दानियल के प्रश्न के उत्तर में उसे कहना पड़ा कि बनोया की पत्नी और एक बेटी है।

"यानी अन्ततः बनोया! की रक्षिता बनकर ज़िन्दगी बिताना शुरू कर दिया है! वाह! वाह! वाह! अभिनन्दन!" दानियल ने ज़ोर से ताली बजाई।

नीला दाँत किचकिचाकर बोली, "इतनी ज़ोर से ताली मत बज़ाओ। पड़ोसियों की नींद में ख़लल पड़ेगा। उफ़... मादाम सुजन दुग को आज रात नींद नहीं आएगी।"

ठीक उसी समय बनोया का फ़ोन आया।

"क्या कर रही हो?"

"दो मित्रों के साथ अड्डा जमाया हुआ है।"

"मित्र...? लड़के या लड़कियाँ?"

"लड़कियाँ।"

"समकामी?"

"एक... दूसरी नहीं है।"

"कितनी देर अड्डा जमेगा?"

"मालूम नहीं...?"

"ज़रूर पता होगा...।"

"नहीं... मालूम नहीं।"

"मेरे बारे में जानते हैं वे लोग?"

"क्यों...?"

"बताओ... बता दो कि तुम्हारा एक प्रेमी है।"

"क्यों...?"

"क्यों नहीं... छिपाना चाहती हो! मैंने तो छिपाया नहीं।"

"नहीं छिपाया...? किस किसको बताया है मेरे बारे में।"

"बहुतों को बताया है।"

"क्या बताया है... कि तुम्हारी एक रक्षिता है?"

"बेकार की बातें मत करो नीला!"

"बेकार की बात नहीं...सच बात है।"

फ़ोन खट् से बन्द हो गया।

अड्डा जमाते-जमाते नीला और आगे बढ़ गई। उसे म्यूज़ियम जाने का शौक हुआ। चाहे दल बाँधकर नहीं...बार-बार बोर हो जाती। जाना ही होगा सागर पार।

दानियल रात को दो बजे गई। मोरुनि कई गिलास ख़त्म करके तीन बजे उठी।

"इतनी रात गए जा रही हो रास्ते में डर नहीं लगेगा।"

मोरुनि तो मानो आकाश से गिरी हो... "डर क्यों लगेगा?"

नीला ने अपनी बात ज़रा सुधारी।

"यह कलकत्ता नहीं है नीला! पेरिस है।"

न जाने किस प्रतिभा पाल या सरस्वती दास की लड़की मोरुनि के प्रति बेकार ही माया हो रही है। मोरुनि को चन्दन का हाथी उपहार में देकर नीला बोली, "इसकी खुशबू कभी नहीं जाएगी। अपने पास रखना।" मोरुनि ने 'धन्यवाद' कहा और नीला के दोनों गालों पर चुम्बन जड़ दिया। रोशनी में ही चली गई। नीला अँधेरे में अकेली बैठी कुर्सी हिलाते हुए कल्पना करने लगी कि मोरुनि हाथी की सुगन्ध ले रही होगी। वह उसे बिस्तर के पास टेबल पर रख देगी। हाथी देखते-देखते शायद उसे एक दिन ध्यान आए कि कहीं उसका कोई देश है जहाँ उसकी दुःखिता माँ चुपके-चुपके अपनी खोई हुई लड़की के लिए रोती होगी। वह सारा जीवन रोती रहेगी। मरने के बाद जलकर राख होने पर भी वह रोती रहेगी।

फिर नीला सोचने लगी—भला मरने के बाद कोई रोता है? क्या मलिना कहीं बैठी नीला के लिए आँसू बहा रही होगी?

चौदह जुलाई

पेरिस में चौदह जुलाई समारोह शुरू हो गया। फ्रेंच रेवोल्यूशन नीला को बहुत उत्तेजित करता। फ्रांसीसियों में बहुत एकत्व हो गया था। उसे नहीं लगता था बनोया कहता फ्रेंच रेवोल्यूशन का ध्यान करके वह दिन याद आता है जब उसको टायफ़ायड हो गया था। बनोया पेरिस में रिवियेरा चला गया था। धूप सेंकने के लिए। फ्रेंच रेवोल्यूशन को वह विप्लव नहीं मानता। कहता खून-ख़राबा। शाँ जार्मा दि प्रेर गिरजा दिखाते हुए एक दिन कहा था, ''उस समय खून-खराबे के वक्त यहाँ कितने लोगों की निर्मम हत्या हुई थी।'' नीला ने कहा, ''बहुत अच्छा किया। उन धर्मान्धों का खून न करते तो विप्लव टिकता नहीं।'' बनोया बुड़बुड़ाया, ''इधर नागरिक अधिकार की प्रतिष्ठा हुई उधर गिरजाघर की सम्पत्ति पर मनुष्य का अधिकार छीन लिया गया, जैसे वृक्ष काट कर वन, स्थापित करना।''

नीला शाँ जार्मा के कोलाहल पर नज़र डालकर बोली, ''बेशक राजा को खदेड़ने के बाद फिर राजा को मान्यता देना! मुझे तो न जाने कैसा-सा लगता है। नेपोलियन भी तो विप्लवी की तरह दौड़ता हुआ आया और राजागिरि स्थापित कर दी। और विप्लवी फ्रांसीसियों ने भी स्वीकार कर लिया।''

''इसका कारण है और...गिरजाघर के सब तो विप्लवियों के खिलाफ़ नहीं थे... बहुत से पक्ष में भी थे।'' बनोया की नज़रें बार-बार द प्रेर गिरजाघर की तरफ़ जा रही थीं।

नीला पास बैठी बनोया की बात पर अपनी कहे जा रही थी। पक्ष में भी क्योंकि छोटी जाति की थी। बड़ी जाति से मार खाकर छोटी जाति शत्रुओं से जा मिलती है।

''तुम तो गिरजा देखने के लिए आई हो फिर गिरजा के ख़िलाफ़ क्यों बोलती हो।'' बनोया ने कर्कश स्वर में पूछा। सख्ती का उत्तर नीला ने नरमाई से दिया, ''पेरिस के चौबीस नोत्रदाम दिखाई पड़े। ये सब स्थापत्य सौन्दर्य के नमूने हैं और कुछ नहीं।''

''अच्छा... तुम सच कह रही हो कि धर्म में तुम्हारा विश्वास नहीं है?'' बनोया ने पूछा था।

नीला ने कहा था, ''मैं विश्वास करती हूँ।''

"नीला! तुम प्रश्न से बच रही हो।"

बनोया के अभियोग का नीला ने कोई उत्तर नहीं दिया।

निस से बनोया ने फ़ोन से नीला के बारे में पूछा कि वह कैसी है, क्या कर रही है, क्या सोचती है। उसने बताया कि वह तट पर रेत में तौलिया बिछाए लेटा है आँखों पर धूप का चश्मा है। बराबर में पासकाल लेटी है, 'एल' मैग़ज़ीन (पत्रिका) पढ़ रही है। उसके निचले अंग पर कपड़े का एक टुकड़ा मात्र है। बाकी खुला (नंगा) है। ज़रा पहले उसने पासकाल के शरीर पर 'सन टैन' मल दिया है। जैकलिन रेत में खेल रही है। आकाश में बादल का एक टुकड़ा भी नहीं है। नीला साफ़ आकाश! आकाश देखते-देखते बनोया को नीला का ध्यान आ गया है।

बनोया कई दिन से समुद्री मछली खा रहा है।

कल मॉन्टेकार्लो जाएगा।

परसों मनाको।

बनोया की आवाज़ में सुख का फ़ेन उठ रहा था।

बनोया के सुख की बातें सुनने को नीला का मन नहीं हो रहा था। डर था कि शायद बनोया अक्षरशः वर्णन कर बैठे... चाँदनी रात में पासकाल के साथ वह किस तरह प्रेम-प्रदर्शन कर रहा था। प्रेम का खेल आधे पानी में आधे रेत में कर रहा था। एक बार तो उसने बताया ही था कि गर्मियों में सहवास में मज़ा नहीं आता आनन्द आता है समुद्र पार वन में। कि चाँदनी रात में पासकाल बिल्कुल. ..लगती है...और बनोया नमकीन जल की लहरों में उसके साथ नाचा था।

भय से अथवा जानने की नीयत से नीला घर से निकली। बहुत घूम-फिरकर मिमिजँ पहुँची। रास्ते में अटलांटिक की जगह भू-मध्यसागर में ही ज़्यादा लहरें उठ रही थीं। एवेन्यू द लॉक में होटल का एक कमरा लेकर सारी दोपहर पड़ी रही। धूप ज़रा कम हुई तो समुद्र पार की तरफ़ चल दी। चारों तरफ़ उद्दाम, उच्छल, नग्न पुरुष-नारियों की भीड़ थी। लम्बे तीर पर गोरे शरीरों का मेला-सा था। नीला को अकेलापन लग रहा था। उसकी तरफ़ कोई देखता तक नहीं था। अगर देखता तो नीला बेमन से देखती। समुद्र पार कपड़े-चपड़े पहनकर गर्मियों में तो कोई आता नहीं। नीला पेड़ की छाया में विरक्त-सी बैठी रही। खुद को क्षुद्र अनुभव कर रही थी। बनोया में अन्ततः आकाश की तरफ़ देखकर नीला के बारे में सोच रहा था। उसके बारे में सोचने के लिए कही और कोई नहीं है। जो सोचता है अगर किसी और शरीर के नशे में चूर हो जाए तो होने दो। नीला ठगी जाए। उसका नाम तो पता नहीं चलेगा अगर वह किसी खूबसूरत साथी को लेकर मिमिजँ आती तो ढूँढ़ निकाला जाता। अकेले नहीं उसी पुरुष के साथ चाँदनी रात में

कहती—'ज तेम' जतेम जतेम। आकर वह सफेद रेत मिली नमकीन पानी में प्रेम का गोपन खेल खेल पाती। बनोया के अलावा किसी और पुरुष को अपने निकट देखने की कल्पना की कोशिश करती। सोचकर ही उसका शरीर मिचलाने लगता। किसी पर-पुरुष से 'ज 'तेम' कहने पर भी।

नीला होटल के कमरे में वापस आ गई। खिड़की के पास बैठकर नीले समुद्र और नीले आकाश का संगम देखती रही।

शाम को नीला की मोरुनि के साथ बात हुई। वह कल किसी के साथ मिमिजँ देखने गई थी।

मोरुनि की दानियल से भी बात हुई थी। दानियल और नातालि संगीत उत्सव में गई थीं।

"तुम वहाँ जाना चाहोगी?"

"मालूम नहीं।"

"फिर क्या करोगी?"

"मालूम नहीं।"

"होटल में बैठे-बैठे मिमिजँ पहुँच जाओगी?"

"मालूम नहीं...।"

मोरुनि हँस पड़ी। नीला सोचने लगी कि मोरुनि हँसी क्यों? हँसने-रोने की कोई भाषा होती है?

नीला का कोई जोड़ नहीं। जोड़ के आनन्द के क्षण बेजोड़ होकर मुसीबत के सिवाय कुछ नहीं।

मोरुनि मुसीबत की उपेक्षा नहीं करती। किसी को भी साथ लेकर सागर पार तक चली जाती है। समुद्र के जल में लहरों का उत्सव था और सागर-पार उत्सव की लहर। चलते-चलते नीला की थकान और गौरव का उत्सव ढीला पड़ गया। मोरुनि ज़ल्दी-ज़ल्दी चल रही थी। मंच के पास बोह्य रिकाईस से 'सी.डी.' बिक रहा था।

जीन्स, बूट, जैकेट पहने टैटू वाला! टेढ़ा सिर किए लड़कों के दल के उद्दाम उत्सव से नीला अभिभूत थी।

मोरुनि जिस समय ऑपरेशन थियेटर में थी। अस्पताल में नीला के बिस्तर के बराबर नातालि, दानियल और फ्रेंडरिक, मोरुनि का प्रेमी, हिलने वालों के दौरात्म्य का वर्णन करता रहा। इधर नीला को मूर्ख सा देखकर दानियल भी बेवकूफ जैसी हो गई थी। नेड़ाओ की भीड़ में मरने के लिए नीला से किसने कहा था।

नीला सुनती रही।

नीला की चौदह जुलाई पार हो गयी।

इस प्रवास में

समुद्र में नहाकर बनोया लौटकर नीला को हवाख़ोरी के लिए ले गया। वर्से की हवा बहुत बढ़िया होती है। ल नेत्र में दो हज़ार एकड़ ज़मीन पर बेहद खूबसूरत बाग में घूमते हुए फव्वारे के जल में आधे भीगकर ग्रांड कनाल के बराबर दोनों बैठ गए, सूर्य की तरफ़ मुँह किए।

"प्रासाद महल देखने जाओगी? सूर्य राजा का शयन कक्ष, रानी मेरी टेरेस का घर?"

नीला हरी घास तोड़कर उसके तिनके दाँतों से काटती हुई बोली, "राजा और रानी का कमरा अलग-अलग क्यों था?"

बनोया ने कहा, "इतना बड़ा महल! सटकर रहने की क्या जरूरत थी।"

घास का एक तिनका बनोया के होठों से छुलाती हुई नीला बोली, "तुम्हारा लुई तीन-तीन रक्षिताओं को लेकर रहता था!"

नीला को चूमकर बनोया बोला, "हमारे लुई ने अपनी रक्षिताओं से शादी भी कर ली थी।"

नीला घास पर लेटकर आकाश की तरफ़ देखते हुए बोली, "ब्याह करके पत्नियों के घर अलग कर दिए थे?"

"छोड़ो...! प्रासाद के अन्दर चलोगी...?" बनोया ने डाँटा।

नीला उसी तरह पड़ी रही, बोली, "छोड़ो भी... ये चमकदार साफ़-सुथरा प्राचुर्य देखकर मेरे रोंगटे खड़े हो जाते हैं।"

"क्यों...?"

"खुद को दरिद्र दीन-हीन प्रजा सोचने लगती हूँ। लगता है राजाओं के चाबुक की मार खा रही हूँ... व्यर्थ में।"

बनोया कोहनियों के बल पर पीछे की तरफ़ लेटकर बोला, "फिर चलो वेरसा का विचित्र शीशमहल दिखा लाऊँ।"

नीला ने बनोया का बायाँ हाथ लेकर उसकी अँगुलियों से अपने गाल छुआए।

गाल पर बनोया की छोटी अँगुली में पहनी सोने की अँगूठी का स्पर्श हुआ मानो बनोया और पासकाल के बन्धन का स्पर्श हुआ हो।

''शीशमहल देखने से क्या फायदा? वेरसा के निर्णय से शान्ति तो नहीं आई। बल्कि एक और विश्व युद्ध हो गया।''

बनोया उठ बैठा। ''बेकार की बातें मत करो। यहाँ से उठने का मन नहीं है?''

हवा से नीला के बाल उड़ रहे थे। उसका वक्ष और चेहरा बालों से ढक रहे थे। उठकर हाथ से जूड़ा बनाते हुए कहा कि उस प्रासाद में नहीं जाएगी। वह बारह नम्बर रू द शाविये जाएगी।

''वहाँ क्या है?''

''वहाँ प्रासाद नहीं है एक टूटा-फूटा मकान है उसमें कभी किसी समय एक कवि रहते थे। महान् कवि।''

''उनका नाम क्या था?''

''मधुसूदन दत्त।''

बनोया बोला, ''कैसा अजीब नाम है यह फ्रेंच नाम तो है नहीं।''

''ऑस्कर वाइल्ड भी तो फ्रेंच नाम नहीं है। गर्ट्रड स्टेन भी नहीं, हैनरिक इवसेन भी नहीं। ये नाम तुम्हें विचित्र लगते हैं?'' फिर खुद ही बोली, ''नहीं लगते।''

नीला बोली, ''मधुसूदन दत्त तो बंगाली थे।''

बनोया ने राहत की साँस ली। बंगाली कवि का नाम मालूम न होना आमाजान जंगल के किसी क्षुद्र कीड़े के नाम की तरह है। फ़र्क पड़ता है।

''बांग्ला साहित्य के अन्यतम कवि मधुसूदन दत्त का नाम मालूम भी कैसे होगा? भारत के किसी व्यक्ति का नाम मालूम है तो वह है साईं बाबा, दीपक चोपड़ा, स्वामी प्रभुपाद। सब धोखेबाज़ों के नाम।''

बनोया ने मधुसूदन दत्त के बारे में जानने का कोई आग्रह नहीं दिखाया तो नीला खुद ही बताने लगी कि मधुसूदन दत्त कौन थे। उनके बारे में बताया कि वे ज़मींदार के पुत्र थे। छोटी-सी उम्र से ही यूरोपीय संस्कृति के प्रति अन्ध-मोह था। अपनी पोशाक छोड़कर यूरोपीय पोशाक पहनने लगे। बांग्ला भाषा में काव्य रचना छोड़कर अंग्रेजी कविता लिखना शुरू कर किया। हिन्दू धर्म त्याग कर ईसाई हो गए थे। अपनी संस्कृति से इतनी नफ़रत करते कि कहा था, ''ईश्वर ने एंग्लो सैक्सन को संसार में हिन्दुओं का उद्धार करने, सभ्य करने, ईसाई बनाने के लिए भेजा है।''

मद्रास में रहते हुए हैनरीश नामक फ्रांसीसी लड़की के प्रेम में पड़कर ब्याह कर लिया था। उनकी जात, कुल सब गए। उनके बाबा ने घर से निकाल दिया। इंग्लैंड जाकर बैरिस्टरी पास की। वहाँ अभाव और अनाहार दिन काटते रहे। इसी बारसाई में, कलकत्ता से दोस्तों ने रुपया भेजकर मधुसूदन को बचाए रखा। यहाँ, इस देश

में, आकर शुरू-शुरू में वे बहुत प्रसन्न थे कि फ्रांसीसी उन्हें 'डैम निगर' कहकर गाली नहीं देते थे, जिस तरह अंग्रेज देते हैं। बल्कि फ्रांसीसी सम्राट और सम्राज्ञी को क़ोर्निस बजा लाते तो कहते वे भी सलाम करें। अंग्रेजी भाषा में साहित्य रचना द्वारा वे प्रसिद्ध होंगे। उनका यह स्वप्न भी खंडित हो गया। मोह कट गया अतीत में लौट गए। शैशव की नदी केपोताक्ष की बातें याद आतीं।

सतत जैमनि लोक निशार स्वप्ने
शोने माया मन्त्र ध्वनि तव कल-कले
जुड़ाई ए कान अभि भ्रान्तिर छले।
बहु देशे देखियाछि बहु नद दले
किन्तु ऐ स्नहेरे तृष्णा मिटे कार जल?
दुग्ध स्रोत रूपी तुमि जन्म भूमि-स्तने।
ऐ प्रवासे भजि प्रेम-भावे
लइछे जे तव नाम बंगरे-संगीते।

केवल नदी का ही नहीं ध्यान आती है नदी-किनारे का वट वृक्ष, भग्न शिव-मन्दिर पक्षी बहु कथा सुनाओ, अन्नपूर्णा की पिटारी, रामायण, महाभारत गौरव से परिपूर्ण प्राचीन भारत...बारसाई के निवास-काल में इतालवी कवि-सॉनेट के अनुकरण पर कुछ सॉनेट लिखे थे। पैट्रार्क के साथ मधुसूदन दत्त की बहुत मित्रता थी। बाबा के वकील थे। पैट्रार्क को वकालत पढ़ाई किन्तु छोड़-छाड़कर पैट्रार्क ध्रुपद संगीत और साहित्य के विशाल समुद्र में निमज्जित हो गए। मधुसूदन भी वैसे ही थे। अन्तर था तो यह जिस तरह पैट्रार्क अपनी प्रेमिका लौरा के निमित्त सॉनेट लिखते थे मधुसूदन ने केवल वही नहीं किया। बोदेलेयर से थोड़ा बहुत साम्य था। दोनों वाहेमियन थे। भोग-विलास का नशा था। उधार लेकर शराब पीते। बारसई से वे कलकत्ते चले आए। भाग्य ही कहो कि वे वापस आ गए अन्यथा बांग्ला साहित्य को कौन समृद्ध करता। मधुसूदन की भ्रान्ति दूर हो गई इसलिए बांग्ला साहित्य आज उनकी चतुर्दशपदी और मेघनाद वध काव्य के कारण समृद्ध है। उन्होंने हिन्दू पौराणिक कथा की नए सिरे से रचना की। दैव-शक्ति के विरुद्ध मनुष्य के संग्राम का जय-गान किया। नीला रू द शाँतिये मकान के सामने खड़ी पत्थर का फलक देख रही थी।

ल पोएत ईदीयन
माइकल मधुसूदन दत्त
(1824-1873)
अ देम्यूर देन्स कत्ते मैशन
1863-1865
एव य कम्पोज एन बंगाली

इसने मकान के सामने झुकर मिट्टी मस्तक से छुलाई। बनोया देखकर हँस पड़ा। "यह क्या कर रही हो?"

"मधुसूदन को प्रणाम किया है।"

"मधुसूदन को प्रणाम किया था या फ्रांस की मिट्टी माथे पर छुलाई।"

"इस मिट्टी पर मधुसूदन एक दिन चले थे इसलिए यह किया।" नीला शातिये की सड़क पर उदास चलते-चलते बोली।

"उस मिट्टी पर न जाने कितनी तहें जम चुकी होंगी। न जाने कितने लुई कितने फ़िलिप, कितने वैलरी, कितनी जैकलिन...

नीला ने प्रसंग बदलते हुए पूछा, "समुद्र पार कैसे गए।"

बनोया ने कोई जवाब नहीं दिया।

"तुम बहुत बदल गई हो नीला।" गाड़ी में बैठकर बनोया ने लम्बी साँस लेकर कहा।

"तुम्हें कैसे पता।"

"हमेशा मेरा हाथ पकड़कर चला करती थीं। आज नहीं पकड़ा।"

बनोया का अभियोग उसने नष्ट किया... उसे समझाया कि प्रासाद (महल) के बाग़ में बैठे हुए उसने बनोया का हाथ थामा था। सुन्दर गोरी अँगुली में सोने की अँगूठी बड़ी जँच रही थी। देखा था।

"नीला! तुम मुझे बेवकूफ बना रही हो..." बनोया दुर्बल से स्वर में बोला।

"मैं ठहरी दुर्बल, दीन-हीन। तुम्हें बेवकूफ बनाने का साहस मुझमें कैसे हो सकता है।"

पेरिस वापस जाते हुए नीला सोच रही थी कि बनोया ने रिवियेरा से वापस आकर चौदह जुलाई की घटना का किस्सा नहीं छेड़ा। हालाँकि कह रहा था कि पेरिस वापस आकर उसके बारे में बात करेगा। पहली रात को ही नीला को सारी बात मालूम हो गई थी। विस्तार से बताने के बाद बनोया का पहला सवाल था। "तुम मिमिजँ क्यों गईं थीं?"

नीला ने बताया कि मिमिजँ जाने का उसका मन था इसलिए। सुनकर बनोया को आश्चर्य हुआ। किसी को अकेले-अकेले समुद्र पार जाने की इच्छा हो सकती है? बनोया ही क्या रिवियेरा अकेला जाता अगर पत्नी और बच्ची साथ न होती। नीला को ही ले जा सकता था पर अकेला न जाता। उन स्थलों पर साथी बिना जाने का कोई फ़ायदा नहीं होता।

"इन्तजार कर लेतीं। मैं तुम्हें मिमिजँ ले जाता। अचानक यह क्या कर बैठीं तुम।"

नीला अपने लिए कम और मोरुनि के लिए ज़्यादा परेशान थी। बनोया ने पूछा, "यह मोरुनि कौन है? इसका नाम तो तुम्हारे मुँह से पहले कभी नहीं सुना था।" उसके बाद बनोया खोद-खोद कर पूछता रहा कि मोरुनि से कैसे परिचय हुआ, कहाँ हुआ।

आखिर में उसे तसल्ली भी दी और कहा था कि भीड़ में शोर-गुल (आपाधापी) होने पर कितनी तरह की दुर्घटनाएँ हो जाती हैं। यहीं तो जैकलिन की उम्र का एक बच्चा उस दिन शाम को खो गया था। चार घंटे बाद वह मिला। किसी कैंडी वाले की दुकान पर था।

जब नीला ने लाठी-प्रहार और मोरुनि के पेट में छुरा भोंकने के साथ-साथ किसी बच्चे के गुम हो जाने की बात बताई तो यह भी कहा कि वे वर्णवादी थे तब भी बनोया निश्चिन्त नहीं हुआ। कहा बड़े-बड़े बूट वालों की बात बता रही हो ना! इन्हें समकामी ही पहनते हैं। और अगर वे वर्णवादी रहे भी हों तो बहुत छोटा सा दल होगा। गाते-बजाते घूमते हैं। बुद्धि होती नहीं अच्छी शिक्षा भी नहीं मिली या बचपन में इनके अभिभावकों ने इनकी मानसिकता के स्वस्थ विकास के लिए काफ़ी परिश्रम नहीं किया होगा। यही कारण हो सकते हैं।

नीला बनोया का विश्लेषण ध्यान से सुनती रही क्योंकि उसका प्रेमी सुदर्शन सुपुरुष कभी नॉर्मल का छात्र था वैज्ञानिक, हाईटैक, हाईफ्राई गोरा। किसी मनुष्य में इससे ज्यादा और क्या गुण हो सकते हैं।

इस दुर्घटना के बारे में वह अब और कोई व्याख्या सुनना नहीं चाहती थी। मोरुनि के पेट में टाँके लगने के बाद नीला सारी रात उसके पास बैठी रही। अपनी बेवकूफी के लिए माफ़ी माँगती रही। मोरुनि हँसकर बोली, "माफ़ी क्यों माँग रही हो। वह तुम्हारी ग़लती थी क्या? तुम्हें भला मालूम था कि वहाँ कौन क्या कर रहा है? बल्कि दूर से ही हमें अन्दाज़ा लगा लेना चाहिए था। समुद्र की हवा खाने आए थे सतर्क रहना चाहिए था। छोड़ो... अच्छा हुआ बच गई।"

नीला भी बच गई थी उसके भी तो हाथ-पाँव टूट सकते थे। बूटों की चाप से फेफड़े फट सकते थे हृत्पिंड फट सकता था। किन्तु नहीं हुआ। दानियल एक्सरे का काग़ज़ हाथ में पकड़े 'अच्छी खबर, अच्छी खबर' चिल्ला रही थी। हाँ अच्छी खबर तो थी ही।

मोरुनि अपना काला कोमल हाथ नीला के हाथ पर रखकर कह रही थी कि एक महीने की बच्ची कचरे के ढेर पर मरी नहीं वह स्वस्थ सबल होने के बाद सेव काटने वाली मामूली छुरी के आघात से कैसे मर सकती थी।

मोरुनि को लेकर फ्रेडरिक के अगले रोज़ पेरिस रवाना होने के बाद नीला का भी रुकने का मन नहीं हुआ। वह भी मिमिजँ से पेरिस चली आई। दानियल और नातालि बेशक दो दिन ठहरकर आई।

पेरिस आने के बाद से बनोया रिवियेरा से हर रोज़ नीला को फ़ोन पर 'ज तेम' कहता। बनोया की आबोहवा के बारे में पूछता नीला ने क्या खाया, क्या पहना। बनोया का ध्यान आता है या नहीं, उससे प्रेम करती है या नहीं—सब पूछता। नीला ने बताया कि वह घटना भूल नहीं पाती। रात को बुरे-बुरे ख्वाबों से जाग उठती, देखती उसकी छाती धड़क रही है... पसीना आ रहा है। बनोया बोला था कि जब पेरिस आ जाएगा उससे बात करेगा।

सड़क पर गाड़ी रोककर दोनों कैफ़े में जा बैठे। नीला ने सोचा एटलांटिक पर जो घटना हुई या दुर्घटना हुई थी बनोया उसकी बात उठाएगा। नीला के घुटनों के पास अभी तक सूजन थी। पीठ पर नील के दाग़ थे, कन्धे मोड़ने पर दर्द होता था। ये बातें नीला भी बताएगी शेष छोड़ देगी। कॉफ़ी पीते हुए बनोया मोनाको का ज़िक्र करने लगा। मोनोका में सब खुश हैं उन्हें टैक्स नहीं देना होगा। जो पैदा करो उसका उपभोग करो। फ्रेंच सरकार को उपार्जन का तीस या पैंतीस भाग मोनोका में रहने पर रुपया बचता था। कॉफ़ी पीने के बाद शहर के दो चार चक्कर लगाकर पँ नफ़ के पास गाड़ी खड़ी करके दोनों पैदल चलने लगे। चलते हुए नोत्रदाम पुल पर खड़े होकर नोत्रदाम पूरा पेरिस का आगे-पीछे, नीचे से देखा जा सकता था। नीला वहीं खड़ी होकर सेइन नदी देखने लगी... पानी में जोन ऑफ आर्क की राख बहते देखी। वर्षों पुरानी राख... जाने कहाँ बह गई। उसे लगा सीन नदी को मालूम है इसकी हर बूँद को मालूम है। कहीं किसी रोज़ एक साहसी किशोरी के जले हुए शरीर की राख इस जल में गिरी थी। असल में राख तो नहीं, नीला जनदार्क को देख रही थी। सीन और गंगा के जल में कोई अन्तर है? यह प्रश्न अचानक पंख की तरह उड़कर आ गया कि गंगा का जल भी तो देखने में ऐसा ही होता है मटमैला, गँदला। संसार के सब जल इसमें पड़ते हैं इसका जवाब सोचते हुए नीला पुल की रेलिंग पर आ गई। जल से दृष्टि हटाली, जनदार्क से भी। नज़रें फिर पत्थर के पुल पर गंगा में... नदी। गंगा कुछ और तरह की है। गंगा का जल उन्मुक्त और सीन मानो अक्वेरियम हो। सीन के सहारे जिन्दगी नहीं गुजारी जा सेकती। सिर्फ़ गंगा के साथ बितायी जा सकती है। संसार के सब जल एक बराबर नहीं होते। गंगा-जल की मन पर छाप नयी कैथरीन पर थी। 'कैथरीन द ग्रेट' भी ठीक इसी जगह है जहाँ नीला कभी खड़ी हुई थी। नीला की तरह कैथरीन भी कलकत्ते की लड़की थी। चन्दन नगर के फ्रांसीसी बड़े मालिक की असाधारण रूपसी कन्या! मृत्युलोक की मानवी नहीं, स्वर्ग की अप्सरा। कलकत्ते के अंग्रेज, फ्रांसीसी युवकों की निद्रा हरने वाली कैथरीन! इस अप्सरा का विवाह फ्रांसीसी ग्रैंड नामक एक अंग्रेज अफ़सर से चन्दन नगर के गिरजा में हुआ। फ्रेंच रेवोल्यूशन अभी शुरू नहीं हुआ था। कैथरीन के प्रेम में उतावला फ़िलिप रात के अन्धकार में चहारदीवारी फाँदकर कैथरीन के शयन-कक्ष में पहुँच गया। फ़िलिप की बदनामी सब जगह

फैल गई। फ्रांसिस ने केस करके फ़िलिप को पचास हज़ार सिक्के जुर्माना ठोंक दिया। चन्दन नगर, कलकत्ता में हो-हल्ला मच गया। कैथरीन को अपने फ्रांसीसी प्रेमी फ़िलिप की रक्षिता बनना पड़ा। हाय कैथरीन! उसके भाग्य में रक्षिता होना बदा था! फिर एक पुरुष के हाथ से दूसरे पुरुष के हाथ में चला दी गई। कलकत्ते से लन्दन और फिर पेरिस आकर भी भाग्य नहीं बदला। नीला की उम्र में ही वह पेरिस आयी थी और होटल द विला से चलते-चलते एक दिन इसी पुल पर, जो उन दिनों लकड़ी का हुआ करता था और न जाने कितने किस्म के लोग बैठे रहते थे—फेरीवाले, भिखारी, शराबी... एक बदमाश ने कैथरीन की ड्रेस खींच ली। कुछ बदमाश देखकर हा-हा-हा करके हँस पड़े। नीला अपने अन्दर कैथरीन का अस्तित्व अनुभव करने लगी। देखने में दोनों एक-सी नहीं थीं। कैथरीन थी गोरी, सुनहरे बाल, नीली आँखें। नीला का रंग बादामी, काले बाल, काली मखमली आँखें। एक-दूसरे के हाथों से होती हुई कैथरीन अन्त में, तालेरँ की गोद में मिस्यू तालेरँ की रक्षिता हो गई। उन दिनों तालेरँ विदेश मन्त्री था। विदेशी दूत से राष्ट्रीय आलाप आलोचना तालेरँ की अपेक्षा कैथरीन ही ज़्यादा करती। पेरिस में हो-हल्ला मच गया। नेपोलियन बोला, यह क्या किस्सा है तारेरँ। रक्षिता की मारफत राष्ट्र का काम-काज करते हो। कैथरिन ने अन्त में दुष्ट के साथ दुष्टता की। नेपोलियन को साष्टांग प्रणाम करते हुए बोली, "तालेरँ की सन्तान मेरे गर्भ में है।" तब तक नेपोलियन इस प्रसंग में अज्ञान था। उसकी कोई सन्तान नहीं थी इसलिए अपनी प्रिय जोसफ़िन को छोड़कर मेरी लुई से विवाह करने की बात सोच रहा था। उसने तालेरँ को आदेश दिया कि रक्षिता से विवाह कर ले। तालेरँ नेपोलियन के हुक्म को अमान्य करके खाई पैदा नहीं करना चाहता था। अन्ततः कैथरीन आजीवन रक्षिता की तरह पड़ी रही। कलकत्ते के खिंचाव में यह फ्रांसीसी लड़की यहाँ-वहाँ, इसकी-उसकी रक्षिता होकर जीवन के अनेक वर्ष काटने के बाद ढलती उम्र में किसी मन्त्री की पत्नी हो गई। अगर उसने ज़रा-सी चालाकी (दुष्टता) न की होती तो रक्षिता की तरह शेष जीवन बची रहती। नीला को लग रहा था कि दो सौ वर्ष बाद वही कैथरीन (नीला के रूप में) फिर इस पुल पर आ खड़ी हुई है।

लोगों से भरा हुआ शहर। कन्धे से कन्धे सटे हुए, पैरों के पास कुत्ते। नीला किसी को नहीं पहचानती। शायद किसी दूसरे ग्रह से उतर आये हैं या यह खुद किसी दूसरे ग्रह की है या कि स्वयं नीला ऐसी है और कोई नहीं... खाली-खाली लग रहा है।

पाँव पीछे रखती है... लगता नहीं रखा है। फूल देखकर लगता है कि फूल नहीं है, घास पर चलती है तो पत्थर जैसे लगते हैं, बादल देखकर बादल जैसे नहीं लगते, चाँद भी चाँद जैसा नहीं। धूप शरीर को खाए जा रही है। फिर भी लगता है हर कण रोयों में चुभ रहा है। रात की नियोन लाइट के नीचे खड़ी रही और वहीं खड़ी-खड़ी

ही पत्थर जैसा अचल शरीर अपनी बेड़ियों में कसता जा रहा है। नीला खुद को दिन-ब-दिन अजनबी-सी महसूस करने लगती है। शहर के बीच में नदी का जल भी गँदला लगता है। नदी के किनारे उदास बैठकर भी उसे बहुत अच्छा लगता है। पुल पार करते हुए वह सीन नदी से कहती है, "तुम बिल्कुल पत्थर की मानिन्द लगती हो।"

बनोया के स्पर्श से नीला का ध्यान टूटा। नोत्रदाम के पीछे इलसा लुई द्वीप के उत्तर में चलते-चलते लजों के सामने नीला फिर मग्न हो गई।... कभी इसका नाम होटेल प्रिमोदॉ था ना? किसी समय यहाँ बोदलेयर रहते थे?

बनोया नीला को खींच लाया, आब-हवा खराब हो रही है घर चलो।

आकाश में काले बादल देखकर नीला नाच उठी।

"बड़ी बढ़िया हवा है... इसे खराब कह रहे हो? चलो..."

नीला बारिश में भीगना चाहती थी। लेकिन बनोया का मन नहीं था। जलते हुए सूर्य के नीचे वह पैदा नहीं हुआ, बादल-बारिश का अमृत उस तक पहुँचा नहीं था। घर पहुँचने के बाद बनोया को चाहिए था यौन सम्बन्ध और नीला चाहती थी कविता पढ़ना। बोदेलेयर का 'फ़्रूल द माल' हाथ में ले सोफ़े पर बैठ कर नीला ने पूछा, "मलाबार की लड़की को लेकर बोदेलेयर ने काव्य रचना क्यों की?"

बनोया पुस्तक हटाकर नीला को पकड़कर प्रेम विह्वल दृष्टि नीला की आँखों में गड़ाकर बोला, "क्योंकि बोदेलेयर मलाबार की लड़की से प्यार करता था। प्रेम में बोदेलेयर क्या करते थे देखोगी?" नीला के होटों पर उत्तप्त चुम्बन। दक्षिणी उष्णता और सूर्य की आग होठों पर सजाकर नीला को जलाने आया।

नीला दुबारा फ़्रूल द माल हाथ में लेकर बोली, "पर बोदेलेयर मलाबार तो गए नहीं थे।"

पुस्तक छीनकर मीठी हँसी के साथ बनाया बोला, "तुमसे किसने कहा वे नहीं गए थे?"

"तो... गए थे?"

"हाँ..." बनोया ने सिर हिलाया।

"नहीं गए... बोदेलेयर के सौतेले दादा ने उन्हें पकड़कर जहाज़ में भारत भेज दिया था। 9 जून 1841 को मॉरिशस के नज़दीक पहुँचकर बोदेलेयर जहाज़ से कूद पड़े कि भारत नहीं जाएँगे। अगले वर्ष फरवरी में वे पेरिस आ गए। बोदेलेयर ने मलाबार बन्दरगाह पर पाँव ही नहीं रखा।"

"देख रहा हूँ हमारे बोदलेयर के बारे में तो तुम्हें बहुत कुछ मालूम है।"

नीला काले रेशमी बाल फैलाये लेटी थी। उसके शरीर से सुगन्ध निकल रही थी। बनोया को उस सुगन्ध ने इतना पागल सा कर दिया कि वह नीला के शरीर को लेकर प्रेम की कविता लिखना चाहता था।

बनोया के हाथ से पुस्तक लेकर नीला पन्ना पलटने लगी। बनोया ने पूछा, "मलाबार भारत में है ना?"

"तुम्हें मालूम नहीं कि मलाबार कहाँ है?"

"नहीं" बनोया के 'नहीं' में आक्षेप का लेशमात्र भी नहीं था। 'नहीं जानता' से उसके होठों पर एक तरह का अहंकार था।

"आश्चर्य है...।"

"क्यों... आश्चर्य क्यों?"

"आश्चर्य इसलिए कि तुम लोगों के कवि ने जिस मलाबार की लड़की के बारे में कविता लिखी थी वह मलाबार कहाँ किस देश में है। मलाबार की लड़की को वहाँ देखा था या कल्पना में देखा था... इसके बारे में सोचा तक नहीं।"

बनोया नीला के बराबर से उठकर दूसरे सोफ़े पर जा बैठा। सोचा नहीं क्योंकि सोचने के लिए उसके पास और बहुत कुछ है।

"क्या है? मनाको है?"

जिह्वा यह कहने को लालायित हो उठी कि पासकल है...जैकलिन है...।

बनोया ने किसी तरह प्रसंग से हटकर पूछा, "अच्छा नोत्रदाम कब बनाया मालूम है?"

"तेरह सौ चौंतीस में...।"

"नहीं... उससे पहले।"

"काम शुरू हुआ था ग्यारह सौ वर्ष के मध्य और पूरा हुआ तेरह सौ चौंतीस में।"

"ग्यारह सौ में कब शुरू हुआ?"

"वह नहीं मालूम।"

बनोया मुस्कराकर बोला, "तुम लोगों का तो वही एक ताजमहल है भारत में। बहुत पुराना कुछ नहीं देखा... कलकत्ता का विक्टोरिया मेमोरियल देखा वह भी तो अंग्रेजों ने बनाया।"

नीला उठकर बैठ गई, पूछा, "तुमने 'मोहनजोदड़ो' और 'हड़प्पा' के नाम सुने हैं?"

"ये क्या हैं?"

"ये हैं सभ्यता के प्रतीक। तुम लोगों के यीशु के जन्म से ढाई हज़ार वर्ष पहले भारतवर्ष में जो सभ्यता थी उसकी बात कर रही हूँ।"

बनोया ने कन्धे झटके मानो ये सब जानने योग्य नहीं हैं।

नीला बोली, "घबराओ मत ये भारतवर्ष का मामला है तुम्हारा जान लेना ही काफ़ी है। यह विश्व का इतिहास है।"

"इतिहास जानना क्या जरूरी है?"

बनोया ज़ोर से सोफ़े से उठा। ज़ोर-ज़ोर से चलने लगा। ज़ोर-ज़ोर से साँस लेता और छोड़ देता। चीखा–

"तुम क्या सोचती हो... सब कुछ जानते हैं? जिसके बारे में जानना चाहता हूँ वह जानता हूँ तुम खुद को सर्वज्ञाता समझती हो। तुम्हें ज़रा ज़्यादा ही घमंड है।"

नीला हँस पड़ी। फिर धीरे-से बोली, "क्यों? अहंकार होना क्या बुरी बात है? अगर ज्ञान हो तो मुर्गा क्यों बनी रहूँ! यह क्यों न कहूँ कि हाँ मालूम है।"

नीला को खींचकर सोफ़े से उठाकर 'फ़्रूल द माल' छीनकर फेंक दी और उसे लाइब्रेरी में ले गया। कम्प्यूटर को ज़ोर से मारकर बोला, "संसार अब कम्प्यूटर से चलता है अपने ज्ञान की इतनी बड़ाई करती हो तो बताओ टैन बेस टू टर्मिनेटर की सही वैल्यू क्या है? नहीं मालूम पाँच सौ ओमस। की बोर्ड में 'आई' और 'क्यू' होता है?"

नीला को मालूम नहीं था।

बनोया जानता था बोला 'पाँच।'

"अच्छा बताओ एस.सी. एस.आई. बस में कितने 'एस.' 'सी.' 'एस.' नम्बर हो सकते हैं? 'आठ' मैक एन्ड्रेस में कितने व्हाइट होते हैं? बताओ? बता सकती हो? जानता हूँ नहीं बता सकतीं... इन सबमें तुम्हारा ज्ञान है जीरो। छः में व्हाइट होते हैं।"

बनोया ने उसका हाथ सख़्ती से पकड़ा हुआ था। नीला को खींचकर बैठक में लाकर सोफ़े पर डाल दिया।

"नीला हँस पड़ी। हँसते हुए बोली, "किताब तो उठा दो।"

बनोया लम्बी-लम्बी साँसें ले रहा था। उसने किताब नहीं उठायी।

नीला ने पूछा, "किताब किसने फेंकी थी... तुमने या मैंने।"

"मैंने फेंकी थी।"

"फिर अच्छे लड़के की तरह किताब उठाकर मेरे हाथ में दो। तुम शैतान लड़के तो नहीं हो। दुष्ट लड़कों को गॉड गिवन राइट होता है किताब फेंकने का। तुम्हें तो अधिकार नहीं है ना! या है?" नीला हँसकर बोली।

बनोया चीखा, "हँस क्यों रही हो?"

"हँस रही हूँ क्योंकि मुझे गॉड गिवन राइट है हँसने का।"

नीला सोफ़े के हत्थे पर केश फैलाकर पहले की तरह लेट गई। पहले की मानिन्द खुशबू फैलाती हुई। बनोया सोफ़े के पीछे था।

बनोया ने आवाज़ धीमी करके कहा, "नीला मेरी तरफ़ मुँह करके बैठो.. तुमसे ज़रूरी बात करनी है।"

नीला आहिस्ता से कोमल स्वर में कहती रही, "पहले मेरी किताब उठाकर दो। एक कविता पढ़ने का मन है... पढ़ना ज़रूरी है।"

"मेरी बात सुनने की अपेक्षा कविता पढ़ना ज़रूरी है?" बनोया की आवाज़ में ताज्जुब था।

नीला बोली, "हाँ बहुत...।"

"तुम्हें भी जाति उन्नयन का रोग लग गया है। हमारे देश में यही हो रहा है। बाहर से आकर लोग हमारे शिल्प साहित्य को लेकर हमसे भी ज्यादा पागल से हो उठे हैं।"

खिड़की के पार धूप से निमज्जित अपराह्न की तरफ़ देखकर बोली, "मैं इसलिए मद-मस्त हो गई थी कि मेरे रक्त में कविता है।"

"रक्त में कविता?" बनोया अट्टहास कर उठा।

"तुम लोगों का फ्रांस जब बर्फ़ के नीचे दबा पड़ा था तब हमारे कवि कविता रचते थे। सोचो... दृश्य की कल्पना करो जब तुम्हारे पूर्वज एक दूसरे का मांस नोच-नोच कर खाते थे उस समय हमारे प्राचीन दार्शनिक कविता लिखते थे।"

विनोया आँधी की-सी तेज़ी से उठा किताब खिड़की से बाहर फेंक दी।

"अपना रक्त और मांस लेकर बैठो... पढ़ो कविता।"

स्निग्ध हास्य के साथ पवित्र नारी मखमली आँखें बन्द करती है। उन आँखों में एक सपना आकर बस गया है। वह खुद को मलाबार तट पर देखती है। केश हवा में उड़ रहे हैं। साड़ी उड़ रही है। सूर्यास्त के सारे रंग उसके शरीर पर अठखेलियाँ कर रहे हैं। वह हँस रही है। बालू में नंगे पाँव दौड़ रही है। जल के साथ लुका-चोरी खेल रही है। जल उसके कोमल शरीर का स्पर्श कर रहा है और पवन उसके कानों मे कह रहा है :

ओ मलाबारेर मेये,
तोमारइ हातेर मतो सुकुमार तोमार पा दूटि,
जघने जागाओ ईर्षा व्यक्त करे श्वेतांगीर त्रुटि,
भावुक शिल्पीर चोखे कन्र कान्त तोमार शरीरे
आर ओ गाढ़ कालो ज्वले मखमल चोखेर गभीरे।
सेई नील आतप्त हाउयार देशे, जेखाने कविता
तोमाके दिलेन जन्म—कोटो भरे लंका तेजपाता।
तूले राखो, कूँजोय ठांडा जल, आयेशि भर्तार,
कलकेते तामाक साजो, ठेकाओ मशार हल्ला, आर
जखत मोरेरे गान झाउवने उठे कँपे कँपे
किने आनो सद्य बाज़ार थेके आनारस पैपे
खोला पाये, जेखाने सेखाने तुमि बेड़ाओ स्वाधीन
अचेना पुरनो सुर गुनगुन करो सारादिन।

और लाल सन्ध्यार आँचल जेई खसे पड़े दूरे
दाओ गा एलिए स्नेहे बारान्दाय नरम मादुर
पाखिर कुजन पूर्ण तोमार स्वप्नेश मासमान
एवं पुष्पल रूपे निरन्तर तोमारई समान।

मलाबार की लड़की गरम हवा ओढ़ घर के समीप पुस्तक की दुकान में जाकर फ्लर दू मैले' खोजती है बोदेलेयर, बयारों, पौल, एलुवर, फैल वारलेइन, पॉल वलेरा, रेनेशास काच का बक्स सजाता है।

नीला झुककर बॉक्स खोलकर पुस्तक वाला हाथ बढ़ाकर कहती है यह बक्स में क्यों बन्द है?

'कविता सप्ताह चलछे।' दुकानदार की सपाट आवाज़।

हर सप्ताह क्या कविता का नहीं होता हर दिन?

दुकानदार हँसता है। कविता के दिन खत्म हो गए मैदमोज़ैल।

कलकत्ते में नीला ने कविता के दिन कभी समाप्त नहीं देखे थे। हर दिन कविता का, हर मुहूर्त कविता का। मंच पर खड़े होकर हज़ारों लोगों की सभा को जो सबसे ज़्यादा मदमस्त कर दे वही कवि होता है। मेले, मैदान में जिसको देखने के लिए लोगों की भीड़ बढ़ जाए वही कवि है। सड़कों पर, बाज़ार में जिसके पाँव की धूल लेने के लिए बालक, वृद्ध, नारियाँ आगे बढ़ें वह कवि होता है। हर युवक कविता लिखता है... प्रेम करने पर भी और न करने पर भी लिखता है। वर्षा हो या न हो। मतवाले सबको मतवाला बना देते हैं अगर वह सचमुच कवि है। दुष्ट लोग कहते कलकत्ते में कौओं से ज़्यादा कवि हैं। कचुरीपाना की तरह बिखरे हुए हैं। सुशान्त से प्रेम करने पर नीला स्वयं भी कविता लिखती थी। कविता बिना लोग जीवित कैसे रहते हैं। फ्रांस को कविता का देश की तरह जानती थी वह। यहाँ कविता की पुस्तक छपवाने और बिक्री करने के लिए सप्ताह का आयोजन करना पड़ता है। कीमत कम रखनी पड़ती है। नीला देश के लिए 'च' 'च' करके दुःख प्रकट करती है। पुस्तक छाती से लगाए घर लौटते हुए नीला को लग रहा था, मलिना अन्दर से दरवाज़ा खोल देंगी। चटाई बिछाकर उसे झींगा पोस्तो शूक्तो भाप-इलिश (मछली) तलेकई देंगी मलिना पास बैठकर हाथ का पंखा झलती हुई उसके माथे का पसीना पोंछेंगी। बाल सँवारकर बोलेंगी' सूखकर लकड़ी हो गई है तृप्त होकर खा री! कितने दिनों से खाया नही है माँ के हाथ का बना खाना। नीला की आँखें भीगने लगतीं। गृहस्थ को तरह घर लौट कर उसने दरवाजा खटखटकाया। उसका इन्तज़ार करने वाला कोई नहीं था खुद ही दरवाजा खोलकर खाली घर में घुसी। 'माँ-माँ' पुकारती हुई अपनी ही आवाज़ से चौंक पडी।

नीला शान्त स्तब्ध घर में पुस्तक अच्छी तरह पकड़े घुसी कि कोई उसे छीनकर

न ले जाए। कोई खिड़की से बाहर न फेंक दे।

उसकी पीठ पर हाथ रखने वाला कोई नहीं था। मन को तृप्त करने वाली किसी की काँच की चूड़ियाँ नहीं खनक रही थीं। दारचीनी की खुशबू वाला किसी का आँचल रेत को झाड़ नहीं रहा था। नीला अन्धों की तरह टटोलती हुई आगे बढ़ी। अब कोई इसे छाया-वीथि के नीचे रस्सी कूदने का सपना नहीं दिखायेगा उसी गरम रेत में, गरम हवा में साँस लेते हुए जिसका प्रभाव गरदन के पीछे हो रहा था। कीचड़ से भरे धूल की महक सारे घर में थी मानो कोई खोपड़ी में आकाश-रात्रि लिए पीछे खड़ा है जो न हँसता है, न रोता है। जिसे समुद्र से नफ़रत है, वन से भय लगता है शान्त स्वर में कहता है—

हाय रे दुलाली कैनो बेछेनिलि आमादेर एइ
जनकातर फ्रांस जेखोने दुःखेर शेष नेई?
कैन तारे अजन्मेर आदरिणी नेंतुल तलोर
विशाल विदाय दिए नाविकेर बाहूर विस्तारे
सैंपे दिली जीवन, यौवन? कोनओ दिन यदि पड़े मने,
पातला मसलिने केंपे शीत, शिला तुषार वर्षणे
देखिस मधुरखेला, छेलेबेला, आकांक्षार पटे,
तबूओ चोखरे जल ठेले रेखे निष्ठुर करसे रे
पिष्ठ एतने, मिन देशी अंगेर आघ्राण फेरिकरे,
अन्न खेते हवे पारिसरे पंकिल खर्पर
एदिके कुयाशा क्लेद छिड़े तारे खिन्न पथ चाओआ
खौजे, सेई सुदूर सुपरिदेर क्षीन प्रेतच्छाया।

प्रेमाच्छादित दिन

नीला उस समय चक्कर लगा रही थी मलाबार का और घर में खिला हुआ सफेद दस्तराजि सुशान्त, सहास्य, स्नान से सुगन्धित, अय्याश पति की तरह दोनों हाथ फैलाता है शोभनांगी स्वेच्छाचारिणी पीनोन्नत पयोधरों की तरफ। नीला सुखद, सम्मोह में सम्भोग के लिए राज़ी हो जाती है। सुशान्त महासुखद प्राप्ति के समापन पर शान्त, प्रशान्त!

बादल हट गये दुग्ध धवल पूर्णिमा में भ्रान्ति दूर हो गयी। भालू की चमकती हुई आँखें इसके सर्वांग को जलाये में डाल रही थीं।

सर्दी में थरथर काँप रही है। पाँवों के पास पड़ा काँथा शरीर पर डालते ही एक हिंस्र पंजे ने खींच लिया। मानो कोई आततायी जालिम हाथ की अँगुली खींच रहा हो। नीला आर्तनाद कर उठी।

"तुम्हें तो ज्वर है...। काँथा से ढँक लो ना।" नज़रों के सामने जीता-जागता सुनील!

आहिस्ता से तकिए पर सिर रखकर कमज़ोर आवाज़ में नीला बोली, "आप यहाँ क्या कर रहे हैं?"

सुनील हँसा। हँसी बड़ी विचित्र लग रही थी।

नीला आशंका से दोहरी होकर सुनने लगी, "किशन के बारे में कुछ मालूम है? वह तो डिवोर्स के बारे में वकील से बात कर रहा है।"

नीला से सम्पृक्त और भी बहुत सी बातें सुनील ने कह डालीं कि चैतालि के साथ उसके सम्बन्ध अच्छे नहीं चल रहे हैं। उसका मिजाज आजकल बहुत चिड़चिड़ा हो गया है। रात को बेशक एक ही बिस्तर पर सोते हैं किन्तु एक-दूसरे का स्पर्श तक नहीं करते। चैतालि को मालूम होना चाहिए कि इस तरह किसी पुरुष का चलता नहीं फ़िर... काफी देर झुककर नीची आवाज़ में बोला, "मेरा उससे विवाह करना ही उचित नहीं था। उसका स्वभाव दूसरी तरह का है। इस मकान के लिए काग़ज़-पत्र देने में चैतालि बड़ी कुपित हुई। तुम्हारे लिए नौकरी ढूँढ़ने पर भी बाधा दे रही थी। कहा बहू बच्चे फेंक फाँककर..."

कानों में उफ़...

सुनील का 'उफ' पूरा होते ही दरवाज़े पर दस्तक हुई। जल्दी-जल्दी कपड़े पहनकर झगड़ा बन्द करके सुनील ने दरवाज़ा खोला—बनोया था।

गुड़ीमुड़ी बैठी नीला पर कोमल हाथ का स्पर्श। "उस तरफ़ आता हूँ," कहकर सुनील चला गया। मेज़ पर कलकत्ते से आई हुई निखिल की चिट्ठी रख गया।

बनोया के लिए हाथ में काग़ज़ में लिपटा एक उपहार। साथ में लाल गुलाब।

कहीं दूर से नीला की आवाज़ बहती आई। इस आदमी ने मेरा घर्षण किया था।

नीला का सारा दुःख दिल में समोए बनोया 'हू' 'हू' करके रोने लगा।

बनोया के आँसू अँगुली से पोंछते हुए नीला बोली, "शायद मैंने ही चाहा हो... मेरा दिमाग़ ठीक नहीं था।"

"मुझ पर क्रोध करके... मालूम है मुझे।"

बनोया प्रबल मनोवेग के स्वर में बोला, "अब मैं तुम्हारे पास हूँ। मेरे अलावा तुम्हारा कोई स्पर्श तक नहीं करेगा। मैं तुम्हें सब कुछ दूँगा... सब कुछ।"

"सचमुच दोगे?" अस्त-व्यस्त कपड़े, उड़ते हुए केश मानो नीला झड़कर धूल में गिर पड़ी हो... और कातर स्वर में उद्धार के लिए भीख माँग रही हो।

बनोया ने वायदा किया कि नीला को छोड़कर वह कहीं नहीं जायेगा। सुरक्षित रखेगा।

रंगीन कागज और रिबन खोलकर बोदोलेयर की कविताओं का संग्रह निकाला। नीला ने तप्त शुष्क होंट प्रेमार्द्र चुम्बन से सिक्त हो गए। नीला अपने होंट और भी सिक्त करना चाहती थी। वन्या में बहना चाहती थी। बनोया बोला, "पहले स्वस्थ हो जाओ... फिर।"

नीला बनोया का हाथ लेकर अपने माथे पर रखना चाहती थी कि माथे पर हाथ रखकर बनोया कहे ज़्वर से जली जा रही हो। ज्वर होने पर मलिना जिस तरह बार-बार उसके माथे पर हाथ रखती थी। कहती 'हिश्' ज्वर से जल रही है। नीला चाहती थी कि बनोया भी ऐसे ही उद्विग्न स्वर में कहे। जैसे मलिना माथे पर जल की पट्टी रखती थी गले में तौलिया लपेट कर सिर बिस्तर के किनारे लाकर मलिना जिस तरह बदन पर पानी डालती थी और पानी नीचे बाल्टी में इकट्ठा होता उसी तरह बनोया भी करे। नीला चाहती थी कि तकिए के पास अंगूर का गुच्छा लाकर रखे जैसे अनिर्वाण रखते थे और अपने कमज़ोर हाथों से वह एक-एक करके अंगूर मुँह में डाले। जिस तरह मलिना शींज मछली के पतले झोल के साथ दलिया मिलाकर उसके मुँह में ग्रास देती थी बनोया भी वैसे ही दे।

माथे पर से हाथ हटाकर बनोया ने पूछा, "तुम अस्वस्थ अनुभव कर रही

हो?"

नीला ने कहा कि अब वह ठीक है।

मन की बात मन ही में दबाकर पूछा, ज्वर से मेरा शरीर जल रहा था... क्या इसलिए?"

"वह सब तो मुझे मालूम नहीं। "देखना चाहती हो कि बुखार कितना है? मैं थर्मामीटर ले आता हूँ।"

थर्मामीटर गुसलखाने में दवाइयों के बक्स में रखा था... लाकर नीला की तरफ़ बढ़ाया। नीला ने मुँह खोल दिया... देखकर बनोया नीला के हाथ में पकड़ा कर इस तरह हँसा मानो कह रहा हो कि तुम्हारी सेवा में अपना जीवन सौंपता हूँ। वह हँसी देखकर नीला ने मुँह से थर्मामीटर लगभग निकालने की इच्छा पर रोक लगाई।

उस रात जाकर बनोया दो भरे हुए सूटकेस लेकर घर आया। उसका जीवन नीला को छोड़कर अर्थहीन है यह वह समझ चुका था इसलिए फैसला किया।

"और वहाँ का सम्पर्क?"

"धीरे-धीरे खत्म कर दूँगा।"

कितनी धीरे-धीरे यह जानने की नीला की इच्छा नहीं थी। बनोया का सब कुछ छोड़कर इस तरह उसके पास चले आना गम्भीर ज्वर से भी ज़्यादा कँपकँपी पैदा कर रहा था। पर वह कँपकँपी सुख की थी। अब वह जान चुकी थी कि बनोया उसे चाहता है। इससे ज़्यादा वह उससे कुछ चाहती भी नहीं थी। उसकी छाती की महक लेते हुए निश्चिन्त होकर नीला ने आँखें मूँद लीं। घर के निमित्ता बेहिचक रुपये ख़र्च करना सार्थक हो गया। बनोया के साथ घर बसाने का स्वप्न पूरा हो गया। अब वह स्वप्न-रक्त मांस का जीवन्त पिंड उसकी मुट्ठी में है। अनिश्चित जीवन का बोझा कन्धे पर उठाये घूमने वाले दिन खत्म हो गये। आज से जीवन का आमूल परिवर्तन हो गया है। अब वह राजनन्दिनी की तरह बनोया का हाथ पकड़कर सड़क पर चलेगी। किसी भी दिन कोई भी वर्गवादी 'टूँ' 'टाँ' करने का दुस्साहस नहीं करेगा। सरकार का विदेशियों को निकालने वाला मंत्रालय नीला के निमित्त फ्रांसीसी युवक का आत्म-त्याग देखकर पैने दाँत और तेज़ नाखून छिपा लेगा। किशन का तिल-तिल करके जलाना नीला का स्पर्श तक नहीं कर पाएगा। सुनील के दया भाव को चुपके से कूड़े में फेंक देगी। अब बनोया सिर्फ़ उसका है और किसी का नहीं। वह किसी की रक्षिता नहीं है। बनोया चाहे उसके ज्वाराक्रान्त माथे पर हाथ न रखे, चाहे जल-पट्टी न रखे, सिर पर पानी न डाले, अंगूर खरीद कर न लाए—पर वह उससे प्यार करता है। पाश्चात्य व्यक्तियों का प्रेम बस इतना होता है। हाथ में थर्मामीटर पकड़ा देना क्या कम बात है?

बनोया खुद खाना पकाता यानी कासुल का एक टिन कड़ाही में पलट देता।

गरम होने पर थाली में डाल देता। काँटा-छुरी और नैपकिन साथ में रख देता। गिलास में वाइन डालता और लम्बे...के टुकड़े काट-काट कर रखता। टेबल पर सँजोकर नीला को बुलाता। मोमबत्ती की रोशनी में नीला बनोया का हँसता हुआ चेहरा देखती। सेम की फलियों के साथ भेड़ के मांस का सेद्ध, मांस में उसकी गन्ध थी नीला को स्वादिष्ट नहीं लगी। बनोया पाँव नचा-नचाकर चबाता रहा कि बहुत स्वादिष्ट है। नीला भी सैम के दो एक बीज काँटे से उठाकर मुँह में डालकर बोली, "हाँ... बहुत स्वादिष्ट हैं क्योंकि सद्गृहस्थ बनोया को हताश करने में उसे डर लगता।

बनोया ने पूछा, "बचपन मैंने किस तरह काटा था सुनोगी?" वह बचपन की बातें करने लगा। नीला मन लगाकर सुनने लगी। छः वर्ष की उम्र में माँ-बाबा के साथ रेलगाड़ी से इटली गया। रोम की सड़कों पर जनता का रेला देखा। न जाने कौन सा उत्सव था। ध्यान नहीं आ रहा। उत्सव का एक लड़का ज़रा ठहर कर बनोया का हाथ पकड़कर खींचने लगा। आओ! आतिशबाजी होगी। बनोया नहीं गया। बाद में बार-बार लगता कि चला जाता तो अच्छा था। आतिशबाजी दूर से देखी थी उसने और अफ़सोस से छाती फटने लगी थी।

अगली रात भी बचपन की वही बातें बनोया करता रहा।

बनोया के साथ नीला की वास्तविक गृहस्थी शुरू हो गई। गृहस्थी में वही बात बार-बार सुनने में यों तो कोई नुकसान नहीं था क्योंकि नीला को बनोया के शैशव, किशोरावस्था की छोटी-से-छोटी बातें जानकर खुशी ही मिलती। कब किस स्कूल में मास्टर ने इसे शाबाशी दी। कब किस दोस्त की नाक पर घूँसा मारकर अरलेओं गिरजा के 'फ़ादर' के सामने चुपचाप दोष स्वीकार कर आया था। उसकी छोटी बहन वलेरि पढ़ाई में बनोया की तरह होशियार नहीं थी। इसलिए बनोया से ईर्ष्या करती थी कि बचपन में बनोया के स्कूल की किताबें अक्सर चिन्दी-चिन्दी करके ज़मीन के नीचे दबा देती थी। वलेरि अभी भी उससे ईर्ष्या करती है अपने शौक के बारे में दलील देती कि बनोया से ज़्यादा वेतन पाती है। ब्याह किया, बच्चा हुआ तो कहती बच्चे का स्वभाव, चरित्र जैकलिन के स्वभाव से ज़्यादा अच्छा है। रात को बिस्तर पर बनोया नंगा सोता।

"इस तरह कपड़े पहनकर सो पाती हो," बनोया नीला को कपड़े पहनकर सोते हुए देखकर भौंहें चढ़ाता।

"हाँ नींद आती है। बल्कि नंगे सोने का मुझे कभी अभ्यास नहीं रहा।"

नीला को सहसा लगा कि बनोया नीला के नग्न शरीर में लीन होना चाहता है इसलिए इशारा कर रहा है। किन्तु बनोया नीला से सटकर लेट गया और सेन्तेक्योपेरि की कहानी सुनाता रहा। बनोया के ठंडे बदन पर उसका ठंडा शिश्न लटकता रहा। अगली रात को सियार और बाघ की कहानी सुनाता रहा। कहानी ख़त्म होते ही

बिस्तर से उठकर खिड़की में जा खड़ा हुआ।

"क्या हुआ...।" नीला ने पूछा।

"कुछ नहीं...।" बनोया ने कहा।

"कुछ तो ज़रूर है...।"

खिड़की में देखते हुए बनोया बोला, "जैकलिन मुझे जरूर याद करती होगी।"

"कल वहाँ जाकर जैकलिन से मिल आ सकते हो।"

खिड़की से वापस आकर बनोया ने उसका चुम्बन लिया। आँखें खुशी से चमकाते हुई बोला, "सच कह रही हो!"

"बिल्कुल! मन हो तो क्यों न जाओ?"

"वही तो... इच्छा हो तो क्यों न जाऊँ?" बनोया बोला कि "जैकलिन उसी का खून है। जीवन में चाहे जो कुछ हो जाए, पिता का सन्तान के प्रति कर्त्तव्य तो बराबर करता रहेगा।"

रात को नीला का बुखार तेज़ हो गया, सारी रात कराहती रही। सवेरे पसीना आने पर ज्वर उतर गया तो उसने बनोया से पासवाली दवाई की दुकान से कुछ एमक्यिसिलीन ख़रीद कर लाने को कहा।

"नहीं यह नहीं हो सकता। जब तक डॉक्टर लिखकर नहीं देगा फ़ार्मेसी से दवाई नहीं खरीदी जा सकती।"

बनोया ऑफिस चला गया। नीला ने रसोई-घर में जाकर देखा कि बनोया ने सब कुछ धो-पोंछकर करीने से सजा दिया था। नीला सारा दिन पड़ी देखती रही। बनोया के वापिस आने में अभी कितने घंटे, कितने मिनट, कितने सैकेंड बाकी हैं हिसाब लगाती रही। इन्तजार के समय में दानियल का फ़ोन आ गया।

ज्वर-पीड़ित नीला उच्छ्वास नहीं रोक पायी। बनोया के साथ अपनी नई गृहस्थी की खबर दी। बार-बार कहती रही कि वह रक्षिता नहीं है।

"दानियल आ जाओ! देख जाओ मैं कैसे सुख से हूँ।"

पर दानियल ने नीला के सुख का संसार देखने का कोई आग्रह नहीं दिखाया।

"कम-से-कम ज्वर तो देखने आ जाओ। लगता है टायफ़ायड है।"

"इस देश में टायफ़ायड नहीं होता किसी और तरह का ज्वर हो सकता है। ज्वर के समय आकर क्या करूँगी... पहले ठीक हो जाओ। फिर अड्डा जमाने आऊँगी।"

नीला को होश आ गया, यह भारत नहीं है। यहाँ किसी को देखने के लिए किसी के घर नहीं जाते।

"पहले स्वस्थ होओ... प्रचुर जीवन-शक्ति के साथ स्फूर्ति आए, तब पीने के लिए आऊँगी और... अगर बीमारी में मर जाओगी तो काला जामा पहनकर तुम्हारे सत्कार-उत्सव में तुम्हारे निमित्त पियूँगी। और नाचूँगी। बस।"

दो-चार बातों के बाद दानियल ने अगले सप्ताह मिउचुआलि में नारीवादियों के एक अनुष्ठान में आमन्त्रित किया अगर नीला भी आना चाहे तो।

फ़ोन पर बात करने के बाद नीला ने सुनील का रखा हुआ लिफ़ाफ़ा खोला। सबसे पहले अनिर्वाण की चिट्ठी पढ़ी। लिखा था–''किशन के मुँह से जो सुना, मेरी मानसिक स्थिति कैसी हो सकती है तुम ज़रूर अन्दाजा लगा सकोगी। विदेश में जो इच्छा हो करने का मौका तुम्हें मिल गया है, किन्तु एक दिन ज़रूर तुम्हें अक्ल आएगी। तब अपनी ग़लती के संशोधन का वक्त नहीं रहेगा। जितने भारतीय है उनका यही आक्षेप है कि अपने देश में ठाकुर को फेंककर विदेश में कुत्ते पाल रही हो। इसलिए वक्त रहते सही रास्ता चुन लो। किशन के साथ अगर समस्या का हल नहीं हो सकता तो जल्द-से-जल्द देश वापस आ जाओ। अभी वक्त है अपनी भूल सुधारने का। समाज के दस लोग बुरा न कहें इसलिए वापस आकर पहले की तरह जीवन-यापन करो।''

निखिल की चिट्ठी का वक्तव्य भी लगभग वही था। अन्तर केवल यह था कि चिट्ठी बोलचाल की भाषा में लिखी थी।

बनोया ने रात को सात बजे फ़ोन करके बताया कि वह ऑफिस से सीधा रू द रेने चला आया है। पासकाल और जैकलिन को लेकर खाना खाने रेस्तोराँ जाएगा। खाने के बाद उन्हें पहुँचाएगा। जैकलिन को कहानी सुनाएगा जब वह सो जाएगी तब घर आएगा।

बनोया रात को प्रसन्न चित्त वापस आया। साथ में पिल्ला था। कलकत्ते की सड़कों पर लेंडी कुत्ते के पिल्ले की तरह का।

उस घर में दो कुत्ते थे। उनमें से एक उसे बहुत प्यारा था। उसे लेता आया। कुत्ता नीला को देखते ही 'भौं-भौं' करता हुआ उसके बिस्तर पर कूद पड़ा। ''इसे बिस्तर से नीचे उतारो। सारा गन्दा कर दिया है।'' कहते हुए नीला के भगाने के लिए हाथ उठाते ही बनोया 'क्या कर रही हो... यह क्या कर रही हो' कहता हुआ दौड़कर आया। ओयांडा को छाती से लगाकर बिस्तर पर उसका एक पंजा नीला की तरफ़ करके बोला, मेरी प्रेमिका से हाथ मिलाओ ओयांका! और नीला! परिवार में तीसरे सदस्य का 'वैलकम' करो।''

ओयांडा! पिल्ला नहीं था, कुत्ता था। आकार में छोटा जिसकी जाति छोटी होती है और जो बड़े नहीं होते। छोटी जाति के इन कुत्तों का मूल्य ज्यादा होता है। ओयांडा को क्या खाना पसन्द है, कब खाएगा... विस्तार से बताकर बनोया हर रात की तरह कपड़े उतारकर बिस्तर पर आ गया। नीला का चुम्बन लेकर बोला, ''जैकलिन तो मुझे छोड़ना ही नहीं चाहती थी। उसे तुम्हारे बारे में बताया। वह तुमसे मिलना चाहती है।''

बनोया नीला का एक और चुम्बन लेकर हँसते हुए बोला, ''एक और बात

कह रही थी...मालूम है?"

"क्या...?"

"कह रही थी उसे एक भाई चाहिए।"

बनोया का उद्वेग नज़रों से निकला पड़ रहा था। "क्यों? जैकलिन को भाई नहीं दोगी।"

नीला का एक हाथ अपने शिश्न पर रखकर बनोया बोला, "चलो फिर आज ही प्रेम-स्वप्न का रोपण कर दें।"

नीला पूछने को थी। किसका स्वप्न? तुम्हारा? मेरा? या जैकलिन का। पर पूछा नहीं... इस डर से कि वह अगर कह बैठे, "तुम्हारा दिल इतना छोटा है कि छः वर्ष की बच्ची से जलती हो... छीः।"

उठे हुए अपने शिश्न का स्पर्श करने पर भी उसमें चेतना नहीं आई। प्रेमिका के वक्ष स्थल का अँगुलियों से, होठों से, जिह्वा से, स्पर्श करके भी आँखें नहीं मिली. ..। वनोया बोला, "पहले ठीक हो जाओ... उसके बाद सही।"

बनोया का नीला को अनिश्चय की स्थिति में डालने पर नीला को आशंका होने लगी कि बनोया के लिए नीला का शरीर ही मात्र आकर्षण है तो वह उसके शरीर का भोग करे। और भोग करके प्रेम करे। नीला अपना शरीर बनोया की तृप्ति के लिए प्रस्तुत कर देगी। बनोया उसके शरीर में जैकलिन के स्वप्न का बीज आरोपित कर दे। रोपण के समय ओयांडा बेशक दो बार उछला था। पूँछ हिला-हिलाकर अपने मालिक का नंगा शरीर देखता रहा था।

शर्म से नीला की छाती में मुँह छिपाकर बनोया बोला, "जल्दी ही पस्त हो गया।"

"नहीं... ठीक है...।"

"तुम्हें क्रोध तो नहीं...।"

"क्यों...?"

"तुम नहीं पा सकीं...।"

"एक दिन न सही...न पा सकी तो...नीला मीठी हँसी के साथ बोली।

नीला शीर्ष-सुख तक नहीं पहुँच पाई। बनोया अपराधी की तरह देर रात तक कहता रहा और बारबार सफ़ाई पेश करता रहा कि ऑफिस में बहुत काम था। ज़रा भी आराम नहीं मिला। शायद इसलिए अथवा बहुत दिन बाद...।

बनोया के अन्तिम वाक्य ने नीला को राहत दी। अन्ततः उसने सोचा जैकलिन को सुलाने के बाद वह पासकाल के पास संगम के लिए नहीं गया था।

उसे केवल तसल्ली ही नहीं हुई बल्कि चौंकी भी कि पुरुष अपनी तृप्ति की बनिस्वत अपनी संगिनी की यौन तृप्ति के बारे में सचेत होता है। कम-से-कम भारत में इस तरह की सचेतनता के बारे में उसने नहीं सुना था। नीला के उसी प्रेमी सुशान्त के साथ प्रथम मिलन के बाद उसने एक बार भी नहीं पूछा था कि शारीरिक सम्पर्क

के बाद जैसा आनन्द मुझे मिला था, तुम्हें मिला या नहीं। भारत के अधिकांश पुरुष यही सोचते हैं कि ज्यादातर यह पुरुष के निमित्त होता है। पुरुष की तृप्ति के बाद औरत को प्राप्य होती है सन्तान! जिस कारण मातृत्व से नारी का जीवन सार्थक होता है। वह भी पुरुष की मेहरबानी से। उसे लेकर नारी जिस तरह पुरुष के प्रति कृतज्ञ होती है पुरुषों को भी गौरवान्वित होने का सुयोग मिलता है।

तीन दिन तक ज्वराक्रान्त रहने पर बनोया उसे डॉक्टर के पास ले गया। उसने नीला की जाँच करके औषधि लिख दी। औषधि खरीदकर नीला घर पहुँची तो देखा...बनोया से पूछा उसने बताया ये सब पेड़-पौधे औषधि हैं। आजकल कोई केमिकल नहीं खाता, मूर्खों के अलावा कृत्रिम औषधियाँ खाने से लोग बीमार पड़ जाते हैं इसलिए पेड़-पौधों वाले डॉक्टरों के पास ज़्यादा भीड़ होती है। नीला का सिर भन्ना रहा था। ज़्वर के कारण नहीं, पेड़-पौधों के कारण। इस तरह की औषधियाँ उसने कलकत्ते में अशिक्षित, मूर्ख लोगों को खाते देखा था जो धोखेबाजों के चंगुल में फँस जाया करते थे। साँस फूलने लगती, रोग और शोक से मर जाते। देखा था जो आँखों पर कपड़ा बाँधकर सिर से पाँव तक कुसंस्कार की काली चादर ओढ़े रहते हैं। प्राच्य देशों के उपाय और विज्ञान से सम्पृक्त लोगों को नीला आश्चर्य और विमूढ़-सी देखती कि पाश्चात्य के सभ्य शिक्षित वर्ग और उच्च समाज का मुख अन्धकार में अयुक्ति की तरफ़ फिरा हुआ है। नज़रों में यहाँ की नहीं वहाँ की नहीं, कहीं और की आकुलता होती है। पेड़ का तना और बक्कल छीलकर रस निकाली हुई औषधि की शीशी बनोया से छिपाकर खिड़की से बाहर फेंक दी। बराबर वाले मकान की छत पर दोनों शीशियाँ चकनाचूर होकर पेरिस के सैकड़ों फव्वारों की तरह छलक पड़ीं।

नीला का ज्वर सात दिन बाद खुद-ब-खुद उतर गया।

ठीक होने के बाद नीला नये सिरे से अपनी गृहस्थी में मन लगाने लगी। आधा दिन सात व्यंजन पकाये फिर स्नान करके, सज-बनकर बनोया की प्रतीक्षा में आँखें और मन जब घड़ी की सुइयों के साथ अटकता रहा तब बनोया ने बताया कि आज रात पासकाल ने उसे बुलाया है। घर लौटने में देर होगी इसलिए नीला खाना खा ले।

"पर मैंने जो इतना कुछ तुम्हारे लिए बनाया है।"

"पहले बताना था ना! किन्तु अब पासकाल से वायदा कर लिया है। मुझे जाना होगा।"

नीला ने मन-ही-मन सोचा, आख़िर पासकाल उसकी पत्नी है। बनोया पर उसका अधिकार इससे ज्यादा है।

नीला अकेली इस कमरे से उस कमरे में जाती-आती रही। कम्प्यूटर की मेज़ बनोया ने अपने हिसाब से सजा रखी थी। काग़ज़, पन्नों के दो-एक फ़ाइल और

फ़्रेम में जड़ी दो तस्वीरें एक पासकाल की दूसरी जैकलिन की। पासकाल की तस्वीर हाथ में लेकर उलट-पलट कर देखती रही। किसी भी दृष्टि से पासकाल को बदसूरत नहीं कहा जा सकता था। गरदन तक लाल बाल, पतले गुलाबी होठ, तीखी नाक, चुस्त गाल, सब्ज आँखें...सुन्दरी पासकाल से प्रेम न करने की कोई वजह बनोया के पास नहीं हो सकती।

ओयांडा ने सारा दिन चिल्लाकर घर को सिर पर उठाये रखा। और ओयांडा का मालिक देर रात में लौटकर गोद में उठाकर 'ओ रे मेरे सोना! ओ रे पुतुल रे' कहकर उसका लाड़ करता हुआ उन्हीं हाथों से नीला के शरीर पर हाथ फेरता रहा।

नीला सोयी नहीं किन्तु भंगिमा सोने की थी।

"सो गयीं... तो सो जाओ... परेशान नहीं करूँगा।"

अचानक आवाज़ सुनकर, मानो सोते-सोते उठी हो इस तरह, नीला बोली, "ओह. ..तुम! अभी आये हो?"

"काफ़ी देर पहले आ गया था। तुम सो रही थीं। इसलिए जगाया नहीं।"

घड़ी देखकर वह चौंकी, "बहुत देर कर दी। आने में... और कितनी देर इन्तजार किया जाता...।"

बनोया का स्वर जीवन्त था। "तरह-तरह के बिल घर में पड़े थे सब चुकाने थे।"

नीला उनींदी आवाज़ में बोली, "वहीं रह जाते।"

बनोया जूतों के फीते खोलते हुए बोला, "सोचा था ठहर जाऊँ। किन्तु पासकाल ने कहा, जाओ... नीला इन्तजार करती होगी।"

उस क्षण नीला को शायद पासकाल के प्रति कृतज्ञ होना चाहिए था।

"वह तुम्हें किसी और औरत के पास जाने के लिए भेजे... यह कैसे हुआ?"

नीला के स्वर में उनींदापन नहीं था। "वह तुमसे प्रेम करती है या नहीं?"

"बिल्कुल करती है।"

"पर तुम मेरे साथ रहते हो, इस पर क्रोध नहीं करती! मैं तो न कह पाती कि जाओ अपनी प्रेमिका के पास। वह कैसे कर पाती है?"

"नीला वह बहुत भली लड़की है।" बनोया ने ज़ोर देकर यह भी कहा, "कि उसके जैसी अच्छी दूसरी औरत मैंने संसार में नहीं देखी।"

"तो फिर... इतनी अच्छी लड़की को छोड़कर क्यों आ गये?"

"तुम तो जानती हो क्यों...? तुम्हारी खातिर... नहीं जानतीं क्या?"

"ज़रा सूनूँ तुम्हारा अपना मन क्या कहता है... किसके साथ रहने का.. किस घर में..."

"मेरी अपनी जो इच्छा है वह मैं करता हूँ।"

बनोया, बिस्तर पर नहीं, कुर्सी पर बैठकर कह रहा था। नीला की आँखों

में देख रहा था। नीम अँधेरे में बैठा था। और नीला रोशनी में। बिस्तर के पास वाली मेज़ पर छोटा-सा लैम्प था।

"मुझे लगता है तुम अभी तक फ़ैसला नहीं कर पाये हो कि क्या चाहते हो..." नीला बोली।

"मैं तो पहले ही बता चुका हूँ कि क्या चाहता हूँ। बता चुका हूँ कि तुम्हें छोड़कर मेरा जीवन नहीं चलेगा..." बनोया नरम स्वर में बोला।

"मुझे छोड़ने से तुम्हारा जीवन कैसा होगा... ज़रा सुनूँ? खाओगे नहीं? पियोगे नहीं? सोओगे नहीं? नौकरी नहीं करोगे? जीवन में कुछ नहीं कर सकोगे?"

"शायद सब कुछ करूँगा किन्तु वह 'मैं' इस समय वाला 'मैं' नहीं रहूँगा। जीवित होकर भी मृतवत्! नीला तुम विश्वास नहीं करतीं? तुम्हें नहीं मालूम कि मैं तुमसे कितना प्यार करता हूँ। तुम्हें मालूम नहीं कि कितना प्रेम होने पर सुख का संसार छोड़कर आया जाता है। मुझमें और पासकाल में कभी किसी दिन ज़रा सी भी काटा-कूटी नहीं हुई। तुम्हारे बारे में उसे सब कुछ खोलकर बता दिया है। वह मान गयी है। मैं उससे कुछ नहीं छिपाता। नीला! वह मेरी सबसे ज़्यादा मित्र है। वह मुझसे बहुत प्यार करती है। इसलिए जो मुझे पसन्द होता है उसमें बाधा नहीं डालती। प्रेम करने वाला कोई और इन्सान कहीं और देखा है? केवल पासकाल ही कर सकती है। मैं उससे जितना प्रेम करता हूँ उससे ज़्यादा श्रद्धा होती है। तुम्हारी ख़ातिर मैंने अपने सबसे प्रिय व्यक्तियों, पासकाल और जैकलिन को छोड़ दिया है। इस पर भी तुम खुश नहीं हो?"

नीला ने मुँह के सामने किताब रख ली। बनोया सख़्ती से बोला, "किताब हटाओ मैं तुम्हारी आँखें नहीं देख पाता।"

"आँखें देखने की जरूरत क्या है?"

"मैं तुमसे बातें कर रहा हूँ... मेरी बात का जवाब दो। तुम्हें खुशी नहीं है कि अपनी पत्नी और बच्ची को छोड़कर मैं तुम्हारे पास आ गया हूँ... बताओ?"

नीला पुस्तक चेहरे के सामने रखे हुए ही बोली, "बताओ मैं क्यों छोड़कर आयी। तुम तो छोड़कर नहीं आये। वह अब भी तुम्हारी पत्नी है। तुम लोगों की रोज़ फ़ोन पर बातें होती हैं। उसके पास अक्सर जाते हो? क्या यह छोड़ आना हुआ। इसका नाम छोड़ना नहीं है। तुम लोगों के प्रेम की अँगूठी अभी तक तुम्हारी अँगुली में है... तुम्हारी मेज़ पर उसकी तस्वीर है जहाँ लोग अपनी प्यारी पत्नी की तस्वीर रखते हैं।"

बनोया कुर्सी छोड़कर खड़ा हो गया। नीला के सामने बैठकर पुस्तक बायीं तरफ़ सरकाकर बोला, "तुम क्या चाहती हो... बताओ? तुम चाहती हो मैं उस घर चला जाऊँ?"

"तुम्हारा मन हो तो ज़रूर जाओ...। मैं तुम्हें रोकूँगी क्यों? मैंने तुम्हें यहाँ आने के लिए नहीं कहा था। तुम खुद आये हो। जब उस घर में थे तब हम दोनों

का सम्पर्क कुछ ख़राब नहीं था। अन्तर क्या है?''

बनोया लम्बी साँस लेकर बोला, ''आज मेरी जगह कोई और होता और कहता कि ऑफिस में बहुत काम था अथवा मीटिंग थी अथवा ऑफिस की तरफ़ से रात का खाना था, इसलिए देर हो गई... पर मैंने सच-सच बता दिया। तुमसे कुछ नहीं छिपाया। मेरे सच बोलने की यह क़ीमत दे रही हो, नीला। मेरी समझ में नहीं आता कि तुम्हारा हृदय इतना संकीर्ण क्यों है!''

नीला आहिस्ता से शान्त स्वर में बोली, ''मेरा दिल छोटा नहीं है... बड़ा है। दिल बड़ा है इसलिए कहती हूँ जाकर पासकाल के पास रहो। उसके साथ सुखपूर्वक गृहस्थी बसाओ, जैसे करते रहे थे। तुम उसे छोड़कर नहीं आये हो। तुम उसे छोड़ ही नहीं सकते। उसका सबसे बड़ा कारण क्या है...मालूम है! तुम उससे प्रेम करते हो।''

बनोया ने घुटनों पर कोहनियाँ टिकाकर दोनों हाथों से सिर थाम लिया। बनोया की पीठ पर हाथ रखकर नीला बोली, ''जानती हूँ तुम सच बोल रहे हो। पर मैं उसके बारे में सोच रही हूँ। आज अगर तुम मेरे पति होते और मुझे छोड़ कर किसी दूसरी लड़की के साथ रहते तो मुझे कितनी तकलीफ़ होती इसका अनुमान कर पा रही हूँ। पासकाल को ज्यादा कष्ट मत दो! खुद भी ज्यादा कष्ट मत उठाओ। तुम्हें खोकर मुझे थोड़ी तकलीफ़ होगी यह सच है। उसकी चिन्ता मत करो। तकलीफ़ सहने की मुझे आदत है। मेरी माँ को भी तकलीफ़ का अभ्यास था।''

बनोया ने उठकर कमरे का तेज़ बल्ब जला दिया। नीला का दिल धक् से रह गया। सोचा बनोया अपना सूटकेस लगाना शुरू करेगा कि उसका मात्र सहारा हमेशा के लिए अकेला छोड़कर चला जाएगा। बिजली जलाकर बनोया नीला के बिस्तर के आमने-सामने बैठ गया। बोला, ''एक बात सच-सच बताओ नीला! क्या दिल से यह बात कह रही हो? तुम सचमुच चाहती हो कि मैं चला जाऊँ?''

नीला ने जवाब नहीं दिया।

बनोया के चेहरे पर हँसी खेल गयी। ''मुझे मालूम है तुम मन से ये सब बातें नहीं कह रहीं। तुम कह ही नहीं सकतीं। तुम मुझे प्यार करती हो। मुझे खोना नहीं चाहती।'' नीला के गले में कष्ट का एक टुकड़ा बैठ गया। दाँतों से होंट चबाकर कष्ट निगलते हुए मुँह नीचे कर लिया।

बनोया नीला को छाती से लगाकर हिलाता रहा और कहता रहा, ''ज तेम ज तेम ज तेम।''

नीला जानती है अकेला रहना किसे कहते हैं। बनोया चला गया तो इस घर की छाया देखकर चौंक पड़ेगी। इस तरह कोई उसका आलिंगन नहीं करेगा। कहने वाला कोई न होगा 'ज तेम।'। प्रेमी अपना जीवन उस पर निछावर कर दे और वह नफ़रत से दूर हटा दे। इतना स्पर्श कहाँ मिलेगा। इतनी शक्ति!

बनोया बोला, ''जिस दिन तुम्हारी किताब फेंक कर चला गया था, सोचा था

कि तुम्हारा मेरा सम्पर्क अब समाप्त। पासकाल से माफ़ी भी माँग ली थी, किन्तु तुम्हारे बिना अपने जीवन की जैसे ही कल्पना की मेरा साँस घुटने लगा। तुम तो मुझे जीवन देने वाली प्राण-वायु हो नीला! मैं तभी समझ गया था कि ईश्वर ने एक दूसरे के लिए पैदा किया है। मेरा आत्महत्या करने को मन हुआ, हाथ में छुरा भी पकड़ लिया था। तब पासकाल मुझे डॉक्टर के पास ले गयी थी।

"किस चीज़ का डॉक्टर?"

"साइकियेट्रिस्ट।"

नीला चौंक पड़ी। बनोया मामूली वजह से मानसिक रोग के डॉक्टर के पास जाता रहता था। बनोया के आलिंगन से खुद को मुक्त करके, प्रेमाधिक्य से बन्द होते नेत्रों की तरफ़ देखकर नीला ने पूछा, "फिर तुम्हारे उसी डॉक्टर ने बोदलेयर की पुस्तक और गुलाब लाने के लिए कहा होगा?"

बनोया के अधरों पर तीखा हास्य था, "तुमने क्या सोचा कि तुम्हारे पास आने को मेरा मन नहीं होता! कि डॉक्टर के कहने पर चला आया!"

नीला को डर लगा कि स्वस्थ रहें या अस्वस्थ–जिस तरह नाई के पास बाल कटाने जाते हैं, फ्रांसीसी साइकियेट्रिस्ट के पास जाते रहते हैं। शायद डॉक्टर किसी दिन कह बैठे, जाओ पासकाल के पास। मन लगाकर उसके साथ गृहस्थी बसाओ। बनोया वही करेगा।

"बात क्या है...? तुम्हें लग रहा है कि मेरा दिमाग़ खराब हो गया है?" बनोया ने कहा।

नीला हँसकर बोली, "नहीं, बिल्कुल नहीं... मुझे लगता है कि मेरा दिमाग़ खराब हो गया है। मुझे जल्द ही डॉक्टर के पास जाना होगा।"

"क्यों? अब तुम्हें क्या हुआ।"

"बीच-बीच में मेरी साँस बन्द हो जाती है।"

बनोया ने नीला को धीरे से जगाया। कान के पास फुसफुसाया, "मेरे साथ एक जगह चलोगी?"

"कहाँ...?"

"पहले यह बताओ जाओगी या नहीं।"

"इतनी रात में?"

"हाँ कहोगी! तो अभी ले जाऊँगा।"

"हाँ चलूँगी... अब बताओ कहाँ?"

"सातवें आकाश।"

बनोया उसे सातवें आकाश ले जाएगा। पक्षी की तरह सातवें आकाश पर उड़ेगा। नीला को नहीं लगता बनोया उसको जितना सुख देता है, संसार का कोई

और व्यक्ति किसी दिन देगा या दे सकेगा।

बनोया के 'हरम' में नीला अपने अस्तित्व की कल्पना करने लगी।

सातवें आकाश का भ्रमण समाप्त हुआ—रात भी खत्म हो गई। नीला का निद्राहीन थका हुआ शरीर अतल में डूबा हुआ था। रेडियो से बनोया की खबर ने उसे उठाया। रेडियो पर बनोया का अलार्म था। ओयांडा दौड़ता हुआ आकर नीला के शरीर पर बैठ गया फिर नीचे कूद गया। कुत्ते के बदन से बकरी की सी गन्ध और कानों के पास रेडियो की ऊँची आवाज़। नीला की नींद सातवें नहीं चौदहवें आकाश तक उड़ गई। उठकर बनोया के लिए कॉफ़ी बनायी। डबल रोटी, जैली, मक्खन, जो भी था मेज़ पर रख दिया। कॉफ़ी के दो घूँट भरे। खाने का समय नहीं था।

"इतनी जल्दी क्या है?"

"मैट्रो पकड़नी है।"

"मैट्रो क्यों? गाड़ी कहाँ है?"

"तुम्हें बताया नहीं... गाड़ी कल पासकाल को दे आया। वह इस्तेमाल करेगी?" बनोया की आवाज़ सहज स्वाभाविक थी।

"फिर तुम क्या करोगे?" अपने लिए चाय का पानी चढ़ाते हुए नीला ने पूछा।

"मैट्रो और बस से ही आना-जाना होगा।"

"उसके बाद?"

"असल में जानती हो नीला... क्या? मैट्रो और बस में आना-जाना मुझे अच्छा लगता है। गाड़ी को लेकर पेरिस में कितनी असुविधा होती है तुम्हें तो मालूम ही है। पार्किंग के लिए पूरा शहर घूमना पड़ता है। ज़रा इधर-उधर हुआ नहीं कि जुर्माना।"

नीला ने सिर हिलाया। उसे मालूम है गाड़ी की असुविधा के बारे में। वह 'च-च' करके दुःख प्रकट करते हुए बोली, "तो फिर पासकाल को भी गाड़ी लेकर बड़ी परेशानी उठानी पड़ेगी।"

"उसे मुझसे कहीं ज्यादा जरूरत है। जैकलिन को स्कूल ले जाना-लाना।"

"ओ...।"

"सुनकर खुश नहीं हुईं?" बनोया ने टेढ़ी नज़रों से देखा।

"तुमने ख़बर सुना दी, मैंने सुन ली। बस। खुश होने या न होने की तो कोई बात नहीं हुई।"

बनोया ने जीन्स पर एक टी-शर्ट पहन ली। पाँवों में चमड़े का मोटा जूता। टाई तो कभी पहनी ही नहीं थी। शर्ट भी कभी-कभार। बताया कि नीला की खरीदी हुई शर्ट बाहर किसी अच्छी जगह जाने पर पहनेगा। टाई अलमारी में बिना व्यवहार के ही पड़ी थीं। परफ़्यूम कोलोन भी। नीला का ख़रीदा हुआ परफ़्यूम उसने छुआ तक नहीं, अपना ही एरामिस शरीर पर लगाता। एरामिस पसन्द है उसे क्योंकि यह नाम तीनों

मॉस्ट टीपरों में से एक था।

सुगन्ध लगाकर बनोया नीला के सामने जा खड़ा हुआ। बोला, "सुनो... मन लगाकर सुनो... पहले भी कह चुका हूँ पासकाल को छोड़ आया हूँ यह सच है। किन्तु उसका सारा खर्च मुझे उठाना होगा। नौकरी की वजह से उस समय जैकलिन को कुछ नहीं दे सका था। मैंने उससे कह दिया कि स्टारसवुर्ग की नौकरी छोड़ दे। उसने छोड़ दी है। अब उस घर का खर्च भी मुझे वहन करना होगा। पासकाल और जैकलिन का सारा दायित्व अब मुझ पर है। समझ गईं?"

नीला समझ गई थी। पहले ही जान गई थी।

कहने को मन हुआ, मैं भी तो नौकरी करती—मेरा दायित्व कौन लेगा? किन्तु मुँह की लगाम खींच ली।

बनोया के लायब्रेरी जाने के बाद नीला ने जे. एम. कोयातेजि का 'डिसग्रेस' ग्रन्थ हाथों में ले लिया। ग्रन्थ का नाम उसे आकृष्ट कर रहा था। इस लेखक की कोई भी पुस्तक उसने अब तक नहीं पढ़ी थी। पढ़ते हुए उसकी नज़रें बार-बार पासकाल की तस्वीर की तरफ चली जातीं। दृष्टि का दमन करके ग्रन्थ का हर शब्द पढ़कर आधा ग्रन्थ समाप्त कर दिया। अचानक ख्याल आया कि ग्रन्थ में तो उसका ध्यान ही नहीं था। मन पासकाल पर केन्द्रित था। कमरे से निकलकर बरामदे में खड़े होकर लम्बी-लम्बी साँसें लेने लगी। सिर्फ़ बनोया के साथ गृहस्थी नहीं करती। करती है, पूरे परिवार के साथ। बड़ी भीड़ वाली गृहस्थी है।

नीला का दम घुटा जा रहा था कि बनोया का फ़ोन आया, "ओयांडा को खाना दे दिया?"

"नहीं"...

"क्यों?"

"मन नहीं हुआ।"

"तुम्हारा मन कहाँ रहता है आजकल... जैसा कहा है ठीक वैसा ही करो। छोटा-सा पिल्ला है।"

"और क्या? उससे भी ईर्ष्या करती हूँ क्या?"

"नहीं... यह नहीं कह रहा... सोचता हूँ उसे बड़ा कष्ट हो रहा होगा?"

फोन मेज़ पर रखकर नीला ने तीन बर्तनों में तीन रकम का खाना दे दिया। कटोरे का पानी बदल दिया।

यह सब करके बरामदे में आकर लम्बी-लम्बी साँस लेने लगी।

थोड़ी देर बाद बनोया ने फिर पूछा, "ओयांडा को दे दिया खाना?"

"नहीं दिया..." नीला फीकी आवाज़ में बोली।

"क्यों...?" फ़ोन पर उस तरफ़ बनोया उत्तेजित था।

"नहीं दिया... क्योंकि ओयांडा का खाना मैंने खा लिया।" नीला का स्वर शान्त एवं स्वाभाविक था।

"यह क्या कह रही हो?"

"ठीक कह रही हूँ... मैं ग़रीब देश की लड़की हूँ... कितने तो कुत्ते, बिडाल हैं। अच्छे भोजन का अभ्यास नहीं है। इतना बढ़िया खाना मनुष्य को कहाँ मिलता है। इसलिए लालच के कारण मैंने खा लिया।"

खटाक् से फ़ोन बन्द करने का शब्द हुआ।

टेलिफ़ोन के 'खटाक्' के साथ-साथ काँच टूटने की आवाज हुई। किस कमरे का काँच टूटा है देखने गई—टेबल पर खड़ा ओयांडा पूँछ हिला रहा था। पासकाल की तसवीर का काँच चूर-चूर हो गया था। तसवीर ज़मीन से नहीं उठाई। जिस तरह पड़ी थी, वहीं छोड़ कर बाहर निकल गई।

बाहर निकली—देखा पास के अपार्टमेंट से पुलिस लाश लेकर निकली थी—मादाम सुजान दुग की मृत देह। उम्र होगी पचास के आसपास। नीला के साथ सीढ़ियों में या कॉरिडोर में अक्सर भेंट हो जाती। रिवाज के मुताबिक नीला और सुजान दोनों कहतीं 'वजूँ'। सम्पर्क सिर्फ़ वजूँ तक ही था। एक दिन सुजान ने मालूम करने के लिए बात की। पूछा देर रात तक ये लोग गाना सुनते हैं। गाने से नीला आदि को कोई असुविधा तो नहीं होती? नीला ने बताया कि उसे तो कोई शब्द ही पल्ले नहीं पड़ता। सुजान दुग बोली कि अकेले रहने पर गाना सुनकर समय काटने के अलावा कोई चारा भी तो नहीं होता। पुलिस से पूछने पर नीला को पता चला कि सुजान दुग को इस कमरे में मरे हुए कई दिन हो गये हैं। कॉरिडोर साफ़ करते हुए कनसियेर्ज को बदबू आ रही थी। सुजान के कमरे से दुर्गन्ध निकल रही थी। दरवाज़े को धक्का लगाया। कोई जवाब नहीं मिला तो पुलिस को खबर दी गयी। पुलिस ने आकर दरवाज़ा तोड़ा। सुजान की मृत देह फूल गई थी।

सुजान का फूला हुआ चेहरा देखकर नीला के सारे शरीर में काँटे से उठ आये। आँख, नाक, कान ढँककर देर तक दीवार के सहारे खड़े रहने के बाद दौड़ती हुई जॉर्ज ब्रासाँ पार्क तक दौड़ गई। तालाब के किनारे, घास पर, मुँह आकाश की तरफ करके लेट गई। डर लग रहा था कि वह भी किसी दिन सुजान की तरह अकेली मृत पायी जायेगी।

दो-एक घंटे के बाद जॉर्ज ब्रासाँ से वह उद्देश्यहीन शहर में घूमती रही। सन्ध्या को घर वापस आयी। हाथ में नया फ्रेम था। पासकाल की तस्वीर फ्रेम में लगाकर टूटा हुआ काँच समेट दिया। फिर हंस का गोश्त पकाया। बनोया को पसन्द है।

शाम को ऑफ़िस से आकर बनोया ने बताया कि फ़ोन पर अपनी माँ से बात हुई है। बनोया ने कह दिया है कि नीला को लेकर उनसे मिलने जायेगा। हो सका तो आज ही।

बनोया जिस तरह दिखाता, नीला उसी तरह समझती। वह उसी तरह सजती सँवरती, केश विन्यास करती। चेहरा सजाया, ऊँची एड़ी का जूता पहना। पश्चिम में जैसा होता है, लम्बा काला जामा पहना, परफ़्यूम लगाकर बनोया का हाथ पकड़कर निकली।

गार द आन्तर लिज से अरलेआँ। रास्ते में बनोया एक घण्टे तक बोलता रहा कि नीला के साथ सम्पर्क अगर दो दिन का सम्बन्ध सोचता तो उसे लेकर बाबा-माँ के पास न जाता। फिर जो पहले भी कह चुका था, नये सिरे से कहने लगा कि अपनी गृहस्थी में दुःखी नहीं था बल्कि परिवार में बहुत सुखी था। इतना सुख देखकर उसके मित्र अक्सर कहते कि ऐसी आदर्श जोड़ी समाज में कहीं नहीं दिखाई दी। पासकाल ने कभी मनमानी नहीं की? अच्छी पत्नी की तरह पति की सेवा करती रही। पति को सुखी करने के लिए उसने कोई कसर नहीं छोड़ी। इसलिए यह सोचने का कोई कारण नहीं कि बनोया ने अपनी पत्नी से तिक्त-विरक्त होकर किसी और लड़की के साथ सम्पर्क स्थापित किया है। बनोया की स्थिति दूसरों जैसी नहीं बल्कि अलग है। बनोया के जीवन में नीला की उपस्थिति बिजली की तरह चमकी कि सब कुछ उलट-पलट दिया। फिर भी बनोया इतना पाखंडी नहीं कि पासकाल को पूरी तरह छोड़ ही देता। पासकाल को ज़रूरत पड़ने पर वह उसके साथ खड़ा होता है। ऑफ़िस से उसका सारा वेतन सीधा पासकाल के खाते में चला जाता है। थोड़ा-सा हाथ-खर्च के लिए वेतन रख लेता है यह त्याग भी वह नीला के लिए करता है। और शनिवार और रविवार को रू द रेन वाले घर में बिताना होता है क्योंकि पासकाल ने कहा है और जैकलिन ने भी।

नीला समझने की कोशिश करती। लम्बी साँस लेती। फुसफुसाहट से भरी साँसों पर काबू पाती। कुछ ख़र्च करने में कोई नुकसान नहीं।

स्टेशन पर बनोया के पिता गाड़ी लिये खड़े थे। दोनों को लेकर सीधे घर आए। घर पर बनोया की माँ ने बनोया और उसकी प्रेमिका का स्वागत किया। गाल के साथ गाल लगाकर चुम्बन किया। बनोया की माँ को सास की मानिन्द नीला 'माँ' कहने को थी, पर 'मादाम दूपँ' कहा। मादान करिन दूपँ छोटी-सी भारी-भरकम, हँसमुख अधेड़ उम्र की महिला थी। कारखाने में श्रमिक थीं। अब छुट्टी ले ली है। और मसिये (मिस्टर) दूपँ ने नीला को पास बैठाकर पहले अपने जन्म की दास्तान सुनायी कि चालीस दशक में जब वे बेबी 'बूम में से एक थे—दूसरे विश्वयुद्ध के अन्त में सेनाएँ लौटकर अपनी पत्नियों पर टूट पड़े। यूरोप में जो हुआ वे उसी का फल है। पन्द्रह वर्ष की आयु में करिन की तरह ये भी कारखाने में काम करने लगे। मन नहीं लगा तो चले गये मारसै। वहाँ दो वर्ष जहाज़ पर काम किया फिर कुछ दिन टैक्सी चलायी, उसे छोड़कर आस-पास में अंगूर की खेती की। वह भी पसन्द नहीं आया। छोड़कर पुलिस में भरती हो गए। कभी-कभी कमर में दर्द होता तो इससे भी छुट्टी ले ली। अब अच्छी तरह खाना-पीना, सोना, कम्प्यूटर पर ताश खेलना... कीमती पाइप में तम्बाकू पीना और अब एक 'पर्स'

गाड़ी खरीदने का सपना देख रहे हैं। चार गिलासों में पर्त्तो ढालकर, जूते का एक बक्स लाये, उसके भीतर परिवार की तस्वीर थी। कौन से दादा हैं कौन से उनके पिता, दादा के दादा, आदि तो दिखाये ही। सैकड़ों आत्मीय स्वजनों की तस्वीरें भी दिखाईं और आखिर में नग्न बनोया की कुछ तसवीरें। जो आत्मीय जीवित हैं उनसे किसी शादी-ब्याह या सत्कार-उत्सव में मिलना हो जाता है उसके बाद अपना-अपना जीवन बिताते हैं। बनोया ही ढाई वर्ष बाद यहाँ आया है। वह तेरह वर्ष की आयु में घर से चला गया था। किसी कैथोलिक स्कूल में लिखाई-पढ़ाई की। माँ-बाबा के साथ अधिकतर चिट्ठी की मार्फ़त सम्पर्क होता। पासकाल के साथ सम्बन्ध होने के बाद उसे लेकर यहाँ आया था और अब नीला को लेकर। पेरिस से सिर्फ़ एक घंटे का रास्ता है पर बनोया माँ-बाबा से मिलने नहीं आता। छुट्टी में भी नहीं। जिसका जो जीवन है वही चलता है। अतीत को लेकर पड़े रहना किसी को अच्छा नहीं लगता। मसिये और मादाम दूपँ की जिन्दगी भी अलहदा है? बेटे-बेटियों को बारहवीं पास करवा दी है उनका दायित्व समाप्त! सन्तान अगर शारीरिक या मानसिक दृष्टि से विकलांग न हो तभी कम विरक्त होते हैं। कोई अच्छी ख़बर हो तो फ़ोन या चिट्ठी की मार्फ़त बता देने पर वे सन्तुष्ट हो जाते हैं। बनोया का नया प्रेम भी मसिये और मादाम दूपँ के लिए सु-खबर थी। बनोया खुद खबर लेकर आया था। नीला देखने में सुन्दर है या असुन्दर आचार-व्यवहार वानरों जैसा है या मनुष्यों जैसा इसका फ़ैसला नहीं कर रहे थे। नीला जैसी भी है, इनका पुत्र उसे लेकर खुश है वही महत्त्वपूर्ण है। बनोया यदि शाक चुन्नी लाकर कहता, मैं इससे प्रेम करता हूँ—इसके साथ मैं खुश हूँ तो मसिये दूपँ शाक चुन्नी के गिलास में पर्तो ढाल देते और जन्म आदि के वृत्तान्त के बाद जूतों का बॉक्स भी सामने ले आते। दूसरे की पसन्द पर बंगालियों की तरह ये अपनी नाक नहीं घुसेड़ते। अगर नाक घुसेड़ते हैं और कुछ हानि हो जाती है तो बंगालियों के लिए बाकी कुछ न बचता।

पाँच से सात वर्ष की आयु तक बनोया ने जो 'कीर्ति-कांड किया—बनोया के माँ-बाबा विस्तार से वह भी बताते रहे। बातो-बातों अक्सर जो हो जाया करता है—पेरिस के लिए आख़िरी ट्रेन भी चली गयी। इसलिए उस रात ठहरना पड़ा। बनोया बचपन में जिस कमरे में रहता था उसमें छोटा-सा बिस्तर, छोटी मेज, छोटी-सी अलमारी में छोटे-छोटे कपड़े अभी तक सजे हुए थे। बनोया ने उसी कमरे में नीला को बिस्तर पर लेटाकर बाकी रात यादों और संगम में बिताई। चीखने की तेज़ आवाज़ हुई। नीला ने सोचा कि बाकी सबकी नींद खराब हो रही होगी पर बनोया को कोई परवाह नहीं थी।

प्रातःकाल अरलेओं से जन आन्दोलन की यादगार वाले शहर से, अपने प्रिय दूपँ दम्पति से विदा होकर पेरिस जाने का रास्ता पकड़ा। नीला रेलगाड़ी की खिड़की से साफ़-सुथरे गाँव देखती रही। दिगन्त तक फैले हुए खेत, कहीं-कहीं खेत के किनारे शस्य-भंडार, मोटी-ताजी गायों के दूध, कहीं-कहीं किसान गाड़ियाँ भगाते हुए, हाथ में बियर का कोटो, आनन्दोत्सव में मदमस्त! खेतों में गायें कोई नहीं चराता, मशीन से

बीज फैला रहे हैं, मशीन ही फ़सल काट देती है। मशीन सब कुछ करती है। कलकत्ता छोड़ने के बाद नीला ने देखा था कि कमज़ोर बैल लेकर किसान हल से खते जोतते थे, एक हाथ से फ़सल काटते दूसरे से अन्न इकट्ठा करते। पूरे साल हड्डियाँ तोड़ने के बाद भी दो वक्त की रोटी नहीं मिलती थी। जबकि इस देश में सरकार किसानों को ज्यादा अनाज़ पैदा न करने, दूध ज्यादा न पैदा करने, भेड़ बकरियाँ न बढ़ाने के लिए कौड़ी-कौड़ी देती है। फिर भी फ़सल, दूध, मांस से सारा बाज़ार लदा रहता है। पैदावार कम करने में जितना खर्च होता है उससे कहीं कम खर्च में दूसरे देशों से खाद्यान्न की आमदनी हो सकती है। किसान अधेड़ आयु में कहते हैं हमारी जो ज़मीन है उसकी फसल से दस लाख रुपया आमदनी होती है। सरकार कहती है हम तुम्हें बीस लाख रुपया हर वर्ष देंगे—फ़सल कम करने के लिए।

नीला अकस्मात हँस पड़ी।

''बात क्या है... क्यों हँस रही हो?''

''कभी-कभी मुझे बड़ी हँसी आती है बनोया! दक्षिण और उत्तर में मनुष्य की अवस्था में कितना अन्तर है। कहीं तो सम्पदा का आधिक्य होता है और कहीं अभाव। कोई हाँफता है तो कोई मज़े करता है। सारी स्थिति तमाशा-सी है।''

नीला फिर अनमनी हो गयी।

''क्यों? तुम्हारे धर्म में भी तो स्वर्ग-नरक है,'' बनोया बोला।

नीला ने हँसते हुए कहा, ''बहुत दिन पहले एक बंगाली लेखक ने स्वर्ग-नरक के बारे में लिखा था ''कहाँ है स्वर्ग... कहाँ है नरक! कौन कहता है वे बहुत दूर है—मनुष्य में ही स्वर्ग भी है नरक भी। मनुष्य में ही देवता और राक्षस बसते हैं।''

बनोया सीधा बैठ गया, गम्भीरता से बोला, ''तुम ईश्वर में विश्वास नहीं करतीं?'' नीला ने साफ शब्दों में कहा, ''नहीं।''

''ताज्जुब है।'' बनोया आरामकुर्सी पर पसर गया।

भारतवर्ष की ख्याति अध्यात्मवाद के कारण हुई है। आदिकाल से भारत में इसी की चर्चा होती रही है और अब भी इसी की चर्चा है यह बात बनोया ने स्कूल की पुस्तकों से जानी है।

नीला बोली, ''प्राचीन भारत के चार्वाक ऋषि के बारे में तुम्हारी स्कूली पुस्तकों में कुछ नहीं लिखा? उस काल के जन-प्रिय दर्शन का नाम था 'लोकायत'। लोकायत न आत्मा को मानता था, न ईश्वर को, स्वर्ग और नरक का भी निषेध करता था।''

बनोया ध्यानस्थ नीला को टोककर बोला, ''इतना क्या सोच रही हो?''

''नहीं... कुछ ख़ास नहीं।''

''कुछ ख़ास नहीं... मायने... मुझे बताओ।

''कहने लायक कुछ नहीं है।''

''कहने लायक कुछ न होने पर भी बताओ।''

बनोया की आवाज़ में अधिकार का भाव था, प्रेमी का दावा था। यदि अनमनी प्रेमिका कुछ सोचे तो सुनने या जानने का अधिकार है उसे। क्योंकि नीला ने बनोया को अपना जीवन सौंप दिया है। जीवन सौंप कर जैसे शरीर समर्पित कर दिया जाता है। मन भी देना होता है, रेल के कम्पार्टमैंट में बैठे हुए उदासीन भावनाओं के अंश तक।

"ज़ाँ पॉल सार्त्र के बारे में सोच रही थी," नीला बोली।

"हमारे जाँ पॉल सार्त्र के बारे में?"

"हाँ... तुम्हारे जाँ पाल सार्त्र के बारे में।"

बनोया जोर से हँस पड़ा, "मैंने सोचा तुम शायद अपने दरिद्र किसानों के बारे में सोच रही हो।"

नीला देर तक चुप रही, फिर बोली, "सार्त्र का कहना था कि जीवन का कोई महत्त्व नहीं, इसे महत्त्वपूर्ण बनाना होगा। वह कैसे होगा यह बताओ? किसी दरिद्र देश के दरिद्र परिवार में दरिद्र लड़के या लड़की के पैदा होने पर लिखाई-पढ़ाई का अवसर न मिले, अनाहार, अभाव और असुख में कष्ट पाता हो। एक थाली भात के लिए चौबीस घण्टे मेहनत करनी पड़े—उसमें इतनी प्रतिभा हो कि बहुत बड़ा वैज्ञानिक हो सके। महान् लेखक हो जाये या दार्शनिक। किन्तु अपनी प्रतिभा को वह सार्थक कैसे करे। जीवन को सार्थक बनाने के लिए सुअवसर कहाँ है? जिसके पास पेट भर खाना नहीं, शरीर पर कपड़े नहीं, सिर छिपाने की जगह नहीं, उसके लिए जीवन मात्र यन्त्रणा नहीं है क्या?"

नीला मलिना के बारे में सोच रही थी। जीवन को अर्थमय बनाने की उनकी साध नहीं थी क्या? मलिना पति की गृहस्थी में बन्द थी। मलिना का शरीर और मन बेड़ियों में जकड़ा हुआ था। समाज की बेड़ियाँ जिन्हें वे तोड़ना नहीं जानती थी। ऐसी लाखों मलिनाएँ घुट कर मर जाती हैं। उन्हें मालूम नहीं होता कि बन्धनों से कैसे छुटकारा पायें।

बनोया हँस पड़ा, बोला, "यह क्या ऊटपटाँग बक रही हो? सब एक ही तरह का जीवन लक्ष्य तो बनाते नहीं। मेरे जीवन का लक्ष्य है जैकलिन। मेरे माँ-बाबा अमीर खानदान के नहीं थे उन्हें भी बहुत जद्दोजहद करनी पड़ी। सन्तान पैदा की। मैंने उनके जीवन को पूर्णता दी, लक्ष्य दिया। इसके अतिरिक्त पिछले जन्म का फल तो भोगना ही पड़ता है। जीवन निरुद्देश्य कैसे हो सकता है?"

नीला ज़ोर से हँसी।

"क्यों... हँस क्यों रही हो?"

नीला ने हँसते हुए कहा, "तुम पिछले जीवन में विश्वास करते हो?"

"बिल्कुल... तुम नहीं करतीं?"

"नहीं..."

भारतवर्ष में बहुत समय तक अंग्रेज़ों का राज्य रहा। अंग्रेज हमें अहसास दिलाते रहे कि हम भारतवासी निहायत ही नीच किस्म के लोग हैं। सभ्यता, शिक्षा, ज्ञान, बुद्धि किसी में भी उनके समकक्ष नहीं हैं, इसलिए गुलाम रहना ही स्वाभाविक है। यह सब झूठ है। भारतवासियों को ठगने के लिए यह कहा गया था। इसलिए भारतवर्ष में जब स्वाधीनता संग्राम शुरू हुआ तब कुछेक संकीर्ण मनोवृत्तिवालों ने अतीत का गौरव बढ़ा-चढ़ा कर दिखाने की कोशिश की। भारतवर्ष के प्राचीन इतिहास से प्रमाणित करने की चेष्टा की हमारी सभ्यता कितनी उच्च कितनी महान् थी। पश्चिम के विज्ञानवाद अथवा वस्तुवाद के विपरीत भाववाद द्वारा प्रमाणित करने की चेष्टा की। प्राचीन ऋषि-मुनि कह गये हैं कि संसार अनित्य है, माया है, मिथ्या है। संसार के कुछ स्थूल सुखों को पुरुषार्थ सोचना निहायत स्थूल बुद्धि का लक्षण है। यह होता रहा आत्म-मर्यादा के कारण, और पश्चिम ने इसे भारत का वास्तविक परिचय मान लिया।"

इतना कहने के बाद नीला को आशंका हुई कि बनोया पूछेगा कि अगर भारत वर्ष में वस्तुवाद की इतनी क़द्र है तो अब तक दरिद्र क्यों है? आर्थिक स्थिति इतनी ख़राब क्यों है? मनुष्य दरिद्रता की सीमा रेखाओं से निम्न स्तर पर क्यों है? नीला बनोया के सम्भावित प्रश्न का केवल एक उत्तर दे सकती है कि दो सौ वर्षों तक अंग्रेजों के शासन ने इसकी आर्थिक स्थिति को पंगु कर दिया है। बनोया प्रश्न कर सकता है कि अंग्रेज़ों को तो गये पचास वर्ष से अधिक हो चुके हैं। तो नीला कहेगी, देश को दुबारा खड़ा करने के लिए पचास वर्ष बहुत कम हैं। बनोया यह भी कह सकता है कि द्वितीय विश्व युद्ध के बाद जर्मनी में कुछ शेष नहीं रहा था। यूरोप के सबसे समृद्ध देशों में अब जर्मनी है। तब नीला अमेरिका के 'मार्शल लॉ' का हवाला देगी।

धत्! नीला का दिमाग़ चकराने लगा। दिमाग़ में बनोया का आतंक घात लगाये बैठा था। सब कुछ गड़बड़ हो रहा था। लगा कि कहीं कोई ग़लती हो गयी है। मलिना के रोग-ग्रस्त शरीर की तरह देश भी अकेला पड़ा रह गया है। उसकी देख-भाल करने वाला कोई नहीं है। नीला मन ही मन पक्षी की तरह देश चली जाती है, मन ही मन देश के जले हुए शरीर को वर्षा द्वारा शीतलता प्रदान करना चाहती है। नीला कहती है कि शृंखलाओं में जकड़े देश को अगर खुद बेड़ियों से मुक्त करके देश के सामने सिर नत कर पाती। इस निष्ठुर विदेश में वह क्यों बेकार पड़ी है—मालूम नहीं, यह देश जितना देखा है अजनबी-सा लगता है—यह देश उसे क्या देगा... सुरक्षा! सुरक्षा किससे? सुख की या ज़िन्दा रहने की। नीला कभी-कभी सोचती जीवित रहने का क्या लाभ? सुखी होने का भी क्या फ़ायदा?

बनोया नीला के दोनों हाथ अँगुलियों से सहलाते हुए बोला, "फिर... तुम कहना क्या चाहती हो... कि तुम्हें विश्वास नहीं है कि ईश्वर ने हमें एक-दूसरे के लिए बनाया है?"

नीला ने खिड़की से नज़रें हटाये बिना कहा, "नहीं।"

यहीं समाप्त नहीं

नीला का सारा सप्ताह सद्गृहस्थ वधू की तरह कट गया। सवेरे रेडियो की ख़बर बनोया को और नीला को जगाती। एक बार उसने कहा भी था कि रेडियो एक बम की तरह बज उठता है कि वह आतंकित हो जाती है। नींद भी पूरी नहीं होती। बनोया ने कहा था तुम बहुत ज़्यादा सोती हो। ज्यादा सोने से शरीर मोटा हो जाता है। मोटी न हो जाए इस डर से नीला रेडियो की ख़बर के साथ-साथ उठ जाती। उठकर रसोई-घर में जाकर बनोया के लिए प्रातःराश तैयार करती। रोज़ अलग-अलग तरह के प्रातःराश बनाती कि बनोया के स्वाद में परिवर्तन हो। बनोया उसका चुम्बन लेकर आफ़िस चला जाता फिर नीला घर की सफ़ाई करती, पास की दूकान से बनोया की पसन्द की चीज़ें लाकर खाना बनाती और बनोया के इन्तज़ार में घड़ी देखती रहती। फ़ोन की घंटी बजते ही दौड़ कर जाती। बनोया पूछता कि नीला ने सारा दिन क्या-क्या किया। नीला विस्तार से बताती। अन्त में बनोया पूछता मुझसे प्रेम करती हो? नीला कहती, हाँ करती हूँ। दिन में कई-कई बार बनोया की यही जरूरत होती। सन्ध्या को वापस आकर बनोया नीला को पकड़कर चूमता फिर टेलीविज़न खोलकर डाक देखने के बाद खाने बैठता। इस दौरान एक दिन भारत पर कोई तथ्य चित्र देखकर बनोया कूद पड़ा। ''आओ। आओ। ...भारत... भारत।'' नीला को सोनागाछी की वेश्याओं का जुलूस देखना पड़ा। तथ्यचित्र मूलतः उनके अधिकार को लेकर आन्दोलन था बनोया देखकर बोला था, ''हिश्! तुम्हारे देश में इतनी वेश्याएँ।'' नीला बनोया का ध्यान बँटाने के लिए कुछ और बात करने लगी कि तुम्हारे लिए शामुक (घोंघा) खरीद लायी हूँ। बनोया चखने से पहले ही 'ओमऽऽ ओमऽऽ' करने लगा। भारतीय ध्रुपद संगीत सुनाकर बनोया को चकित करते हुए हरिप्रसाद चौरसिया के बाँसुरी पर हाथ रखते ही बनोया विभोर होकर देखता रहा और नीला से कहकर कि तुम बुरा मत मानना—मैं इसे पलट रहा हूँ! कहकर फ्रेंच संगीत का सी.डी. चला दिया। नीला बोली, ''तुम्हें चौरसिया को इतनी बढ़िया बाँसुरी पसन्द नहीं आई?'' बनोया ने दुख से केवल इतना कहा, ''वैल नीला! इट्स नॉट माई कप ऑ फ़ टी।

...बनोया अपना फ्रेंच कप ऑफटी अकेले ही पीता है...।'' नीला को एक दिन हाथ से खाते देखकर बनोया आँखें फाड़कर बोला था—मानों अफ्रीका का जंगल देखा हो—कि नीला हाथ धोकर काँटे-छुरी से खाना शुरू करे। अब उसे काँटे-छुरी से खाते देख बनोया उसे तसल्ली देता हुआ बोला, ''हाथ से खाओ ना! शर्म की क्या बात है, हम ही कब काँटे-छुरी से खाते हैं। हमारे आदि-पुरुष भी तो हाथ से खाते थे। एक हज़ार वर्ष पहले की बात सोचो। तब काँटे-छुरियाँ थीं क्या?'' नीला हर रात बनोया की पसन्द का खाना लगाती थी। बनोया खाते हुए टिप्पणी करता कि कौन-सी चीज़ कैसी बनी है। कि कल जो बनायी थी बहुत स्वादिष्ट थी। ''कौन-सी?'' ''वही मांस का कलिया?'' ''अच्छा?'' नीला ने अगले रोज़ फिर कलिया पकाया। रात को बिस्तर पर बनोया नीला के शरीर को लेकर फिर मद-मस्त हो उठा। बनोया में नया आग्रह पैदा हो गया था। मैथुन पूरा होने के समय वह नीला के मुँह से बांग्ला सुनना चाहता। 'तोमाके माल वासि' (तुमसे प्रेम करती हूँ) से शुरू करके 'तोमाके आर ओ चाई आर ओ गभीरे' इस तरह यौन प्रक्रिया का अनुरोध अथवा सुखान्त का आर्तनाद होता है सब। बनोया मायने नहीं समझता था किन्तु सुनने में कुछ और सा लगता नीला उसे आनन्द देने के लिए वही सब करने लगती यद्यपि उसे अपनी आवाज़ अपरिचित लगती क्योंकि बांग्ला में इस तरह की बातों का अभ्यास नहीं था। उसकी आदत डालने के लिए खाना पकाते-पकाते, कपड़े धोते हुए, घर में झाड़ू लगाते हुए, खिड़की के काँच साफ़ करते हुए वह इसका अभ्यास करती रहती। बनोया अक्सर कहता भारतीय लड़कियों के शरीर के आना-काना (गुप्तांग) का रहस्य कुछ और तरह का होता है। इसका स्वाद ही अलग होता है। बनोया को यही 'अलग' अच्छा लगता। पासकाल के साथ 'मिलन' इस किस्म का नहीं होता। नीला सुनकर पुलकित हो उठती कि वह बनोया को दूसरी तरह का आनन्द देती थी। उसके बाद रति की झंझा के अन्त में 'शुभ रात' का चुम्बन लेकर सो गए। रेडियो की खबर से चौंककर सवेरे नींद खुलने पर 'सुप्रभात' कहकर फिर एक चुम्बन लिया। अलग-अलग वक्त पर विभिन्न प्रकार के चुम्बन की आदत डालने में नीला को चाहे समय लगेगा पर वह निष्ठापूर्वक फ्रेंच चुम्बन संस्कृति का इस्तेमाल करने लगी। जो भी है फ्रांसीसी प्रेमी के साथ गृहस्थी बसाने के बाद यह न करने से गुज़र नहीं, यह वह समझ गयी थी। सप्ताह में एक दिन वह पिकासो म्यूजियम और पॉम्पिडू में व्यतीत करती। पिकासो की पेंटिंग देखकर नीला कोई भावावेग प्रकट नहीं करती थी। बनोया के पूछने पर सिर्फ़ इतना कहा, ''दो लड़कियों को समुद्र के किनारे दौड़ते हुए वाली पेंटिंग के अलावा और कोई उसे अच्छी नहीं लगी।'' सुनकर बनोया ने कहा था, शिल्प के बारे में जानना ज़रूरी होता है। नीला शिल्प में पारंगत नहीं है इसलिए पिकासो की दड़ि (रस्सी) फटा हुआ कपड़ा और ठुकी हुई कीलों वाला चित्र मूर्खों की तरह देखती रही।

"पिकासो इतना प्रसिद्ध कलाकार, इतना महान्...।"

नीला बोली, "शायद बड़ा कलाकार है किन्तु मनुष्य की दृष्टि से बड़ा अकिंचन। फ़्रासोयाज़ ने तो लिखा ही है, पिकासो का जीवन कैसा था। स्पेन के आन्तरिक युद्ध का प्रतिवाद किया था और अपने घर में लड़ाई-झगड़ा करते रहे थे। ओल्गा, मारीतेरेस, डोरा, फ्रासोंयाज, जैकलिन किस-किस को नहीं ठगा।"

"वाह! तुम तो हमारे पिकासो के बारे में खूब जानती हो।"

"पिकासो तुम लोगों के नहीं स्पेनिशों के थे।"

"एक ही बात है, थे तो पश्चिम के।"

नीला पूर्व में, उससे ठीक उल्टी तरफ़ पश्चिम... नीला को याद था। पॉम्पिडू की आधुनिक चित्रकारी को देखकर नीला को लगा नहीं कि यह कोई कला है। सबसे पहले जिस पेंटिंग के सामने खड़ी हुई थी वह गाय के मांस का जामा था, मांस को महीन करके सिलाई करके जामा बनाया गया था, जिसे किसी लड़की को पहनाकर फ़ोटो ली गयी थी। सिर्फ़ यही नहीं, फटे हुए काग़ज पर पेंसिल से ऊटपटाँग लिखा हुआ, बस उसे फ्रेम करा लिया। यह कोई कला है? फटा हुआ पुराना काग़ज़, टूटा हुआ रेडियो, फटा हुआ टायर, सिगरेट का ख़ाली पैकेट, कुल मिलाकर कचरे के ढेर से चीज़ें इकट्ठी करके, फ्रे़म कर दीं। इसे कहा गया शिल्प। एक कैनवस के सामने खड़े होकर नीला बहुत देर तक यह खोजने की कोशिश करती रही कि उस पर कोई निशान है या नहीं, या अन्ततः कोई बिन्दु ही हो... नहीं... यह कला है? बनोया से पूछा कि कैनवस पर तो कुछ आँका नहीं गया, यह कैसी कला हुई। बनोया बोला, निश्चय ही कला है अन्यथा यहाँ क्यों रखी जाती। नीला को कोई युक्ति नहीं दिखाई पड़ी। रख देने मात्र से वह 'कला' हो गयी। आधुनिक कला पर से आस्था खोकर अनाधुनिक (प्राचीन) कला देखने के लिए लूबोर वापस जाना चाहती थी। अगले रोज़ लूबोर में आँखें और मन तृप्त करने के लिए वह मिस्र के लूबोर गई। ग्रीस (यूनान) में अफ्रीका की प्राचीन कला के सामने खड़े होकर नीला बोली, "यह अब उपनिवेश तो है नहीं, लूट के इस माल को अब वापस कर देना चाहिए। कला जिस देश की हो वहीं रहनी चाहिए।"

बनोया बोला, "हम इसकी हिफ़ाज़त करते हैं इसलिए इसका अस्तित्व है। उन देशों में ये होते तो सुरक्षित न रहते।"

"क्या होता रहते तो? कीड़े खाते?" नीला ने कहा।

नीला ने सोचा अगर हो सकता तो ये लोग मिस्र में मिट्टी खोदकर पिरामिड बना देते। सप्ताह के एक दिन शाम को नीला बनोया को लेकर मोरुनि के यहाँ निमन्त्रित थी। वहाँ खाना खाकर आयी। धनी इलाके के एवेन्यू द प्रेज़िडेण्ट विल्सन में मोरुनि का घर था। यह मकान मोरुनि को अपने फ्रांसीसी बाबा से उपहार में मिला था।

खाने के बाद वापसी में बनोया बोला, "मोरुनि का भाग्य बड़ा अच्छा है।"

नीला ने कहा, "केवल भाग्य ही सब कुछ नहीं होता। उसमें प्रतिभा थी

इसलिए ख्यात हुई।''

हर शाम को पासकाल फ़ोन करती, नीला के 'हलो' कहते ही कहती, ''मैं पासकाल ... बनोया है?'' नीला ने बनोया को फ़ोन दे दिया। बृहस्पतिवार रात को पासकाल को फ़ोन मिलने पर बनोया रू दे रेने रहने चला गया था। वहाँ से उसने बताया था कि रात को वहीं रहेगा, घर नहीं आयेगा। अगले रोज़ बनोया के वापस आने पर नीला ने दो एक बातें करके, पूछा, ''पासकाल के साथ कल रात सोये नहीं?''

''नहीं...।''

''क्यों?''

''क्यों... मायने?''

''तुम उससे प्रेम करते हो तो साथ सोने में क्या आपत्ति थी।''

''जिस दिन से तुमसे प्रेम करने लगा हूँ सिर्फ़ तुम्हारे साथ सोता हूँ उसके साथ नहीं। उस दिन समुद्र-किनारे वाली घटना के बाद से उसके साथ नहीं सोया।''

''जब समुद्र के तट पर थे, तब तुम कहते थे कि मुझसे प्रेम करते हो।''

''अच्छा नीला! इन बातों को तुम इतना पेचीदा क्यों बना रही हो।... तुम नहीं चाहती कि जैकलिन के साथ मेरा सम्बन्ध रहे!''

''बिल्कुल चाहती हूँ। केवल यह जानना चाहती थी कि दो के साथ यौन सम्बन्ध में तुम्हें असुविधा नहीं होती? प्रेम के साथ-साथ यौन-सम्बन्धों को तुम उचित समझते हो। इसलिए मेरे साथ भी वही सम्पर्क रखा है।''

''मैं पासकाल के साथ नहीं सोया, क्योंकि तुम्हें अच्छा न लगता।''

''मुझे अच्छा नहीं लगेगा इसलिए तुमने अपनी इच्छा को दमित रखा?'' नीला ने 'च, च' करते हुए दुःख प्रकट किया।

''इसके अलावा पासकाल भी मेरे साथ यौन सम्पर्क रखना नहीं चाहती थी।''

''तुम्हें कैसे मालूम कि वह नहीं चाहती थी। उससे पूछा था? तुम चाहते थे और उसने मना कर दिया...यही ना?''

''नीला! तुम बेकार की बातें कर रही हो।''

''बेकार की नहीं... मेरी बात का जवाब दो... अगर पासकाल चाहती तो तुम क्या करते?''

''यानी...।''

''यानी—अगर पासकाल चाहती तुम्हारे साथ यौन सम्बन्ध तो तुम क्या करते? यानी तुमने अपनी इच्छा का दमन किया, चाहते तो सम्पर्क करते... यही ना?''

''नहीं... नहीं करता। क्योंकि मुझे मालूम है मेरा उसके साथ सोना तुम्हें पसन्द नहीं है।''

''मान लो... मैं पसन्द करूँ?

''यानी...''

"यानी अगर तुम आज रात पासकाल के साथ सोओगे तो मुझे बहुत अच्छा लगेगा। उसका भोग करो।"

"अचानक यह बात तुम्हें अच्छी क्यों लगने लगी? तुम तो उसे सह नहीं सकतीं। ईर्ष्या से जल उठती हो।"

"मुझे ईर्ष्या होती है सोचकर तुम्हें बहुत तकलीफ़ हुई है। जैसा तुम जानते ही हो मैं अब भारतीय लड़कियों की तरह सहनशील, एकनिष्ठ, कर्मठ, अस्वाभाविक रूप में उदार हूँ।"

बनोया देर तक खामोश बैठा रहा फिर उठकर चला गया। दो बोतल वाइन और गुलाब का एक गुच्छा लेकर वापस आया। नीला के हाथ में देकर नरमाई से बोला, "तुमसे प्रेम करता हूँ—इससे बड़ा सच कोई नहीं है।"

नीला फूल सूँघते हुए बोली, "यहाँ के फूलों में सुगन्ध बिल्कुल नहीं होती। सिर्फ़ देखने में अच्छे लगते हैं। हमारे देश में जो गुलाब खिलते हैं कितनी बढ़िया खुशबू होती है?"

"ये सब कृत्रिम पद्धति से उगाए जाते हैं—इसलिए। जो सुगन्ध होती है कृत्रिमता चूस लेती है।" कहकर बनोया ने नीला के बालों पर अँगुली फेरते हुए कहा, "तुममे बनावटीपन बिल्कुल नहीं है। इसलिए दिन-ब-दिन तुम्हें ज्यादा प्यार करने लगा हूँ।"

उसके बाद नीला के क़रीब बैठकर अपने बराबर लिटाकर वह बताता रहा कि पिछली रात पासकाल के साथ उसकी क्या-क्या बातें हुईं। उसकी दृष्टि में बनोया का प्यार बिल्कुल बन्धुत्व था और नीला के प्रति प्रेम हृदय के तटों पर उफनता हुआ प्रेम था। वहाँ रात बिताना उचित नहीं था यह वह समझ गया था। नीला को कष्ट देने का उसे कोई अधिकार नहीं है। पासकाल ने उससे कहा है कि द्विविधा में पड़े रहने से बेहतर है कि किसी एक के साथ सम्पर्क चुन ले। यद्यपि यह फ़ैसला बड़ा मुश्किल है कि ऐसी सुन्दर सजी गृहस्थी को छोड़ दे, पर बनोया ने नीला को ही चुन लिया। अब पासकाल से डिवोर्स (तलाक़) लेना होगा। इस देश में तलाक़ झट से नहीं हो सकता। धीरे-धीरे इसकी मीमांसा होगी, वकील से दो बात करेंगे। चीज़ों का बँटवारा किया जायेगा। बनोया और पासकाल में बीच-बीच में जो बात होगी वह जैकलिन के बारे में। जब तक कोई नयी नौकरी नहीं मिल जाएगी तब तक उसे बनोया पर निर्भर रहना पड़ेगा। और जैकलिन के प्रति, इस देश के नियम के अनुसार कर्तव्यों का निर्वाह करना पड़ेगा। यह भी और कितने दिन... वह बड़ी हो रही है जल्द ही पन्द्रहवें वर्ष में आ जाएगी, फिर तो घर छोड़ ही देगी। अपनी व्यवस्था स्वयं करनी होगी।

यह कहकर बनोया खामोश नहीं हुआ। मजे से पासकाल की तस्वीर सूटकेस में डाल दी कि मौके पर वापस कर देगा।

उसी दिन—शुक्रवार को नीला को किशनलाल के वकील की भेजी हुई रजिस्ट्री

मिली—नीला और किशनलाल के विच्छेद की प्रक्रिया की शुरुआत। नीला बहुत देर तक चिट्ठी हाथ में लिये बैठी रही। दिल की धक्-धक् सुनती रही। अँधेरे में आँखों के सामने रोशनी-सी आकर बुझ जाती। उसी अँधरे में बनोया ने बिजली जला दी. ..'' मुझ पर तुम्हारी आस्था नहीं... शायद!'' फिर नीला के दोनों हाथ थामकर बोला, ''मेरी तरह तुम्हें कोई प्रेम नहीं कर सकेगा। कोई भी नहीं।'' बनोया के हाथों में नीला के अपने हाथ बड़े काले लग रहे थे।

''मैंने तुम्हें सर्वस्व दिया है नीला!... और क्या चाहती हो... बताओ।''

बनोया की नीली आँखों में एटलांटिक का-सा ज्वार उठ रहा था। दिल धड़कना बन्द हो गया। बनोया ने नीला का चेहरा अपनी तरफ़ घुमाया। मानों छोटा-सा तिनका विमुग्ध नयनों से विशाल वृक्ष देख रहा हो।

कलकत्ते से वापस आने के बाद नीला ने कलकत्ते वाले घर फ़ोन किया, पिछली रात चिट्ठी मिली थी। डिवोर्स के बारे में बताना, अनिर्वाण और निखिल के पत्रों की प्राप्ति और यह खबर भी कि नीला ज़िन्दा है और अच्छी तरह है।

''तू?... सूर्य पश्चिम से निकला है?'' नीला की आवाज़ सुनकर निखिल कह रहा था।

''सूर्य न पूर्व से निकलता है, न पश्चिम से। सूर्य अपनी जगह स्थिर होता है। हाँ दूसरों की नाक में नकेल डालकर घुमाता है?'' नीला ने कहा।

''बता... कैसी है...? सुना है किसी साहब के साथ रहती है।''

नीला ने किशनलाल से विच्छेद सम्बन्धी कागज़ पत्रों की व्यवस्था के बारे में बताया। यह भी कि साहेब के साथ वह खुश है... जल्द ही उनकी शादी हो जाएगी। इसलिए कलकत्ते में कोई अफ़वाहें न फैलाए कि नीला पतिता हो गई है।

''तुम्हारी क्या ख़बर? विवाह कर लिया?'' नीला ने पूछा।

''लड़कियाँ देख रहा हूँ। पिछले महीने पाँच लड़कियाँ देखी हैं।''

''कोई पसन्द आयी?''

''अरे... नहीं।''

''क्यों...?''

''हाय रे किस्मत। पाँचों काली थीं।''

''पाँचों लड़कियाँ काली हैं इसलिए निखिल की शादी नहीं हुई। कोई गोरी लड़की मिलेगी तभी निखिल शादी करेगा... इससे पहले नहीं?''

''तुम भी तो काले हो...।'' नीला बोली।

''पुरुषों के काले होने से कोई फ़र्क नहीं पड़ता।''

नीला मन ही मन बोली, हाँ... ठीक है लड़का काला हो, कुरूप हो, कद में छोटा हो, असत् हो, निकृष्ट हो, बदमाश हो... दुश्चरित्र हो, दानव हो, अमानुष हो, लम्पट हो, लुच्चा हो तो भी कोई फ़र्क नहीं पड़ता।

उत्सव का दिन

नीला चाहती थी कि बनोया की छब्बीसवीं वर्ष गाँठ मनायी जाय। किस-किस को निमन्त्रित करेगी उसकी लिस्ट बनायी :

1. मोरुनि; 2. फ्रैडरिक; 3. दानियल; 4. नातालि; 5. निकल; 6. मिशलेकज; 7. रिता; 8. मोजाम्मल; 9. मोजाम्मेल के मित्र (तीन या चार); 10. सानाल एडमारुकू; 11. बाबू गोगिनी; 12. बाबू गोगिनी की पत्नी; 13. तारिक; 14. एडिल; 15. चैतालि; 16. सुनील।

मोरुनि और फ्रैडरिक ने बता दिया कि वे आएँगे। दानियल ने भी बताया कि मंगलवार की शाम को स्कूल जाना है इसलिए नहीं आ सकेगी। अभी स्कूल जाने लगी है। वहाँ सप्ताह में तीन दिन 'साहित्य-रचना कैसे की जाए' की क्लास है और नातालि जा रही है सोलारियम... वह भी नहीं आ सकेगी।

यह 'सोलारियम' क्या चीज़ है? यह है कृत्रिम सूर्य की किरणें शरीर पर डालना–बादामी रंग करने के लिए। निकल, मिशलेकज, रिता तीनों में से दो पेरिस में नहीं हैं। एक ने सूचना दी कि उस दिन किसी मित्र के साथ कॉफी पीने का प्रोग्राम है जो चार महीने पहले पक्का किया जा चुका है इसलिए आना नहीं होगा। मोजाम्मेल को निमन्त्रित किया। वह खुशी से उछल पड़ा, "दीदी! इतने दिन कहाँ थीं आप? आपके बारे में कितना सोचता था। दो दिन तक कारखाने का भी चक्कर लगाया।" मोजाम्मेल के उच्छ्‌वास को दुगना करके, नीला ने कहा कि मोजाम्मेल अपने दोस्तों को भी ला सकता है। सानाल ने स्वीकृति दे दी। सानाल से मालूम हुआ कि गोगिन और उसकी पत्नी हैदराबाद गये हैं। तारिक का नम्बर लिया... उसने कहा कि वह और एडिल आने की कोशिश करेंगे। पहले तो चैतालि और सुनील को निमन्त्रित करने का सोचा फिर नाम काट दिये। कुल मिलाकर सात अतिथि थे बनोया अपने मित्रों या बन्धुओं में किन्हें बुलाना चाहेगा? पूछने पर बोला, "अगस्त के महीने में कोई पेरिस में रहता है क्या? पेरिस खाली हो गया है... पासकाल भी अगस्त बिताने कैनरी द्वीप जा रही है।" बनोया की भी कैनरी द्वीप देखने की बड़ी तबीयत थी, इस बार नीला

की वजह से जाना नहीं हो रहा।

नीला उत्सव के आयोजन में बड़ी व्यस्त थी। मोजाम्मेल ने खबर दी कि बाज़ार से सौदा लाने और खाना पकाने में मदद के लिए वह पहले ही आ जायेगा। नीला ने 'हामी' भर दी।

उत्सव वाले दिन दोपहर को ही मोजाम्मेल जुएल को लेकर आ गया। नीला ने जुएल को किशन के रेस्तोराँ में देखा था। बच्चों जैसे चेहरे वाला लड़का मैट्रो में फल बेचते हुए पुलिस के क्रोध से...जुएल को प्याज काटने पर लगा दिया गया था। घर में अदरक नहीं था मोजाम्मेल ने अदरक लाने के लिए उसे दौड़ा दिया। वह अदरक और बनोया के लिए एक उपहार लेकर वापस आया। जुएल छोटा-सा गोरे चेहरे वाला बाईस या तेईस वर्ष का लड़का था। मन लगाकर प्याज और लहसुन काटा। पूछा कि मांस भी वही पका दे? रेस्तोराँ में काम करता था—खाना पकाना सीख गया था। जुएल ने मांस भी पका दिया। नीला ने कड़ाही में रोहू मछली पकायी। सात व्यंजन नहीं बल्कि सत्तर व्यंजनों का आयोजन किया। रसोई-घर में ही तीन बंगालियों का वन-भोजन-उत्सव शुरू हुआ। रवीन्द्र संगीत के साथ झूमते हुए खाना पकाना समाप्त हुआ। शाम भी बीतने लगी। उस समय तारिक ने फ़ोन किया बोला, ''बेटे को अचानक सिजोफ्रेनिया होने से दिमाग़ खराब हो गया है मिजाज ठीक नहीं है... आना नहीं हो सकेगा।''

नीला फ़ोन रखकर बोली, ''बहुत खाना खराब जायेगा।''

मोजाम्मेल ने पूछा, ''एक लड़के से अभी-अभी परिचय हुआ है। नाम है मडिबो उसे बुला लूँ।'' सिर हिलाकर फिर बोला, ''पर वह काला है। मडिवो को माविसे आए ज़्यादा दिन नहीं हुए हैं। बेचारा पुलिस के डर से भागा फिरता है। रुपया-पैसा है नहीं... अच्छा खाना भी नहीं मिलता।''

नीला आज उदार थी। बोली, ''मडिवो ही क्यों, जडिबो, सडिबो... सबको बुला लो।''

शाम होते ही बनोया ने नीला की दी हुई नई पैंट शर्ट पहनी, टाई लगाकर तैयार हो गया। नीला ने नयी बालूचरि साड़ी पहनी। मेहमानों के आते ही कमरे में शैम्पेन का फव्वारा उठा। नेपथ्य में ट्रेसी चैपमैन का रेवूलशन। उत्सव का केन्द्र था वेनोया। उपहार हाथ में आते ही इस देश में खोलने का नियम था। सानाल उसके लिए भारतीय मृत्तिक शिल्प—एलोरा अजन्ता की मिथुन मूर्ति जैसा और मोजाम्मेल के पैकेट से बूट (जूते) निकले। बनोया हर एक से 'वाह' 'कितना सुन्दर है', 'बहुत अच्छा है' कहता हुआ धन्यवाद करता रहा। यद्यपि नीला जानती थी कि एडि टायलेट बूट बनोया का कप आफ़ टी नहीं है। नीला का उपहार बहुत छोटा-सा, लाल कागज़ में लिपटा हुआ। नीला ने अनुरोध किया कि उसे अभी न खोला जाय। 'हो हो' करके सानाल हँस पड़ा। हँसते हुए उसकी एक आँख छोटी हो जाया करती थी। भरी सभा में नीला

बनोया को फ्रेंच टाइप का चुम्बन नहीं, बल्कि बंगालियों वाला छोटा-सा चुम्बन देकर बोली, "इस चुम्बन में सुर्खी और लालसा ज़रा कम है।"

जन्म दिन के बारे में सानाल ने अपना मत प्रकट किया, "यह बड़े दुख का दिन होता है। यह दिन अहसास दिलाता है कि मृत्यु का दिन एक वर्ष और समीप आ गया है कि सानाल अपने जन्म दिन पर शोक-उत्सव का आयोजन करता है। स्वयं अपने को निमन्त्रित करता है घर के दरवाज़े खिड़कियाँ बन्द करके अँधेरे में अकेला बैठा रहता है। उस दिन नियम से उपवास करता है। टेलिफ़ोन का प्लग निकाल देता है। टेलीविज़न का रिमोट कंट्रोल छिपा दिया जाता है। और मडिबो, काला-कलूटा, अवेध इमिग्रेम्ट बड़ी-बड़ी काली आँखें और चपटी नाक के साथ ट्रेसी चैपमैन की तरह नेपथ्य में रहता है। नीला मडिबो को देख रही थी। सानाल चुस्त हिन्दी में बोला, "इस हनुमान को किसने बुलाया है।" सानाल की बात पर मोजाम्मेल और जुयेल दोनों हँसी से लोट-पोट हो रहे थे। नीला मडिबो के गिलास में शैम्पेन डालकर बोली, "मैंने?"

बंगाली मसालों वाला खाना पर... बनोया का ख्याल था एक के बाद एक—खत्म हो रहा था। उत्सव रंगीन और मदमस्त हो गया। रात को बारह बजे के आसपास मोरुनि, फ्रैडरिक और सानाल चले गये। जाने से पहले सानाल ने नीला का अभिनन्दन किया कि नीला का फ्रांसीसी 'जैकुयेस लिब्ज़ इन वरदुयेक्स' यानी...काफ़ी ऊँचे उठ गया है।

सानाल के अभिनन्दन का उत्तर देते हुए नीला बोली, "मेरसि विधकूप'। उत्सव में तुमुन हर्ष-ध्वनि हुई। बनोया के सोने के लिए जाने के बाद भी नीला मोजाम्मेल, जुएल और मडिबो के साथ देर रात तक रही। मोजम्मेल ने खाना पकाने वाले उस बच्चे के बारे बताया कि फ्रांस का पासपोर्ट नहीं मिला इसलिए इटली जा रहा है। दलाल के साथ घूँस देकर इटली जाने की व्यवस्था की थी। दलाल ने ही बताया था कि किस तरह सम्भव होगा। कब दौड़ना होगा। कब फाँदना होगा—यह सब। इटली की सीमाओं पर पहुँचने से पहले ही बच्चू ने अँधेरे में ट्रेन से छलाँग लगा दी। फिर ट्रेन जाने के बाद रेलवे लाइन के ऊपर दौड़ा, पीछे से कोई ट्रेन आ गयी। फिर गाड़ी में छिप गया। इस तरह जैसे भी हो सका, कुछ तो आगे बढ़ा। पीछे से एक ट्रेन ने बेमौके धकियाया। बच्चू वहीं खत्म हो गया। नीला की छाती 'हू हू' करने लगी।

जुएल के इस देश में पहुँचने की बात सुनते-सुनते नीला ने गिलास में और वाइन डाल दी।

जुएल ढाका से मॉस्को गया। मॉस्को से सब्जी के एक ट्रक में रूमानिया के एक शहर में पहुँचा। वहाँ से सीमा पार करके चेक रिपब्लिक की तरफ़। वहीं से बर्फ़ के रास्ते से सीमा पार करके जर्मनी पहुँचा। जुएल का भाई रूबल साथ था। जीवन में इससे पहले दोनों में से किसी ने भी कभी बर्फ (स्नो) देखी नहीं थी। जूते उतारकर जल्दी-जल्दी दौड़ सकेंगे सोचकर रूबत भागने लगा। वहीं बर्फ़ पर औंधा गिरा...

बनोया की आवाज़ से नीला का ध्यान टूट गया।

सोने के कमरे में बनोया चित् पड़ा था। आँखों और माथे पर पन्द्रह की जगह सोलह तेवर थे जो बढ़कर छब्बीस हो गये थे।

"ये लोग कोन हैं? उनके साथ ऐसी क्या बातें हो रही थीं? देख नहीं रहीं यहाँ अकेला बैठा हूँ।"

बनोया की छाती पर ओयांडा बैठा था।

नीला ने कहा, "अकेले नहीं थे, ओयांडा जो है।"

बनोया ने कटीली नज़रों से नीला को देखा।

नीला बोली, "चलो उस कमरे में?"

"उस कमरे में क्यों? उनसे किस भाषा में बातें हो रही थीं।"

"बांग्ला में! बहुत दिनों से बांग्ला नहीं बोली। अच्छा लग रहा था। बांग्ला में बात करना।"

"मैं जब तुम से बांग्ला में सुनना चाहता हूँ, तब तो बोलतीं नहीं।"

"तुम तो बांग्ला समझते नहीं वेनोया। तुम बंगाली नहीं हो।"

"फिर मुझे पहले ही बता देना था कि बंगालियों का अड्डा जमा रही हो।"

"अगर बंगालियों को बुलाती तो मोरुनि, फ्रैडरिक और सानाल को न बुलाती। मडिबो का तो प्रश्न ही नहीं उठता। उसे तो यह भी नहीं मालूम कि संसार में बांग्ला नाम की कोई भाषा भी है।"

"तुम अपने मित्रों को खिलाओ, उनके साथ अड्डा जमाओ... असली उद्देश्य तो यही थी ना! मेरे जन्म दिन का उत्सव कर रही हो खामख्वाह यह कहने की क्या ज़रूरत थी?"

नीला ने कोई जवाब नहीं दिया। वह जुएल की शेष बातें सुनने उस कमरे में चली गयी। पुलिस आकर रूबल को पकड़ ले गयी। उसके दोनों पाँव काट दिए। पाँव सड़ गए थे। खून बहना बन्द हो गया था। जर्मन सरकार ने इलाज के बाद रूबल को उसके वतन भेज दिया था। रूबल ज़मीन, खेत आदि बेचकर ढाका से चला आया कि एक लाख रुपया खर्च करके अपनी जिन्दगी सँवारेगा। आर्थिक, शारीरिक और मानसिक दृष्टि से पंगु करके उसे ढाका पहुँचा दिया गया।

"रूबल बीस वर्ष का था।" मोजाम्मेल बोला।

जुएल जूते पहन कर भागा...बर्फ़ में...और पुलिस की नज़रों से बचा। जर्मनी से फ्रांस भाग आया। पुलिस उसकी गरदन पकड़कर किसी भी दिन उसे देश भेज सकती है। अनिश्चय की स्थिति बनी हुई थी। अगर देश वापस भी जाता है तो पंगु होकर न जाना पड़े यही एक स्वप्न है।

मडिबो में नाइजीर की नदी के किनारे तिम्बकतू शहर अपने बचपन और किशोरावस्था

के छोड़कर यहाँ अपना भविष्य बनाने आया है। मडिबो सोनकतो के होंट भी उसके भविष्य की तरह फूले हुए हैं। पुलिस से बचकर खाली मकान के अँधेरे कोठे पर सोया था। गिरजा से मिला खाना खाकर जीवित रहा। शरीर में शक्ति थी, मन में साहस—यही दोनों दिन-ब-दिन होटों की तरह झूलते रहे। उसी वक्त बनोया घर से निकल गया। सब ताज्जुब में रह गये। ''इतनी रात गए कहाँ जा रहे हो...? बात क्या है?'' कहते हुए नीला पीछे-पीछे भागी पर उस तक पहुँच नहीं पायी। बनोया की चाल भी तेज़ थी।

मडिबो की बातें बीच में ही छोड़नी पड़ीं। उन्हें जाना पड़ा। बनोया अपने पीछे इतनी घुटन छोड़ गया कि उस घुटन से सब, यहाँ तक कि नीला भी बेचैन हो गयी।

पन्द्रह मिनट बाद बनोया ने फ़ोन पर पूछा कि वे सब चले गये या नहीं। चले गए सुनकर घर वापस आया।

''वे सारी रात यहीं बिताना चाहते थे? तुम्हारी अड्डाबाज़ी का उत्सव तो खत्म ही नहीं हो रहा था। सारा दिन बरबाद हो गया। पासकाल रेस्तोराँ ले जाना चाहती थी मुझे। तुम्हारी शक्ल देखकर नहीं गया। जैकलिन ने पहली बार देखा कि अपने जन्म दिन पर मैं उसके पास नहीं था। पासकाल मुझे याद करके सारा दिन रोती रही... और मुझे तुम्हारी ये रंग-रंलियाँ देखनी पड़ीं।''

नीला बोली, ''मैंने तो तुम्हें वहाँ जाने को मना नहीं किया था।''

''मना नहीं किया था पर चाहतीं भी तो नहीं थीं! चला जाता तो तुम पूछतीं कि पासकाल के साथ सोया था या नहीं। सोने के अलावा तुम्हारे दिमाग़ में कुछ आता ही नहीं।''

बनोया माथे पर सैकड़ों त्यौरियाँ डाले वाइन का गिलास लेकर बिस्तर के सामने सोफ़े पर बैठ गया।

''तुम क्या कर रही हो, उसका सिर-पैर मेरी समझ में नहीं आया। काग़ज़ में मोड़कर मुझे क्या पकड़ा रही है।''

''यह चाबी किस चीज़ की है?'' कहते हुए बनोया ने चाबी नीला की तरफ फेंक दी।

बनोया के हाथ में रेनो मॉडल ऑथेण्टिक 14, 139 जी। किलोमीटर, पाँचवें कॉलम में लिखे, डिलीवरी के काग़ज़, बनोया के हाथ में पकड़ाते हुए बोली, ''कल किसी वक्त गाड़ी की डिलीवरी ले आना।''

नीला सोने चली गई। बहुत थकी हुई थी।

अभिमान

तुम गाड़ी के बारे में जानती ही क्या हो? अकेले गाड़ी ख़रीदने गयी ही क्यों? मुझे बता सकती थीं।'' सारी शाम बनोया चीखता-चिल्लाता रहा।

''क्यों...गाड़ी...हो गई है? चलती नहीं?

''इतने रुपए में तो ज्यादा अच्छी मिल सकती थी। तुम ठगी गयीं।''

नीला हँसकर बोली, ''मैं तो सारा जीवन ठगी जाती रही वेनोया! यह मेरी आदत बन गयी है।''

बनोया के गले में बाँहें डालकर पूछा, ''तुम खुश नहीं हुए?''

नीला की बाँहें हटाकर बनोया दूर जा बैठा, बोला, ''सुनो! इस तरह फिर कभी मत करना...अनजाने लोगों को घर मत बुलाना। आजकल पेरिस में बड़ी चोरी-डकैतियाँ हो रही हैं।''

बनोया को डेढ़ हफ़्ते की छुट्टी मिली है। इन छुट्टियों में वह क्या करेगा, समझ नहीं आ रहा था। पत्नी और बेटी की खबर फ़ोन पर सवेरे-शाम मालूम करता है। वे दोनों द्वीप पहुँच चुकी हैं। समुद्र में तैरती हैं... अच्छे होटल में ठहरी हुई हैं।

सारा पेरिस 'साँय-साँय' करता है। बनोया का मन भी। पहले कभी पेरिस में अगस्त का महीना नहीं बिताया था।

नीला बोली, ''चलो। मिउचुयालिते चलें... वहाँ बहुत बड़ा उत्सव हो रहा है।''

''छी...नारी-आन्दोलन का उत्सव। व्यर्थ में मीठी आवाज़ में दावा करेंगी हम यह चाहती हैं... वह चाहती हैं... वे कभी सन्तुष्ट नहीं हो सकतीं। जो सब सम-कामी, कुरूप लड़कियों की जमात है... वहीं की हैं।''

विज्ञापन के अनुसार--लड़कियों के साथ दैहिक सम्बन्ध न करना, यौन सम्बन्धी इशारेबाजी नहीं होगी, जो व्यावसायिक प्रतिष्ठान सनसनीख़ेज विज्ञापन देंगे उन की चीज़ों की मनाही को लेकर मिउचुयालिते में ज़ोर से तालियाँ बजेंगी...आज का अनुष्ठान इसके बारे में होगा। नीला के लिए यौन का मसला आकर्षणहीन नहीं

था। भारत में यौन-चर्चा निषिद्ध है किन्तु यूरोप में नहीं। यूरोप में शारीरिक और मानसिक स्वाधीनता के कारण कलंक, पाप आदि कम होते हैं। इस देश की लड़कियाँ जिस स्वच्छन्दता से थोड़ी-सी पोशाक पहनकर घूमती हैं, वह भारत में सम्भव नहीं है। नीला भी अपनी इच्छानुसार पोशाक धारण करना चाहती है। अगर नग्न होने की इच्छा हो तो नग्न क्यों नहीं हो सकती। लड़कियाँ अगर शरीर को आवृत्त रखती हैं तो विज्ञापन यौनहीन होने पर भी पुरुष में कामवासना जागरित करता है। आपसी श्रद्धा होना बहुत ज़रूरी होता है। उस स्थिति में कोई दुर्घटना नहीं होती। नीला सोच रही थी काश! मिठू का स्पन्दनहीन शरीर मिउचुयालिते में रखा जा सकता! मलिना के पूरे जीवन की कहानी श्रोताओं को सुनाई जा सकती। यौन सम्बन्धों की दृष्टि से किसी ने मलिना या मिठू के जीवन की विवेचना नहीं की। उनकी तरफ़ किसी ने कामुक दृष्टि से हाथ नहीं बढ़ाया। किन्तु मलिना और मिठू को जीवन का हर लम्हा खामोशी से सहना पड़ा था। नीला यौन सम्बन्ध को एक तरह की सम्पदा मानती थी। इस बोध के कारण बनोया को यौनतृप्ति देती है और बनोया उससे प्रेम करता है। अगर ऐसा न होता तो वो दुस्साह अकेलेपन के साथ मलिना की तरह जीवन बिताना पड़ता या मिठू की तरह आत्महत्या कर लेती। नीला की क़ीमत कीट-पतंगे जितनी भी न रहती, बिडाल कुत्ते जितनी भी नहीं। बनोया जिस तरह ओयांडा को प्यार करता है नीला से न करता—अगर इसके स्तन, जंघाएँ, योनि रस में उसे अपार आनन्द न मिलता। प्रेम को लेकर वह बड़ा कंगाल है...।

अचानक सुनील का चेहरा आँखों के सामने आ गया। नीला का तन-बदन जल उठा।

"मुझे तो उस अनुष्ठान में जाना ही होगा। तुम न गए तो अकेली ही जाऊँगी।"

"तुम अकेली जाना चाहती हो। और मैं अकेला कमरे बैठा अपनी छुट्टी बेकार करूँ?"

अन्ततः नीला का मिउचुयालिते जाना नहीं हुआ।

दिन धीरे-धीरे बीतता रहा... अगला दिन भी। उससे अगले रोज़ कुछ काग़ज़-पत्र ठीक-ठाक करने के लिए बनोया रू द रेने वाले मकान पर गया। नीला को घर सूना-सूना लग रहा था। वह भी बाहर चली गयी। इधर-उधर घूमती हुयी वह कैताकम्ब के बेसमेन्ट में घुस गई। मनुष्य की हड्डियों से सजा हुआ। तल के अन्धकार में चलते हुए दोनों तरफ़ करोड़ों मानव-पिंजर, खोपड़ियाँ देखते हुए वह अपनी साँसें सुन रही थी... मृत्यु की। मौत मानो उसके कन्धे पर आ बैठी हो। मानो उसकी पीठ पर चढ़ गयी हो। हर बार लगता है कि वह जीवित नहीं है मानो उसका चेहरा वहीं हड्डियों का पिंजर हो गया हो और लाखों पिंजरों के साथ उसका पिंजर मिल गया हो। वह जल्दी से बेसमेंट से निकलकर घर आयी। स्नान करके पिंजरों की गन्ध दूर की और बरामदे में रोशनी की तरफ़ चेंहरा करके बैठ गई। गम्भीर स्वर में ट्रेसी का

गाना उसे प्रभावित करता रहा, ''इफ़ यू थिंक ऑफ़ मी, इफ़ यू किस मी, वन्स इन ए व्हाइल दैन आई विल रिटर्न टु यू... आई विल रिटर्न एंड फ़िल दैट स्पेस इन योर हार्ट रिमैम्बरिंग योर टच, योर किस, योर वॉर्म एम्ब्रेस आई विल फ़ाइन्ड माई वे बैक टू यू... इट वुड आइ विल फ़ाइंड माई वे बैंक टु यू, इट वुड फ़ील सो गुड टु वी इन योर आर्म्स व्हेयर ऑल माई जर्नीज़ एंड।''

बनोया वापस आ गया। उसका उदास चेहरा देखकर नीला बोली, ''चलो इतालि तक घूम आएँ।'' इन दिनों देश से बाहर जाने पर बनोया का ख़र्चा नहीं होगा। बनोया ने बताया कि अपनी पत्नी और पुत्री को कनारि द्वीप भेजने में काफ़ी खर्च हो चुका है।

''यह क्या बात हुई... मेरे पास तो है ना।''

''तो तुम चली जाओ।''

''तुम सोच भी कैसे सके कि मैं अकेली जाऊँगी।''

बनोया ने विषण्ण स्वर में कहा, ''मेरे पास जिस दिन रुपया होगा उस दिन जाऊँगा।''

''यह एक साथ जाना तो न हुआ न।''

''जानती हो नीला! यह मेरा स्वप्न है कि कहीं दूर देश में हम खो जाएँ... केवल हम दोनों... आसपास कोई परिचित न हो। हम दोनों एक-दूसरे में निमज्जित रहें, इससे ज्यादा मेरे जीवन में कोई नहीं है किन्तु स्वप्न हमेशा स्वप्न ही रहता है।''

बनोया की स्वप्निल नज़रों की तरफ़ देखकर नीला बोली, ''मुझे अपना नहीं समझते? यह मेरा रुपया है यह तुम्हारा रुपया है इस तरह क्यों सोचते हो? मैं तो सोच भी नहीं सकती। मैं ऐसा हिसाब-किताब करती ही नहीं।''

बनोया फीकी-सी हँसी के साथ बोला, ''अच्छा... ठीक है अगर तुम जाना चाहती हो... तो चलो।''

अखबार में विज्ञापन खोजा...रू द लेसिया के विज्ञापन के अनुसार ओयांडा को रखने के लिए पचास फ्राँ प्रतिदिन के हिसाब से देना होगा। इस पूरे महीने में पेरिस के कुत्ते, बिडाल सिटर के व्यवसाय में...हो उठता है।

नीला के हाथ में ब्लूकार्त था। घर के पास मैगीकलार्व...बनोया के हाथ में जब पेरिस, रोम, फ्रांस, वेनिस का टिकट आया तो उसकी पीली दन्त-पंक्ति खिल उठी।

''इटली, इटली—ब्लू ब्लू।''

''ओ नीला। तुम सचमुच मुझे इतना चाहती हो? यह मेरा सौभाग्य है कि तुम्हारा प्रेम मिला है।''

फ्रांसीसी चुम्बन सहित नीला के ऊपर जा पड़ा।

एयरपोर्ट से पुराने रोम के पाँच सितारा होटल गालिओ का सूट। कुंजिनो इतालियानों में खाना खाकर कलूसिया में घूमफिर कर रोमन सभ्यता या असभ्यता का निदर्शन देखकर फ़न्ताना दे त्रेषिर के जल में सिक्का डालकर बनोया ने स्पेनिश

सीढ़ियों पर खड़े होकर, बचपन की यादों को दोहराकर, वैटिकन सिटी के गिरजे में सिर झुकाकर छाती पर क्रॉस का निशान बनाया। सिसटिन चैपल से मन्त्र-मुग्ध नीला को लेकर शहर की प्राचीन रोमन सभ्यता के खँडहरों को देखकर होटल आया और शातो मार्गो का स्वाद, गन्ध, सौन्दर्य का आनन्द लेता हुआ सद्य-स्नाता स्निग्ध नीला से बोला, "तुम्हें देखकर ध्यान आता है स्वर्ग से, मृत्युलोक में आयी एक क्षतयोनि सुन्दरी का।"

नीला बोली, "हाँ मैं मृत्युलोक की वही क्षतयोनि असुन्दरी हूँ।"

बनोया ने नीला को अपने नज़दीक बैठाकर कहा, "ओ रूपसी लड़की! तुम इस स्वर्गीय अमृत का पान नहीं करोगी? तुमने क्या खो दिया... अगर समझ पातीं।"

"शातो मार्गो खो जाय तो कोई अन्तर नहीं पड़ता... पर तुम्हें न खो बैठूँ।" नशीली नीली आँखों का अमृत-पान करते हुए नीला ने कहा।

बनोया ने नीला के होटों, ठोड़ी, स्तन, वक्ष-स्थल का चुम्बन किया। एक हाथ में शातो मार्गो का गिलास था दूसरे में नीला। बनोया बड़ा खुश नज़र आ रहा था।

रोम से फ्लोरेन्स जाने पर नीला बहुत उत्तेजित थी। डेविड को देखने की ख्वाहिश पूरी होगी। उसके सपनों का डेविड!

मिउजी उफिजी से माइकल एंजलो के डेविड के चारों तरफ़ चक्कर लगाती रही... वहीं एक घंटा बीत गया।

"इतना क्या देख रही हो... चलो चलें...।" बनोया ने जल्दबाज़ी की।

"तुमने एक बात लक्ष्य की... डेविड परफ़ेक्तट नहीं हैं। उसका दाहिना हाथ देखो... ज़्यादा बड़ा है।" अपनी नज़रें हटाये बिना नीला बोली।

बनोया बोला, "किसी-किसी में ऐसा होता है। मेरा अपना पुरुषांग भी तो तुलना में बड़ा है। तुम्हीं तो कह रही थीं कि उसी वजह से तुम्हें मैं बहुत अच्छा लगता हूँ।"

"हाँ कहा था।"

म्यूज़ियम से निकलकर बनोया बोला, "तुमने बेकार यहाँ सारा दिन खराब किया।"

किराये की गाड़ी पर कोचवान के बराबर बैठकर बनोया बोला, "अब मादाम कहाँ जाना चाहेंगी?"

"जहाँ तुम्हारा मन हो।"

"मेरी खुशी के मुताबिक कुछ और हो रहा था क्या? तुम बताओ।"

"तुम्हारी खुशी के मुताबिक नहीं हुआ? तुम्हें म्यूज़ियम जाना पसन्द नहीं था।"

'मुझे ये म्यूज़ियम आदि अच्छे नहीं लगते। तुम्हें पसन्द था इसलिए गया था।"

"तो अब कहाँ जाना चाहते हो... वहीं चलो।"

"नहीं अब वक्त नहीं है।"

"वक्त होता तो कहाँ जाते?"

"अब कहने से क्या फ़ायदा। अच्छा नीला तुम गाड़ी क्यों नहीं चलातीं?"

"मुझे आती नहीं।"

"तुमने बताया नहीं था क्या...कलकत्ता में तुम्हारे यहाँ गाड़ी है।"

"हाँ है पर चालक चलाता है।"

"बहुत अमीर हो तुम... हैं ना।"

"गरीब देश में, जिनके यहाँ गाड़ी होती है, सभी ड्राइवर रखते हैं। बहुत खर्च नहीं होता ना।"

"तुमने बताया था कि तुम्हारे घर में काम-काज के लिए नौकर हैं। तुम लोग बहुत अमीर होंगे।"

वही उत्तर था कि काम-काज के लिए नौकर रखने में ज्यादा खर्च नहीं होता। नौकर सस्ते मिल जाते हैं।

"शायद इन्सान भी।...अच्छा वहाँ क्रीत्तदास प्रथा है?"

"नहीं...।"

"गाड़ी-चालक की नौकरी दी है तुमने... अब बताओ कहाँ जाना है... ले जाऊँ। हाथ में मैप (नक्शा) है ठिकाना खोज लूँगा।"

नीला ने जवाब नहीं दिया।

"नीला! तुम रुपए से प्रेम खरीदना चाहती हो।" बनोया उद्देश्यहीन गाड़ी चलाते हुए बोला।

"मालूम नहीं... शायद तुम्हें जिगोलो सोचती होऊँ।"

"असभ्यों की तरह बात मत करो।"

"तुमसे प्रेम करती हूँ, इसलिए रुपए खर्चती हूँ। तुम क्या सोचते हो कि बदले में तुम्हें कुछ देना होगा। डरो मत... तुम्हें कुछ नहीं देना होगा।"

बनोया के जबड़े सख्त हो गए, बोला, "तुम बड़ी खुद-ग़र्ज हो। इटली घूमने आयी हो... स्वार्थ-वश मुझे अपने ड्राइवर की हैसियत से ले आयीं। तुम मुझसे प्रेम नहीं करतीं नीला! मेरा इस्तेमाल करती हो। सिर्फ़ मैं तुमसे उन्माद की हद तक प्यार करता हूँ।"

शेष दो दिन फ़्लोरेन्स में बिताकर दोनों वेनिस आ गये। नीला ने वेनिस में किराये की गाड़ी नहीं ली। जरूरत नहीं पड़ी। सब पानी में तैर रहे थे। घोड़ा-गाड़ी भी जल पर चलती। नीला को यह देखकर राहत मिली थी। बनोया अन्ततः चालक के अपमान से छुटकारा पा गया। अब क्या किया जाय, चलो, गंडोला में घूमें। गंडोला किराये पर लेकर वेनिस के राजमहल देखे। प्लास्टर उखड़े हुए ऊँचे-ऊचे मकान देखे, कारागार देख लिये। वेनिस में नहीं रहा, पादोवाय या आसपास के गाँवों में चला गया। वेनिस में भी बढ़ी-चढ़ी कीमतों के कारण वहाँ रहना सम्भव नहीं हुआ। अमरीकी और जापानी अमीरों ने वेनिसियनों के मकान ख़रीद लिए थे। मकानों के

दरवाज़े-खिड़कियाँ पूरे साल बन्द रहते। वर्ष में एक बार उन्हें खोला जाता, जब धनवानों को गंडोले में तैरने का शौक चर्राता। नीला लम्बी-लम्बी साँसें लेती हुई पुल पर जा खड़ी हुई। ''जानते हो...वर्ड्सवर्थ ने लम्बी साँस के सेतु को लेकर कविता लिखी है। महल से बन्दी कारागार में घुसने से पहले इसी पुल पर खड़े होकर साँस लेते थे। आखिरी बार नीला आसमान देखने के लिए... आहा!''

नीला के 'आहा' कहते ही सैकड़ों कबूतर जो महल के पिछवाड़े चबूतरे पर बैठे थे—उड़ने लगे।

''बात क्या है...कबूतरों को क्यों उड़ा रही हो। उन्हें दाना चुगने दो।''

''उड़ा रही हूँ क्योंकि मुझे उनसे इर्ष्या होती है।''

''कबूतरों से भी ईर्ष्या करती हो?''

''हाँ... करती हूँ।''

''क्यों...?''

''उनकी तरह उड़ नहीं सकती... इसलिए।''

बनोया अकेले ही एक कैफ़े की तरफ़ चल चड़ा। कबूतरों के झुंड नीचे उतरते देख नीला वहीं खड़ी रही... अकेली!

रात को होटल के कमरे में लेटी हुई नीला ने पूछा, ''बांग्ला में 'चमत्कार' शब्द है। किसी भी दूसरी भाषा में इसका सही अनुवाद सम्भव नहीं है। फ्रेंच में इसका पर्यायवाची शब्द है? बनोया को उत्तर देने का मौका नहीं मिला—मोबाइल टेलिफ़ोन बज रहा था। फ़ोन करके बनोया ने प्रायः सोती हुई नीला को जगाकर दूसरी तरह का तरल स्वाद लिया। दूसरी तरह का शरीर का, आनन्द का, दूसरी तरह की भंगिमा और दूसरी तरह का दोलन।

बनोया ने अपने पंकिल शरीर से नीला को ढँक दिया, नीला को दूसरी तरह के रहस्य का अनुभव हुआ... हुआ या नहीं हुआ का खेल खेलते हुए बड़े जोर से नीला के अन्दर घुसा दिया।

''मेरा पता चला? मुझे अनुभव किया!

नीला के मुँह के पास अपना मुँह ले जाकर बनोया बोलता रहा... ''बताओ... कहो मुझसे प्रेम करती हो! कहो बहुत प्रेम करती हो। कहो कि मुझे उन्माद की हद तक प्यार करती हो। कहो 'ज तेम आलाफलि' कहो आला फलि। कहो कि मैं तुम्हारा सर्वस्व हूँ। कहो कि मुझे छोड़ने पर तुम जिन्दा नहीं रहोगी। कहो मेरे अलावा किसी दूसरे से प्यार नहीं करोगी। बोलो नीला! बोलो।''

नीला ने मुँह हटा लिया। बनोया के मुँह से मरे हुए चूहे की बदबू आ रही थी। यह बदबू बनोया के मुँह से अक्सर आती थी किन्तु नीला ने इसे बदबू नहीं सोचा था। अथवा कौन जाने—नीला सोचने लगी इसे सुगन्ध ही मानती रही हो!

यहाँ अंत

इस महीने नीला रजस्वला नहीं हुई, वह डॉक्टर के पास गयी। डॉक्टर ने परीक्षा करके बताया कि उसके पेट में बच्चा है। कशँ अस्पताल के डॉक्टर ने डी.एन.ए. द्वारा जाँच कर यह भी बताया कि बनोया दूपँ बच्चे का पिता है।

बनोया खुशी से मतवाला हो उठा। अस्पताल के कॉरिडोर में सैकड़ों लोगों की उपस्थिति में नीला को छाती से लगाकर खूब चूमा। वह सारे रास्ते चूमता-चूमता कहता रहा, "मेरा जीवन सार्थक हो गया, मेरा सपना पूरा हो गया," कहते हुए घर आकर नीला को गोद में भर कर झुलाता रहा। नीला को छाती से लगाकर बड़े जोश के साथ बार-बार कहता।" 'ज तेम ज तेम ज तेम'। ज तेम आला फलि' "इस संसार में मेरे जैसा सुखी और कोई नहीं है नीला! मेरे जैसा भाग्यवान कोई नहीं है।"

नीला की उदास नज़रें खिड़की की तरफ़ थीं।

नीला का उदास चेहरा अपनी तरफ़ घुमाकर बनोया ने पूछा, "इतना क्या सोच रही हो कि अपने लड़के का नाम क्या रखूँगा? बांग्ला नाम रखना चाहोगी?"

नीला बोली, "सोच रही थी कि नौकरी का बन्दोबस्त करना होगा। जो रुपया-पैसा था सब ख़त्म हो गया है।"

"उसकी चिन्ता मत करो, वह मैं देख लूँगा।" नीला के पेट की बादामी नरम त्वचा को चूमते-चूमते बनोया कह रहा था। "इस घर में अब गुज़र नहीं होगी, अगले महीने छोड़ना पड़ेगा।"

"जानती हो!" बनोया उठकर बैठ गया, चेहरे पर तृप्ति की हँसी। "तुम्हें अपने घर ले जाऊँगा। पासकाल किसी और इलाके में किराये का घर ले लेगी। अच्छा होगा... हैं ना!"

बनोया की आँखों पर बिखरे सुनहरे बाल हटाकर नीला बोली, "उस घर में तुम पासकाल के साथ रहना।"

बनोया बिस्तर से कूदकर उतरा, "क्या कह रही हो तुम! यह सोचती हो कि मैं तुमसे ज्यादा पासकाल से प्रेम करता हूँ।"

नीला बोली, "नहीं, मैं यह नहीं सोचती।"

"फिर तुम्हें मालूम है कि मैं तुम्हें कितना ज्यादा प्यार करता हूँ।"

"नहीं... बनोया! तुम मुझसे प्रेम नहीं करते।" नीला का स्वर बड़ा शान्त था।

लेटी हुई नीला को एक झटके से उठाकर बनोया बोला, "क्या कह रही हो... क्या..?"

बनोया का हाथ अपनी बाँहों पर से हटाकर नीला ने कहा, "ठीक कह रही हूँ।"

"यानी तुम्हारी ईर्ष्या अभी तक दूर नहीं हुई है... पासकाल से दो-एक बातें करना भी तुम्हें बरदाश्त नहीं है। तुम सोचती हो कि मैं पासकाल से प्रेम करता हूँ।"

नीला ने बनोया की आँखों में अपनी शान्त दृष्टि जमा कर कहा, "बनोया! तुम पासकाल से भी प्यार नहीं करते।"

बनोया की आँखें-पलकें काँप रही थीं—"तो फिर किससे प्रेम करता हूँ।"

"तुम अपने आपसे प्रेम करते हो। अपने आपसे और किसी से नहीं।"

"बेवकूफ़ों जैसी बात मत करो नीला!" बनोया ने डाँटा।

नीला हँस पड़ी। "सच बोलने पर तुम्हें क्रोध आता है... बनोया! मालूम है... एक दिन मैंने एक चीज़ जानी है। मेरे बाबा अनिर्वाण, मेरा वह प्रेमी सुशान्त, पति किशनलाल और वह सुनील... इनसे तुम भिन्न नहीं हो। बाहर से देखने पर अलग लगते हो—प्रेम के सुन्दर-सुन्दर वाक्य बोलते हो, बीच-बीच में चूमते हो, लेडीज़ फ़र्स्ट कहकर उन्हें आगे जाने देते हो, या फूल देते हो। या रसोई-घर में यह-वह करके सहायता करते हो या सड़क पर परैम्बुलेटर ठेलते हो ... तुम लोगों में विचित्र-सी एकता है।"

नीला को छाती से लगाकर बनोया बोला, "नीला! तुम्हारे पेट में मेरा बच्चा है। तुम समझ नहीं पातीं कि इस कारण मैं कितना खुश हूँ।"

बनोया की बाँहों से खुद को मुक्त करके नीला बोली, "बनोया! तुम्हें एक बटरफ्लाई तितली की ज़रूरत है... है ना! लेकिन वह बनने का मुझे शौक नहीं है।"

"यह क्यों कह रही हो?" बनोया सशरीर काँप रहा था। नीला समझ नहीं पायी कि भय से या क्रोध से।

"मैंने अनेक दिनों तक दूसरी तरह का स्वाद दिया था। एक साथ सामग्री का स्वाद, गन्ध सब तुम्हें मिला है... अब बहुत हो चुका। अपने प्रति किंचित् मात्र विश्वास, श्रद्धा का बोध तक नहीं रहा था कि तुम्हारे प्रेम के मोह में मैं इतनी दूर आ गयी हूँ। अब मुझे मुक्ति दो मादाम बटर-फ़्लाई की तरह रो-रोकर जीवन बिताना अब मेरे लिए मुमकिन नहीं है। अब यह सुख मैं तुम्हें देना नहीं चाहती। तुम तो आनन्द उठाना चाहते हो पूर्व की मूर्ख लड़की के प्रेम और विरह को देखकर। अन्ततः

आत्म-हत्या... नहीं...क्या। वह मैं नहीं करूँगी।

बनोया जल्दी-जल्दी साँसें ले रहा था, बोला, "नीला! मैं तुमसे ब्याह करूँगा! तुम मेरी पत्नी होंगी। कल ही पासकाल को डाइवोर्स दे दूँगा। कल ही... चलो ब्याह कर लें। मेरा यकीन करो... मैं तुमसे शादी करूँगा। तुम्हारे अलावा मेरा कोई नहीं है।"

नीला ने बनोया के कन्धे पर काँपता हुआ हाथ रखा।

"मैं तुम्हारा विश्वास करती हूँ कि तुम शादी करना चाहते हो। किन्तु मैं तुमसे शादी नहीं करना चाहती।"

"नीला! तुम्हारे बच्चा होगा। हम साथ रहेंगे। अपने बेटे को लेकर सुख का संसार बसायेंगे। सारा जीवन सुखद।"

"नहीं यह बच्चा नहीं होगा!"

"यानी...!"

"नहीं होगा... मायने नहीं होगा। मैं एबार्शन कराऊँगी।"

बनोया जोर से रो पड़ा। नीला के पाँवों पर सिर रखकर रोने लगा। उसके आँसुओं से नीला के पाँव भीगने लगे। अश्रुपूर्ण अस्फुट स्वर में बनोया बोला, "न मे कित पाँ। न मे कित पाँ। मुझे छोड़ो मत!"

"इतनी बेरहम मत बनो" कहता हुआ बनोया और जोर से रोने लगा। उसके रुदन से सारा घर काँप रहा था। दीवार पर सिर ठोंक रहा था—एक बार, दो बार, तीन बार। सिर से खून बहने लगा। चीखकर बोला, "यह बात वापस ले लो।" ज़मीन पर फिर सिर पटकने लगा। यही कहता रहा—"नीला! तुम्हें छोड़कर मैं जी नहीं सकूँगा। बेरहमी तुम्हें शोभा नहीं देती।"

"बेरहमी शायद तुम्हें शोभा देती है!"

नीला ने बनोया को ज़मीन से उठाकर बिस्तर पर बैठाया फिर बोली, "इस पागलपन के कोई मायने नहीं हैं।"

बनोया ने नीला को जकड़ लिया, बोला, "तुम मेरी हो... तुम मेरी हो। तुम मुझे छोड़कर नहीं जा सकतीं। मैंने तुम्हें सब कुछ दिया है... सम्पूर्ण प्रेम दिया है। प्रेम किसे कहते हैं... आवेग के मायने क्या हैं यह तुमसे प्रेम करने के बाद जाना है। इतनी गम्भीरता से मैंने जीवन में किसी को नहीं चाहा। मुझे कष्ट मत दो। तुम मुझे ग़लत समझ रही हो... तुम समझ नहीं सकतीं कि मुझे छोड़कर चली गयीं तो मेरा जीवन व्यर्थ हो जायेगा। मैं आत्म-हत्या कर लूँ। संसार में बहुत-सी लड़कियाँ देखी हैं तुम्हारी जैसी कोई नहीं देखी... तुम्हारी जैसी नेक, सत्, उदार, मायामयी, सहिष्णु इतनी निःस्वार्थ कोई नहीं देखी। तुम्हारे जैसा कोई हो ही नहीं सकता। तुम विश्व की श्रेष्ठ मानवी हो। तुम्हारे जैसा होना किसी के वश में नहीं है। तुम्हारी कोई तुलना नहीं है। तुम कितनी बड़ी, कितनी महान् हो यह तुम स्वयं नहीं जानती..

.मैं जानता हूँ। मेरे इस क्षुद्र, तुच्छ अन्धकारमय जीवन को तुमने आलोकित किया है। मैं तुम्हें खोना नहीं चाहता। जितना प्रेम है वह सब तुम्हें दूँगा और किसी को नहीं। मुझे अपने पाँव के नीचे रखना। किन्तु छोड़ना नहीं।''

नीला हो ऽऽ होऽऽ करके हँस पड़ी।

''वेनोया। तुम दीवाने हो गये हो... ऊल-जलूल बोले जा रहे हो!''

बनोया ने झटके से उठकर हाथ की सोने की अँगूठी, नीला को दिखाते हुए बाहर फेंक दी। ''तुम मेरी पत्नी होगी।... नीला! बोलो... मेरी पत्नी होगी।''

नीला ने 'नहीं' में सिर हिलाया।

''मुझे ग़लत समझ रही हो... मैंने क्या कर दिया? मुझसे कहाँ ग़लती हो गयी बताओ।''

नीला ने बताया कि बनोया से कोई भूल-चूक नहीं हुई है इसलिए माफ़ करने का सवाल ही नहीं है। भूल सुधारने का भी प्रश्न नहीं उठता।

''तो फिर क्यों?'' बनोया अँगुलियों पर गिन कर कहता रहा, ''पहले दिन मैंने तुम्हे 'गार द नर्द' पहुँचाया था अपनी गाड़ी से। पेरिस के विभिन्न स्थलों की पहचान करायी थी। अपने लिए समय नहीं निकाला, तुम्हारे निमित्त सारा वक्त ख़र्च करता रहा। घर किराये पर लेना चाहती थीं तो तुम्हें घर दिखाने ले गया था। जब भी बुलाया, आफ़िस का, काम-काज छोड़कर तुम्हारे पास आ गया था। तुम्हारा इतना विश्वास करता था कि पहले दिन से ही कंडम का इस्तेमाल नहीं किया था। तुम्हें डॉक्टर के पास ले गया। खुद खाना पकाकर टेबल पर रखा था। घर साफ़ किया। वैक्यूम क्लीनर से। पानी चाहती थीं तो ले आया था। चाय बनाकर दी थी। तुम्हारे उस बदमाश बंगाली बन्धु ने घर्षण किया मैंने तुम्हारी सुरक्षा की। मैंने तुम्हारा भय दूर किया था।''

नीला ने बीच में टोका, ''अँगुलियों पर मत गिनो—यह तुम लोगों की अजीब आदत है—अँगुलियों पर गिनना! इतने हिसाबी हो तुम... इतना भी नहीं जानते? नीला ने दोनों हाथ आँखों के सामने करके कहा, ''अँगुलियों से गिनोगे तो केवल दस तक कर पाओगे और पोरों पर गिनोगे तो चालीस तक गिन सकोगे। हिसाब करने में तुम्हें सुविधा होगी।''

बनोया ने नीला को डाँटते हुए टोका, ''तुम्हें अपने माँ-बाबा के घर ले गया। तुम्हारी ख़ातिर पासकाल को छोड़कर अपने छोटे-से सुन्दर प्रिय बच्चे को फेंककर तुम्हारे साथ ज़िन्दगी बितानी शुरू की। पासकाल को डाइवोर्स देकर तुमसे ब्याह करने की बात सोची। पासकाल को चोट पहुँचायी—जैकलिन को अपने पिता के सान्निध्य से वंचित किया। इटली जाने को मन था तुम्हारा...इटली ले गया। जहाँ-जहाँ जाना चाहा, ले गया।''

नीला ने कहा, ''जानती हूँ, तुमने मेरे लिए बहुत किया।''

"फिर यह क्यों नहीं मानती कि मैं तुमसे प्यार करता हूँ।"

नीला हँस पड़ी।

"तुम किसी और से प्रेम करने लगी हो क्या?"

नीला फिर हँस दी।

"बताओ... उस दिन उन लोगों के साथ सारी रात जो खुसुर-पुसुर करती रहीं, उनमें से किसी के साथ तुम्हारा कुछ हुआ था? बताओ... कोई अच्छा लगा था?"

नीला हँसकर बोली, "मडिबो अच्छा लगा।"

"ओह तुमने सोचा काले लोगों का शिश्न बहुत बड़ा होता है, इसलिए ज़्यादा बड़ा पाने का लोभ करती हो? उसका वह पकड़कर देखा है?" नीला का हाथ खींच कर वह अपने दिल पर रखकर बोला, "देखो तो... इससे भी बड़ा है?

"मेरे वाले से भी बड़ा है? यह दस इंच लम्बा, आठ इंच घेरा... इससे भी बड़ा? मैंने जितना सुख तुम्हें दिया है... वह न जाने किस जंगल से आया, उतना दे पायेगा? वह वन-मानुष कोई कला जानता है?"

नीला ने बनोया की सख्त मुट्ठी से अपना हाथ खींच लिया।

वह धीर शान्त स्वर में बोली, "बनोया! इस घर में जो कुछ भी तुम्हारा है उसे लेकर अभी चले जाओ।"

"तुम दिल से कह रही हो... यह?"

"हाँ, दिल से...।"

"तुम बहुत बड़ी गलती कर रही हो... मालूम है?"

"मैं कोई ग़लती नहीं कर रही।"

"मुझसे प्रेम नहीं करतीं...?"

"नहीं...।"

"सोचकर कह रही हो...समझकर कह रही हो?"

"हाँ...।"

"हमारा सम्बन्ध आज यहीं खत्म करना चाहती हो?"

"हाँ...!"

बनोया खड़ा हो गया। दोनों आँखों से नफ़रत उबली पड़ रही थी।

नीला कमर के पीछे दो तकिए लगाकर घुटने मोड़े बैठी थी।

"नीला! तुम इतने दिन तक मेरे साथ खेलती रहीं। मुझे लेकर मज़ा करती रहीं। तुमने मुझे बेवकूफ़ बनाया। तुम यही करती फिरती हो। तुम लोभी हो, खुदगरज, कमीनी, नष्ट (बरबाद) नीच लड़की हो। तुम पासकाल की बात करती हो. .. उसके नाखून की बराबर योग्यता भी नहीं है तुममें। तुम सिर से पाँव तक शून्य, ख़ाली, चीज हो। संसार में बहुत से मनुष्य देखे हैं इतने जघन्य नहीं देखे। तुमने मुझे बरबाद कर दिया है। मुझे जला कर राख कर दिया है। मेरा ध्वंस किया है।

मेरी गृहस्थी उजाड़ दी है। मैं कितना मूर्ख था। तुम्हारी जैसी बेकार लड़की से प्रेम करने गया ...छी...छी। तुम नीच से नीच हो। तुम्हारा चेहरा देखकर नफ़रत होती है। तुम कुत्सित कुश्री लड़की हो। निकृष्ट से भी निकृष्ट। तुमसे प्रेम मेरे जीवन का सबसे बड़ा पाप था। मुझे खुद अपने से नफ़रत हो रही है। तुम खूनी हो... मेरे बच्चे का खून करना चाहती हो। एक अबोध, निर्मल शिशु का खून! तुम्हारे जैसा बड़ा खूनी अपनी आँखों से कभी नहीं देखा।''

बनोया ने नीला की तरफ़ 'थू-थू' किया।

नीला हँस पड़ी। फिर कहती हूँ... ''अँगुलियों के पोरों पर गिनकर हिसाब करो। सुविधा होगी। लिस्ट लम्बी है ना।''

बनोया बोलता रहा—''मिमिजँ में लाठी खायी थी ना। उन्होंने बहुत अच्छा किया। इस देश के सहज, सरल मनुष्यों को अपनी विषैली साँसों से मारना चाहती हो... तुम्हारी लाठी खाना उचित था। खुद को क्या सोचती हो... सर्वज्ञाता हो गयी हो क्या! कुछ नहीं जानतीं तुम। कुछ भी नहीं। किस बात पर इतना घमंड है। घमंड लायक कुछ नहीं है तुममें। मेरी जैकलिन को तुमसे ज्यादा ज्ञान है। तुम्हारे सिर में गोबर के अलावा कुछ नहीं है। मैंने तुम पर दया की, वरना तुम्हारी तरफ़ कौन देखता। कोई नहीं...। नर्दमा का कोई कीट तक नहीं। तुम सोचती हो कि तुम बिस्तर पर बहुत अच्छी हो। तुम तो वह भी नहीं जानतीं। तुम मृत काठ हो... हास्यकर वस्तु हो नीला! केवल हास्यकर वस्तु। तुम सम-कामी हो। खराब चरित्र की लड़की। तुम्हारे साथ कोई गृहस्थी नहीं बसा सकता। तुम्हारे पति ने तुम्हें घर से निकाल दिया। तुम किसी के साथ रहने लायक नहीं हो... इसलिए। सुनील ने तुम्हारा घर्षण किया, झूठ...। तुम ही सुनील के साथ सोयी थीं। मुझसे झूठ कहा। मेरा दिमाग़ खराब हो गया था इसलिए असली चेहरा नहीं देख पाया। तुम्हारा जगत है वही तलपेट के नीचे तीन इंच की जगह। इसके अतिरिक्त तुम और कुछ नहीं जानतीं। तुम वेश्या हो। तुमने मेरी कितनी बड़ी क्षति की है तुम्हें नहीं मालूम। शायद ऐड्स दे दिया है मेरे शरीर में। कौन जाने! अब तक कितने मनुष्यों को यौन रोग दे चुकी हो कौन जाने। बताओ। मुझे भुलावे में डालकर ब्याह के फन्दे में डालना चाहा। भाग्य से तुम्हारा मुँह पहले ही खुलवा सका।''

नीला एक शब्द नहीं बोली! बनोया ने अपने कपड़े, जूता, तस्वीर, उपहार सामग्री सब सूटकेस में भर ली। एरामिस कप ऑफ़ टी, बूट, नॉट कप ऑफ़ टी। दोनों।''

दरवाज़े की तरफ बढ़ते देख नीला बोली, ''घर की चाबी रख जाओ।'' बनोया घूमकर खड़ा हो गया। 'मुझे निकालकर सुखपूर्वक रहना चाहती हो।' कहकर सूटकेस रख दिया। दोनों हाथों से घर की सब चीज़ें फेंकने लगा। सी.डी. को जूते के तले से कुचल डाला। गाने का यन्त्र उछालकर तोड़ दिया। कमरे का फूलदान तोड़ दिया।

टेलीविज़न लाठी मार कर तोड़ दिया। हथौड़ी से कम्प्यूटर तोड़-मरोड़ दिया। लाइब्रेरी की किताबें फाड़कर खिड़की से बाहर फेंक दीं। भागकर रसोईघर से छुरी लाया और सोफ़ा बीच में से चीर दिया। बिछौना खींचकर ज़मीन पर डाल दिया। लिहाफ, तकिया काटकर टुकड़े कर दिये। अलमारी खोलकर नीला के कपड़े काट डाले। कमरे में तांडव होता रहा। नीला खामोशी से देखती रही। इसके बाद बनोया दोनों हाथों से नीला का गला दबाते हुए बोला, "बदमाश लड़की! मैं तेरा खून कर दूँगा।" नीला का साँस रुकने लगा। पूरा ज़ोर लगाकर बनोया का हाथ अलग किया।

बनोया ने नीला को धक्का देकर ज़मीन पर गिरा दिया। ज़मीन पर औंधे पड़ते ही पीठ पर सख्त बूट की ठोकर, मिमिजँ के समुद्र के किनारे वाली ठोकर की तरह। मांस काटने वाली छुरी हाथ में लेकर नीला को छाती के बराबर ऊँचा उठाया।

नीला का सारा शरीर हिमवत् हो गया। आँखें बन्द कर लीं केवल दिल की धड़कन सुनाई पड़ रही थी।

औंधी पड़ी हुई नीला की पीठ पर छुरी से आघात किया।

"तेरे जैसे कीड़े को मारकर मैं अपने हाथ खराब नहीं करना चाहता। तू वैसे ही सड़कर मर जाएगी।"

बनोया बाहर निकल गया। नीला का फ्रांसीसी प्रेमी चला गया। नीला का सुदर्शन सुपुरुष चला गया। नीली आँखों वाला चला गया। सुनहरे बाल चले गये। नीला देर तक उसी तरह ज़मीन पर पड़ी रहीं अपने दिल की धड़कन के अलावा देर तक कुछ नहीं सुना। उठते ही सारे शरीर में यन्त्रणा होने लगी।

जब खड़ी हो गयी उसने चार काम किये।

एक, फेफड़ों में साँसों से शुद्ध हवा भरी। खिड़की में ख़ड़े होकर देखा—लाल पीले, हरे रंग से प्रकृति सजी हुई है। नीले आकाश के नीचे, सफ़ेद बादलों के नीचे पुष्प-पत्रावलि का उत्सव। नीला ने पहले कभी शरद्काल का ऐसा आश्चर्यजनक रूप नहीं देखा था कि प्रकृति इस तरह सजती है।

यह देश क्या इसका देश है? नीला को मालूम है। शरद्काल में विचित्र साज-सज्जा वाला अनिन्द्य सुन्दर यह देश इसका नहीं है।

दो, दानियल को फ़ोन करके पूछा कि उसे गर्भपात कराना है वह मदद कर सकेगी या नहीं। दानियल ने पूरे उत्साह के साथ कहा, "ज़रूर।... हुआ क्या?"

"बात बड़ी छोटी है, प्रेम के फन्दे में पड़ गयी थी, फन्दा काटकर खुद को आज़ाद कर लिया है।"

"जानती थी"... दानियल हँसकर बोली, "पहले सतर्क किया था। पहले ही कहा था, ख़ामख्वाह इस आदमी के पीछे वक्त बरबाद मत करो।"

नीला बोली, "वक्त कभी बरबाद नहीं होता दानियल! यह वक्त अनुभव प्राप्त करने में बिताया। इसकी ज़रूरत थी। अन्यथा सारा जीवन एक ग़लतफ़हमी में गुजरता। मुझे लगता है पुरुष चाहे जिस देश का भी हो—चाहे जिस समाज का भी हो... सब एक होते हैं।"

दानियल का कुतूहल उबला पड़ रहा था। "अब आगे क्या सोचा है? अपने देश लौट जाओगी?"

"कौन-सा देश?" नीला ने पूछा।

"और कौन-सा देश... तुम्हारे अपने देश!"

"मेरा कोई अपना देश है? देश से मतलब अगर आश्रय है, संकट की आशंका न हो, सुख स्वस्ति हो... तो भारत मेरा देश नहीं है।"

दानियल ने कहा, "फिर यहीं रह जाओ। तुमने तो एक बार कहा भी था कि मनुष्य की दो मातृभूमि होती है, एक उसकी अपनी दूसरी फ्रांस।"

"लड़कियों का वास्तव में कोई देश या मातृभूमि होती है दानियल? मुझे नहीं लगता।"

इसी पेरिस में पचासवें दशक में सिमोन द बोमोया ने गर्भपात के समर्थन में आन्दोलन शुरू किया था। इसी शहर के एरन दि समोय में छोटा-सा मकान किराए पर लेकर लड़कियों का अवैध गर्भपात कराते थे। उस आन्दोलन के बाद गर्भपात वैध हो गया था। नीला यह सोचकर खुश हो रही थी कि इस शहर में उस आन्दोलन के प्रतिफल का लाभ उठायेगी वह।

तीन मोजाम्मेल को फ़ोन किया, पूछा, "मडिबो कैसा है? उसका कोई फ़ोन नम्बर है क्या? उसका पता-ठिकाना क्या है?"

मडिबो के बारे में जो कुछ मालूम था मोजाम्मेल ने बता दिया। अन्त में बोला, "वह हत्यारा हो गया है कोई फ्रांसीसी लड़की खोज रहा था जिससे प्रेम-विवाह कर सके जिससे इस देश में रहने की अनुमति मिल जाय। सुख़बर! मडिबो को एक गोरी फ्रांसीसी लड़की मिल गयी है।"

लगभग चार हज़ार वर्ष पूर्व गौरवर्ण आर्यों ने मध्य एशिया से काली द्रविड़ जाति को भारत और दक्षिण से भगा दिया था। आर्यों ने गौरवर्ण की जय-जयकार की थी कि गौरवर्ण श्रेष्ठ है, काले अधम। गौर स्वामी हैं, काले दास। गौर बड़े हैं, काले छोटे-बड़ी जात-छोटी जात—यही उनका धर्म था—यही समाज था। उनके रक्त में यह विश्वास समा गया था। मस्तिष्क के हर कोष-झाड़-पोंछ कर विदा करने पर भी विश्वास कहीं पनपता रहा जिसे निश्चिह्न करना सहज नहीं था। उसे भी मालूम है फिर भी यह करके उसे तृप्ति मिली है।

चार, मोरुनि से कहा कि घर ठीक-ठाक करने के लिए किसी को भेज दें। मारिलू नाम की फ़िलिपिनो लड़की, पचास फ्राँ प्रति घंटे के हिसाब से शाम को ही आ गयी। टूटा-फूटा सारा सामान काले बैग में भर कर नीचे डाल आयी। इस काम में उसे तीन घंटे लगे।

उसके बाद नीला ने मारिलू को पास बैठा कर जीवन की कहानी सुनी। मारिलू छः वर्ष पहले फ़िलिपीन से इस शहर में आयी है। यहाँ उसके और भी सगे सम्बन्धी हैं। वे ही उसे यहाँ लाये थे। वह मनिला विश्वविद्यालय में पढ़ती थी। विषय था 'समाज विज्ञान'। पढ़ाई छोड़कर, जन्मभूमि छोड़कर, फ्रांस आ गयी और अमीरों के घरों में काम-काज से जीवन-यापन करती है। उसके बहुत से सम्बन्धी कपड़े के कारखाने में काम करते हैं। मारिलू अपने रिश्तेदारों के यहाँ सानदानी में सिलाई सीखती है।

नीला ने पूछा, "सानदानी में कोई छोटा-सा मकान किराए पर मिल सकता है?... लेना चाहती हूँ।"

"हाँ मिल सकता है।"

मारिलू ने नीला को पहले ही सावधान कर दिया, सानदानी बहुत ख़राब जगह है।"

"किस तरह की ख़राब?"

"लोग बेकार हैं, चोरी-डकैती होती रहती है, लोग नशा करते हैं, खून करते हैं, काले लोग ज्यादा हैं।"

"मेरा रंग देखो? क्या यह गोरा है? एक तरह से काला ही समझो। मेरे ख्याल में बेकार लोग चोरी-डकैती करते हैं? जो बेकार नहीं हैं... अच्छा कमाते हैं क्या वे चोरी नहीं करते? काले लोग ज्यादा हैं तो क्या हुआ? गोरे लोग क्या नशा नहीं करते? खून नहीं करते? संसार में कौन-सी जगह अच्छी है बताओ! किस जगह को 'सेफ़' कह सकती हो। मनिला के लोग नशा नहीं करते? चोरी डकैती नहीं करते? खून नहीं करते?... करते हैं। वहाँ ग़रीबी है, तकलीफ़ें हैं, कुसंस्कार हैं, यहाँ भी हैं। इस देश में जाति भेद है--भारत में नहीं है क्या? कलकत्ते में घर्षण होता है--यहाँ नहीं होता? होता है। इस 'रू द भूई' इलाके में गोरे वर्ण ज्यादा हैं--यहाँ खून नहीं होता क्या? होता है। एक तो आज ही हो जाता!

□□□